CLAUDIA CASANOVA (Barcelona, 1974) es licenciada en Económicas y en Traducción. Desde que descubrió *La historia interminable* supo que quería ser escritora, porque no había nada mejor que crear mundos con tinta y papel. Viajó a Malasia con Emilio Salgari, recorrió las veinte mil leguas submarinas en el *Nautilus* de Julio Verne y se atrevió a acompañar a Frodo y Sam hasta Mordor; también soñó que vivía en un apacible pueblecito inglés y que su apellido era Dashwood. Ha publicado tres novelas históricas: *La dama y el león*, *La tierra de Dios* y *La perla negra* (Ediciones B). Es miembro de la American Historical Association y colabora regularmente con medios digitales, radios y revistas de divulgación histórica.

MAXI

Papel certificado por el Forest Stewardship Council

MIXTO
Papel procedente de
fuentes responsables
FSC
www.fsc.org   FSC® C117695

Primera edición: octubre de 2018

Printed in Spain – Impreso en España

ISBN: 978-84-9070-717-3
Depósito legal: B-16.728-2018

Impreso en Rodesa
Villatuerta (Navarra)

BB 0 7 1 7 3

Penguin
Random House
Grupo Editorial

La tierra de Dios

Claudia Casanova

MAXI

Y como quiera que Dios sea el vencedor
en las batallas, a las veces todo lo más
deja en la buena industria de los hombres.

Libro de los Doce Sabios
o *Tratado de la nobleza y la lealtad*

Cayó sobre Sefarad el mal de los Cielos.

ABRAHAM IBN EZRA (1092-1167)

Me adentré en las tinieblas
donde solo se enciende el fuego
de sus ojos y de mi ánimo,
y caminé orgulloso, envuelto
en las túnicas de la oscuridad.

IBN JAFAYA
(451-533 de la Hégira)

1

Rocamadour

La tormenta no había hecho más que empezar.

—Aalis, hija mía. —El nombre murió en los labios agrietados de *dame* Françoise.

—Descansad, señora. Estáis delirando —musitó la hermana Simone, mientras limpiaba con un paño húmedo los brazos y el cuello, anegados en sudor, de la enferma. Escurrió el trapo en la vasija de barro cocido que le tendió Fátima y volvió a sumergirlo en la tisana de tila y romero que había preparado para aliviarle la fiebre.

—No... No puedo descansar. —La dama giró la cabeza a duras penas, ocultando sus lágrimas a la hermana. Miró la severa pared de piedra y recordó su pecado: dejar atrás su carne y su sangre, abandonar a su única hija, ceder su puesto sin luchar. Lo había hecho por orgullo. Creía que su esposo iría a buscarla al monasterio, arrepentido. En sueños, expulsaba a la campesina que un día horrible había aparecido en su castillo para arrebatarle su lugar al lado de Philippe de Sainte-Noire. Desde entonces, habían pasado diez años. Noche tras noche, las montañas que la rodeaban le devolvían el eco de su error. Una oleada de furia, rabia y disgusto agitó sus miembros. Exhausta, cerró los ojos.

—¡Señora! —conminó su cuidadora, asustada. Françoise

no respondió. La novicia miró a la dama con infinita pena. Simone ordenó:

—Que tenga la frente y el cuello lo más frescos posible. Hay que bajar la fiebre. ¡No tardaré!

Y salió de la celda sin perder un instante.

Los jinetes esperaron. El jefe de la partida, con el rostro oculto por el almófar que le protegía cabeza y pecho, levantó el brazo. Guantes de cuero repujado le cubrían las manos hasta el codo, y como sus hombres, un largo alquicel de terciopelo caía sobre la grupa ancha y los amplios costados de su caballo, un ejemplar de cuello largo y brillante pelaje gris. Ceñida a su cintura, asomaba por entre los pliegues una larga vaina curva, coronada por un puño de plata labrado de tracerías. En sus labios se dibujó una mueca de satisfacción.

—¡A la cima de la montaña! —rugió el cabecilla.

Los cascos de los caballos atacaron el camino que escalaba la inmensidad de piedra retumbando en el valle como una marcha de combate.

La tormenta descargaba una pesada lluvia sobre las rocas, como si los cielos quisieran volver a esculpir el perfil de Rocamadour. La hermana Simone subió trabajosamente los doscientos peldaños de la gran escalera que conducía al claustro, obligándose a no prestar atención al vertiginoso precipicio que asomaba a su derecha. Durante el día, la mera existencia de la iglesia excavada en el imponente macizo de piedra arrancaba innumerables exclamaciones de todos los peregrinos que visitaban por vez primera la abadía y su monasterio. Incluso ella solía detenerse a veces, maravillada ante la divina voluntad que había hecho brotar una ciudad fuerte de la Virgen en la cima de las montañas de Quercy.

Pero no esa noche. Sus pasos eran cortos y apresurados, y la congoja anudaba su garganta. Cruzó el patio y avanzó por los pasadizos de la residencia abacial. Se detuvo frente a la celda de la madre Ermengarde, se limpió con la manga la ligera capa de sudor y lluvia que se mezclaba en su frente, y golpeó la puerta. Al cabo de un rato que se le hizo interminable, oyó unos ruidos al otro lado y una voz le dio paso:

—Adelante.

Ermengarde estaba en camisola, envuelta en un manto de lana, y tenía las manos extendidas sobre el brasero, en el que crepitaban leños de madera seca, al pie de su camastro. La inesperada llegada de la hermana no había interrumpido su descanso: las noches en los claustros que coronaban la cima de Rocamadour solían ser cortas de sueño, pues no era fácil dormir con el aliento de la roca metido en los huesos. Además, llevaba dos días sin conciliar bien el sueño, desde que llegara la misiva del señor D'Arcs reclamando el regreso de su pupila, la novicia Fátima. Sería una lástima perder la generosa donación con la que, cada mes, la madre Ermengarde cubría el coste de alimentar y vestir a la joven, y con lo restante se permitía más de una extravagancia, como el relicario que descansaba en la capilla o el replantado de la huerta después de la gran helada del invierno pasado. Pero, sobre todo, la madre Ermengarde abrigaba grandes planes para la joven, y si ahora abandonaba Rocamadour, todo sería en vano.

Simone, agotada por la empinada subida y las horas pasadas velando a la enferma, se dejó caer en el borde de la cama. Ermengarde esperó a que la regordeta hermana recuperara el resuello. Por fin, Simone balbuceó:

—*Dame* Françoise está mucho peor.

Ermengarde se mordió el labio, disgustada.

—¿Cuáles son los síntomas?

—Fiebre muy alta. También tiene los brazos hinchados.

Le he palpado las axilas, y he creído notar... —Simone miró a la madre significativamente. Ambas habían rezado para que el repentino mal que aquejaba a la huésped de Rocamadour no fuera más que un enfriamiento de los humores que la estación invernal solía traer. De ser así, caldos calientes de aves y legumbres habrían bastado para fortalecer el cuerpo. Pero cuando el hervor maligno consumía las fuerzas de un enfermo, quería decir que la mortífera plaga se había incrustado en su cuerpo y en su alma. Nadie se recuperaba de la peste, y menos una mujer de constitución frágil como Françoise, que yacía encamada y delirante desde hacía dos domingos. Sin tiempo para lamentarse, Ermengarde repasó lo que había de hacerse: proteger a la congregación de cualquier posible contagio y procurar por la administración de los últimos sacramentos.

—El capellán tardará aún unos días en llegar —se limitó a decir.

—*Dame* Françoise no durará mucho —repuso Simone.

—¡No seas agorera! El asunto está en manos de Dios —cortó Ermengarde, momentáneamente exasperada por el pesimismo atávico de la hermana—. Da orden de que nadie más entre en su celda. Eso es lo más importante. Y trata de dormir unas horas antes de que toquen primas. —Al instante, se arrepintió de su exabrupto al ver el semblante compungido de la buena hermana—. Simone, has hecho un buen trabajo cuidando de *dame* Françoise. Me maravilla la entereza que has demostrado.

Simone se ruborizó.

—Tuve siete hijos y dos maridos, madre. A todos los perdí por causa de las fiebres. No sé por qué, pero el Señor jamás ha querido que la plaga me llevara.

—Tu compasión y tu caridad sin duda brillaron a sus ojos —respondió piadosamente Ermengarde—. ¡Muchas hermanas se han negado a compartir la carga de cuidar a *dame* Françoise! Es admirable que hayas podido cuidarla tan bien, tú sola.

La hermana tragó saliva y confesó:

—Bueno, lo cierto es que alguien sí me ha ayudado.

Ermengarde enarcó las cejas:

—¿Quién ha sido? —preguntó, pensando: «tan generosa o tan estúpida». Una cosa era que la hermana Simone, veterana en más de una enfermedad y a prueba de todo mal, pasara largas horas a la vera de una moribunda de plaga, y otra muy distinta que sus jóvenes monjas pusieran en riesgo sus tiernas vidas simplemente para paliar el dolor de la que se extinguía.

—Fátima —repuso Simone.

La madre Ermengarde abrió los ojos, y sintió un torrente de ira subiéndole por la garganta. Exclamó, furiosa:

—¿Qué dices, insensata? ¿Has puesto en peligro a Fátima? ¡Si no llevaras aquí más años que las piedras, ahora mismo te echaba montaña abajo!

—No pude evitarlo, madre Ermengarde —exclamó Simone—. Ya sabéis que esa niña siempre anda detrás de cualquier animal herido para... bueno, para cuidarlo. —Las dos monjas se miraron, sabedoras de que ninguna se atrevería a decirlo en voz alta—. Aquel gato cojo del despensero que sanó tan rápido, y esa vez que llegó un águila con el ala rota a la cima del monasterio. ¡Y cómo volaba luego! Y aquella vez, cuando el leñero casi pierde tres dedos porque el hacha se le resbaló. Está en la naturaleza de Fátima: se enteró de que había una enferma grave y se interesó por ella. Pensé que nada malo le pasaría a la niña, y que quizá...

La madre Ermengarde intentó tranquilizarse. Interrumpió a Simone:

—Está bien, está bien. ¿Dices que ha estado a su lado? ¿Y que Françoise sigue peor?

La hermana Simone afirmó con la cabeza. La madre la miró, con una sombra de decepción en los ojos de ambas.

—Ya es un milagro que siga viva —aventuró Simone.

—Claro. Pero eso no es suficiente —dijo Ermengarde, sin darse cuenta.

Pasó pronto el momento de confianza entre las dos mujeres y la madre Ermengarde declaró:

—El guardián de Fátima ha pedido que la mandemos a Barcelona. Por eso me ha alarmado tanto que compartiera celda con *dame* Françoise. Tenemos que devolvérsela al señor D'Arcs en perfecto estado de salud. —Se contuvo para no añadir: «por mucho que me pese que se vaya de Rocamadour»—. La semana pasada llegó un grupo de soldados que vuelve a casa desde Jerusalén, y nos han bendecido con su visita. Viajan hasta Gerona, y les pediré que la acompañen, para que así no haga el viaje sola y sin protección.

La hermana Simone guardó silencio. Llevaba casi diez años en Rocamadour y Fátima siempre había estado allí, en el monasterio. Por supuesto que todas las monjas sabían que era distinta, pero eso saltaba a la vista. También recordaba la letanía que había aprendido, entre pasadizos y rumores, desde su primer día en Rocamadour, acerca de la futura marcha de Fátima. Empezó a musitar lo que debía hacer: despedir a la novicia, rezar por su alma.

—¿Qué dices? —espetó Ermengarde—. Es igual, atiende bien. Despiértame en cuanto haya novedades con... en fin, con Françoise. Y Simone, dile a Fátima que empiece a prepararse. Pero eso sí —añadió la madre superiora gravemente—, me temo que tendrás que cuidar de *dame* Françoise tú sola, hasta que le llegue su final. ¿Está claro?

La hermana asintió, sobrecogida. Ermengarde se dio la vuelta y oyó los pasos de Simone alejándose. La Virgen de la Roca sin duda les enviaba un tiempo de pruebas y dificultades. Por de pronto, habría que resolver la cuestión de Fátima. Y por si fuera poco, justo cuando menos le convenía, una de las inquilinas más apacibles y, por qué negarlo, rica patrona de Rocamadour, se encaminaba irremisiblemente al encuentro del Señor. Como administradora de la congregación, Ermengarde velaría para que *dame* Françoise pudiera confesarse en cuanto llegara el capellán. Quizás incluso mandaría erigir una cruz de piedra en memoria de la dama y de sus buenos pagos. Una hermosa cruz labrada, con el nombre de la benefactora inscrito en la base, sería lo más apropiado. Reconfortada por la idea, se tendió en el camastro y se dejó mecer por la lluvia hasta conciliar el sueño.

—¡Vamos! Ya casi es tuyo, Aalis. —Hazim, doblándose de risa, soltó una carcajada que resonó por todo el valle de Padirac. Las paredes montañosas acogieron con un eco solemne tanto la algarabía del joven árabe como los desgarbados chapoteos de Aalis, que a duras penas se mantenía en pie en el lecho del brazo del río. Tenía las piernas heladas, y mil piedrecillas puntiagudas le aguijoneaban las plantas. Sostenía firmemente una rudimentaria lanza, con la punta ennegrecida y afilada, y trataba de no perder de vista a su adversario. Este se deslizó a un lado, luego al otro, y en un burlón desafío acarició sus tobillos.

—¡Maldito diablillo! —exclamó, disponiéndose a descargar la lanza con todas sus fuerzas—. Cuando te alcance, sabrás lo que es bueno.

—Me gustaría saber quién te ha enseñado a renegar como un soldado —dijo Auxerre sin levantar la cabeza, ocupado en mantener vivo el fuego.

—Las malas compañías. Disculpa si mis modales te han ofendido —replicó Aalis, apartándose un mechón de la frente—. Sucede que me hallo en medio de una escaramuza con un temible enemigo.

El esquivo contrincante se hundió en el río. Aalis dobló las rodillas hasta casi rozar el agua con sus faldones recogidos, apuntó de nuevo con la lanza y la clavó. Hubo un forcejeo, y al instante la joven se irguió, triunfante, con la presa ensartada.

—¿Salmón o trucha? —preguntó Hazim, levantándose como una saeta.

—No me dirás que te importa después de dos días a base de pan seco y nueces mezcladas con moras, a cual más amarga. —Auxerre se acercó a Aalis, le dio un beso y se hizo con el trofeo. Los tres se acomodaron frente a las brasas, que pronto empezaron a despedir el apetitoso olor del pescado fresco a medida que se cocía. Aalis sacó su pelliza de piel de cabra, que el abad de Montfroid le había regalado antes de partir de Sainte-Noire, y extrajo con cuidado una bolsita no mayor que el puño de un recién nacido. Desatando el cordel, tomó un poco de sal con la punta de los dedos y la esparció encima del pez. Guardó la preciada sustancia, y echó una ojeada a los fardos que contenían sus provisiones. De los diez bultos con los que habían salido de Chartres, solo quedaban tres.

—Pronto tendremos que buscar el amparo de una villa —dijo Aalis, ligeramente preocupada.

—O podrías aprender a pescar más y mejor —apuntó Auxerre—. He visto niños que no medían más de cinco palmos habérselas con peces mayores que ellos, y feos como mil demonios, además.

—Veamos, ¿por qué motivo te has abstenido de sumarte a la partida pesquera, dejándome a mí la tarea de proveeros a vosotros, gañanes, de alimentos frescos? —preguntó ella, recuperado el buen humor.

—Obviamente, no tengo ninguna gana de mojarme los pies —replicó Auxerre, serio aún pero con un brillo risueño en la mirada.

Estallaron los tres en risas, con la complicidad que confiere el haber cruzado ríos con las manos unidas para vencer la corriente, compartir tres pedazos de pan, y aun el tercero enmohecido, y ver que las mañanas tienen los cielos más claros cuando el día anterior ha diluviado sobre los caminantes. Aalis observó disimuladamente a sus compañeros de viaje. Hazim, el joven árabe con el que había vivido una gran aventura en la corte de los condes de Champaña, sabía reír, comer y conversar a la vez. A pesar de que habían recorrido media Francia, y en buena parte de las aldeas y villas las gentes se detenían a escudriñar sin ambages su rostro moreno, el muchacho conservaba la misma despreocupación que cuando le conoció, sirviente y esclavo. Su ancha sonrisa blanca contrastaba con su piel oscura. En cambio, Auxerre no reía cuando Aalis se volvió a estudiar su rostro. Después de comer apenas la mitad de la ración del escaso botín de pesca que le correspondía, se había recostado y cerrado los ojos. Propio de él, pensó la joven. Pocas preguntas y menos palabras, un hombre que solo conocía el lenguaje de la espada y con ella se ganaba la vida. ¿Cómo era en realidad el capitán de la mesnada de su padre? Quizá su padre había pecado al quererla casada con un señor de mayor rango contra su voluntad, pero lo cierto era que Philippe de Sainte-Noire solo había tratado de buscar para su hija un matrimonio seguro, una vida tranquila. En cambio, el hombre que caminaba a su lado era un capitán sin sueldo ni caballo. Confiada, Aalis esbozó una media sonrisa. Algún día descubriría los secretos que Auxerre guardaba con labios sellados.

Las gotas de lluvia que empezaron a caer sobre su rostro traían el sabor de la piedra de las cumbres. Levantó la cabeza y trató de distinguir el perfil de Rocamadour. Pensó en su madre, retirada en una celda de la iglesia de las rocas. Sintió ganas de abrazarla.

—¡En marcha! —dijo Auxerre, de pie frente a ella y envuelto en su capa. El capitán se había movido en silencio y con eficiencia, sin que Aalis se diera cuenta. Como si supiera que había llegado el momento de seguir avanzando.

La novicia estaba sentada en el borde del camastro, limpiando la frente de *dame* Françoise, cuando regresó la hermana Simone a la celda. La cara de Fátima estaba alumbrada por el resplandor del brasero, y alzó la vista con ojos profundos y verdes. Tenía el rostro mojado de lágrimas. Simone le acarició la suave mejilla.

—No llores, criatura —dijo.

—Es que nada se puede hacer —respondió la joven, señalando a la enferma.

Su voz desprendía dulzura, y una serenidad indefinible. Simone no le preguntó cómo lo sabía. En lugar de eso, se sentó en el taburete frente a Fátima y dijo, suavemente:

—Niña, préstame atención un momento.

La novicia se volvió a mirarla, intrigada. Simone prosiguió hablando, cautelosa:

—Sé que hace ya diez años te trajeron a Rocamadour. La madre Ermengarde aceptó cuidarte y convertirte en una buena cristiana hasta que llegara el momento en que te ordenaras monja, o volvieras con tu patrono. Pero eso quizá ya lo sabes —aventuró Simone al ver la expresión de Fátima.

—Las hermanas hablan —dijo la joven.

—Eres una niña obediente, y una alumna despierta, y tu corazón es bondadoso. Muchas veces le he pedido al Señor la gracia de estar a tu lado por mucho tiempo, porque de todas las novicias has sido la más aplicada en la enfermería del monasterio. Pero este día había de llegar, ya que así se dispuso. Dejarás el monasterio, y pronto partirás para Barcelona. —Un inmenso abatimiento hizo mella en el ánimo de Simone, como si la estancia estuviera inundada de tristeza—. Ojalá que Nuestra Señora de la Roca ilumine tus pasos. Anda, ve a prepararte, que ya cuidaré yo de *dame* Françoise.

—Por favor, hermana Simone. Dejad que me quede un rato más. Hasta que... —La novicia inclinó la cabeza, apenada.

La hermana contempló las pupilas bañadas en lágrimas de Fátima e, incapaz de resistirse al dulce pesar de la novicia, asintió. La muchacha se arrodilló y abrazó su cintura, agradecida. Cuando levantó su rostro de ángel, enmarcado en la prístina tela blanca, la piel morena y los labios oscuros conformaron la viva imagen de una virgen negra.

—¿Es que no tiene fin este camino de mulas? La escalada hacia Rocamadour se le antojaba interminable a Hazim. Delante de él, Auxerre encabezaba la marcha, acarreando los bultos, con un fardo en bandolera y los otros dos atados con un nudo, colgados del hombro; la espada, siempre a la cintura. Aalis le seguía, la cabeza gacha y enfundada en un capuchón de lana, anudado bajo el mentón con finas tiras de cuero. La muchacha se dio la vuelta e hizo un gesto burlón; Hazim se enfurruñó, pero su paso se hizo más ágil. Aalis se adelantó hasta alcanzar a Auxerre.

—¿Crees que tardaremos mucho?

El capitán tenía la cara empapada, y las gotas de lluvia le aplastaban el pelo contra el cráneo. Le brillaban los ojos de puro cansancio, y su capa desprendía una mezcla de hedor a suciedad, barro y madera. Se rascó la mejilla con las uñas ennegrecidas de tierra y repuso:

—No. ¿Ves aquel peñasco? El monasterio está al otro lado.

Pareció que iba a añadir algo, pero guardó silencio. Transcurrieron diez pasos, con las sandalias y los escarpes hundidos en la tierra húmeda, quebrando las ramas y deslizándose por entre las resbaladizas piedras mojadas.

—Pareces preocupado —aventuró Aalis.

—Este es un camino de peregrinos —dijo pensativamente Auxerre.

—¿Qué quieres decir con eso?

—Hace menos de dos horas, un grupo de jinetes ha subido por este mismo sendero. Cuatro monturas, quizá más —dijo el capitán—. Animales de raza, pertrechados para la guerra. Sus huellas se hunden en el fango.

—Muchos señores de rango abrazan el camino de la penitencia y deciden convertirse en peregrinos —repuso Aalis.

—Estos jinetes no cargaban arcones de piel y lana. —Auxerre frunció el ceño—. Ni sus caballos suelen verse al norte del Guadalquivir.

—¿Qué lugar es ese? —preguntó Aalis, curiosa—. ¿Es allí donde te hiciste con esa capa? —Y señaló la rica vestimenta de terciopelo negro, cuyos bordes estaban cubiertos con arabescos plateados, que caía por los hombros de Auxerre. Sin embargo, la puerta que el capitán acababa de entreabrir se había cerrado de golpe. Su respuesta fue resuelta y jovial.

—Llevo demasiado tiempo trajinando nuestros fardos bajo la lluvia y tengo los sesos reblandecidos. Será como dices, la caravana de un rico señor y sus criados. ¡Esperemos que no acaben con las provisiones del hospedero del monasterio!

Aalis esbozó una sonrisa cortés. Nada se desprendía de la expresión de Auxerre. Hazim tosía y resoplaba a sus espaldas. La lluvia era el cuarto compañero de los caminantes, que prosiguieron su marcha en silencio. Al girar por el recodo, Rocamadour saludó a sus nuevos peregrinos desde la cima de la montaña.

En la solitaria celda, la oscuridad era completa, excepto por la lámpara de aceite, un sencillo cuenco de barro sostenido en un gancho por una cuerdecilla trenzada. Al lado de la puerta, recostada contra la pared, Simone dormitaba apenas, mientras que Fátima se había acuclillado al lado del gran arcón al pie del camastro donde seguía *dame* Françoise, devorada por la fiebre. La noche no había sido parca en emociones, y el espíritu de la hermana estaba agitado. Mil dudas aguijoneaban su mente: pronto partiría la novicia, pues así lo había ordenado la madre Ermengarde. Al escuchar su orden, había sentido azoramiento y también, por qué negarlo, rebeldía ante la idea de perder a Fátima, pues era la novicia que más piedad y generosidad demostraba con los enfermos, los desgraciados y los tullidos. La hermana Simone veía muchas novicias acercarse a la enfermería para prestar servicio de caridad, y también las veía marcharse a toda prisa cuando descubrían que ese servicio comportaba limpiar profundas heridas, lavar orinales sucios, poner cataplasmas en abyectas carnes desgarradas y, en general, darse cuenta de cuán terrible, y a veces indigna, era la muerte. A Fátima jamás le había temblado el pulso, aunque lo cierto es que Simone se había dado cuenta de que casi todos los enfermos a cargo de la novicia terminaban por sanar o por mejorar su estado. Así se lo había contado a la madre Ermengarde cuando esta sugirió trasladar a la novicia a un lugar más adecuado a las generosas contribuciones de su benefactor D'Arcs. Al escuchar a la monja, la madre se había quedado callada reflexionando un buen rato. Más tarde, Simone comprendió que fue a partir de ese momento cuando la madre Ermengarde empezó a albergar designios para Fátima y Rocamadour.

—¡Aalis, hija mía! ¿Eres tú? —*Dame* Françoise había abierto los ojos y miraba desesperadamente la figura acurrucada de Fátima, con la cabeza oculta por la capucha del hábito. Simone se acercó rápidamente a la cama, susurrando:

—Señora, por Dios. —Y puso su mano en la frente de la dama, que cayó de nuevo en el sopor de la fiebre. *Dame* Françoise estaba, en efecto, irremisiblemente condenada.

Pero aun con la cruel enfermedad royéndole el cuerpo, la mujer resistía los embates de la sangre envenenada con todas sus fuerzas. Quizá la Virgen de la Roca se apiadaría de su sufrimiento. Simone observó la otrora dulce faz, ahora surcada por el dolor. La madre Ermengarde tenía razón: ninguna otra hermana del monasterio se habría prestado a compartir su puesto en la cabecera de la cama de *dame* Françoise, excepto la novicia. Todas tenían un miedo cerval a la plaga, aunque ninguna la había visto tan de cerca como ella. Los hedores de las pústulas, la sangre podrida manando por axilas, ojos y orificios, el terrible sufrimiento de los estertores finales. Siete veces en las carnes de sus hijos, y otras dos en las de su primer y su segundo marido, había tenido que contemplar los estragos de la voluntad de Dios. Después de diecisiete días, con todas sus noches, velando y rezando al lado de la dama, Simone se arrodilló agotada.

—Os juro que no os abandonaré —dijo en voz alta. Aun si le costaba la expulsión del monasterio, pensó. Un trueno descargó toda su furia sobre la montaña, y hasta los goznes de la puerta de la celda temblaron. El fuerte viento arrojó la lámpara al suelo, ululando como una serpiente por entre las rendijas de las contraventanas de madera. La vasija repleta de grasa estaba intacta, aunque se había derramado un poco de sebo ardiente en el suelo. Simone se alzó apresuradamente para sofocarlo con el trapo mojado con el que tantas veces había aliviado a *dame* Françoise. De rodillas, limpió con cuidado el suelo. El humo acre se extendió por la celda. Justo cuando se disponía a incorporarse y colocar la lámpara en su lugar, oyó un ruido desacostumbrado. Acuclillada, Simone aguzó el oído. La piedra del pasillo no se mecía al ligero y ajetreado ritmo de las suelas de esparto y cuero de las hermanas y los monjes. Unos pasos más pesados, lentos y furtivos, recorrían los corredores de Rocamadour. Pasos de hombres altos, fuertes y bien alimentados. Quizá los huéspedes que había mencionado la madre Ermengarde, pensó Simone intranquila. Entonces, oyó que alguien profería una orden en lengua árabe. Sin tiempo para pensar, de un salto se plantó al lado de la novicia y la despertó entre susurros:

—Niña, métete aquí dentro. —Abrió el arcón con sigilo y la muchacha, medio dormida, se deslizó al interior. Simone cerró la tapa. Por experiencia sabía que las muchachas vírgenes era lo primero que había que esconder. Otro relámpago pintó el cielo y su resplandor se hincó en cada rincón de la celda. Un brazo enfundado en cuero empujó la puerta, y Simone vislumbró una silueta ancha y amenazadora. Encogida sobre sus talones, rezó un avemaria sin despegar los labios.

—¿Dónde está la novicia? —dijo una voz imperiosa—. ¡Hablad!

—¡Señor, apiadaos de mí! —Simone no sabía si estaba rogándole a Dios o al demonio, pues ese aspecto tenía el hombre que se erguía frente a ella. Alto como un roble, de facciones duras como esculpidas en piedra, negra e hirsuta barba y negra su sonrisa de hiena, con su zarpa atenazó el cuello de Simone, y empezó a apretar, firme y lentamente. Una larga cicatriz le recorría la mejilla desde la sien hasta la quijada. Entre lastimeros quejidos y bocanadas de aire desesperadas, vio la mujer a tres soldados más guardándole las espaldas al primero; armados con espadas de curvas hojas que ella jamás había visto, tocados con turbantes y embozados, de forma que solo sus ojos de carbón brillaban en la celda. Así es como voy a encontrarme con el Señor, se dijo Simone, cerrando los ojos con fuerza.

—¡Maldita! —La increpación sobresaltó a Simone, pues se daba por muerta y comprendió que no lo estaba. Yacía arrodillada en el suelo, libre del mortífero abrazo del misterioso asaltante, y le faltaba resuello y claridad de pensamiento. Un tumulto de voces hombrunas, de forcejeos y un chillido de mujer arrancaron su ánimo de la confusión y el embotamiento. Afinó la vista; se santiguó y, cuando dio en ver lo que sus ojos veían, se abalanzó sin dudarlo sobre el primer atacante, que la rechazó con un bofetón sin contemplaciones. La encamada se había levantado, como insuflada del hálito benigno de los más celebrados prodigios de la Virgen. *Dame* Françoise había cobrado conciencia, y al ver a Simone en peligro había reunido todas las fuerzas de su débil cuerpo para gritar y pedir socorro.

—¡Tapadle la boca! ¡Hacedla callar! —ordenaba el más alto. Los otros tres se acercaron a la enferma amenazadoramente, cuando de repente uno señaló el hombro desnudo de *dame* Françoise. Se había deslizado la camisola a un lado, y asomaba una pústula palpitante, enrojecida, señal inequívoca de la plaga. Ninguno de los soldados dio un paso más.

—Mahoma estaría orgulloso de vosotros —escupió el jefe.

Desnudó su cimitarra, y cuidadosamente apuntó el extremo de la hoja contra la garganta de *dame* Françoise. Temblorosa, por la fiebre y por el terror, la dama se encogió, en señal de sumisión. El hombre mostró los dientes y se acercó a la cama.

—He vivido y he muerto varias veces ya —dijo él— y no hay plaga que no haya corroído mis entrañas. Pero mis hombres son harina de otro costal.

Simone se había arrastrado hasta los pies del camastro y aferraba con sus manos la pierna de *dame* Françoise, en un mudo intento de protegerla.

—¿Cómo os atrevéis a violar la noche de un monasterio? —musitó *dame* Françoise, agotada. Se sostenía con un esfuerzo inusitado, y el dolor en sus miembros asolados por la enfermedad era implacable. Tenía que conservar la claridad de pensamiento a toda costa. Su maltrecha vida ya no importaba, pero Simone yacía, temblando, a sus pies.

La lámpara de aceite crepitaba, colgada de su gancho al lado de la cama. El hombre se acercó, una risotada de hiel saliendo de su garganta.

—Cierto. No es cortés nuestra visita. —Súbitamente se detuvo como si una orden divina hubiera paralizado su lengua, o así quiso pensarlo Simone. Los ojos profundos y cansados del soldado no se apartaban de la figura frágil que, anclada en la cama, estaba henchida de dignidad. Pero la mano del Señor nada tendría que ver con el silencio del soldado, ya que apenas pasados dos latidos prosiguió—: He venido a por una novicia de este monasterio.

Simone se mordió los labios como si quisiera tragarse la lengua. Se concentró con todas sus fuerzas en no mirar hacia el arcón, y rezando para que la Virgen de Rocamadour las asistiera, reunió todo su valor para exclamar, desafiante:

—¡Malditos perros! ¡Marchaos antes de que caiga sobre vosotros la ira del Señor!

—¡Ah! —dijo el cabecilla—. Veo que tienes la lengua más larga que la otra. Pero siento desilusionarte, ama: el Señor casi nunca desata su ira cuando los fieles lo precisan. Insisto, vieja. Dime dónde para la novicia que llaman Fátima.

—Nada sé, nada puedo deciros —contestó aterrada Simone.

—Es una pena —respondió el hombre, como si realmente sintiera pesadumbre, solo que sus ojos seguían brillando como ascuas crueles—. No me quedará más remedio que recorrer el monasterio, y cortar los cuellos de los que se crucen en mi camino.

—¡No! —gritó Simone, horrorizada. Musitó—: Por el amor de Dios.

Dame Françoise tosió, y una lluvia de gotas cayó como un rocío rojo sobre su camisola. Desesperada, Simone se encaró con el soldado. Quizá ni los ángeles ni la Virgen podrían vencer al mismísimo demonio. Este la observaba, con una sonrisa de hiena, oscura y repugnante.

—Sabes cuál es la que busco, ¿verdad, hermana? Es distinta de todas las demás. —Se acercó a Simone y susurró—: Tiene la piel tan oscura como mi alma. —Alzó la voz, meticulosamente—: Si no hablas, cortaré uno por uno los dedos de esa pobre dama, y luego sus brazos y sus piernas, hasta que no le queden más que la cabeza y el tronco y la garganta para lamentarse. Y después, aún tendré sus orejas, su lengua y sus pechos —añadió, con expresión endemoniada.

—¡No! Esperad, esperad. —Simone tragó saliva y siguió hablando—: Sé a quién buscáis, pero ya no está aquí. —Las palabras salieron de la boca de Simone como un torrente. El hombre escrutó su rostro durante unos instantes y decretó:

—Mientes. Bien y rápido, pero mientes.

—¡No! Os lo juro. Por la Virgen de la Roca, os lo juro. —Simone se persignó, resuelta.

—Si eso es cierto, sabrás adónde se dirige la cautiva. O sigues mintiendo...

—¡Por el alma de mis siete hijos muertos, os juro que no miento! —gritó frenética Simone—. Sé adónde ha de ir. A Barcelona, donde su patrón, el señor D'Arcs. Tened compasión, dejadnos vivir. No puedo abandonar a *dame* Françoise —dijo, mirando con cariño arrasado en lágrimas a la enferma. Françoise esbozó una sonrisa de gratitud, su cara la estampa del sufrimiento—. Miradla, está moribunda. Tened piedad, os lo suplico, gran señor —rogó Simone.

El viento golpeaba puertas y ventanales, se agitaba la llama de la lámpara como un pájaro debilitado por el crudo invierno. Los mil sonidos de la noche en tempestad rodeaban a las dos mujeres y los cuatro hombres. No había luna en el cielo, solo tormenta.

—Has llamado a la puerta equivocada —exclamó el hombre, y ordenó—: ¡Registrad el monasterio! Matad a todas las

cristianas y buscad a la mora. Aseguraos de que no está aquí.
—Y se volvió, balanceando su cimitarra en dirección a Simone. La pobre mujer se colocó frente a la cama; su cuerpo, una frontera entre la hoja asesina y *dame* Françoise.

Un chillido de dolor cruzó la celda, pero para sorpresa de Simone, lo había proferido uno de los hombres embozados. Por su cara corría un reguero de aceite caliente, humeante líquido dorado. El soldado se arrancó el almófar, descubriendo sus rizos negros y la carne enrojecida, y se abalanzó sobre la vasija de agua para limpiarse las heridas. Sus lamentos en lengua extraña llenaron la celda de aires de batalla. Simone buscó el origen del ataque. Una joven, esbelta y de fiero porte, sostenía la lámpara vacía en su mano derecha. A su lado, un hombre de brazo firme, con la espada en alto. En el umbral de la puerta que se había abierto repentinamente, un moro joven cerraba el paso con una larga lanza de punta afilada. Simone oyó una exclamación a sus espaldas, y vio que el cuerpo de la enferma revivía con fuerza inusitada. Miró a Françoise.

—¿Hija...? ¿Eres tú, hija...? —La voz quebrada de la dama se abrió paso entre las espadas. La recién llegada tenía el rostro anegado en lágrimas, pero ni una sola vez se apartó su mirada de la del cabecilla de los soldados. Ni cuando respondió:

—Madre, soy yo. No desfallezcáis. He venido a buscaros.

—¡Aalis, hija mía! ¡Mi niña! —exclamó Françoise, loca de alegría. Su instinto de madre se impuso: no podía permitir que Aalis corriera ningún peligro. Después de tantos años soñando con su pequeña, cada noche un regreso a Sainte-Noire y cada amanecer un amargo despertar, no dejaría que nadie le hiciese daño—. ¡Huye, hija! ¡Vete de aquí!

—Jamás —dijo Aalis, pálida como una muerta.

Hubo un silencio, cargado de negros presagios. Nadie

se movió, mientras en el exterior la tormenta azotaba sin piedad árboles, piedras y caminos. En la celda se olía la muerte, la carne enferma y la piel quemada, las espadas engrasadas, el sudor de los que saben que van a cruzar hierros. El jefe de la cuadrilla no había despegado los labios, observando la escena sin perder detalle. Miró a Françoise, a Auxerre y a Aalis. La joven le sostuvo la mirada y tuvo que reprimir un escalofrío, pues en sus ojos no había nada sino vacío. Finalmente, el soldado agitó la cabeza como si acabara de llegar a una conclusión y se echó a reír. Señaló su arma.

—Más trabajo para mi cimitarra.

—Aún estáis a tiempo de iros en paz —se limitó a decir Auxerre.

—¡No sois quién para darme órdenes! —exclamó ferozmente el jefe.

Y con un grito aterrador, él y sus tres secuaces se lanzaron sobre el capitán y Aalis. La joven arrojó la lámpara a la cara de uno de los atacantes, mientras Auxerre descargaba su hoja contra la cimitarra del jefe. Hazim hundió su lanza en el muslo de un oponente; este cayó de rodillas, desmadejado como un ovillo de lana. Aalis se hizo rápidamente con la espada del caído y cargó contra las figuras amenazadoras que se movían con destreza en el silencio del combate. Las armas, chocando en la oscuridad sin luna, eran la única luz siniestra en la celda de piedra. El silbido de las hojas pugnando por cortar carne y cercenar vida, el jadeante golpear de puños y patadas, los sordos ruidos de la muerte, en fin, rodeaban a los tres compañeros. El primer soldado, media faz en carne viva, se abalanzó sobre Aalis, ciego de rabia. La venganza le daba fuerzas, aun malherido como estaba: pulgada a pulgada hizo retroceder a la muchacha hasta arrinconarla. Al otro lado de la celda, Auxerre repelía no sin dificultad las hábiles fintas del moro al mando. Tenía una herida en la frente que sangraba con abundancia, y su atención estaba dividida entre su adversario y el peligro al que se enfrentaba Aalis. Estaba llegando al límite de sus fuerzas, y la muchacha también daba señales de agotamiento. El cabecilla sonrió artero:

—Pronto morirás. —Y susurró—: Y yo sabré enseñarle a ser mi *djaria*.

Auxerre apretó los dientes. Los ojos de su contrincante brillaban con un odio singular, un odio que los cuerdos reservan solo para quienes les han afrentado. Pasó por la mente de Auxerre que quizá luchaba contra un loco. Rugieron los dos hombres con el esfuerzo enconado de las hojas interpuestas, chillando los metales como serpientes enroscadas. Ganó la partida el moro, sacando de su braza de cuero una daga de misericordia y clavándosela en el hombro derecho a Auxerre. El caballero pasó la espada a su izquierda, y siguió forcejeando, pálido como un fantasma, sabedor de que haría falta un milagro para no caer bajo el cuchillo del otro. En el centro de la celda, el ama y Françoise permanecían agazapadas, tiritando una de miedo y la otra de fiebre en la cama, como si sus confines hubieran de protegerlas, mientras a sus pies el tercer soldado y Hazim estaban enzarzados en un desigual combate: muchacho contra mercenario, lanza contra cimitarra. A pesar del peligro, Françoise solo tenía ojos para su hija: Aalis empuñaba la espada curva, deteniendo los embates del soldado cada vez más débilmente. La dama sentía pavor y orgullo, dolor y alegría: por reencontrarse con su hija, crecida y valiente como una guerrera, y por verla empuñando un arma y arriesgando su vida. De repente, una de las acometidas abrió un fino hilo rojo en la manga del sayo blanco de Aalis, arrancándole un quejido. Cayó al suelo, y aún con la cimitarra en alto se arrastró hacia la cama, instintivamente. Hazim arremetió con saña contra su oponente, para auxiliar a Aalis, pero este propinó un certero golpe contra la lanza partiéndola en dos. Estaban acorralados. El soldado malherido empuñó su cimitarra con gesto decidido y la sostuvo frente a la joven. Simone se llevó las manos a la boca para sofocar un grito de espanto. Aalis se izó hasta su madre, tomando sus manos, besándolas y cubriéndola de lágrimas. Esta acarició el pelo de su hija, cariñosamente. Cuando Aalis levantó la mirada, la expresión de Françoise irradiaba amor y paz, como si la mismísima Virgen de la Roca se hubiera encarnado en su cuerpo enfermo.

—Gracias por venir a buscarme, hija. Te querré siempre.

—Y tras pronunciar esas palabras, arrojó su cuerpo contra la espada del asesino.

Françoise no sintió dolor. La fría curva de hierro se hincó en su cuerpo, que llevaba semanas consumido por el calor, casi como una caricia. Con ambas manos agarró la hoja y la sujetó contra su pecho. Luego algo se quebró en su interior, y todos los huesos entumecidos, los humores y la sangre viciados, los órganos ahogados, hasta su corazón cargado de pena y arrepentimiento, entonaron un suspiro de alivio. Abrió mucho los ojos, como si quisiera ver a su hija de nuevo, por última vez. Cayó hacia atrás, cayó sin saber dónde quedaba el final, con una sola palabra en los labios que se quedó grabada en el aire.

—Aalis...

Durante un momento, todas las ánimas que había en la celda guardaron silencio, tanta era la reverencia que causaba la muerte de la dama. Fue el grito de Aalis, enloquecida de rabia, y sus llantos abrazados al cuerpo sin vida de *dame* Françoise, lo que hizo que reaccionaran. Auxerre se tambaleó hacia la joven y su madre y cayó, arrodillado al lado de Aalis. El jefe de la cuadrilla juró por lo bajo. Observó con desprecio al soldado que había soltado la empuñadura, aún clavada la hoja en el pecho de la dama. Su cara era un amasijo de piel y carne enrojecidas, y tenía una mueca de satisfacción y temor, como si aún no estuviera seguro de lo que había hecho. El cabecilla se le acercó, mirándole fijamente. Echó un vistazo al cadáver, a las facciones tranquilas, en paz, de *dame* Françoise. Los lamentos de Simone y las respiraciones alteradas eran el único ruido en la celda. Aalis se había erguido, sostenida por el dolor, en su mano aún empuñando la espada inútil. Auxerre la había alcanzado, y pese a la herida en el hombro, su izquierda empuñaba la espada como si se aprestara al combate. El jefe de la cuadrilla miró largamente a Aalis. Sus ojos velados estaban más allá del dolor. El jefe inclinó la cabeza. Alargó la mano hacia la cara de su soldado, casi afectuosamente. Se oyó un lengüetazo de metal y un gorgoteo. El muchacho cayó de rodillas, con una expresión de incredulidad en su rostro. Se llevó las manos a la garganta, como si bastara con eso para volver a cerrar el tajo que la cimitarra del jefe acababa de abrirle en el cuello. Cayó de bruces, con la cara hacia abajo y la sangre manando. Los otros dos soldados contemplaron la escena sin moverse ni delatar ninguna reacción. El sarraceno se giró hacia Simone, mientras Auxerre, que aún pugnaba por sostener la espada, y Aalis y Hazim se arrapiñaron en torno a la hermana, protegiéndose unos a otros.

—Ahora, sigamos. Si no queréis que os mate de uno en uno, ¡hablad!

De repente, antes de que nadie pudiera decir nada, Fátima salió del arcón. La expresión de la novicia era de ira terrible: brillaban sus ojos verdes con todo el fuego de las llamas del infierno, y su otrora dulce rostro estaba esculpido en furia. Se abrazó al cuerpo inerte de *dame* Françoise, sollozando.

—¡Asesinos! ¡Bestias!

El jefe de la cuadrilla miró a Fátima y dijo, muy lentamente:

—No te haremos daño si vienes de buen grado. Hay un

mundo de gloria y riqueza esperándote, Fátima. —Y añadió—: Y dejaremos viva a esta gente.

—¿Cómo sabéis mi nombre? ¿Y por qué habría de creeros? —escupió la novicia, avanzando hacia los moros—. Vuestras bocas solo engendran mentira y solo sabéis alumbrar dolor.

Alzó los brazos y mostró sus manos, empapadas en la sangre de la enferma. Fátima se acercó, lenta y mortífera, alzando las manos en dirección a los moros.

—¡Dios nos asista! —se persignó la hermana Simone.

—No hagas ninguna locura, niña —advirtió el jefe de la cuadrilla—. ¡No le hagáis daño! Al que le toque un pelo le saco los ojos. —Antes de que nadie pudiera impedírselo, Fátima se arrojó sobre los dos moros y les embadurnó tanto como pudo rostro, labios y orejas con la sangre infectada de *dame* Françoise. Los secuaces, aterrorizados, empezaron a retorcerse entre chillidos espeluznantes. Se llevaban las manos a la cabeza, limpiándose con las mangas, frenéticos y arañándose la piel, como si quisieran arrancarse un demonio que les estuviera devorando por dentro. El jefe soltó un juramento en árabe y ordenó:

—¡Sadr! ¡Al-Mu'tab! Malditos necios. —Se giró como una bestia hambrienta hacia la novicia, pero se detuvo cuando vio que Fátima sostenía una daga.

—No pretenderás atacarme con eso, ¿verdad? —preguntó, divertido.

—En absoluto —dijo serenamente la novicia, girando la daga y colocando la hoja perpendicularmente a su cuello—. Pero quienquiera que os mande, quizá no se contente con mi cadáver.

—¡Niña, por la Virgen que vas a condenar tu alma! —intervino Simone, aterrada.

El sarraceno la miró como si hubiera dicho algo divertido. Luego sacudió la cabeza y dijo:

—Tiene razón. Me olvidaba de que aquí te han educado así. Pero además, no serás capaz.

—Pruébame —desafió Fátima, y deslizó la hoja suavemente. Una fina línea roja se dibujó en el alabastro de su piel y cayeron algunas gotas al suelo, luego un hilo que se hizo más ancho. La sangre de Fátima empezó a mezclarse con la de *dame* Françoise y la del cuarto moro. Simone empezó a gritar, horrorizada. Del exterior de la celda llegó un rumor de pasos, voces masculinas y ruido de espuelas y espadas. Los soldados que pasaban noche en el monasterio debían de haber oído el alboroto. El jefe de la cuadrilla reflexionó durante un instante. Sus dos soldados le miraban, temblorosos y expectantes.

—¡Criatura del demonio! —exclamó por fin—. Pronto nos volveremos a ver, te lo aseguro.

Salieron como una exhalación y abandonaron la celda. Cuando llegaron los soldados cinco almas seguían vivas. La sexta descansaba en brazos del Señor.

La madre Ermengarde contempló por el estrecho ventanal la tumba de *dame* Françoise. En el diminuto prado verde, una mancha de tierra negra, tierna aún, cubría el féretro por completo. El olor de la primera mañana y del rocío se mezclaban, y aquel día sabían a tristeza. La abadesa estaba enfadada. Por eso no había habido lápida en la tumba de la dama, ni tampoco hermosa cruz de mármol. Solo una breve oración, la compañía de las hermanas del monasterio y el silencio de su hija habían despedido a *dame* Françoise. El camino de vuelta a la cámara se había hecho largo, y cada paso era una cuenta de rosario. Contempló al grupo que la acompañaba en su celda: la joven Aalis, el caballero que había sido herido, el moro, callado y taciturno, y Simone. Y en un rincón, sentada de cuclillas, como si estuviera lejos y a salvo,

Fátima, con el cuello vendado. La abadesa había escuchado con horror que la joven se había infligido ella misma esa herida. La miró con temor y repulsión. El incidente de la noche anterior le había hecho reconsiderar sus planes: Fátima no era lo que ella había soñado para Rocamadour; no una nueva virgen de los milagros, sino más bien un engendro demoníaco que acababa de atraer un grave ataque contra su monasterio. Por lo que le que había referido Simone, era a ella a quien iban buscando aquellos moros. ¡Sarracenos en las montañas de Rocamadour! Era una abominación. Rápida y fríamente, tomó su decisión: tenía que deshacerse de esa muchacha, y pronto. Ermengarde sacudió la cabeza, y volvió a concentrarse en los asuntos de *dame* Françoise.

Se sentó frente a su escritorio, del que extrajo un pequeño cofre decorado con delicadas figuras de aves y otros animales, que poblaban un bosque de marfil, esmalte azul e hilos de oro finamente cincelados. Lo abrió y expuso su contenido a la vista de todos. Era un pergamino, cuidadosamente enrollado, con un sello de cera grana en el extremo.

—Al saber de su enfermedad, vuestra madre dictó sus últimas voluntades y trajimos al notario para que diera fe del testamento —explicó Ermengarde.

Rasgó el sello y alargó el pergamino a Aalis. La joven negó con la cabeza y se alejó hacia la ventana. Ermengarde dejó el documento a un lado, y siguió hablando:

—Como sabéis, *dame* Françoise abandonó todas sus posesiones al dejar Sainte-Noire. Trajo consigo, sin embargo, una buena suma en monedas de oro. Una parte la donó al monasterio, para su manutención de por vida, y el resto se invirtió.

—¿En qué? —preguntó Auxerre.

—En un barco —repuso Ermengarde, cautelosa.

—*Dame* Françoise nada sabía de barcos —dijo el capitán—. ¿Qué patrañas son estas?

—¡Escuchad! —advirtió Ermengarde—. Os diré lo que sé. Françoise siempre creyó que su esposo regresaría a por ella. Pasaron los años, y él jamás dio señales de vida. Entonces la señora solo tuvo una palabra en sus labios: el nombre de su hija. —En la ventana, con el horizonte de nubes grises y rocas negras inundando sus ojos, Aalis apretó los labios para tragarse la marea de llantos y dolor que su cuerpo encerraba. La madre Ermengarde continuó, muy despacio—: Quiso procurar por ella, y uno de nuestros peregrinos más fieles, de Venecia, le propuso compartir la compra de una nave. Françoise aceptó, muy animada. Decía que su hija sería una mujer libre merced a los rendimientos de ese barco. Fue una de sus últimas alegrías.

—Pero ¿por qué no tierras, una granja o un molino? —insistió Auxerre, escudriñando los ojos claros de la madre Ermengarde—. ¿Por qué, en nombre de Dios, un barco? ¿Y en qué puerto para ahora?

—En Barcelona. Y hay algo más. La propiedad es compartida —señaló Ermengarde.

—Ya nos lo habéis dicho, con el peregrino —dijo Auxerre.

—Al parecer, *dame* Françoise también le cobró afecto a alguien más durante su tiempo en Rocamadour. De modo que puso el barco también a nombre de esa persona. Confieso que me sorprendió, pero...

—¿Quién?

La madre Ermengarde señaló con la cabeza la figura acurrucada de Fátima. Aalis levantó la mirada, húmeda de dolor:

—¿Ella? ¿Qué tiene que ver ella con mi madre?

—¡Aalis! Tranquilízate. Pero en nombre de Dios, esto es una locura —exclamó Auxerre, dirigiéndose a la madre superiora.

—Es todo lo que sé —zanjó Ermengarde.

El hombre ponderó su respuesta, y quedó un rato callado. Al cabo, se aproximó a Aalis y dulcemente la retiró de la ventana.

—¿Qué deseas hacer?

Aalis negó con la cabeza, confundida. Dijo:

—Quizá lo mejor sería deshacerme del barco. No hay razón para conservarlo.

Auxerre se dirigió a la madre Ermengarde:

—Si otorgamos poderes al monasterio, podréis ejecutar la venta de la parte que le corresponde a Aalis de esa propiedad, ¿verdad?

—Así es, y puedo mandaros el resultante producto de la operación allí donde me lo indiquéis —dijo Ermengarde con precisión, como la eficiente abadesa que era.

—El dinero será para el monasterio —dijo Aalis, lejana su voz porque aún escrutaba el horizonte como si allá estuviera esperándola Françoise—. Cuidasteis bien de mi madre durante largo tiempo, y os lo agradezco. Pagad buenas misas por su alma. Nosotros nos marcharemos hoy de Rocamadour.

La madre Ermengarde esbozó una sonrisa de agradecimiento forzado. Echó un vistazo a la novicia, que seguía callada en el rincón. Miró a Auxerre y a Aalis, y se dijo que no perdía nada por intentarlo.

—¿Hacia dónde pensáis dirigiros? —inquirió con voz suave.

—¿Qué importa eso? —inquirió Auxerre.

—Nada, de no ser por ella —dijo Ermengarde, señalando a Fátima. La abadesa prosiguió—: Es huérfana, y lleva muchos años con nosotras. Fue traída aquí por un generoso señor para ser criada en la compasión cristiana. Hace pocos días mandó aviso su patrón de que la requería de vuelta. Su nombre es D'Arcs y tiene casa en Barcelona, y allí debe viajar Fátima. Precisamente fue él quien le aconsejó a vuestra madre la compra del barco —dijo, volviéndose a Aalis. Añadió—: Cuento con los seis soldados, los peregrinos que ayer os socorrieron, aunque desafortunadamente no a tiempo de impedir la desgracia, pero solo se llegan hasta Gerona. —Se detuvo, sus astutas pupilas estudiando el semblante de Auxerre—. Vosotros parecéis viajeros experimentados, camináis con un joven moro sin levantar suspicacias; nada más sencillo que sumar un alma más a vuestra compañía, hacerla pasar por una sirvienta, la hermana del muchacho, lo que mejor os parezca. Una vez en la ciudad, solo deberíais entregarla al señor D'Arcs. Tendríais la eterna gratitud de este monasterio y de su abadesa.

—Hermana, no somos buenos protectores para vuestra pupila —exclamó Auxerre, secamente—. Por desgracia os consta que esa es la verdad. Fue un milagro que anoche no hubiera más muertes. Esos hombres eran soldados bien entrenados.

—¿Soldados, señor? —inquirió Simone, que hasta entonces había guardado silencio.

—No sé quién es vuestra novicia, ni qué quieren de ella los que atacaron el monasterio. Pero son mercenarios o guerreros, gentes de la espada curva que no se aventuran tan al norte sin una buena razón. —El capitán se acercó a la abadesa—: Sea como fuere, os bastaría con hacer venir caballeros del castillo más cercano y pagarles una soldada por la misión.

—Claro está, pero es que eso llevaría varios días —replicó veloz la abadesa.

—Y por lo visto tenéis mucha prisa por alejarla de aquí, sin duda por caridad y bondad de corazón —apuntó Auxerre con ironía.

—¿Quizá por la misma bondad que os hace rechazar mi petición? —espetó Ermengarde.

—No insistáis —dijo Auxerre sin recoger la pulla—. Os digo que partimos hoy, y seremos los mismos que aquí llegamos.

—Yo iré con ella, madre Ermengarde. —Simone avanzó decidida, su menuda y regordeta silueta creciendo a la luz del sol que ya anunciaba las campanas de la hora prima—. Veré que llegue sana y salva a las puertas de Barcelona, y la acompañaré allí donde me instruyáis. Dos monjas en ruta contarán con la generosidad de las gentes que se crucen en nuestro camino.

La abadesa guardó silencio, escéptica.

—¡Buena mujer! —interrumpió Auxerre, alarmado—. Veo que tenéis un gran corazón, como ya demostrasteis ayer, pero vais hacia una muerte segura. Esos soldados no se han ido de vuelta a sus tierras, sino que esperan, agazapados, para volver a atacar. Por eso vuestra abadesa tiene tanto apuro por alejar a la pobre muchacha de aquí. El camino será un infierno de peligros, y en cualquier claro del bosque caerán sobre vos como halcones, pues así son los guerreros de Alá. Por no decir nada de los ladrones cristianos que se apresurarán a rebanaros el gaznate y conservar vuestras bolsas sin dudarlo.

—Caballero. —Simone se aclaró la garganta para responderle, y tuvo que alzar la vista también, pues Auxerre le sacaba un codo largo a la hermana—. Sabréis mucho de guerras, combates y las maneras de morir y matar que hay en el mundo. Pero esas bestias no nos atacarán.

—¿Es que gustáis de un vino demasiado fuerte para vuestra constitución? —se burló el capitán—. A fe que sois una monja singular. No me importa: estáis equivocada.

—El peligro estará en la ciudad —replicó Simone— porque allí les dije que estaría Fátima.

El silencio que siguió a su declaración fue breve: Aalis se giró rauda, cruzó la pequeña celda y tomó a Simone de la muñeca, asiéndola con firmeza:

—¿Qué dices, desgraciada? ¿Te confiesas cómplice de los asesinos de mi madre? ¿Les abriste la puerta del monasterio, les guiaste con una vela hasta su cámara? —susurraba con violencia: su voz no se hacía grito, pero su garganta estaba tensa y las venas hinchadas. Las lágrimas se habían secado sobre sus mejillas, y sus pupilas despedían latigazos de rabia. La pobre mujer rogó, sollozando:

—¡Dejadme ir! Por caridad, señora, me hacéis daño.

Aalis no se arredró, y siguió apretando hasta que Simone soltó un lastimoso quejido. Auxerre se abalanzó sobre las dos mujeres y las separó a la fuerza. En voz baja, murmuró:

—*Doussa*, te desconozco. ¡Por el amor de Dios, serénate! Apenas lo hubo dicho lamentó sus palabras. La hija de *dame* Françoise encajó la frase sin dar señales de haberla oído, o de importarle en absoluto si el que hablaba era el capitán o el mismísimo papa Alejandro. Se zafó de él y se volvió hacia Simone, con expresión dura.

—Cuando llegaron esos animales, no sabía qué hacer —empezó Simone, frotándose la muñeca—. Se me ocurrió decirles que la niña Fátima ya estaba lejos del monasterio. Pero no supe mentirles más, y con esos horrendos sables contra mi cuello, confesé cuál era el destino real de su viaje. Ni siquiera podía pensar, solo quería ganar tiempo... Madre Ermengarde, lo siento.

La abadesa dijo fríamente, sin mirarla:

—Los mártires sufren tormentos indecibles sin ceder su alma al demonio.

—Y creo que el alma de la hermana Simone sigue intacta, madre Ermengarde —dijo el capitán, gravemente—. Sois una mujer valiente, aunque vuestra cordura está por ver. —Y añadió, sin mirar hacia Aalis—: Os pido perdón si os hemos asustado. Pero en nada cambia las cosas. Los sarracenos saben que está aquí y, tanto si os creyeron como si no, sospecharán que el siguiente movimiento lógico es alejar a Fátima del monasterio. Sea como sea volverán a intentarlo, ¿comprendéis? Tanto en el camino como en Barcelona correrá peligro Fátima y quienquiera que esté con ella, si como creo esos moros no cesan de acosarla hasta conseguir llevársela. Allí donde esté Fátima, estarán los asesinos de *dame* Françoise —concluyó, tajante.

Un ruido en la ventana le distrajo. Aalis se había acercado, lentamente. El capitán trató de leer su perfil, sus ojos pausados, sus labios ligeramente curvados hacia arriba, en un gesto que si era una sonrisa, llenaba de pavor. Escuchaba con atención. Auxerre se estremeció.

—Confiaré en el Señor y en mi Virgen de la Roca —dijo Simone, abatida.

Fátima se levantó, se acercó a Simone y la abrazó.

—Gracias, hermana Simone —dijo—. Os prometo que no dejaré que os hagan daño.

Aalis cruzó la sala con decisión y se detuvo frente a la mora. A su lado, Simone se quedó quieta, observando a Fátima y a la hija de *dame* Françoise, casi vigilándolas. Como si algún daño invisible hubiera de sobrevenirles, uniéndolas, y ambas doncellas lo supieran. Mora y cristiana permanecieron quietas un instante. Por fin, una mano oscura y de dedos esbeltos salió de la manga blanca. Fátima le había tendido la mano a la de Sainte-Noire. Simone se santiguó, incapaz de nombrar el mal que temía, a pesar de que se le antojaba tan real como las cimitarras que habían profanado el monasterio. Aalis aceptó la mano de Fátima y la tomó con la suya, blanca y roja de sangre. Dijo la mora:

—Tu madre era una mujer muy buena.

Aalis no dejó de mirarla con singular expresión y respondió, asintiendo dulcemente:

—No voy a dejarte sola. No te dejaré.

A Auxerre se le antojó más una amenaza que una promesa. La cara de la joven seguía pálida, sus labios sin color. Solo sus ojos brillaban, enfebrecidos.

2

Rex Aragonensis

Alto y desgarbado, falto de majestad, traidor y mentiroso: así describían los trovadores menos complacientes a Alfonso, rey de Aragón, conde de Barcelona y Rosellón, y marqués de Provenza. En el condado de Tolosa y en las cortes reales enemigas resonaban los burlones sirventeses que le tildaban de perezoso y, por añadidura, de cobarde. Ciertamente no era un guerrero como su padre Ramón Berenguer, que unió tierras y hombres, consiguiendo que los magnates de Aragón, duros y secos, y los rebeldes prohombres de Barcelona y de los condados de la Cataluña Vieja, bajaran la cerviz, jurando lealtad a un mismo rey, su hijo. Pero en los ojos del vástago no había ni un ápice de miedo, ni faltaba tensión en sus manos firmes ni en sus facciones huesudas. Desde que era un infante, el peligro había sido como su ama de cría. Cuando apenas contaba nueve años, el conde Raimundo de Tolosa había conspirado para secuestrarle y hacerse con el control de las tierras occitanas. El plan había fracasado, pero Alfonso jamás olvidaría los jinetes embozados, la escapada a caballo en plena noche, ni el estrecho abrazo de su madre, la reina Petronila, al reencontrarse con él. Ahora, a instancias de su padrino, el rey Enrique II de Inglaterra, aún estaba húmeda la tinta del acuerdo firmado en

Montpellier, en la corte del rey inglés, con ese mismo Raimundo, que codiciaba sus posesiones. Y todos los testigos del pacto descendieron los peldaños del palacio real preguntándose cuánto duraría esa tregua. A pesar de las dudas que albergaba, Alfonso había obedecido a Enrique II. Para empezar, no se podía desatender fácilmente la voluntad del monarca inglés. Habían pasado varios años desde el terrible asesinato de Thomas Beckett, arzobispo de Canterbury, y en toda la cristiandad aún se recordaba el escándalo. La canonización de Beckett quedaba para la eternidad, pero lo que perduraba en la memoria de los poderosos y del pueblo era la muerte del que se había atrevido a enfrentarse al rey. Ahora, tras la contienda que Enrique se había visto obligado a librar contra sus propios hijos, rebeldes y díscolos como su madre Leonor, el inglés se ocupaba de garantizar la paz al sur de Poitiers. Los barones aquitanos eran una fuente constante de problemas, y lo último que Enrique necesitaba eran alianzas y pactos entre estos y los cinco reyes cristianos que mantenían a los moros a raya, desde Lisboa a Alcántara, desde Calatrava a Cuenca, hasta las tierras del sur de Tarragona. De mar a mar, como cantaban los juglares para animar a los combatientes. Duro era el interminable reguero de razias y ataques subrepticios, acometidas implacables que emprendía uno y otro bando, a veces impulsado por los jefes moros o los magnates cristianos, deseosos de incorporar un villorrio a sus territorios, a veces fruto de la codicia de una cuadrilla de mercenarios hambrientos de carne, trigo o esclavos. Alfonso soltó un juramento. ¿Es que no había forma de poner paz en aquellas tierras de Dios? Cinco nombres en sus labios, cinco las testas coronadas, cinco los reinos en juego. Alfonso de Portugal, Sancho de Navarra, Fernando II de León, Alfonso VIII de Castilla y él mismo, Alfonso II de Aragón. Cinco hombres nacidos de la guerra y de la ambición, piezas de un rompecabezas que, año tras año, costaba sangre y oro.

Unos pasos espuelados interrumpieron el curso de sus pensamientos. Rodrigo, el mayordomo de la corte, apartó los tapices que cerraban la entrada de la tienda real. Le seguía el feroz Blasco de Maza, capitán de su mesnada de orgullosos soldados aragoneses. En su escudo, bordado en la cota que le cubría el pecho, un gigante blandía el arma que le bautizaba, una maza con la que hacía rodar guerreros árabes colina abajo. Alfonso le había conocido con doce años, y desde entonces el de Maza no le había abandonado ni un invierno. Blasco mostró una sonrisa falta de cuatro dientes, perdidos en contiendas añejas, y dijo:

—Dejemos estos valles podridos y volvamos a nuestros campos de Aragón, mi rey.

Alfonso puso la mano en el hombro de su lugarteniente y dijo:

—Pronto, Blasco. Pero aún no.

También él tenía ganas de regresar a las tierras que le había legado su madre Petronila y ocuparse de los litigios del día a día, de las reyertas entre molineros y campesinos, de las desavenencias entre abadías y nobles. Pero antes, Barcelona. La herencia de su padre, el viejo conde Ramón Berenguer. Los antiguos barones no habían acogido favorablemente sus últimas iniciativas legislativas, ni las cartas forales que había otorgado para la fundación de nuevas villas. Se presentían rumores de rebelión, y la última vez que condes y barones se habían alzado en armas, hacía más de doscientos años, Cataluña había llorado sangre, porque los enfrentamientos entre los ricos casi siempre segaban las vidas de sus pobres. Además, el rey Enrique le había pedido hospitalidad en Barcelona para un hombre de su confianza, que le esperaba en el palacio condal. Alfonso estaba intrigado.

El aire frío golpeó su rostro al salir de la tienda real. Se abrochó el jubón hasta la última hebilla, y tomó el manto de piel que Rodrigo le tendía, solícito. En el prado les esperaba la comitiva: más de veinte jinetes, el séquito real. En la primera fila, sus servidores más fieles: Guerau de Jorba, que había sido consejero de su padre; el conde Ermengol de Urgell, un hábil diplomático de sangre antigua, que mantenía buenas relaciones con todas las cortes de la Península; su escribano Pere Corró, el juglar Giraut de Bornelh y Ponç, su confesor. Otras tantas acémilas y mulas de carga transportaban las armas, ropas y archivos imprescindibles para el desplazamiento del monarca. En las gualdrapas de las monturas, la casa de Barcelona y Aragón ostentaba orgullosa sus armas: en campo de oro, cuatro palos de gules, cuatro barras de sangre. A dos pasos por detrás del rey, Blasco de Maza alzó su mano y, como un solo hombre, caballeros y nobles cayeron, hincando en el suelo su rodilla derecha. Alfonso hizo una señal, y los jinetes montaron en sus orgullosos bridones. Palafreneros, mozos de cuadra y espoliques armados con bastones y trozos de ramas deshojadas azuzaron afanosamente a mulas y percherones. Arrancó la marcha con un gruñido de ruedas, juntas y cascos hiriendo la tierra.

Enrico Dándolo añoraba la casa que su abuelo Domenico el Grande había erigido frente al Gran Canal, al lado de la iglesia de San Luca. En ese lugar se había instalado su familia hacía tres generaciones, al poco tiempo de llegar a la ciudad de los mil lagos. Sin dinero, gracias a su trabajo y su habilidad, Domenico y más tarde su hijo Vitale, el padre de Enrico, se habían abierto camino en el corazón de la República de San Marco, sumergiéndose en las arterias comerciales de la ciudad, que latía con avidez y se alimentaba de oro gracias al sinfín de comerciantes, marineros, notarios, artesanos y obreros que se apiñaban en los muelles venecianos. Cada día las monedas manaban de una fuente de la abundancia distinta, de una nave recién atracada o de un buque por venir. Durante la algarabía diaria se firmaban contratos, se pagaban préstamos y se contraían deudas nuevas, y por la noche sonaban las risas y las copas, celebrando las buenas noticias. Los clérigos se afanaban rociando con agua bendita las naves que se hacían a la mar. La riqueza de un inversor se triplicaba gracias a un buen capitán que había sabido conducir los barcos a puerto seguro, con la preciada carga intacta y lista para satisfacer los caprichos de las cortes de Europa. Al día siguiente, el mismo comerciante se arruinaba al correr la noticia de que los piratas habían apresado su flota. El mar repartía las cartas y la partida se jugaba en cada puerto. Sin monarcas ni noblezas opresoras, con la protección de la Iglesia de Roma y el reticente respeto de Manuel Comneno, el emperador de Bizancio, en fiera lucha contra Génova, Pisa y el emperador germano Federico, no había nada imposible para la ciudad ni para sus habitantes.

Los Dándolo habían nacido para dominar Venecia, y jamás tuvieron miedo de conquistarla. Por dos veces los incendios, las inundaciones y las conspiraciones de sus enemigos —envidiosos de su riqueza de nuevo cuño y del poder que habían acumulado, como consejeros del Dogo— habían amenazado con destruir su pujanza, exiliándolos, privados de techo y posesiones. Otras tantas veces, la familia había luchado por sus derechos y recuperado su lugar en el *consilio sapientum*. La casa se erguía, un orgulloso símbolo de la permanencia y el poder de los Dándolo, contra viento y marea. Como todas las residencias de prohombres de Venecia, contaba con una edificación de madera y piedra de dos plantas, una capilla privada y numerosos terrenos de cultivo. No era la propiedad más ostentosa de la ciudad, pero comparada con la inhóspita cubierta del barco en que el hijo de Vitale Dándolo surcaba el invierno mediterráneo, era un palacio ducal. Y además, Enrico amaba su patria. Con más de cincuenta años sobre sus espaldas, el viento que llegaba del noroeste se le metía en los tuétanos y enrojecía la piel de su cara, pero no era peor que las hurañas ventiscas que solían descargar su furia sobre Venecia. Lo cierto era que lejos de casa, el viento mordía con más fuerza. El manto de pieles que le cubría los hombros solo evitaba el contacto superficial con el aire frío, salado y húmedo. Echaba de menos sus buenas calzas de lana, en lugar de la elegante túnica de lino egipcio que llevaba. Cruzó los brazos, escudriñando las olas para adivinar el perfil de la costa catalana. Tenía prisa por llegar. Cada hora alejado de Venecia le pesaba. Su hermano Giovanni estaría regresando de su última expedición comercial, quizá desde Acre, mientras Andrea, el único Dándolo que permanecía en la casa del Rio de San Luca, habría ocupado el puesto que les correspondía en el Consejo de los Once, el asiento que su padre Vitale Dándolo dejaba vacío. A los noventa años, en misión diplomática en la corte del emperador de Bizancio, el patriarca de la familia Dándolo había muerto. La noticia le había llegado en pleno viaje.

Se alegraba de no tener que contarle a Vitale los pormenores de su viaje a Alejandría, como solían hacer, a la vuelta de sus travesías, los hombres de la casa reunidos alrededor de la mesa, con jarras llenas de vino y grandes fuentes de carne y dulces frutas a su alcance. Las noticias que traía no eran halagüeñas. El guerrero Saladino había tomado la capital egipcia y expulsado a los califas fatimís, desatando una oleada de saqueos, asesinatos y ajustes de cuentas entre las distintas facciones musulmanas: los que defendían a los descendientes de la hija de Mahoma y aquellos que seguían las órdenes de los imanes. Consciente de que las represalias y los disturbios no eran buenos para los negocios ni para la fe del Profeta, Saladino estableció patrullas diarias, formadas por sus fieles turcos, y dispuso el toque de queda dentro de las murallas. Al cabo de unos días, lentamente, la tranquilidad volvió a reinar en las calles de la ciudad. Mientras, llegaban noticias del frente sirio: el tío de Saladino, Nur-al-Din, había caído en combate, y en las manos firmes y tenaces de su sobrino, el jefe militar más temido por los reinos cristianos de Tierra Santa, se acumulaba aún más poder. Saladino ya era sultán de Egipto, y toda Siria temblaba porque sabía que después de Alejandría el general caería sobre Damasco.

Durante todo el verano, bajo el terrible sol del desierto, los representantes de Génova, de Pisa y de las familias con intereses comerciales en Egipto, entre los que se contaba Enrico, esperaron horas y horas para obtener una audiencia. Para los Dándolo, que gozaban ya de la exención de impuestos que Bizancio les había otorgado a los venecianos, en agradecimiento por su apoyo militar, Alejandría era un apetitoso botín. El comercio con las legendarias riquezas de Egipto y, sobre todo, la exclusividad del puerto de Alejandría, la joya de la corona, era una mina de oro garantizada. Sabedor de que tenía en sus manos una baza deseada, Saladino escuchaba cortésmente todas y cada una de las peticiones. Día tras día, los sudorosos apoderados desfilaban frente a la soldadesca mora, que se burlaba con gestos groseros de los suplicantes y de sus cofres de obsequios, o de los pañuelos de seda que agitaban para espantar las moscas. Saladino no se había instalado en ningún palacio, sino que seguía durmiendo en su tienda, bajo las estrellas, al lado de sus hombres. Por esa razón, sus soldados se dejaban la piel en cada contienda, y sumaban victorias que acrecentaban la fama del sarraceno.

La entrevista con Saladino había sido breve. Enrico no podía olvidar los oscuros ojos negros y la determinación del general, que preñaba el aire de amenazas. Salah al-Din Yusuf ibn Ayyub, cuyo nombre significaba «la razón de la fe», no era muy alto, ni agraciado. Tendría unos veinte años menos que Enrico, y una barba puntiaguda y cuidada, su única concesión a la vanidad. Pero el hombre sentado en una modesta banqueta de madera no necesitaba impresionar a su interlocutor. Las águilas negras bordadas en su escudo, su legendaria generosidad (se decía que había vendido sin pestañear el tesoro de los fatimís para pagar el sueldo de sus turcos) y las hazañas militares que aún corrían de boca en boca hablaban por él. El veneciano cruzó la tienda, pisando la arena endurecida de Egipto.

—*Salam aleikum* —dijo Enrico, inclinándose.

—*Aleikum as salam* —respondió Saladino—. ¿Quién eres y qué pides?

—Enrico Dándolo, enviado del Dogo. Venecia presenta sus respetos al sultán de Egipto y solicita el privilegio de abrir una hospedería y un almacén para nuestros comerciantes, y el control de todo el comercio del puerto de Alejandría. En las condiciones —Enrico abrió las manos— que dispongáis.

—No veo ofrendas —dijo Saladino enarcando una ceja.

—¿Qué puede desear de mí el hombre que se deshizo del Gran Rubí del Califa?

—Nada, a no ser que traigas las llaves de Damasco —dijo el general, divertido.

—Será vuestra gloriosa mano la que abra esa puerta —repuso Enrico cortésmente.

—Bien dicho —sonrió Saladino. Sus dientes eran afilados y blancos, y al hablar lanzaban destellos como dos espadas enzarzadas en un combate—. Regresad a vuestra patria con este mensaje: Saladino recibe honrado al enviado del Dogo, y estudiará con presteza la propuesta comercial presentada.

Enrico se inclinó, dispuesto a retirarse, cuando un sirviente irrumpió en la tienda, casi sin aliento, acompañado de otro hombre con el que el veneciano cruzó miradas.

—¡Mi señor! Hay noticias... —Se detuvo al ver a Enrico, pero Saladino le indicó que prosiguiera. Arrodillándose, el criado habló—: El prisionero no ha resistido la tortura. Ha muerto desangrado, pero antes ha confesado. Todo se confirma, mi sultán. El Mahdi... A una fulminante señal de Saladino, el mensajero desapareció. Quedó el otro, guardando silencio. Sus ropas tenían manchas oscuras, de sangre seca. El general dijo, señalándole:

—El médico de mi visir es un sabio de la Torá, al que le desagrada la muerte. Abu Imran, mi huésped se llama Enrico Dándolo y trae paz y ganas de comerciar desde Venecia.

Dándolo ejecutó una respetuosa inclinación; el otro respondió con un gesto imperceptible de la cabeza, mientras lavaba sus manos finas y hábiles en un aguamanil donde flotaban nenúfares. Quedaron teñidos del rosa pálido en que se convierte la sangre cuando se mezcla con agua. Saladino prosiguió:

—Sé de algunos jefes que maceran en sal la cabeza de los traidores, para que siga la carne fresca recordando el destino de la mentira a los que aún están vivos. Jamás he creído en esas tácticas de carnicero. Por eso siempre ordeno que mi médico atienda a los prisioneros que deben sufrir para confesar. Tristemente, a veces así se obtienen mejores resultados que con la razón, la cortesía o el honor. —Levantó la cabeza y con una sonrisa triste terminó—: ¿Qué decís, veneciano? ¿Cuelgan cabezas de ladrones a las puertas de vuestra ciudad?

—Los canales de Venecia son hondos, y es allí donde se pudren nuestros culpables. —Al ver que Saladino no hacía ademán de interrumpirle, Enrico prosiguió—: Hace apenas dos años Bizancio derrotó a nuestro Dogo. Cuando regresó, el pueblo de Venecia se reunió a escucharle en el *arengo*, nuestra ágora pública, y después de escucharle decretaron que habían sido mal gobernados. Él trató de defenderse, explicarles lo sucedido, hacerles entrar en razón. La turba se enfureció, le persiguió hasta una iglesia y allí le linchó. Desde entonces, un consejo de sabios delibera con el Dogo en nombre de la población.

—Y tu nuevo Dogo es un hombre mucho más feliz, sin duda —Saladino apuntó, irónico—. *In Shallah*, veneciano. Quizá volvamos a vernos algún día.

La audiencia había terminado. Saladino dio la espalda al veneciano. El médico le acompañó al exterior.

Cuando salió de la tienda de Saladino, Enrico recibió el aire seco del desierto como una bendición. Acababa de dejar atrás a un hombre que pronto se haría con las riendas del islam: estaba escrito en letras de fuego que Saladino sería el dueño de Siria. Pero más que un pedazo de tierra, el recién nombrado sultán estaba hambriento de almas, y quería conquistarlas todas, moras y cristianas. Su voracidad no conocería límites, y después de Damasco, algún día exigiría el corazón del reino de los cielos, Jerusalén. El veneciano se estremeció al recordar la descripción escueta del criado: imaginó el cuerpo torturado, vencido, muerto. Las horas de sufrimiento, de voluntad inextinguible hasta el último momento. Y lo más grave: la confesión quizá del mismísimo secreto que Enrico había defendido durante años. Las lenguas vencidas son las más peligrosas para los vivos. Como si fuera capaz de oírle, el médico se giró y le miró gravemente. El semblante de piedra de Abu Imran Mussa bin Maimun ibn Abdallah al-Qurtubi se distendió en la sonrisa de un viejo amigo.

—Has envejecido bien, Rambam —dijo Dándolo con cuidado, procurando que nadie le viera hablando con el judío. Andaban lentamente hacia el camello de Enrico Dándolo, que estaba a unos pasos de la tienda; en cambio, la conversación que intercambiaron fue veloz.

—Ese desgraciado por fin habrá encontrado su paz —dijo Rambam.

—¿Crees que lo sabe?

—No hay secreto que el dolor no pueda arrancar.

—Entonces, estamos perdidos.

—No. Pero debes llegar a Barcelona antes que Fátima.

El judío y el veneciano cruzaron una mirada de incertidumbre y de miedo. En el horizonte, el viento del desierto besaba la arena y retorcía ferozmente sus dunas.

Rocamadour quedaba lejos. La efigie de la montaña y su Virgen pétrea habían despedido a los cinco viajeros varios días atrás. A diferencia de los agradecidos soldados que se habían ido atesorando una pequeña estatuilla oscura de Nuestra Señora y besando respetuosamente las manos de la madre Ermengarde, las cinco figuras que les acompañaron, partiendo al amanecer, no llevaban el corazón en paz. *Dame* Françoise seguía viva en el ánimo de la partida, y tanto durante el día, que era testigo de su silencio, como en la oscuridad, frente a las llamas de la hoguera nocturna, los semblantes eran pétreos. Pareciera que iban los jinetes guiados por el camino, en lugar de al revés: abriendo la comitiva Auxerre, después Simone y la novicia compartiendo un robusto percherón de pelaje gris, luego Aalis y el muchacho Hazim cerrando la fila, que avanzaba lentamente por los estrechos pasos montañosos que conducían a las vías anchas del valle. La expresión del chico, por lo general risueña, se transformaba cuando recordaba las caras de los atacantes, ocultas bajo los almófares pero inconfundibles sus dejes y sus cimitarras, las exclamaciones y los hábitos: los asesinos eran moros, como él. No se había atrevido a hablar con Aalis desde que dejaran atrás Rocamadour. El muchacho se debatía entre el asco que le producía compartir raza con los que traían las manos manchadas de sangre y la injusticia de su propia vergüenza. ¿Acaso era él responsable de lo sucedido?

La piel que cubría su carne jamás le había pesado tanto; cargaba con una culpa que no era suya.

Auxerre caminaba con amplias zancadas, aún llevando el brazo derecho en cabestrillo, pues seguía sanando la herida que había desgarrado su hombro. Sin ser profunda, pasarían semanas antes de que pudiera empuñar la espada con su diestra. Eso había dictaminado Simone, en el hospital del cenobio, al limpiarle la sangre encostrada y desinfectar el limpio tajo con agua hervida y vino agrio. Desde que cruzaran las puertas de hierro y piedra de Rocamadour, la buena mujer seguía aplicando los cataplasmas de hierbas y barro húmedo con puntualidad, al amanecer y al caer el sol.

—Habréis de descansar más —decía impertérrita cada vez que abría los vendajes y veía la sangre fresca empapando la manga del capitán—. Esta herida tiene afición por abrirse.

Auxerre no despegaba los labios, ajeno a la letanía de admoniciones caritativas de la monja. Su natural reservado se había trocado en un mudo hermetismo. Nada decía; se limitaba a guiar al grupo por los senderos que descendían hacia el valle y aseguraba las cuerdas de paso en ríos y meandros. Los zurrones se llenaban con truchas, conejos y colibríes a los que retorcía el cuello con un gesto veloz y eficiente. Vigilaba los caminos en los que se internaban, y no dejaba de mirar atrás durante días enteros, como si también hubiera de guardar aquellos por los que ya no transitaban. Si Aalis hubiera reparado en el hombre que caminaba a su lado, en silencio, habría caído en la cuenta de que siendo el mismo, era otro: como si un Auxerre de tiempos pasados se hubiera despertado merced al contacto con la cimitarra despiadada.

La noche de Rocamadour había hundido una pena grande y pesada como la propia montaña en el corazón de la joven, como el tajo que había segado la vida de su madre. La joven veía sin ver, andaba sin saber dónde caían sus pasos, y, si sabía que respiraba, era por el dolor que cada bocanada de aire le infligía en el pecho. De día, se dejaba llevar por su caballo, con el mentón bajo y los ojos ciegos. Ningún ruido atraía su atención, no había animal ni planta ni árbol que capturara su vista, como si un velo cubriera el mundo y le arrancara todo ramalazo de color o vida. Por las noches, se entretenía cuidando de su montura y la dejaba bien provista de hierba seca y agua fresca. Luego, sin romper el silencio, buscaba un hueco lo suficientemente cercano al calor de la hoguera pero lejos de sus compañeros. Cayera sol o luna, Aalis enterraba su cara bajo la capucha de su jubón y dejaba que el camino avanzase sin más. La carne y los huesos eran los cortinajes que cubrían, pudorosos, el desgarro que causa más dolor que un cuerpo roto: un espíritu inundado de lamentos. En su mente, como una ventisca negra, ráfagas de la noche fatal regresaban para torturarla hasta el agotamiento: las palabras pronunciadas por su madre, los estallidos del metal chocando entre sí, el color brillante y grana de la sangre. Así pasaron días y noches, en los que el sol castigaba implacable a los viajeros o bien el cielo convocaba a todas las lluvias del mundo para descargarlas sobre sus espaldas. Poco a poco, como el descenso de las montañas a los valles, el tiempo se hizo más tenue y se apaciguó el alma de la hija. Su frente se levantó, sus ojos soñaban. No mucho, no siempre, de vez en cuando, como una brisa tierna que anuncia la llegada de la luz. Un observador extraño habría pecado de soberbia y declarado: «He aquí una cristiana en paz.» Pero el vigor de su calma no nacía de la resignación, sino que se alimentaba de los recodos oscuros del ser. En el vacío había brotado la furia porque le habían arrebatado las caricias de una madre de la que había vivido alejada por fuerza y contra su voluntad. La determinación de la venganza había hallado un cálido hogar en su pecho. Volvía a los detalles que tenía grabados en el cerebro con ánimo bien distinto: dejó a un lado la mano tendida de su madre y se volvió hacia el asesino. En sus pesadillas, ya no flotaba la sonrisa dulce de Françoise, sino la mueca fría y singular del extraño. Quería recordar al cabecilla moro, hacerlo suyo en la memoria para acabar con su vida. La primera vez que la idea de matar tomó forma en su cabeza, una sonrisa afloró a sus labios. Era de noche ya, y estaba sentada frente a las llamas del pequeño fuego que Hazim cuidaba con mimo.

—Es bueno veros sonreír, niña —dijo Simone, acercándose al fuego. Sostenía un montón de vendas de algodón recién lavadas. Las puso a secar cuidadosamente. Cuando hubo terminado, apretó el hombro de Aalis con cariño.

Aalis dijo, sin moverse:

—No dirías eso si supieras qué es lo que me hace sonreír, Simone. —Cerró los ojos y preguntó—: ¿Dónde está el capitán?

—Está asegurando el campamento ahora que estamos solos —dijo Simone. Aalis enarcó las cejas y la monja se encogió de hombros—: Es lo que dijo al irse. También yo echo de menos a los soldados que nos acompañaron hasta Gerona.

—Ahora somos cinco, y presa fácil para los que nos atacaron —Aalis asintió.

Aalis y la monja intercambiaron una mirada de preocupación.

De repente, a sus espaldas, sonó la voz de la novicia, gutural y extraña:

—Celebro verte tranquila y en paz.

La muchacha se aproximó y se sentó, cruzando las piernas, frente a Aalis. La joven estudió la plácida expresión de la novicia.

—Es pronto para hablar de paz.

Esta le devolvió la mirada, como si pudiera perforar la carne y ver los espíritus con sus ojos verdes y especiados. Dijo:

—Es cierto. Tu voz dice una cosa, pero en el alma cargas con una cadena que aún te oprime.

—¿Me ayudarás tú a soportarla? —preguntó Aalis, sin proponérselo.

Fátima dijo, negando con la cabeza:

—Es demasiado negra tu pena.

—Negra como tu piel —replicó Aalis, alargando la mano hacia la mejilla fría de Fátima. Se dio cuenta de algo—: Y como mi nombre: ¿sabes que me apellido Sainte-Noire? Quiere decir «santa negra», en el idioma que hablan al norte. Ese debería ser tu nombre.

—¿Santa Negra? —preguntó Fátima, burlona. Un relámpago verde brilló en sus ojos—. No, tu tristeza es aún más negra que yo: porque negro será el color de tu alma, si te dejas arrastrar por esas cadenas de dolor.

Aalis se quedó mirándola, asombrada. La mora estaba seria, hierática como una estatua de ébano surgida entre los helechos del bosque, una antigua deidad venida de tiempos paganos. Se estremeció y se cubrió con la capa.

Simone intervino, inquieta:

—No hagáis caso de mi pobre Fátima. Lleva muchos años en el monasterio, y apenas ha conocido mundo ni gentes. Aún tiene mucho que aprender, pero sus intenciones son puras como el cristal.

—No os preocupéis —dijo Aalis, seca—. Se tarda poco en descubrir cómo es el mundo.

Se levantó y buscó al capitán con la mirada. Lejos, el río que seguían murmuraba entre aguas y peces que la noche acababa de empezar. Auxerre apareció y se unió al grupo. Empezó a despojarse de las vendas que le cubrían la herida. Una cicatriz rosada y de un palmo de largo había empezado a cerrar el tajo. Estiró el hombro, y probó varios movimientos rápidos que le arrancaron un leve quejido. Su expresión era malhumorada. Simone le tendió los paños, humedecidos en la tisana de romero. El capitán los tomó y procedió a limpiarse el hombro.

—Tenía yo razón. Ahora que estamos solos, nos siguen. He visto huellas y ascuas apagadas. Esta noche haremos guardias —dijo abruptamente—. Velaré el primero y el último. —Levantó la vista y se encontró con los tres rostros de mujer, y el semblante preocupado de Hazim, esperando en silencio. Auxerre se dio la vuelta y se instaló bajo un enorme roble a la entrada del claro para curarse la herida. Aalis le siguió. La luna no brillaba. Las nubes seguían amparando la noche y solo las estrellas alumbraban la senda de los viajeros. Los abetos y robles, altos y dignos, cubrían el cielo. En el valle los vientos ya no tenían el poder de ulular a placer; era el agua de los riachuelos la que acompañaba día y noche a los que yacían en un colchón de hojas y musgo. La vida del bosque jugaba al silencio; bisbiseaban las alimañas y los pequeños depredadores en busca de gusanos, saltaban delicadamente los pájaros nocturnos, picoteando con fruición en las suaves frutas de los arbustos. En la oscuridad, las voces humanas resonaban como las campanadas de las catedrales, y las palabras eran flechas que silbaban de lado a lado, clavándose en la corteza de los troncos.

—¿Nos siguen los mismos que mataron a mi madre? —espetó la joven.

—Hace días que no oía tu voz —repuso él, sin dejar de limpiarse la cicatriz.

—Nada tenía que decir —dijo Aalis—. Solo rezar por el alma de mi madre.

—¿Solo eso? —inquirió Auxerre.

—No sé qué quieres decir.

—Miente a los demás, si quieres. Conmigo de nada te servirá. —No había reproche en la voz del capitán.

—¿Me dirás lo que quiero saber? —insistió la joven.

—Por supuesto —replicó el capitán, sin mirarla—. Un

par de jinetes siguen un camino paralelo al nuestro. Si van tras la novicia o si es por azar, no lo sé. Hemos de prepararnos.

Aalis consideró su respuesta y preguntó:

—¿No será mejor sorprenderlos, ir a su encuentro? Si son viajeros como nosotros, nos uniremos a ellos. Y si no...

—Veo que el tiempo de las plegarias ya ha terminado para ti —dijo el capitán. Parecía enfadado, pero seguía sin girar la cabeza—. Ahora es tiempo de matar y tiempo de morir.

—No te entiendo —dijo la joven, incómoda—. Habla claramente o déjame en paz.

—Está bien. Dime: ¿por qué aceptaste acompañar a esa muchacha? Me he devanado los sesos para entender la razón por la cual te aviniste a ello, y por Nuestra Señora que solo doy con una respuesta, una única y repugnante explicación.

—Por primera vez Auxerre clavó la mirada en el rostro arrebolado de Aalis, que se revolvió como si este la hubiera abofeteado.

—¿De qué me acusas?

—Eres una mujer inteligente, Aalis. Sabes bien que esos hombres iban a por Fátima cuando tu madre... —El capitán calló un momento—. Sé lo que hace el dolor. Ciega la vista, tiñe el mundo de rojo y de negro, nubla la mente y la claridad del espíritu. Has pasado día y noche hundida en el mundo del rencor, y lo único que te mantiene con vida es la esperanza de traspasar el corazón de tu enemigo con la misma espada que guardas bajo la capa, la que sigue manchada con la sangre de tu sangre. ¿Crees que no me doy cuenta? Pero no tienes forma de perseguir a los asesinos. No sin mi ayuda, y no puedes pedirme que participe en una venganza a sangre fría. Así que decidiste burlarnos a todos, conservando a tu lado a la mujer que buscan. Te conviertes en su objetivo para asestarles el golpe de gracia. ¡Juegas con la vida de una inocente, por no mencionar a los que estamos a tu lado y te queremos! ¿Es así, verdad? ¡No puedes negarlo! —Auxerre había explotado, en una mezcla de súplica y acusación; no quería creer lo que estaba diciendo, pero le torturaba la posibilidad de que fuera cierto. Los días de perpetua duda se cobraban su precio. Terminó en un susurro—: Daría mi brazo derecho para que la vida volviera a ser como antes. Pero nunca lo será.

El capitán se quedó callado. Cuando Aalis respondió, su aliento era tan frío como la brisa de la noche.

—Jamás había sentido tanto odio por nadie, ni siquiera por el viejo Souillers y sus malévolas conspiraciones para casarse conmigo cuando su hijo murió en las Cruzadas. ¡Mi madre ha muerto en mis brazos! Después de tanto tiempo creyendo que la había perdido, ni siquiera he podido decirle todo lo que había imaginado... Sí, tengo ganas de matar. ¡Es horrible decir eso, y que sea cierto! —Aalis se acercó al capitán—. Dime que me quieres, dime que me ayudarás. Sea lo que sea, haga lo que haga.

Auxerre estudió los ojos profundos de la mujer que amaba.

—Mataría por ti. Solo necesito estar a tu lado siempre, pase lo que pase.

El crujido de unas ramas hizo que ambos levantaran la mirada. El capitán se llevó el dedo índice a los labios. Aalis asintió, y le siguió con sigilo cuando este se deslizó detrás de los espesos troncos que ocultaban el camino hacia el claro. Allí se quedaron, agachados los dos, conteniendo la joven el aliento tan esforzadamente que temía olvidarse de respirar, mientras el corazón entero se le desbocaba en sienes y pecho. Alzó la mirada hasta Auxerre. El perfil del capitán era de piedra, ni sus párpados se movían ni le temblaba la mano, agarrada a la empuñadura de su espada. Un soldado frente a su adversario. De repente, al oír la señal del enemigo, todo su cuerpo respondía a la ley del combate y de la victoria. Había muchas cosas que ignoraba de Auxerre, pero sabía a ciencia cierta que no la abandonaría. Aalis cerró con fuerza los ojos y al abrirlos tomó entre sus manos la daga mora que pendía de su muslo. Se estremeció. Como Auxerre había dicho, aún estaba manchada con la sangre de su madre.

—Venga, Blasco. Os lo ruego, contadme otra vez cómo derribasteis a siete gigantes de una sola puñada —suplicó Pelegrín de Castillazuelo, correteando tras el gigantón.

—¡Déjame en paz, mocoso! No son horas de cuentos —gruñó Blasco, cejijunto.

—No es cuento. Mi madre me lo dijo una vez —replicó Pelegrín, arrastrando la pesada espada por el musgo del camino. Allá por donde pasaba, los pequeños bichuelos del bosque, alarmados, correteaban para ocultarse entre el barro y los troncos vacíos.

—Tu madre, que el Señor la tenga en su gloria, hablaba por los codos. —Blasco añadió, echando un vistazo a sus espaldas y de paso propinándole un suave pescozón al chico—: Y tú tampoco callas.

—¡Pero, Blasco...! —empezó a protestar el otro. Blasco se detuvo, plantó sus anchas gambas en el suelo del bosque y agarró al mastuerzo por el cuello de su camisa. El hombretón se inclinó, susurrando furiosamente:

—Préstame atención, tontuelo. El rey Alfonso y toda su corte espera el regreso de nuestra avanzadilla para acampar en lugar seguro. ¿Entiendes? ¡El rey no descansará hasta que volvamos! Deja de charlotear y piensa en eso.

Lo soltó sin más, como si se deshiciera de un hueso roído, y el muchacho cayó hacia atrás, cuan largo era. Pelegrín tragó saliva y se levantó de un bote, como todos los niños que desean ser guerreros. Blasco de Maza ya le daba la espalda y avanzaba por el camino, desbrozando en silencio el paso. El joven trotó en pos del caballero y le alcanzó.

—Apuesto a que yo podría tumbar a un gigante —aventuró Pelegrín.

Blasco alzó los ojos hacia el cielo y murmuró para sí:

—De aburrimiento, a buen seguro.

—¿Qué decís? —respondió el joven, sonriente.

—¡Ah de los caminantes! —interpeló una voz.

Una silueta apareció en medio del camino, con la hoja desnuda y en alto. Blasco se clavó entre la figura y el muchacho, y con el brazo extendido empujó a Pelegrín hacia atrás. En su mano, la señal. El mozo abrió grandes ojos. Echó a correr, sin parar mientes en dónde pisaba, casi sin notar los pies, volando más veloz que el propio viento.

—¡Hola! —dijo Blasco, sin moverse un pelo—. Soy hombre de armas sin ganas de pelea. A no ser que busquéis mi bolsa. En ese caso sí tendremos guerra.

—No quiero vuestro oro —repuso Auxerre—. Solo saber quién sois y adónde vais.

—Os lo he dicho: soy de armas.

—¿Vuestro nombre? —Auxerre estudió al corpulento extraño con preocupación. Si terminaban luchando cuerpo a cuerpo, el otro tendría las de ganar.

—Os importa poco.

—¿Vuestro destino?

—El que me plazca.

Auxerre se echó a reír. Su interlocutor preguntó, airado:

—¿Os burláis de mí? Esa es otra forma segura de enzarzaros en diálogo con mi *Valencia*.

—No, caballero, no me río de vos —repuso el capitán, recuperando la seriedad—. Es que un buen amigo mío hubiera respondido igual, con orgullo y sin cabeza. ¿Y quién demonios es esa *Valencia*?

—Mi espada —exclamó Blasco, huraño. Empezaba a cansarse del misterioso interrogador—. ¿De qué país bárbaro venís, que desconocéis la costumbre de nombrar las espadas?

—Sin duda de un lugar donde no vale la pena bautizarlas —replicó Auxerre—. ¿Quién era el muchacho? ¿Vuestro escudero?

—Amigo, tentáis la suerte —advirtió el hombretón, con expresión feroz—. Jamás tuve afición por las comadres, y vuestras preguntas me sobran. Por los huesos de santa Teresa que si no me dais paso os juro que echaréis de menos un par de piernas.

—Veréis, es que hay un problema. —Auxerre señaló el terreno que les rodeaba con la espada, balanceándola despreocupadamente—. Este bosque no es muy grande, desafortunadamente, y muy cerca de aquí hay un claro delicioso, al borde de un riachuelo. Y no puedo dejaros pasar, púes si llegáis, querréis acampar allí. Para vuestra desgracia, ese trecho ya está tomado.

—Os daré una lección sobre desgracias —amenazó el de Maza, alcanzando su espada.

—¡Blasco, tente! —tronó una voz.

De la profundidad de la maleza emergieron seis jinetes, ricamente ornadas sus monturas. Todos blandían espada o lanza, prestos al combate. Frente a ellos se erguía el que los mandaba, y que acababa de lanzar la orden deteniendo el brazo de Blasco. Una larga capa de gruesa lana le cubría de hombros a pies, pero aunque la tela no era propia ni de magnate ni de arzobispo, él la llevaba como si fuera terciopelo o seda gloriosa, tanta era su dignidad. Blasco se hincó de rodillas al ver a su señor el rey Alfonso. Entre las patas de los caballos estaba el mozo que había partido corriendo como alma que llevaba el diablo. Resplandecía, henchido de orgullo. Había cumplido la misión que Blasco le encomendara, silenciosa y astutamente: salir en busca de refuerzos.

Auxerre contempló la llegada de los jinetes con prudencia y un soplo de alivio. Todos los presentes eran cristianos, y por lo pronto nada tenían que ver con la cuadrilla de moros que les habían atacado en Rocamadour. Ahora bien, nada le garantizaba que no fueran hostiles, pues sabía bien el capitán que en el mundo la condición religiosa nada excluía ni incluía: había conocido sarracenos civilizados y otros sanguinarios, y otro tanto podía decir de los cristianos con los que había luchado. Aferró su espada con decisión.

El rey descabalgó. De un salto Blasco se puso en pie, con la cabeza aún inclinada.

—Me ha dicho un rapaz que te encontrabas en un brete —dijo Alfonso, queda la voz.

—Es un honor que encabecéis la partida de rescate —repuso el aragonés, brillándole los ojos.

—No te andes con remilgos, Blasco —repuso el rey afectuosamente—. Muchas escaramuzas tenemos sobre nuestras espaldas.

—Muchas en verdad, señor —asintió el otro inclinándose una vez más.

—Basta de lindezas, Blasco. O este buen hombre pensará que soy a lo menos legado papal —dijo con ironía el rey. Alfonso se acercó al capitán Auxerre, que seguía apostado frente al paso del claro y le observó un instante antes de interpelarle—. ¿Cuál es vuestra voluntad? Tenéis formas, abrigo y altura de caballero. ¿Será pacífico vuestro proceder o habremos de lucir nuestras hojas bajo esta luna?

—Eso depende de lo que busquéis —replicó Auxerre.

—Lo que cualquier viajero. Esta noche, un claro tranquilo donde reposar —contestó sencillamente Alfonso—. Por la mañana, retomar nuestra ruta y aún después, llegar sanos y salvos a nuestras casas. —Puso la mano izquierda en la empuñadura de su espada y tendió la derecha a Auxerre—. ¿Es un buen trato?

El capitán estudió a su interlocutor. Su expresión era franca, pero cincelada por el cansancio y, quizá, la tristeza. Tenía, sin embargo, sonrisa ligera y mirada aguda, estatura sobrada y no cabía duda de que estaba acostumbrado a mandar. Sus hombres permanecían a su lado, estatuas de piedra que mudarían en feroces asaltantes en cuanto él se lo ordenara. Auxerre sopesó sus escasas opciones. Siete brazos armados, y su herida aún por curar. Barraganes no eran, sus ropas y hasta los gestos hablaban de nobleza, o cuando menos, de gentes de honor. Como antaño, cuando la cara o la cruz de su vida se dirimía en menos de un latido, Auxerre tomó la decisión. Confiaría en el desconocido. Tendió la mano a su vez:

—Si no lo es, lo sabremos al amanecer.

Y acto seguido silbó con fuerza suficiente como para espantar a dos búhos que dormitaban en una rama cercana y a varias codornices. Pronto se desencadenó un griterío animalesco, al son del cual empezaron a emerger siluetas detrás de Auxerre, primero una, luego otra, y dos más. De inmediato, Blasco de Maza saltó hacia delante y se interpuso entre Auxerre y el rey. Los otros jinetes avanzaron amenazadoramente, pero Alfonso hizo un ademán deteniéndolos. Blasco protestó:

—¡Señor, van armados! —dijo señalando el arma que blandía una de las siluetas.

—Pero Blasco, ¿tendrás miedo de una mujer? —respondió Alfonso, sereno—. ¿O de un mozuelo de la talla de Pelegrín? Mira bien, aragonés loco, mira dónde vas a hundir tu espada.

Blasco se detuvo en seco y se frotó los ojos. La luz de la luna bendijo el bosque con su plata resplandor, y las siluetas aparecieron claras y nítidas. Una muchacha —el de Maza juró para sus adentros— era la que sostenía una daga mora cuyo tajo era más ancho que los tobillos de la propia doncella. A su lado, un moro, espigado y tembloroso como una ardilla, se había hecho con un pedazo de madera podrida que no resistiría ni el soplo de la brisa mañanera. Otras dos mujeres, monjas o penitentes a juzgar por sus atuendos, arrastraban pesadas piedras en el hueco de la camisa, como si David hubiera de venir a por provisiones en sus regazos. El rey se dirigió a Auxerre:

—Alabo vuestro temple. No sé de dónde habéis sacado esta lucida colección de soldados, pero a fe que os habríais enzarzado en singular refriega de cruzar hierros con Blasco.

—Sois gentil, señor —aceptó Auxerre—. Decid más bien lo que pensáis: que soy un demente y que vuestros soldados nos habrían rebanado el gaznate fácilmente. Aún podrían.

—Ahora que lo decís —dijo Alfonso, pensativo—, ¿qué les detiene, en efecto?

—El trato que acabáis de cerrar conmigo —repuso Auxerre.

—¡Cierto! Qué mala memoria la mía —respondió el otro, burlón.

—Presiento que vuestro sentido del honor se encargará de paliar esa falta —apuntó el capitán.

Los dos dieron en sonreír ampliamente a la vez, conscientes de que había pasado el momento de la desconfianza. Ambas partidas se acercaron, ojeándose nerviosos. Alfonso tomó la palabra:

—En fin, puesto que seremos vecinos por una noche, breves pero necesarias son las presentaciones: me llamo Alfonso, y mis compañeros y yo regresamos a casa después de algunos años recorriendo tierras lejanas. —El rey carraspeó. Blasco de Maza entornó los ojos: a pesar de su facilidad con las rimas y la poesía, su buen señor jamás había gozado del don de la inventiva. Auxerre disimuló una sonrisa y replicó:

—Como un espejo es nuestra historia, señor. Mi nombre es Auxerre y estos son amigos de la infancia con los que volvemos al hogar. —Hubo toses escépticas en el bando del de Aragón, y algún que otro cuchicheo señalando a Hazim y a Fátima. El capitán guardó un silencio impertérrito mientras Alfonso acallaba a los suyos y respondía:

—Bien, bien. Basta de cortesías y saludemos al espléndido azar, que nos reúne esta noche. Vayamos a ese claro que tanto tiempo nos ha costado repartirnos.

Auxerre se apartó para dejar pasar a Blasco de Maza, pero este aclaró, por medio de señas, gruñidos, muecas y balanceos de su espada, que no pensaba darle la espalda al extraño con el que había estado a punto de batirse. A una indicación del capitán, Aalis y Hazim desfilaron obedientes aunque asiendo aún sus singulares armas, y Alfonso exclamó por lo bajo un «por el amor de Dios» antes de seguirles. El hombretón aragonés se pegó entonces a los talones de su rey, sin dejar de propinar airados bufidos en dirección al capitán. Después Simone y Fátima fueron escoltadas por el resto de los jinetes, y Auxerre cerró el desfile. El apacible claro del bosque saludó la llegada de la ajetreada mescolanza de monturas, pertrechos, razas y armas con la misma tranquilidad con que había visto partir a sus anteriores moradores.

A un lado de la hoguera que yacía en brasas se organizaron para dormir, en un cuadrado, los caballeros del rey. Era impresionante verles desplegar lanza, escudo y espada para dormir con sus hierros a mano en caso de ataque, cubiertos únicamente por sus capas y haciendo del lecho del bosque su colchón. También Alfonso preparó su catre con destreza, y al terminar quedó en el centro del cuadrado, como siempre protegido su lado izquierdo por Blasco. El rey hizo una seña al joven Pelegrín y discretamente le dijo:

—Muchacho, ve a dar voces al resto del séquito de que no se nos acerquen, más bien que nos sigan a distancia prudente durante el tiempo que andemos en esta nueva compañía.

Pelegrín asintió, se alzó raudamente y desapareció en la noche. Alfonso preguntó a Blasco:

—¿Tú qué crees?

El de Maza miró al extremo opuesto, aguzando la vista y el oído.

Auxerre por fin descansaba, la cabeza recostada contra el tronco mientras Aalis le aplicaba el ungüento desinfectante en la herida. Fátima estaba sentada a su lado, en silencio, mientras Hazim y Simone dormían recogidos un poco más allá. La de Sainte-Noire preguntó:

—¿Confías en ellos?

El caballero estiró el cuello para ver mejor en la oscuridad de la noche.

—Son una extraña comitiva. ¿Habéis visto esos dos zagales moros que traen?

—Uno es un niño y la otra va para monja, Blasco.

—¿Qué amistad puede haber entre moros y cristianos? Patrañas, más bien.

—Pero se ve a la legua que han sido compañeros de viaje durante largo tiempo, como dicen.

—Lo que dicen y lo que hay serán dos cosas bien distintas, señor.

—¿Y qué me dices de esa mora ennoviciada? ¡Toda una guerrera!

—Reíd lo que os plazca. ¡Tenéis enemigos que han puesto precio a la Corona!

—¡No seas ridículo! ¿Estás diciendo que mandan niñas, mozuelos y matronas a por mí?

—Ese Auxerre sabe de guerra, fiad mi palabra.

Alfonso miró con cariño a Blasco.

—Siempre lo hice, y siempre lo haré. Trata de dormir. La mañana traerá claridad.

—Podrían ser quienes dicen ser.

—¿Viajeros pacíficos de vuelta a su hogar? ¿Con esas armas?

—No han alzado hierro en nuestra contra.

—Por fuerza tendremos que dormir y quizás esperen a eso.

—Han podido atacarnos, y no lo han hecho.

—Eso no quiere decir nada.

—Es cierto que no parecen comerciantes, ni peregrinos.

—Apostaría a que son soldados, y buenos además.

—Demasiado. No son ladronzuelos ni aves de rapiña.

—¿Soldados de Dios?

El temblor en la pregunta de Aalis despertó recuerdos en el capitán. Acarició el pelo de su amada.

—Hemos pasado noches peores, *doussa*. El amanecer nos contará la verdad.

Tres figuras se deslizaron sigilosamente por entre los árboles, mientras sus monturas descansaban a distancia prudencial. Observaron un rato a la nutrida partida que se acababa de formar. Por fin dijo uno:

—Más de diez espadas.

—Y detrás tienen un séquito de treinta soldados —añadió el otro.

El jefe sarraceno dijo, pensativo:

—Nada podemos hacer aquí. Somos solo tres y estamos en territorio enemigo. Habrá que seguirles y esperar que Alá nos brinde otra oportunidad.

—¿En Barcelona? —preguntó el otro—. ¡Allí es demasiado peligroso!

—Si yo digo que es preciso pisar ciudad cristiana para apresarla, lo haremos. Y habrá refuerzos, no lo dudéis —ordenó tajante el sarraceno—. La habríamos capturado en el monasterio si no tuvierais un corazón de conejo en lugar de ser leones del califa. Ahora no nos queda más remedio que esperar.

Las tres sombras desaparecieron en el bosque, mientras en el claro algunos dormían, confiados, y otros velaban armas escudriñando con inquietud la oscuridad.

Las murallas de Barcelona eran altas como cinco hombres subidos uno encima del otro, de buena piedra y firmes vigas. Diez puertas franqueaban el paso al recinto de la urbe, diez bastiones de roble y hierro que prometían firmeza, protección y salvaguarda a sus habitantes. Ningún orfebre de vista aguileña había labrado goznes, barras y remaches para convertir los portones en una loa al señor de la ciudad. Los carpinteros se habían esmerado, pero su cincel había sido austero. Los maestros de obra habían evitado ornamentos y florituras osadas. Los colores vibrantes del cielo, la tierra y el mar vestían a la ciudad con mayor gloria que las estatuas, los capiteles o las torres más altas. Las armas del conde de Barcelona bastaban para despertar la admiración del forastero: orgullosos, los pendones ondeaban encima de cada puerta, tiñendo el azul del horizonte de oro y de grana. Desde la distancia, la piedra y la madera de la ciudad se fundían con los campos de los alrededores, sembrados de trigo recio y viñedos de golosas uvas que se extendían hasta donde alcanzaba la vista. A los pies de los muros, surgían ora masías con corrales y huertos, ora humildes chozas, todas animadas por el fuego de sus hogares y por el paso apresurado de mujeres y labriegos, atareados en la labor diaria. Pequeños rebaños de vacas y ovejas pastaban en las colinas. En cada recodo, la algarabía de perros, gallos y bestias de labranza acompañaba al viajero. Por los caminos, algunos antiguos como Roma, otros recién abiertos por los obreros del señor de Barcelona, discurrían carros, bueyes y hombres al unísono, haciendo temblar la tierra y sus raíces para arrancarle más cosechas de grano con las que alimentarse y pagar los impuestos de la Corona y de la Iglesia.

Alfonso contempló su ciudad. Jamás se cansaba de ella. Siempre agitada con gentes que iban y venían, barcos que atracaban, caravanas que partían hacia el sur por la *via mercatera* o hacia Gerona por el norte, cada carga de bienes y almas el palpitar de un corazón ansioso. Iban al unísono, Barcelona y su rey: ambos rebosantes de energía y de ambición, la ilusión de crecer y convertirse en una tierra más bella, orgullosa de serlo y de ofrecerse al recién llegado con todas sus galas: la mar rica en peces, el suelo fértil y abundante, el aire luminoso y benigno del Mediterráneo. El rey se dio la vuelta, en su rostro una satisfacción infinita, mientras la brisa le besaba los labios con el sabor de la tierra que tanto había añorado.

—Mírala, Blasco. Mírala y dime si existe un lugar por el que vale más la pena morir.

El de Maza respondió, socarrón:

—Sabéis que yo nací entre olivos y tierras secas, señor.

—Por las que también darías tu vida. Lo sé, Blasco. Y como soberano, no puedo sino repartir mis cuidados entre todas las ciudades, villas y hogares de mi reino. Pero esta... —Volvió la vista hacia Barcelona, ferviente—. Aquí empecé a soñar. Imaginé dominios que se extendieran desde Tarragona hasta más allá de los confines de Provenza, con un puerto fuerte y rico que atrajera mercaderes de todos los reinos de España, de Santiago hasta Toledo, de Valencia a Zaragoza. ¡Y mírala ahora, Blasco!

El gigante aragonés guardó un prudente silencio. No eran pocas las veces que había sido testigo de la pasión de Alfonso, que no eran ni sus vástagos ni su esposa Sancha, ni las cien damas que suspiraban por un gesto del monarca. Sabían bien sus hombres de confianza que el rey solo tenía una amante y un dueño: su corona y su reino, a los que amaba con tanta fuerza que a veces estrangulaba con un abrazo feroz, como cuando ordeñaba sus arcas para construir nuevas carreteras, levantar puentes, mejorar las atarazanas del puerto o erigir molinos y hornos por doquier. Alfonso quería convertir Cataluña y Aragón en los pilares de una Corona gloriosa, donde brillaran Barcelona y Zaragoza como las perlas y rubíes que adornaban su propia testa coronada.

Se oyó un ruido de pasos y Blasco se giró, irguiendo su espada.

—Bajad vuestra *Valencia*, amigo Blasco. Solo me acercaba para ver qué os detiene durante tanto tiempo —dijo Auxerre. El de Maza obedeció de buena gana—. Ya estamos listos, aunque reemprender la marcha será tarea ardua, porque los muchachos están maravillados, recorriendo el mercado en busca de baratijas, y he dejado a Simone peleándose con una panadera porque quería cobrarle doce sueldos por sendas piezas de pan. En fin, ¿qué os ha detenido? Os hacía prisioneros ya de algún señor sin escrúpulos.

—Barcelona la hermosa nos ha cautivado, francés, igual que hará con vosotros —dijo Alfonso, orgulloso.

—Para eso tendremos que llegar, y aún nos queda un buen trecho hasta cruzar sus puertas —dijo Auxerre, señalando el camino curvado que desaparecía entre colinas y campos hasta alcanzar la ciudad—. Diría que una media jornada de viaje, a buen paso. ¿No os parece?

El rey frunció el ceño, repentinamente incómodo. Blasco le miraba con intención, pues hacía apenas dos noches el fiel soldado le había advertido de que se avecinaba el momento de separarse de los que habían viajado unidos y en buena compañía, y a Alfonso no le había gustado admitir para sus adentros que el de Aragón tenía razón. Más de treinta amaneceres habían cabalgado al lado del capitán y de la joven Sainte-Noire, de Hazim y de las calladas monjas. Otras tantas puestas de sol, los adustos jinetes habían puesto sus caballos a reposar en el mismo musgo, mientras los risueños jóvenes, ajenos al color de su piel y al credo de sus almas, aprendían el uno del otro. Pelegrín había abierto los ojos de par en par al ver a Hazim prosternarse repetidamente, cinco veces al día en dirección a La Meca, y el moro bostezaba, burlón, al escuchar las plegarias, a su juicio interminables, que el cristiano entonaba a primas y nonas. Algunas veces, cuando la bonanza rehuía la noche y la helada era mordaz como en invierno, los hombres habían formado un ancho corro para que las mujeres pudieran tenderse alrededor del fuego, entre las leñas y el calor de sus cuerpos. Y así, oyendo la respiración acompasada y dulce de las damas, mientras no llegaba la madrugada, los soldados de Alfonso habían combatido el frío trenzando los relatos de sus pasadas hazañas y de todas las escaramuzas en las que habían hundido la adarga. Otras veces, era el oriundo de las tierras francesas el que recordaba una pelea de puños contra cuatro contrincantes, o las finas estocadas de un espadachín en busca de gaznates que segar. En las largas horas en que transcurría el viaje, por claros y llanos, en bosques y arboledas, Alfonso había visto nobleza en Auxerre, orgullo en Aalis, valor en Hazim y prudencia en la matrona, mientras que su pupila, retraída y callada, se había mantenido alejada de sus hombres. En definitiva, cualidades todas que no podían sino arrancar afecto y respeto en su corazón. En muy pocas ocasiones hallaba gentes que no buscaran su favor o su fortuna, y sentía tener que despedirse de amigos tan recientes, con los que había prorrumpido en risas como si fueran los miembros más queridos de su corte. Pero incluso cuando narraban los soldados las estocadas, describiendo con profusos detalles las heridas infligidas y las recibidas, ni Auxerre ni Blasco, ni el propio Alfonso, mentaban jamás el origen, lugar o señas del combate, sabedores de que el camino los había unido solo por un tiempo, y que las presentaciones no las hacen los nombres, sino los actos de los hombres. Jamás es mayor la libertad del que no arrastra un pasado, solamente su presente. ¿Habría hablado Auxerre con la misma confianza de los caprichos de los poderosos teniendo frente a sí al rey de Aragón? ¿Podría haber cantado Alfonso las mismas coplas burlonas de no saberse protegido por un nombre que no era el suyo propio? Sin embargo, la ilusión llegaba a su fin. El orden de las cosas reinaría de nuevo en las vidas. El rey debía volver a ser rey, y los que habían comido y dormido a su lado se tornaban en desconocidos. En su entrada a Barcelona, el rey Alfonso solo podía acompañarse de su séquito y de sus fieles soldados.

—Esta es la hora en que nos despedimos, Auxerre —dijo Alfonso sin ambages—. La ruta hacia Barcelona es segura y despejada. Unas horas, si os esmeráis y no perdéis tiempo, medio día a lo sumo.

—No viajamos de otro modo, lo sabéis bien —replicó Auxerre. No podía ocultar una sombra de extrañeza en su voz. Adivinaba que en la ciudad a Alfonso y sus caballeros les esperaban otras cuitas muy distintas de las suyas, pero había creído que franquearían juntos los muros del recinto de Barcelona. Guardó silencio. El rey prosiguió:

—Ha sido bueno el camino a vuestro lado, amigo. Os deseo lo mejor en vuestros empeños, y si alguna vez habéis de menester ayuda, tened esto. —Desprendiéndose de uno de los anillos que portaba en la mano derecha, se lo entregó a Auxerre—. Vale lo suficiente como para salir de un aprieto. Usadlo con sabiduría; puede salvaros la vida.

Auxerre aceptó el presente con semblante grave:

—Os lo agradezco, y seguiré vuestro consejo.

Se oyó un rumor de cascos y de voces. Los jinetes del rey aparecieron, y alcanzaron a su señor en la cima de la colina con una nube de relinchos y repicar de espuelas.

—¿Dónde paran las damas y el mozo Hazim? —inquirió Alfonso.

—Allá en la plaza de la villa de Sant Cugat —respondió uno de los soldados—, enzarzados en conversación con un comerciante que se dice viejo conocido de la señora Aalis. Pelegrín se ha quedado con ellas, escoltándolas.

Auxerre enarcó la ceja.

—¿Un conocido, decís? No los tenemos por estas tierras. Iré a por ellas. —Se sujetó la cincha de la espada y tendió la mano a Alfonso—. Ha sido un honor conoceros. Que Dios os proteja.

—Y que también a vos os guarde de todo mal —respondió el rey apretando la mano ofrecida.

Auxerre inclinó la cabeza, y con un ademán sin palabras se despidió también de Blasco. El de Maza esbozó lo más parecido a una sonrisa que su faz hosca podía ofrecer.

—Decidle a ese rapaz deslenguado que como no se dé prisa en volver, perderá su plato de carne de esta noche. ¡Y es el primero que probaremos en mucho tiempo!

—Descuida, Blasco. Así se lo diré. —El capitán subió a su montura y cuando apenas había arrancado su galope, Alfonso, impulsivo, gritó:

—Evitad el barrio de la Ribera, que le dicen de los bergantes, y por buenas razones. ¡Suerte, amigo!

Auxerre levantó la mano mientras se alejaba, sin darse la vuelta. Su silueta se perdió en el recodo del camino. El rey miró con añoranza el horizonte. Blasco de Maza interrumpió sus pensamientos:

—Mi señor, es hora de regresar. Barcelona os espera.

La sola mención de la ciudad levantó el ánimo de Alfonso.

—Cierto, Blasco. ¡A sus brazos, pues!

Y con esa orden, partieron todos, jaleándose y regocijados los hombres porque volverían a ver a sus mujeres e hijos una vez más, porque su señor les recompensaría con festejos y vino, y sus buenas soldadas. Vivos y sanos volvían a sus casas, y a cada paso que les acercaba a su destino, el júbilo pasaba de uno a otro como una plaga feliz. Encabezaba la tempestad de alegría el más complacido de todos: un rey que volvía a su hogar.

Auxerre descabalgó con precisión y ató las riendas de su caballo al poste que se ofrecía en la plaza del monasterio de Sant Cugat, donde hacía unas horas había dejado a Aalis, Simone y Fátima acompañadas del joven Pelegrín. El bullicio del mercado se había apagado un tanto, aunque persistían los gritos de los vendedores de carne, huevos y leche, mezclados con los rebuznos y balidos de burros y ovejas, y los ladridos excitados de los perros. Pronto sonarían también las campanadas de la iglesia, advirtiendo de la misa. Entonces habrían de cerrarse las paradas y recogerse el género, o de lo contrario los soldados del poderoso abad echarían sin contemplaciones a los rezagados, amén de confiscar las ganancias de ese día. Había un tiempo y un lugar para los negocios, y otro para el Señor.

Unas mujeres barrían apresuradamente y con ahínco las mollejas y la sangre de cerdo y de pollo acumuladas entre el empedrado y el barro de la explanada, mientras los comerciantes de especias y sal guardaban con cuidado el azafrán y el orégano, la pimienta y la sal que no habían vendido a los cilleleros del monasterio, ni a los criados de los señores pudientes de la región. Campesinos de piel tostada por el sol de la labranza cargaban los sacos de grano y los barriles de cebada en los carros de sus compradores, y mordían las monedas de plata por ver que fueran de la buena ceca del rey Alfonso.

Aalis y Hazim estaban de pie junto a un hombre ancho de espaldas y corto de gambas, regordete y cubierto por un mantón ribeteado en piel blanca que con el polvo del camino lucía más bien parduzca. Su cinto le ceñía con excesivo cariño, y hacía rebosar sus carnes. Iba desarmado; de la cintura solo pendían dos bolsas, una de cuero y otra de tela. Gesticulaba como un molino y parloteaba alegremente, a juzgar por la atención que Aalis y Hazim le prestaban. Auxerre no podía ver el rostro de la joven, pero la ancha sonrisa de Hazim le tranquilizó. Fátima y Simone se mantenían a un lado, entretenidas en la labor de unas tejedoras que se habían instalado, rodeadas por la algarabía de sus niños, en los peldaños de la iglesia. Al verle, Pelegrín se acercó a buen paso.

—¿Qué dice mi señor Blasco?

—Marcha ya hacia Barcelona, muchacho —respondió Auxerre—. Me dicen que los perros darán buena cuenta de la carne que te vas a perder si no te aprestas.

—¡Demonio! —El rapaz hizo amago de enfurruñarse—. Siempre igual. —Giró la cabeza hacia Hazim, y sin dudarlo un instante echó a correr hacia el moro con tanto impulso que casi le derribó al alcanzarle.

—¡Cristiano! Mira por dónde andas —refunfuñó Hazim, sacudiéndose el polvo de brazos y hombros.

—Lo siento, Hazim —repuso Pelegrín compungido.

Se mordió el labio, tratando de hablar. El otro levantó la vista, alarmado. Jamás había visto al muchacho falto de palabras. Antes bien, era un chorro incesante de cháchara que le había acompañado a sol y a sombra durante el viaje a Barcelona. Ahora que Pelegrín callaba, Hazim se dio cuenta de que echaba de menos su alegre discurrir.

—¿Qué te pasa, Pelegrín? —preguntó, inquieto.

—Me voy a Barcelona.

Hazim soltó un bufido:

—Pues claro, tonto. Allí vamos todos. ¡Anda, vamos! Te echo una carrera hasta el pinar.

—Nos vamos ahora hacia Barcelona. Mi señor Blasco y

los demás, vosotros os quedáis. Y no sé cuántos días estaremos allá. Viajamos mucho porque... bueno, porque así vivimos. Hazim, te echaré de menos —soltó Pelegrín casi sin respirar.

Un silencio se instaló entre los dos muchachos a medida que Hazim comprendía el significado de lo que decía Pelegrín. A su alrededor, la vida seguía bullendo con insolente despreocupación. Las carcajadas inocentes de los chiquillos de las tejedoras parecían bofetones que les recordaban las que ya nunca compartirían juntos. Hazim notó una oleada de ira fraguándose en su interior. De repente se daba cuenta de lo mucho que había disfrutado al tener a alguien con quien jugar y pelearse, contar historias y reírse de todo y nada. Ser moro entre cristianos jamás había sido fácil, y a lo largo de los años se había acostumbrado a la soledad, evitando así las lluvias de palos y las consabidas bromas crueles de los otros. Ahora sería más duro volver a callar, a mantener la mirada baja, forzarse a ser de nuevo precavido y arisco, después de haber recuperado el tiempo de las risas y las chanzas junto a Pelegrín. Ambos se miraron. Los ojos del cristiano estaban húmedos, y los de Hazim también. Fue el moro el primero en hablar:

—También yo te echaré de menos, cristiano loco.

Pelegrín se sorbió la nariz y sonrió débilmente. Tendió la mano, muy serio, a su amigo:

—Despidámonos, Hazim. Tengo que irme, o mi señor Blasco mandará por mí.

—Tienes razón —dijo Hazim, aceptando la mano tendida.

Pelegrín asintió. Se dio la vuelta y empezó a caminar por el tendido empedrado, donde se había formado una larga fila de comerciantes, viajeros y campesinos en dirección a la urbe. Cuando su silueta iba a confundirse con los colores del cielo y del campo, Hazim gritó, impulsivo:

—¡Nos volveremos a encontrar! El cristiano se giró, y a Hazim le pareció que la mancha borrosa que era su cara se iluminaba con una sonrisa. Alzó ambos brazos, en un saludo que se hundió por la carretera a medida que la colina descendía hacia la planicie de Barcelona.

—Buen muchacho, ese Pelegrín —dijo Auxerre a sus espaldas.

—No sabía cazar ni un sapo de río —replicó Hazim, aún con los ojos en el camino.

—Cierto. Le enseñaste tú a pescar las mejores truchas.

—Aprendía rápido —repuso el joven quedamente.

De los bosques de pinos y abetos llegaba una brisa perfumada de madera y resina, de verde y de tierra fértil. Se ocultaba el día, caía el sol de lejos. Fátima y Simone se acercaron. La mora temblaba de frío. Su hábito de fina lana apenas la protegía de la brisa del atardecer, que pronto se tornaría en un soplo helado. Simone tomó las manos de la novicia entre las suyas y las frotó enérgicamente, mientras rezongaba:

—Ni un mal fuego al que arrimarnos. ¡Mi pobre niña!

—Tenéis razón, matrona —dijo Auxerre. Se desprendió de su capa y la depositó sobre los hombros de Fátima, que la aceptó, aliviada. Fijó su mirada verde en Auxerre con agradecimiento. El capitán la miró un instante y luego, imperceptiblemente, endureció su tono al añadir—: Alguna posada tiene que haber que nos dé abrigo esta noche.

Se disponía a alejarse en dirección a Sant Cugat cuando Aalis dijo:

—Olvídate de posadas. Un buen cristiano nos ofrece techo y despensa.

Auxerre se volvió, expectante. La joven sonreía, como si disfrutara de un secreto. Era hermosa su sonrisa como un amanecer, aunque las nubes de la tristeza continuaran agazapadas en sus ojos. El capitán dijo, siguiendo el juego de la doncella:

—Jamás dejarás de sorprenderme, querida. ¿Dónde ha brotado esa cueva mágica en la que nos bendecirán con panes y peces?

—Mientras tú consolabas a delicados jazmines del país de Alá, yo me procuraba un buen cobijo —susurró Aalis en el mismo tono. Auxerre se acercó, haciendo caso omiso de la pulla y ladeando la cabeza. En jarras, preguntó:

—Dime, ¿quién es ese santo varón que tan bien te quiere?

—En realidad no es mía, ¿sabéis?, sino del gremio, para los genoveses que viajamos hacia Barcelona —dijo Renaud Ferrat, mientras pegaba un fuerte empujón a la puerta atrancada. Esta se abrió con un chirrido interminable. A la luz de la luna, una gran nube de polvo flotaba, alborotada, en el interior del caserón. En un extremo, un montón de paja hacía las veces de cama, a juzgar por el olor a sudor que despedía. En medio de la sala se erguía un siniestro hogar con el fuego apagado y una olla quebrada y ladeada, de donde salían diminutos gruñidos. Alrededor del círculo de piedras y carbón, cuencos y vasos yacían apilados. Con el vaivén de la puerta, algunos rodaron con estruendo. Se oyó en la oscuridad el correteo de las alimañas, distraídas por la presencia de los visitantes. Al otro lado, encima de una larga mesa había jarras y más jarras, y dos bancos. En el rincón opuesto, cuatro barriles desvencijados y algunos sacos de harina, y colgando de una viga, dos morcillas resecas y una hogaza de pan seco. En la pared, una tosca pintura de un barco y el escudo de Génova. Fátima tosió. Una mezcla maloliente de barro, madera podrida y humo se metía en el paladar y atenazaba las gargantas. Simone y la novicia mora salieron de la cabaña dando un traspié, y las bocanadas del aire, frío ya, de la noche cerrada les supieron a gloria. Aalis y Hazim permanecieron, estoicamente, en el interior.

—Los negocios no van demasiado bien, por lo que veo, amigo Ferrat —dijo Auxerre con una palmada en el hombro del mercader. Rojo como un pimiento, este se echó las manos a la cabeza, gimiendo teatralmente:

—Os juro que si lo hubiera sabido... ¡Qué deshonor, qué vergüenza! —Se volvió a Aalis, inclinándose en una y mil reverencias—. Precisamente hoy, cuando mi corazón rebosa alegría porque me reencuentro con vos. —Echó un vistazo discreto a Hazim y a Fátima, recostada de espaldas en el quicio de la puerta. Carraspeó antes de seguir—: Y vuestros amigos.

—No os apuréis, Ferrat —dijo Aalis, relampagueando en dirección a Auxerre—. Lo que cuenta es la intención. Pero os hacía rico y acaudalado, después de veros en Troyes como huésped del palacio de los condes.

—¡Ay de mí! —suspiró el gordinflón mercader. Al ver la extrañeza pintada en las caras de Aalis y Auxerre, redobló sus lamentos—: ¡Ay, ay de mis tristezas y sinsabores!

—Decidme, buen Ferrat. —Aalis entornó los ojos, resignada, antes de invitarle a seguir hablando en esta forma—: ¿Cuáles han sido esas grandes y terribles desventuras?

Abría ya la boca de par en par el comerciante, como si en lugar de expulsar una catarata de palabras se dispusiera a devorar un banquete de letras, cuando le interrumpió Auxerre:

—Pero antes, amigo mío —sonreía y le empujaba gentilmente hacia fuera—, antes de que podamos oíros, haremos un fuego en condiciones.

—¿Un fuego? ¿Aquí? —repitió desconcertado Ferrat.

—Así es. Alrededor del cual retomaréis vuestra historia —replicó Auxerre, mientras empezaba a propinar fuertes golpes y patadas a uno de los bancos medio rotos, convirtiéndolo en maderos secos y fuertes que arderían bien y quemarían mejor. Entretanto, Simone abría ventanucos y adecentaba la mesa, mientras que Aalis, Fátima y Hazim se atarearon recuperando cuantos alimentos pudieron de la triste despensa.

El mercader se sentó, soltando un suspiro. Miró la casucha que su gremio había descuidado hasta el abandono. Al recaudar su cuota, el secretario del gremio le había prometido salchichones colgados del techo, barriles henchidos de vino y cerveza, y suaves mantas tejidas con la mejor lana inglesa bajo las que arrebujarse. Se retorció las manos, angustiado. El ruido atareado de Auxerre y los demás empezaba a dar sus frutos. Crepitaba un principio de fuego en el hogar, el resplandor cálido le llamaba como una dulce canción. Echó un vistazo al exterior, al frío y al viento que aguijoneaban como mil avispas. Terminó de convencerse cuando distinguió entre la hierba y el bosque varios pares de ojillos rojos de otros tantos ratones, ratoncitos y ratazas cuya presencia le causó un grave temblor en las manos. Ferrat gimió débilmente.

—¡Ea, Ferrat! Venid con nosotros. Estamos listos para escucharos —llamó Auxerre.

Y así era: Simone y Fátima se habían hecho un ovillo entre hábitos y mantos, del cual emergían las cabezas y los pies, envueltos estos en paños atados con tiras de cuero. Las manos permanecían resguardadas y ocultas en el regazo. Hazim se había acuclillado frente al fuego, y lo atizaba pensativo, volteando unas salchichas que habían sobrevivido centurias. Aalis y Auxerre se habían sentado juntos también, la capa del capitán esta vez cubriendo a su amiga. El negro terciopelo, aún estropeado por los viajes y embarrado en los bordes, y la limpia plata de los arabescos que ornaban el manto del capitán bailaban a la lumbre como una luna y su nube. Invitaba la noche a la conversación, y Ferrat de buena gana se acercó al corro. El mercader se dejó caer sobre un tronco seco que crujió bajo su peso, y se acomodó frente al fuego.

—Todo empezó, como bien recordáis, la noche en que tuve el honor de asistir a la celebración de los condes de Champaña. Antes de ese día, sin saberlo había sido feliz: mis hermanos y yo gozábamos de buena fortuna en nuestros negocios, y contábamos con el respeto de nuestra comunidad. Tenía el cariño de una buena mujer y una familia de la que sentirme orgulloso. Planeaba retirarme pronto, buscar una villa pequeña donde cultivar higos y fermentar vino, en algún rincón pacífico de mi querida Génova. En cambio, ¡vedme hoy! —exclamó, hundiendo la cabeza en las manos.

—Habréis de perdonarme, Ferrat, si os digo con sinceridad que no veo señales de esa desgracia sin nombre que supuestamente arrostráis —dijo Auxerre.

—La pena que me atormenta no está tejida en mis ropas, sino que corre por mis venas y anida en mi corazón —replicó Ferrat.

—A la legua se ve que no ha hecho diana en vuestro apetito. Estáis igual de rollizo —apostilló muy seriamente Auxerre.

—¿Qué necesidad hay de torturar el cuerpo cuando la mente llora? —dijo el mercader con el entrecejo a medias fruncido, ojeando al capitán en busca de media mueca de risa. Al no encontrarla, prosiguió su narración sin apenas pausar para tomar aliento—. Os digo que esa noche fue la última en que el Señor me vio feliz y libre de zozobra. Allí, en ese palacio encantado, rodeado de luz y de juegos, conocí a una que se me antojó dama, dueña, hija de reyes, nieta de emperadores. Deliro, pero debéis comprenderme. La naturaleza gasta crueles bromas al entregar a un alma retorcida cabellos de oro y lagos por ojos. ¡Fealdad debería ser el velo de su negro ser en lugar de la hermosura que me cegó!

Era un ángel, y ¿qué podía hacer yo? A Angélica le entregué mi vida, mis bienes. Viajó a mi lado, conoció cien ciudades, vivía rodeada de todos los lujos, cada capricho suyo, un mandamiento para mí. Hasta quise darle mi apellido, pues creí que el hijo que iba a tener sería carne de mi carne, sangre nueva para mi familia. —Bajó la cabeza, lanzándose invectivas como si estuviera a solas—. ¡Necio, loco! Una ninfa como ella al lado de un botarate como yo. Bien sé que jamás manejaré espada ni alzaré arma en nombre de rey u obispo. Mis victorias se juegan con monedas, conquisto telas y pieles, y cuando pierdo es porque el azar, el tiempo o las estrellas de los navegantes se alían contra mí. Magros enemigos, la casualidad y la lluvia. No hay gloria para Ferrat. Pero a pesar de todo llegué a creer que el Señor había creado su figura para mí, su risa para que la oyera yo, su talle para mi mano sola. —Alzó el brazo hacia delante, como si aún pudiera tocarla. Todos le observaban, incapaces de interrumpirle. Ferrat levantó la cabeza, se pasó la mano por sus rizos grisáceos y se atusó la barba rala, entristecido—. La cuidé lo mejor que supe, hasta que llegó la hora del parto. Entonces se transformó. Las comadronas dijeron que jamás habían visto una mujer así. No gritaba, no lloraba. Solo apretaba los dientes y los puños. Tuvimos que darle un pedazo de madera para que lo mordiera, o se hubiera tragado la lengua. Dio a luz a un niño de finos cabellos dorados y ojos azules anchos como el mar. No quiso verlo durante dos semanas, hasta que a la fuerza entré en su cámara y se lo puse delante. No sirvió de mucho. Angélica lo miraba a él, me miraba a mí y era como ver a un animal enjaulado a punto de quebrar su celda. Su belleza ya no era tranquila, sino que se alimentaba de nervios y humores oscuros. Cada día me despertaba temiendo que se matara, o peor aún, que terminase con la vida de Philippe.

—¿Philippe, decís? Así se llamaba también mi padre

—intervino Aalis, sobresaltada—. Extraño nombre para un genovés.

Ferrat soltó una risotada amarga.

—Angélica lo escogió. Fue el mismo día en que me dijo que el niño no era mío, sino de otro hombre. Era de mañana, cuando estaba a punto de partir para un largo viaje por mar. Sus gritos retumbaron por todo el patio. Los criados dejaron sus quehaceres, se escondieron detrás de las puertas mientras ella no dejaba de chillar. Me fui. Los barcos aguardaban en el puerto, la mercancía no podía esperar. Cada día el sol alumbraba mi pena y se ponía con mi dolor sin menguar, mientras mi frente se arrugaba y mis sienes encanecían. Pasaron días y noches, meses en que dudé hasta el agotamiento. Regresé con la decisión tomada: procuraría por el niño y también por ella, a pesar de todo. —Se echó a reír tan de improviso que todos se alarmaron. Siguió hablando, mirándose las manos como si allí leyera el final de su historia—. Llegué un día a media tarde. La casa estaba silenciosa, fantasmal, vacía. Recorrí pasadizos, escaleras y estancias como un loco, pegando golpes a las paredes, abriendo ventanas, buscando en las despensas. No había nada. Ni un tapiz, ni ollas ni cofres, ni un mendrugo de pan siquiera. Una vecina oyó mis gritos y se apiadó de mí: hacía un mes, Angélica había despedido a los criados. La plata, el oro y los objetos de valor estaban en manos de usureros o prestamistas. Se fue un día al amanecer. Afortunadamente, los muros de mi hogar, y las tierras, no había podido venderlos, y gracias a las escasas rentas de esas propiedades pude rehacer mi negocio. Así me veo de nuevo, a mi edad, arrastrándome por caminos de polvo y lodo, lejos de mi querida Génova. —Terminó con un suspiro que partía el alma, y el silencio que vino después nadie osó quebrarlo, hasta que Simone inquirió:

—¿Y el niño? ¿Qué le sucedió a él?

La cara rechoncha del mercader se iluminó y reanudó su relato, más vivaz y menos agitado.

—Me contaron que cuando Angélica cruzó la puerta, el niño pataleó y chilló como un endemoniado, que se resistía a abandonar la casa que había sido su hogar. Así que decidí seguirles la pista, y alcanzarles, para regresar con él. En realidad quizá también esperaba encararme con Angélica y, ¿por qué no?, exigirle parte de lo que era mío. No lo sé. Deseaba recuperar a Philippe, educarlo como a mi hijo y hacer de él un hombre de bien a pesar de la mala mujer que le había dado a luz. Pensé que todo el amor que una había rechazado podría volcarlo en el otro y así tal vez seguir queriendo a la madre. Qué sé yo. Piensa uno demasiado cuando la desesperación le anega el corazón. —Se encogió de hombros—. No tardé en darle alcance. En la primera posada de las afueras de Génova, allí se había quedado Philippe acatando las órdenes de su madre. Ella acababa de irse apenas unas horas antes. El niño no había derramado una lágrima, pero estaba temblando de frío. Lo tomé de la mano y me lo llevé de vuelta a casa. Es mi consuelo, pues en sus ojos claros veo a Angélica, sin el rencor ni la furia de sus últimos días a mi lado. Philippe crece despierto y feliz, y es la alegría de mi espíritu cansado.

—De veras que el final de vuestra historia alivia el ánimo, amigo Ferrat. Menuda mujer os tocó en suerte, o mejor dicho, en mala suerte —exclamó Auxerre mientras arrojaba una nueva provisión de ramas y un par de troncos al fuego.

—Bien se ve que Dios sabe ser misericordioso con sus ovejas —apuntó Simone, satisfecha.

—Misericordia o no, Ferrat ha sufrido y penado lo suficiente como para ganarse una profunda reverencia de san Pedro —atajó Aalis secamente.

—El dolor no existe para abrir las puertas del Cielo, niña —reconvino la monja—. Es la gracia del Señor, la paz del cristiano y su amor a Dios lo que hace arrodillarse a san Pedro.

La muchacha se volvió hacia Simone y dijo, airada, restallando sus palabras en el aire:

—Decidme, matrona, que tanto sabéis de los designios del Señor, para qué sirven la pena y el sufrimiento de sus fieles si ni siquiera ablandan el duro corazón de su can Cerbero. ¿Qué gracia divina hay en llorar hasta que no queda más que polvo en los ojos? ¿Cuál es la paz que uno encuentra en los silencios del que ya no está, en las casas vacías, en los golpes y la dureza del camino? ¡El Señor es mi pastor! Un pastor que se empeña en conducir su rebaño por escarpados precipicios y profundos barrancos, en lugar de dejar que sean los valles y el lecho de los ríos los que acojan nuestras almas cansadas!

—Por Dios, Aalis, os lo ruego —suplicó Simone—, ¡blasfemáis! Hablan la pena y la desesperación, y en realidad no pensáis lo que decís.

—Al contrario, digo bien lo que pienso. Ferrat nos acaba de narrar su desgracia, y aun esta termina en consuelo porque perdió una mala esposa pero ganó un buen hijo. ¿Qué tengo yo? Mis manos están vacías, mis brazos no pueden aferrarse a nada, mi voz llama y nadie responde. —Salían las palabras apresuradas de Aalis, febriles eran sus ojos como si la historia del mercader hubiera despertado sentimientos adormecidos por el largo viaje desde Rocamadour. Por fin terminó, con el nombre de la ausente en los labios—: Mi madre ha muerto, y Dios no me ha dado nada a cambio.

Se levantó y se alejó del fuego. Nadie se atrevió a seguirla, y la compañía guardó silencio, sin abrir ninguno la boca ni despegar los labios. Lentamente el sopor tomó los ánimos y las almas fueron cayendo rendidas y cerrando los ojos. Las respiraciones se unieron, acompasadas, al concierto de hojas, ramas y serpenteos que el bosque entonaba. Todos, menos uno, dejaron que el sueño les ganara. Guardó el fuego Auxerre hasta que el alba vino a por ellos.

3

Rex Castellanorum

«Si Enrique de Plantagenet no fuera tan testarudo», rezongó Walter Map mientras avanzaba, tiritando, por el vasto y helado corredor de piedra. La humedad se le metía por los bajos del hábito, se deslizaba por las mangas y entre los resquicios de sus sandalias, a pesar de que había procurado forrarse bien los pies con retazos de lana y piel. El monje también había tomado la precaución de resguardarse del frío con sus dos camisolas, una de tergal y la otra de algodón, ceñidas sobre su barriga bajo la lana marrón, pero aun así sentía en sus carnes el silbido de la ventisca que, afuera, azotaba la piedra y el mar. Se detuvo y resopló ruidosamente, con las manos juntas cerca de la boca, para entrar en calor. Miró desconsolado las rosadas protuberancias que se multiplicaban en sus dedos. El desamparo se convirtió en irritación. En voz alta, dijo:

—Si Enrique de Plantagenet no fuera tan testarudo, yo estaría frente a un buen fuego y un cochinillo asado, muy lejos de aquí. —Y no bien hubo terminado, un gélido bisbiseo agitó las antorchas del pasadizo. Walter se giró.

—Permitidme que os acompañe hasta el salón de armas. —Pedro Suárez de Deza le devolvió una mirada desprovista de expresión. Walter juró para sus adentros. En los diez días que llevaba allí, aún no sabía de qué pie calzaba el rotundo arzobispo. Por supuesto que desde el primer día que llamó a las puertas del palacio Gelmírez, el de Deza le había brindado todo cuanto había pedido. Afortunadamente para el monje, la próspera archidiócesis en la que paraba tenía buena ternera, pescados de carne fina que habrían hecho morirse de envidia al mismísimo pescador de Galilea y vinos como solo en Francia había catado Map. Las comidas habían sido abundantes, aunque regadas con prolongados silencios. Ninguno de los dos hombres había cruzado la línea de la cortesía debida a un hermano en Cristo, a sabiendas de que la misiva del rey Enrique II de Inglaterra, y la misión que le había encomendado, eran la única llave que le había abierto las puertas del palacio del arzobispo y concedido un plato en su mesa. De no ser por la protección del monarca inglés, aún estaría buscando sayo y hogaza en los hostales para peregrinos que salpicaban los alrededores de la villa. En cambio, hacía dos domingos Walter había llegado, empapado hasta el tuétano, a la casa de Pedro Suárez de Deza, y le había bastado el sello real que guardaba en su zurrón para que un ejército de solícitos monjes le franqueara el paso, dejando atrás la muchedumbre de peregrinos malolientes y ateridos de frío que poblaba la plaza. Al cabo de un momento le habían proporcionado un baño caliente y paños de algodón frescos como el rocío, y pan con miel que le supo a gloria bendita. El monje rumió silenciosamente que, pensándolo bien, si Enrique de Plantagenet no fuera tan testarudo, su fiel servidor estaría trabando amistad con la lluvia y el granizo que caían desde hacía dos domingos en Santiago de Compostela.

Los dos clérigos guardaron silencio mientras recorrían el pasadizo hasta la impresionante sala que el anterior obispo, Diego Gelmírez, había mandado erigir: filas y más filas de altas y estrechas columnas que coronaban el techo abovedado con figuras arrancadas a la piedra con trazos duros y firmes. En las paredes laterales pendían anchos tapices de lana teñida de rojos, negros y verdes oscuros, y a lado y lado antorchas siempre cebadas arrojaban luz sobre ballestas, espadas y lanzas, dagas y adargas cuyo pasado de gestas gloriosas las había hecho merecedoras de terminar allí sus días. Si el cielo no estuviera enlutado y lloroso, pequeñas aberturas practicadas en los recios muros a más de diez codos de altura dejarían pasar los rayos del sol para alegrar la sombría estancia. Aquella tarde, lo único que aliviaba la rigidez de la sala de armas eran los blancos manteles de lino que cubrían la mesa de ceremonias. Grandes bandejas de fiambres y carnes enfriadas, cuencos humeantes y rebanadas de pan apiladas prometían una cena frugal, como la ocasión requería. No era día para pasteles de carne ni golosas frutas endulzadas. Walter y el arzobispo alcanzaron por fin las butacas de madera y piel bruñida, y se quedaron en pie frente a la que les correspondía. Entre ambos, dos asientos vacíos presidían la mesa.

Más tarde, cuando Walter quiso recordar los detalles de la entrada del rey Alfonso VIII de Castilla y su esposa Leonor, para consignarlos en el informe que le enviaría a Enrique, junto con los detalles de la conferencia, solo acudían a su mente los ojos negros donde se reflejaba la furia del castellano. Ni el exquisito vestido de la reina Leonor, de cuello más bajo y cintura más ceñida, como la última moda dictaba, descubriendo la piel nacarada y la figura de su dueña más de lo que recomendaba la Iglesia, la dama un rayo de esplendor y belleza en aquella sala hecha para la guerra; ni el escueto saludo entre los asistentes, que presagiaba una negociación lenta y difícil; ni siquiera el semblante del obispo de Pamplona, enviado por el rey de Navarra como su representante, diríase que teñido su rostro con ríos de vino tinto que en nada le impedían desgranar todas y cada una de las quejas que su monarca sostenía contra Alfonso de Castilla. Todos los gestos y las señales, las cejas fruncidas y los chasquidos malhumorados, las interjecciones y las exclamaciones aparatosas, el teatro de la diplomacia, en fin, que tanto se preciaba Walter de conocer y recordar, se habían perdido, borrados de un plumazo por el momento en que Alfonso se alzó de su butaca, exasperado golpeó la mesa con su jarra y tronó:

—¡Callad! Os lo ordena el rey.

Todos obedecieron, pues así gobierna la palabra de un rey. Alfonso volvió a sentarse, sus cejas formando una sola línea que oscurecía su expresión. Echó la cabeza hacia atrás, miró a ambos lados de la mesa e inspiró profundamente. Finalmente, apoyó las manos sobre la mesa y dijo:

—Al sur del Guadiana, los ladridos de los perros sarracenos se mezclan con las espadas de los monjes de Calatrava y los soldados cristianos que pelean por cada palmo de tierra. Toda la frontera bulle con pillajes y razias que saquean las cosechas de los campos y las riquezas de las villas. Cada semana, mi notario mayor me trae informes de la cancillería donde se detallan escrupulosamente las rentas que pierdo, los impuestos que me roban y el número de súbditos de mi reino que son presos y convertidos en esclavos. —Se levantó de nuevo, deteniéndose en cada silla y escrutando la cara de sus oyentes como si buscara en ellos un solo motivo para asestar, no ya palabras, sino un certero golpe de espada—. He conseguido domeñar con mi voluntad los ataques y las rapiñas de mis grandes, que campaban a sus anchas desde que a los tres años recibí corona; Castro y Lara conviven en mis tierras, y si no es de grado, al menos es por cortesía que se estrechan la mano y se besan en la mejilla con el cariño que los magnates del rey de Castilla deben profesarse. En la ceca de Toledo, la ciudad donde me proclamé rey hace ya diez años, mandé acuñar maravedís de oro, para inundar con la mejor moneda cristiana los mercados de todos los pueblos de mi reino. ¡Quiero la gloria para mi Castilla! —Cruzó la mirada con la de su esposa, la hija de Leonor de Aquitania y Enrique II de Inglaterra—. Tuve la fortuna de que una princesa de la casa de Plantagenet consintiera en abandonar los ricos prados de Aquitania y los cambiara por mis tierras sin manantiales ni arroyos, ni pastos frescos ni árboles frutales; y porque ama lo que yo amo, la amo aún yo más. —Volvió a tomar asiento, y terminó—: Su padre es un monarca en el que todos los reyes nos miramos como en un espejo, y a su influencia y consejo me atengo. Me dice Enrique de Plantagenet que debo escucharos, señores. Os prestaré, pues, atención. Pero no soportaré injurias contra Castilla ni me temblará el puño si hay que verter sangre, ni aun la de los que visten hábitos. —Terminó, socarrón—: Es bien sabido que hasta los reyes pueden clamar contra los hombres de la Iglesia cuando estos les ofenden, y la infinita sabiduría de Dios sabe perdonar cuando el agravio es parejo a la envergadura del agraviado.

El arzobispo de Santiago esperó hasta asegurarse de que el rey se había desahogado. Como anfitrión, su obligación era tomar la palabra después del monarca, privilegio que todos los presentes le cedieron gustosos. Pasó por alto la velada alusión a la terrible muerte del arzobispo Beckett a manos de caballeros fieles al rey Enrique, y plácidamente enunció:

—Ninguno de los presentes desea deshonrar a Castilla ni despojaros de lo que es vuestro. —Lanzó una fugaz mirada hacia el obispo de Pamplona, que se removía incómodo—. Esperamos que no sea la sangre, sino la sensatez, la tinta de nuestro acuerdo. Clama al cielo que dos tierras como Castilla y Navarra, cuyas fronteras se abrazan en la fértil tierra de La Rioja, no gocen de dos reyes igualmente entrelazados en una paz infinita. Campos y castillos viven cautivos de la larga disputa de sus dueños, y ese estado de cosas no puede seguir. Por esa razón, señor Alfonso, vuestro suegro el rey Enrique II de Inglaterra —hizo hincapié Deza en el título y el parentesco, y el de Pamplona volvió a tragar saliva— nos ha reunido aquí, en territorio neutral, pues nada es más ecuánime que el hogar de Santiago. Podéis hablar en libertad, y esperad la misma franqueza como pago.

Sonreía al decirlo, y su cara traslucía honestidad y caridad, pese a que sus últimas palabras tenían el aire de una advertencia. Walter Map tuvo ganas de pellizcarse; creía que los mejores diplomáticos y los cancilleres más hábiles nacían entre lujosas sedas y cortes forradas con pesados terciopelos carmesíes, pero estaba claro que Pedro Suárez de Deza rivalizaba con los más aventajados conspiradores de la cristiandad, desde París a Lombardía, de Roma a Colonia. Ahora, el rey Alfonso seguía observando desconfiado al obispo de Pamplona, el enviado del rey Sancho de Navarra, pero al menos callaba y escuchaba. Prosiguió el arzobispo:

—Pero, puesto que nos ha unido un monarca que no está con nosotros esta noche, dejemos que hable el mensajero que ha enviado para recordarnos su grandeza: hermano Walter, os lo ruego. —Y la expresión del arzobispo seguía resplandeciente, aun si asomaba una lucecilla de burla bajo sus espesas cejas. A Walter la forzada invitación le cogió desprevenido; pero no siendo su familiaridad con las finezas de la corte menor, compuso su labia y atusó su semblante con la pizca adecuada de gravedad y la salpimienta justa de jovialidad. Tenía una misión que cumplir, y a fe que no habría rey, arzobispo o arcángel de Dios que se lo impidiera. Se irguió de la silla con dignidad casi regia:

—De lejanos lugares he venido para traeros esta noche la palabra de mi señor Enrique. Pero no temáis. Escuetas y breves son las órdenes del rey, como saben los que le conocen. Vos, Alfonso, sois su yerno. Con la hermosa Leonor a vuestro lado, podríais derramar paz y no pena por el sur de Aquitania, donde tanto se echa de menos por culpa de sus díscolos barones y las intromisiones del rey francés. En cambio, malgastáis vuestra energía en escaramuzas indignas de vuestra estatura. Infieles muchedumbres que merecen mejor la ira de vuestros ejércitos gozan de las gloriosas ciudades del sur. ¡El rey Enrique os amonesta con severidad y vergüenza parejas! Y vos, monseñor. —Sin detenerse, Walter se dirigió al obispo de Pamplona, clavando sus ojos llameantes en el clérigo—: Vuestro rey de Navarra estuvo en la corte de Limoges de mi rey hace menos de cinco años, y allí de viva voz Enrique le ordenó que llegara a un acuerdo con el rey Alfonso de Castilla. ¿Qué razones podéis dar para explicar su patente desobediencia?

—El dolor, mi buen hermano en Cristo. Navarra llora y se debate como si su cuello cargara pesadas cadenas, pues no respira libre. —El obispo de Pamplona sobrevoló con sus manos un imaginario mapa de la Península—: Al norte y al este Aragón nos acosa, y Aquitania contagia su febril rebeldía. De veras que jamás vi reyes tan amantes de la poesía que ansiaran tanto llevar las letras suyas a las tierras de los otros. Si Castilla nos inflige golpes y ataques, si hasta la propia Artajona que me vio nacer lleva hoy pendón castellano, decidme cómo hemos de sobrevivir. Nos falta el aire y por buscarlo, aún doliéndonos, faltamos al mandato del rey Enrique. —Abrió los brazos, en un gesto de impotencia.

El rey Alfonso, que había escuchado el lamento en silencio, no pudo contenerse por más tiempo y replicó con dureza:

—¡Esto es una burla! Demasiado tiempo oigo quejas de plañideras y excusas de comadre. La realidad es otra, y lo sabéis. Durante mi niñez, aprovechando las peleas intestinas que mantuvieron mis tutores, vuestro rey fue bien artero. Por la fuerza, ocupó La Rioja, que años ha había sido Castilla Vetula antes que Navarra. Le siguió un pingüe vasallaje por Guipúzcoa y Álava, y si no hubiera yo interpuesto mi espada y mi matrimonio, hasta Burgos sería de Navarra según vuestro Sancho hambriento. ¡Un *rex Navarre* sin más bendición para ser monarca que la suya propia!

—Es la única que necesitaba —apuntó velozmente el obispo de Pamplona.

—Cierto es que el linaje del rey Sancho es sobrado para poner corona en su testa —terció Suárez de Deza—, pero fue osado el gesto e imprudente, además, pues despertó las iras entre los reinos vecinos que hasta hoy llegan y nos ocupan en largas veladas como la de esta noche.

—Mi rey peleará por su derecho... —empezó a decir el obispo.

—¡Vuestro rey escuchará el arbitraje del rey Enrique, y se someterá a él! —le interrumpió Walter, exasperado—. Y lo mismo hará el rey Alfonso, ¿o debo recordaros a ambos que hace menos de un mes enviasteis sendas misivas de compromiso suplicando la intervención del rey, y prometisteis aceptar sus condiciones de paz, para poner fin a esta sangría que os impide convivir? A fe que no le faltan querellas propias a mi rey, y aun así su generosidad le llevó a convertirse en árbitro de la vuestra. ¡Tened la prudencia de obedecer!

Rodeó la mesa Walter y se plantó frente a los comensales, pero dándoles la espalda como si recorriera los pasillos de la escuela catedralicia y sus novicios temblorosos hubieran olvidado la buena retórica de Cicerón. Tenía los hombros hundidos y el ánimo en zozobra. Lamentaba haber perdido los estribos, aunque Enrique le había advertido, mordaz, que su paciencia cristiana de poco le serviría en esa ocasión, y que más bien tendría que apelar a la sangre galesa de sus ancestros. Aún se estaba devanando los sesos por reconducir el encuentro a buen puerto, cuando la suave voz del arzobispo Suárez de Deza le sacó del brete, dando por terminada la noche.

—Están ya caldeadas las estancias de reposo, y tendréis vino tibio y miel para aligerar el descanso. Quizá Dios nos conceda su gracia esta noche, y la mañana nos encuentre más sabios.

El rey Alfonso prestó su brazo a su esposa y, con una rígida inclinación de cabeza, fue el primero en abandonar la sala. Cuando sus pasos se hubieron apagado, emprendió el obispo de Pamplona el mismo camino hacia las celdas de residencia, tras el protocolario besamanos al arzobispo y una mirada fugaz a Walter Map. Se quedaron solos los que habían llegado primero.

—Decidme, hermano Map —preguntó el de Deza, con una delicada tos—. ¿Hace mucho que pertenecéis a la cancillería del rey Enrique?

Se volvió Walter a escrutar el rostro de su interlocutor. Ni en las líneas de la mandíbula, ni en el firme trazo de sus cejas había sombra de sonrisa. Respondió el monje:

—Desde que tengo uso de razón, Enrique ha sido mi rey.

Pedro Suárez de Deza se sentó de nuevo a la mesa y deslizó la mano por el pie y el tallo de la copa labrada en cristal y plata, una de las más preciadas de su mesa.

—¿Un buen rey?

Walter se sentó frente al arzobispo. Irguió el cuello y replicó:

—En los días de frío, su compañía irradia tanto calor que no se echa de menos el sol.

—¿Y los demás días? —inquirió el otro, aún absorto en la pieza de cristal—. Los días en que no brilla ni uno ni otro astro.

—Entonces, más vale encontrar un agujero hondo y profundo en el que enterrarse vivo.

Suárez de Deza miró por fin a Walter, y fueran las antorchas o la noche, la tensión de la cena o las cargas que su alma arrastraba, vio el monje que la cara del otro era una máscara de hastío. Sin embargo, brillaba aún la ironía en sus pupilas.

—Tenemos dichos y refranes abundantes en todos los reinos de esta tierra. Algunos ingenio del pueblo grosero, otros de juglares y recitadores, incluso de clérigos que toman la pluma. Hay uno que corre veloz por su verdad, y porque se canta de un guerrero de gestas muy apreciadas en las tierras de Castilla. «Qué buen vasallo si tuviera buen señor», decían a su paso. —Con un ademán detuvo la protesta que se formaba en los labios de Walter—. Esta noche habéis convertido en verdad la contraria: qué buen señor el rey Enrique si tuviera buen vasallo.

Walter Map no supo qué responder. No podía negar que había empezado con mal pie, pero ahora le interesaba más la repentina confianza que el de Deza le mostraba. En las dos semanas anteriores, cuando habían compartido no pocas tardes de mantel y sobremesa, no le había dedicado tantas palabras juntas. Guardó silencio hasta que el arzobispo retomó el hilo.

—Sois a buen seguro uno de los hombres de confianza del rey Enrique. Pero no sois el más hábil, hermano Map. Habéis levantado la voz a un rey que tiene por orgullo no acatar las órdenes de nadie, a veces ni las del papa de Roma, porque su infancia fue sometida a tutores, regentes y valedores de los que abominó en cuanto tuvo edad de empuñar lanza. Y el obispo de Pamplona, aunque parezca blando como sus carnes, es del mismo temple que su señor Sancho, que supo convertir su ducado en reino doblegando enemigos y ganando villas. No son niños de teta los que habéis regañado esta noche, Map. Son los hombres a los que debéis convencer en nombre de vuestro rey.

—No es la primera vez que me las veo con tercas gentes —dijo Map, a modo de defensa. Y no era mentira: Enrique era uno de los más obcecados contrincantes en toda batalla de intelectos y voluntades que se desataba en la corte inglesa, tanto si se debatía la primacía de Iglesia o de Corona, como si se jugaban a los dados cuál había de ser, de una piara entera, el cerdo sacrificado para la cena. Triste y pública prueba de su tozudez eran los huesos del ahora ya mártir Beckett, el primer canciller del reino, y el último que se había atrevido a contradecirle.

—Ahí está vuestro error, Map. No os hablo de terquedad, sino de estrategia. —El arzobispo enseñó los dientes, pero no era exactamente una sonrisa—. Habéis venido aquí creyendo que el nombre del rey Enrique bastaría para que los reyezuelos que pueblan estas tierras bajasen la cerviz. Pero Enrique está lejos, y la disputa es la carne y sangre de la política, aquí como en todas partes. ¡En nombre de Santiago, buen hombre, tened dos dedos de frente! Para que se sienten a firmar un mismo documento, no basta con exponerles que esa es la voluntad del rey. Eso ya lo saben, y no es suficiente. Espero que tengáis algo más para negociar. ¿O ese buen rey os ha mandado con las manos vacías y la cabeza aún más hueca de lo que yo creía? —Terminó el arzobispo con suavidad burlona.

El claro de luna asomó por las aberturas de la sala, y algo de plata se mezcló con los hierros que pendían en las paredes. Delgadísimos reflejos espejados iluminaron los rostros de Pedro Suárez y de Walter Map; estaban cansados los dos.

El galés no contestó a la pregunta del de Deza. En cambio, hizo por fin la pregunta que le había acuciado durante toda la diatriba del arzobispo:

—¿Por qué me decís esto?

Pedro Suárez de Deza le miró con algo que, hacía años, quizás era compasión.

—Santiago de Compostela es un lugar santo y, como tal, privilegiado. Nuestra catedral es hogar de peregrinos, y afortunadamente tenemos buenas rentas. No dependemos de señor o rey. Hasta cierto punto, claro. El entendimiento entre reinos es mejor para la archidiócesis que las querellas. Del primero recibimos donaciones y glorias, mientras que de las segundas solo nos llueven pillajes, impuestos, tasas y tierras arrebatadas por la fuerza. Cuando las espadas siegan, la tierra esmeralda que nos rodea se convierte en ese agujero frío y hediondo del que hablabais antes, donde no hay sol ni calor y todo es lluvia amarga. Y a mí también me gusta la luz, hermano.

Se retiró, y empezó a enfilar el corredor.

—¡Esperad! —gritó Map, indignado—. Podríais haberme aconsejado antes, cuando teníamos tiempo. He sido vuestro huésped durante dos semanas, ¿y esperáis ahora para aleccionarme?

El arzobispo se giró lentamente.

—No es mía la pendencia. Vuestro es el rey y vos el emisario, vuestros los errores o las ganancias. Cuando os vayáis, yo seguiré aquí y también ellos. —Señaló con la cabeza el pasillo por el que habían desaparecido Alfonso y el obispo—. Y quién sabe cuál será el próximo en llamar a mi puerta.

Walter guardó silencio mientras Suárez de Deza se alejaba a paso cansino. Cuando se quedó a solas en la sala de armas, reprimió un juramento. El primer día de su misión no podía haber terminado peor.

—No debí haber venido —exclamó Alfonso, malhumorado.

En la amplia recámara que el arzobispo había dispuesto para ellos en el palacio episcopal, el rey estaba sentado en la butaca que miraba al fuego. A su lado, encima de un arcón de madera labrada, los sirvientes habían dejado el vino para la noche y un cuenco con un puñado de nueces y almendras tostadas junto con pan, queso y miel.

La reina estaba de pie, despojándose del delicado *bliaut* de seda bermeja y cintura plateada. Como si no le hubiera oído, dejó la prenda bien doblada en el arcón y quedó solamente cubierta por la camisola de lino, blanca excepto en las axilas y el cuello, donde el sudor del viaje había dejado su huella. Tomó un pañuelo y lo sumergió en una vasija de porcelana que contenía agua y aromas de tomillo. Se humedeció cuello, brazos, manos y rostro. Cuando hubo terminado, preguntó:

—¿Tenías elección?

Leonor se acercó al hogar. Su marido le dedicó una mirada furibunda.

—En todo caso no debí haber venido solo. —Alfonso se corrigió inmediatamente—: Quiero decir sin ninguno de mis consejeros. —Echó un vistazo al semblante de su mujer. Como siempre, halló esculpida en mármol la expresión plácida con la que Leonor vestía su cara igual que cubría su cuerpo con telas punteadas en plata y ribetes de terciopelo.

El castellano amaba a su esposa, y estaba orgulloso de sentar al lado de su trono a la hija de Enrique de Plantagenet y Leonor de Aquitania. Solo que a veces se preguntaba dónde quedaban el fuego y la ira que calentaba las venas de sus progenitores. Leonor, hija de sendos volcanes, tenía la virtud, o la desgracia, de no alterarse jamás. Su espíritu era sereno, como si al estar expuesta desde la infancia a voluntades de hierro y lava, hubiera aprendido a suavizar su propio carácter con cincel de paciencia y sumisión. Al principio de casados, era una de las cualidades que más le agradaba de Leonor. Con el paso de los meses, empezó a impacientarse, y al mismo tiempo a sentirse culpable. Al fin y al cabo, el arzobispo de Toledo y su confesor le habían dicho que una esposa dulce y dócil era una bendición. Sacudió la cabeza, melancólico y divertido: como si fueran pocas las batallas que tenía entre manos, solo le faltaba una querella doméstica. Si tuviera a su lado una leona como su suegra, ya estaría golpeando las puertas de la basílica de San Pedro para pedir la anulación. En cambio, sabía que de Leonor, la complaciente princesa de la casa de Plantagenet, jamás tendría queja ni pleito alguno. Y no era poco valiosa esa tranquilidad. Contempló el reflejo de las llamas en la piel blanca de Leonor y alargó la mano hacia su mujer.

—Aligeras mi corazón, esposa mía —dijo.

Leonor se arrodilló y reposó la cabeza en el regazo de su marido.

4

El señor D'Arcs

Hazim oyó un ruido, miró hacia el cielo y se apartó a tiempo. Desde un segundo piso cayó una lluvia de orines y excrementos mezclados con espinas de pescado maloliente, despojos de conejo y plumas de gallina, y restos de frutas y verduras reblandecidas y podridas, desparramándose en un charco de barro a los pies de los caminantes. La matrona que acababa de volcar su cubo de desperdicios en el carrer dels Ollers volvió a meterse en la casa.

—¡Por Alá, menuda pocilga! —exclamó el muchacho, sacudiéndose el pelo, rizado y oscuro.

—Sugiero que te abstengas de invocar a tu dios hasta que lleguemos a un lugar seguro —dijo Auxerre, tirando de su caballo y sin perder de vista al resto—. Bastante nos cuesta pasar desapercibidos. El más mínimo detalle puede darles una pista a los moros para encontrarnos y atacarnos de nuevo.

—Decías que nos atacarían antes incluso de llegar aquí, y nada ha sucedido —dijo Aalis.

—Pareces decepcionada —replicó Auxerre, secamente.

—No digas tonterías. —Aalis bajó la vista, pero insistió—. No ha pasado nada.

—La mitad del viaje, hasta Gerona, contábamos con la escolta de los cruzados, y a partir de ahí nos encontramos con la partida de Alfonso. Apenas hemos pasado una o dos noches sin compañía de armas, como quien dice. Hemos tenido mucha suerte hasta ahora, pero aquí estamos solos —declaró el capitán—. Dejemos a esa novicia donde su guardián, y vayámonos lo antes posible. Atraemos demasiadas miradas.

No se equivocaba. El mero hecho de cruzar la ciudad con tres monturas, bien alimentadas y mejor pertrechadas, una monja y una novicia mora de belleza más que notable era suficiente para llamar la atención de los ávidos comerciantes de leche, almendras y bocados fritos, que veían en el caballero a un rico cliente que viajaba acompañado de familiares y criados, y probablemente de una buena y repleta bolsa de monedas. Y si los vendedores ambulantes se abalanzaban sobre ellos para ofrecerles sus productos, nubes de pordioseros a cual más necesitado de andrajos y caridad les escoltaban pidiendo limosna hasta que, cojos o cansados, ya no podían seguirles. Desde que atravesaran las puertas de la ciudad, no habían caminado solos ni dos portales. Auxerre se limpió la frente con el antebrazo y miró hacia atrás. Hazim le seguía, aspirando, sin disimular su hambre, los apetecibles olores que llegaban desde las paradas de habas, calabazas, pepinos o hierbas, o los guisos y potajes que anunciaban tabernas, casas de huéspedes o sencillamente una dueña diestra para los fogones y ávida de ganarse unas monedas.

Fátima caminaba tirando de su caballo, concentrada en no perder el paso de la cuadrilla. Aunque trataba de no prestar atención, era la primera gran urbe que visitaba, y las escenas que se ofrecían ante sus ojos estaban pintadas de colores vivos que nunca había visto. Barcelona rezumaba más que la habitual animación de una ciudad ebria de comercio y de visitantes: desprendía a la vez el olor acre de la sal mediterránea y la dulzura de las tierras de mar adentro, se emborrachaba de caras, telas, muecas y gritos. En un portal donde pendían botas de vino y se anunciaban espíritus de Calabria y de Sicilia, una mujer mostraba las piernas desnudas mientras alegremente pisoteaba uvas moras en una media barrica, salpicándose las faldas a medio recoger del oscuro jugo. A ambos lados de la calle, tenderetes, paradas y tiendas de ollas, lozas, sartenes y pucheros ofrecían su género a un grupo diverso de compradores: matronas de buenas y honradas familias, acompañadas de sus criadas o esclavas; un taciturno monje, a cargo de la despensa y el almacén de su congregación, examinaba con atención unas largas pinzas de hierro labrado para atizar la hoguera; mercaderes, artesanos, maestros farmacéuticos, pintores o dueños de algún taller consideraban los morteros de barro, granito, piedra o mármol, las mazas de diversos tamaños y demás mercancías de barro cocido o fina porcelana que nutrían las estanterías de los comerciantes de ollas. Más allá, una pandilla de jóvenes obreros se cruzó con ellos y al ver a Fátima agrandaron los ojos y giraron los cuellos, dándose codazos: más de una mora habían visto, pero ninguna tocada de monja. Desde una ventana se asomaron dos mujeres con el pelo suelto y los pechos al aire, rubia una y más morena la otra, y cuando las vieron los mastuerzos empezaron a silbar y a proferir promesas de noches buenas y mejores amaneceres, dándose palmadas en los muslos. Las de las ventanas sonreían y se contoneaban, agitando aún más a los hombres que miraban hacia arriba. Simone se santiguó y conminó a Auxerre:

—¡Por el amor de Dios, señor, sacadnos de aquí!

Auxerre no respondió y apretó el paso. Dejaron atrás ollas y talleres, dirigiéndose por el carrer Ample hacia el mar. Las gentes que les venían al encuentro ahora tenían la tez quemada por el sol de alta mar, la boca más desdentada que la mayoría, y había no pocos tuertos y desorejados. Cuanto más se adentraban en el bullicioso barrio de la Ribera, la sal y las escamas, las redes parduzcas y las cajas rebosantes de pesca, los chillidos de las gaviotas y los maullidos desatados de los gatos y sus festines de espinas lo impregnaban todo. La hediondez y la suciedad tomaban aromas de mar. Torcieron por un callejón y el ruido de las ruecas y el olor de algodón puesto a secar o batiéndose se mezcló con el del pescado que se subastaba allí, a pie de playa y a menos de cien pasos de las comadres hiladoras. Habían ido a parar al mercado de pescado.

Besugos y doradas, finos lenguados, atunes plateados, calamares y sepias ennegrecidas, cangrejos, almejas y mejillones aún arrapiñados en racimos grisáceos y negros relucían al sol, extendidos sobre las mismas redes que los habían capturado. Los palangres y los cordeles con anzuelos aún chorreaban sangre y agallas. Las piezas más caras estaban expuestas en cazuelas de barro o en planchas de madera aparte: cinco langostas agitaban sus patas, en lenta agonía. Revoloteando alrededor del festín crudo, las amas ojeaban la mercancía, los taberneros calculaban cuál sería el pescado más barato del día para echarlo en sus potajes de a céntimo, la escudella, y los pescadores vigilaban con mil ojos las hábiles manos de los rateros que rondaban sus paradas. Avispados vendedores habían comprado sardinas rotas y estropeadas a buen precio y, una vez enfritadas en manteca de cerdo y harina basta, las ofrecían a puñados entre los hambrientos paseantes que no podían permitirse pagar ningún bocado de mayor categoría. Los que eran aún más pobres esperaban murmurando súplicas, y sus lamentaciones se parecían al zumbido de las moscas que asaetaban la carne húmeda de los peces y el caparazón rojo del marisco, todos deseosos de hacerse con las sobras del día. Un hormiguero humano recorría las paradas del recinto abierto y ventilado, que contaba con un techo de vigas de madera sobre el cual se trenzaban ramas, barro y paja para proteger de la lluvia y la suciedad el pingüe negocio de la pesca. Al fondo, el mar era espumoso y de color vino, de olas meciéndose plácidas y púrpuras contra el horizonte.

—No os mováis de aquí —ordenó Auxerre—. Voy a preguntar por la casa D'Arcs.

Y desapareció entre las paradas y las gentes. Aalis tomó las riendas de las dos monturas y Hazim guio al tercer caballo hasta un pinar donde otros animales pacían, enganchados. Simone y Fátima se acomodaron en el suelo, alfombrado de ramas y pifias, mientras Aalis y Hazim se adentraban en el arenal.

Era la primera vez que Hazim veía el Mare Nostrum, como se conocía a la gran masa de agua que lamía los pies de Barcelona, y que año tras año devolvía con sus cosechas las vidas que se cobraba. Una ráfaga de viento le hizo probar la sal y los sabores que llegaban con ella desde tierras que ni siquiera se adivinaban aguzando la vista. El rumor del agua incansable era como una extraña canción, entonada por labios invisibles, dulce y cansada a la vez, como si allá bajo las olas yaciera un alma aún más entristecida que la suya, pero aún con fuerzas para seguir empujando la cuna del ancho mar. Cerró los ojos.

—¡Cuidado, cuidado! —La advertencia venía envuelta en risas, pero llegó tarde: un puñado de tierra húmeda y pegajosa alcanzó a Hazim en plena mejilla. Agitó la cabeza y de su cabello negro cayó una lluvia de granitos de arena. Fátima le saludó, plantada en jarras y mostrando sus blancos dientes, parapetada tras un grupo de rocas que vestía la playa desnuda.

Hazim sonrió y echó a correr, persiguiendo a Fátima por la explanada, que corría con los faldones de su hábito recogidos, el pelo suelto y las mejillas coloreadas por el esfuerzo y el azote vivificante de la mar. La novicia esquivaba al muchacho con facilidad, pero por fin Hazim logró agarrarla, y tropezaron, cayendo rodando los dos por la arena, entre carcajadas y quejidos de diversión que se mezclaron con la algarabía de la Llotja, que tenían a sus espaldas. Simone, con Aalis a su lado, los observaba. Al cabo de un rato apareció Auxerre.

—Es bueno verla reír otra vez. Fátima es una muchacha muy dulce —dijo la monja.

Auxerre respondió con gravedad:

—Pero aquí no pasan desapercibidas ni su piel ni sus risas, y es peligroso.

—Envidio esas risas —declaró Aalis con fervor—. Tienen el alma limpia de culpa y de mal.

Auxerre estudió el semblante de la joven. Había determinación febril en su mirada, como si unas brasas interiores hubieran cobrado vida desde que su madre había perdido la suya, devorándola con fuego y trueno, y dejando al descubierto el temple frío de un guerrero. Aalis sostuvo su mirada, y sus pupilas se oscurecieron.

—También yo envidié esa pureza de corazón —admitió el capitán, turbado—. Pero eras tú la que tenías el alma limpia en ese entonces.

—¿De qué me acusas, Guillaume? —Aalis se encaró con él.

—Préstame atención —dijo el capitán, escuetamente—. Es fácil empuñar un arma y segar una vida; es mucho más difícil soportar el peso de ese acto en el alma. No se puede caminar por el mundo con una culpa así en el corazón.

La joven levantó ligeramente la comisura de los labios, como si ya hubiera pensado en ello, y replicó:

—Entonces hay que dejar al mundo a un lado.

Se acercaron Fátima y Hazim, y la novicia se abrazó a Simone, riendo. Hazim también buscó el abrazo de la joven, risueño y feliz. Aalis permaneció callada, observándola, como si esperara algo de la mora. El capitán frunció el ceño, preocupado. La suave escena de paz que acababa de presenciar era un espejismo: pronto los problemas vendrían a su encuentro, y no sabía cómo evitar que el alma torturada de Aalis descendiera aún más en el infierno en el que se estaba precipitando. Solo sabía que, cuando los sarracenos se abalanzaran sobre ellos —y no le cabía ninguna duda de que así lo harían—, no estaban preparados para hacerles frente: no con tres jóvenes y una religiosa por toda cuadrilla. Si al menos L'Archevêque estuviera allí. Auxerre pensó en el compañero de reyertas que se había partido el rostro y más de un hueso por él. Aalis había decidido dejarlo a cargo del castillo de Sainte-Noire y de sus tierras de cultivo, mientras partía a Rocamadour en busca de su madre. Louis, que amaba la buena vida o, lo que era lo mismo, una bodega ahíta y cuatro cochinillos recién sacrificados listos para el asado, había aceptado la oferta. Al despedirse, los dos viejos amigos se habían entendido sin decirse nada: uno cabalgaría y el otro quedaría atrás, y su amistad les uniría hasta que llegara la hora de encontrarse otra vez. «Cuando Dios y el diablo así lo quieran», le había abrazado Louis. El capitán sacudió la cabeza para apartar la melancolía de sus pensamientos. Desató las monturas y ordenó con voz ronca:

—En fila de a uno, con la boca cerrada y mirando al suelo. Si tengo que haceros formar como a soldados, lo haré, por los clavos de Cristo. No quiero oír ni una palabra hasta que alcancemos la casa donde mora el señor D'Arcs.

Obedecieron todos sin chistar, sorprendidos por la brusquedad de sus indicaciones. Llegaron al portal de doble hoja pintado de verde cuando el sol amenazaba ya con dejarlos en manos del atardecer. Corría un fresco que prometía dolores de garganta, sudores y otras constipaciones si no se acercaban a un buen fuego y se alimentaban con una sopa caliente, y quizá por ello Auxerre golpeó con estruendo la puerta que rezaba *Arcus*. Al lado, grabado en la madera, había dos círculos ovalados que se cruzaban formando una figura.

—¿Qué querrá decir eso? —preguntó Hazim en un susurro a Fátima.

La joven se encogió de hombros. Antes de que pudiera abrir la boca, se oyeron unos gritos sofocados en el interior de la casona, luego golpes y ruidos de madera rompiéndose y, finalmente, silencio. Auxerre echó un vistazo desconfiado hacia Simone y su novicia, y volvió a insistir golpeando con energía la puerta, no sin antes desenvainar su espada lo suficiente como para detener el ataque de un contrincante. «Pero solo uno», pensó. Se oyeron unos pasos arrastrándose y el ruido de un manojo de llaves. Sonó el gruñido de una cerradura, y un hombre cejijunto y barbudo entreabrió una hoja del portón. Iba desnudo de cintura para arriba, sus calzas estaban manchadas de inmundicia desde las rodillas hasta la entrepierna, y saltaba a la vista que habían pasado más de varias lunas desde que utilizara por última vez su barrica de baño. Llevaba trenzado el pelo de la cabeza, que le caía como a un salvaje por encima de las orejas y hasta el cuello. Tenía las cuencas de los ojos anchas y profundas, negras como si también hubiera olvidado descansar por las noches. Brillaban allí, prisioneros en el fondo oscuro, dos ojos también negros. La nariz era pequeña y fina, desmintiendo con su gracia el resto de sus rasgos abandonados. También su boca era diminuta, aunque torcida en una mueca desagradable parecía más grande y peligrosa. Conservaba toda la dentadura excepto dos piezas de la mandíbula inferior. Estudió a Auxerre cuidadosamente antes de fijarse en las dos muchachas. Al verlas, esbozó una sonrisa satisfecha, le guiñó el ojo al capitán y abrió de par en par el portón de su casa. Se quedó un poco desconcertado al ver a Hazim y a Simone esperando detrás, aunque se limitó a hacerles gestos para que también entrasen. Les condujo hasta un pequeño establo situado en el lado izquierdo del patio de la casa, que era más grande lo que aparentaba desde la calle. En el centro del patio había un pozo, y a su alrededor algunas verduras y legumbres brotaban ordenadamente en el huerto familiar. Una vieja de aspecto tan miserable como el hombre estaba cogiendo coles, arrancándolas de un tirón brusco y reuniéndolas en un gran pañuelo de color calabaza oscura que estaba extendido en el suelo. Un perro famélico las husmeaba en busca de gusanos o ciempiés. A pesar de la estampa cotidiana, o quizá precisamente por ella, Auxerre seguía intranquilo. Echó un vistazo a su alrededor, y no vio a nadie más. ¿De dónde procedían los gritos que habían oído apenas unos minutos antes? Si la casa era pacífica, les daría cobijo y descanso, pero de no serlo tenían que salir de allí sin perder tiempo. Dijo:

—Buscamos al señor D'Arcs. Venimos de muy lejos.

El hombre se lo quedó mirando de hito en hito, rascándose la barba. Volvió a recorrer con sus agudos ojos negros las siluetas de las mujeres y de Hazim. Se volvió hacia atrás y la mujerona y él cruzaron una mirada fría, mostrándose las bocas desdentadas. Ella ejecutó una torpe reverencia, y el otro, divertido, pareció pensar que era una buena idea y la imitó. Se inclinó con dificultades y respondió:

—Yo soy Pere d'Arcs. Esta es Ximena. —La mujer exhibió aún más su magra dentadura mientras el perro hundía la lengua en una de las coles—. No me importa de dónde venís. Solo me ocupo de mi mercancía: vendo o compro. —Señaló con la cabeza a Aalis y Fátima—. Confieso que ojalá os interese lo segundo, pues sé de varias casas que me pagarían buen dinero por las dos mujeres. Y el chico también, claro. Eso sí, es la primera vez que veo a una monja desfilar por mi casa. —Se santiguó y la desdentada se apresuró a repetir su gesto—. Dios sabe que no soy un santo, pero si vos no tenéis miedo al infierno, yo sí, así que tendréis que ir a venderla a otra parte —terminó simplemente.

—¡Santa María madre de Dios! —exclamó Simone, horrorizada—. ¿Qué estáis diciendo?

Auxerre la detuvo con un gesto y consideró el rostro de Pere d'Arcs.

—Vuestro negocio es singular, D'Arcs. Confieso que no lo esperaba.

El otro se sorprendió genuinamente.

—No hay nadie en la Ribera que no sepa con qué lleno mi cuenco. Solo trato en esclavos, no vendo ni compro nada más. Si estáis mal informados, allí está la puerta y dejemos de perder tiempo, el vuestro y el mío.

—Nos dio vuestras señas la madre superiora del monasterio de Rocamadour, que os tiene por el guardián de esta novicia. La acompañamos hasta aquí, pero comprenderéis que no la dejaremos con vos sin garantías de su seguridad —insistió Auxerre, señalando a la mora.

El traficante de esclavos se encogió de hombros.

—Ni yo quiero que la dejéis aquí. No sé nada de ningún monasterio. Y menos de esa jovenzuela. Pero bueno, si queréis vendérmela...

Fátima dio un paso hacia delante:

—¿No me reconocéis? ¿No sabéis quién soy? ¡Soy vuestra pupila!

El de D'Arcs se volvió hacia ella por primera vez y dijo con frialdad:

—Créeme, muchacha, si fueras mi pupila ya estarías vendida al mejor postor.

—¡Desvergonzado! —exclamó Simone, indignada.

Pere d'Arcs replicó:

—No habréis venido hasta mi puerta para insultarme, ¿verdad? Porque si es para eso puedo llamar a los alguaciles del rey, con los que me llevo más que bien. —Se quedó mirando a Aalis y Auxerre y se encogió de hombros, con expresión franca—: Podría haberos dicho que amén a todo, quedarme a la muchacha y luego hacer lo que me viniera en gana. Si os digo que nada sé, es porque es verdad.

—¿Tampoco sabéis nada de *dame* Françoise? Mi madre, la mujer que conocisteis en Rocamadour, y con la que comprasteis un barco —intervino Aalis.

—Pero bueno, ¿tengo aspecto de peregrino? Jamás he estado en Rocamadour, y desde luego que no tengo ningún barco. ¿Por qué habría de mentir?

Auxerre sostuvo su mirada y replicó:

—No hemos venido a insultaros. Pero sí necesitamos aclarar este embrollo. Y entendemos que vuestro tiempo cuesta dinero. ¿Quizá diez escudos?

El otro escrutó la expresión determinada del caballero, se rascó la barbilla y concluyó:

—Hombre, y veinte también. En fin, no me iría mal que fuera cierta vuestra historia, porque una mora como esta vale su peso en oro. Pero por mucho que insistáis, creo yo que... Bueno, cierto, cierto, aclaremos este asunto porque no quiero arriesgarme a que me metáis en un lío. Si os servís pasar a mi casa, estoy a punto de cenar.

Auxerre siguió a su anfitrión hacia el interior de la casa, maldiciendo la hora en que Fátima había aparecido en sus vidas. Aalis y Hazim cruzaron el siniestro patio hasta la casona, y Simone apretó con fuerza la mano de la novicia.

Hazim empujó con su dedo índice un trozo de carne veteada que flotaba entre el caldo de garbanzos y col hervida que Ximena acababa de servir en su escudilla. Miró a Aalis con disimulo, y esta movió la cabeza imperceptiblemente, en señal negativa. Decepcionado, el moro apartó el suculento bocado de carne de cerdo y se concentró en la sopa de legumbres. Dos fuentes con pedazos de pan negro endurecido untado en manteca, que olía sospechosamente a cerdo, componían el resto de la cena. Los tres jóvenes estaban sentados en fila, frente al capitán, Pere y Simone, que daban la espalda al patio. La sala del hogar no era grande, y los seis comensales ocupaban buena parte del espacio. Del envigado pendían botas de vino, sacos de tela que olían a hierbas y trozos de salchichón duro alrededor de los cuales se arracimaban moscuelas, ebrias de grasa. Llegaba del rincón, donde yacían forros de gato, de lobo y de conejo, cortados en piezas rectangulares, el olor acre de la piel recién curtida. Cuando la mujer hubo terminado de repartir el contenido de la olla, trajo una jarra de vino y otra de agua y se retiró, no sin antes besar con devoción la mano de Pere d'Arcs.

—Esa mujer os tiene ley —dijo Auxerre.

—Me debe su libertad —se limitó a responder Pere. Los ojos seguían negros y hundidos en las cuencas. Masticó con ahínco varias cucharadas del potaje, y los demás le imitaron en silencio. Durante un breve rato solo se oyó el ruido de las mandíbulas y los cubiertos de madera en el interior de la casa, mezclado con ululares de viento y canciones tarareadas en las balconadas cercanas. Gruesas carcajadas y gemidos de muslos encontrándose llegaban desde las paredes que colindaban con las casas vecinas. Al otro lado del patio se vislumbró la figura de Ximena, acarreando otra olla humeante. La dejó en el suelo y se limpió la frente. Aalis observó las acciones de la criada, y Hazim dio un codazo a Fátima para que también ella prestara atención. Empujó el portalón del establo y del interior salió un bisbiseo agradecido que envolvió la noche como una brisa cautiva. Lentamente, una tras otra, figuras encogidas, medio desnudas, morenas, negras y blancas, fornidas o huesudas, avanzaron gateando hasta rodear el pozo en un círculo obediente. Ximena tomó la larga cadena que sostenía el cubo y fue pasándola por las argollas que aprisionaban los pies de los esclavos. Cuando hubo terminado, arrojó la cadena de nuevo hasta el fondo. Todos quedaron a menos de dos codos del pozo, arrodillados e inmóviles, sin posibilidad de escapar. En silencio esperaron. Entonces, la mujer procedió a repartir dos cucharadas del potaje por cabeza. Hambrientos ojos, labios resecos, manos temblorosas llenaban la noche del ruido del ansia. Hazim y Fátima, con la rabia escrita en la cara, miraron a Pere como si de un momento a otro fueran a atacarle. Aalis apartó su plato, a medio terminar.

—¿Cómo podéis vender personas? Es repugnante —dijo la joven, desafiante.

Impertérrito, D'Arcs tomó un largo trago de vino y echó la silla hacia atrás.

—Decídselo a los que quieren comprar. Sin clientes no hay negocio. Es curioso, ¿sabéis? Precisamente eso me dice siempre mi padre. Es un prohombre de la ciudad y le avergüenza tener un hijo como yo. Pero no siempre fui así.

—Como viera que los demás le escuchaban atentos, prosiguió—: Hace cinco años, trabé amistad con un artesano de nuestros talleres cerámicos. Me enseñó su oficio, a escondidas de mi padre, ya que yo no debía ensuciarme las manos con el barro ni las cenizas. Pero a mí me gustaba la labor. Jamás gocé con la vida fácil que mi padre había construido para mí. En cambio, frente al fuego y la tierra, yo me sentía feliz. Mantenía el horno encendido con brasas suaves y firmes, que pudieran cocer bien el barro sin romperlo ni endurecerlo demasiado. Así creció mi amor por Guillema, la hija de mi amigo artesano. Esperaba sus pasos envueltos de espliego y romero, la espiaba desde el balcón del patio para aprenderme sus formas de memoria. Pronto supe que ella también sentía lo mismo, y me volví loco de felicidad. Prometió casarse conmigo y fui a pedirle dinero a mi padre. Me echó a patadas de su casa, y se horrorizó cuando supo que había aprendido un oficio, cuando con su nombre y su bolsa podrían abrirme todas las puertas. Para refocilarme en el barro no me daría ni un sueldo y mucho menos su bendición. Amenazó con desheredarme. A mí no me importó: empecé a ahorrar. Dejé de jugar a los dados y de frecuentar las tabernas, me alimentaba de un solo plato caliente a la semana y el resto de los días comía aire y bebía agua. Al cabo de un año logré reunir una cantidad suficiente como para pagarnos una boda sencilla y un techo sobre nuestras cabezas. —Los finos labios de Pere se curvaron amargamente—. El día en que desposé a Guillema, hace cinco años, fue el más feliz de mi vida.

—¿Qué pasó después? —preguntó Fátima. En el patio, los desgraciados devoraban su cena.

—Todo iba bien. Guillema quedó preñada enseguida, las comadres decían que iba a ser un niño. ¡Un primer nieto varón para Arnau d'Arcs! Mi suegro también rebosaba satisfacción. Mientras, los negocios de mi padre crecían como la espuma. Prestaba dinero con intereses del veinte y del treinta, compraba casas y talleres y los alquilaba con buenos beneficios. El rey le honró concediéndole el privilegio de la *amostolafia*, y mi padre, en señal de su perdón, me propuso ir a partes iguales. Nos competía custodiar a los rehenes rescatados de los sarracenos de vuelta a sus hogares, y a cambio cobrábamos una buena recompensa de sus familias, de la que el rey conservaba una parte. Incluso llegamos a organizar nuestras propias misiones de rescate, si la familia ponía la bolsa de antemano. Desde el principio, a Guillema no le gustó que yo aceptara tomar parte en el negocio, porque utilizábamos nuestra casa como hospedería provisional de los pobres desventurados, que venían maltrechos, heridos y algunos hasta enloquecidos después de varios años presos de los moros, esclavizados, o cosas peores. Decía que llevaban a cuestas la mala fortuna, y que no era bueno criar a nuestro hijo entre desgracias y llantos. Los viajes me obligaban a pasar mucho tiempo fuera, y eso también la inquietaba. Guillema quería que volviera a ejercer de artesano junto a su padre cuando naciera el niño, y así se lo prometí. Nos habíamos endeudado mucho; hasta el padre de Guillema había adquirido una participación de la *amostolafia* a cambio de hipotecar su casa, con uno de los cambistas de confianza de mi padre. Soñábamos con enriquecernos. Hasta Guillema pensó en ir al mercado para vender sus mermeladas y sazones. Sabía cocinar como los ángeles. Su dulce favorito era el melocotón con pasas y nueces bañado en miel. Preparó varios tarros, los dejó en la despensa. Aún queda uno, creo. —Trató de sonreír; los demás seguían guardando silencio—. La noche en que... No me di cuenta, me desperté cuando ella me golpeó con el brazo en el pecho, su cara estaba pálida y todo el jergón estaba empapado en sangre. Cuando fuimos a dormir estaba bien, me había besado y me dijo que trataría de soñar con un niño fuerte y guapo para que se hiciera realidad. Pero de repente Guillema estaba a mi lado, sus ojos se velaban como si quisiera pedirme perdón y yo quería matarme, morirme en su lugar para que vivieran ella y mi hijo. Si el diablo existiera, hubiera venido en mi busca esa noche y yo le habría dado todas las almas del mundo.

—¿Los dos...? —le interrumpió Fátima.

Pere d'Arcs asintió y al cabo de un momento siguió hablando, con infinita pena:

—Enterramos a Guillema. Dos días después vino a verme mi padre, lleno de reproches. No solamente le había deshonrado casándome con Guillema, sino que ahora me hacía responsable de la muerte de su nieto. Ejecutó la hipoteca de mi suegro y le arruinó. Desesperado, perseguido por los alguaciles del rey por sus deudas, el pobre hombre vagó por las calles durante unos días hasta que apareció una noche colgado de un árbol. Ni siquiera me importó en qué zanja pestilenta arrojaron su cuerpo. Por aquel entonces nada hacía mella en mí. Me conocían en todos los tugurios de la ciudad y me fiaban por el apellido de mi padre. Una noche la cabeza iba a estallarme, de dolor y de vino. Decidí irme en la siguiente expedición de rescate.

—De rehenes —puntualizó Aalis—. Pero no de esclavos.

Pere d'Arcs asintió.

—Al principio, sí. Luego, poco a poco, fui dándome cuenta de que era mucho más provechoso traficar con esclavos, incluso secuestrar campesinos y labriegos inocentes y hacerlos pasar por prisioneros de guerra, un botín igual que las reses, el oro o los enseres saqueados. Mis mercenarios tenían órdenes de apresar unos cuantos moros, junto a los rehenes de buena familia o de buena bolsa que rescatábamos. Los revendíamos como esclavos. Venían de Albarracín, de Denia, de Cuenca y hasta de Algeciras, incluso de Tánger y de las tierras africanas trajimos moros. Me los arrancaban de las manos, esa es la verdad.

—¿Y vuestro padre? —preguntó Auxerre con expresión singular.

—Bueno, podría decirse que fue culpa suya que me diera al mercadeo de esclavos: furioso por quedarse sin nieto, mi padre me lo había arrebatado todo. No tenía nada, ni casa ni dinero, y tenía que ganarme la vida. Es cierto que podría haber reclamado mi sitio a su lado, o convertirme en artesano como mi Guillema quería. Supongo que no estaba escrito ese destino para mí. —Bajó la cabeza, pensativo—. En fin, empecé una nueva vida, pecaminosa y baja si queréis, pero nueva al fin y al cabo. Pero como os decía, mi padre sigue enemistado conmigo.

—¿Os parece poco motivo traficar con esclavos? —preguntó Simone, acusadoramente—. Arderéis en el infierno y vuestro padre teme por la salvación de su alma y la vuestra.

—Bueno, no es exactamente por eso —sonrió Pere, astuto—: Veréis, la *amostolafia* es labor honesta al servicio del rey. Se gana un buen dinero al tiempo que se hace caridad cristiana. El obispo es el encargado de supervisar la recaudación de donaciones que financia los rescates, y sus canónigos, los responsables de repartir la ganancia entre el rey, el obispado y mi padre. Todos saben a qué me dedico, aunque hacen la vista gorda. Pero mi padre teme que algún enemigo suyo lo utilice en su contra, para apropiarse la *amostolafia*. Él perdería un buen negocio, y probablemente pasaría un bochorno frente al rey. Ya podéis imaginaros cuánto me apenaría eso a mí. En fin, no me siento orgulloso, pero esta es mi historia —concluyó, golpeando con el fondo de su vaso la mesa. Pere d'Arcs recuperó su fría expresión—. Ahora, quizá, debáis contarme la vuestra.

Auxerre negó con la cabeza y dijo, pensativo:

—Eso no importa ahora. Más bien creo que es posible que sea vuestro padre, Arnau d'Arcs, el verdadero guardián de Fátima. ¿Dónde y cómo podríamos averiguarlo?

Pere abrió los ojos, sorprendido, y sonrió lentamente:

—Pues claro, ni se me había ocurrido. ¡Ese rufián! Haciéndose el santurrón... ¡y con una muchachuela guardada en Francia! Y mora, para más sazón.

Fátima iba a decir algo, indignada, pero Auxerre le conminó a que guardara silencio con un gesto. Siguió preguntando:

—¿Dónde podemos verle?

El de D'Arcs negó vigorosamente con la cabeza.

—No, de ninguna manera podéis ver a mi padre.

Auxerre insistió:

—No le queremos ningún mal, os lo aseguro.

Pere se lo quedó mirando, sin comprender. Luego su rostro se iluminó y dijo, riendo:

—¡Por supuesto que no! Lo que quería decir es que no está en Barcelona. Lleva meses de viaje, ocupado en un rescate en Constantinopla. Sé por alguno de sus criados que está a punto de volver, pero ya sabéis cómo son las travesías por mar: uno sabe cuándo sale, pero nunca cuándo llega.

El capitán guardó taciturno silencio. De pronto, Aalis sugirió:

—¿No hay ningún listado de tutelajes, o de donaciones, en la ciudad? ¿O incluso de los viajes realizados más allá del reino, en el caso de mercaderes o profesiones comerciantes? En Chartres, la cancillería de los condes de Champaña mantenía libros de cuentas llenos de información sobre las casas, los castillos y las propiedades de los vasallos, porque así luego la recaudación de las tasas era más sencilla. Hasta mi padre tenía una lista de todos sus enfeudados... —Se calló de pronto e intercambió una mirada con Auxerre. Ambos pensaron en el padre de Aalis, Philippe de Sainte-Noire, cuya primera esposa había sido *dame* Françoise. Aalis volvió a hundirse en el silencio.

—Claro, tenéis razón —dijo Pere d'Arcs, distraído—. El dinero siempre deja rastro, porque hasta de mis beneficios como traficante cobra el rey su parte, mediante los portazgos y tasas sobre la compraventa. Pues sí que se me ocurre algo parecido a eso que decís.

—¿Qué? —preguntó Auxerre.

—El *Líber Feudorum Maior* —repuso Pere d'Arcs—. No hay hogar, bestia, castillo, molino, horno, granja, viña, taller, terrenos, posesiones o bolsas en el reino de Alfonso de Aragón que no esté registrándose en ese documento. Así lo ha ordenado el rey.

—¿Y dónde está?

—En el palacio del obispo, donde los canónigos. Allí es donde podéis probar suerte. Y si no encontráis nada, bueno... Ya me ofrezco yo a ser tu guardián —dijo Pere d'Arcs, mostrándole una sonrisa con dos huecos a Fátima.

5

Comte Barchinone

—¡Deprisa, deprisa! —dijo la sirvienta, nerviosa.

—Si no te callas no terminaré, ni pronto ni bien —replicó la despensera. Sacó la lengua y se mojó los labios para concentrarse mejor al verter el vino de Calabria en el escanciador de cobre. La bandeja de madera pulida, pintada con un ribete de finas rosas blancas y rojas enzarzadas, reposaba en la cocina del Palau Reial, con dos copas de cobre, labradas a juego, y unos cuencos con dátiles y olivas, tapadas con un fino mantel de hilo para espantar a las moscas. Las cocinas, a pie del patio principal, recibían el sol del mediodía y el calor hacía sudar las longanizas colgadas del techo, a los mozos de las caballerizas y a las criadas por igual. Ni una gota de viento movía las ollas y paellas sujetas con cadenas, ni tintineaban los platos de loza y los vasos de cristal encerrados en las alacenas. Se oían los chillidos de los rapaces jugando a matar hormigas y alimañas. De vez en cuando, en las ventanas de los pisos altos, una dama se atrevía a acercarse al alféizar para contemplar los juegos de los niños, pero se retiraba enseguida para no quemarse la fina piel con los rayos despiadados. Los perros del rey se acurrucaban bajo la sombra refrescante del pozo, con sus largas lenguas desmayadas sobre la tierra del patio. Desde alguna sala recóndita, llegaban las risotadas de los hombres que jugaban a cartas y a dados. Terminó por fin la despensera, y volvió a colocar el barril de vino en la bodega, dándole dos vueltas al cerrojo.

—Toma, María. Ya está —dijo, entregándole la bandeja a la criadita—. Cuidado con el escalón.

Esta salió rápidamente, cruzó el patio a pleno sol y se metió por el pasillo cubierto que daba a la capilla real y al patio del claustro. Allí vislumbró la figura del rey y de su invitado. Ralentizó su paso y cuando estuvo cerca, apercibió un tercer hombre que la miraba con insolencia. Se ruborizó y siguió caminando hasta aproximarse al rey. Dejó la bandeja, hizo una rápida reverencia y esperó permiso para retirarse, que no tardó en llegar. Cuando se metió por el pasillo para regresar a sus labores, oyó al hombre canturrear una melodía dulce como las que, escondida tras las cortinas, había oído entonar a los juglares de la corte. Mientras pasaba a su lado, el improvisado cantor hizo una profunda reverencia, y la criadita no pudo evitar sonreír, mostrando unos deliciosos hoyuelos. Apretó el paso, pizpireta, y desapareció por donde había llegado.

—«Sus palacios son un mosaico de piedra, agua y jazmín que emborracha los sentidos. Las naranjas y los limones brotan en un jardín de mil árboles, y la primavera es criada del califa, porque se cuida bien de perfumar con sus galas el aire de su palacio.» Los poetas que viajan hasta mi corte describen así la grandeza de los moros —dijo Alfonso, tomando una jugosa pera de la rama y mordiéndola con fruición. Se volvió hacia su interlocutor—: ¿Queréis una?

—Os lo agradezco, pero la hospitalidad de vuestra casa me ha brindado buen pan y mejor vino esta mañana.

El rey de Aragón y conde de Barcelona elevó una mirada al cielo desde el patio del Palau Reial. Su residencia despertaba la admiración de los ciudadanos: los dos pisos construidos por encima de la antigua edificación, la simetría de las amplias ventanas, agrupadas de tres en tres, y las obras que sin cesar ampliaban el palacio para gloria del rey. Pero era el fresco recinto cuadrado, de modestas proporciones, con su delicada columnata doble y la tímida hilera de árboles, su rincón preferido para reflexionar en paz. Terminó la fruta y arrojó el hueso a los pies del árbol. Se limpió la boca con la manga de su camisa, y se sentó en uno de los bancos de piedra que rodeaban el patio.

—Mi padrino Enrique me dice que sois el hombre más sabio que se ha cruzado en su camino —dijo Alfonso por fin, con una mueca divertida.

—Su majestad el rey es generoso con sus alabanzas —repuso el abad Hughes, con aspecto seráfico, y pensando que si Enrique de Plantagenet hubiera estado presente en la entrevista entre su ahijado Alfonso de Aragón y el abad de Montfroid, su impaciencia hubiera puesto fin a la incipiente esgrima verbal que se avecinaba. Sin duda el muchacho había heredado esa habilidad de su padre, Ramón Berenguer, una sabiduría acumulada durante siglos después de pullas y altercados entre barones ávidos de tierras y poder.

—También decía lo mismo de su arzobispo de Canterbury —añadió irónicamente Alfonso.

—Que en paz descanse —remató el abad, impasible.

Sonrió el rey y se santiguó, antes de proseguir:

—Y el papa Alejandro también os cubre de elogios en la misiva que acompañó vuestra llegada a mi corte. No podéis negarme que es curioso, querido abad, que dos enemigos casi acérrimos, pues no fue mi padrino tan bondadoso con las cuitas del papa durante los veinte años de disputa de este con el emperador, ni Alejandro se olvidó de excomulgar al rey Enrique por el asesinato de Beckett, coincidan, sin embargo, en la misma opinión: que debo prestaros atención y ayuda en vuestra misión, de la que nada sé y menos me decís.

—También el papa es generoso al mostrar tanto afecto por este pobre servidor de Dios.

—Y aparte de eso, ¿no tenéis nada más que decir? —Alfonso se cruzó de brazos—. No me imagino cómo podré seros de utilidad si no sé contra qué o a favor de quién lucháis... con vuestras armas de buen cristiano, se entiende —apostilló, mordaz—. En verdad que cada vez entiendo menos a los hombres de Dios. Después de años en el exilio y múltiples guerras en el norte de Italia, el papa acaba de erigirse en vencedor contra sus enemigos, y aún con la tierra húmeda de sangre y vísceras, se le ocurre mandarme un emisario para azuzarme contra los moros.

—No es ese mi objetivo —objetó el abad.

—Pero traéis compañía armada —dijo Alfonso, señalando al caballero que esperaba, en la entrada del patio, indolentemente recostado contra la puerta—, y me pedís monturas y víveres para encaminaros hacia Toledo, donde me decís que os reuniréis con los sabios y maestros que allí viven. Mentís, abad. Sabéis tan bien como yo que allí os arrodillaréis frente al rey Alfonso y ejecutaréis vuestra pantomima, y hablaréis de hermandades y de cruces. Con los humores exaltados y la sangre ardiente que se gasta el rey de Castilla, quizá tengáis éxito. Y sin duda su tío Fernando de León también escuchará vuestra canción: afilará presto sus uñas y sus dientes y morderá allá donde esté la carne para llevarse un buen botín, aunque sea carne mora y el precio, huesos cristianos.

—¿Y vuestra respuesta será otra? —preguntó el abad.

—Veréis, es que mi caso es muy distinto —repuso el rey Alfonso—. No hace ni tres meses que me senté a firmar un tratado de paz con mi enemigo Ramón de Tolosa, a instancias de mi querido padrino Enrique. Gracias a él, albergo la esperanza de que se calme la situación en Provenza, al menos por un tiempo. Tendré tiempo para administrar mis tierras y mis cosechas. No voy a jugarme la piel ni la de mis soldados emprendiendo una nueva y costosa Cruzada en tierras hispanas solo para complacer los delirios de grandeza del Vaticano. Mis ejércitos están cansados, mis arcas, vacías. Mi espíritu quiere paz.

El abad contestó, prudente:

—Os ruego que no dirijáis contra el papa el enojo que os ha causado mi persona, y pido a Dios que me ilumine lo suficiente como para ganarme vuestra confianza.

El rey se rio de buena gana:

—Vamos, abad. Ni vos sois un torpe ni yo un imbécil. Simplemente, decidme la verdad. Que yo sepa, no necesitáis a Dios ni al papa para eso.

Hughes de Montfroid ponderó la expresión severa y firme, pero amable, del rey Alfonso. No era su interlocutor ningún necio, y a pesar de su juventud sabía bien cuánto valían las onzas de oro y de sangre con las que se miden las guerras. El abad asintió, como si se otorgara permiso para hablar:

—El papa Alejandro me convocó a Roma hace unas semanas. Tenéis razón: su cuerpo está debilitado a resultas del exilio, las traiciones y el combate. No es su deseo atizar el fuego entre moros y cristianos en estas tierras, pese a que reza cada noche por que Dios nos conceda esa victoria. —El abad suspiró, y sus pupilas azules brillaron, dando fiereza a la expresión de su rostro, moreno y arrugado por el sol de Jerusalén—. Le dije que más nos valdría rezar por las almas de todos los guerreros que invadirían nuestros cielos y nuestros infiernos, el de Alá y el de Jesucristo, cuando llegara el día del Juicio Final. Ojalá tenga Dios misericordia de todos nosotros.

—No pretenderéis que enviemos más dinero a Roma —intervino Alfonso—. Hace menos de dos años vino a llamar a mi puerta el cardenal Jacinto para conminarnos a la unión cristiana, predicar la bondad de las órdenes militares, abrir nuestras bolsas y recibir nuestras donaciones con los brazos abiertos. El resultado es que los templarios que se asientan en mis tierras de Cataluña y Aragón poseen más castillos, pastos y rebaños que algunos de mis barones. Excusadme, pero antes de que mi bolsa ayune en nombre de Dios, prefiero engordar mis ciudades con mercados, alhóndigas, talleres y molinos.

—Eso es blasfemia, mi señor —dijo el abad, con una media sonrisa.

—Eso es economía, querido abad —replicó el rey, igual de irónico.

—Sin embargo, no es esa la razón de mi viaje —declaró Hughes, más grave. Escogió cuidadosamente sus palabras antes de proseguir—: El papa ha recibido informes que anuncian tormenta en los reinos cristianos del sur. La naturaleza de la amenaza no está clara. Unos hablan de un arma que, en manos de Abu Ya'qub Yusuf, el califa de Córdoba, enardecería a sus guerreros y arrasaría los ejércitos de Dios con el poder de Alá. Otros dicen que es una peste que solo ataca a los cristianos y deja intactos a moros y judíos. Y aun otros hablan de un Moisés musulmán que arrojará las siete plagas de Egipto contra los reyes cristianos que se han atrevido a conquistar la tierra que un día poblaron los enviados de Mahoma. —El rey se frotaba la barbilla con una sombra de incredulidad en el rostro. El abad prosiguió, en un tono más amable—: Tenéis razón, por supuesto. Cada vez que las entrañas de una oveja caen del lado izquierdo, o que la luna se esconde, o que nace una vaca con siete ubres, se oyen profecías similares. Pero también sabéis que los pueblos van a la guerra por menos que eso, cegados por el miedo y la ignorancia.

—Y el papa os envía para descubrir qué hay de verdad en esto —dijo Alfonso.

—Digamos más bien que si los rumores se extienden acerca de esta historia, podrían azuzar los ánimos de los pueblos y de los soldados de Dios más allá de la prudencia.

No es luchando contra fantasmas ni prodigios como el papa espera lograr la paz para el reino de Jerusalén, débil y enfermo como su pobre rey Balduino. Por no hablar de la ardua reconquista de las tierras hispanas, palmo a palmo y guijarro a guijarro, contra los díscolos reyezuelos moros. La superstición no debe ser el motor de la gloria de Dios. —Bajó la cabeza el abad—. Si es que tal cosa existe, aún.

—Ahora sois vos el blasfemo, abad —replicó suavemente el rey.

—Mis ojos están ahítos de sangre y sinsentido —dijo Hughes, sin ocultar su cansancio.

El rey guardó silencio durante unos instantes, y finalmente dijo, pensativo:

—Es alto honor el que os encomienda el papa, que en otros tiempos hubiera recaído en sus monjes guerreros. Y sin pretender ofenderos, diría que los riesgos de la misión son más propios de un soldado que de un abad. ¿Acaso no cuenta el papa con una red de fieles servidores, poderosos y dispuestos a ejecutar su voluntad? —Brillaban los ojos de Alfonso al decir estas palabras, y el abad se admiró de nuevo ante la perspicacia del joven rey.

Hughes de Montfroid sopesó largamente lo que iba a decir. Arnau de Torroja era maestre provincial de Aragón y Cataluña, y su familia, que llevaba generaciones gobernando Solsona, era fiel servidora del hombre que tenía frente a él: hasta su muerte, Guillem había sido obispo de Barcelona, y antes que eso tutor y consejero del rey, mientras que su hermano Pere había recibido la sede episcopal de Zaragoza, donde había casado Alfonso con su esposa Sancha. Arnau, el tercer hermano, había hecho gloriosa carrera como guerrero del Temple. Difícilmente podía admitir el abad lo que el papa le había susurrado, por temor a los espías, mientras paseaban por los hermosos jardines del palacio de Letrán, la residencia papal: «Si la profecía de Fátima es cierta, tú sabes mejor que nadie que no puedo confiar más que en un puñado de fieles... Así que más vale dejar a los templarios al frente de la defensa de Jerusalén y fuera de este asunto.» El poder de la orden crecía día a día, y pese a que solo respondía a las voluntades y órdenes del papa, cabía la posibilidad de que el prodigio, sabiamente manipulado o en las manos equivocadas, otorgase al Temple una cualidad infinitamente más peligrosa que el dinero o las armas: la sagrada autoridad espiritual que solo los papas, descendientes del apóstol Pedro, poseían. «¿Y qué puedo hacer yo?», había preguntado el abad. «Viejo amigo, eres un hombre leal, pero no estás ciego de fe. A Dios se le sirve mejor con la mente clara y despejada. Tendrás todo el dinero que precises para llevar a cabo tu misión. ¡Encuéntrala, y sálvanos de la perdición!

»—¿Y después?

»—Ocúpate de que desaparezca de nuevo... o de que jamás vuelva a ver la luz del sol.»

La severa sentencia del pontífice aún resonaba en los oídos del abad cuando mintió:

—El papa no precisa hombres de guerra para una misión de paz.

El rey Alfonso estudió al abad por unos instantes. Luego cerró el cuello de su capa y dijo, levantándose y enfilando el camino de regreso al palacio:

—Mañana mandaré que haya música y entretenimiento en vuestro honor. Y mucho vino... De ese que desata las lenguas más discretas.

El abad miró de soslayo a su acompañante y siguió al rey sin despegar los labios.

—Y pensar que la madre Ermengarde nos dio el nombre de este desalmado —dijo Aalis, con amargura—. ¿Qué haremos ahora? No podemos abandonar a Fátima.

Limpiaba el caballo con movimientos lentos y circulares, mientras la luna descendía de su zenit para dejar paso al sol. La noche empezaba a morir, las estrellas, un manto que no tardaría en levantarse. Agotados, en la sala, los dos jóvenes árabes habían caído rendidos frente a las brasas del hogar. Simone y Ximena se habían quedado con ellos, dormitando quietas como dos estatuas de madera.

—Olvídate de eso ahora. Ermengarde solo nos dijo lo que creía saber, y te aseguro que era sincera cuando decía que quería alejarla de Rocamadour. ¡Demonio! Tenemos que descubrir quién es responsable de esa moza, y pronto —dijo Auxerre, preocupado—. Y si no, habrá que buscar un hospicio que pueda acogerla.

—¡No pretenderás que la dejemos sin más! —le dijo Aalis—. Terminará muerta o algo peor.

—Tampoco a mí me gusta la idea, pero no podemos hacernos cargo de una desconocida que no es precisamente trigo limpio. ¿O es que no te parece extraña? Tan pronto es una dulce paloma como parece esconder un secreto oscuro y peligroso.

—Todos somos así alguna vez —dijo Aalis.

Auxerre evitó mirarla y cambió de tema:

—Y a fin de cuentas es una boca más. Después de sobornar a ese desgraciado, no nos queda demasiado dinero, a menos que quieras deshacerte de ese barco anclado aquí en Barcelona, del que eres propietaria, y que ni siquiera te has preocupado de ver.

—Tienes razón. —Aalis reflexionó y dijo—: Mañana, en el obispado, podemos presentar mis documentos y averiguar dónde está el barco, y si tiene algún valor, venderlo.

—¿Tantas ganas tienes de mantener a Fátima a tu lado? —preguntó con sarcasmo Auxerre.

—Claro que no —zanjó Aalis—, Pero es que... —Se mordió el labio inferior.

—Es que eres muy bondadosa, *doussa*. Tienes un corazón ancho y grande, y te has apiadado de esa pobre muchacha desde el primer día en que la viste en Rocamadour. ¿No es así? —La voz acerada del capitán contradecía el sentido de sus palabras. La doncella contestó, ruborizada y desafiante:

—¡Está bien! Admito que al principio quise acompañarla hasta Barcelona porque pensé que los que fueron tan lejos a por ella, y entre las rocas y el cielo vertieron la sangre de mi madre —aquí le tembló la voz— la seguirían hasta el mismísimo infierno, y allí quería esperarles yo. Ya te lo dije, quería vengarme y sigo soñando con vengarme. Pero lo cierto es que no tengo el alma tan endurecida como para lavarme las manos de lo que le pase a Fátima. Reconozco que es un alma inocente, y no sé por qué la buscan ni me importa. Solo quiero estar a su lado cuando la encuentren, y entonces...

—Como viera que Auxerre callaba, digusto, dijo—: Podemos visitar hospitales, casas de caridad, alguna *sagrera*. Si nos satisfacen, si ella acepta, te juro que no me opondré a dejarla. Pero mientras, tratemos de encontrar su verdadero lugar. El capitán asintió, aún intranquilo, y apretó la mano de Aalis por toda respuesta. El amanecer empezó a quebrar suavemente la noche. Los rayos rojizos se abalanzaron sobre los tejados, entre las casas, por las ventanas, sobre los rostros de Auxerre y Aalis, mientras entraban en la casa. El sol jugueteaba sobre los cuerpecillos de los dos moros, aún acurrucados como dos gatos. Ximena se levantó crujiendo, y se atareó en la parte posterior de la sala. Simone la acompañó y puso agua a hervir. Piafaban las monturas, sedientas, y un gallo cantó ansioso la llegada del alba. Aalis y Auxerre volvieron a salir al patio, la muchacha envuelta en la capa de él. No hacía frío: la luz disipaba prontamente la brisa nocturna.

—¿Qué vamos a hacer, Guillaume?

—Veremos —dijo Auxerre, cansado—. Pero sea lo que sea, lo haremos juntos.

Al mirar a su dama, le brillaron los ojos. Tomó la capa que envolvía a Aalis por ambos extremos hasta atraerla hacia sí, y la abrazó, besándola hasta que no le quedó aliento para respirar. Le dolía amarla tanto. Desde que en Sainte-Noire su corazón había despertado, Auxerre había vuelto a creer que su vida tenía sentido, que era algo más que una espada al servicio del mejor señor o de la bolsa más llena. Aalis le besaba con dulzura, y el pasado del capitán quedaba sepultado en algún lugar del olvido cuando él miraba los bellos ojos de la joven. Le devolvió la mirada, incapaz de soltarla. Aalis escondió la cabeza en su hombro, y volvió a soñar que era feliz.

—¡Deprisa, deprisa, deprisa! —gritaron dos sirvientes, entrando como una tromba en la cocina, mientras tiraban una pila de escudillas, cucharas y vasos sucios en un barreño lleno de agua y jabón, y tomaban las bandejas de carne asada rebosantes de jugo, para llevarlas a todo correr a la sala grande, donde el banquete del rey llevaba ya consumidos dos barriles de aceite, grasa y cera para las antorchas y los candiles. Varias horas ha los señores entraban en la sala con sus mejores prendas, limpias y perfumadas con espliego, y las damas lucían perlas en los lóbulos de las orejas y cinturones trenzados de plata que caían seductores sobre sus caderas. La larga mesa del banquete estaba decorada con guirnaldas de flores recién cortadas, y en los aguamaniles flotaban pétalos de rosa. Músicos de viola y de laúd habían gozado de un respetuoso silencio mientras aún se servían los primeros entrantes: los bocados de pescado frito y rebozado con miel y almendras, las sopas de lentejas y los pasteles de carne especiada. Luego, al servirse el vino y tomar el rey la primera sal para sazonar los alimentos, empezaron a caer huesos y espinas al suelo, se volcaron las copas y las jarras se empezaron a pasar de mano en mano. Gatos y perros de palacio, que habían esperado su turno agazapados, disfrutaban ahora del mismo festín que sus dueños, contribuyendo con sus gruñidos y maullidos a la algarabía general. Un grupo de cuatro enanos trataba de hacer acrobacias y malabarismos, pero tres soldados del rey se emperraban en impedírselo. Así, cuando trabajosamente se subía uno a hombros de otro, llegaba uno de los mancebos y los deshombraba, y caían los enanos al suelo con gran escarnio y divertimento de la mayoría de los asistentes. Había más de treinta comensales, sin contar a los pajes, escuderos y hombres de servicio que acompañaban a sus señores, y que se mantenían a respetuosa distancia, a pesar del hambre y del cansancio, listos para atender cualquier pedido de sus patronos. El abad de Montfroid los contempló con pena: los había que no habrían cumplido más de doce primaveras, escuálidos y larguiruchos. Se fijó en uno en particular, un mozuelo que no levantaba más de cuatro codos del suelo y que no se despegaba de un gigante desdentado, que se reía con las quijadas rebosantes de carne y de vino. El chico se dio cuenta de que el abad le miraba, y este le hizo una señal para que se acercase.

—¿Cómo te llaman, hijo? —dijo el abad en tono bondadoso.

—Pelegrín, monseñor —respondió este, santiguándose.

—¡Demonio de chico! —El gigante se había levantado en un santiamén, y le dio un pescozón al chico—. ¿No sabes distinguir un obispo de un abad? Disculpadle la ofensa, amigo —dijo, dirigiéndose al abad de Montfroid, que replicó apaciblemente:

—No ha sido tal; más bien le agradezco el ascenso.

El rey Alfonso se echó a reír, y exclamó:

—Vamos, Blasco. ¿Acaso el muchacho tiene la culpa de que solo le hayas llevado por campos y tabernas? Y la verdad, bien despabilado es para la educación que ha tenido.

—Si lo deseáis, señor, puedo acogerle en una de las casas provinciales de la orden —intervino un hombre, sentado a la derecha del rey, y ataviado con el manto blanco y la cruz roja templaria—. La educación en la disciplina y la fe cristiana lo convertirían en un valioso guerrero de Dios.

—¡Antes lo mando a criar puercos! —escupió Blasco de Maza.

El templario frunció el ceño y se disponía a responder, cuando terció el rey Alfonso:

—Vamos, Arnau. ¿Acaso no tenéis ya suficientes soldados? —Y añadió, con un relámpago en la mirada y volviéndose hacia el abad de Montfroid—: La torre roja de la que Arnau recibe su apellido debió de teñirse con la sangre de sus enemigos, a juzgar por la ferocidad de mi maestre templario. Allá en Solsona aún recuerdan a su padre, que tan bien sirvió al mío. —El rey alargó el brazo para posar la mano en el hombro del templario. Este inclinó la cabeza.

—Como yo espero servir a Dios y al rey —dijo, lanzando una mirada furibunda hacia Blasco.

—En mi casa se brinda primero por el rey, y luego si queda vino, viene Dios —increpó Blasco, arrastrando a Pelegrín por el cuello mientras volvía a su silla.

Hubo murmullos por toda la mesa. El confesor del rey se persignó y algunas testas tonsuradas mostraron su desaprobación. El maestre templario se levantó de un salto y rodeó la larga mesa hasta situarse frente al rey y Blasco. El gigantón aragonés se cruzó de brazos y esperó, erguido y desafiante. Alfonso de Aragón estaba ceñudo, su buen humor borrado de un plumazo, pero guardaba silencio. El resto de la concurrencia fingió ocuparse con su vino o masticando cualquier bocado, y el abad de Montfroid comprendió que no era la primera vez que Blasco de Maza y Arnau de Torroja se las tenían. El templario dejó la pulla sin responder: se inclinó ceremoniosamente frente al rey y abandonó la sala con zancadas aparentes y ruidosas, que los enanos no perdieron tiempo en imitar groseramente en cuanto se hubo apagado el ruido de los pasos del de Torroja. Aquí y allá se oyeron algunas risas contenidas, pero nadie osaba tomar partido antes de que Alfonso de Aragón mostrara su mano. El rey miró disgustado a su alrededor, y paró en la carita acongojada y sudorosa de Pelegrín.

—Ven aquí, mozo —ordenó, severo.

Blasco de Maza le dio un suave cachete en la mejilla, peinó las guedejas del chico con dedos grasientos y lo empujó con dulzura hacia el sillón de madera que el rey ocupaba. El muchacho tragó saliva y trató de ejecutar lo mejor que pudo una reverencia, como las que había visto en las grandes ceremonias de la corte. Se le trabó la pierna izquierda y se habría dado con el mentón en la mesa de no ser por la manaza del aragonés, que le atrapó y lo puso derecho de nuevo. Pelegrín estaba rojo como la grana, y le zumbaban los oídos. Algunos se daban codazos y lo señalaban. Blasco paseó sus ojos ceñudos por todos los rostros, y no hubo ni mosca ni lagarto que se atreviera a mover la ceja. El rey Alfonso esbozó una sonrisa afectuosa, y se relajó un tanto el ambiente. Dijo, por fin:

—Menudo diablillo estás criando, Blasco.

—Hago lo que puedo, mi señor —repuso con humildad el de Maza.

Suspiró el rey y se rascó el mentón, pensativo.

—Eres mala influencia. Le convendría una temporada con gentes de letras, ¿no crees?

—Se hará lo que os plazca, señor —dijo Blasco, bajando la mirada. Alfonso sintió que su corazón estallaba de cariño por el hombretón que, respetuoso y quedo, esperaba sus órdenes. Sabía bien de la poca querencia que Blasco tenía a los monjes templarios, porque a pesar de los años que llevaban instalados en Aragón no arrancaban tierras a la frontera con los moros, pero en cambio sí se acrecentaban los bienes de la orden con pastos y cultivos, en detrimento de las grandes familias aragonesas, a las que los hidalgos como Blasco siempre habían servido fielmente. Y allí estaba su soldado, firme y esperando una palabra de su rey, para obedecerle sin pestañear, si este le mandaba entregar el chicuelo a la orden. «Pluguiera a Dios que todos fueran como este de Maza», se dijo el rey. En voz alta y solemne, declaró:

—Mándale ir en la mañana con mi notario Corró al obispado, que allí hay trabajo. Que lo dejen una semana pendiente de lo que precisen los canónigos. Y si al cabo no hay quejas, que le enseñen a escribir su nombre. De ahí, veremos.

—Así se hará, mi señor —dijo Blasco, agradecido y retirándose a su lugar en la mesa, junto con el aturdido joven.

El aragonés se limpió el sudor de la frente, se sirvió una copa de vino y dio cuenta de ella en un nonada.

—¡Rodrigo! —El rey llamó a su mayordomo—. Haz venir a Giraut para que se gane la cena que ya lleva en la panza y nos cante una historia de buen amor.

—Me temo, mi señor, que el de Bornelh no solo está bien cenado, sino bien bebido, y no me atrevo a pedirle que se adelante a cantar, pues será afortunado si logra dar dos pasos rectos, y no digamos dos versos —dijo Rodrigo, volviéndose hacia el rincón en que el trovador y otro soldado jugaban a los dados, y de paso vaciaban jarras de vino con miel.

—¿No es ese vuestro guardia, abad? —preguntó el rey, inocentemente. Pero antes de que Hughes de Montfroid pudiera responder, el trovador se alzó ágilmente, y veloz se plantó frente al rey. Giraut de Bornelh se echó a reír, y dijo:

—Mi señor Alfonso, antes de que vuestros sirvientes me echen a los perros y me den por inútil, trataré de merecer el generoso sueldo que me pagáis, con vuestro permiso.

El rey golpeó la mesa del banquete con el puño para pedir silencio, y dijo satisfecho:

—¡Tienes el oído fino, Giraut! Veamos si tu garganta y tu ingenio también están afinados.

Los dos músicos que siempre viajaban con Giraut se aproximaron, con una flauta uno y otro portando una delicada viola hecha con maderas de dos colores. Empezaron a rasgar la melodía de una suave canción, juguetona y apropiada para la hora tardía del banquete. No era el atardecer, ni la noche había caído; las brisas nocturnas se despertaban, pero aún no empezaban a ulular los vientos de la luna. Ese instante delicioso, cuando se ha saciado el hambre de pan y vino y empieza otra sed, más difícil de apagar, evocaba Giraut con su voz bien modulada:

Reis glorios, verais lums e clartatz,
Deus poderos, Senher, si a vos platz
al meu companh siatz fizels aiuda;
qu'eu no lo vi, pos la nochs fo venguda,
et ades sera l'alba!

Bel companho, si dormetz o velhatz,
no dormatz plus, suau vos ressidatz;
qu'en orien vei l'estela creguda
c'amena·l jorn, qu'eu l'ai be coneguda,
et ades sera l'alba!

Bel companho, en chantan vos apel;
no dormatz plus, qu'eu auch chantar l'auzel
que vai queren lo jorn per lo boschatge.

Un tumulto de botas espueladas, espadas y voces se oyó desde el gran pasadizo que unía la sala grande con las escaleras del patio. Giraut interrumpió su canto, y los músicos se apretaron, atemorizados, con sus instrumentos por toda protección. El trovador desenvainó su daga, mientras Blasco de Maza, Rodrigo y otros soldados se levantaron con sus espadas en mano y se interpusieron entre el rey y el origen del escándalo. Apareció un hombre de pelo desgreñado, cubierto por una capa larga, polvorienta y sucia y embozado el rostro hasta la mitad. Venía con otros dos, que tenían el mismo aspecto que él. Cuando se descubrió la cara, bajaron sus armas los del banquete y aplaudieron, complacidos. El recién llegado se despojó de la capa y se hincó de rodillas frente al rey:

—Ramón de Montcada, para vuestra gloria y servicio, mi señor. —Levantó la frente y le brillaron los ojos—: Veo que mi rey Alfonso sigue complaciéndose en escuchar aullidos en lugar de canciones.

—¡Bienvenido, Ramón! —Giraut hizo una reverencia y acto seguido le arrojó un muslo de pollo, que el otro agarró al vuelo y mordió con apetito.

—Constantinopla no ha suavizado tu lengua, a Dios gracias —respondió Alfonso, risueño. Mandó levantar al de Montcada y a sus compañeros de viaje, los Vilademuls y el señor Arnau d'Arcs—. Venid, aún queda carne en la mesa y no es agua lo que os servirán mis criados. Contadme vuestras idas y venidas. ¿Sigue tan feo ese demonio de emperador de Bizancio?

Dio palmas el rey y como si de un hormiguero se tratara, la sala se agitó con jóvenes sirvientes apresurándose a obedecer. Alrededor de los viajeros se dispusieron bandejas de morcillas y pollos rellenos, cuencos de sopa y jarras de vino. Se encendieron más lucernas con aceite y sebo, para iluminar la fiesta hasta la noche. Los criados habían pulido el latón y el cobre hasta que semejaba oro, y el brillo de las lámparas bailaba en los cristales de las ventanas. Las paredes de la sala estaban forradas de tapices, de diez codos de ancho, tejidos con hermosa lana, seda y brocados a la francesa, como la esposa del rey había querido. De vez en cuando, un sirviente reponía los aguamaniles y recogía los desperdicios que los perros no habían devorado, arrojando agua de romero al suelo. Algunas damas se levantaban, invitadas por las exclamaciones y halagos de los señores, para danzar acompañadas de la música o el recitado de los trovadores del rey.

En las cocinas, seis pares de brazos, hechos a la faena, separaban los restos del banquete según si se podían aprovechar para hacer empanadas, albóndigas o rellenos, o si terminaban en el suelo, para los perros del rey. Luego, las limpiadoras frotaban con arena el barro de las escudillas y eliminaban las manchas de aceite y grasa. Finalmente, con un paño humedecido en tisana caliente de espliego, las manos enrojecidas a causa del agua caliente limpiaban la superficie hasta que relucía. Los hijos de las cocineras jugaban con las pilas de loza y vajilla real, imaginando que eran altas torres de marfil blanco y mármol negro, de castillos colgados de las nubes, salidos de los poemas que se cantaban en la sala grande, y ellos, caballeros en busca de aventuras.

6

El hombre de la cicatriz

El soldado ordenó a Auxerre que depositara su espada en el suelo, encima de un montón de dagas, hierros, lanzas y otras armas. En otra pila yacían garrotes, espuelas y porras. El capitán frunció el ceño y el soldado se plantó con los brazos en jarras.

—Vosotros veréis si os urge pasar o no.

—Pero ¿acaso parecemos asesinos? —dijo Aalis, mostrando sus blancas manos. La daga de su madre estaba firmemente sujeta con una cuerda a su cintura, pero eso era un detalle.

—Más de una paloma he visto comiéndose las entrañas de un caballo. De modo que nadie cruza estas puertas si no descarga sus armas. ¿O preferís quedaros como rehén...? —dijo el soldado, mostrando dos hileras, bastante completas, de dientes amarillos. Añadió, rascándose la barbilla—: Además, esto es el palacio del obispo, y estos perros moros...

—¿A quién llamáis perro? —saltó Hazim, encarándose con el soldado. Auxerre le detuvo, se desprendió de su espada y la dejó en el suelo. El soldado se hizo a un lado, satisfecho, y señaló al fondo del patio una puerta de madera, de ocho codos de alto y ancha como una carreta. Tras golpearla con energía, los goznes rechinaron como si tras la puerta estuvieran destripando a un gato. El cráneo tonsurado de un canónigo les hizo pasar. En la sala había cuatro hileras de cinco escritorios ocupadas por otros tantos monjes que rasgaban laboriosamente los pergaminos. Jóvenes aprendices cargaban con rollos y manuscritos y los transportaban de los estantes y los arcones a los escritorios. Un sirviente recorría la sala con jarras de agua y frutos secos para que los escribientes no tuvieran que abandonar su puesto. Pocos levantaron la cabeza cuando entró el grupo y cruzó la sala. Sonaron sextas desde la vecina capilla.

—Veamos —dijo el canónigo situándose detrás de un escritorio, bajo un ancho ventanal de vidrieras verdes, azules y rojas—. ¿Cuál es vuestra petición?

—Necesitamos revisar varios registros —dijo Aalis.

—Bien. ¿Cuáles?

—Bueno... ¿Cuáles hay? —preguntó Aalis.

El canónigo la miró con extrañeza y repuso:

—De todo tipo, claro. —Suspiró y dijo—: ¿Qué buscáis?

—Constancia de tutelajes, custodias o guardianes —aventuró Aalis.

El canónigo movió negativamente la cabeza.

—Pues no, de eso aún no hemos empezado a recabar nada.

—¿Y de *amostolafia*? —intervino Auxerre, añadiendo en voz baja para que solo Aalis pudiera escucharle—: Quizás ahí aparezca el nombre D'Arcs ligado al de Fátima.

El rostro del canónigo se iluminó, satisfecho:

—De esos sí os puedo ofrecer consulta. Bien, ¿en nombre de qué familia? —preguntó, preparando su pluma de ganso y mojándola en un tintero.

—¿Cómo? —Auxerre y Aalis se miraron, desconcertados.

—Las consultas de los documentos de la cancillería están restringidas a las familias de prohombres de la corte, y a los funcionarios del rey. Son los únicos que saben leerlos, aparte de nosotros —explicó pacientemente el canónigo. Prosiguió—: ¿Quién os manda?

Solo se oía el rumor de las plumas hiriendo los documentos, y el rozar de las sandalias y las botas de los monjes contra las losas de piedra del suelo del archivo.

El canónigo levantó la vista al no obtener respuesta, e insistió:

—¿En nombre de quién venís? —Pareció salir de su letargo burocrático, y se detuvo a observar con curiosidad las caras morenas de Hazim y Fátima, y sus ropas sencillas. Repitió—: ¿Quién es vuestro señor?

Auxerre y Aalis se miraron. Él hizo una imperceptible señal negativa con la cabeza, pero de repente Aalis se volvió al canónigo y dijo:

—¡Arcs! Nos manda el señor D'Arcs. ¡Esperad!

El canónigo se disponía a irse, y se giró con impaciencia.

—Buscamos un barco. —Aalis extrajo los documentos del navío de su bolsa y se los mostró al canónigo, que los examinó atentamente. Levantó la mirada, extrañado, y dijo:

—Es la *Francesca*. Llevaba un tiempo amarrado a media milla de la costa, frente a la Llotja. ¿Es del señor D'Arcs? No lo había declarado —dijo con entonación acusadora.

—Bueno, yo no... —Aalis se quedó en blanco, sin saber qué decir. Auxerre intervino:

—Por favor, nos corre prisa llevarle los datos de vuelta al señor D'Arcs.

—Sí, claro. Esperad un momento, os lo ruego. —El canónigo desapareció por un pasillo.

Aalis exhaló un suspiro, aliviada. Auxerre echó un vistazo a Fátima y Hazim, y dijo:

—Deberíais haberos quedado en casa de Pere. Aquí solo llamáis la atención.

El muchacho se alejó unos pasos, enfurruñado. La novicia bajó la cabeza y cuando por fin respondió, sus ojos refulgían como si el sol le hubiera prestado sus rayos:

—Es mi pasado lo que hemos venido a buscar.

—No —replicó Auxerre, irritado—. Venimos a por un nombre, una casa donde dejaros a salvo. —«Si es que tal cosa existe», pensó. Al capitán le vino a la mente su espada. Estaba intranquilo.

La expresión de Fátima era enigmática, como si le hubiera leído el pensamiento.

Ramón de Caldes miró al escribano real Pere Corró y a los tres acompañantes que traía consigo. Al pequeño lo conocía, era el que siempre trotaba detrás de Blasco de Maza. No pocas veces le había visto cuidando de su caballo, limpiando amorosamente el lomo del animal y vigilando que sus herraduras estuviesen firmes y rectas. El chico había hecho un esfuerzo por limpiarse la cara. También en el pelo un alma caritativa le había pasado un peine y algo de aceite perfumado. La camisa era la de fiestas, pero las rodillas seguían peladas como cada día. Pelegrín guardaba silencio, intimidado y preocupado por cumplir bien con los monjes, porque así Blasco se lo había dicho antes de dejarle ir. «Cuídate de hacer bien lo que te manden», había rugido el aragonés mientras le arrojaba las calzas y las sandalias para que no fuera descalzo. El chico apretó los labios con decisión y se dijo que si había aprendido a pescar truchas, escribir no podía ser tan difícil. El diácono por fin decretó:

—Pere, llévatelo al *scriptorium* y allí le tienes unas horas, con un cubo y un cepillo. Que limpie los suelos. Luego volvéis. —El escribano asintió mientras Pelegrín sonreía exultante. ¡Un cubo y a fregar! Eso sí era pan comido. Toda su vida se las había tenido con la porquería: no le daba ningún miedo. Desapareció correteando tras el escribano.

Ramón de Caldes volvió su atención a los invitados del rey Alfonso y dijo, afable:

—Decidme en qué puedo ayudaros, abad.

—El rey nos ha hablado del gran esfuerzo que estáis llevando a cabo, reuniendo toda la documentación legal sobre las propiedades, las almas y los testamentos de toda Cataluña —dijo Hughes de Montfroid—. Debéis de tener un archivo digno de Roma.

El diácono juntó las yemas de los dedos y sonrió, complacido.

—La verdad es que cuando el rey Alfonso nos encomendó la tarea, no pegué ojo en toda la noche. Somos tan pocos, y hay tanto que hacer. —Adoptó una posición más cómoda, y prosiguió—: En estas tierras los pleitos se han resuelto siempre a choque de espadas o con la suerte del vencedor... Pero esa no es manera de construir un reino estable y sólido. Las disputas entre barones consumen dinero y energías que deberían encaminarse a la lucha contra los árabes. El rey Alfonso lo supo desde el principio, y antes que engalanarse con escudos y pendones, y lanzarse a guerrear, prefirió que volcáramos nuestros esfuerzos en recopilar cuantos documentos, actas de compraventa, de alquiler, de hipoteca o préstamos existan bajo su potestad. De ese modo, cuando un monasterio ande a la greña con algún vizconde por los réditos de un molino, no serán solamente los soldados de uno o las prebendas de otros los que decanten la decisión del rey, sino el acuerdo firmado que contrajeron las partes en su día. Es de admirar, ¿no os parece?, en un monarca tan poderoso la voluntad de reinar con acuerdo a justicia... —El diácono se quedó un momento ensimismado, y añadió, guiñando el ojo—: Y desde luego, recaudaremos los impuestos con mayor eficiencia y garantías. El rey siempre necesita fondos.

—Una verdadera cancillería —dijo Hughes, amablemente.

—Bueno, bueno —Ramón de Caldes hizo un gesto azorado, pero a la legua se veía que le complacía la comparación—. La verdad es que aún queda mucho por hacer, pero a Dios gracias el rey lo comprende y respeta nuestra labor. De vez en cuando —señaló hacia el pasadizo por donde habían desaparecido Pelegrín y el escribano— me envía algún aprendiz, o un par de cabras, o se ocupa de que nos traigan nuevos legajos de algún prestamista judío que ha fallecido. En fin, hace lo que puede por ayudarnos.

—Y a cambio os pide que recibáis a un viejo abad que es su huésped y que sigue sin deciros qué demonios quiere de vos —dijo Hughes, divertido.

Ramón de Caldes no trató de disimular, pues apreciaba en el abad una de las cualidades que más le agradaban: la sutil franqueza del que ha luchado tanto con espada como con las palabras. De modo que riendo, dijo:

—Pues la verdad, abad Hughes, es que así es.

Al fondo se oyó un ruido a medias entre la tos y el estornudo. El diácono echó un vistazo al guardia del abad. Se le antojaba un poco raro que llevase una capa de tan rico terciopelo mientras que Hughes llevaba la sobria pelliza propia de un hombre de iglesia, pero Ramón de Caldes no había llegado a diácono haciendo preguntas indiscretas. Concentró su atención en el abad, pues este estaba hablando, y haciendo caso omiso de las emisiones de su acompañante:

—Veréis, busco una muchacha. —El diácono enarcó las cejas, y Hughes sonrió con encanto—. No, no me he explicado bien. Una joven mora, llamada Fátima, que pueda haber llegado a Barcelona recientemente, o que esté a sus puertas. ¿Creéis que podríais ayudarme?

—Bueno, es tan fácil o tan difícil como encontrar una aguja en un pajar. Afortunadamente —Ramón de Caldes se permitió la broma— vuestra aguja es mora en tierra de cristianos. Eso ayudará. Pero no será fácil.

—Esa joven es de naturaleza especial. Por eso me interesa que me relatéis todo lo que no sea cotidiano, y sé que podéis ayudarme. —El abad se inclinó hacia delante y fijó sus intensos ojos azules en el de Caldes—. Por vuestro trabajo, conocéis el pulso de la ciudad. Sabéis cuántos morabatines se pagan por un alazán aquí y en Gerona, y los nombres con que las mujeres cristianas bautizan a sus hijos. Si un panadero declara menos renta, vuestros canónigos se dan cuenta. Podéis decirme cuántos enfermos de lepra habéis expulsado del hospital de la catedral para mandarlos extramuros. Me diréis, en fin, si os lo pido, el número de mercaderes alojados en la casa de Génova.

—Exageráis. Solo somos escribanos del Señor, al servicio del rey —dijo Ramón, complacido.

—Quizá. Pero esa mora es tal que debe de atraer la atención, los comentarios o los rumores esté donde esté. Y tarde o temprano llegará a vuestros oídos. Tal vez incluso ya esté recogido entre los pergaminos que manejan vuestros monjes.

—Gustoso os daré permiso para que examinéis cualquier porción del archivo que deseéis, pero preparaos para consumir más de una vela. Hay aquí pergaminos suficientes para varias vidas. —Ramón de Caldes trató de animar al abad, que había callado—. Pero no os preocupéis. A mí me suele suceder que no recuerdo dónde he dejado mi breviario, o bien la taza de infusión que me tomo a media tarde. Busco desesperado, me enfurezco con mi propia debilidad, con la memoria que juega conmigo... Y es en vano. En el momento menos pensado, la solución se abre paso y he aquí que encuentro lo perdido con la misma facilidad que lo perdí.

Se oyeron unos nudillos golpear la puerta. El diácono dio permiso y entró en la sala un canónigo con aspecto apurado.

—Señor, hay una petición que me gustaría consultaros.

—¿No está Guillem aquí?

—No, ha salido a visitar al vendedor de pigmentos. Dice que la tinta queda más aguada y quería reclamárselo al vendedor en persona.

—¡Pero ese no es su cometido! —El diácono refunfuñó en voz baja—: El escribano de la diócesis, charlando de tinta de calamar y de lapislázuli con algún chalán fabricante de tintes. —Levantó un poco más la voz y dijo—: ¿Y Pere Corró? Debería estar vigilando a un chico que nos ha enviado el rey.

El canónigo repuso:

—Le dije de qué se trataba y me instó a hablar con vos.

El abad irguió la cabeza y preguntó:

—¿Por qué?

Ramón de Caldes se volvió a mirar al abad, tan sorprendido como el joven canónigo, pero se rehízo y repitió su pregunta:

—Eso, ¿por qué razón?

—Bueno... Es que es todo un poco extraño.

La cara del abad se iluminó con una singular expresión de satisfacción.

—Esto no me gusta.

—Es la tercera vez que lo dices —dijo Aalis.

—Y sigue sin gustarme.

Auxerre dio tres pasos hacia un lado, deshizo lo andado, miró a los monjes que seguían destilando sus letras, y volvió a plantarse delante de Aalis. Malhumorado, se disponía a hablar, pero no lo hizo. Ximena se había entretenido en hacerle a Aalis dos delicadas trenzas esa mañana, antes de salir hacia el palacio episcopal. Con el pelo negro sujeto hacia atrás, el óvalo de su rostro era limpio y claro como un amanecer de primavera. El capitán rozó con sus dedos la fina manga del vestido verde que llevaba la joven, ceñido con un cinturón de cuero ancho.

—¿Te lo ha dado Ximena? —preguntó con ternura.

—Sí —respondió Aalis—. Seguramente debió de pertenecer a alguna pobre mujer.

Deslizó la cabeza sobre el hombro de Auxerre. Él la apartó con dulzura y dijo, en voz baja:

—Aquí no. Los monjes...

La muchacha reprimió una sonrisa triste. Luego dijo:

—Imagino que esto no era lo que esperabas cuando nos fuimos juntos de Chartres.

—Bueno, siempre supe que no me aburriría contigo —dijo Auxerre, con expresión seria—. Desde el primer día, en que tu padre me ordenó encerrarte en tu cámara y no dejarte salir hasta que consintieras casarte con el viejo Souillers, cuando su hijo Gilles no volvió de las Cruzadas. —Y sonrió al terminar de hablar.

—¡No te burles! Pobre Gilles. No se merecía morir tan joven —protestó Aalis, aunque lo cierto era que ver a Guillaume bromeando la reconfortaba—. Ya sabes lo que quiero decir. Hubiera sido hermoso viajar de pueblo en pueblo, hasta encontrar un lugar tranquilo. Soñaba con despertarme y hacer de cada día una historia nueva. Pero no puedo olvidar. Lo he intentado, de veras. Todas estas noches he mirado hacia las estrellas y he rezado para que Dios me diera paz. Y cada mañana ha sido más fría y más amarga que la anterior.

—Le brillaron los ojos con la misma rabia que la había consumido cuando volvían de Rocamadour.

—Te aseguro que la venganza solo trae dolor y más muerte —insistió Auxerre gravemente.

—Solo quiero justicia —dijo con voz metálica Aalis.

—En nombre de la justicia se cometen monstruosidades —dijo el capitán. No miraba a Aalis, como si estuviera en otro lugar y en otro tiempo. Le dio la espalda, y Aalis intuyó que no debía interrumpir su silencio. Al cabo de un rato, él dijo:

—De todos modos no hay forma de encontrar a esos asesinos, por mucho que te aferres a la esperanza de que Fátima nos conduzca a alguna pista. ¿Tienes idea de la cantidad de almas que hay en una ciudad como Barcelona? Y mil maneras de desaparecer...

—¡No tendremos que buscarles, ellos la encontrarán! —interrumpió Aalis.

—¿Y Fátima? —replicó repentinamente irritado Auxerre—. Arrastramos un cebo inocente entre aguas infestadas de tiburones, ¿y tú me hablas de justicia? Ayer me decías que solo te preocupaba su bienestar, hoy la agitas frente a los buitres. Estás enredándote en una red de mentiras que terminará por arrastrarte al infierno. —Terminó, enfadado.

Aalis sintió la furia hervir en su interior, deslizarse como una serpiente por su estómago, llegar a su garganta, y en lugar del grito que se cocía en su lengua, extendió su mano y propinó una bofetada a Auxerre. El bofetón resonó por toda la sala.

Los monjes más cercanos levantaron la cabeza, intrigados. Aalis estaba temblando. Auxerre no se movió. Inspiró profundamente, y expulsó de su ánimo todas las emociones que le nublaban el pensamiento. Era un soldado. Necesitaba despejar su espíritu, buscar la concentración. Algo no estaba bien. Volvió a acordarse de su espada, del canónigo que había desparecido hacía ya un buen rato y del soldado de la entrada. Miró a su alrededor, tratando de descubrir la pieza que faltaba. Fátima estaba sentada en el banco lateral, donde Hazim y ella... Auxerre contuvo un improperio y dijo con voz sombría:

—¿Dónde está Hazim?

—¿Eres tú, Pelegrín? —dijo Hazim.

El mozo estaba frotando el suelo con ahínco, acuclillado y con un cepillo en la mano que olía a todo menos a rosas. Al oír la voz del moro, tras el inmenso cubo de agua caliente asomaron los rizos y la faz regocijada del pequeño cristiano, que tiró el pringoso cepillo al aire de pura alegría y se lanzó a los brazos del árabe.

—¡Hazim! ¡Hazim! —A golpes en las costillas y pellizcándose, cayeron rendidos en el suelo. Las carcajadas infantiles rebotaban contra los muros del pasadizo como si un ejército de niños hubiera decidido tomar el palacio. «Chisss, chisss», decía Pelegrín llevándose un dedo a la boca y partiéndose de risa a la vez. Hazim cogió el cepillo e hizo amago de lavarle al otro las calzas, pero el cristiano reaccionó veloz y arrojó medio cubo sobre el moro. El suelo quedó nuevamente inundado de porquería. Pasó un buen rato hasta que los dos chicos recuperaran la respiración.

—¿Qué haces aquí? —preguntó Pelegrín.

—Vinimos a preguntar una cosa —dijo Hazim, prudente.

—¿Aquí? ¿En la casa del obispo?

Hazim se encogió de hombros, hizo una pausa y dijo:

—¿Y tú, trabajas aquí?

Pelegrín se rascó la cabeza y pensó rápidamente en lo que Blasco siempre le había dicho: que Dios y la Virgen no cuidan de los mentirosos. Le picaba la nariz como siempre que estaba en un brete, y decidió que debía decir la verdad. Pero cuando abrió la boca, dijo:

—Sí, aquí estoy de aprendiz.

—¿Aprendiz de monje? —inquirió Hazim, extrañado.

—Eh... Bueno, sí —dijo Pelegrín, apurado. Blanco como era, enrojeció hasta la raíz del pelo.

—Pero los monjes no van a la guerra —dijo Hazim.

—Algunos sí, como los guerreros del Temple —replicó el otro.

—¿Y por qué no te estás entrenando con ellos?

—Es que... Es que tienen demasiados aprendices, y de momento me han mandado aquí.

El moro frunció el ceño y torció la mirada:

—Pelegrín, ¡tú me estás mintiendo!

El cristiano rumió unos instantes y concluyó:

—¡Pues yo creo que tú tampoco me has dicho la verdad!

Ofendidos los dos muchachos por igual, se dieron la espalda. Acababan de descubrir que la edad adulta no está pintada en colores blancos y negros, sino que hay un arcoíris de grises que suele emborronar los actos más sencillos de la vida. Sin embargo, siendo como eran demasiado jóvenes para preocuparse por una sola cosa durante mucho tiempo, y confinados en el largo y vacío pasadizo del palacio episcopal, estaban condenados a contentarse prontamente, y así fue. Primero Pelegrín echó un vistazo rápido en dirección al moro, y vio que Hazim jugaba con sus pulgares a ver cuál de los dos ganaba al otro. Tomó esto como señal inequívoca de profundo aburrimiento, y vio su oportunidad cuando Hazim alargó la mano hacia el cepillo, en busca de un poco más de entretenimiento. Pelegrín se le adelantó, rápido como una gacela, humedeció el útil en el agua parduzca que aún mojaba el suelo y armado con esa terrible amenaza, se puso a perseguir a Hazim arriba y abajo. El moro echó a correr de buena gana y al cabo de otro rato volvían a estar los niños hechos un ovillo de risas, inocencia y diversión. Quedaron los dos tendidos sobre la espalda, mirando la alta bóveda del techo, cuando Hazim barbotó:

—Hemos venido para descubrir quién es Fátima.

—Vivo en la corte —estalló Pelegrín, sin poder evitarlo.

—Yo nací en Córdoba y allí había mucho oro y esclavas.

—Hazim sabía que los cristianos soñaban con esclavas.

—Una vez luché con Blasco y con los soldados del rey Alfonso. —Y cuando lo dijo, se dio cuenta de que se enorgullecía más de eso que de la vez que había derribado a dos pajes del vizconde de Tolosa a golpes de pedradas.

—Aalis cree que gracias a Fátima descubrirá a los asesinos de su madre. —A Hazim le pareció que la entrada de unos asesinos en escena no podría superarla ni el mismísimo Saladino.

—¿Alguna vez has comido pastel de crema y fresas? —dijo Pelegrín, triunfante.

Hazim se tapó la boca, con la cara arrebolada como si el mentado manjar estuviera flotando frente a sus ojos. Pelegrín hinchó su pecho hasta parecerse a un sapo enamorado, y pronto las piedras volvieron a llevar el rumor de las risas infantiles por los pasillos de palacio.

Ramón de Caldes asintió.

—Cierto, es extraño que D'Arcs reclame esos registros. No suele importarle el balance de sus misiones, solo quiere saber a cuánto asciende su parte y llevársela cuanto antes.

—Y además ha enviado a unos criados muy singulares —insistió el canónigo.

—Describidlos —ordenó el diácono.

—Bueno, para empezar, son cuatro: un hombre, una mujer y dos moros jóvenes, una hembra y un varón. No llevan ropas de sirvientes. —El canónigo arrugó la frente en un esfuerzo por recordar los atuendos del grupo—. La joven cristiana es morena y viste una camisola verde. El moro joven llevaba calzas, una camisa. Nada fuera de lo común. La mora no habló, y parecía estar incómoda. Recuerdo mucho mejor al hombre. Lleva un cinto de espada, pero la habrá dejado a la entrada como decretó monseñor. Es un soldado, o lo ha sido, por su porte y sus maneras.

—¿Ha intentado algo? —preguntó el diácono, inquieto.

—No. Más bien porque estaba derecho y callado, como

acostumbrado a guardar posición. Y su capa me ha llamado la atención. Era negra, con bordados plateados muy hermosos, con arabescos. No había visto ninguna parecida. —Se calló de repente y se quedó pensativo.

—Toda una delegación... No lo entiendo, aunque es posible. —Ramón de Caldes se volvió al abad y explicó—: Arnau d'Arcs lleva mucho tiempo fuera de la corte, de viaje. Veamos, ¿y qué parte de los archivos desean consultar?

—Creo que ni ellos lo saben, señor —dijo el canónigo.

—¿No saben lo que buscan? —apuntó suavemente el abad.

—Al principio ni siquiera supieron decirme ni qué registro querían consultar, ni la familia a la que pertenecían —dijo el canónigo, sin asomo de ironía en su voz. Para él, era un error en el orden natural de las cosas el que un sirviente desconociera el nombre del hogar que le alimentaba.

—¡Aún más curioso! —exclamó el de Caldes—. Un señor como D'Arcs no permitiría que sus criados fueran hablando en su nombre sin antes asegurarse de que saben hablar bien.

—Bien. Tenemos unos criados variopintos, que desconocen a su amo y no traen órdenes concretas. Solicitan información vaga que su dueño jamás ha precisado antes —recapituló el abad, con un brillo de triunfo en los ojos—. Es inverosímil que ese tal D'Arcs permita que tales sirvientes le sirvan. Por lo tanto, ¿cuál es nuestra conclusión? Que mienten. Y quiero saber por qué.

Ramón de Caldes ladeó la cabeza, dudando. El abad estaba demasiado ansioso por encontrar una presa, una pista, un retazo de lo que fuera, y a pesar del inopinado comportamiento de aquellos pobres criados, no había motivo para sospechar nada fuera de lo común. Quizá pensaban sacar provecho de su tropelía, robando algunas velas... Y, sin embargo, era cierto que la ciudad ofrecía mil rincones donde ingeniárselas para hacerse con la bolsa ajena mucho mejores que el palacio episcopal. Además, el rey le había pedido que atendiera al abad con la entonación que el diácono tan bien conocía, la que daba a entender que Alfonso no admitía la posibilidad de que sus órdenes no se cumplieran. Un repentino picor recorrió su garganta. Solía sucederle cuando los monjes cometían errores al copiar las hileras de números y la extensión de las propiedades, y él lo detectaba a la luz de una vela, mientras tocaban laudes. Desde hacía varios años, había llegado al convencimiento de que Dios le enviaba aquellos incómodos picores para mantenerle alerta. Humilde archivista como era, había aceptado con resignación que el Señor no se comunicaría con él jamás por medio de graves voces en medio de la noche, y que la Virgen no se le aparecería envuelta en nubes de plata. Pero no por ello Ramón de Caldes dejaba de apreciar la importancia de los signos divinos. Se llevó la mano al cuello y disimuladamente frotó la zona que le picaba. No había llegado a diácono haciendo caso omiso de las corazonadas que Dios ponía en su camino.

—Está bien —resolvió—. Manda a los soldados que escolten a esos criados hasta aquí.

El monje se dirigió a la puerta, disponiéndose a obedecer, pero se detuvo y dijo, volviéndose hacia el diácono:

—Acabo de darme cuenta de otra cosa.

—¿Sí?

—No había visto jamás una capa parecida a la del soldado de fuera... Hasta que he visto esa. —Y señaló la capa de terciopelo verde del soldado del abad de Montfroid.

El diácono miró a Hughes, que permanecía impertérrito. El acompañante parecía absorto en un tapiz que representaba al obispo de Barcelona obrando milagros. Ramón de Caldes volvió a sentir un furioso picor, pero solo repuso:

—Está bien, hijo. Ocúpate de que traigan a esos criados, y pronto.

—¿Qué demonios pasa aquí? —exclamó Auxerre, abriéndose paso a codazos.

La multitud llenaba la calle, como si de golpe todos los mangantes y mercachifles, mendigos y artesanos, matronas y doncellas de Barcelona hubieran decidido lanzarse al mismo tiempo a ocupar cuan ancho era el carrer de la Ciutat. Se oía un rumor sordo a la vuelta de la esquina, el mismo que hace el mar cuando se prepara para arrojar olas y olas de sal y espuma sobre las rocas de la costa, como si hirviera antes de la tormenta. Cuatro o cinco niños recogían trozos de madera, frutas podridas y cascotes y los ponían en la falda de la camisa de una niña un poco mayor, que tenía las rodillas peladas y arañazos en las piernas. El cielo había decidido sumarse a la fiesta, y se había cubierto con un manto espeso y cargado de nubes grises como las barbas de los sabios. Auxerre siguió avanzando contra el muro de hombros, sombreros, espaldas, ovejas y gatos que seguía abocándose, implacable como la lava de Pompeya, en dirección a la plaza Sant Jaume. Tras él, Aalis y Fátima andaban cogidas de la mano, templados los nervios de la primera y callada y taciturna la segunda. Aalis aprovechó un momento durante el cual el rugido de las gargantas se había suavizado, para hacerse oír:

—¡Tendríamos que habernos quedado! ¡Hazim puede estar en peligro!

Auxerre replicó pacientemente:

—Es un chico listo. Sabe que le esperaremos en casa de Pere, y dudo de que los monjes le hagan daño. Como mucho, tratarán de convertirlo y cejarán en cuanto se den cuenta de lo tozudo que es. Además, ese canónigo no iba a volver con buenas noticias.

—Barcelona es una ciudad grande, Guillaume. Hazim quizá no sepa volver —objetó Aalis.

—Si no está en la casa D'Arcs a medianoche, yo mismo

me encargaré de encontrarlo. Pero ahora no podemos volver atrás. ¡Nos aplastarían! —Aalis asintió, compungida. Auxerre miró a su espalda, preocupado. Solo vio caras y más caras, rojas, sudorosas y sonrientes. «El lugar perfecto para perder la cabeza», se dijo, sarcástico. Nada era más fácil que apuñalar a un ser humano arropado por una masa de desconocidos; eran mucho más difíciles los crímenes solitarios, de a dos, con los brazos en alto y la cara al descubierto. Se llevó la mano a la empuñadura de la espada y no la soltó, aunque sabía perfectamente que no podría recurrir a ella: imposible maniobrar con la pesada arma en medio de tanta gente. El río de cuerpos siguió sorteando los obstáculos que encontraba a su paso: dos marineros, con el torso moreno y sus dagas brillando en el ancho cinto de seda china; unas lavanderas, con los moños tocados, que cargaban en su cesto trapos y vendas aún por sumergir en cal; un grupo de caballeros venidos a menos, cuyas camisas tenían más remiendos que años; otro aún, con aspecto de extranjero y ataviado con una capa larga y roja, y que lucía un aro dorado en el lóbulo; dos mozos que guiaban una mula con las alforjas llenas de manzanas. Uno de los chicos sostenía un bastón largo y pulido, cuyos dones repartía sobre las manos aviesas que se deslizaban hacia la fruta, con ánimo de aligerar la carga del animal. Devorándolo todo, avanzó el gigantesco monstruo humano hasta abocarse ciegamente en la estrecha plaza, en la que tampoco cabía un alfiler. En el centro había un estrado rectangular, al lado de un olmo, y encima de las tablas varias figuras: dos hechas un ovillo en el suelo, con la cabeza gacha. A medida que se fueron acercando más, empujados lentamente por el gentío, Auxerre, Aalis y Fátima pudieron divisar más claramente la escena. En el extremo derecho, tocando la calle que acababan de recorrer, había una mujer de mediana edad, con una toca blanca en el pelo y enfundada en un rico brial de tela azul oscura. Llevaba también un collar, y su expresión era seca y desdeñosa. A su lado, un hombre fornido y de cuello corto, que parecía un oficial del rey por sus ademanes ampulosos y meditados, estaba conferenciando con otro, armado de un látigo y una muñequera de cuero negro remachada con púas de hierro. Señalaban dos postes plantados en medio del estrado. Al otro extremo, dos muchachos con tambores repiqueteaban sin cesar, y mantenían excitada a la turba.

—¿Una ejecución? —preguntó Aalis, pegada a Auxerre.

Este negó con la cabeza.

—No lo parece. No hay soga ni hacha a la vista. Es un simple escarmiento.

Aalis se estremeció. Desde donde estaba distinguía perfectamente el látigo que sostenía el verdugo. Tenía varias colas, todas ellas de cuero prieto, que habían adquirido un tono rojizo después de miles de usos. Al final de cada una, una espuela cosida o atada debía hincarse en la carne del prisionero. No era simple el dolor que causaría, ni simple la curación de las heridas. Apartó la vista, y encontró la de Fátima. Temblaba, pero ya no era miedo, sino cólera. Tenía los labios entreabiertos, como si le costara respirar, y la expresión de sus ojos oscurecía su natural color verde. Era como mirar un cielo de tormenta. La cristiana se persignó instintivamente. La mora señaló hacia arriba y dijo:

—Son de mi raza.

En efecto, el verdugo estaba arrastrando del pelo a una de las dos presas y su tez, aún bajo la gris capa de nubes que amenazaban lluvia, se veía morena como la de Fátima. La ató a los dos postes, piernas y brazos extendidos, con la espalda a la vista de la multitud, que se encrespó cuando desgarró la camisola de la infortunada y agitó su látigo con grandes aspavientos, para mostrar lo que había de suceder. Las gargantas se unieron en un bramido aterrador, y aquí y allá se oyeron gritos de «¡asesinas!» y «¡perras!». Aalis se agarró con fuerza al brazo de Auxerre y también apretó la mano de Fátima. El odio la envolvía y tenía ganas de vomitar. El oficial dio un paso adelante y se aclaró la garganta con un carraspeo.

—¡Gentes honradas de Barcelona! Nos hallamos hoy aquí para oír el tremendo crimen que dos esclavas torcidas urdieron contra el hombre que les dio techo y cobijo, y para ajustar cuentas con esa maldad, que solo puede anidar en un corazón infiel. ¡Oíd, oíd la reclamación de Agnès, esposa de Bernat de Roig! —Se retiró, y la mujer vestida de azul ocupó su lugar. Paseó la mirada por las primeras filas de oyentes, y dejó que vieran las lágrimas que llenaban sus ojos y debajo de ellos las ojeras, oscuras de pena y de duelo. Una oleada de piedad recorrió el gentío. Solo entonces juzgó la mujer que era el momento de hablar.

—Mi marido era un honrado artesano. Muchos le conocíais y sabíais de su bondad. Era humilde, porque así era su oficio: zapatero. Nuestra casa es pequeña. Dios nos concedió la alegría de un hijo. Pero no crecerá con su padre, por culpa de esas dos almas negras, de piel y de corazón. —Y señaló a las esclavas. Los abucheos se hicieron atronadores, y si cayera del cielo un trueno, perdido hubiérase entre las mil gargantas que se alzaban contra las moras. La mujer prosiguió. Se movía de lado a lado del estrado, apelando a derecha e izquierda, extendiendo su puño y deformando sus facciones para pintar el horror y la furia en su cara—: En mala hora decidimos comprar un esclavo. ¡Maldigo esa hora, y maldigo ese día! Fui con Bernat al mercado, y allí nos ofrecieron a estas dos hermanas. Digo hermanas porque así nos las vendieron, pero no hay lazo de sangre posible entre monstruos, ¡y yo las acuso de ser lo más monstruoso que pueda concebirse! —Se detuvo y se acercó, lentamente, a la que permanecía quieta en el suelo. La multitud contuvo la respiración, y Agnès pegó un puntapié contra el ovillo, que gimió de dolor. Se oyeron vivas, mientras las gentes daban golpes con pies y manos, y silbaban para vitorear a la mujer. El grupo de caballeros pobres había desenvainado su espada y la levantaban hacia arriba, poniéndose a las órdenes de la viuda. Los dos mozos que cuidaban del asno palmeaban contra su bastón. Aalis abrazó a Fátima contra ella, tapándole los oídos y procurando que la capucha de su atuendo no se echara para atrás. Lo último que necesitaban era ser descubiertos con una mora en medio de una turba agitada. No podían moverse ni una pulgada; solo cabía esperar el final de la historia. Mientras, Agnès había vuelto y seguía contando su agravio:

»Así debíamos haberlas tratado desde el primer día, con golpes y palos. Pero Bernat era bueno como un pedazo de pan, y yo obedecí los deseos de mi marido. En lugar de tenerlas fuera de casa, atadas con una cuerda, las pusimos a dormir en nuestro taller. Les di ropa, les tejí una manta. Lo que comíamos nosotros, ellas también. ¡Y nos pagaron con sangre! —Agnès se revolvió como una leona. Gritaba, su boca contorsionándose de odio—: Un día mi Bernat empezó a sentirse mal, al otro, peor. Mandamos a por ungüentos, le dimos caldos. Hasta un médico vino, y dijo que tenía ponzoña en las venas, que ya no se recuperaría. Deliró de fiebre por dos días, y al tercero murió. El día de su muerte las encontré frente a mi fuego, abrazadas como perras, durmiendo en lugar de llorar a su señor. Dios sabe qué maleficios, qué brujerías trajeron de su maldito país. ¡Ellas lo mataron, ellas! —Se abalanzó sobre el cuerpo encogido, pero antes de que pudiera alcanzarla, el oficial la detuvo. Sollozando ruidosamente, Agnès se quedó quieta y todos la miraban, porque nada hay más hipnótico que un dolor desnudo. El oficial tomó la palabra:

—Ya habéis oído a Agnès de Roig. Dos esclavas asesinaron a su amo, y eso queda visto y demostrado al haber jurado su esposa cuatro veces que así fue. El castigo es la muerte, pero la viuda no puede perder el valor de las dos siervas. Consiente en que se vendan y así recuperar su dinero. Acepta reducir la pena a cien latigazos por esclava, en espalda, pechos y cara. Uno por cada sueldo que se le habría de pagar por la muerte del marido. Esta es una sentencia justa y así se ejecute. —El verdugo balanceó su látigo. Agnès abrió los ojos, arrasados en lágrimas, que brillaban como una luna fría. El otro levantó el brazo para dar principio al castigo, pero quedó como congelado y miró hacia abajo. La esclava libre se había arrastrado, cargando cadenas y cuerdas, hasta agarrarse a su pie. Abrió la boca y suplicó:

—Por piedad... Somos inocentes... —Tenía los labios agrietados y la piel cosida a moratones. Dejó caer la cabeza, extenuada.

El oficial se zafó de la desgraciada y bajó el brazo. Levantó el verdugo el látigo y lo descargó contra la espalda de la otra con todas sus fuerzas. La cautiva gritó y gritó, y en cada latigazo su voz era más ronca y menos humana, un estertor de carne desgarrada. Aalis cerró los ojos. La multitud guardó silencio ahora, fascinada por los chasquidos y por las llagas que abrían en la espalda de la ajusticiada. Casi había perdido la conciencia, se le doblaban las rodillas y solo se sostenía porque el cáñamo que ataba sus muñecas al poste era sólido como una cadena de hierro. La otra había quedado en el suelo, llorando silenciosamente. Cuando hubo terminado los cincuenta primeros latigazos, el verdugo paró, se limpió el sudor de la frente, y desató a la sierva para darle la vuelta y encararla a la plaza, pues ahora debían caer los golpes en la cara y el pecho. Las heridas de la espalda rezumaban sangre, que caía en el suelo. Empezaron a caer unas pocas gotas de lluvia, y era rojiza el agua que quedaba en la tarima.

Auxerre no miraba el espectáculo, sino a su alrededor, en busca de la menor oportunidad para emprender la retirada. Conocía demasiado bien el final de aquellos castigos ejemplares. Todo el que se moviera contra la voluntad de la mayoría corría el mismo riesgo que los infortunados que recibían la paliza, y tampoco podía uno irse demasiado pronto o le acusarían de cualquier estupidez, con tal de descargar la furia que la visión de la sangre había azuzado. El agua caía ahora como una cortina fina que prometía convertirse en aguacero. Miró hacia un lado, y vio la cabeza morena de Aalis inclinada hacia abajo, incapaz de seguir contemplando la escena. Más allá, había un hueco. Auxerre enarcó las cejas, extrañado, y dijo:

—Aalis, ¿dónde está Fátima?

La joven levantó los ojos como si la hubieran pinchado, y giró la cabeza muy lentamente hacia el lugar que había ocupado la novicia. Estaba vacío. Durante la atroz penitencia, Fátima se había soltado. El terror la invadió. Empezó a mirar frenéticamente a derecha e izquierda, pero solo había gente y más gente.

—¡Dios mío, Dios mío! Tenemos que encontrarla, Guillaume, si se pierde en medio de este gentío no la hallaremos jamás...

No bien acababa de pronunciar esas palabras, cuando una expresión de incredulidad se instaló en su rostro. Fátima estaba a un par de codos, caminando. Se abría paso entre la gente, posando su mano en los hombros y apartando con dulzura a hombres, niños y mujeres. Se había despojado de sus ropas de novicia, y solo cubierta con la capa de lana blanca, la capucha bien echada hacia atrás, caminaba. La lluvia la acariciaba como si fuera hija suya. En la mano derecha sostenía el bastón del muchacho que había protegido con él sus manzanas y que estaba al lado de Auxerre y Aalis. Esta le miró, pero el joven no hizo ademán de moverse. Solo miraba a Fátima, boquiabierto. Todo el mundo guardaba silencio, sin saber quién era la que se acercaba cada vez más a la tarima, con el rostro sereno y el valor de un caballero. Los que acababan de clamar por la sangre sarracena tragaban saliva porque a la visión de la doncella negra les acometía el terror de sus pecados, y se santiguaban. Los que poseían reliquias besaban el puño de sus espadas, o las cuentas de sus rosarios. Solo se oían las gotas caer, caer cada vez con más fuerza. Destilaba su cara la paz más plena, la misericordia, la compasión, la piedad que hasta el campesino más pobre había visto pintada en los frescos de las iglesias. El mar de gentes se hizo a un lado, abriendo camino como si Moisés lo mandara, y así Fátima alcanzó el estrado. Subió sin fatigas a la tarima, como si fuera de aire. Estaba calada hasta los huesos, el cabello negro reluciente y felino. Callaban los que antes habían hablado. El oficial se echó hacia atrás, buscando el látigo y el brazo fornido del verdugo. Este se quedó quieto, perplejo. Solo le habían pagado el *morro de vaques*, su sueldo, por azotar a dos presas.

—Nadie me dijo nada de una tercera mora —apuntó en un susurro al oficial.

—¡Defiéndenos, estúpido! ¿No ves que es una bruja, una cómplice de estas dos? —replicó angustiado el garante de la ley.

El verdugo se rascó el brazo, desganado y algo ofendido por el insulto, pero dio un paso adelante para cumplir con las órdenes del otro. Alzó el brazo con el látigo y cuando se disponía a descargar, Fátima levantó el bastón a su vez. Seguía envuelta en belleza y serenidad, pero había trocado la dulzura en firmeza. El fino óvalo de su rostro ya no era la representación de una virgen, sino que tenía los rasgos de una amazona dispuesta al ataque. Sus ropas blancas no eran las de una virgen, sino las de un guerrero de Dios. Tronó la multitud, encrespada, pero no contra la doncella. Es difícil describir qué mueve a los hombres y las mujeres cuando se unen y toman un solo rostro y una sola voz. Esa mañana los que copaban la plaza Sant Jaume venían a odiar y a mofarse de la desgracia de dos esclavas. En la miseria y la dureza que impregnaba sus vidas, ver a otro ser humano retorcerse y sufrir les reconfortaba. Pero al aparecer Fátima se habían rendido sin saber bien por qué, alimentados con la calidez que baña el corazón justo. No sabían de leyes, pero sabían distinguir lo que era bueno. Y ahora, cuando la doncella se transformaba ante sus ojos de virgen en guerrera, caían todos rendidos frente a la doncella negra y volvían sus gargantas a seguirla allá donde les condujese, hombres, mujeres y niños, educados en milagros, maravillas y prodigios. Habían venido a por muerte y dolor, y Dios les había traído vida y hermosura. Era una santa. ¿No habían de amarla? ¿No habían de adorarla? Y como si Fátima pudiese oírles, beber todo su amor, giró la cabeza hacia ellos y les sonrió, y esa sonrisa abrió un hueco entre las nubes y la lluvia y se asomó no un sol, sino los diez mil soles con que Dios iluminaría el Paraíso. Al mismo tiempo, cayó desde el cielo un rayo y fue como si lo mandara la doncella con su bastón. El verdugo se desplomó, hirviendo, agarrándose el muñón y retorciéndose, aullando como antes la cautiva. El olor a carne quemada envolvió la tarima. Agnès cayó arrodillada, y Fátima se le acercó. La viuda lloraba, y la doncella acarició su cabeza con ternura. De repente sintieron todos también ganas de llorar, agradecidos y arrepentidos. Fátima no habló, pero hizo levantar a la mujer y se fundió en un abrazo con ella. Si las murallas de Jericó estuvieran aún en pie, el trueno de voces exultantes que siguió las hubiera derribado de un plumazo. Algunos brazos se alargaban para tocar los pies desnudos de Fátima, otros reunían valor para subirse a la tarima y acercarse, arrodillados y humillándose ante ella. Pronto cinco, diez personas tomaron las tablas. Fátima seguía quieta, confiada. De golpe, desapareció. La decepción de los que se habían aproximado era palpable. Uno gritó:

—¡Allí! ¡Se llevan a la Doncella Negra! ¡Se la llevan! Rugió el gentío, miles de ojos buscando la preciada figura que acababa de esfumarse. Auxerre y Aalis corrían, corrían aprovechando los huecos que habían quedado libres, pues al haberse acercado la masa a la tarima para ver a Fátima, había dejado estrechos pasillos de aire por donde moverse. En la confusión de manos y pies, Auxerre arrancó el bastón que Fátima aún sostenía y lo arrojó a sus espaldas. Se oyó un tumulto y no se volvió a mirar. Sí se giró Aalis, y vio a un grupo de perseguidores peleándose por el preciado objeto, hasta que se partió en tres pedazos, cada uno con su ufanoso dueño alzándolo con reverencia hacia el cielo. A codazos y sin detenerse, el caballero y Aalis seguían corriendo como gamos, arrastrando a la mora, y así fueron ganando distancia. Casi habían llegado al carrer dels Gegants cuando un brazo de hierro les detuvo. El extraño estaba encapuchado, y Aalis solo pudo entrever un aro dorado en la oreja derecha. Sin aliento, empapados y ateridos de frío, oyeron una voz que decía:

—Puedo ayudaros con esa muchacha. Os espero esta noche en la alhóndiga de Santa María.

Y desapareció tan rápidamente como había llegado.

Hazim se había vuelto a despedir de Pelegrín, con la promesa de reencontrarse al día siguiente. Al salir de nuevo al *scriptorium* y ver que sus compañeros habían desaparecido, avanzó cautelosamente hacia la salida. No le disgustaba la placidez de los monjes y el silencio del archivo, pero le estremecía la fría piedra de los cristianos. Echaba de menos los cálidos mosaicos de su infancia, la luz que siempre acompañaba las tardes en los patios encalados de su padre. Levantó la cabeza hacia el cielo y solo vio nubes grisáceas. Apenas acababa de pisar la calle, cuando vio el gentío, y muy al principio, lejos, distinguió la cabeza de Auxerre destacándose del resto. Ponderó la posibilidad de hacerse oír, y lo descartó rápidamente. Apretándose contra la pared del palacio episcopal, evitó dejarse arrastrar por los que marchaban hacia delante. Jamás le habían gustado las multitudes, quizá porque la fuerza de muchos a menudo daba en cebarse en los más débiles, y Hazim sabía bien de qué lado le tocaba caer. Buscó un hueco entre las piedras de la base del muro del palacio, y se acurrucó allí, a esperar que pasara la gente. Veía los tobillos hinchados de las trabajadoras, las pezuñas estrechas y delgadas de cabras y ovejas. El suelo de la calle era una mezcla embarrada que se pegaba a las losas de piedra que el rey había mandado poner. Hazim agachó la cabeza y trató de descansar. De pronto, unos pies calzados con botas de cuero negro y reluciente se pararon a su lado. Intrigado, alzó la vista y se fijó en su dueño. Era un caballero alto, tanto como Auxerre, y estaba observando a la multitud, como si tratara de distinguir algo o alguien. Pendíale del cinto una espada tan pulida que parecía de plata, grabada con símbolos árabes. Hazim abrió mucho los ojos al ver el arma. Frunció el ceño, tratando de recordar algo. Se incorporó muy muy lentamente, sin llegar a alzarse del todo, apoyando el codo en la piedra rectangular que había sido su escondrijo, y estudió el perfil del extraño. Tenía la piel oscura, pero antes que árabe parecía tostada por el sol. La barba era negra, corta y cuidada. Hazim se fijó en una larga cicatriz rosada que alcanzaba casi el labio y se hundía hasta la raíz del pelo. Entonces, un escalofrío de miedo le recorrió el alma. ¡El hombre de la cicatriz! Se dejó caer de nuevo al suelo, en un gesto tan brusco que el hombre ladeó la cabeza, adivinando el movimiento cercano y buscando su causa. Hazim pegó la cabeza al pecho, cerró con fuerza los ojos y se encomendó a Alá. Los pies del caballero apuntaban hacia él... Se movieron, dieron unos pasos, y luego giraron para perderse entre el río de gentes. Hazim esperó un buen rato y por fin abrió los ojos. Se levantó y echó a correr en la dirección contraria. Tenía que advertir a los demás.

Auxerre golpeó la puerta de la casa D'Arcs. Ximena abrió, y pasaron Aalis y Fátima. Las dos estaban sucias por la lluvia y el barro de la carrera. El capitán las ayudó a cruzar el patio y entrar en la casa. Vio que había un caballo atado al pozo, ricamente enjaezado, con una silla bien labrada. El caballo no era de un soldado; estaba demasiado gordo y bien cuidado. Quizás un comprador. Siguió avanzando. Quería llegar a la casa y asegurarse de que Aalis estaba sana y salva. Durante muchos años, Auxerre había sabido detectar cualquier indicio de peligro. Así había conservado la vida combate tras combate, pero la paz reblandecía hasta el instinto más afilado. Cruzaron el umbral de la puerta, y solo entonces pensó en que hubieran debido esconderse hasta que el visitante se fuera, pues quizá trajera criados armados, o los denunciara, o Dios sabía qué. Se sentaron en un banco del zaguán, sin entrar en la sala. Ximena trajo agua en jarras y dos trapos mojados en vinagre, por si había heridas que limpiar. La vieja no miraba a los ojos de los recién llegados. Ejecutaba sus movimientos como si estuvieran ordenados de antemano, sin sentirlos ni pensarlos. A ella el tiempo la había endurecido hasta convertirla en una estatua de piedra viviente. De la sala llegaba el rumor de la conversación entre el jinete y Pere d'Arcs; fue creciendo hasta convertirse en una discusión. Auxerre y Aalis se miraron, alarmados. Se oyó una voz estentórea, ruda, gritando:

—¡Eres una desgracia! Me avergüenzas, me cubres de fango.

Unas zancadas furiosas precedieron la aparición del que había proferido esas palabras. Era un hombre mayor, de barba gris y expresión cansada. Su capa era de lana bermeja ribeteada con piel blanca, y los botones que la cerraban eran dorados. Llevaba un anillo de oro con un refulgente rubí. Tenía los dedos huesudos y largos. Se paró al ver a Auxerre y a las dos muchachas. Preguntó:

—¿Se puede saber quiénes sois?

El capitán se alzó y respondió, con voz tranquila:

—Vengo a vender... Pero quizá no sea buen momento. El otro achicó los ojos y una telaraña de arrugas le hizo parecer aún más viejo y triste. Espetó:

—Eso es asunto de mi hijo. Ahí dentro —giró la cabeza con desprecio— está el que buscáis. —Empujó la puerta, malhumorado, y desapareció. El ruido de los cascos de su caballo se atenuó al cabo de un momento. Aalis dijo, mirando a Auxerre, atónita:

—No la ha reconocido. ¡Es el padre de Pere y tampoco sabe quién es Fátima!

El capitán asintió, atusándose la barbilla y reflexionando.

—¿Estás bien? ¿No estás herida? —preguntó, de pronto, preocupado.

—No. Ya habrá tiempo para descansar.

Auxerre asintió. Se volvió a Ximena y Simone, señalando a Fátima, y dijo:

—Por favor, ocupaos de que tome un baño. Luego, que duerma.

«Que duerma, y que no nos meta en más líos», pensó el caballero. Tomó a Aalis del codo con delicadeza y entró en la sala.

Derrumbado en una butaca, Pere apuraba el trago de la copa que sostenía con ambas manos. Cuatro jarras vacías y volcadas sobre la mesa y el suelo atestiguaban que se había pasado toda la mañana bebiendo. La camisa limpia que se había puesto la noche anterior ya ostentaba manchas violáceas de vino. Tenía una pequeña herida en la frente. Vació la copa, la dejó caer al suelo y saludó a la pareja con ebria afabilidad:

—¡Hola! ¡Venid, venid! ¡Hay suficiente para todos! —quiso levantarse para servir más vino pero se tambaleó y se dejó caer nuevamente en la butaca—. Bueno, Ximena lo hará. ¡Ximena, Ximena! —gritó desaforadamente. Se hizo el silencio. De algún taller cercano, llegaban golpes de yunque y el soplo de hierros ardientes sumergiéndose en el agua tibia, para templar el metal. Pere se llevó las manos a la cabeza y gimió. Aalis y Auxerre se sentaron. En la mesa había dos escudillas dispuestas y llenas de carne guisada. El mercader de esclavos dijo, con la cabeza hundida—: Mi padre acaba de irse. Ha vuelto hoy de Constantinopla, y lo primero que ha hecho es venir a ver a su querido hijo. Le he pedido a Ximena que nos preparase algo, pensé que podríamos comer juntos. —Se frotó las sienes y siguió—: Estaba nervioso, así que me he tomado un poco de vino. Luego un poco más, y luego... Bueno, cuando ha llegado me he levantado para abrazarle y he dado un traspié —se señaló la herida en la sien— y me he caído. Vaya, pues se ha puesto hecho una furia. Me ha mandado al cuerno, una vez más. —Se encogió de hombros y cambió de tema—: ¿Habéis encontrado lo que buscabais en el obispado?

—No exactamente —dijo Auxerre—. Pero hemos avanzado en algo.

—Ah... —El de D'Arcs parpadeó y bostezó largamente. Se levantó con dificultades y dijo—: Bueno, hablaremos después. La cabeza está a punto de estallarme.

Se dirigió a la puerta, pero antes de que llegara, Auxerre dijo:

—Te agradecemos tu hospitalidad. Pero ya es hora de que nos vayamos de aquí. Esta noche después de cenar, nos iremos de tu casa.

Pere d'Arcs se encogió de hombros, con la mirada velada por el vino. Se frotó la frente dolorido, y subió la escalera con pasos lentos y arrastrados, crujiéndole los huesos casi tanto como la madera. Auxerre alargó la mano y acercó la escudilla de carne a Aalis. Hubo un silencio mientras los dos reponían fuerzas. Al fin dijo la joven:

—¿Es seguro irnos de aquí? ¿Dónde dormiremos?

—Eres la flamante propietaria de un barco, ¿no? Pues allí iremos. Me parece más prudente alejarnos de aquí. Los sarracenos pueden aparecer en cualquier momento. No olvides que Simone les confesó que Fátima iría con su guardián, el señor D'Arcs, en Barcelona. Si nos han seguido hasta la ciudad, no dudarán en asaltar esta casa. Masticando un trozo de pan, Aalis preguntó:

—¿Crees que es de fiar?

Auxerre preguntó con sorna:

—¿A cuál de los tres te refieres? ¿A Pere, a su padre o a nuestro nuevo amigo?

Aalis hundió los hombros y siguió comiendo. Ambos recordaban perfectamente las palabras susurradas por el extranjero mientras esperaban que la turba se dispersase: «Puedo ayudaros con esa muchacha. Os espero a medianoche en las alhóndigas de Santa María.» Había desaparecido tan sigilosamente como les había abordado. Auxerre terminó la copa de vino y contestó:

—Veamos. Ese hombre es lo único que tenemos para aclarar quién es Fátima. Y Pere de momento no se ha portado mal con nosotros. Me parece que no hay mucho que podamos hacer, excepto irnos al barco hasta las doce y rezar para que no suceda nada más.

En cuanto terminó de hablar, se oyó la puerta de la calle abriéndose y entró a la carrera Hazim, sin aliento. Tan pronto como pudo, anunció:

—¡He visto al hombre de la cicatriz! ¡He visto al hombre de la cicatriz!

Auxerre soltó un juramento y de un salto se puso en pie.

—¿Aquí? ¿Lo has visto cerca de la casa?

Negó vigorosamente con la cabeza el moro.

—En la calle de palacio. Andaba entre la gente, se fue hacia donde todo el mundo.

Aalis estaba pálida como una muerta y solo sus labios conservaban una sombra de color. Auxerre siguió interrogando a Hazim:

—¿Nos seguía? ¿Viste algo más? —El chico seguía negando—. ¿Crees que te ha seguido?

—No, he tenido buen cuidado de irme en dirección contraria. —Sus grandes ojos negros miraban al capitán con la astucia del que sabe lo que debe hacerse, y al mismo tiempo eran inocentes y limpios, orgullosos de haber cumplido con su misión. Auxerre le dio una palmada cariñosa en la cabeza y dijo:

—Bien hecho, Hazim. —Miró a Aalis, que seguía aturdida por la noticia. Desde que bajaran de los altos cerros y los escarpados caminos de Rocamadour, la joven no había deseado otra cosa que oír esas frases. El hombre que capitaneaba a los asesinos de su madre estaba allí, en la misma ciudad, respirando el mismo aire que ella. Pronto Aalis tendría que ocuparse de privarle de vida y sangre, igual que hizo él. La ley del talión se le antojaba cruel y absurda, pero no podía evitarla. La terrible frialdad de lo que se había impuesto, la realidad de la venganza, esa palabra que tantas veces había rechazado y negado, quizá porque precisamente era la única que describía su vida ahora, le golpeó con la misma intensidad con que había sentido los latigazos de las presas esa mañana en la plaza.

Auxerre la había estado observando. Conocía la dulzura del rostro de Aalis cuando estaba en paz, y desde que volvieran del monasterio, también el tormento que le roía el alma silenciosamente. Hacía años, cuando Auxerre era tan joven como ella y su espada aún no había probado demasiada sangre, también él se había dejado mecer por los cantos de las sirenas que prometían resarcimiento y honor a cambio de una muerte. Y hoy, por cada cuello y por cada corazón, tenía una herida culpable en el espíritu. No le desearía esa carga a un enemigo; mucho menos, a la mujer que amaba. Se levantó, y sus gestos imprimieron un nuevo aire a la sala:

—Vámonos de aquí. Este lugar no es seguro, y no debemos quedarnos ni un minuto más. ¡Todos al barco! —Se volvió a Hazim y le ordenó—: Vete a por Fátima. Ella también vendrá con nosotros.

7

El veneciano

El abad estaba de mal humor. La lluvia de la mañana había despertado agudos pálpitos en su pierna, el recuerdo que le había dejado una cimitarra enemiga en Tierra Santa. No podía hacer nada, lo sabía por experiencia; forzoso era rechinar los dientes y aguantar, y a ser posible sin la ayuda de vino ni licor. Su mente debía estar clara y su aliento despejado para tratar con reyes y obispos. Estaba sentado frente a una barrica de medio codo de altura, llena de agua humeante, y al lado un brasero con carbón con una espátula de hierro. Procedió a sumergir media pierna en la barrica, dejó que la piel se acostumbrara al calor y luego vertió un puñado de carbón en el agua. Apretó los dientes y dejó que la cura hiciera efecto. La puerta de su celda se abrió.

—¿Se puede saber dónde te habías metido? —preguntó el abad.

—Mi querido Hughes, los años no os hacen más sabio, al contrario de lo que establecen los cánones bíblicos, sino más agrio y severo —contestó L'Archevêque, despojándose de la capa de lana verde, aún húmeda.

—A buen seguro que me ayudaría verme libre de esta endemoniada misión, y poder regresar a mi querido monasterio. —El abad suspiró mientras su mente vagaba por las frescas praderas y las colinas que envolvían Montfroid, a tantas leguas de distancia que parecía otro mundo. El otro soltó una carcajada y dijo:

—¡Vamos, abad! Si os halláis en este brete es porque aún corre por vuestras venas esa sangre hirviente que degollaba sarracenos no hace tanto. ¡Confesadlo! De no ser así, no solo al papa Alejandro, sino al mismísimo Jesucristo le hubierais dicho que se buscase otro.

—Eres un blasfemo. Pero al menos en el combate, el enemigo está claro y cabalga de frente —dijo Hughes—. En los tiempos que corren, la muerte vuela y los asesinos no tienen rostro. Me duelen huesos y carne, y cada amanecer me cuesta más creer que mis acciones tienen importancia, que mis palabras no se las llevan las olas para terminar hechas arena de algún mar. Fue un error aceptar la misión del papa. ¡Ni en cien mil años ni con la ayuda de todos los arcángeles de Dios podremos encontrar un rastro del que nada sabemos! —Se desesperó. El silencio de Louis le extrañó. No era precisamente un hombre parco en palabras. El abad levantó la vista y la amplia sonrisa que ostentaba su compañero de celda le irritó profundamente. Dijo—: Ignoro el motivo de tu alegría, a menos que hayas hecho una parada en la cocina y convencido a la despensera de que afloje las botas de vino y apague tu infinita sed. —Se acercó para olerle la boca, y se apartó al instante—. Lo dicho. Tu lengua pronto criará viñedos, pues no dejas de regarla con abundantes uvas.

—Me ofendéis con vuestras acusaciones. Digamos que sin tener que recurrir a la gloria divina de sus arcángeles, he visto la luz, de Dios o del diablo. —Hughes frunció el entrecejo y el otro prosiguió, divertido—: Mientras vos esperabais a que os trajeran en bandeja a los sirvientes de D'Arcs, yo he husmeado las suelas de los queridos monjes del *scriptorium* del obispo, he levantado sus faldones y he...

—¡Basta! ¿Me dirás de una vez qué has descubierto? —interrumpió el abad, impaciente.

—Maravillas y prodigios, como le dijo el corsario a su mujer, y este es el primero, y le muestra un grano de sal y dice: esto es oro blanco, y lo echa en el guiso. Es decir, nada importante o quizá la clave de nuestro aprieto. —Al ver que el abad seguía guardando silencio, descontento, Louis dijo, inclinándose hacia delante como un juglar frente a su señor—: Esperad, esperad y oídme. Como os digo, eché un vistazo por el palacio, y en un pasillo vi a Hazim, nuestro viejo compañero de aventuras en Champaña, jugando y riendo con el muchacho que ayer Alfonso mandó con el escribiente. Pelegrín de Castillazuelo, le llaman. Mi primer gesto fue abalanzarme sobre el muchacho y abrazarle, claro está, pero de repente se me ocurre que es mucha casualidad, y que quizás el criado moro que viene en nombre de D'Arcs no es otro que Hazim, y que me conviene seguirlo para deshacer el embrollo. Al cabo, Hazim se despide del cristiano y sale a la calle. Va solo, se detiene, mira a lado y lado, busca y no encuentra. De repente le veo encogerse, quieto y temblando. Está ocultándose, y también veo de quién. Un mercenario de seis pies de altura, fuerte como un toro y armado hasta los dientes con hoja sarracena. El extraño se aleja, no pasan ni dos campanadas y Hazim sale disparado como un gamo. Le sigo hasta una casa. Me meto en la taberna más cercana, pongo unos sueldos a disposición de la parroquia y, con el gaznate ya remojado, me cuentan mis nuevos amigos que allí vive un tratante de esclavos llamado D'Arcs. ¿No es poca o mucha casualidad?

—Quizás Hazim es criado de ese D'Arcs, después de todo —objetó el abad—. Nada sabemos de su vida después de que se fuera con Aalis y Auxerre. Tal vez se separaran, y ahora viva en Barcelona. Pero me preocupa lo que decís del sarraceno —añadió, pensativo.

—Y añadámosle otro grano al montón, desconfiada esposa, sigue diciendo el marinero. ¿O es que olvidáis que el canónigo señaló mi capa como hermana de otra que luce los mismos bordados árabes en sus pliegues? No me cabe duda de que es Auxerre el que venía con Hazim a por las cuentas de D'Arcs, y D'Arcs es el tratante que aloja al moro. ¿Queréis más indicios? De las dos muchachas que venían con ellos, una es cristiana y dudo que el capitán se haya separado de Aalis. La otra es mora, ¡vuestra Fátima! Ahí les tenemos, ¡a los tres! ¿Qué les ha traído a Barcelona? ¿Qué hacían en el obispado, y qué relación tienen con ese D'Arcs?

El abad arrojó más carbón a la barrica, y una columna de vapor se elevó entre ambos.

—Así que crees que Fátima puede estar en Barcelona.

—Y eso que aún falta sal, esposa mía, insiste el hombre de mar, y vuelca la mitad de media onza de sal en la olla. Pruébala ahora, le dice, y así lo hace, y ella contesta: ¡en verdad que es una maravilla ese oro blanco! En la taberna donde me senté a reposar —carraspeó discretamente— solo hablaban de una cosa: del milagro de la plaza Sant Jaume, donde una Doncella Negra había invocado la mismísima furia de Dios contra un castigo injusto que dos moras estaban recibiendo, acusadas del asesinato de su amo. —El abad aguzó los oídos, interesado—. Pregunto el porqué del nombre, y me dicen que la santa es de piel oscura, y que por poco no la suben a rastras hasta Montserrat, de puro fervor. Pregunto dónde está la hacedora del prodigio: se la llevaron en volandas un caballero envuelto en una capa negra y una joven, blanca y de cabellos morenos. Claro que, para la cuarta ronda de vino, él era un gigante de doce pies que había desaparecido tragándoselo la tierra, y la otra era la hermana hechicera de la Doncella Negra. —Se dio una palmada en la rodilla, complacido.

—Los que huyeron con esa joven son Auxerre y Aalis, según tú —dijo el abad, pensativo.

—Y la Doncella Negra estaba con ellos en el palacio. Nosotros andamos buscando una mora y hechos extraños y portentos que intimidan al mismísimo papa. ¿No os parece que vale la pena averiguar qué hace una santa musulmana paseándose por Barcelona y acompañada de nuestros viejos amigos? Después de todo, se impone una visita de cortesía...

El abad de Montfroid sacó la pierna de la barrica y tomó un paño de algodón para envolverla. Ya fuera la cura o las noticias que acababa de escuchar, su ánimo volvía a ser el de antes. Despedían sus ojos azules el fulgor de cuando su ágil mente calculaba la mejor jugada para hacerse con la victoria. En el desierto, se trataba de adivinar cuál era el eslabón más débil de la cadena humana que avanzaba contra él y sus soldados. Con vista de águila, localizaba al guerrero más escuálido, el que la noche anterior no había sabido fortalecerse con carne ni legumbres, aquel cuyo brazo temblaba más al sostener las pesadas cimitarras o las lanzas afiladas. Y le acometía con la ferocidad del que se sabe vencedor de antemano. Era cierto, al abad no le gustaba perder y por eso el papa había confiado en él, pues no hay soldado más implacable que el que lucha por su propia gloria. Se turbó Hughes al reconocer en su alma la llama del orgullo aún viva, después de tantos años. Apartó los pensamientos que le distraían de su objetivo y dijo:

—Louis, creo que tienes toda la razón.

—Todo el secreto está en la sal, querido abad —replicó L'Archevêque, guiñando el ojo.

La *Francesca* era una coca de casco redondo y manga generosa. Contaba con unos veinte codos de eslora y dos palos, y estaba fondeada en el puerto, sin amarre pero al abrigo de la tormenta que caía. Con la puesta de sol, oscurecido el mar de vino y la arena de la playa dorada trocándose parduzca a causa de la lluvia, y el cielo iluminado por truenos, las dos balsas en las que se repartían Auxerre, Aalis, Fátima y Hazim salieron impulsadas por cuatro esclavos de Pere que manejaban los remos, cinchados con bronce, con pericia y aplicación. Bogaban veloces, a pesar de la marejada, y a medida que el sol desaparecía en el horizonte, dejaron de verse los brazos y los torsos concentrados en la labor de remar, y solo se oía el esfuerzo y el sudor de cada remo hincándose en el agua y el sonido del agua cayendo del cielo. Pronto llegaron cerca de la boya de madera pintada de rojo que marcaba el emplazamiento del ancla del barco. De repente apareció una fantasmal masa negra, que crujía y respiraba como si estuviera dotada de vida. Una trenza de cáñamo emergía de la espuma; en su extremo estaba una de las dos anclas que mantenían la nave en su sitio. Los ojos de Aalis se acostumbraron a la negrura y empezó a distinguir el perfil de la nave. Las planchas de madera relucían, recubiertas de resina, y algas verdinegras se mecían con el agua que lamía la quilla. En la popa, una mano hábil había pintado la efigie de una doncella alada, y el pigmento azul que teñía sus alas y sus cabellos había resistido el desgaste de los elementos con notable entereza. Los dos mástiles de la nave parecían llegar hasta el cielo, tan altos eran, y sus velas cuadradas eran rojas y estaban remendadas de lado a lado. Se fueron acercando a la proa, rodeando el barco. En el espolón, tallado en madera, un monstruo marino de dos cabezas se erguía con fauces y colmillos abiertos, y empuñaba un rayo. Tenía los ojos fieros y pintados de rojo, y el cuerpo de serpiente. Aalis jamás había visto un ser tan terrorífico: ni siquiera las gárgolas de la catedral de Chartres. En el vaivén de la mar, implacable e imposible de dominar, hasta cabía imaginar que la prodigiosa bestia pudiera desprenderse de su matriz de madera y sumergirse en las aguas, donde a buen seguro había de reinar. Se oyó un chapoteo. Aalis se estremeció. Uno de los hombres había hecho cabeza con el ancla de la balsa. Mientras, el otro trepó como un mono por la cadena de hierro del ancla mayor, cuyo extremo estaba trincado en el fraile de la proa del barco. Desde allí, soltó una escalera de cuerda desde la cubierta, por la que subieron todos. Hazim y las dos jóvenes se balancearon con la torpeza propia de los que jamás han pisado otra cosa que tierra. Auxerre se deslizó por los cabos con agilidad. Luego, los esclavos dejaron la primera balsa amarrada al barco y, sin una palabra, con la otra se alejaron tan velozmente como habían llegado. Quedaron de pie en la cubierta las cuatro figuras, que se recortaban contra el horizonte y permanecieron quietas, como la marina criatura del espolón de la nave.

Simone removió el potaje que hervía en la olla con la cuchara de madera que Ximena le había dado. La vieja criada le había encomendado la cena al comprobar que la monja sabía de pucheros y de guisos, y se había acurrucado en un rincón para echar una cabezada; roncaba como una tropa de soldados ebrios, más aún que el propio Pere, que había bajado a por más vino y terminó durmiendo la mona frente al fuego. Pero ni los ronquidos de Ximena, ni la calidez de las llamas del hogar, ni el reconfortante olor del cordero con patatas lograba borrar la expresión preocupada del rostro de la buena ama. Cuando Fátima había llegado, muda como una estatua, había aceptado todos los cuidados que le prodigó como si estuviera a muchas leguas de distancia, sin protestar ni moverse. Al principio los demás se habían resistido a contarle lo sucedido, pero Simone no estaba acostumbrada a las negativas; desde las hermanas cocineras hasta la mismísima madre Ermengarde, allá en Rocamadour, temían a la tozuda monja. También la querían, porque conocían su corazón sincero con la misma seguridad con la que temían su lengua vivaz. Así, finalmente el capitán y la joven hija de *dame* Françoise habían repetido palabra por palabra, mientras Hazim callaba y escuchaba como un pájaro hipnotizado, los avatares de la mañana. Simone se había santiguado varias veces, pero a diferencia de los legendarios milagros de Rocamadour, no sintió paz en su espíritu al escuchar esta historia. Auxerre había explicado los hechos desapasionadamente, observando un punto fijo en el suelo y sin mirar a nadie. La joven Sainte-Noire tampoco abría la boca. La angustia se pegó a la garganta del ama y no la soltó, ni cuando los demás abandonaron la casa para ir a refugiarse al barco. Deslizó en el guiso un manojo de hojas de laurel, dos puerros y un nabo cortado en rodajas. Se quedó pensativa. Ojalá pudiera creer que Fátima era una oveja del Señor, tocada por su luz. Pero no podía olvidar los ojos verdes de la mora, fieros y tranquilos como los de una pantera, mientras la bañaba y la secaba aquella tarde. Durante todos los años que había cuidado de la joven, en Rocamadour, jamás había visto ese fuego quemar su alma. Había visto, sí, bondad y ternura, paciencia y sacrificio. Pero ahora era distinta, como si al descender de las montañas y dejar atrás los muros de piedra y de fe del monasterio, un espíritu cautivo se hubiera liberado. Simone no sabía si para bien o para mal, pero las tormentas jamás venían solas, y solían traer desgracias; la noche que *dame* Françoise había muerto, la lluvia caía implacable, y todos los demonios del infierno tronaron sobre Rocamadour.

Tocaron al aldabón de la puerta de entrada, y Ximena se desperezó y se levantó a abrir. Pere se frotó los ojos. Simone oyó un rumor de conversación apresurada. Luego la voz rascada de Ximena alzándose y más bisbiseos, súplicas, pasos apresurados. La monja sintió miedo, y pensó en los sarracenos despiadados que habían violado la santidad de Rocamadour. Estaba en una ciudad extraña, grande y llena de desconocidos: cualquiera podía llamar a la puerta y luego abrirse paso por la fuerza, y Auxerre no dejaba de repetir que los atacantes pronto les buscarían en la casa D'Arcs. La monja tuvo el corazón en un puño hasta que aparecieron los dos visitantes: un niño, rubio y espigado, y Ferrat, con un brazo protector sobre los hombros del muchacho.

—¡Por favor, ayudadme! ¿Está aquí el caballero Auxerre? —suplicó el mercader.

Pere d'Arcs se pasó la mano por las greñas, tratando de recuperarse. Le dolía la cabeza como si su padre hubiera descargado el martillo de Hércules sobre su mollera. Gruñó:

—¿Qué pasa? ¿Quién sois?

Ferrat barboteó, agotado:

—¡Por piedad! Me llamo Ferrat. Ha corrido la voz de que un genovés ha matado a un pisano en los muelles. Los amigos de este le han linchado, echándole la cuerda al cuello y cortándole las manos. Una reyerta entre borrachos, y Dios sabe si fueran realmente de Génova y de Pisa los pobres desgraciados, pero ahora cualquiera con acento itálico, como yo, corre peligro de que lo pasen a cuchillo. Temo por mi vida, y por la de mi hijo. He venido en busca de Auxerre, pues aquí se dirigía cuando nos separamos, y es el único amigo que tengo en la ciudad. ¿Dónde está?

El de D'Arcs, aún malhumorado por el rudo despertar, hizo un gesto con la mano y dijo:

—Se ha ido. Tenía asuntos que atender.

—¿Ha dicho cuándo volvería? —preguntó Ferrat, ansioso.

—¡No soy su criado! No sé de sus idas y venidas —replicó Pere.

Simone intervino, con una mirada de reproche hacia D'Arcs:

—Seguramente vuelva, pero no sabemos cuándo.

El mercader hundió la cara en sus manos y exclamó:

—¡Estoy perdido! He recorrido tabernas, hostales y hasta de las *sagreras* me han echado; la ciudad anda revuelta y todos buscan refugio mientras no se apacigüen las hachas. ¡Dios mío, Dios mío! ¿Qué voy a hacer? —Levantó la mirada, suplicante.

D'Arcs se encogió de hombros y el mercader empezó a sollozar en silencio. Pere le contempló con fastidio: era la segunda vez en menos de dos días que su casa se convertía en una posada. Al menos los primeros visitantes le habían ofrecido un dinero por las molestias, pero esto pasaba de la raya. Empezaba a cansarse. Además, seguía malhumorado: las palabras de su padre reprochándole su comportamiento le escocían tanto o más, ahora que habían pasado unas horas, que cuando Arnau se las arrojó a la cara con desprecio. Era igual, pensó tocándose la frente con la mano, que lo de su herida. El golpe había sido duro, pero aún era peor la sal del recuerdo. Abrió la boca para despedir a Ferrat, cuando de repente el niño se le acercó, estirando la mano hacia él y dijo:

—¿Te duele mucho?

Ya fuera a causa de la voz inocente, de su mirada clara y abierta o del cansancio, Pere sintió como si su pecho fuera de piedra, y le oprimiera la garganta impidiéndole respirar. ¿Habría sido así el hijo que Guillema iba a darle? Respondió, como pudo:

—No, no es gran cosa.

El niño no pareció darse por satisfecho.

—¿Cómo te lo has hecho? ¿Jugando?

Pere sintió que enrojecía, avergonzado. Dijo:

—Algo así.

Ferrat tomó a Philippe del brazo y le amonestó, cansado:

—Ven, hijo. No molestes al señor D'Arcs. Tenemos que irnos.

El niño asintió y volvió a los brazos de su padre, que estaba levantándose. Se dirigieron a la puerta. Pere los miró irse, contrito. Le dolía el corazón como si hubiera vuelto a perder a su hijo. Simone se plantó frente a Pere y lo miró acusadoramente. Antes de darse cuenta de lo que hacía, D'Arcs exclamó:

—¡Esperad!

«Ahora solo nos queda esperar», pensó Auxerre. Echó la vista hacia atrás y en la oscuridad distinguió el semblante tranquilo de Fátima, los ojos negros de Hazim y, más allá, Aalis ocultándose tras uno de los barriles de vino que se alineaban en una de las paredes del patio de la alhóndiga de Santa María. Habían entrado sin dificultades, pues tocaba la medianoche y la mayoría de los mercaderes estaba descansando en sus alojamientos o divirtiéndose con las barraganas que solían rondar por puertos y almacenes. El intendente de la alhóndiga apenas había levantado las cejas al ver pasar a dos hombres abrazados a sendas mujeres, y los cuatro se habían deslizado con disimulo hacia un rincón desde el cual podían observar el patio central alrededor del cual se organizaban los edificios: en dirección a Roma, la capilla y el camposanto para aquellos que perdían su vida lejos de casa, y cuyas misas se financiaban gracias a las donaciones de cada nación. Más allá, los baños, que eran nuevos y aún rezumaban olor a cal y a piedra. Los flamantes muros, forrados de planchas de mármol blanco, lisas y pulidas, eran la envidia de la ciudad y los que habían viajado a las ricas y avanzadas ciudades musulmanas comparaban las instalaciones, las duchas, las cañerías de agua fría y caliente y los pozos de vapor con los mejores baños de al-Ándalus. Al lado del almacén de grano, cada mañana dos bueyes molían trigo incansables, acumulando la masa que al amanecer se cocería para elaborar el pan tierno que cada día se repartía entre los comerciantes y viajantes de paso en la alhóndiga. La mezcla de olores —agua, tierra, pan, cielo— era embriagadora, pero por encima de todos se imponía uno: el metal. Cobre, estaño, plata, oro, y todas sus aleaciones, efigies de reyes, de emperadores, de papas y de condes, figuras autoritarias y severas empuñando espadas o a caballo, ornadas con escudos y símbolos, reinas de blandas mejillas y cabellos suaves, piezas de formas oblongas o perfectamente esféricas, algunas bellamente labradas y otras toscas, con marcas de mordeduras, muescas, herrumbre y manchas de sangre seca. Las monedas tintineaban en las bolsas de los comerciantes, cambiaban de manos, de armadores a capitanes, permanecían cuidadosamente apiladas en las mesas de los cambistas, se repartían a ganancias por cabeza, los beneficios cuidadosamente fijados según el capital invertido. El dinero y su amargo perfume de metal invadían el aire de la alhóndiga, como si una nube de oro y hiel cubriese el cielo nocturno. «Debería haber venido solo», se dijo Auxerre, ceñudo. Dos mujeres y un muchacho no eran buena compañía para un encuentro a la luz de la luna, en una ciudad extraña y por cuyas calles desconocidas campaban los secuaces moros con los que había cruzado espadas en Rocamadour. Brilló el oro de un pendiente, y Enrico Dándolo dijo:

—Sois imprudente. Si alguien reconoce a Fátima...

El capitán se irguió, malhumorado. No le gustaba oír de labios del extraño lo que no había dejado de pensar durante toda la noche. Aalis intervino:

—No hay lugar más seguro que al lado de la espada de Auxerre.

—Quizá, pero la calle hervía esta tarde con la historia de la Doncella Negra. No pasaréis desapercibidos durante mucho tiempo si no sois precavidos —sentenció Dándolo.

—¿Cómo sabéis su nombre? —preguntó Auxerre.

Los tres se quedaron mirando a Enrico Dándolo, y este se frotó el lóbulo, pensativo.

—Vayamos a la capilla. Os lo diré todo. Pero solamente a vosotros —dijo, señalando a Aalis y Auxerre.

El capitán asintió. Recorrieron todos el patio hasta la modesta puerta de madera en la que había fijada una cruz de bronce. Los goznes rechinaron como si le arrancaran la lengua a un gato, y las sombras engulleron a las tres figuras, que se acomodaron cerca del altar, mientras Hazim y Fátima esperaban en la entrada, cerca de la pila de agua bendita.

En la entrada, el intendente de la alhóndiga oyó un ruido. Apenas tuvo tiempo de levantar la vista y llevarse la mano al tajo que la cimitarra acababa de abrirle en el cuello, y del que empezó a manar abundante sangre, empapándole pecho y camisa. Se desplomó pesadamente hacia atrás, y con los ojos vidriosos alcanzó a ver, por última vez, la luna.

—Me llamo Enrico Dándolo —dijo el veneciano—. La historia que os he de contar empieza hace muchos años, cuando yo era joven, mis brazos eran fuertes y blandían armas en nombre de mi ciudad. Mi padre Vitale me enseñó a comerciar y también a luchar; aprendí que moneda y espada son dos caras de una misma batalla. Una noche me llamó a su cuarto y me pidió que viajara a Egipto. Me tomó por los hombros y me dijo que aquel sería el viaje más importante de toda mi vida. —El veneciano agachó la cabeza—. En verdad, fue el más extraño. Por de pronto, era la primera vez que pisaba suelo africano. Mis hermanos se habían ocupado siempre de las expediciones en tierra mora. Me sentí orgulloso; pensé que mi padre por fin me consideraba un adulto. Me abrazó y le prometí que no le decepcionaría; aún hoy recuerdo su mirada triste. Cuando llegué a Alejandría, comprendí la diferencia entre dioses y hombres. El nombre del fundador de la ciudad impregnaba cada rincón de poder y de ambición. Mármol en los edificios, tierra fina y buenos suelos pavimentados en las calles. En el puerto estaba el famoso faro, alto e inmenso como Hércules, que despedía una luz cegadora gracias a diez espejos de vidrio que coronaban su cima. Las vías de la ciudad eran anchas y espaciosas, cabían tres carros atravesados, y aquí y allá sonaban mil lenguas distintas: indios, germanos, rusos, toscanos, normandos, irlandeses, andaluces, genoveses... La mismísima torre de Babel había renacido en Alejandría. Deslumbrado por el sol egipcio, por el aire perfumado de lino y de cebada, boquiabierto vi pasar elefantes, jirafas y camellos. En plena calle se vendían serpientes largas como caballos y feroces leopardos, de colmillos amarillentos y aliento apestoso a carne podrida. El calor era asfixiante, y dulce como una fruta madura. Me dirigí al barrio judío, donde moraba el que había cerrado el trato con mi padre. Pregunté por Rambam, y salió a mi encuentro un hombre de barba cuidada e hirsuta, con un turbante en la cabeza. Tenía cejas estrechas y finas, y ojos sagaces. Me presenté: «Soy el hijo de Vitale Dándolo.» Se atusó la barba. «Eres muy joven», se limitó a decir. Pero se hizo a un lado, me invitó a pasar y me sentó a su mesa. Comí, bebí y solo entonces empezó a hablar: «No sé lo que te habrá contado tu padre. Me consta que es un hombre prudente y capaz, y por esa razón confiaré en su decisión. Si estás aquí, es porque así debe ser. En la otra habitación —dijo, moviendo la cabeza en esa dirección— hay algo que debes custodiar, no con tu vida, pues muerto de nada servirías, sino con tu valor y tu ingenio. Es esencial que mantengas la mente fría y el puño firme, y por lo que más quieras, no pierdas la cabeza.» Asentí, extrañado. Habíamos comprado y vendido de todo: grano, madera, pieles, joyas, especias, vino, telas. En ocasiones llevábamos la mercancía envuelta entre bolas de tela apretadas para evitar que saltara el esmaltado de un relicario especialmente delicado, o atábamos las ánforas de vino con cuerdas del grosor de un pulgar para que no se volcaran. Y más de una vez habíamos oído el grito del vigía, avistando naves enemigas contra las que tuvimos que proteger nuestra carga a dentelladas. Comprendí que aquel hombre no hablaba de eso. Se levantó y abrió la puerta. Apareció una figura envuelta en sombras. Tardé en distinguir que era una niña. Llevaba el rostro y el cuerpo totalmente cubiertos, solo se veía una estrecha franja de piel de color miel y dos ojos verdes como el agua del Nilo. Quizá fue la intensidad que despedía su mirada, las palabras graves y los gestos medidos de mi anfitrión, la penumbra del lugar o las llamadas de los imanes al rezo, que cruzaban el cielo de Alejandría como un llanto en busca de dueño. En cuanto la vi quise arrodillarme frente a ella y poner mis armas a sus pies. Sentí fuego en mis manos y fe en mi corazón. Hubiera matado, robado y asesinado si ella me lo hubiera pedido. El judío me observaba con preocupación, sin decir nada, esperando. Recordé a mi padre y el abrazo con el que me había despedido, y también el consejo que acababa de recibir. Cerré los ojos y vi el mar, tranquilo y frío, que rodea Venecia. Desde niño aprendí a imaginar el mar cada vez que quería aislarme de todo y conservar la calma. —Brilló una media sonrisa—. Hay que tener el pulso tranquilo para sobrevivir, incluso cuando se descarga una espada. Volví a abrir los ojos. Me dolía la cabeza como si alguien la hubiera golpeado. Miré al judío y miré a la niña. El primero se atusó la barba, como si estuviera aliviado. La pequeña no se había movido; no vi en ella nada más que una criatura inofensiva. Me froté los ojos y miré al judío, y este asintió. Volvió a abrir la puerta y la niña desapareció. «Te has portado bien. Tu padre sabe lo que se hace.» Hizo una pausa y preguntó: «¿Qué sabes de Fátima?» Era la primera vez que oía ese nombre. Negué con la cabeza. «Fue una de las cuatro hijas de Mahoma, el profeta de Alá. Se dice que los califas que ahora gobiernan Egipto descienden de ella y de su sangre pura. Otros lo niegan, y las familias se rompen entre primos, hijos, padres y hermanos porque unos siguen a los de Fátima y otros la rechazan.» Agitó la cabeza, entristecido. «Tuve que huir de al-Ándalus cuando los almohades se hicieron fuertes en Córdoba, a pesar de haber nacido allí y de que mi padre era un rabino respetado y querido. Aprendí que la Torá no contiene toda la verdad cuando me convertí en un refugiado, y tuve que volver a construir una vida para mí y para mi familia aquí en Egipto. Las disputas de los hombres riegan con sangre los campos y cosechan tempestades, y se avecina una que arrasará las tierras del Nilo y acabará con la vida pacífica que hemos llevado. Desde Damasco se acercan Nur-al-Din y su sobrino Saladino, y caerán sobre Alejandría y sus tesoros como aves de rapiña. Pasarán a cuchillo a todos los que se atrevan a alzar la voz en contra. Y esta niña será la primera en morir.» «¿Por qué? ¿Quién es?», pregunté yo. «Será una santa o un demonio», repuso el judío Rambam, contemplando la puerta cerrada. «Suya es la morada de la guerra.»

Enrico alzó la cabeza. El silencio era absoluto; las almas de la alhóndiga dormían. La luna se deslizaba por cuatro estrechas aberturas practicadas en la piedra, entre los arcos y las vigas de la pequeña capilla. Continuó:

—Partimos a la mañana siguiente. Rambam me entregó varias libras de pescado en salazón y cinco fanegas de vino, y fingimos una transacción normal. A la niña la vestí de muchacho, la embadurné de barro y le prohibí levantar los ojos. No entendía mis palabras; Dios sabe qué debió de pensar. Pero me obedeció. Supo darse cuenta de que yo era su única posibilidad de salir viva de Egipto.

—¿Qué paso cuando llegasteis a Venecia? —preguntó Aalis.

—No la llevé allí. ¿Creéis que si cruzaba el umbral de la casa de mi padre con la niña de la mano iba a pasar desapercibido? —replicó Enrico—. Venecia, hoy y hace diez años, no es lugar para secretos. En aquel entonces, media ciudad espiaba para el papa y la otra media para el emperador Federico. No, mi padre me había dado otras instrucciones. Me dirigí a Tarragona. Allí me ocupé de buscar a un viejo amigo, un hombre con el que había hecho negocios, y para que me dejara usar su nombre sin hacerme preguntas.

—Arnau d'Arcs —dijo Auxerre.

El veneciano asintió:

—Le dije que la niña era la hija de una cristiana que había terminado deshonrada entre moros, y que la familia quería protegerla. Arnau d'Arcs se avino sin dudarlo, y utilizando su nombre viajé varias veces a Rocamadour. La primera, para llevar a la niña hasta la cima de la montaña y dejarla al cuidado de la madre Ermengarde. Otras veces volví para asegurarme de que se cumplía el trato, y la niña recibía una buena educación cristiana, que la alejase de sus raíces. Fui mandando dinero a Rocamadour para asegurar la manutención y la educación de la niña en la fe cristiana. La última vez, incluso conocí a *dame* Françoise. —Callaron todos. La noche escuchaba. Enrico siguió diciendo—: Me habló de su hija Aalis y de cuánto la echaba de menos. Quería dejarle algo que la ayudara a recordarla. También yo necesitaba dejar bienes a nombre de Fátima, por si algo me sucedía a mí, o en caso de que tuviéramos que huir rápidamente de Barcelona, sin dar explicaciones. Un barco era la mejor solución. Convencí a *dame* Françoise de que lo compráramos juntos. ¿Qué mal había en ello? Si todo hubiera ido bien, Fátima se habría convertido en una monja y habría llevado una vida de paz en el monasterio. Pero hace unas semanas, me llegaron nuevas que me hicieron temer lo peor. Fátima había sido descubierta por la gente de quien yo la había ocultado desde su infancia. En el mismo corazón de Rocamadour, se habían atrevido a atacarnos. Todo había fracasado, y una inocente había muerto. *Dame* Françoise.

—¡Mi madre está muerta! —dijo Aalis, temblando de rabia. Repitió—: Mi madre está muerta.

—Lo siento —dijo Enrico—. Jamás tuve la intención de causarle daño.

—Entonces, decidnos cuál fue vuestro objetivo. ¿Por qué corría Fátima peligro en Alejandría? ¿Quién es? ¿Decís que es una descendiente de Alá? ¡Patrañas! —preguntó Auxerre, irritado—. Solamente nos habéis contado una parte de la verdad.

—Lo que está en mi mano revelaros aquí y ahora —dijo Enrico.

—Os diré lo que creo: ni siquiera vos lo sabéis —respondió Aalis desafiante.

—Viajé con ella durante dos meses, desde Alejandría hasta Barcelona. —Enrico se giró con impaciencia hacia la joven—. ¿Que no sé quién es? Para mi desgracia, lo sé bien. Vi cómo la mitad de nuestra tripulación se peleaba por traerle la escudilla de comida hasta la puerta, día y noche. Dos de los hombres se enzarzaron en una pelea tan cruenta que uno perdió un ojo, y el otro casi la vida. Cuando llegamos a Tarragona, contraté un ama para que no saliera a la calle sola, pero al cabo de cuatro días comprendí que había cometido otro error: cuando le dije que partiríamos sin ella, empezó a llorar desconsoladamente. Los mozos que cuidaban de los caballos de carga no la dejaban ni a sol ni a sombra. Durante los preparativos del viaje a Rocamadour, se me ocurrió que sería bueno para ella asistir a la misa diaria, y acostumbrarse un poco a nuestra fe. Al tercer día dos canónigos me preguntaron por ella y se ofrecieron a enseñarle las lecciones de la Biblia. —Enrico se mesó los cabellos, como si volviera a revivir la zozobra que narraba—. Era un infierno; allí donde nos dirigíamos, la niña despertaba una mezcla infernal de curiosidad, interés y necesidad entre las gentes. No bien la conocían, querían tenerla cerca, seguirla, saber de ella. Yo trataba de pasar desapercibido, pero era como pasearme con una antorcha en una cueva. Fátima no movía un dedo, y, sin embargo, irradiaba un poder inmenso que estaba más allá de mi comprensión, y eso era lo que asustaba al judío Rambam. Por eso decidimos que la única forma de protegernos era llevarla a las puertas de Dios y ponerla en manos de las santas de Rocamadour. Y luego, rezar.

—De nada os ha servido pedirle ayuda a Dios —dijo Aalis con amargura.

—No nos queda otro remedio. Los hombres no suelen responder en su lugar —dijo Enrico.

—Seguís sin decirnos quién es Fátima —intervino Auxerre.

Un rumor de pasos les interrumpió. Desde la oscuridad, una voz heló la sangre de Aalis:

—Bien dicho, amigo. Diles por qué se han jugado la vida, y por qué la van a perder.

Bloqueando la salida de la capilla, cuatro hombres armados y envueltos en oscuras capas sostenían sendas cimitarras. Otros dos se habían adelantado con espadas cristianas, y el que acababa de hablar llevaba el rostro descubierto. La misma mirada fría, la barba hirsuta y el rostro cruzado por una terrible cicatriz: el cabecilla del grupo que había asaltado Rocamadour se erguía frente a Aalis, Auxerre y Enrico. Sin tiempo de pensar, la joven estiró el brazo lentamente hacia la cimitarra que llevaba, prendida en su cintura, bajo el vestido. Se detuvo cuando vio que los mercenarios se habían hecho con Fátima y Hazim. Amordazados e inconscientes, debían de haberlos apresado antes de interrumpirles. El capitán sarraceno observó la dirección de la mirada de Aalis y la obsequió con una sonrisa lobuna. A una señal suya, dos de los soldados arrastraron los cuerpos fuera. El jefe dijo:

—Salid por vuestro propio pie, o moriréis frente a este altar.

Auxerre se adelantó y se interpuso entre Aalis y el sarraceno. El capitán no despegó los labios mientras salía de la capilla, seguido de Aalis y cerrando la fila el veneciano. En el patio de la alhóndiga, la luna seguía brillante y desvergonzada, arrojando su luz de plata sobre la escena. En un semicírculo perfecto, los seis hombres se apostaron impidiendo la huida de sus prisioneros. Aalis vio que a Fátima y Hazim los habían arrojado, atravesados como sacos de patatas, sobre dos caballos. Su corazón empezó a latir más rápido. Los asesinos de su madre iban a llevarse a Fátima, y Dios sabe qué harían con Hazim; *dame* Françoise habría muerto para nada. Auxerre notó que Aalis daba un paso hacia delante, casi imperceptible; pero el jefe sarraceno lo vio y la miró con curiosidad y hasta complacencia. Auxerre la miró, y negó con la cabeza; la joven solo sintió el frío contacto de la empuñadura de la cimitarra contra la palma de su mano y la lengua de hiel que había manchado su boca desde el día en que perdió a su madre. Con un rugido se abalanzó contra el cabeza de la cuadrilla, manteniendo la hoja oculta y en mano baja. El otro la estudió divertido, y alzó ambas manos para contenerla. En cuanto tuvo los flancos descubiertos, por entre la abertura lateral de su loriga, Aalis trató de hundirle el acero de la cimitarra en el costado, pero la hoja resbaló contra las anillas de metal. Aun así logró herirle, pues el jefe soltó un aullido, de sorpresa y de dolor. La derribó al suelo de una puñada.

—¡Demonio! No me esperaba esto —dijo sordamente.

Se palpó la herida y, arrancando un retal de su camisa, se vendó con la rapidez de un viejo soldado. Mientras, Auxerre se había acercado para examinar a Aalis, que había caído al suelo. La chica tenía un hilillo de sangre en el labio, allí donde el sarraceno la había golpeado. El capitán se volvió hacia el otro y en dos zancadas estuvieron a un palmo. El sarraceno dijo, con voz tranquila:

—No suelo pegar a las mujeres, excepto si me clavan un hierro entre costilla y costilla.

El capitán se quedó quieto frente a él durante un buen rato. Los ojos oscuros del cabecilla le sostuvieron la mirada. Auxerre frunció el ceño, intranquilo. Experimentó una extraña sensación de familiaridad, como si tuviera algo en común con aquel hombre. Apartó la idea con repugnancia. Al fin, el capitán respondió:

—Ella no es una mujer cualquiera.

El sarraceno miró a la joven, tendida en el suelo. Dijo, clavando sus ojos en Auxerre:

—Por eso me la llevaré.

—Entonces, os perseguiré hasta recuperarla.

Ambos desenvainaron las espadas al mismo tiempo, y se desató el infierno. Auxerre emprendía su segundo duelo con el guerrero de Alá. Cuando descargó el tercer golpe, vio con el rabillo del ojo que los otros cuatro hombres caían sobre Enrico como una lluvia de piedras sin piedad, y que el veneciano se hundía bajo brazos y piernas, patadas y puñetazos. Desesperado, el capitán siguió asestando golpe tras golpe, plana la espada, afilada la hoja, ora de frente, ora de lado.

—¡Peleáis como un león! —exclamó el sarraceno, rugiendo mientras volvía a detener una estocada. La herida que Aalis le había infligido debía de dolerle, pero aún se movía veloz y alerta—. Pero yo soy «el águila», ¡Al-Nasr! ¡Os arrancaré los ojos y me los comeré!

Auxerre no desperdició su aliento y arremetió contra el otro, clavándole la punta de la espada en el antebrazo. El sarraceno gimió de dolor, pero cambió de mano la cimitarra y siguió parando golpes. Los otros soldados moros se acercaban a los del duelo como lobos de una manada rodeando la presa. Aunque el sarraceno les hizo señas de no intervenir, uno de ellos sacó una maza y la soltó contra las rodillas de

Auxerre. El capitán aguantó el embate, pero casi perdió el equilibrio. El sarraceno ladró, airado, y sus hombres se retiraron hacia atrás. Varios subieron en sus monturas, y uno de ellos tomó las riendas de los caballos que transportaban a Fátima y Hazim. Un tercero arrastraba a Aalis por los tobillos mientras ella seguía inconsciente. Auxerre levantó su hoja por enésima vez. La luna seguía iluminando con su fiebre blanca la noche de sangre. De repente, otra voz resonó por el patio:

—He aquí una fiesta que necesita más invitados. ¿No es así, *compaign*? —Auxerre giró la cabeza, incrédulo. En ese momento, un golpe por la espalda le hizo perder el mundo de vista.

8

Curia Generalis

—Ya vuelve en sí.

Simone pasó un paño humedecido por la frente y el rostro del hombre que yacía herido. Pere d'Arcs se sentó en el sillón, volvió a levantarse y paseó por la habitación. Reparó en la jarra de vino caliente, encima de la alacena, con el que el ama le había mojado los labios al enfermo. Era una de las primeras que Pere había hecho, cuando Guillema aún no era su mujer y sus dedos eran torpes y aprendían a conocer el barro. El sol del amanecer caía sobre el barniz y arrancaba brillos de la jarra, como si una nube de abejas la hubiera untado con miel. Pere se acercó a la jarra. El vino era negro y apetecible. Cerró los ojos, angustiado. Oyó un gemido procedente del camastro y se giró hacia el herido. Magulladuras y moratones le cubrían el torso; un rosario de color púrpura cardenalicio le recorría el pecho hasta el costado, y se deslizaba por la espalda. Tenía varios cortes superficiales en el abdomen, pero Simone los había vendado sabiamente y apenas sangraban ya. Un buen chichón en la cabeza era el único testigo que quedaría a la vista de la paliza. Entreabrió los labios y dijo:

—¿Dónde estoy?

—En la casa D'Arcs, señor —dijo Simone, amable.

—¿Y Fátima? ¿Y los demás...?

—No debéis agitaros —respondió el ama con firmeza—. Ahora haced lo que yo os diga. Moved poco a poco el pie derecho, el pie izquierdo y luego brazos y manos. —El otro obedeció, moviendo sin dificultad miembros y extremidades—. Bien. Ahora miradme y decidme cuántos dedos tengo en alto.

Hubo una pausa. Muy lentamente, Enrico Dándolo dijo:

—No... No lo sé. No os veo demasiado bien. Las formas van y vienen.

Simone arrugó la frente con extrañeza. Volvió a asegurarse de la movilidad de brazos y piernas. Comprobó que los huesos del cuello estuvieran en su lugar. Sus manos palparon con delicadeza el cráneo de Enrico, en busca de protuberancias o heridas ocultas. Al fondo de la habitación, Ximena y el niño Philippe contenían la respiración, observándola con reverencia. Por fin, el ama terminó tanteando la frente con el dorso de la mano. Dijo:

—No hay fiebre, ni lesiones mayores que sepa ver. —Contempló con pena la mirada inquisitiva, perdida, del veneciano—. Lo siento. Puedo limpiar las heridas externas del cuerpo, pero no conozco sus misterios interiores. Para saber cuál es el mal que aqueja vuestros ojos habrá que ir en busca de un farmacéutico, un barbero o un médico.

A sus espaldas, Pere ordenó:

—Ximena, ve en busca de maese Ramón.

La criada se deshizo de la manecita de Philippe y salió de la habitación. Simone se levantó, recogiendo las vendas sucias y el cuenco con agua hervida con la que había limpiado a Enrico. El veneciano se recostó sobre el codo y repitió su pregunta:

—¿Y los demás?

—No pienso deciros una palabra más —zanjó Simone—, Ya veo que sois tozudo como una mula torda. Mi buen esposo, que Dios le tenga en su gloria, era así. Tenía el pie quebrado y persistía en salir a por el trigo aunque no pudiera dar dos pasos sin aullar. Hasta que no sanéis, nada os ha de importar dónde paran los otros.

—¡Han ido con el rey! —dijo una vocecilla.

Simone se dio la vuelta. Philippe no era más alto que un potrillo, pero estaba erguido tan orgulloso como si acabara de conquistar Jerusalén. Sus cabellos rubios relucían al sol, y las mejillas brillaban de vida. El ama emitió un ruido a medio camino entre un juramento y dos padrenuestros, pero se abstuvo de reñir al niño. Pere disimuló una sonrisa, y se dio cuenta de que hacía mucho tiempo que la diversión no entraba en su casa. Miró al muchachuelo con una nota de añoranza. Quizá Guillema le habría dado un hijo parecido, despierto y feliz. Un nudo le atenazó la garganta, y antes de que se convirtiera en la angustia que le empujaba hacia el vino, intervino:

—Es cierto. Salieron en cuanto alumbró el día para una audiencia con el rey. Por lo visto uno de los que os encontraron anoche es un abad y tiene amigos en palacio.

Enrico se tocó distraídamente el lóbulo, como hacía siempre que reflexionaba. Tenía los ojos abiertos, pero la luz vacía que despedían estaba fijada en un punto lejano, como si pugnara por ver más allá de los objetos.

—Un abad, decís. Quizá nuestra suerte está cambiando —dijo por fin. Y añadió—: Necesito un bastón, ¡pronto!

—Trató de incorporarse, pero el dolor volvió a clavarle en la cama.

Philippe se había acercado lentamente. Levantó la mano y la puso sobre la mejilla del veneciano. Este dio un sobresalto al notar el contacto. Preguntó Philippe:

—¿Cómo es no ver?

Enrico inspiró profundamente y cerró los ojos con fuerza. Respondió con la voz trémula:

—Como el mar cuando está dormido.

El niño pareció darse por satisfecho con la respuesta.

Dos grandes tapices vestían la pared opuesta al banco donde estaban sentados el abad y Louis. Estaban tejidos en bellos hilos de granate, oro y verde, y narraban las muchas conquistas que los antepasados del rey Alfonso de Aragón y conde de Barcelona habían logrado para la casa condal. Las hábiles manos de los artesanos se habían esforzado por dotar al héroe de la contienda de los rasgos del actual rey, aunque con cuidadoso halago. Su figura larguirucha se había transformado en una altura destacada; la espada que sostenía era grande y más hermosa que las demás; y por supuesto, vestía las ropas más ricas que jamás un combatiente hubiera llevado al campo de batalla. El aceite crepitaba en las lámparas laterales y arrojaba suficiente luz como para leer el nombre del artesano, o el del taller que había creado el tapiz: «*Petrus Gislabertus*». El capitán Auxerre dio la vuelta a la sala y se acercó a la ventana, por cuarta vez. L'Archevêque se alzó, impaciente:

—Te juro, Guillaume, que yo mismo te enviaré de vuelta a las garras de esos moros de una certera patada en dirección a La Meca, si no dejas de moverte como un gato inquieto.

El capitán Auxerre se detuvo en seco, levantó la cabeza que había permanecido pegada a su pecho, consideró a su amigo Louis un instante y le volvió la espalda para acercarse a la ventana del palacio. Desde allí miró el patio, donde un par gallinas correteaban sueltas, perseguidas por los mozos de la cocina. Por fin dijo:

—Estamos perdiendo el tiempo.

—Hete aquí que brota un nuevo defecto en tu nutrido jardín: jamás fuiste imbécil. Estamos a punto de ver al rey de estas tierras —dijo Louis—. ¿No crees que vale la pena pedirle ayuda?

Auxerre apretó la mano, hecha un puño, como si quisiera pegar al aire. La herida de Rocamadour, después del ataque de la noche anterior, se había abierto como si fuera fresca. Sentía como las vendas se empapaban de sangre de nuevo. Rechinó los dientes.

—Debería ir tras ellos —repitió—. Debería haberle matado antes de que...

—Ese endemoniado llevaba un buen rato jugando al palo de ciego contigo. —Como el capitán no le respondiera, L'Archevêque cambió de tono—: Vamos, amigo. No es la primera vez que nos vemos en brete parecido, y te juro que saldremos de esta. La encontraremos.

—¡No lo entiendes! —estalló Auxerre—. Allá en Champaña la guerra no había llegado hasta nuestras puertas, o al menos eso intentábamos evitar. En este país llevan años royendo la frontera contra los sarracenos, pueblo a pueblo, cerro a cerro, piedra a piedra. No podremos contar con nadie, ni siquiera con el rey, porque todos están hartos de pelea, de ver huesos pudriéndose en la vega y de oír cómo los padres lloran a los hijos caídos en combate y a las hijas vendidas en los mercados de esclavos.

—Conocéis bien estos reinos —dijo el abad de Montfroid. Era una pregunta.

Auxerre sostuvo su mirada y se limitó a encogerse de hombros:

—Conozco lo que hace la guerra de Dios, allá donde se libra.

—Recapitulemos —intervino Louis, cambiando de tema con ademán aparentemente despreocupado—. Uno: nuestros enemigos son sarracenos, numerosos y despiadados. ¿Cómo lo sabemos? Porque, dos: casi acaban contigo y Dios sabe lo que le han hecho al tipo con el que charlabas ayer a la luz de la luna. Tres: lograron llevarse un buen botín.

—Fátima, Hazim y Aalis —murmuró Auxerre como si

bastara con pronunciar sus nombres para invocar a los cuerpos y las almas de los secuestrados.

—Cuatro: los encontraremos —dijo Louis, indolente.

Y era una promesa.

Un breve silencio pesó entre los tres hombres. El abad de Montfroid lo rompió para preguntar, suavemente, como siempre que quería averiguar algo sin poner sobre aviso a su interlocutor:

—¿Qué sabéis de Fátima?

Auxerre se volvió hacia el padre. Había acero en sus ojos:

—No sé qué queréis decir.

El abad repuso:

—Guardáis demasiados secretos para vuestro propio bien.

—¿Me estáis amenazando, abad? —preguntó Auxerre.

—Jamás. Os ofrezco mi hombro para compartir vuestra carga de sinsabores.

—Abad, recordad que no es vuestra congregación la que os oye. Ahorradme la pía prédica sobre el pecado. De nada tengo que arrepentirme excepto de haber vuelto a este endemoniado país. —Soltó un juramento sordo. El abad sabía cómo soltar su lengua, y Auxerre se dijo que debía de ser porque había recibido lecciones del mismísimo diablo. Incluso dudaba de cuál había sido maestro y cuál discípulo, si Satanás o el abad.

—Me temo que no puedo evitarlo; el Señor lo manda —dijo Hughes, abriendo las manos inocentemente y sonriendo. Su tez morena, una firme dentadura, el cabello blanco y tupido, los ojos azules que seguían alertas y agudos, y las diminutas arrugas que los rodeaban le conferían el aspecto de un joven prematuramente envejecido, pero rebosante de energía y vivacidad. Puso la mano en el hombro de Auxerre y prosiguió—: Sé bien que vuestro espíritu clama por un caballo con el que devorar las millas que os separan de ella, pero creedme: a veces vale más una palabra de rey que la fuerza desbocada del caudal del río más ancho. ¿Cuándo os he aconsejado mal? En el peor de los casos, Alfonso nos proveerá con buenas monturas y jinetes para nuestra expedición, y a buen seguro nos abrirá puertas de casas fuertes y castillos de sus órdenes leales. Para luchar contra una tempestad queréis salir a campo abierto, con hierro recio y temple agitado; pero tenéis suficientes años peleados a vuestras espaldas como para saber que a veces a la victoria se llega con paciencia. Curad vuestra herida y esperad la decisión del rey. Creedme, capitán. Os hablo así porque estoy convencido de que Alfonso responderá.

El abad terminó de hablar. Auxerre se pasó la mano por la frente, agotado. El dolor del brazo nada le importaba. La noche anterior había sido vencido por los moros que les asaltaron en la alhóndiga, y estos se habían llevado a la mujer que amaba. Esa era la realidad, pero tenía que sobreponerse. Las reflexiones del abad de Montfroid estaban cargadas de compasión y de sentido común. Solo había un enemigo, y no estaba en esa habitación. Cabalgaban los mercenarios, probablemente cortando vientos secos y montes calvos, en dirección al sur. Pronto vendría el momento de rastrear la cuadrilla sarracena, pero ahora debía serenarse y mantener la mente clara y el pulso frío.

—Disculpadme, os lo ruego —respondió Auxerre—. No era mi intención ofenderos.

—Sí lo era, a fe mía —replicó el abad con buen humor—. Solo que no lo habéis conseguido.

El capitán esbozó la primera sonrisa desde que Aalis fuera secuestrada, y se sintió culpable de inmediato. No quería sentir alegría: estaba prohibida hasta que volviera a verla. Cerró los ojos. Como buen soldado, dejó a un lado el sentimiento inútil y paralizante de la culpa, y se dejó envolver por la rabia que lo acompañaba. Sabía bien que al cabo de los días y de las semanas, la furia acumulada dotaría de más fuerza a su brazo y de mayor pegada a sus estoques. También conocía el sabor amargo que el odio dejaría en su boca, pero era un precio que había que pagar. Venían días aciagos. Por lo menos, tendría a su lado a un viejo compañero de cuitas. Repentinamente, una pregunta que debía haber formulado mucho antes le cruzó el pensamiento. Miró a Louis y dijo:

—¿Qué demonios haces tú aquí?

Louis se cruzó de brazos y espetó:

—«Gracias por tu ayuda, viejo amigo.» O también: «De no ser por ti, quizá no lo contaba.» Tampoco le haría ascos a una buena jarra de vino y una pierna de cordero sazonada en orégano, a costa de tu bolsa, por supuesto, si quieres ahorrarte la cháchara. En fin, que yo también me alegro de verte.

—Conociéndote, aun si no me hubieras salvado la vida también tendría que pagarte la cena. Veamos, Louis: ¿no quedaste a cargo de las tierras de Aalis en Sainte-Noire? Sabía que te beberías el vino de su bodega en menos que canta un gallo, pero de ahí a abandonar tu puesto... —La voz de Auxerre se apagó. La ausencia de la dueña del castillo tiñó de gravedad lo que había empezado como una chanza. Todos pensaron, y nadie dijo, que si Aalis no regresaba de su cautiverio, el destino de su tierra sería lo de menos. El abad intervino rápidamente:

—Cuando le dije a Louis que me disponía a visitar Barcelona, y también la corte de Castilla, y que precisaba un par de soldados para mi protección durante el viaje, se ofreció a acompañarme. Dispusimos que el prior de Montfroid y el segundo capitán de la mesnada del castillo quedasen al frente de las tierras de Sainte-Noire durante nuestra ausencia.

Auxerre consideró al abad con expresión singular y dijo:

—Algún día, abad, aprenderé a haceros las preguntas antes de que me pidáis las respuestas.

El abad guardó silencio, brillantes los ojos. El capitán se encaró con él:

—¿Qué hacéis recorriendo las cortes de España? ¿Y qué os importa a vos el destino de una novicia mora? Vamos, abad. Nos hemos visto en buenos aprietos, como hace poco me habéis recordado. ¿Qué sabéis vos de Fátima?

—De una novicia cualquiera, nada he de menester —dijo Hughes de Montfroid. Se disponía a seguir, cuando una voz les interrumpió:

—Pero Fátima lo es todo menos una joven cualquiera, ¿no es cierto?

Los tres hombres se giraron para observar cómo Enrico Dándolo, apoyado en un bastón y acompañado de Pere d'Arcs, permanecía erguido en el umbral de la sala. Una venda blanca le cubría completamente los ojos, sujeta por una fina tira de cuero. Su espléndida capa veneciana estaba algo maltrecha, desgarrada aquí y manchada de barro y sangre allá, cubriendo su alta figura, de seis y más pies de alto. Dijo, benevolente:

—¿Cómo está el buen papa Alejandro?

El abad de Montfroid replicó, impávido:

—Ni sé quién sois, ni de lo que habláis. Por lo tanto, poco puedo responderos.

El veneciano asintió y dijo, haciendo una reverencia:

—Tenéis razón, por supuesto. Enrico Dándolo, para serviros. Y vos sois, si no me equivoco, el abad Hughes de Montfroid. Os conozco bien aunque nuestros caminos no se hayan cruzado hasta hoy. Baste decir que el papa os ha enviado en delicada misión, y que como partes de un espejo roto yo soy vuestra otra mitad. Creedme, es un honor conoceros, aunque lamento que me encontréis en este estado —dijo Enrico, con un ademán de impotencia hacia la venda que le cubría los ojos.

—¿Os ha visto el médico? —intervino Auxerre.

Pere d'Arcs asintió y dijo:

—A media mañana. Dice que no hay tajos ni heridas en la cabeza que expliquen su ceguera, pero sí una hinchazón en el cogote. El médico aventura que quizá cuando curen los cardenales de la golpiza, y se rebaje lo del cuello, le vuelva la vista. Recomendó que descansara y que se bañara dos veces a la semana.

—¿Acaso no sanaríais mejor en reposo? —preguntó el abad.

—Hay un tiempo para descansar y un tiempo para trabajar —replicó Enrico—. Lo dijo el rey Salomón, que construyó templos y repartió sabiduría. Así que dejadme que os hable de la tarea que me ha traído aquí. —Se dirigió a Hughes de Montfroid—. Abad, presiento que esta tarea hemos de emprenderla los dos, y vencer o morir en ella.

Auxerre y Louis intercambiaron una mirada de interrogación. El abad levantó la cabeza como si oyera más en lo dicho por el veneciano; quizá por la entonación ferviente que cargaba cada palabra con urgencia. Asintió y dijo:

—Está bien, os escucho.

Enrico respondió:

—Prestadme una silla y vuestra atención, y desharé la madeja un poco más. —Se acomodó en el banco, y una vez todos los demás encontraran butaca y madero, tomó la palabra el veneciano—: Rolando Bandinelli fue siempre buen amigo de la familia Dándolo. Mi padre y su abuelo se conocían, frecuentaba nuestra casa y cuando partió a la Universidad de Bolonia para estudiar y más tarde enseñar derecho canónico, le procuramos una buena mula y si precisaba dinero, le prestábamos de buena gana. Pronto hizo una brillante carrera entre los letrados, fue elegido cardenal y se erigió en defensor de los estados de Italia contra la opresión sorda del emperador Federico Barbarroja, que pretendía gobernar no solo en sus tierras, sino también en las viñas del

Señor que crecen, generosas y libres, en el norte de Italia. Una noche llegó Rolando buscando refugio y protección. Mi padre Vitale le abrió nuestras puertas. Los cardenales le acababan de elegir papa, y la ira del germano se cernía sobre él, puesto que Rolando y muchos otros hombres de Iglesia habían cuestionado la pretensión de Federico de reinar por encima de Dios. Nuestro viejo amigo tomó el nombre de Alejandro III, aceptando la terrible carga: el odio de un emperador. El resto lo conocéis: desde hace años, una desgraciada contienda que sacude nuestras ciudades: la codicia de Federico consume vidas y almas, y el papa Alejandro ha jurado resistir hasta su último aliento, con el respaldo de la Liga Lombarda. ¿Cómo podíamos adivinar que la espada de Dios y la del hombre se enzarzarían con tanta saña, la noche en que Rolando se sentó a nuestra mesa, mientras la leña del hogar ardía placentera? —Enrico hizo una pausa y volvió a ladear la cabeza, como si para seguir hablando tuviera que volver a escuchar el pasado—. Tenía miedo, por supuesto. Hubiera estado loco si la responsabilidad no le hubiera abrumado. Pero su voz temblaba con alborozo. Más de veinte cardenales le habían prestado su voto. Sus aliados le anunciaban que llegarían cartas de apoyo de prácticamente todas las cortes de Europa, y así fue. Se disponía a recuperar el *dominium mundi*, a convertir Roma de nuevo en el centro del poder como lo había sido en tiempos antiguos, pero esta vez a mayor gloria de Dios. Mi padre siempre le había apreciado, así que le garantizó que le ayudaríamos. Pero Rolando no venía solamente por eso. Uno de los cardenales que le había elegido, el más anciano, le había pedido audiencia privada para contarle una historia increíble. Durante siglos, desde la muerte de Mahoma, el mesías que alumbró la religión musulmana, se había creído perdida su estirpe, ahogada en guerras y enfrentamientos intestinos. El rastro del profeta se había mezclado con la tierra, como se pierden los pasos en el desierto tras una tempestad. O tal vez no, pues los misterios de Alá palpitan sin duda bajo las olas de arena que cubren África. Hace veinte años, un grupo de monjes cristianos que defendían la fe en Jerusalén oyeron hablar de una mujer embarazada, sumida en la miseria y gravemente enferma, que deliraba en la cama de un hospicio. Hablaba una de las mil lenguas antiguas y pronunciaba los *hadith* con memoria prodigiosa. Los criados moros que la oían hablar se arrojaban a sus pies. Las mujeres le traían presentes, que la pobre desgraciada ni veía, y a cambio le tocaban la frente con reverencia. Un día, uno de los monjes cristianos se acercó a verla. Era el más curioso y el más joven de su comunidad, y conocía la religión de Alá mejor que cualquier cristiano en Jerusalén. Ningún musulmán adoraría un ídolo; eran escrupulosos seguidores de los preceptos de Alá, y solo aceptaban la guía de los imanes o de los califas. El monje llegó a la puerta del hospicio para ver a la desconocida. En cuanto se adentró en la sala, comprendió que había santidad en el rincón hediondo y oscuro en donde alojaban a los moribundos. Se acercó lentamente. Alrededor de la cama había varias personas, hombres y mujeres, callados y rezando en *qibla*, en dirección hacia La Meca. El monje observó a la enferma. Antaño hermosa, era una mujer en la que las penalidades y el tiempo habían hincado sus dientes, pero conservaba un aura de luz que convertía sus ojos en estrellas y su cuerpo en un milagro: aun cuando apenas le quedaba aliento, el abultado vientre palpitaba inquieto. Estaba a un paso de la sepultura, pero iba a alumbrar vida. El joven monje dio un paso atrás cuando el grito desgarrador de la mujer anunció que empezaba una agonía. Un par de ancianas comadronas se precipitaron sobre la parturienta. Sucedió rápidamente: entre chillidos inhumanos fue madre la que iba a ser muerta. Dejó la marca de sus uñas en la carne de sus escuálidos muslos, mordió pedazos de madera para no sangrarse la lengua, y aguantó hasta que le mostraron a su hija. La pobre mujer levantó a la criatura con esfuerzo sobrehumano. El sol se estaba poniendo, y los rayos bermejos tocaron el cuerpecillo, aún empapado en los dolores de la madre, como si fuera una llama de sangre. Quizá fuera porque el monje era casi un muchacho, bello como la efigie de Jesús, o tal vez porque era el único que no estaba prosternado, la pobre mujer creyera que era una aparición: sea como fuere, la colocó en sus brazos y después de pronunciar una palabra casi ininteligible, abandonó este mundo. El monje, aturdido e incapaz de moverse, sostuvo el cuerpecillo hasta que una de las mujeres se lo llevó para limpiarlo y envolver a la niña entre telas de algodón y lino. Quiso irse, temblando y aún con los verdes ojos de la madre fijados en su memoria, pero la comadrona más vieja se lo impidió, sujetándolo del brazo respetuosa pero firmemente. Las moras prepararon un capazo con comida y los regalos que se habían acumulado a los pies de la cama de la fallecida, y le entregaron capazo y criatura con una solemnidad que no admitía peros. El joven cristiano volvió a su monasterio con la niña. No acierto a imaginar lo que debieron de pensar los demás monjes, pero sabemos que cuando les contó lo que había visto y oído, todos convinieron en que debían hacerse responsables de la criatura. La experiencia por la que había pasado le convirtió, a pesar de su juventud, en una de las voces más respetadas de su monasterio, y al cabo de pocos días se hizo elegir abad. Lo primero que hizo fue escribir una larga carta al papa, donde explicó lo que no había podido decirles a sus monjes, porque si lo hubiera hecho, en lugar de proteger a la niña la hubieran despedazado con sus propias manos. Rolando Bandinelli, recién nombrado, no sabía qué hacer y recurrió a los Vitale, que tanto le habíamos ayudado durante sus luchas contra el emperador. ¿Y por qué estaba tan aterrado el flamante papa? —Enrico esperó, pero nadie quiso interrumpirle—. Al sostenerla en alto, el monje vio sobre la piel enrojecida una mancha en forma de media luna. ¿Era una aberración o una señal? El buen monje tenía la cabeza bien puesta sobre los hombros. De ser solamente eso, se hubiera callado. Pero recordaba la palabra que la madre había pronunciado al morir: «Mahdi.»

—El bien guiado —dijo el abad. Tenía la cabeza agachada y parecía estar muy lejos de allí.

—O bien guiada —dijo Enrico, gravemente y levantándose con gran esfuerzo—. De veras os digo, abad de Montfroid, que es un honor para mí conocer al hombre que tuvo en sus brazos a Fátima por primera vez.

El ciego buscó la mano de Hughes de Montfroid y la besó con reverencia mientras Auxerre, Louis y Pere contemplaban a los dos ancianos fundiéndose en un largo abrazo.

—Abad, creo que nos debéis una explicación —dijo el capitán.

—Mi rey, ¡dadme razón o le troncharé el cuello a ese bastardo nacido de burra y de villano!

Un rumor excitado de voces, espadas y hierros, botas espueladas y espíritus enardecidos recorrió la sala grande como un hormigueo. Los condes y barones de Cataluña jamás despreciaban el espectáculo de un buen enfrentamiento, sobre todo si este era entre el rey y algún señor rebelde. Y no había ninguno de lengua más furibunda ni genio más temido que Guillem de Berguedà. Ajeno a la reacción que sus tempestuosas palabras habían provocado, permanecía erguido frente al trono, en medio de la sala, respirando agitadamente como un toro boyante dispuesto a acometer. Alfonso de Aragón cruzó una mirada preocupada con Ramón de Montcada, que permanecía tranquilo al lado de Ramón de Cardona, el objeto del insulto del de Berguedà. Pero Cardona tenía la cara roja como la grana. En cualquier momento estallaría una reyerta en la corte del conde de Barcelona y rey de Aragón, y los presentes se sacarían los ojos como si estuvieran en un corral de tres al cuarto. La voz de Alfonso tronó por encima de los hombres y los ánimos:

—¡Será tu cabeza la que rodará por los suelos si le pones una mano encima! Aquí y en mis tierras mando yo, porque soy vuestro rey y me debéis obediencia.

—Lealtad si se me antoja, deber cuando lo mandéis, respeto porque os lo ganéis —rugió el de Berguedà—, pero no soy ningún cura afeitado de pelo y de hombría que le jure obediencia a su regla monacal como un niño de teta a su madre. ¡Obedecen los perros, no yo!

El rey se levantó de un salto y cruzó en dos zancadas la distancia que le separaba de Guillem de Berguedà. Los asistentes se alzaron también, con ruido de espadas contra cintos, escudos y lorigas frotándose de manos. Alfonso levantó el brazo como si fuera a derribarlo. Berguedà no se movió. El rey le tomó por los hombros y susurró furiosamente:

—¡Eres un sinvergüenza! En mis cortes generales, cuando sabes que tengo asuntos de Estado más importantes que tratar que las mujeres que entran y salen de tu cama, lo primero que oigo son las quejas de los pobres cornudos que vas plantando por el mundo. Y encima te encabritas como si fueras tú el ofendido. ¡Demonio, Guillem! ¿Cómo se te ocurre ayuntarte con la esposa del de Cardona?

Berguedà mudó de semblante como por arte de magia y exhibió una sonrisa felina:

—Nada diré de esa dama, porque soy hombre que teme a la maledicencia, y caballero de mejores formas que su marido. Pero es cierto que vuestra sala es demasiado grande para estas pullas de taberna. ¿Acaso soy yo el que la empequeñece? Yo no vengo desde Puig-Reig para crear ningún escándalo. Vivo en paz con amigos y vecinos...

Alfonso le interrumpió, entre enfadado y divertido:

—¿En paz? ¡Descarado! Llevas más de cuatro inviernos armando ruido en las tierras de Urgell, porque no te da la gana compartir las rentas y castillos que se le deben en justa ley al conde Ermengol y al obispo. No dejas de crearme problemas con señores que no me conviene tener enfrente, sino a mi lado. Tu compinche Castellbò...

—¡Un mártir, un buen soldado, un gran señor! —interrumpió el de Berguedà con ironía.

—Un rufián, un bandolero, un pendenciero igual que tú —siguió impertérrito el rey, ante la sonrisa ancha y astuta del de Berguedà— junto al que te has enfrentado contra todos los señores de la comarca, desde Pere de Berga hasta Ponç de Mataplana. Sabes perfectamente que todos están bajo la protección del obispo de Urgell.

—Una rata cuyas hazañas harían enrojecer, por repugnantes, a las mismísimas prostitutas de Babilonia —saltó Guillem—. ¿Sabéis cuántos niños caen a merced de ese animal?

—¡No me vengas con monsergas! —replicó el rey Alfonso, ya furioso—. No es por eso por lo que no pagas tus rentas, ni le impides el paso a tus molinos, ni atacas a sus canónigos. A ti los niños te importan un higo, mientras que yo, que sí debo defender a mis vasallos de cualquier peligro, quedo debilitado frente a todos mis barones cuando me retas públicamente como has hecho hoy. ¡Maldita sea, Guillem! ¿Cuándo aprenderás a tener la lengua quieta?

El de Berguedà se encogió de hombros y desplazó el peso de una pierna a otra:

—Llegará ese día cuando ardan infiernos en los Pirineos y la nieve azote Valencia.

—Pues hasta entonces corres el riesgo de que alguien te la corte —dijo el rey, severamente.

—¿He de irme a buscar la gloria con los turcos, mi rey? —preguntó el de Berguedà.

—¿Crees que si vuelves con una ristra de orejas moras colgada del cuello y un puñado de oro te tendré más ley, Guillem? —respondió Alfonso—. ¿En tan bajo concepto me tienes?

El de Berguedà negó con la cabeza y una media sonrisa. Dijo:

—Por las barbas del diablo que hemos bebido y luchado juntos lo suficiente como para saber que de nada me serviría traeros la mismísima corona de Cristo, si antes no cuento con vuestra confianza y afecto. No sois un rey fácil de comprar.

—Pues entonces ayúdame, Guillem: mantén la cabeza fría y la espada envainada. ¡Y no me refiero solo a tu hierro! Bastante me costará apaciguar al pobre Cardona.

El otro contuvo una carcajada a duras penas y dijo:

—Pero ¿qué culpa tengo yo si su mujer me persiguió sin darme tregua? Es poco caballeroso decirle que no a una hembra tan decidida como pusilánime es su esposo.

—Ni una palabra más. Para que no te olvides de quién manda en tus tierras, le cederás un castillo a Cardona y a mí me mandarás tres barricas de tu mejor vino durante un año. ¡Ni se te ocurra darle a él un pajar y a mí agua del pozo!

—Alfonso puso una mano en el puño de su espada y su voz se tiñó de metal—. Pobre de ti, Guillem, si vuelves a crearme problemas.

Bajó la cabeza el de Berguedà. Era hombre impulsivo y nadie podía llamarle cobarde: tomó la decisión. Se dejó caer de rodillas frente al rey y tomó sus manos, besándolas en señal de aceptación. El rey se alejó y volvió a sentarse en su trono mientras el de Berguedà se retiraba. Por toda la sala corrió un rumor distinto del que había sacudido a los barones unos momentos antes. Era una mezcla de decepción y de envidia: la primera, porque nada les hubiera complacido más que una pelea, o mejor aún, la caída en desgracia del señor de Berguedà, que a más de uno había humillado con burlones versos; la segunda, porque una vez más el rebelde guerrero conseguía el perdón de su rey, a pesar de las graves deshonras de las que había sido acusado. Alfonso contempló con una mueca de amargura en la boca las cien caras malhumoradas y descontentas que le observaban, algunas más desafiantes que otras. Hizo una señal y Ramón de Montcada se acercó prestamente.

—Más vale que demos la sesión por terminada hasta mañana por la mañana. No creo que mis buenos vasallos estén dispuestos a escuchar largas disertaciones sobre la autoridad real. Vayamos al banquete y reguemos el día con vino —dijo el rey.

Alfonso se disponía a levantarse, pero el de Montcada dijo:

—Mi señor, esperan audiencia el abad de Montfroid y otros que le acompañan.

—Está bien. Pero no los traigas hasta que los barones estén instalados en la otra sala. —El rey frunció el ceño, pensativo—. Empiezo a conocer a ese abad, y tengo el presentimiento de que sus asuntos no son apropiados para una audiencia pública.

Levantó la voz y anunció con voz firme:

—El señor de Berguedà cederá un castillo a Ramón de Cardona y una renta de vino anual para la Corona. Así se firmará y sellará hoy, por orden del rey.

Mientras Montcada y los demás barones se retiraban se adelantó Rodrigo.

—La reina manda preguntar si la bendición de la mesa puede hacerse ya. —Rodrigo llevaba más de veinte años sirviendo a Sancha de Castilla, mucho antes de que casara con el rey de Aragón. Era un digno anciano, como un viejo olmo picado por el viento seco de la meseta, apergaminado pero recio. Tenía las cejas pobladas y sabía guardar silencio cuando era preciso. Alfonso le miró con fastidio. Sancha era un alma pía, buena como el pan pero insípida como un filete sin salar. Desde que llegara a la tierra extranjera de la que era reina, añorábase de los suyos y por ello se había volcado en una intensa actividad caritativa. Se aferraba a la diaria rutina de las misas, los donativos y las beneficencias. No había festividad que no se celebrase con cuatro canónigos entonando un tedeum, y si el día no pedía rezos, entonces Sancha y sus doncellas encargaban misas votivas con las que pasar el tiempo. Alfonso pensó que tendría que darle un hijo a su esposa, o las sempiternas llamadas a misa de las campanas de la capilla del palacio le volverían loco. Aunque era de justicia reconocer que a pesar de los inconvenientes, la natural bondad de Sancha se reflejaba en la Corona: sus informadores le habían dicho que ya se le llamaba «el Casto» por las calles de Barcelona, difundiéndose su reputación de buen rey y mejor señor. Echó fuera un suspiro a medias entre la risa y el qué remedio. ¡Un hijo, sin embargo! Tenía ganas de criar uno, un muchacho joven y fuerte. Un hijo no solamente sería bueno para Sancha, sino sobre todo para la dinastía, y para contener las ambiciones de su cuñado Fernando, el rey de León y Galicia, que aún podía acariciar la idea de recuperar terreno si el rey de Aragón faltaba un día. Un buen rapaz que creciera para heredar todo lo que Alfonso estaba construyendo haría olvidar a Fernando que antaño a su padre lo llamaban emperador. Su cuñado recordaba, y no hay hombre más peligroso que el que no quiere olvidar. ¿No terminarían nunca las cuitas? La paz real en Cataluña, la tregua de la guerra entre sus señores feudales, el entendimiento entre los reinos cristianos, todo quedaba lejos, siempre más lejos. El rey parpadeó, y se dio cuenta de que llevaba un buen rato ensimismado. Rodrigo seguía esperando. Alfonso hizo un ademán afirmativo y chasqueó la lengua:

—Que bendigan de una buena vez esa mesa o vendrán

mis barones a pedirme cuentas de por qué se les enfría la carne asada. Los conozco bien; si no se quejan de que es de día, lo hacen porque cae la noche.

El criado se retiró inclinando la cabeza y dejó al rey solo, sentado en su trono. Lentamente frunció el ceño. Sus cortes generales no habían empezado bien. Era la primera vez que reunía a todos sus señores y vasallos bajo un mismo techo, con el beneplácito de la Iglesia, para pactar y acordar las condiciones en que se debía impartir justicia, y así proteger al pueblo de los abusos y maltratos que los señores más crueles les infligían. Sabía que no sería fácil: la magnitud de la tarea que se erigía ante él a veces le aturdía, pero también era consciente de que un reino no solamente se construía a golpe de espada, sino también con códigos de leyes, justicia y caridad. Un carraspeo le distrajo. El conde Ermengol de Urgell estaba de pie, esperando. Alfonso le dio venia para hablar.

—Os agradezco el escarmiento que habéis dado a Guillem de Berguedà —dijo Ermengol.

El rey asintió, circunspecto. Conocía bien al conde de Urgell, y sus bizantinos circunloquios. En realidad, Ermengol le estaba diciendo que sabía perfectamente que Berguedà contaba con el favor real más allá de razón y sentido, y que hubiera sido preferible un castigo más duro. Alfonso juntó las yemas de los dedos y repuso:

—Jamás me temblará la mano para castigar la rebeldía y la traición.

El conde inclinó la cabeza, sabedor de que la advertencia valía tanto para la insolencia de Berguedà como para el discreto reproche que acababa de proferir. Era el de Urgell un buen vasallo para Alfonso, pero el rey era consciente de que Ermengol pasaba medio año en la corte de Fernando de León y el otro medio en la suya. Los lazos que unían al rey de Aragón y al conde eran de conveniencia y respeto mutuo.

Al fin y al cabo, Urgell era el corazón de la Cataluña Vieja, allí donde doscientos años antes había palpitado la vida y la riqueza sobre la que se construyó el reino que ahora Alfonso poseía. Y sin dudarlo, Ermengol ejecutaba con lealtad servicial las órdenes del rey, incluso cuando este le encomendaba la difícil tarea de imponer la autoridad real por encima de barones de estirpe y audacia añeja. Reconocíanse ambos como formidables aliados, y sabían que, en caso de necesidad, podrían ser aún más temibles enemigos. Ninguno de los dos podía prescindir del otro, pero tampoco olvidaban jamás que un día podía amanecer en que sus intereses no fueran parejos sino contrarios. Y en previsión de eso, ni se mostraban afecto, ni lo fingían, pero sí exhibían la más exquisita de las cortesías en sus conversaciones. Así, prosiguió el de Urgell:

—Ruego vuestra licencia para ausentarme de la corte, mi señor.

—La tenéis, conde Ermengol.

La pausa que siguió fue breve. El conde juzgó necesario añadir:

—Me reclaman asuntos en mis tierras de León.

El rey Alfonso irguió la cabeza y dijo con voz aterciopelada:

—Os ruego y os encargo que presentéis mis respetos al rey Fernando, si tenéis la dicha de encontrarle. Hace demasiado tiempo que no le veo; tendré que remediarlo. Decídselo con estas mismas palabras, por caridad.

—Así lo haré, mi señor.

El conde salió de la sala. El rey volvió a quedarse a solas. En el patio habría caballos ensillados, cepillados primorosamente por los mozos de cuadra. Luchó contra el fuerte deseo de abandonar el palacio y montarse en uno, el más vigoroso, el que más lejos le llevase. En Occitania las praderas no eran verdes; la lavanda lo cubría todo como un manto de nieve lila que se agitaba delicadamente con el dulce viento de la costa. Allí había pasado tardes hermosas donde la poesía era el único sonido de una corte lánguida y perezosa, de tarde en sol y de luna en noche. Amaba su Barcelona vibrante de sal y mar, pero sus díscolos barones eran harina de otro costal. Alfonso se levantó; había mucho que hacer.

—De modo que vais a contarle al rey que no era vuestra intención mentirle. Y como a los reyes no les importa que les tomen el pelo, nos prestará armas, hombres y caballos gustosamente —dijo en voz baja Auxerre mientras sus pisadas resonaban por los pasadizos del palacio. Tras ellos, Louis y Pere d'Arcs ayudaban a Enrico Dándolo a avanzar lentamente. El abad de Montfroid respondió, mirando hacia el frente:

—No tenía la certeza de que Fátima se encontraría aquí. ¿De qué hubiera servido hablarle de una historia prodigiosa que sucedió hace más vidas de las que me gustaría recordar?

Ramón de Montcada se giró y miró con curiosidad al abad y a Auxerre. L'Archevêque dijo:

—¡Parecéis un par de viejas comadres! ¿Es que no podéis callar ni un momento?

Ambos guardaron silencio durante un trecho del pasillo, hasta que casi en el umbral de la sala grande, el capitán le espetó al abad:

—Nada sé de prodigios, pero os garantizo que a nadie le gusta ser burlado.

Entraron en la sala. Los tapices eran más ricos y más abundantes, las antorchas más altas y llameantes; las ventanas eran anchas y estaban bien protegidas por hermosos vidrios, algunos de colores vivos como los de una iglesia. Al fondo, sentado en un trono de cedro primorosamente tallado y pintado de pan de oro, estaba el misterioso compañero

de viaje con el que habían recorrido el camino desde Rocamadour hasta Barcelona. El rey Alfonso levantó la mirada
y dijo, incrédulo:

—¿Auxerre? ¿Qué demonios hacéis aquí?

El abad de Montfroid dijo, sin ocultar la ironía de su
expresión:

—Capitán, creo que sois vos quien me debéis una explicación.

Los cinco hombres estaban alineados de pie, en formación frente al rey. Alfonso contempló gravemente al abad
Hughes de Montfroid, al capitán Auxerre, a Louis L'Archevêque, a Enrico Dándolo y a Pere d'Arcs.

—Es la historia más increíble y fantástica que he oído en
mucho tiempo, y creedme, suelen contarme más de una.
Pero ninguna ha traído a mi presencia esta variopinta colección: un abad francés con un rosario de secretos; un capitán
al que brindé mi amistad cuando no éramos más que viajeros
sin pasado, y su lugarteniente; un veneciano ciego, que dice
ser mercader pero que ostenta apellido de Dogo; y a uno de
mis súbditos, hijo de buena familia pero que no cuenta precisamente con la mejor reputación, para redondear la jugada.
Y me decís que el abad y Enrico, que no sois precisamente
gañanes de guerra, y Auxerre, que está malherido, junto con
Louis, vais a partir hacia Toledo para recuperar a una mora
llamada Fátima que está ya en manos de los soldados del
califa, probablemente camino de Córdoba. Convendréis
conmigo en que nada de esto tiene sentido. O bien sois una
cuadrilla de locos insensatos, o los hombres más valientes
de este reino. —Los cinco guardaron silencio—. Comprendo la importancia de una santa y obradora de milagros, pero
¿qué tiene esta mora de especial? Más de una musulmana ha
abrazado a Cristo y al morir ha sido canonizada, y para ello

no es menester que el papa os mande a vos, con ocultación y misterio, a recorrer media España para prenderla.

El abad de Montfroid se tomó un tiempo para responder.

—Hay partes de la historia de Fátima que no puedo explicaros, porque las desconozco, y otras que no debo contaros, porque sí las conozco. Pero reflexionad lo siguiente: ¿qué ha de tener, quién ha de ser ella para que sus hermanos de raza maten y hieran a su paso, tan lejos de sus naturales tierras? ¿No queréis preguntaros por qué cualidad la desean hasta arriesgarse tan hondamente en país cristiano? En mi alma no albergo duda de que no hemos visto la completa manifestación de su poder, y que una vez Fátima se encuentre entre los suyos, a pesar de los esfuerzos que se hicieron por alejarla de su destino y educarla en la fe cristiana, se convertirá en un símbolo de brutal fuerza, y dotará a los moros del sur de una ventaja increíble en la lucha contra los reinos cristianos. —Su rostro estaba arrebolado. Se detuvo a recuperar el aliento—. ¿Creéis que me engaño? No hace mucho vos mismo mandasteis colgar a un loco desgraciado que se hacía llamar Alfonso el Batallador y le decía a las gentes que había regresado de la muerte para liberar las tierras del yugo de los nuevos regentes, entre los que se contaba vuestra casa real. ¿Por qué lo hicisteis? Sois un rey inteligente y capaz: sabéis bien lo importante que es para el gobierno del reino que el pueblo crea en vos. Y ese infeliz había logrado reunir un ejército de paupérrimos, desheredados y haraganes lo suficientemente notable como para capturar y, como decía él, «liberar» más villas y ciudades de las que os gustaría admitir. Por ello fue perseguido, abatido y ajusticiado. ¿Cuál fue su crimen, excepto lograr cautivar la imaginación de vuestros súbditos? Jamás subestiméis el arrollador, invencible poder del que sabe tocar las cuerdas de las almas como si de un instrumento se tratara, convirtiendo los vítores de las gargantas del pueblo en la melodía de un arpa infinita. ¿Cuántas veces no habéis salido, desfilando a caballo, a dejaros mecer por el amor de vuestros vasallos, para pedirles después que tomen sus espadas, empuñen sus mazas, y dejen sus vidas en el campo de batalla? Ahora, imaginad lo siguiente: una joven, la imagen de la pureza y la fe, montada a caballo recorriendo otras calles, otros campos rebosantes de guerreros, erguidas las cimitarras, la media luna ondeando entre las filas de un ejército ebrio de fe. Hemos conquistado Jerusalén gracias a la fuerza de nuestra religión. ¿Acaso es tan imposible creer que la misma pasión, en manos moras, pueda mover montañas, conquistar torres y devorar villas y tierras cristianas?

El rey consideró las palabras del abad con semblante pensativo y dijo:

—¿Decís, abad, que moros y cristianos pueden compartir un mismo sentimiento respecto a su fe y a su Dios? ¿Que nuestras santas y sus profetas son cosa comparable? —Sus palabras eran de censura, pero su expresión era benevolente—. Se me antoja, Hughes, que rozáis la blasfemia. ¿Sabe el papa que su emisario es dado a tales prédicas?

—El papa me conoce bien, y sabe que me anima el deseo de lo justo y de proteger a los inocentes —replicó el abad—. Solo puedo deciros que he luchado en Tierra Santa, he vivido bajo el sol de Damasco y sabe Dios cuánto le he rezado para entender por qué el barbero que me atendía y el médico que me sanaba eran seres indignos de la misericordia divina, pues lloraban como yo en la desgracia y como yo reían cuando el sol limpiaba el cielo de nubes —añadió, con un deje de ironía—: pero el Señor es mi pastor y con él nada me falta.

Hubo una pausa y el rey Alfonso dijo:

—¿Por qué Toledo? —Un matiz de desconfianza asomó en su pregunta. El rey Alfonso de Castilla había sido uno de sus principales problemas en la frontera oriental de su reino, y las relaciones entre Aragón y Castilla pasaban por altibajos súbitos ocasionados, según las épocas, por la codicia, la generosidad, el orgullo y la necesidad de uno y otro. Recientemente no habían tenido ningún encontronazo: al parecer el de Castilla andaba ocupado en la ardua negociación del arbitraje con Navarra que el rey Enrique de Inglaterra le había impuesto. Esperó la respuesta del abad, que dijo cautelosamente mirando a Enrico:

—En Toledo tenemos amigos que nos prestarán su ayuda, y así desde allí podremos planear nuestra llegada a Córdoba sin despertar sospechas. Pero sobre todo, es esencial que el rey de Castilla conozca nuestra misión y comprenda que no se trata de un mero rescate. Un mensaje de vuestra parte, una mano tendida en dirección a Castilla, uniría los dos reinos cristianos más magníficos de España en una lucha que desgraciadamente no terminará hoy ni mañana.

—Concretad, Hughes. ¿Qué queréis de mí?

El abad hizo una señal y Enrico Dándolo se adelantó. La ceguera no impidió que su voz fuera firme y sus palabras precisas:

—Caballos, armas y una bolsa de dinero suficiente como para sobornar y convencer. Postas listas en todos los castillos desde Barcelona hasta Toledo donde tengáis vasallaje. Y hombres, si los tenéis, que sepan distinguir la pisada de un moro a siete leguas de distancia; hombres de mente fría y sangre espesa.

Alfonso miró a Auxerre. El capitán tenía los ojos velados de dolor y decisión. Mantenía la mano en la empuñadura de su espada, la capa echada sobre el cuerpo, como un soldado cuando se dispone a pisar la tierra donde va a luchar. El rey observó, con afecto:

—Veo que guardáis la prenda que un día recibisteis de un compañero de camino. —Señaló el anillo que Auxerre aún llevaba en la mano. El otro inclinó la cabeza, en señal de respeto. Alfonso le puso la mano en el hombro y prosiguió—: Si mi testa no llevara corona, yo mismo cabalgaría a vuestro lado para rescatar a esa mujer que amáis. Me decís, y así lo creo, que esa moza Fátima puede convertirse en una amenaza para el bienestar de mi pueblo: nada puedo negaros. Tendréis todo lo necesario y más, y a vuestras órdenes pondré a Blasco de Maza, al que yo confiaría mi propia vida. No puedo encomendaros un ejército para que os acompañe desde Barcelona hasta Toledo, porque no quiero que se me acuse de violar la dulce y frágil paz que existe ahora entre ambos reinos con una cuadrilla de hierros y lanzas tocada con el pendón aragonés. —Se dirigió al abad y dijo—: Portaréis una misiva de mi puño y letra para el rey de Castilla, abad. Ruego que os escuche con la misma atención que yo. Y seguid rezándole a Dios para que os explique por qué hizo el mundo así; quizás un día podáis contármelo a mí.

El rey se levantó y abandonó el trono. Los cinco hombres bajaron cabezas y cuellos mientras Alfonso de Aragón desaparecía en dirección a la sala de los banquetes. Grandes risotadas, el ruido de las copas golpeando la mesa y el rumor de las hazañas saludaron al rey en el umbral del salón. Se detuvo para observar a sus vasallos sin ser visto. Al fondo, Guillem de Berguedà cantaba una tonada mientras un grupo de señores aplaudía sus versos viperinos. Alfonso apretó los labios y sintió una oleada de furia subiéndole por la garganta. «Tozudo, desvergonzado y marrullero. Así es Guillem y así seguirá.» Al otro lado de la sala, Cardona y sus hombres estaban arracimados en taciturno silencio. Alfonso frunció el ceño: la única forma de evitar que aquello terminara en desgracia era sacar de en medio al de Berguedà. La expresión del rey se despejó lentamente. Una media sonrisa complacida se instaló en su rostro.

—Abad, debéis saber que no pienso ir a Toledo —dijo Auxerre una vez Simóne hubo recogido la mesa y servido el vino dulce. La noche había caído en casa de Pere d'Arcs, y después de atender las heridas de Enrico, cenaron un potaje de pies de cerdo, morcilla y arroz. Era nutrida la concurrencia: a los cinco hombres que acababan de celebrar audiencia con el rey de Aragón se había sumado el comerciante Ferrat. Ahora, llegaba la hora de preparar la partida del día siguiente. El capitán prosiguió con frialdad—: Teníais razón. El rey Alfonso ha sido generoso, y os proporcionará dinero, ayuda y la protección de un buen soldado. No me necesitáis a vuestro lado si tenéis la espada de Blasco de Maza. Le conocí cuando vinimos juntos por el camino de Rocamadour, y aparte de Louis, fiaría mi vida en su valor sin dudarlo. Iré a Córdoba, porque a Córdoba se llevan a Aalis.

Hughes de Montfroid replicó, serenamente:

—El camino a Córdoba pasa por Toledo, Auxerre. Es una locura para dos guerreros cristianos adentrarse en la ciudad mora sin un plan de acción más meditado que empujar las puertas de la ciudad y plantaros en el zoco. Sería más prudente pedir la protección del rey de Castilla.

—Os precipitáis, capitán —intervino Enrico Dándolo—. Entiendo el motivo, pero os pido que reflexionéis. Tenemos que ir a Toledo porque solo desde allí podemos alcanzar Córdoba con seguridad. Confiad en mí. No dejaré que le suceda nada a esa muchacha.

—Yo solo tengo un camino, y es el que me lleva a Aalis. ¿Cuándo no hay peligro, si está en juego más que la vida? No me convenceréis esta vez, abad. Ya os he escuchado bastante.

—¿Acaso no es mejor nuestra situación ahora? —insistió Hughes—. Contamos con el respaldo de un Alfonso, y si el otro también nos escucha...

Auxerre interrumpió al abad:

—¿Mejor para quién? Vuestra misión no es la mía,

Hughes, ni la de este misterioso veneciano que todo lo sabe y nada nos cuenta. Vosotros dos solo veis por la mora, y para mí no existe sino Aalis. ¿Qué me importa que se caigan los pilares de la cristiandad si la pierdo a ella? Llevo más de veinte horas esperando y no puedo perder un día más. —Dio un puñetazo en la mesa, impotente. La herida de su hombro le dolió como el demonio, pero apretó los dientes.

El abad de Montfroid dijo, comprensivo:

—Decís verdad, Auxerre. Pero habla vuestra impaciencia, y no es propio de vos avanzar hacia la batalla sin calcular los riesgos, con prudencia y sensatez.

—Ahora no soy soldado ni puedo pensar así.

—Cierto es, *compaign*, que tú y yo nos haríamos de notar en la vieja Córdoba —intervino Louis, mirándole con fijeza—. Dos cristianos de seis pies de altura, metiendo nuestras narices por doquier... Digamos que no tardarán en invitamos a visitar las mazmorras moras, y por lo que me han contado, no son mejores que las cárceles cristianas.

Echó un trago mientras los demás guardaban silencio. El fuego crepitaba en el hogar.

—Creo poder ayudaros —dijo una voz inesperadamente. Todos se volvieron hacia Renaud Ferrat, que siguió diciendo—: En primer lugar, quiero agradecerle al dueño de esta casa que nos diera cobijo a Philippe y a mí. Cuando nadie quiso acogemos, Pere abrió sus puertas con generosidad y ha cuidado de mi hijo como si fuera el suyo propio. Así que si se aviene a seguir atendiéndolo durante mi ausencia con el mismo cariño, he aquí mi propuesta. —El de D'Arcs levantó la cabeza, incrédulo. La confianza del mercader le infundió tal calor en el alma que le parecía como si un sol se hubiera puesto en ella. Tragó saliva, emocionado. Renaud Ferrat prosiguió—: Quizá Dios me quisiera de nuevo en vuestro camino, capitán. Tengo en la alhóndiga varias fanegas de terciopelos y brocados, y otras telas finamente bordadas, traídas desde Chartres y aún más lejos, que puedo ofrecer en cualquier plaza, desde Narbona hasta Cádiz. Si los negocios de Ferrat os sirven para llegar a Córdoba y rescatar a la doncella Aalis, será para mí un honor ayudaros. El capitán no dijo nada durante un buen rato. Se volvió hacia el abad, con los ojos arrasados en lágrimas. Hughes de Montfroid le devolvió la mirada, entre la compasión y resignación. Enrico Dándolo paseó sus ojos ciegos por la sala, escuchando el silencio. Cuando Auxerre por fin habló, su voz estaba ronca de emoción:

—Renaud Ferrat, el honor será mío. Agradezco y acepto vuestro ofrecimiento.

El mercader se volvió, radiante, hacia Pere d'Arcs:

—¿Qué me decís, Pere? ¿Consentiréis en criar a Philippe durante el tiempo que yo falte? Sé que vuestros negocios no son —rebuscó la palabra— cristianos, pero vuestro comportamiento con nosotros sí lo ha sido. Cuando sagreras y conventos nos cerraron la puerta, vos abristeis la vuestra. ¿Aceptáis, pues?

Pere miró al genovés y respondió:

—Os juro, Ferrat, que el muchacho tendrá la mejor educación que yo pueda procurarle.

—Entonces, ¡que la mañana nos dé un brillante amanecer! —dijo Ferrat, levantando su vaso.

Todos respondieron al brindis, y Louis L'Archevêque añadió, suspirando:

—Por las mañanas de sol, por las cárceles moras... ¡y por que los leones del califa tengan piedad de nosotros! —Y mientras alzaba su vaso, se encontró con la mirada decidida del capitán Auxerre.

9

Rex Leonensis

Cruzaron dos jinetes el puente de Alcántara, salvando el Tajo, en dirección al castillo de San Servando bajo un aguacero digno del Diluvio. Los guardas de la torre agitaron las antorchas y las puertas de la fortaleza se abrieron para los recién llegados. En la cima del torreón que dominaba toda la ciudad, dos hombres esperaban. Ardía el fuego en la chimenea como si fuera la puerta de los infiernos por la que el diablo hubiera de caer sobre las ovejas del Señor. Resplandecían las llamas en los dos rostros, mientras la tormenta arrojaba truenos y relámpagos sobre el cielo de Toledo. Fernando Rodríguez de Castro, grande de Castilla, estaba sentado frente al hogar. El testigo de la reunión estudió sin disimulo la planta recia de Castro, su mandíbula cincelada en piedra. Los Castro habían sido una de las familias más poderosas de Castilla y allende, teniendo tierras desde el Nervión hasta el Guadalquivir y tratos con todos los reinos de taifas desde Huelva hasta Gandía. Hubo un tiempo en que, siendo Alfonso de Castilla menor e incapaz de tomar las riendas del gobierno, habían sido tutores del rey mientras que Manrique de Lara, el otro gran magnate de Castilla, era regente del reino. Las dentelladas y cicatrices que se habían dejado en cuellos y pechos ambas castas de señores durante aquellos turbulentos años aún no habían cerrado bien, y quizá jamás lo harían. Pero al crecer Alfonso, los Castro habían tenido que contentarse a la fuerza; de no hacerlo, corrían el riesgo de perder el favor del rey. Con el paso de los años, Fernando Rodríguez de Castro había descubierto que el cachorro de Castilla no era de cera, sino de hierro, que no podía hacer y deshacer a sus anchas, y que Alfonso, que no tenía de tonto ni el nombre ni las hechuras, buscaba la lealtad de sus súbditos otorgando cartas de libertad a ciudades y pueblos con gran liberalidad. Por cada fuero y por cada villa nueva, los Castro y otros señores de menor rango perdían rentas, tierras, molinos y pastos. Cada vez que Alfonso firmaba con su sello una carta de concejo, sangraban las arcas de los magnates. El conde Ermengol de Urgell bajó la cabeza, meditando con sorna que nada era más nocivo para la paz de un reino, y la corona de un rey, que el descontento de sus vasallos, especialmente los poderosos.

Irrumpieron dos hombres en la sala, empapados hasta la médula. Echose para atrás la capucha el primero, y bramó:

—¡Más vale que tengáis una buena explicación para esto, señores! —Se deshizo de la capa, apartándola a un lado, y al ver al conde de Urgell, dijo—: ¿Y bien, Ermengol? Eres mayordomo de la corte de León. ¿Qué hago aquí, en una noche endemoniada en que caen chuzos de punta, jugándome la piel? Si mi sobrino Alfonso se entera de que he pisado sus tierras sin anunciarme, mandará secar el Pisuerga y quemar Oviedo. —El rey Fernando de León se sentó en una butaca, y tamborileó los dedos, expectante.

—Descuidad, que nuestras huellas en Toledo están cubiertas —dijo Ermengol—. Recibí noticias de tamaña urgencia e importancia que no podían esperar. Recordáis, a buen seguro, al magnate Fernando Rodríguez de Castro —dijo, señalando a la figura que seguía el diálogo en silencio.

Fernando asintió—. Dejaré que sea él quien os hable del asunto y del negocio que os trae. Juzgad vos mismo.

—Son tiempos difíciles para las familias de abolengo en Castilla —empezó Rodríguez de Castro. Tenía el rostro hecho a palos y a estocadas, y en el fondo de sus ojos brillaba la astucia—. El rey Alfonso solo respeta a quien le llena las arcas; son burgos, mercaderes y judíos los que alimentan la cancillería. Antes los préstamos salían de tesoros castellanos, de probada honra y valor constante. Mientras que ahora cualquier arrimado con dos maravedís en la bolsa logra el favor del rey, pasando por delante de las familias que han labrado la fortuna de Castilla. La Corona está en venta, como si dijéramos. Para los que vimos crecer a Alfonso, y cuidamos de su reino, es un momento triste. No hace ni una semana, anunció la noticia de que el arbitraje de Navarra se ha resuelto, según nos dijo, favorablemente: conserva Castilla las tierras, pero se ha de pagar a cambio una cantidad tal que solo en las sinagogas puede encontrarse el dinero. ¡Un rey que paga por el derecho a sus tierras! ¿Dónde queda la sagrada majestad de la sangre y de Dios?

Fernando de León chasqueó la lengua, disgustado.

—¿Por qué me traes tus quejas a mí? No es la primera noticia que me llega al respecto. Vamos, Rodríguez, que no es la primera vez que nos vemos con vino servido y espadas cruzadas. Conozco bien el carácter y las decisiones de mi sobrino Alfonso. Sabes que en más de una ocasión le he dado una buena lección y otras, él me la ha devuelto con creces, pero nada puedo hacer por ti. Perdimos los dos cuando se nos fue el niño Alfonso de las manos, pues ese era el momento de actuar. Toledo era mía y tu padre era el tutor del niño rey. Pero nos ganaron la partida: a mí me echaron de la ciudad y los Lara se hicieron con el favor de Alfonso. Ahora solo quedan lamentaciones propias de viejas, aunque dudo de que para eso me hayas hecho venir aquí, precisamente. Me trae malos recuerdos pisar una tierra de la que un día cobré buenas rentas.

El de Castro se revolvió como alacrán rabioso. Compensaba su corta talla con una férrea voluntad. Contábase de él que la primera vez que sus campesinos enfeudados se habían rebelado. Castro y sus hombres habían registrado casa por casa en busca de las muchachas y los rapaces, y como plaga de Egipto, a unos los habían degollado, a otros violado y a los que quedaron vivos lleváronles a los mercados de esclavos para venderlos. El pueblo había quedado intacto, pero como el cascarón de la crisálida cuando parte la mariposa: vacío de vida, solo con viejos y ancianas, de alma partida y vida quebrada, arrancadas las cepas de cuajo en la tierra yerma. Escupió Rodríguez de Castro:

—¿Acaso no hice lo que acordamos? Me pedisteis jinetes y lanzas; os los traje.

—Hace falta algo más que fuerza para conquistar un reino —dijo Fernando de León con desprecio—. Maldita sea. Rodríguez, necesitábamos la ayuda y la bendición de tu padre Gutierre, porque él tenía la encomienda de guiar al rey Alfonso hasta que tuviera edad de espada. Casi había logrado convencer a los Lara de que se unieran a mí... Pero tu padre se negó a seguirnos. Prefirió mantenerse leal al rey, aunque era este un mocoso que no sacaba dos codos del suelo. ¡Dios sabe cuánta amargura me trae recordar esa oportunidad perdida! —Disgustado, prosiguió—: No me habrás hecho venir para esto. Dime por qué estoy aquí o me vuelvo a mis tierras. Presumo que mi mayordomo Ermengol no es un necio; no creía tampoco que tú lo fueras.

Castro sonrió lobunamente, y dijo:

—Si a vos os sabe a hiel la lengua, yo tengo que morder polvo y comer arena desde el día en que levanté armas contra el rey. Durante largo tiempo Alfonso de Castilla me prohibió pisar sus tierras, a mí, que tengo por antepasado a un rey de

Galicia. Me tuve que ir donde los moros para evitar que me colgasen por traidor. Me dieron cobijo, hice buenos amigos. Hace un mes, recibí por medio de uno de ellos aviso de Abu Ya'qub Yusuf, el califa de Córdoba. —El rey Fernando enarcó las cejas—. Me pedía ayuda: quería apoderarse de una mora ennoviciada en un monasterio más allá de los Pirineos. Se dirigió a mí porque sus hombres no podían realizar una incursión tan al norte sin contar con ayuda cristiana.

—¿Lo ayudaste?

Rodríguez de Castro asintió.

—Mandé varios hombres junto con sus sarracenos a por la doncella.

El rey Fernando preguntó, con una mueca:

—¿Qué te prometió a cambio?

—Oro de África y plata de Almería, en abundancia —dijo Castro—. Pero sobre todo, me aseguró que no cejaría, y aun que renovaría con ferocidad sus intentos de recuperar los territorios que muerden los talones de Castilla y que colindan con sus reinos. Pacté que por cada villa y castillo que reconquistase, la mitad de sus rentas e impuestos serían para mí.

—Sin duda sería un buen rapapolvo para tu soberbio rey, y una placentera satisfacción. Excepto que ese moro se burló de ti —dijo Fernando, sarcástico—. Hace años que las fronteras no se mueven, ni piedra ni olivo, por mucho que las cabalgadas y las razias arranquen un yermo aquí y un pueblo allá. Ya se encarga de eso la orden de Calatrava. Poco beneficio obtendrás de ese trato. Y por añadidura, corres el riesgo de que Alfonso descubra esta nueva deslealtad, y mande cortarte la garganta de una vez por todas. ¿En qué conspiración de pacotilla quieres meterme? ¿Me tomas por un imbécil?

El de Castro siguió hablando, lentamente, como si fuera el otro un niño:

—Tengo noticia de que la muchacha está camino de Córdoba. Los soldados sarracenos parecen creer... Le atribuyen facultades milagrosas, y la reverencian como si fuera una santa, o algo incluso más grande. Hablan del regreso del Profeta, de la conquista de al-Ándalus, de la caída de los perros cristianos. Los soldados que mandé han regresado inquietos como un rebaño de cabras después de un encontronazo con una manada de lobos. Han visto sed de sangre en los ojos de los sarracenos.

—¿Y cuándo no la hay? Rodríguez, ¿de veras prestas atención a las hablillas de cuatro soldados acobardados? ¿Crees que le habéis regalado al enemigo de Jesús el arma con la que borrarán de un plumazo los reinos cristianos? Desconocía este piadoso rasgo de tu persona. —Fernando miró alternativamente a Castro y al de Urgell. El semblante grave de Ermengol cambió el tono de voz del rey, que sacudió la cabeza y se levantó de la butaca—. En nombre de Dios, señores. ¿Teméis en verdad que esa mora pueda concitar tormentas?

El conde Ermengol repuso sosegadamente:

—Al parecer, los hombres hablaban de prodigios y hechos inexplicables: vieron un cuervo surcando los aires como un águila real, que acompañó a la cuadrilla doce días y doce noches; hallose, en el lugar donde había de manar un pozo, un nido de serpientes muertas en el cual la mora encontró un gorrión, aún vivo; y sobre todo, la presencia de la joven infundía energía y fuerzas entre los sarracenos como por ensalmo. Ni comían ni bebían, que solo con beber viento y comer millas se daban por saciados, con tal de cumplir su misión. Fue la profunda devoción de esos lomos inclinados en dirección a La Meca la que espantó a nuestros soldados.

—De modo que —dijo Rodríguez de Castro, con la voz tornasolada de furia y ambición— ved de poneros en mi lugar. Mis rangos, privilegios, prebendas y dignidades corren serio peligro; solo la memoria de mi padre Gutierre le impidió a Alfonso arrojarme al fondo de un pozo. ¿Cómo no he de prestar oídos a las voces del califa moro que dice que mi mayor enemigo, el que tiñó de negro mi suerte, en poco tiempo se revolverá de dolor, ardiendo entre ceniza y fuego, mientras su reino se funde como metal hirviendo?

El conde de Urgell prosiguió, templado y preciso:

—Si Abu Ya'qub cumple con lo prometido, se hará con más tierras de las que jamás pudo soñar, y entonces tendríamos entre manos el reparto de un reino, el más bello y rico que ha visto Dios, pues no cabe duda de que el califa tiene hambre de tierras castellanas.

Rodríguez de Castro se acercó al rey de León, como si así pudiera convencerle mejor. Sus labios gruesos estaban húmedos de saliva, le brillaban los ojos con el reflejo del fuego y la tormenta del exterior no era sino un eco de la suya propia.

—Las familias castellanas, de larga estirpe, a menudo unidas más que no enfrentadas, siempre han necesitado de la guía de un rey sensato, de mano firme pero que respete el linaje de un escudo de armas, la buena sangre vieja que nos une generación tras generación. ¿Querríais ser vos ese árbitro? Si el Cielo ha decidido que Castilla caiga en manos de Abu Ya'qub, ¿tendríais a bien aceptar la labor de gobernar los pedazos sobrantes? Terminemos de conquistar, mi señor, lo que no supimos ganar en el pasado.

Fernando de León no tuvo que pensarlo: asintió lentamente, sin despegar los labios. Hacía veinte años que quería dominar Castilla, y diez que su rebelión había fracasado. Se sorprendió al descubrir con qué intensidad ansiaba volver a entrar en Toledo con soldados a lado y lado, armas y pendones desplegados, con el gentío en los balcones y las calles, con música y bailes y banquetes, en lugar de a caballo, encapuchado y a escondidas, como había llegado esa noche. Creía que ese sueño había quedado atrás, pero las noticias de Castro le habían embotado el espíritu y su pecho latía con deseo de tierras, de oro y de dignidades. El viento y la lluvia ululaban como las siniestras sirenas que antes de devorar a los hombres los vuelven locos. Se sirvió una copa de vino y dio cuenta de ella en un solo trago. Cuando volvió a hablar, su tono era el mismo de antes:

—¿Qué precisáis de mí?

—Un hombre de vuestra confianza. Alguien que nadie conozca en Castilla, y que no pueda relacionarse con nosotros. Abu Ya'qub Yusuf le espera en Córdoba para sellar el acuerdo y efectuar el primer pago de nuestros servicios. Vuestras tierras quedarán protegidas de la acometida mora, así como lo pactamos para los nuestros.

Fernando pensó un momento. Hizo una seña y su acompañante se adelantó.

—Creo que ya conocéis a Gerard Sem Pavor, que ahora es vasallo mío por concesión del rey de Portugal, cuando casé con su hija Urraca.

Rodríguez de Castro inclinó la cabeza y dijo sarcástico:

—He tenido el placer de cruzar hierro con él, como bien sabéis. Fueron tiempos provechosos para mí, pues gané tierras y castillos que le pertenecían, ¿no es así?

Sem Pavor replicó, rechinándole los dientes:

—Así es. Me lo mandó Alfonso Enríquez, el rey de Portugal, y jamás discuto orden de rey.

El rey de León miró a Gerard y dijo, tajante:

—Eres un buen mercenario, Sem Pavor. Harás lo que se te mande y luego volverás a mí, con las noticias que te dé el califa. ¿Entendido? —El otro asintió, sin abrir la boca pero brillándole los ojos. Fernando prosiguió, mirando fijamente a Rodríguez de Castro—: Ya lo tenéis. ¿Nada más? —Esperó. El silencio se hizo pesado como una losa. Castro respondió, sin desviar la fría mirada del rey de León:

—Nuño Pérez de Lara debe morir.

Fernando se revolvió como un león. Rugió:

—¿Estás loco?

—Y dejará una viuda —siguió diciendo Castro— con anchas tierras y buenas rentas.

Por primera vez Fernando se dio cuenta de que el magnate no había venido a pedirle nada, sino a exigir, consciente del enorme botín que traía bajo el brazo. Y el precio que reclamaba era la muerte del patriarca del clan rival, y como solía suceder, el control de tierras y pastos mediante una alianza nupcial. Pensó en su propia esposa. Urraca era hija del rey de Portugal, y llevaban casados ya muchos años. Le había dado buenos hijos, y fuertes. En un principio Fernando había optado por arrimarse a Alfonso Enríquez de Portugal para protegerse de las acometidas moras. Ahora se le abrían las puertas de la rica Castilla, pero quizás el rey de Portugal no aceptara quedarse a un lado sin mover un dedo mientras los moros ocupaban Castilla. Fernando recordó los ahítos almacenes de grano, los molinos en asta alzada cerca del Duero, las viñas de uvas gordas y rojas de Nájera, las mieses de Jaén que había visto cuando cabalgaba por las tierras de los Lara con ojos de dueño, cuando había creído ser rey de Castilla. No había tenido mala idea Rodríguez de Castro: en lugar de exterminar hasta el último varón de los Lara, bastaba con matar a uno y tomar su herencia casándose con la viuda. Era tan acertada la treta que el de León solo dudó un instante. Con el vino aún quemándole la garganta, Fernando pensó en los obstáculos. Tendría que deshacerse de Urraca, y eso le costaría la amistad y la protección del rey cuyas tierras bordeaban las suyas al este y hacia el océano del Finisterre. Con la amenaza latente de los moros, ni siquiera se le habría pasado por la imaginación prescindir del rey de Portugal, emprender un escandaloso divorcio y repudiar a su hija; pero ahora se abría la apetitosa posibilidad de obtener nuevas tierras a ambos lados del reino de León. ¿Y a cambio de qué? Un magnate muerto, un matrimonio ventajoso, una viuda emparentada con sangre real; y Fernando, por fin más que rey, emperador de las Españas, como lo había sido su padre. El sueño era agradable. La tormenta descargaba sobre San Servando, y era buena compañera del temblor ávido que agitaba la sonrisa del rey de León. Si se hubieran mirado a los ojos, Fernando de León y Rodríguez de Castro habrían visto que tenían el mismo color de codicia y sed de sangre. El rey de León alargó una mano y escupió en ella. Rodríguez de Castro hizo lo mismo, y las estrecharon. El conde de Ermengol de Urgell apartó la vista; la costumbre castellana de cerrar negocios a golpe de saliva siempre le había parecido repugnante.

—Treinta mil maravedís. ¡Treinta mil maravedís!

El rey Alfonso de Castilla estaba furioso. Las venas de su cuello estaban hinchadas y sus ojos despedían relámpagos. Su voz retumbó por la sala del trono del Alcázar, que tiempo atrás había acogido a los califas musulmanes y ahora era testigo del enojo del rey cristiano. La reina Leonor no se movió, como si fuera una bella estatua de alabastro que hubiera brotado del trono de oscuro roble con incrustaciones de marfil. Alfonso estaba demasiado enfadado; no percibió el leve temblor en el labio inferior de su esposa, la única señal de que los arrebatos del rey incomodaban a Leonor, pues le recordaban los estallidos volcánicos de su padre Enrique de Inglaterra. A pesar de la furia de su marido, Leonor no dejaba traslucir su estado de ánimo; estaba hermosa y serena. Al lado del rey, debía esperar largas horas, en silencio, mientras su marido concedía audiencias, impartía justicia o recibía a sus cortesanos. Durante ese tiempo, Leonor recitaba para sus adentros poesías, plegarias y canciones. Luego, jugando con su hijo Sancho, lejos de la seca lengua que hablaban los súbditos de su marido, entonaba las dulces canciones que había repetido como una letanía, sentada e inmóvil, en paz como una virgen de plata y azur. Hoy se había vestido con sedas más finas y brocados más ricos; hoy tenía que ser esposa, hija y madre de rey, más que nunca. Sus finos dedos se afianzaron aún más al brazo del trono. Nadie osaba hablar; ni el arzobispo de Toledo ni el judío de blanca camisola con rayas azules en mangas y bordes, que también contempló al rey sin despegar los labios. Solo Walter Map se atrevió a puntualizar;

—A pagar en diez años, señor.

El rey exclamó, airado:

—¡Como si Castilla fuera un jugador que andara entre empeños y usuras!

Echó un vistazo a su alrededor, buscando con quién tenérselas. Lamentablemente, Walter Map, en tanto que enviado del rey Enrique, no era diana donde clavar sus dardos. No ignoraba Alfonso que la decisión del monarca de Inglaterra era más orden que sugerencia; y la propia futilidad de su enfado aumentaba en diez veces la rabia que le ardía en el pecho. Cerebruno, el arzobispo de Toledo, hombre enjuto, de tez canina y ojos hundidos, brillantes y despiertos como los de una liebre, permanecía de pie al lado del rey y Alfonso sabía demasiado bien lo que pensaba, sin necesidad de oírle: pagar y callar, soportar la ventisca y salir del brete, vencer un día para resistir un mes. A su lado, Ibn Sosen, el almojarife mayor del reino de Castilla, judío principal y sensato, tampoco soltaba prenda. El rey resopló como un toro. Se volvió a mirar a su mujer, reparó en el brillo de los hilos de plata que acariciaban la seda de su vestido; había diminutas perlas en su tocado, y una cadena de plata maciza pendía de su cintura. Abrazaba su cuello un hermoso collar de piedras azules y perlas blancas, finamente engarzadas. Leonor sintió la mirada de su esposo sobre ella y esperó. Alfonso dijo, suave la voz y brillante la mirada:

—Eres bella como una princesa de Constantinopla, Leonor.

—Gentiles son tus palabras, mi señor —repuso la reina mirándole.

Hubo un relámpago en los ojos de Alfonso. Allí estaba, pensó Leonor, el temperamento sanguíneo de su marido, los arrebatos de ira que le permitían conquistar pueblos y ciudades, la fuerza que una vez había admirado. Dijo el rey, lentamente:

—Los consejos de tu padre me cuestan una fortuna. ¿Qué debo hacer, esposa mía? —Nadie contestó. Alfonso siguió hablando, cada frase una mordedura rabiosa, aun si fuera susurrada—: Dime, ¿he de obedecerle ciegamente, sin más? Le pedí ayuda y me devuelve deudas. ¡A fe que Dios me ha bendecido con un suegro complaciente! Treinta mil monedas tendré que satisfacer. Navarra recibirá mi dinero con los brazos abiertos, armará soldados, comprará caballos y volverá a golpearme en cuanto se le presente la ocasión. Dime, querida Leonor, ¿qué debe hacer tu esposo? Me llena de orgullo verte a mi lado, ricamente cubierta de joyas, la preciada perla que Enrique de Inglaterra me entregó. ¿Qué dice la sangre de tu padre que corre por tus venas? Dime, amada mía, ¿cuál es tu sabio consejo? —Terminó en un siseo escalofriante, los ojos oscuros como dos lunas negras, las cejas flechadas, la ira devorándole. Cerebruno de Toledo y el judío Ibn Sosen intercambiaron una mirada incómoda. La gloria del rey de Castilla descansaba en su voluntad, hecha de decisión y firmeza; cuando este se dejaba violentar por el monstruo de la furia, perdía los estribos y no pocas veces había de lamentar los errores de su rabia. Al fin que Leonor de Plantagenet era princesa real inglesa y no era prudente dirigirse a ella como quien increpa a un vasallo, y mucho menos en presencia de un enviado del rey Enrique. Cerebruno miró a Leonor. La tez de la reina rozaba la palidez mórbida, como si la Parca hubiera posado su mano sobre la frente de Leonor. Sus labios eran dos finos corales, la única mancha de color en su digno rostro. Antes de que nadie pudiera intervenir, resonó la voz de Walter Map:

—Mi señora debe de estar cansada, pues no hace más que oír ríos de palabras sin pausa.

Leonor de Plantagenet se dio la vuelta y fijó sus bellos ojos en el monje galés. No había lágrimas en ellos, sino un mar de pena. Asintió, levantándose:

—Así es. Con vuestro permiso, señores, me retiraré a mi recámara.

Alfonso esbozó una mueca sarcástica y agitó la mano, en un burlón gesto de permiso. La reina desapareció por una puerta lateral, evitando cruzar la sala. Su ausencia dejó un perfume de tristeza y lavanda. Walter Map se inclinó y al levantar la vista se encontró con la mirada del rey, aún sumida en la bruma del arranque que los tres hombres acababan de presenciar. Parecía satisfecho, y también confuso, como el hombre que acaba de derribar a su primera presa de caza y contempla al animal muriendo, encharcado en la sangre, merced al acto de su voluntad, hasta que este expira y puede ya el cazador pensar en otra presa. El monje conocía bien esa mirada: era la misma que había visto en los ojos del rey Enrique el día que le dieron noticia de la muerte de Thomas Beckett. Siempre había jurado el rey inglés que no tuvo parte ni orden en el atroz asesinato de su canciller; jamás había creído Walter Map lo contrario, pero tras diez años al servicio del poder, también sabía que los libres de culpa no moraban en las cortes reales. Ni los inconscientes: Alfonso de Castilla aceptaría el arbitraje, y pagaría los treinta mil maravedís; y Leonor seguiría a su lado, a pesar del mal genio de su esposo. Era su cometido, igual que el de Walter era templar los ánimos. Se inclinó frente al rey y dijo:

—También yo solicito el permiso del rey para retirarme. —Alfonso, de mala gana, asintió. Añadió Walter—: Si el arzobispo es tan gentil, aceptaré su invitación de visitar el *scriptorium*, pues la vista de manuscritos siempre alegra mi corazón. —Cerebruno inclinó la cabeza, y el monje desapareció, cruzando los grupos de nobles y magnates, entre los que se encontraba el conde Nuño Pérez de Lara, que esperaban el final de la audiencia con el galés para acercarse al rey y presentar sus pleitos. No se habían perdido detalle de la agitada conversación entre Alfonso y los demás, ni por supuesto se les había pasado por alto la repentina marcha de la reina. Igual que comadres de patio, paseaban los ojos del rostro arrebolado de Alfonso al plácido semblante de sus dos consejeros, tratando de adivinar cuál sería la mejor forma de asegurarse el favor del rey para la causa pendiente que traían bajo el brazo.

—No podéis hacerlos esperar demasiado —previno Ibn Sosen. Alfonso frunció el ceño, disgustado. La marcha de Leonor le había dejado mal sabor de boca.

—Solo me hablas de lo que no me está permitido hacer, Sosen. Deberías cambiar tu tonada.

—Y en cuanto a la reparación, es la mejor salida, señor —repuso Ibn Sosen imperturbable.

El arzobispo de Toledo intervino:

—Mi señor, lleváis años guerreando entre tierras navarras, y Dios no gusta de luchas entre hermanos cristianos. Como dejó dicho san Isidoro, «*rex eris si recte facies, si non facies non eris*».

—O como se diría en Castilla, perro grande no deja morder a perro chico —gruñó Alfonso. Increpó al arzobispo, con sarcasmo—: No habrá ni un maravedí para ampliar la catedral, Cerebruno. Tendrás que seguir celebrando tus misas entre las yeserías y los arcos de herradura de la antigua mezquita, y mandar de vuelta a esos costosos maestros escultores que has hecho venir de Francia. Deberías aprender de Ibn Sosen: para su sinagoga no me ha pedido ni un real, sino que se las ha arreglado para que la aljama le financie cada piedra.

—«En la ciencia, templanza, en la templanza, paciencia, y en la paciencia, temor de Dios» —recitó el arzobispo de Toledo, con una reverencia—. Si los magnates cristianos de Toledo fueran tan ricos y generosos como los príncipes judíos, otro gallo nos cantaría.

Cerebruno era arzobispo de la ciudad desde antes de que el rey criara barba, y Alfonso tenía mucho que agradecerle: sus buenos consejos y su lealtad inquebrantable. A diferencia de las mezquinas desavenencias que sus cortesanos se emperraban en mantener entre sí, Cerebruno solo pensaba en Toledo, en la gloria de la ciudad y la fe de sus ovejas cristianas, y eso Alfonso lo apreciaba como agua de mayo. Era oriundo de Poitiers, pero a pesar de eso la ciudad castellana era la niña de sus ojos. Harto de reyertas y regaños entre unos y otros, era un bálsamo para su corazón sentarse frente al fuego y escuchar a Cerebruno hablar de los días del obispo Raimundo, el primero que dio cobijo a cuatro famélicos estudiosos en la casa de Dios. El arzobispo actual había sabido convertir la escuela catedralicia en un centro de saber y de escritura al cual ahora acudían desde todos los puntos de Europa sabios y traductores sedientos de cultura. A Alfonso le complacía pensar que su ciudad, su tozuda Toledo que emergía como un pilar de Dios entre lechos de ríos y faldas de montañas, era un faro que atraía buenas mentes y ambiciosos eruditos. La energía de Cerebruno jamás se agotaba: en mayo había comprado dos casas principales, cerca del carísimo distrito de la mezquita mayor, alrededor de la cual se encontraba el cabildo catedralicio, para ampliar la biblioteca de su escuela de traductores, que contaba ya con el doble de volúmenes y manuscritos que en tiempos del padre de Alfonso. Ahora llevaba meses empeñado en que había que construir un templo deslumbrante en la ciudad, a la mayor gloria de Dios, y se devanaba los sesos para sacar dinero de debajo de las piedras. Alfonso quería bien a su arzobispo, aunque a veces sus proyectos eran descabellados y caros, y otras, su costumbre de citar a los padres de la Iglesia y las Sagradas Escrituras le sacaba de quicio. El latín estaba bien para rezar; pero no era lengua para el rey, especialmente porque a Alfonso no se le daba demasiado bien. Cerebruno echó una mirada de reojo hacia el grupo de señores que removían pies y espadas, impacientes, mientras trataban de atraer la atención del rey con fuertes risotadas y carraspeos de aguardiente.

El almojarife Ibn Sosen intervino:

—Lo que importa ahora es recaudar dinero para pagar la compensación a Navarra, mi señor.

Alfonso levantó la cabeza y fulminó con su mirada a Cerebruno.

—Pues preocúpate de que se cobren los portazgos sobre las mercancías que entran en Toledo, y que no dejen de pagarse las alcabalas sobre las ventas. No puedo pedir más préstamos a la aljama, que tengo cuentas por satisfacer, como bien sabes. No me queda más remedio que recurrir a mis vasallos, que a buen seguro caerán arrodillados de alegría ante el honor de pagar las deudas de su rey —declaró con compungida ironía.

Cerebruno asintió, comprensivo, y dijo:

—Así habría de ser, mi señor.

—Pero el mundo jamás es como habría de ser —sentenció Alfonso. Se pasó la mano por la frente; le ardía la piel y los ojos le pesaban. Soplaban los aires fríos de pasadizos y ventanales. Seguía enfadado, se sentía débil. Añadió—: Demonio de clima.

—¿Mandáis que llame al médico, señor? —preguntó Ibn Sosen.

Alfonso miró a su almojarife con mal disimulada irritación.

—¿Para qué? Medirá lo rápido que me corre la sangre por las venas; ya te digo yo que está desatada, galopando como el deshielo que baja de la Sierra Morena en primavera, porque por mucho que me desgañito mis arcas siempre andan vacías. Pedirá ver mi orina y mis excreciones; me prescribirá una dieta aborrecible de arroz hervido, acelgas y mucha agua clara, cuando mi apetito es de castillos, viñedos y buena harina. Luego mirará al cielo y según la posición de los astros decretará que mi humor está seco y caliente, o es rojo en Marte y pronto volverá a su lógico estado, en cuanto me haya remojado como un bacalao en baños y más baños perfumados de tila, albahaca y aceite de almendras. No necesito agua, sino oro; y mi ánimo se eleva cuando Castilla manda, y si esta vive oprimida tanto así la sigue mi corazón. ¡Se olvida tu yerno Alfakhar que no soy un pescado, sino un hombre!

—Sé bien que no sois ni pescado ni hombre, mi señor, sino un rey. Y por Moisés que a veces no sé qué es peor —interrumpió la voz de Yosef ibn Alfakhar, el médico judío del monarca, mientras se acercaba a Alfonso. Pertenecía a una de las familias más poderosas de la aljama de Toledo, al igual que Ibn Sosen, cuyo cargo como almojarife mayor comportaba la administración de la hacienda del rey y las cuentas de la cancillería. Al principio los magnates de Castilla se habían indignado al comprender que la mano derecha, y también la izquierda, del cristianísimo rey de Castilla eran dos príncipes judíos, rabinos respetados por la comunidad hebrea, orgullosa del peso que tenían sobre las decisiones del monarca las palabras y los juicios del almojarife y del médico. Murmuraron y maldijeron las malas lenguas de los que habían perdido el favor del rey, y los pingües beneficios que de la gracia real se derivaban; pero con el tiempo, la voluntad de Alfonso se había impuesto. No eran ajenas a la rara docilidad de los señores las bolsas repletas de oro que depositaban a los pies del rey Alfonso los comerciantes hebreos, y que al cabo de los meses les ahorraban a los magnates castellanos más de una donación a la sempiterna caja vacía del tesoro de la Corona. Siguió hablando el médico judío mientras ponía índice y pulgar sobre la muñeca del rey—: Bien cierto es que vuestra sangre palpita como una gacela perseguida por leones. ¿Estáis seguro de que no precisáis un ungüento de menta en las sienes, para calmaros?

—Más bien querría que me mostraras el lugar donde se esconde la mesa de esmeralda de Salomón, porque a golpe de maza y martillo la mandaría descerrajar y pagar mis deudas. Retírate, Yosef. No es rey fuerte el que concede audiencia con un médico revoloteando a su alrededor, aunque sea uno tan sensato como tú —murmuró para sí el rey Alfonso, aún malhumorado. Le repugnaba demostrar debilidad frente a sus súbditos; no era buena política darles ideas a los conspiradores que en toda corte pululan. Y en voz más alta, tronó—: Haced avanzar a mi señor Nuño, que demasiado lleva esperando la venia de su rey.

Tanto el arzobispo de Toledo como los dos judíos callaron, aunque sus severas expresiones lo decían todo; no conocía prudencia el monarca en cuanto a sus propias fuerzas; como si de Sansón se tratara, enfrentaba torres y murallas sin medida, hasta que le faltaba el resuello y le temblaban las piernas del esfuerzo. Entonces, Alfonso se enfurecía contra su propia debilidad, humana al fin y al cabo, y blasfemaba como un corsario sin botín, hasta que volvía el color a sus mejillas y olvidaba pronto que su cuerpo no era inmortal aunque a su voluntad se le antojara que así fuera. A su pesar, Alfakhar obedeció, retirándose, mientras se acercaba el conde Nuño Pérez de Lara acompañado de varios de sus soldados. A su lado caminaba Martín Pérez de Siones.

—¡Hola! —La exclamación del rey era de sorpresa. Prosiguió—: El gran maestre de la orden de Calatrava no es compañía de costumbre para mi señor don Nuño. Si no recuerdo mal, la última vez que nos sentamos a la mesa, los monjes de cruz en punta de lis recibieron para su encomiendo un castillo en Chillón, del que don Nuño cedió la mitad a regañadientes.

—Perdí cinco tallas de encinar al año, y la mitad de las minas de azófar, mi señor —dijo el señor de Lara, con una reverencia—. Pero lo hice con gusto porque así lo ordenó mi rey.

Alfonso de Castilla sintió una oleada de afecto hacia su vasallo, y el mal humor se disipó de su ánimo. Había pocos magnates tan leales como Nuño Pérez de Lara, hermano de Manrique, que había sido regente de su reino cuando Alfonso era un niño, amenazado por todos los que deseaban arrebatarle su derecho a la Corona de Castilla. Alfonso aún era joven cuando Manrique murió, después de una larga y extenuante batalla en el sitio de Toledo, pero recordaba la mano encallecida que se aferró a su brazo delgado de escuálido rapaz durante todo el tiempo que duró la agonía. El rey no había podido llorar a Manrique, ni despedirle con el cariño que su joven ánimo hubiera deseado, porque todos sus soldados le observaban; solo cuando fue de noche, el joven rey, oculto bajo las gruesas mantas que le protegían del frío glacial de la sierra en la que estaban acampados, se había permitido un río silencioso de lágrimas, mojándole hasta el amanecer. Poco después, el rey de Castilla reconquistaba Toledo, con el conde Nuño a su lado, los fieles de la villa y el espíritu de Manrique enarbolando las espadas. Alfonso señaló el escudo de armas, dos calderos negros como el carbón en campo de plata, que Nuño llevaba cosido en la capa, ribeteado el borde con suave piel de conejo. Dijo:

—Tu hermano Manrique hizo buenas esas armas cuando le vi cortar brazos y piernas en Calatrava y en Baeza. Y aquí en Toledo, cabalgaste tú en su lugar, a mi lado, defendiendo mi cuello y mi corona. —El de Lara guardó silencio, mientras Alfonso proseguía—: Échole de menos, y se me figura que a ti te ha de pasar lo mismo, Nuño.

—Dios me ha bendecido con hijos fuertes, mi señor.

—Así sean la mitad de valientes y leales que Manrique —dijo Alfonso, tendiéndole el brazo al conde. Este aceptó el honor, y apretó con emoción el antebrazo del rey. Al fondo, los murmullos de los demás cortesanos aumentaron de tono. Los gestos del rey jamás pasaban desapercibidos para los curiosos ojos de sus vasallos, y menos los que denotaban desprecio —saludados con fruición— o favor, en cuyo caso despertaban envidia. Alfonso sonrió y dijo:

—Dirán ahora que te distingo demasiado, Nuño.

—Y mañana dirán otras cosas, mi señor —dijo el conde. Esperó Nuño un rato antes de proseguir, con semblante y acento más grave—: Malos vientos soplan del sur, mi señor.

—¿Cuándo no? ¡Malditos sarracenos! Así beban su sangre todas las arpías del infierno.

—Es peor a día que pasa, mi señor. Cerca de mi castillo de Montoro, se han avistado una vez y otra más soldados pertrechados con alforjas llenas, y de armas hasta los dientes recorriendo la frontera, en total más de cincuenta unidades de diez cimitarras guiadas por su *al-muqqadam*. Luego, rondando desde Andújar a Quesada, en grupos pequeños, de a dos o tres, acercándose más y más a Castilla. Llegan de Córdoba, de Granada y de Sevilla. Acampan y esperan.

—Hasta desde Calatrava los vimos —intervino Martín Pérez de Siones.

—¿Sin ademán de atacar? —preguntó Alfonso.

Nuño Pérez de Lara negó con la cabeza y añadió:

—Pero no hay de otra que lo harán, y pronto. Cuesta mucho alimentar a tantos hombres lejos de los almacenes de trigo, y no traen provisiones. Por espías que mandé y otra gente que hice sobornar, me enteré de lo siguiente: que el califa Abu Ya'qub Yusuf prepara una visita de regreso a la capital de su imperio en África, y quiere volver como un jefe victorioso, con rico botín de tierras, oro y esclavos. Y eso solo puede sacarlo de pelea con cristianos.

—Un enfrentamiento abierto con Castilla sería una locura —señaló Ibn Sosen—. Abu Ya'qub sabe que los demás caudillos moros no le seguirán; son demasiado débiles, y ninguno quiere perder sus privilegios ni nuestra protección. Y si dejan de pagar las parias, los reyes y señores cristianos caerían unidos sobre él y quienquiera que le obedezca. No tiene lógica ninguna que el califa haya decidido emprender una campaña como la que describís.

—No hay lógica en el demonio —dijo fríamente Cerebruno. El almojarife no contestó; el arzobispo de Toledo era uno de los cristianos más ilustrados que Ibn Sosen conocía, pero no admitía que la estrategia formara parte de las motivaciones de los sarracenos; les atribuía una insaciable sed de matanzas, y con eso le bastaba. Aunque había cabalgado al lado del rey en más de una batalla, no tenía el prudente respeto que todo soldado profesional adquiere por su adversario. En cambio, el maestre de Calatrava, que ostentaba más de una cicatriz en panza y pecho, hijas de cimitarras moras, puntualizó:

—Los hermanos de la orden del Temple en Jerusalén dicen que las victorias del moro Saladino están granjeando la envidia y el miedo entre los demás jefes moros, que temen verse pronto obligados a obedecerle. Se ha hecho con Damasco, y las puertas de Egipto se le han abierto de par en par. Quizás Abu Ya'qub piense que una brillante campaña le ponga en pie de igualdad con el tigre del desierto, que así le llaman al Saladino.

—Sea como fuere, mi señor, urge mandar soldados a reforzar nuestras plazas y castillos —dijo el conde Nuño—. Si fuera designio del califa el lanzarnos un gran ataque, por no estar desprevenidos nosotros; y si no lo fuera, y aunque solo hubiera escaramuza menor, para que no hubiéramos de lamentar derrota por parte cristiana.

El rey Alfonso consideró lo dicho.

—Ando escaso de bolsa, conde —declaró con franqueza—. ¿Qué propones?

Se adelantó Martín y dijo:

—La orden de Calatrava adelantará trigo, cebada, agua y vino para los soldados que partan, durante cuatro semanas de cabalgada. Al cabo de ese tiempo, veríamos si hay contienda o no, y perspectiva de recuperar lo adelantado en rentas o diezmos.

—Sin intereses —puntualizó Ibn Sosen, ágil como una gacela.

—Y en garantía, las villas de Aceca, Ciruelos y Moratilla —replicó Martín, igualmente veloz.

—Por mi parte mando requerir cabalgada de cincuenta de mis caballeros con mozos y monturas, y yo me encargo de armarlos —dijo Nuño—. Pero precisaré más hombres.

Alfonso frunció el ceño y dijo:

—Las espadas cuestan dinero, Nuño, y te he dicho que no tengo.

Guardó silencio el conde. No era buena política recordarle a un rey que no disponía de oro suficiente como para financiar una algarada, y menos una que era defensiva, sin ambición ni promesas de gloria. Intervino Cerebruno:

—Toledo es la plaza que vuestro antepasado el rey Alfonso arrebató primero a los moros, hace ya más de cien años. El papa nos ha otorgado el rango de primera diócesis de los reinos de España, y por la autoridad de la Iglesia que no nos han de faltar valientes cristianos si corre peligro una pulgada de tierra castellana. Mañana mismo, sin dilación, mandaré anunciar perdón de almas por toda la ciudad, a cambio de un mes de servicio al rey, y a esa llamada acudirán cientos de toledanos de los que podréis disponer.

—Y de esos cientos, ¿cuántos sabrán manejar una espada? —objetó Martín.

—La fe les enseñará —replicó Cerebruno.

El maestre de Calatrava chasqueó la lengua, disgustado.

—Así se pierden villas y se desgracian hombres. ¿Cuántos volverán mancos, tuertos o cojos porque en lugar de azada se les dio lanza? —Se volvió hacia el rey y dijo—: Luego las calles se llenan de esclavos de la caridad, lamentables despojos que sobreviven con mendrugos secos y podriduras que no quieren ni los perros. Solo para ahorrarnos la soldada de monjes o mercenarios, que para eso están, mi señor.

—Me temo, Martín, que ni hay tantos guerreros de Dios, ni dinero en mis arcas que pueda pagar lo que piden las espadas que se alquilan en la cofradía franca de Toledo —declaró el rey Alfonso. Se volvió a mirar al arzobispo de Toledo. Sabía que Cerebruno no querría quedarse fuera del reparto; amaba su ciudad, y era capaz de todo si había rentas en juego, además de la gloria de Dios y del reino—. ¿Y a cambio?

Cerebruno juntó las manos, y repuso:

—Perdimos los derechos sobre las iglesias de Calatrava cuando la villa pasó a la orden. Y sería de justicia que el rey mi señor devolviera esos diezmos al arzobispado de Toledo.

—¡Calatrava cuenta con más de diez limosnas, entre monasterios, conventos e iglesias! —protestó el maestre de la orden, indignado—. Cubrimos con esas rentas muchos gastos y no pocos relacionados con la defensa de la frontera, tal y como nos encomendó el rey el día que bendijo a nuestra hermandad. No se destina el dinero a oropeles ni finos brocados, sino a la compra de recias mulas navarras, percherones de Gascuña y buenas espadas forjadas en los talleres toledanos. ¡No he venido aquí para salir trasquilado como una oveja!

—Vos sabréis entonces para qué estáis aquí, maese Martín —dijo Alfonso con frialdad—. La orden de Calatrava se fundó para defender tierra castellana del ataque moro, no para hacerse rica. Vuestro primer maestre era un fraile más pobre que una rata, de Tarazona como vos, y aceptó el reto de defender Calatrava cuando nadie daba dos reales por la plaza. Concediole el rey la defensa de la ciudad y el castillo, y tuvo Raimundo Fitero fieros compañeros, la bendición de Dios o la suerte de la fea; los moros se batieron en retirada.

—Recuerdo bien la valiente gesta de nuestro fundador —dijo Martín, tensa la voz.

—¡Pues aprended lección de ella! —dijo Alfonso, controlando su enojo—. Hace menos de un año os di el castillo de Zorita de los Canes, y todos sus términos, derechos y pertenencias, para cabeza de vuestra encomienda, y para evitar que vuestros monjes durmieran bajo techo de paja. En mi opinión, si es verdad que son guerreros, habrían de dormir en porqueriza y comer piedras, calados hasta los huesos, que así tuvimos que reconquistar Castilla cuando mi tío Fernando de León quiso aprovecharse de mi juventud y de las peleas de mis magnates para echarle zarpa a mi reino.

—Y no hay quien recuerde más que yo esos tiempos, mi señor —intercedió el conde Nuño—, pero asiste razón al maestre cuando reclama que las rentas de esas limosnas son sustento de la orden, y no para el capricho de capellanes embebidos de letras y dislates.

—¡Un momento! —protestó el arzobispo de Toledo—. ¿Qué insinuáis?

—Al contrario, lo dice bien claro. Y si no, lo diré yo —dijo el maestre Martín—. Que por calles y tabernas se habla de vuestra dichosa escuela de herejes, esa cueva de serpientes donde reinan los escritos de lenguas a cual más bárbara y pagana, mientras que las enseñanzas del Señor y la sagrada Biblia caen en el olvido. El día antes de ayer caminaba por la puerta de los Doce Cantos uno de vuestros estrafalarios canónigos, y tanto parecen brujos antes que frailes, que mis monjes de Calatrava casi le prenden y le llevan al alguacil.

—¡Guardaos bien de amenazarme, maestre Martín, o de ponerles un dedo encima a mis canónigos! —dijo Cerebruno, rojo como la grana.

—¡Basta, en nombre de Dios y del rey! —tronó Alfonso de Castilla, tan alto y tan desabrido su tono que los cortesanos giraron el cuello sin ningún disimulo, para ver de descubrir el origen de la cólera del monarca—. ¡Cómo hemos de reconquistar la tierra de los moros, cuando no sabemos ni tenernos en paz los que somos cristianos! —Negras ascuas eran los ojos del rey y oscurecido estaba su ánimo. No era rey porque llevara corona ni conservaba reino únicamente merced a la gracia divina. Se irguió en estatura, su voz fue de acero, habló y los demás se inclinaron—: Conde Nuño, os agradecemos la lealtad que seguís mostrándole a vuestro rey y señor, y no olvidaremos vuestros empeños en defender la Corona de Castilla. Doy instrucciones a mi almojarife mayor para que os provea durante un año con los diezmos de quinta, labor y cabalgada de la villa de Uclès, y se la detraiga a la orden de Calatrava. En cuanto a la solicitud de mi arzobispo de Toledo sobre los diezmos de las iglesias de Calatrava, ruego al maestre Martín que la considere con la razón y prudencia que debe, pues así la autorizo yo, rey de Castilla y Toledo. Por la devoción y la ley que le tengo a la orden fundada para la defensa de mi reino, también mando a mi almojarife que ponga en garantía las villas de Aceca, Ciruelo y Moratilla tal y como el maestre Martín solicita, en razón de las provisiones que aporta a la cabalgada. Además, durante los cuatro domingos que dure nuestra empresa, la orden de Calatrava recibirá un tercio de la limosna de la catedral de Toledo. Así lo mando y así se haga.

Se alzó el rey y diose por terminada la mañana de audiencias, para decepción de los que llevaban horas esperando. Tras él se fueron Ibn Sosen y el arzobispo de Toledo, no sin antes lanzar este una furibunda mirada al monje de Calatrava, el cual dijo entre dientes:

—Nosotros estamos dejándonos la piel, el cuello y las tripas para echar a los moros tierra abajo. ¿Qué demonios importan unos viejos pergaminos cuando la vida de los cristianos está en juego? Todo el oro de Castilla, si fuera yo rey, sería para mis fieles soldados.

El conde Nuño miró a Martín y repuso:

—Por fortuna para ti, no eres el rey. Que si lo fueras, sabrías lo amarga que es la Corona. Vámonos. Tengo un buen fuego en mi casa y tú y yo mucho trabajo por delante.

—¡Hazim! ¡Despierta! —susurró Aalis con todas sus fuerzas.

El muchacho abrió los ojos lentamente mientras trataba de recordar. Echó un vistazo a su alrededor, frunciendo el ceño, hasta que se encontró con la mirada de Aalis esperándole.

—¿Dónde estamos? —preguntó, haciendo ademán de llevarse la mano a la frente. Le dolía. No pudo hacerlo, y fue entonces cuando se dio cuenta de que tenía las manos atadas, y también los pies. De repente, recordó—: ¡La pelea en la alhóndiga! ¿Cuántas horas han pasado? ¿Dónde...?

Aalis señaló con la cabeza hacia el otro lado del campamento que habían erigido los moros en el claro del bosque. Los dos jóvenes estaban atados a sendos lados del tronco de un gran cedro, con manos y pies también asegurados con firmes nudos. En el extremo opuesto del claro, los soldados habían armado dos tiendas. Todos los moros estaban alrededor del fuego, comiendo y charlando, menos uno que estaba apostado en la entrada de una de la tiendas. Sus voces llegaban con claridad, pero Aalis no entendía ni una palabra. Después de varias horas esperando a que Hazim recobrara la conciencia por sí solo, había decidido despertarle. Era preciso descubrir cuáles eran los planes de sus captores.

—¿Estás bien? —preguntó.

—Me duele la cabeza —respondió el chico.

—Tienes un chichón, de cuando nos capturaron. No estás herido —le tranquilizó Aalis, y añadió—: ¿Entiendes lo que dicen, Hazim?

Este se pasó la lengua por los labios resecos. Le ardía la garganta, pero aguzó el oído. Al cabo de un rato, dijo:

—Están muy contentos porque les han prometido una buena paga por el botín que traen.

—¿Quién? ¿Y adónde nos llevan?

—Espera... —Pasó un buen rato mientras las voces árabes llenaban el bosque de extraños sonidos. Hazim dijo—: A Córdoba. ¡Vamos a Córdoba!

Parecía contento. Aalis lo miró con extrañeza, y el muchacho se dio cuenta. Desde el otro lado del tronco, dijo en voz baja, como si se disculpara:

—Ya sabes que yo nací allí y que a mi familia y a mí nos secuestraron unos cristianos y nos vendieron como esclavos, por separado. Siempre quise volver... Aunque no de este modo —terminó, tratando de zafarse de las ligaduras que le mantenían preso. Aalis preguntó:

—¿Y dicen quién nos ha secuestrado?

—Repiten el nombre de Abu Ya'qub Yusuf, y dan vivas por su linaje y por el de Fátima.

—¿El linaje de Fátima, dices? —repitió Aalis—. Enrico Dándolo nos dijo en la alhóndiga que Fátima descendía de Mahoma, o de Alá. ¿Será eso cierto?

Los dos se miraron; parecía difícil de creer que la joven que les había acompañado durante tantos días fuera una elegida de la religión musulmana, pero era una explicación de todo lo que les había sucedido, desde que llegaran a Rocamadour hasta el secuestro de Barcelona. Aalis se tragó las lágrimas que acudían a sus ojos al recordar a su madre, y también la rabia que sentía cuando pensaba en el momento en que la vida del cabecilla sarraceno había estado en sus manos, la noche de la visita a la alhóndiga de Santa María, y ella había fallado. Trató de concentrarse en lo que Hazim había dicho. Preguntó:

—¿Quién es Abu Ya'qub Yusuf?

—El califa que manda en Córdoba y en los demás reinos moros —respondió Hazim.

Aalis guardó silencio un momento. El muchacho reflexionó y al cabo de un rato dijo:

—Hay algo que no entiendo. La noche que nos capturaron, recuerdo que me golpearon y caí inconsciente. Debieron de pensar que así sería más fácil hacerse con Fátima, pero no tenían por qué llevarme con ellos.

—Quizá lo decidieron al ver que eras árabe —aventuró Aalis.

—Pero ¿por qué te trajeron a ti también? —preguntó Hazim.

Aalis se encogió de hombros y respondió:

—No tengo ni idea. Tal vez quieran venderme, como hicieron contigo los cristianos.

El joven se contentó con esa explicación. Aalis dijo:

—Olvida eso, Hazim. ¡Tenemos que escapar!

Miró a su alrededor y vio una piedra de canto afilado cerca de los pies del muchacho. Dijo:

—Trata de empujar esa piedra hacia mí, o hacia ti si te resulta más fácil. Quizá podamos segar las cuerdas, o soltarlas.

El joven asintió y estiró la pierna. Alcanzó con el pie a darle al pedrusco, y le propinó un golpe con la rodilla doblada hacia atrás hasta que la puso al alcance de sus dedos. Los alargó cuanto pudo, y movió las cuerdas hasta colocarlas encima de la piedra. Empezó a segarlas con ahínco, arrancándose trozos de piel y haciéndose un poco de sangre en las manos. Poco a poco, los nudos se iban aflojando.

—¡Ya casi está! —susurró, satisfecho.

Un crujido llegó desde el camino del claro.

—¡Hazim! —murmuró Aalis, aterrada.

—¿Ah, sí? ¿Conque esas tenemos? —dijo una voz siniestra. El cabecilla de los sarracenos estaba de pie, con los brazos en jarras, mirando a Hazim y Aalis. Dijo—: Ya me parecía que las ratas de la sierra no hablaban cristiano. ¿Qué tenemos aquí?

Se inclinó y descubrió la piedra bajo las manos magulladas de Hazim. El capitán sonrió torvamente y dijo:

—Vaya, parece que quieres deshacerte de tus manos. ¡Pues yo te ayudaré!

Desenvainó su cimitarra y de un tajo deshizo los nudos que aprisionaban las manos de Hazim. Luego le tomó un brazo y sostuvo al chico, clavado contra el suelo, a la fuerza. Levantó la cimitarra para descargarla sobre la mano de Hazim, que se debatía como un pescado fuera del agua, desesperado. El muchacho seguía con los pies inmovilizados, pero trataba de huir, arrastrándose frenéticamente para escapar del temible sarraceno. Aalis gritó, furiosa:

—¡Suéltale, animal! ¡Déjale o te juro que...!

El sarraceno se plantó a su lado de un salto. Arrastró a

Hazim con él, puso el pecho del muchacho contra el suelo y le clavó su cimitarra en el hombro de un golpe seco. El joven aulló de dolor. El jefe dejó al muchacho tendido y gimiendo y se acercó a Aalis. La tomó del pelo y acercó su cara hacia él hasta que solo quedó una pulgada de distancia. Su aliento era pesado, como si se alimentara de sangre y de miedo. Clavó sus ojos fríos en Aalis y espetó:

—Dime, ¿qué vas a jurar? Recuerda que los juramentos se cumplen, hermosa mía. Por eso son tan peligrosos. Mejor reza por que te mantenga viva.

Su voz era ronca y áspera. La larga cicatriz que le cruzaba el rostro apenas se veía, oculta por la tupida barba, y sus ojos brillaban en la oscuridad como los de un lobo. Pero al verle de cerca, Aalis se dio cuenta de que era más joven de lo que parecía. A pesar de la repulsión que le causaba, había algo en el fondo de aquellos ojos que no era sarraceno y extraño, sino familiar y cercano; le recordó a los prados que rodeaban el castillo de Sainte-Noire, los atardeceres deliciosos perdidos mirando la puesta de sol. Aalis se enfadó consigo misma, humillada por su repentina debilidad. Hazim deliraba de dolor a su lado. Estaba presa y su vida corría peligro, pero no era el momento de añorar el pasado, ni de dejarse llevar por los recuerdos de un tiempo en que su padre y cien soldados más estaban dispuestos a morir por ella. Apartó esas ideas de su mente y concitó todo el odio que pudo. Solo así seguiría viva. Le devolvió la mirada cargada de desprecio y dijo:

—Eres un vil asesino. Auxerre te buscará aunque tenga que arrastrarse hasta el mismísimo infierno, y allí acabará contigo. ¡Y si no lo hace él, lo haré yo!

El sarraceno la abofeteó duramente y la soltó. Se puso en pie.

—Tu capitán encontrará la muerte si nos sigue. Ahora tu vida es mía. Y también la de ese —dijo señalando al tembloroso Hazim—. Ni se os ocurra volver a intentar nada o la próxima vez mi hoja atravesará su corazón. ¿Entiendes? Mi nombre es Al-Nasr y me pertenecéis —repitió, silabeando. Empuñó su cimitarra y la extrajo de la herida del joven. Hazim se retorció como un gusano, y del tajo manó la sangre. Alzó la voz el sarraceno y dio unas órdenes en árabe. Se acercaron dos hombres con agua caliente y vendas que procedieron a tratar la herida del joven. El sarraceno los contemplaba, cuando de repente se oyó jaleo, mientras los demás soldados entonaban vítores que decían:

—¡Mahdi! ¡Mahdi!

Se oyeron pasos acercándose en la oscuridad, y una figura apareció, envuelta en una hermosa capa de terciopelo verde oscuro, y cubierto el rostro por un velo bordado de plata y verde. El jefe sarraceno se inclinó y dijo:

—No es prudente que salgáis de vuestra tienda.

Fátima se quitó el velo y miró al jefe sin decir nada. Sus ojos verdes brillaban como los de una pantera a punto de atacar. Al cabo de unos momentos, el sarraceno se apartó. La muchacha se arrodilló al lado de Hazim. Los otros dos árabes se arrojaron al suelo y allí permanecieron, con la cara postrada en la tierra. La mora tomó la venda y siguió limpiando la herida. Hazim abrió los ojos y la vio. Esbozó una débil sonrisa, mientras suavemente, con las yemas de los dedos, la mora acariciaba el vendaje que ahora cubría por completo la herida del chico. Fátima se despojó de la capa y envolvió a Hazim con ella, abrigándole. Al cabo de unos instantes, el muchacho cayó en un pesado sopor y pronto dormía plácidamente. Fátima se alzó y el caudillo le dijo, tomándola del brazo y arrastrándola hacia el campamento:

—Es suficiente. Debéis regresar a la tienda, por vuestra seguridad.

La mora se zafó y dijo:

—¡No sois quién para darme órdenes, Al-Nasr! Llevadles a la otra tienda y traed agua y comida. Necesito agua caliente, arcilla y caléndulas para preparar una cataplasma.

El sarraceno se cruzó de brazos y alzó el mentón.

—¿Y de dónde pretendéis sacar todo eso? —preguntó, desafiante.

—Me lo traerán vuestros soldados —dijo Fátima fríamente.

El otro respondió, en voz baja:

—Señora, soy *al-muqqadam* de los guerreros del príncipe de los creyentes, el califa Abu Ya'qub Yusuf. No es cometido mío cuidar de dos prisioneros que solo Alá sabe si sobrevivirán al viaje.

—Entonces, ¿por qué no los dejasteis en Barcelona? —le reprochó Fátima, airada—. Solo a mí me buscabais, y no teníais ningún derecho a destrozar la vida de personas inocentes: primero murió *dame* Françoise, y ahora su hija es vuestra prisionera. ¡Por no hablar del muchacho, al que casi le arrancáis un brazo! ¿Es que sois un demonio?

Al-Nasr la miró con una expresión peculiar, como si la mención de las desgracias que había causado durante su búsqueda le turbara y al mismo tiempo despertara un recuerdo feliz, y tratara de atraparlo. Respondió quedamente:

—Tengo todos los derechos.

Fátima le miró interrogativamente, y el sarraceno frunció el entrecejo. Repuso:

—Debía cumplir la misión que me había encomendado el califa a toda costa: sois preciada para mi señor Abu Ya'qub.

—Y habéis ejecutado sus órdenes al pie de la letra —dijo con desprecio la mora—. Pero os lo advierto: si Aalis y Hazim no llegan vivos a Córdoba, tampoco vos lo haréis, Al-Nasr. Proteged a mis amigos como guardáis mi vida, o lo pagaréis caro. Este es mi juramento.

Se alejó en dirección al campamento en silencio. El sarraceno se la quedó mirando un rato y se volvió hacia el lugar donde seguían los dos prisioneros. Los dos soldados árabes se acercaron a una señal de su jefe. Mientras les daba indicaciones para que transportaran a Hazim y Aalis a la segunda tienda, Al-Nasr notó que la joven no dejaba de observarle. La luna arrojaba rayos de plata sobre el rostro de la muchacha, y su expresión era una mezcla de odio y curiosidad. El sarraceno le dio la espalda y se cubrió la cabeza con el almófar. Oteó el horizonte. El corazón le palpitaba, veloz. No tardarían en llegar a Córdoba.

Brilla la luna llena en el cielo de Castilla. Un rey inquieto trata de dormir, al lado de su esposa, que respira pausada, con los ojos cerrados y el alma despierta. Un monje galés piensa en su cita con los eruditos de Toledo. Un arzobispo sueña con la gloria de Dios, y en Calatrava un magnate y un gran maestre le roban sueño al amanecer. Cuatro jinetes cruzan los llanos de Cuenca, en brazos del viento, mientras que un mercader, un capitán y su amigo siguen el Guadalquivir en pos de una cuadrilla mora. Hieren la tierra, volando de Toledo a Córdoba, los cascos del caballo de un guerrero portugués que vive de obedecer. Un traidor abandona el reino de Castilla y se oculta en su madriguera; en León un rey contempla a su mujer. Tres cautivos cruzan las puertas de Córdoba. Un ejército de cimitarras espera. Brilla la luna llena en el cielo de Castilla.

10

La tumba de pizarra

—¡Cuidado! —El grito llegó a tiempo y el carro volcó sin causar desgracias entre el gentío que ocupaba las calles adyacentes a la plaza de la Magdalena, en pleno barrio de los francos, donde se concentraba la mayor parte de los visitantes de Toledo que venían de más allá de los Pirineos. En las tabernas se ofrecía leche fermentada de cabra y quesos de colores azulados e intensos sabores; la sopa de cebolla era el plato más popular, en lugar del potaje de nabos, guisantes y pies de cerdo que las amas toledanas guisaban con hábil mezcla de cariño e ingenio, y más de un posadero hacía cazar sapos y renacuajos para rebozar las ancas en harina y ofrecer el manjar a sus clientes. Más arriba, los *auberges* hospedaban peregrinos que volvían de Santiago, con la escarcela y la esclavina, y la bolsa esquilmada en la *taboa* de un avispado cambista compostelano, pero con el espíritu en paz, que al fin era lo que importaba. Allí compartían noche con toda suerte de aventureros, soldados, monjes y comerciantes, unidos por la misma lengua franca, aunque los de Gascuña estaban dispuestos a cortársela al bretón que les tratara de patanes, por no hablar de los aquitanos, que se daban aires porque dos reinas, dos Leonores, habían nacido en su capital, Poitiers. Había una cosa, sin embargo, que prestaba al barrio una cualidad indefinible pero única, y era el vino. Desde La Rioja al Penedés, de un suave vino gallego a la pegada fuerte de una bota de Duero, no había duda de que los reinos de España tenían muchos y buenos caldos, pero en Toledo las barricas más cotizadas eran las que traían de Borgoña, de Champaña y de Occitania los taberneros y hospederos para apagar la sed inagotable de los francos que echaban de menos sus hogares, y cuyo único remedio para la nostalgia era un buen trago del vino de siempre. El aroma de tanta uva fermentada se había pegado al barro endurecido de los corrales, a las piedras desgastadas que los romanos habían dejado para los visigodos, y que estos a su vez dejaron a los árabes, judíos y cristianos que ahora poblaban la ciudad en mescolanza singular. Incluso el color de Toledo, de piedra rojiza y puesta de sol, de blanco y anaranjado, entre el acero de una espada y la sangre de su herida, se teñía de morado oscuro, como una buena uva madura, en el barrio de los francos. El resultado era que las calles de ese barrio en concreto no carecían de animación y eran dadas a las francachelas, que oscilaban entre la pelea de puños, el duelo con espada larga o daga, o los accidentes fruto de un caminar vacilante o de la visión desfalleciente de los que acababan de besar con demasiado frenesí los labios de su copa. Este era el caso que había causado el revuelo en la calle de las Tornerías: entre los poyos y estantes de los comerciantes y bajo los toldos que protegían a los paseantes del sol, al girar por un estrecho recodo, un carro cargado de pesadas losas de pizarra había roto su eje. En parte debido al idilio que el conductor mantenía con el vino desde hora temprana de esa mañana, y en parte porque la pericia necesaria para abrirse paso entre gallinas, mulas, niños, vendedores ambulantes y caballeros al trote no se contaba entre sus, por lo demás, múltiples virtudes. Ahora, desconsolado, el pobre hombre se lamentaba para quien quisiera oír su desgracia: nadie le pagaría su sueldo, le acusarían de Dios sabía qué, y su esposa enviudaría y sus hijos quedarían huérfanos. Nadie prestaba atención a sus palabras: mientras, Walter Map intentaba limpiarse el barro de su media capa, que se había ensuciado cuando Yosef Alfakhar le había empujado al suelo.

—Me habéis salvado la vida —dijo el monje galés— o, cuando menos, de una buena.

Negó el judío con la cabeza:

—No era hoy el día en que Yahvé deseaba escucharos.

Los rectángulos de pizarra descansaban en medio del barro, el conductor seguía entonando la letanía de sus desgracias y la multitud empezó a dispersarse: habían perdido todo interés en la carga del carro, demasiado pesada como para saquearla si no fuera en cuadrillas de a cuatro. Un par de altos y forzudos vagabundos se miraban con idea de intentarlo, cuando la gente volvió a arremolinarse. Cuatro soldados con el escudo de Toledo, enarbolando garrote y látigo, se acercaron al conductor, que renovó sus gemidos con fuerzas de flaqueza. Al trote, guiada por un escudero cuya camisa relucía de limpia, una yegua blanca transportaba a una dama, y era su belleza la que había atraído, como las urracas al brillo, las miradas de los que andaban cerca. Eran de oro sus cabellos recogidos bajo la toca, la piel blanca como la nieve, rojo el coral de sus labios y rojo el terciopelo que le ceñía busto, cintura y caderas, quizá más prieto de lo que la conveniencia y el pudor dictarían. Llevaba zarcillos de oro en las orejas, rubíes en el cuello y un anillo de grandeza en el dedo anular, ese que dicen que va directo al corazón. Walter Map había visto mujeres hermosas: campesinas, reinas e incluso abadesas que vestían el hábito con gracia de cortesanas; y también a esa mujer, bella como una mañana de calma que precede a la tormenta, la conocía bien. El palafrén, con mucha reverencia, sacó de la alforja un paño embarrado con el que, se adivinaba, debía proteger el suelo que pisara su dueña. Y así era: apuntó un delicado borceguí, también bordado en oro y rojo, por el doblado del vestido, y a tierra estuvo la dama en un santiamén. Pasó cerca de Walter y Alfakhar y, como si no existieran, se plantó frente al conductor del carro. Le miró un instante, tiempo de decidirse, y alzó el índice con firmeza. Se abalanzaron los cuatro soldados sobre el interfecto, y a rastras se lo llevaron entre lloros y juramentos. La dama se volvió a la muchedumbre y dijo, en voz alta y clara como martillo contra yunque:

—¡Pago en oro y pago pronto a los que me recojan estas piedras, las pongan en el carro y las lleven a la iglesia de Santa Eulalia! Allí espera un maestro escultor que ha de tallarla, y cada hora que pasa cincel sobre mano me cuesta buen dinero.

Dieron paso al frente cinco y diez hombres, unos mastuerzos deslumbrados por la bella y otros más bregados, que buscaban con qué pagarse la sopa caliente del día. Se atarearon con las losas de pizarra hasta que estuvo satisfecha de ver su disposición; le entregó una bolsita de monedas al mozo, le encomendó la yegua, enfiló calle abajo y desapareció camino a la Alcaicería. Las comadres descuidaron la compra, revoloteadas como gallinas en corral de dos gallos:

—¡Va camino de los puestos de sedas, a buscar con qué deslumbrar a Illán!

—Cada día luce más hermosa, sabe Dios con qué artes de bruja lo hace.

—Por la noche mete la cara en barreño de agua helada; se lo dijo su doncella a mi prima...

—¡No es agua el negocio que se trae por la noche! —Y las risotadas y los codazos volaban. Pronto todo el mundo recordó sus quehaceres, o se buscó otros asuntos en los que perder su tiempo. Quedó la calle despejada y los dos hombres, el monje galés y el judío, se miraron; Walter Map con curiosidad que no trató de disimular. Alfakhar dijo, con una sonrisa mordaz:

—Adivino que antes de zambulliros en los antiguos manuscritos que el arzobispo y sus sabios están desentrañando, querréis dilucidar este misterio que acabáis de presenciar.

El monje escogió con cuidado sus palabras:

—Digamos que conozco una parte de la historia, pero me agradaría saber la otra mitad.

El médico judío enarcó las cejas, interesado, y dijo:

—Andemos juntos, pues, por la bajada de la sinagoga hasta la catedral, mientras os hablo de Dama Juana. —Emprendieron los dos el camino opuesto al que había tomado la hermosa—. Llegó un día con lo puesto, como tantos hombres y mujeres que cruzan las puertas de Toledo en busca de una nueva vida. Venía del norte de Francia, y por eso buscó refugio en el lugar de los francos. Pronto vio que allí solo se le ofrecían dos oficios: criada o prostituta, con escasas perspectivas en ambos casos de salir del barrizal. Lista como el hambre, bella como habéis visto, se dio cuenta de que en Toledo los hombres ricos son bien judíos, bien de sangre real y abolengo castellano, o bien de familia *musta'rib*, que son cristianos que siguen el rito de la antigua iglesia visigoda, los que se dicen mozárabes. Dama Juana no tenía forma de abrirse paso hasta la corte, de modo que trató de emplearse en el barrio judío como cosedora. El día que puso mesa en la calle de las hiladoras, le cayeron bastones de matronas y de sirvientas por igual: todas se dieron cuenta de que sus maridos les pondrían cuernos o las dejarían en el arroyo si veían a la dulce Juana zurciendo las sábanas y las camisas de sus hogares. Ni los dedales que había comprado, empeñando Dios sabe qué, le dejaron. Me la trajeron hecha una lástima, con los ojos amoratados, el labio roto y arañazos en brazos y cuello como si se las hubiera tenido con diez gatas. La recompuse lo mejor que pude, y Juana me pagó con creces. —Alfakhar se encogió de hombros ante la expresión de sorpresa de Walter, y prosiguió—: ¿Qué puedo decir? Era entonces hombre soltero, ella fogosa y experta; se divirtió conmigo y yo creí divertirme también. Se fue de mi casa en cuanto se recuperó. Imagino que vio en mi vocación de médico la segura señal de la pobreza que siempre había evitado. Durante las semanas que la tuve, me habló de su infancia campesina en Francia y de un noble que la había desposado. Al parecer todo había terminado en desastre, y se había visto obligada a huir. Sea como fuere, se había propuesto no caer de nuevo en la miseria, y a fe que lo consiguió. A raíz del incidente que tan maltrecha la dejó, la vino a visitar primero el vigilante del mercado, luego el alguacil segundo y finalmente el propio alguacil mayor, para tomarle la declaración en caso de pleito. Quién habría de interponerlo y pagar las costas, se me hacía que era lo de menos: el desfile de oficiales del rey que pasaban, embelesados, a escuchar la historia de la paliza de los dulces labios de Dama Juana culminó con la entrada, en mi humilde consulta, del alcaide de Toledo, Esteban Illán. A diferencia de un judío como yo, que por muy rico que sea siempre tiene difícil desposorio, Esteban pertenecía a una familia mozárabe, de cristianos bien queridos y destacada por el rey Alfonso, por la ayuda que le prestaron cuando Toledo era presa de su tío Fernando. Al parecer, Illán Pérez, el padre, convenció al concejo de la ciudad de que se rebelaran contra el de León y le entregaran el control de Toledo al legítimo rey de Castilla. En fin, que día sí y día también los Illán fueron amasando rentas y privilegios. En cuanto la desvalida paloma comprobó que su pretendiente estaba de oro hasta las orejas, le hincó el diente sin perder tiempo. Llegado el fin de la convalecencia, Esteban Illán se llevó consigo a Dama Juana y la instaló en una de las casas que poseía en el barrio alto de la ciudad. —Apareció la silueta de la antigua sinagoga, llamada de Santa María la Blanca ahora que el arzobispo de Toledo la había mandado consagrar como iglesia cristiana. Alfakhar y Walter Map se dirigieron al portal de la casa adyacente. El judío golpeó la pesada puerta con energía y, mientras esperaban respuesta, siguió hablando—: La historia tiene final agudo, como no puede ser de otro modo dado que es Dama Juana la moza en cuestión. Esteban Illán se las pintaba muy felices: tenía a la esposa en una casa a las afueras de Toledo, y de mientras se dedicó a cortejar a la que quería por amante. Le regaló la yegua que habéis visto, varios vestidos a cual más rico y oriental, un puñado de joyas que debieron de costarle un ojo y una quijada, en fin, lo acostumbrado cuando varón quiere hembra. Lo sé porque Juana —excusadme si se me cae el dama—, aburrida como estaba mientras se negaba a Esteban, me hizo visitarla más de una vez y de dos en su nueva morada, para prestarle mis servicios de médico, y confieso que otros más gozosos también. Para entonces yo sabía que Juana me había vuelto loco, y consentí en esa vergonzosa jugarreta porque sus caricias me eran tan necesarias como el aire que respiraba. Lo que no veía yo era el peligro que corría, como judío, colgándole tamaña cornamenta al mismísimo alcaide de la ciudad. Mis hermanos de religión me llamaron un día a consejo. Mi inconsciencia les ponía en aprietos; si yo quería jugarme el cuello era una cosa, pero podía arrastrarles a todos, incluso despertar las iras del populacho como había sucedido en tiempos de Alfonso, el emperador. Yo era de familia principal, y el almojarife Ibn Sosen me tenía aprecio. Tanto, que aun sabiendo de la pasión que padecía yo por la francesa, consintió en darme a su hija por esposa y proporcionarme el cargo de médico del rey si juraba no volver a tener trato con Juana. Como un borracho que, entre los delirios y pesadillas que le causa su sed, comprende por fin cuál es el camino, yo supe que era mi oportunidad de llevar una vida decente, y acepté sus condiciones. Hasta hoy he sabido cumplir mi palabra.

Se abrió la puerta. Un joven canónigo les hizo una seña y Walter y el judío se adentraron en un apacible patio, adornado con hibiscos y rosales. En el medio, de una pequeña fuente manaba un chorro de agua. Quedaron solos mientras el fraile salió. Walter preguntó:

—¿Y por qué decís que hay final agudo?

Alfakhar asintió:

—Disculpadme. Me he vuelto a ver con los ojos del pasado y, como suele pasar, la compasión por la propia desgracia distrae más que la mejor historia. —Retomó el hilo de la narración—: Dama Juana tuvo buen cuidado de no darle satisfacción a Esteban Illán, creyendo que, en cuanto estuviera entre sus muslos, perdería todo ascendiente sobre él. Personalmente creo que se equivocaba: jamás he tenido amante más ducha ni conocedora de lo que un hombre desea, ni más dispuesta a dárselo. Pero en fin, se mantuvo inflexible. Quería más que una casa y dinero, más que joyas y bagatelas. Juana quería seguridad, y para eso quería esponsales.

—Pero Illán estaba casado —objetó Walter.

—En efecto, pero los *musta'rib* son cristianos arabizados, y algunos hay que practican, como los moros, la costumbre de tener varias mujeres. Por supuesto que en el caso de Illán eso era impensable. Su familia tiene peso en la corte, y no se va muy lejos en esta ciudad sin la bendición del arzobispo de Toledo. Habéis conocido a Cerebruno; sabréis adivinar que es cristiano de pro, y que no ve con buenos ojos el amancebamiento. En suma, que Esteban se hallaba en un buen aprieto. Pero decís bien: «estaba» casado. Veréis lo que sucedió y juzgad vos mismo: con sus dulces triquiñuelas, Juana le convenció para que la empleara en su casa, de doncella de su ama. En qué cabeza de hombre cabe alojar a sus dos mujeres bajo un mismo techo, no lo sé. Al cabo de una semana la esposa de Illán cayó enferma, presa de fiebres terribles. Todos los criados huyeron, temiendo la plaga, y hasta el marido no se atrevía a cruzar el umbral. Solo Juana, valiente y sacrificada, estaba día y noche velando los tormentos de la, estaba claro ya, moribunda. No temía al contagio, no se arredraba ante las pústulas. Me ofrecí a visitar a la enferma: Juana no me dejó ni verla, pero algún criado me ha dicho que la desgraciada tenía la lengua azul como el añil, y que se le caía el pelo a puñados. Murió hace una semana, y como es costumbre fue amortajarla y enterrarla una sola cosa, que no hay que dejar la putrefacción flotando en el aire, por el riesgo que corren los supervivientes. Nadie pudo, ni quiso, examinar el cadáver.

—¿Queréis decir que Juana envenenó a esa pobre mujer?

Alfakhar miró con franqueza al monje. Tenía los ojos grises, como una mañana nublada.

—No puedo jurarlo ni lo diré en voz alta, solo que conozco bien a la leona que esta mañana habéis visto, y ni la providencia divina ni los azares del diablo rigen su vida: solo su santa voluntad. Ella quería ser la esposa de Esteban Illán, y lo será.

—¿Y para qué la pizarra?

—Eso es el remate: turbado por la culpa y a medias cumpliéndole votos tanto a la muerta como a la viva, Esteban Illán ha mandado construir una capillita en la iglesia de Santa Eulalia. Pero no será una cualquiera: ha anunciado que esa será su tumba, y también la de sus dos mujeres. La idea ha levantado chanzas y polvareda indignada por toda la ciudad, desde la aljama judía hasta la comunidad mozárabe, y no digamos entre los cristianos. Claro, no hay concubinato porque la muerta, pues muerta está. Hay fecha para la boda con Juana, y a fe que tiene derecho también ella a una morada en el reino de Dios. Pero cuando uno piensa en el bueno de Esteban, en efigie de pizarra negra, como morena tiene la piel, tendido con una y otra a lado y lado... No es estampa muy cristiana que digamos para una capilla. Y allí la tenéis, a la misma Juana encargando la pieza que ha de inmortalizar a la que disfrutó del lugar que ella pronto ocupará. ¡No me negaréis que tiene guasa el arreglo! —Alfakhar se detuvo y miró a Walter Map. El monje parecía absorto, como si no hubiera oído el final de la historia. Preguntó el médico—: Y, decidme, ¿qué caso tenéis con Juana? ¿No iréis a disputársela a Esteban? Mirad que sois monje, que no es profesión lucrativa, y además tenéis voto de castidad que cumplir, al menos de palabra si no de hecho. —Sonaba su tono forzadamente risueño. El judío quizás estaba casado, pero no cabía duda de que Dama Juana no había sido mujer fácil de olvidar, si es que olvidada estaba. Walter dudó un momento y finalmente dijo:

—Por lo que me decís veo que me he confundido. No es la mujer que creí reconocer.

Y quizás había un ápice de verdad en lo dicho, pues *dame* Jeanne tal vez había muerto al cruzar la frontera, para emerger Dama Juana, triunfante, desvergonzada y sin pasado. ¿Quién era Walter Map para descubrirla? Se dijo el monje que había secretos que peleaban por salir a la luz, y otros que se hundían más y más en las raíces de la tierra que los había engullido. Pudiera ser que el pasado de la segunda esposa de Philippe de Sainte-Noire perteneciera a estos últimos. La estampa de la muerte de la primera esposa de Esteban Illán le hizo estremecerse. Se vería pronto si la historia que acababa de escuchar era la de una salvación, o la de un alma condenada. En el apacible patio, los dos hombres esperaron en silencio mientras pensaban en la misma mujer.

—Estaba pensando, amigo Ferrat, en que para ser mercader sois un hombre de bien.

El que así había hablado, después de dar buena cuenta de la escasa cena —un par de conejos cazados en el monte y asados en hoguera; un trozo de queso más duro que cuero de vaina nueva, y un par de tragos de vino rancio— era Louis, mientras consideraba los efectos de las llamas en el rostro del referido compañero de viaje, Renaud Ferrat; el cual, ante la interpelación del otro, respondió, azorado:

—Os agradezco la gentileza, creo.

Auxerre estaba ocupado, no muy lejos, proveyéndose de troncos y ramas secas para mantener el fuego ardiendo durante toda la noche, pues esa era la única forma de espantar a los lobos y los jabalíes que poblaban las campiñas de los alrededores de Córdoba, amén de frenar los helados dientes del viento de la sierra.

—Insisto, insisto —prosiguió Louis, como si hablara consigo mismo—. Llevamos más de quince jornadas avanzando a golpe de correa, o debiera decir que a empellones de mi buen Auxerre, que prescindiría de comida y bebida si le juraran que así ganaba terreno. Desde Tortosa que no conocemos cama, porque hemos de viajar cuando se pone el sol, descansar unas horas por la noche y ocultarnos como pordioseros temerosos de un alguacil durante el día. Y si he hablado de alimentos ha sido más por cortesía que por exactitud, porque desde que terminamos las generosas provisiones del rey de Aragón, estas tristes carnes que vamos cazando a trancas y barrancas —señaló los diminutos huesos lirondos que había arrojado a un lado— no llenarían el buche ni de una hormiga. En suma, que vivimos como perros, cosa que en Auxerre y en mí no es inusual (aunque muchas veces le he señalado que nos correspondería otra vida), pero que en vos, más acostumbrado a un buen baño y mejor banquete, debe hacerse difícil de sobrellevar. Y mientras rumiaba sobre esto, hace un instante, se me ha ocurrido que no habéis protestado ni una sola vez, ni arrugado la ceja siquiera, en todos estos días. No, señor, como un verdadero caballero habéis soportado lluvia, viento y frío. Un comerciante cualquiera, enamorado de su bolsa y preocupado por su hacienda, nos habría dejado tirados en la cuneta hace tiempo, pero no vos. Por ello, Ferrat, os digo que sois hombre de bien y aún digo más, valiente.

—Muchas gracias, Louis —dijo Ferrat iluminándosele el rostro. Regresó Auxerre cargado de leña, que dispuso al lado del fuego, mientras se acomodaba y calentaba sus manos frente a las llamas. Hubo una pausa hasta que Ferrat siguió hablando—: Lo cierto es que sí estoy un poco preocupado. Jamás me había separado durante tanto tiempo de mi hijo Philippe. Quiero decir que cuando yo tenía una misión de comercio, él se quedaba con su madre. —El semblante de Ferrat se ensombreció al recordar. Enseguida volvió a animarse—: Pere d'Arcs cuidará bien de Philippe.

Callaron todos de repente. En la noche negra no había silencio excepto el de las palabras. Crujían las alimañas deslizándose entre la hojarasca, silbaba el viento, lloraban los manantiales mientras murciélagos y búhos reinaban en la oscuridad. El coro de criaturas nocturnas siguió con su melodía mientras los tres hombres se calentaban al fuego. Al cabo de un rato, Auxerre dijo, más serio y circunspecto:

—¿Sabéis, Ferrat? Alguna vez he pensado que debíamos pediros perdón.

—¿Por qué, en nombre de Dios?

—Fue en el baile de los condes de Champaña donde encontrasteis a la que tantos sinsabores os ha hecho pasar. Si allí estabais era porque os arrastramos Louis y yo. Y no estaríais hoy aquí, de nuevo empeñando la vida en una aventura descabellada, si no os hubiera arruinado esa mujer que conocisteis por causa nuestra.

Ferrat miró fijamente el fuego. Por fin respondió:

—Entonces más bien debiera yo daros las gracias, capitán Auxerre. Porque conocí a Angélica, la vida me ha bendecido con un hijo hermoso y bueno, por el que cada día doy las gracias al Señor. Además, ¿es que somos hojas que lleva la corriente? Dios nos da mente y corazón para acertar y para errar; Angélica fue, según como se mire, un feliz error o un desgraciado acierto. En cualquier caso, mío fue y de nadie más. —Pensó un momento y añadió, brillantes los ojos—: ¿Descabellada aventura, decís? Si estoy aquí con vosotros, es porque me gustaría que un día mi hijo me mire con orgullo y diga: «Padre, cuéntame otra vez cómo cabalgaste al lado del capitán Auxerre y el caballero Louis, y fuisteis a Córdoba para luchar contra los moros.» Entonces yo le tomaré entre mis brazos, y sentándole en mis rodillas le hablaré de las noches estrelladas como esta. Jamás empuñaré una espada la mitad de bien que vos, Auxerre, ni sabré devolver estocadas con la misma pericia que Louis; pero os admiro con toda la fuerza de mi alma: hacéis vuestro el camino, cabalgáis a donde os lo mande el viento o la dama dueña de vuestra lealtad. Solo soy un mercader, de viaje corto y día tedioso, y daría mi vida por conocer el mundo a través de vuestros ojos. —Se volvió a Louis y dijo—: Por eso, Louis, no me alabéis más: casi diría que es el egoísmo de sentirme compañero vuestro lo que me mueve a ayudaros, y no la bondad.

Auxerre y Louis cruzaron la mirada mientras Ferrat callaba de repente, la garganta hecha un nudo de emoción. Dijo el capitán:

—Os juro, Ferrat, que...

No llegó a saber ninguno cuál era el juramento, pues una voz sonó a sus espaldas:

—¡Ah de la compañía!

El capitán se levantó de un salto, y en pie ya tenía la espada erguida. Louis empujó a Ferrat hacia atrás y desenfundó su arma con igual rapidez. El recién llegado no movió ni un dedo. Auxerre ordenó:

—Vuestro nombre, si os place.

El otro repuso, levantando las manos lentamente para mostrar que iba desarmado:

—En estas tierras no es el nombre lo que cuenta, sino la intención.

—Eso lo juzgaré yo, en cuanto me respondáis —replicó Auxerre tajante.

Relampaguearon los ojos del desconocido cuando dijo:

—Gerard Sem Pavor me dicen, y vengo de Coimbra.

—Estáis un poco lejos de las tierras portuguesas —dijo Auxerre—. Y en cuanto a vuestra intención, no es buena señal que os den nombre de guerra y no de paz.

—Voy a Córdoba en recado de mi señor. Me manda a comprar una esclava que sepa de laúdes y poesías. Vi vuestro fuego, y me acerqué porque tengo frío —dijo Gerard—. El nombre me lo pusieron hace años, cuando peleábamos en Santarem contra los moros.

El capitán estudió al recién llegado y se decidió:

—Podemos compartir hoguera, pero haré guardia con vos.

—No pienso degollaros si cerráis los ojos.

—Eso no ocurrirá. Me llamo Auxerre y no confío en los extraños.

Gerard Sem Pavor asintió como si no esperara menos, y acercó las bridas de su caballo al tronco donde reposaban las otras monturas. Dejó la espada quieta, a su lado y a la vista, y se instaló en un hueco entre Ferrat y Louis. Este le miró de pies a cabeza y dijo:

—Un placer, señor. ¿Os importa que no os dé la espalda?

Ferrat abrió mucho los ojos y esperó la respuesta de Sem Pavor, que dijo:

—Me parece lo más prudente. ¿Con qué nombre he de llamaros?

—Louis L'Archevêque, si se da la circunstancia.

Gerard inclinó la cabeza, y esperó atentamente a que

Ferrat también se presentara. Tragó saliva el otro y tartamudeó:

—Re... Re... Renaud Ferrat.

El portugués se frotó las manos y las acercó a las llamas; era cierto que la calidez del fuego le había atraído hasta el campamento de los tres desconocidos. Estaba a menos de un día a caballo de Córdoba, y no había descansado desde que el rey Fernando de León le mandó abandonar Toledo y ponerse a disposición del califa de Córdoba. Había desmontado para buscar un lugar donde cobijarse durante la noche, cuando vislumbró la luz de la hoguera. De lejos les había observado un buen rato hasta concluir que solo uno constituía una posible amenaza, el que estaba al mando. Había acertado: no eran maleantes ni bandoleros, aunque le había parecido oír las palabras «Córdoba», «lucha» y «moros» mientras les espiaba. Pero no se alarmó: ¿quién no hablaba de los continuos rifirrafes entre las huestes cristianas y las de Alá, en los tiempos que corrían? Al fin y al cabo, a Gerard no le preocupaba el peligro: era soldado antes que todo, y si había hierros y cascos enfrentados, ese era su lugar. Llevaba más de veinte años cabalgando, a veces solo y a veces en compañía de su banda de mercenarios, a las órdenes del señor que tuviera la bolsa más llena. Pero no era únicamente el tintineo de los maravedís lo que despertaba la sangre de Gerard: a veces, al oír que su misión era conquistar un torreón bien guardado, pertrechado de víveres y defensas, le brillaban más los ojos que cuando veía un grupo de campesinos alzar los brazos en señal de rendición. Cuando el rey de Portugal se lo había mandado, se había lanzado a conquistar Badajoz, a pesar de que el ataque resultara un fracaso y Gerard terminara prácticamente arruinado, y gravemente herido; pero durante la batalla habían hecho siete muescas en la base de la hoja de su espada. Bajo las órdenes del rey Fernando de León, la vida era más apacible, las cabalgadas de ataque más escasas y menos ambiciosas. Durante un tiempo no se había quejado, aunque empezaba a notar el hormigueo en sus piernas que delataba la añoranza de caminos y montes. Y al ver a Rodríguez de Castro, aquella noche en San Servando, casi se alegró de ver a un antiguo adversario, de tanto que echaba de menos el combate y la pelea, aunque mucho le había humillado el de Castro cuando le tuvo preso en las guerras portuguesas. Por eso la misión que le había encomendado el rey le complacía: volver a pasar la noche al raso, como esa, y toparse con extraños que bien pudieran ser enemigos. Exhaló un suspiro complacido y miró el fuego. Señaló los restos del animal, aún ensartado sobre la hoguera, y miró a Louis, en muda interrogación, como si hubiera intuido que los asuntos de intendencia debían obtener su aprobación. Este entornó los ojos, y refunfuñó:

—Adelante, y buen provecho.

Gerard alargó la mano y se hizo con un pedazo frío y ennegrecido, que devoró en dos golpes de quijada. Satisfecha su hambre, ante el silencio de los demás, preguntó:

—¿Qué os lleva a Córdoba?

—¿Quién ha dicho nada de Córdoba? —interrumpió Louis.

—Si no es vuestro destino, cambiad de vía porque esta ruta os lleva hacia allí —dijo Gerard, mordaz—. ¿Es la primera vez que vais?

—Hacéis demasiadas preguntas —dijo Louis—. Mejor ocupad vuestra lengua en tragar.

—¿Y vos? ¿Conocéis la ciudad? —intervino Auxerre, para sorpresa de su amigo.

—Estuve allí una vez, cuando guerreaba contra los moros —respondió Gerard con franqueza—. La recuerdo como una ciudad encantada, llena de agua y rosas y maravillas que yo jamás había visto. No me quedé mucho tiempo —sonrió, mostrando dos huecos en los dientes de abajo—

porque fue entrar y salir, arramblar lo que pude y sálvese quien pueda.

Auxerre le escuchaba con atención y algo parecido a nostalgia. Casi murmuró:

—Así era, en verdad; un lugar de ensueño.

Louis le miró alarmado, e interrumpió:

—Acompañamos a nuestro amo a vender sus mercancías. —Señaló aparatosamente los fardos de telas y pieles, envueltos con cuidado en cinco fardos, que descansaban al lado de las monturas—. Le protegemos de los salteadores, ladrones y otros azares del viaje.

—Vengo de Génova y traigo sedas chinas y brocados de Bizancio —recitó Ferrat, nervioso.

El pobre mercader estaba temblando como una hoja. Auxerre y Louis no movieron ni un músculo mientras Gerard escrutaba sus rostros, entre la incredulidad y la curiosidad. Se aceleró su respiración, como el león que presiente a la gacela pero no sabe aún dónde está ni si terminará en sus garras. Finalmente el portugués se encogió de hombros; tenía otros quehaceres y no era asunto suyo quién mentía a quién. Dijo lentamente:

—El peligro acecha cuando uno menos se lo espera. Llevo días cabalgando por estas tierras y jamás había visto tanto vaivén de cuadrillas, soldados y carretas, ni en tan gran número.

—¿De qué bando? —inquirió Louis.

—Moros, cristianos y mercenarios —respondió rápidamente Gerard. Louis y Auxerre cruzaron una mirada mientras el otro seguía charlando, aparentemente despreocupado—: Hacéis bien en ir escoltado; hace menos de un mes me contaron que un grupo de bandidos había desvalijado a unos viajeros, y solo quedaron los criados vivos para contarlo.

—Pues habremos de ir con pies de plomo para que no nos suceda lo mismo —replicó Louis, impertérrito.

Se envolvieron todos en sus capas y mantas lo mejor que pudieron para burlar el frío que soplaba en Sierra Morena. Al cabo de un rato, Louis se inclinó hacia el capitán y murmuró, enarcando una ceja:

—¿Estás loco? ¿Por qué demonios sueltas la lengua de ese modo? ¿Quieres que nos maten nada más poner pie en Córdoba? ¿O es que esperas un comité de bienvenida? —terminó, rezongando ceñudo—: ¡Si salimos de esta, vas a invitarme a una bodega entera de vino de Borgoña!

El capitán no respondió. Su cara era una máscara, y se fundía con la noche y el fuego. Entre espadas desconfiadas y llamas exangües, los cuatro viajeros esperaron la llegada del amanecer.

—¡Allí, allí! ¡Ya veo Toledo! —chilló Pelegrín, excitado como si la inmensa muralla dentada y las casas que arañaban el monte extendiéndose a sus pies fueran, en lugar de una ciudad, una suculenta pierna de jabalí. El joven se bajó de su asno sin mirar dónde ponía los pies, y casi los perdió al darse de bruces contra suelo y piedra. El animal, inquieto por el ruido y las extrañas piruetas de su amo, dio en rebuznar como si emulara a un modesto Bucéfalo. Afortunadamente, el resto de los caballos de la partida eran bestias más trajinadas o tenían dueños más hábiles, por lo que tanto animales como jinetes se quedaron contemplando el espectáculo del jovenzuelo y el burro con una mezcla de ternura y burla. De entre todos, Guillem de Berguedà no pudo resistirse y exclamó:

—Por san Jerónimo, ¡trabajo cuesta distinguir asno y mozo!

Blasco de Maza se volvió hacia el catalán y dijo, amenazador:

—¡Cuida tu lengua! A no ser que quieras trabar relación con mi espada...

El de Berguedà se echó hacia atrás, acariciando el cuello de su caballo, y dijo socarrón:

—Hombre, Blasco, haberme dicho antes que te apetecía conocerme mejor. Pero tengo pretendientes a mansalva, te lo advierto. De hecho, sospecho que por eso mi buen Alfonso me ha alejado de la corte, para hacer de niñera en esta comitiva grotesca: un ciego, un niño, un fraile francés y un pedazo de bruto aragonés que no sabrían encontrar el camino de la corte del rey de Castilla ni aun si estuviera pintado en rojo frente a sus narices.

La expresión del gigante de Aragón pasó del grana al negro como si un fuelle atizara el yunque de su rostro; llevaba más días de los que quería recordar aguantando las impertinencias e inoportunas ocurrencias del de Berguedà, desde que salieran de Barcelona. En todas las posadas se las había tenido con los hospederos, ya fuera porque se bebía tres jarras de vino y luego intentaba pagar solo dos, o porque se enredaba con campesinas, criaditas o matronas, según lo que hubiera a mano, que luego resultaban tener padres, dueños o maridos empeñados en vengar su honor, o como mínimo cobrar alguna reparación del mismo. De tres hostales habían salido corriendo con lo puesto, y en un corral Blasco tuvo que sacar la espada y blandirla entre cuatro campesinos armados de garrotes, porque durante la noche el de Berguedà se había encamado con la hermana pequeña, doncella según los hermanos aunque Berguedà juraba y perjuraba que de doncella no tenía ni la d. En suma: que Blasco de Maza estaba harto. Pero al fin que eso eran detalles, pues el de Aragón había conocido bergantes mucho más ladinos que el de Berguedà, ya que al menos este no tenía predilección por ovejas u otros animales. No, lo peor del de Berguedà era, sin duda, la redomada insolencia de la que hacía gala. Blasco gruñó:

—El buen *rey* Alfonso de Aragón, si no te importa.

Berguedà, ostensiblemente, escupió a tierra y no dijo nada. El de Aragón, enfurismado, tiró de la rienda de su caballo con tanta violencia que su pobre montura protestó con un relincho de dolor.

—Te lo advierto, demonio...

—Adviérteme, Blasco, adviérteme, ¡que llevo días con ganas de llevarme un cabrito de Aragón a la boca! —exclamó Guillem de Berguedà, airado. Era un señor, después de todo, y consentía mal la forma en que aquel hombretón aragonés se dirigía a él—. El *rey* Alfonso me convenció de que era más prudente pasar un tiempo en la corte castellana, mientras se apaciguan mis enemigos en Cataluña, pero por mi honor que si no empiezas a tenerme más respeto, aquí y ahora te degüello, me echo al monte, y al diablo con Dios y con el *rey*.

—¿Honor? ¿Qué sabes tú del honor, maldito...? —tronó Blasco de Maza, furioso.

Hughes de Montfroid les interrumpió, impaciente:

—¡Basta! Estamos a punto de alcanzar Toledo. No es el momento de enzarzarnos en una disputa de taberna, caballeros. Vuestro rey me prometió buenos soldados para una buena causa, y espero que no me decepcionéis ahora que llegamos a nuestro destino. —Se volvió hacia Pelegrín y dijo—: Vamos, muchacho. No ha sido nada, ¿verdad? Levántate y guía el caballo de Enrico.

Ya estaba en pie el joven antes de que el abad terminara la frase, y tomó las bridas de la montura del veneciano. Hughes levantó la cabeza y observó la ciudad de tejados anaranjados y marrones y de muros blancos que tantas veces había sido conquistada, y aun así seguía orgullosa y en pie. Toletum, Toledoth, Tulaytula. Cristiana, judía, musulmana. Nombres distintos para la misma historia: la de una superviviente. Ahora que contemplaba aquella ciudad, se dio cuenta de que le recordaba a Jerusalén, también empapadas sus piedras en sangre y en plegarias de las tres religiones. Así, durante el viaje a Toledo, poco a poco, se había operado un sutil cambio en Hughes de Montfroid, imposible de reconocer para el que no fuera soldado y fraile a la vez. Era como si en el cuerpo del abad convivieran dos hombres distintos, uno consagrado a Dios y otro a la espada, y ahora el primero dejara paso al segundo. Al pisar tierras poseídas por las almas de los mil caballeros que habían caído en combate, los hombros hundidos del abad habían dejado paso a la postura erecta, en guardia, de un monje guerrero. La espada, que solía descansar en las alforjas de su caballo, volvía a pender de su cinto, lista para la contienda. Sus ojos azules brillaban con ansias que en el pasado solo se calmaban entrecruzando hierro con cimitarra. Tenía sed de batalla, hambre de pelea. Lo que el papa Alejandro había sabido desde el primer momento en que le encomendara su misión, que no hay paz para un cazador hasta que se cierne sobre su presa, ahora lo sentía el abad en el palpitar de su corazón, en la energía que recorría su cuerpo que ya había vivido más de seis decenios. Quería hacerse con la victoria. En algún lugar de aquellas tierras, estaba Fátima, y en Toledo la llave para encontrarla. Se giró hacia el veneciano y preguntó:

—¿Adónde nos dirigimos?

Enrico Dándolo respondió:

—Hacia los fosos de Al-Hufra, pasando por el cementerio mozárabe y la torre de los Abades, está la puerta de Madinat al-Yahud, la ciudad de los judíos, y allí vamos.

Hughes de Montfroid miró al veneciano con curiosidad.

—¿No decíais que es la primera vez que pisáis Toledo?

—Así es. Pero tengo indicaciones precisas y confío en la protección de un buen amigo. Aunque no será fácil encontrarle de esta guisa —dijo señalándose los ojos sin vista. Añadió—: Por lo que más queráis, cuidad de que ese par no se saquen los ojos antes de que lleguemos. Lo último que debemos hacer es llamar la atención.

—No os preocupéis. Yo mismo les arrancaré la lengua si es menester, para no oírlos más —dijo el abad, en voz alta y echando un vistazo hacia atrás, con expresión ceñuda. Blasco y Guillem se lanzaron una última mirada de ojeriza, y caminaron en silencio, en fila de a uno, la bajada hacia la puerta de los Judíos.

—¡Galib! ¡David! Vengo con visita —dijo Alfakhar, risueño, mientras empujaba la puerta del estudio—: ¡Esconded la sangre de murciélago y los cuernos de unicornio!

Un árabe, de tez oscura y pelo rizado, y un judío de unos treinta años, de barba hirsuta y ojos verdes y despiertos, levantaron la cabeza de sus respectivas tareas y saludaron con anchas sonrisas al recién llegado. El médico dijo, presentando a Map:

—Walter Map, enviado del rey Enrique. Ha pedido visitar el *scriptorium*.

—Cualquier amigo de Alfakhar es bienvenido aquí —dijo Ibn David, calurosamente. Se volvió hacia el judío y le preguntó—: Por cierto, Yosef, ¿te han llegado más manuscritos? Los últimos que nos proporcionaste son verdaderas joyas.

Alfakhar negó con la cabeza, y Walter creyó adivinar una cierta incomodidad en su expresión, como si hubiera deseado que el monje no oyera la pregunta, aunque seguía sonriendo jovialmente.

—¿Está...? —dijo Alfakhar, señalando hacia el fondo de la sala, pero no terminó la pregunta, pues de detrás de una librería se oyó una exclamación regocijada:

—¡Fascinante! ¡Inaudito!

Se oyó un ruido de pasos y de repente apareció un hombre menudo y delgado, de mirada inteligente y expresión aguda, que se movía con inverosímil agilidad por el diminuto espacio que ocupaba su escritorio, oculto bajo montañas de manuscritos. El canónigo llevaba en una mano un fajo de pergaminos, mientras que la otra sostenía un cristal ovalado y oblongo. En el suelo reposaban decenas de hojas sueltas, de letra apretada y diminuta, y otras garabateadas con signos indescifrables: a un lado del escritorio, clavado en la pared, había un astrolabio, y al otro una representación, en cobre y madera, de la posición de los planetas, con la Tierra en el centro. El escritorio estaba rodeado por ocho estrechas estanterías, repletas de adminículos de escritura y lectura: plumas de ganso y pavo real, y tinteros de color verde, rojo, azul y negro. Los estantes cubrían toda la superficie del diminuto estudio octogonal. En cuanto el hombre vio a Alfakhar, su rostro se iluminó de felicidad:

—¡Yosef! ¡Qué alegría! A mis brazos, amigo, a mis brazos.

Abriendo también los suyos, el canónigo dio un paso adelante y, al descender por los dos escalones que llevaban a la sala grande, tropezó estrepitosamente con un taburete sobre el que reposaba una jaula con una lechuza, que parecía disecada, pero se vio a las claras que no lo estaba cuando empezó a ulular lúgubremente y a revolotear, molesta, por el interior de la biblioteca. Galib e Ibn David lograron hacerse con el pájaro y devolverlo a su jaula, entre no pocos aspavientos y alguna que otra pluma arrancada, mientras Alfakhar se desternillaba al ver la expresión desconcertada e intrigada de Walter.

—¿Qué os parece? No tenéis nada parecido en Inglaterra, ¿verdad?

Movió la cabeza negativamente el galés, con expresión dubitativa. Lo cierto es que Walter Map había visto gallineros más organizados: en la sala más grande, el *scriptorium* propiamente dicho, había diez mesas de madera de roble, cada una bien dispuesta con una vela, una pluma y un atril, y ocupada por otros tantos monjes concentrados en su labor. Pero era el desorden reinante lo que diferenciaba la escuela de Toledo de cualquier otra biblioteca o cenáculo que hubiera visitado en Europa. En el suelo yacían apilados sin misericordia varios legajos escritos en caracteres hebraicos, arábigos o coptos, al lado de cinco gruesos manuscritos con bellísimas ilustraciones de vivos colores, verdes y azules como los de un pavo real; había puntos y señales que marcaban pasajes importantes o a los que se debía volver. En las repisas, algunas estrechas y alargadas, a la occidental, y otras hondas y octogonales como mandaba la biblioteca de Alejandría, los rollos reposaban por poco tiempo hasta que algún copista los tomaba, los abría y fijaba en las tablas de lectura, y así hasta que el contenido del pergamino había sido copiado, clasificado y asimilado por los hacendosos miembros de la *schola* que el arzobispo de Toledo apadrinaba. Allí, repartidos por varias casas aledañas a la catedral, más de veinte canónigos dedicaban sus días a las labores de copia, lectura y traducción de cuanto manuscrito cayera en sus manos. La puerta se abrió cinco veces en el tiempo que Walter pasó allí; unos traían manuscritos envueltos en un trapo, otros pedazos de piel apergaminada con apuntes del derecho y del revés, en símbolos desconocidos para el monje. Ora llamaba un canónigo para llevarse un fragmento de traducción y dárselo a leer al arzobispo para su aprobación, ora uno de los traductores estallaba en vítores porque había conseguido fijar la palabra exacta, el nombre correcto, el término preciso que llevaba días buscando. El ruido de las plumas rasgando pergamino era incesante, así como la actividad, el ir y venir, frenético y más semejante a un taller de alfarería o a la fragua de un herrero, que las eminentes salas de lectura, silenciosas y petrificadas, en los monasterios de apacibles claustros por los que Walter había paseado durante sus viajes en Europa. En estas, la sabiduría era una diosa virginal que se reverenciaba y se adoraba; aquí —Walter se sonrojó con la ocurrencia— era como una mujer de carne y hueso a la que los canónigos no cesaran de amar con ojos, mentes y manos entregadas. Como las temblorosas y ávidas del maestro de la escuela catedralicia, Gerardo de Cremona, que sostenían un delgadísimo rollo de pergamino ahuesado mientras este exclamaba, tomando asiento en un banco e indicando a Alfakhar y Walter que hicieran lo mismo:

—¡Asombroso! —Se inclinó hacia delante, mientras sostenía el cristal oblongo frente al pergamino. El vidrio magnificaba los caracteres, facilitando la lectura del texto. Walter observó con interés el artefacto mientras Gerardo seguía hablando, animado—: En este manual de embalsamado egipcio, que según se indica en el prefacio fue recopilado con gran peligro para su autor árabe, pues son procedimientos que los sacerdotes tienen por sagrados y secretos, se habla de la costumbre de la *nechrophilia*, que como su nombre indica es, um, en fin, el amor por las cosas muertas. Al parecer más de un embalsamador terminó ajusticiado porque después de realizar su tarea, um, quedaba tan enamorado de su obra que no podía evitar yacer con ella. Y claro, hubo que dictaminar un castigo: más de uno perdió lengua, ojos, dedos, manos y, um, miembros, comprendéis, ¿verdad?, terrible castigo.

—¡Por los huesos de David! —exclamó Alfakhar, sorprendido—. Como médico he visto muchas cosas, Gerardo, pero al menos aquí en Toledo no se practica esa abominación. Bueno, sí se cortan manos y dedos, pero por delitos menos repugnantes.

—Um... Sí, claro, visto desde el punto de vista médico, claro, ya... —meditó Gerardo, y añadió—: Y, sin embargo, ¡qué hermosa parábola de la vida más allá de la muerte, del soplo vital aún conservado en el cuerpo que es capaz de despertar una pasión que lleve a cruzar las mismísimas puertas del infierno! Pues qué duda cabe de que el alma estaría condenada, ¿verdad?, cierto... —Se volvió hacia Walter y le preguntó a bocajarro—: ¿Y vos, señor, qué opináis de la necrofilia?

El monje, azorado, se volvió hacia Alfakhar, pero el médico callaba, divertido, mirando afectuosamente a Gerardo de Cremona. Desesperadamente, Walter rebuscó en su cabeza algo que contestar para salir del paso. Afortunadamente, no era la primera vez que se encontraba en ese aprieto: más de una vez el rey Enrique, ahíto de vino y saciado de la cena, hastiado de bufones y juglares, como un niño a su niñera, le pedía al fraile un cuento para entretenerse —y dormitar— a la vera del fuego. Recordó Walter que entre las historias que contaban los cruzados que regresaban a la corte después de años de guerra en Jerusalén, había una que le venía como anillo al dedo. Se aclaró la garganta y empezó:

—Vivía en Constantinopla un artesano que hacía los zapatos más excelentes y maravillosos del mundo; los hacía más rápido y mejor que nadie. Era un don, pues cuando veía un pie sabía vestirlo con la mejor sandalia o la bota más adecuada. Sus zapatos eran admirados por todo el país, y era rico porque le pagaban bien. Un día llegó una doncella frente a su tienda y le mostró el pie desnudo, para que le hiciera un par de zapatos. Él estudió el pie, lo midió y lo palpó para cumplir con su labor, y le hizo el par más hermoso de zapatos que jamás se haya visto, con oro y perlas y terciopelo bordado. Pero entretanto, el hombre se había enamorado perdidamente de la dama, con tan mala fortuna que era imposible su amor, pues la categoría, rango y alcurnia de ella, que era princesa del reino, jamás podría alcanzarla un miserable zapatero, por muy rico y hábil que fuera. De modo que decidió hacerse soldado y amasar una fortuna, para poder convertirse en caballero y al menos aspirar a la dama. Ganó fama como guerrero y llenó su bolsa, pero el padre de la doncella le negó entrada en su palacio, avisado de sus intenciones y despreciando su antiguo oficio. Entonces, furioso y despechado, decidió convertirse en pirata, y enroló a una banda de facinerosos y traidores como sus marineros. Antes de que pudiera hacerse a la mar, le llegaron noticias de que la doncella había muerto de pena. Loco de ira, ciego de pasión, esperó agazapado a que el cortejo fúnebre hubiera enterrado a la desgraciada para, de noche y con sus propias manos, arrancarla de la tierra, llevársela a su barco y allí hacerla suya. Si era noche de tormenta, no lo sé; pero lo fue de abominación y de prodigio, pues el hálito de él despertó el alma muerta de ella, y lloró de alegría el pirata cuando vio que volvía a respirar su amada. Pero fue un milagro torcido, ya que la doncella —que se llamaba Satalia— había revivido como un monstruo: sus ojos despedían fuego verde que mataba a todo aquel que la mirara y sus hermosos cabellos eran horribles serpientes ponzoñosas, mientras que su cuerpo seguía siendo lozano y bello como el primer día. El pirata no lo pensó dos veces. Se dijo que el destino así lo había querido, y con la ayuda de la monstruosa doncella se lanzó a saquear y pillar todas las ciudades y pueblos del país. No había soldado ni arma que sobreviviese a la terrible mirada de Satalia. Arribaba el barco a puerto, y atada la doncella en el primer mástil, refulgía el fuego asesino de sus ojos y arrasaba con bestia y hombre viviente, mientras el pirata y su tropa caían sobre los tesoros y almacenes de la ciudad, llenaban sus cofres y se hacían de nuevo a la mar. Para amarla, esperaba a la noche, porque entonces dormían las serpientes. Tapábale los ojos con un suave pañuelo de seda, y la cubría de dulces besos. Un día descubrió una lágrima cayendo por la mejilla de Satalia, y cuando le preguntó qué sucedía, ella respondió que prefería estar muerta de nuevo a seguir viviendo como la monstruosa Gorgona en que se había convertido. Él se conmovió y volvió a ser el dulce zapatero de Constantinopla, olvidando su sed de venganza por el amor que sentía hacia Satalia. Despidió a sus rufianes, buscó el antiguo paso donde reposaban las antiguas Escila y Caribdis, y contra esas rocas despiadadas estrelló su barco. Abrazados en la cubierta, amarrados al palo mayor, el agua del mar fue tragándose al zapatero de Constantinopla y a su terrible doncella Satalia, y dicen que allí descansan aún, el horrendo prodigio del amor después de la muerte.

Estaba acalorado y ensimismado Walter cuando terminó de narrar la historia, como siempre que se dejaba llevar por la imaginación; de repente se dio cuenta de que había un silencio anormal en el otrora ajetreado *scriptorium*. Se dio la vuelta: diez canónigos le miraban con los ojos abiertos de par en par, y no se oía ni el vuelo de una mosca. Walter miró a Alfakhar, que no despegó los labios, pero cuyos ojos tenían un brillo peculiar, y luego al maestro Gerardo. Este se quedó inmóvil un instante, y luego empezó a asentir vigorosamente y dijo:

—¡Fascinante! Claro, um. En verdad, Alfakhar, siempre me traes visitas tan interesantes. —Pasó un segundo en silencio y exclamó—: ¡Sigamos, sigamos! Tengo por aquí otro manuscrito bereber, también fascinante, um. ¡Uno de los tuyos, Yosefi —señaló complacido Gerardo al judío, que palmoteo la espalda del traductor, y preguntó afable—: ¿Ah, sí? Y cuéntame, ¿habla de prodigios y maravillas?

Walter sonrió aliviado; no se le había ocurrido que las grotescas historias que complacían al rey Enrique quizá no eran adecuadas para los venerables eruditos de la escuela de Toledo, pero por suerte Gerardo de Cremona no parecía escandalizarse fácilmente. Sin duda bucear en la sabiduría de tantas culturas distintas le hacía a uno inmune a la sorpresa. Se dijo que había hecho bien en seguir el consejo de su amigo Daniel de Morley, que después de viajar a París decidió encaminarse a Toledo, decepcionado con los vacuos debates de los eruditos franceses. Deslumbrado por la riqueza cultural que había encontrado en la ciudad castellana, había escrito a Walter recomendándole que no dejara de visitar la escuela de Toledo. Al cruzar el umbral el monje empezó a preguntarse si Daniel le había escrito bajo los efectos del fuerte vino tinto de la comarca, pero Walter comprendía ahora el entusiasmo de su amigo. De repente se oyó una voz severa que exclamó, desde el umbral de la puerta:

—Mucho me temo que tienes otras cosas en que pensar, Gerardo, antes que en las fantásticas narraciones de tu invitado. ¿No ves que todo esto son distracciones? ¿Has trabajado hoy en el *al-kitabu-l-mijisti*? —Entró el recién llegado quitándose pelliza y guantes, que arrojó encima de una mesa. Era un hombre corpulento, bien formado y parecido, aunque con aspecto de cansado. Una fina telaraña de arrugas le rodeaba las cuencas de los ojos. Saludó a los dos ayudantes, y Alfakhar se levantó para darle un fuerte abrazo. Añadió, mirando a Walter Map—: Soy el archidiácono Domingo Gonzálvez, para serviros.

—Es culpa mía, Domingo —dijo Alfakhar—. He traído a Walter Map, que es enviado del rey inglés y está en la ciudad por asuntos de la Corona. Pidió conocer vuestra biblioteca, pues le han hablado muy bien de los manuscritos que estáis traduciendo.

—Al contrario, Yosef. —Se inclinó frente a Walter y dijo—: Os agradezco vuestro interés. Siempre es una satisfacción saber que nuestra labor sigue atrayendo estudiosos de otros reinos. Veréis, el arzobispo de Toledo nos mantiene generosamente, siempre y cuando nos dediquemos a ampliar la biblioteca de la escuela catedralicia, y no a especular sobre las mil y una herejías que pueblan estos manuscritos. Nuestra labor es vasta y ardua, como la de san Isidoro: rastrear entre las increíbles riquezas de los antiguos califas de Toledo y desenterrar las perlas de Aristóteles, Galeno y Euclides que se hallan recogidas en los textos árabes. Me temo que eso nos deja poco tiempo para distracciones o pasatiempos.

—Eres injusto, Domingo —dijo Gerardo, dolido—. No es solo de filosofía o de matemática griega el tesoro que tenemos en nuestras manos: hay maravillosas recopilaciones de sabiduría árabe antigua, tratados de alquimia, de astronomía, de óptica o de farmacia, como las obras de Al-Farabi o Al-Kindi, o los prodigios técnicos de Azarquiel. ¡Si lográramos desentrañar el funcionamiento de sus clepsidras, el rey nos recompensaría con una fortuna!

—No te engañes, Gerardo —le interrumpió el otro, cansinamente—. Los artilugios de Azarquiel al rey le importan un ardite, porque ni le darían dinero, ni ganaría batallas con ellos, ni siquiera un puesto a la derecha de Dios.

—¿Clepsidras? —preguntó Walter en un susurro a Galib.

—Relojes de agua —replicó en voz igualmente baja el árabe—. El ingeniero Al-Zarqali los había construido en la ribera del Tajo, hace casi doscientos años, y un rey cristiano los mandó desmontar para estudiarlos. Luego sus sabios no supieron volver a recomponerlos.

Seguían debatiendo acaloradamente Domingo y Gerardo, en una conversación que a juzgar por el escaso interés que despertaba entre los canónigos, otrora fascinados por la historia de Walter y ahora aplicadamente ensimismados en el copiado de los textos, no era la primera vez que oían. Galib e Ibn David eran los únicos que iban cruzando miradas de preocupación, mientras que Alfakhar se mantenía en un discreto segundo plano. Domingo paseaba arriba y abajo, nervioso:

—Soy el primero en reconocer que la medicina debería estar entre las ciencias que deben estudiarse en las escuelas y universidades, Gerardo. ¡Así lo he defendido en mis propios escritos, y si creyese lo contrario no estaría dejándome las pestañas en la traducción del Canon de Ibn Sina! Pero ni el rey Alfonso ni el arzobispo se contentarán con ingenios mecánicos ni pociones para sanar a los enfermos; bastante mala fama nos están dando ya los personajes que desfilan por esta biblioteca, y que se ocupan de rescatar libros de cofres abandonados en casa, monasterios y pequeñas iglesias, o de las catacumbas de la ciudad. A veces no sé si somos canónigos, magos o traficantes de mercancías robadas. —Domingo se sentó y concluyó—: Hace treinta años, esta escuela ganó gloria y reputación traduciendo por primera vez el Corán al latín, por el encargo del abad de Cluny. Ahora necesitamos un hito similar. El *Almagesto* es un compendio de astronomía de increíble importancia, donde se definen la posición de los astros según Ptolomeo y las tablas de desplazamiento de las estrellas calculadas en su época, hace más de mil años. Esa traducción es exactamente el tipo de descubrimiento que nos dará treinta años más de tranquilidad y respeto, no solo en nuestra corte, sino en todos los reinos cristianos. ¡Y está en tus manos!

Gerardo se llevó esas manos a la cabeza, exclamando desesperado:

—¡Siempre igual! Cada día sabemos un poco más, le ganamos la partida a la ignorancia y a la miseria, pulgada a pulgada, como el campesino que ara tierra yerma, pero eso no importa, um, ¿verdad? Por supuesto que el *Almagesto* es la obra de mi vida, y toda mi ilusión está depositada en esa traducción. Pero ¿es que Al-Jwarizmi y sus números indios no son importantes? ¿El cero no es importante? Más de setenta copistas trabajaron a sus órdenes para terminar su compendio de geografía, y sus mapas son tan hermosos y precisos que harían avergonzarse al cartógrafo más ducho de la cristiandad. —Extendió el brazo para señalar una mesa llena de toscas maquetas de madera—: Hay maravillas secretas en el mundo que son fruto de la voluntad y del espíritu del hombre. ¿Soy acaso un hereje por decir eso? Los hermanos Banu Musa escribieron un tratado de ingeniosos mecanismos, el *Kitab al Hiyal*, donde aparecen más de cien artefactos, um, desde máscaras que permiten soportar la inhalación de gases mortales, salvando la vida de los que descienden a las minas, hasta flautas que emiten música mecánica, um, sin la acción del artista, y otros ingenios hidráulicos que podrían mantener a veinte Toledos con agua a placer, sin depender de pozos ni de lluvia. ¡Escucha! —De un salto cruzó la sala y tomó un manuscrito, abriéndolo por la página señalada y empezó a leer trabajosamente—: «No debemos dudar en reconocer la verdad y aceptarla, sin importar su origen, tanto si viene de los antiguos como de gentes extranjeras.» —Cerró el manuscrito de un golpe—. Al-Kindi lo dejó escrito hace más de tres siglos. ¿Crees que esto no es importante? ¿Es magia o herejía? En su tratado sobre alimentación, Al-Zahrawi dice que los higos disuelven los cálculos de los riñones y que el jarabe de violetas ayuda a evacuar la bilis, um, sin necesidad de sangría ni dietas ni costosos ungüentos a base de polvo de oro y cuernos de elefante triturados. Llámalo alquimia, medicina o un milagro de Dios. ¿Qué más da? Es saber.

Calló de repente Gerardo y se dejó caer en una butaca. Domingo se acercó al maestro traductor, y le puso la mano en el hombro. El otro asintió, afligido. Volvió a hablar Domingo Gonzálvez, y la dulce resignación de su voz era aún más cruel porque hablaba como un padre le explica al niño por qué no puede volar:

—El arzobispo de Toledo está preocupado porque algunos señores, entre ellos el conde Nuño, dicen que aquí perdemos el tiempo y rozamos la blasfemia. Por supuesto que nos defiende a capa y espada, pero mientras me lo contaba, empezó a hablarme de su nuevo juguete, un bello relicario que quiere encargar para un hueso de san Gesualdo que le han vendido unos monjes del norte de Italia. Le brillaban los ojos y tenía prisa por contratar un orfebre que pudiera hacerle el trabajo. Solo te lo cuento para que no pierdas de vista que dependemos de la buena voluntad de nuestro patrón, y que tenemos un solo cometido: la gloria de Dios, del rey de Castilla y del arzobispo de Toledo.

—Um, ya, sí. Lo sé —gruñó el otro.

Domingo se guardó mucho de decirle a Gerardo que, mientras esperaba la audiencia con el arzobispo Cerebruno, los correveidiles de palacio le contaron que el rey andaba cabizbajo, a medio disgustar porque la reina Leonor llevaba unos días encerrada en su cámara con fiebres o sin ganas de verle. Y aunque preocupado por su esposa, ya estaba enfrascado en serios preparativos militares a causa de las noticias que llegaban de la frontera. Ni el mal humor marital del rey ni una posible contienda con los moros eran buenas nuevas para la escuela de Toledo: el ruido de espadas solía acallar la suave melodía de los libros. El archidiácono se pasó la mano por la frente, angustiado. Entre la cultura y el dinero no había matrimonio, sino fugaces escarceos que dibujan la estampa de una bella ilusión; sin embargo, al final moneda quiere moneda y el saber de Toledo, rescatado de las catacumbas de la historia de al-Ándalus y de los sabios de la antigüedad, y que tan amorosamente estaban reconstruyendo, de momento solo era un pasatiempo curioso y agradable para los mecenas de la escuela catedralicia, y no la razón de su existir, como los hombres que allí pasaban horas y horas, penando a la luz de las velas por descifrar una frase o a veces incluso una palabra. Domingo chasqueó la lengua, disgustado, pues no le agradaba ver a Gerardo, de natural tan activo y alegre, cabizbajo. Preguntó, cambiando de tema:

—Vamos, cuéntame. ¿Qué manuscrito has escogido hoy?

Domingo se refería a la costumbre de Gerardo de alternar su labor con el *Almagesto* con cualquier otro libro que se le antojara de la biblioteca, para refrescar la mente cuando esta, agotada de las trabajosas disposiciones del texto de Ptolomeo, pidiera un descanso. La faz de Gerardo se iluminó de nuevo. Hizo una seña para que Galib e Ibn David se acercaran.

—Verás, es curioso, um. Se trata de un compendio teológico escrito por un bereber, llamado Ibn Tumart, o «hijo de la tierra», hace menos de cincuenta años.

—¿Un bereber? ¿Qué es eso? —preguntó Walter.

—Son guerreros árabes, que viven en el desierto del norte de África —explicó Galib—. En la antigua Roma eran valorados por su espíritu violento, que los convertía en esclavos y gladiadores muy apreciados. A su tierra la llamaban Numidia. Ellos se consideran *amazigh*, hombres libres, porque no viven en ciudades y viajan bajo las estrellas. Luchan como si no hubieran de ver nuevo día, y no le temen ni a hombre ni a bestia; afirman que a fin de cuentas la muerte no importa, pues a todos nos ha de llegar.

—Dicen que los moros que ahora reinan en Córdoba son descendientes de una tribu bereber, y que a esa ferocidad en el combate se debe el férreo control sobre la frontera con los reinos cristianos que ejerce el califa Abu Ya'qub Yusuf —apostilló Ibn David.

—¿Así que el califa de Córdoba es un bereber?

—Efectivamente, um. Ibn Tumart habla de la tribu Masmuda y es curioso, sí, cierto es que una parte de la tribu desembarcó en al-Ándalus con la intención de recuperar la tradición de Alá, vencida según los imanes por la molicie de los antiguos califas. Pero, um, lo que me ha parecido más interesante es, um, veréis. —Gerardo se levantó y alcanzó un tomo encuadernado en piel oscura, con caracteres árabes grabados en oro en la tapa. Lo abrió y pasó las páginas con delicadeza, hasta encontrar la que buscaba. Giró el libro y lo mostró a los demás. Era la imagen de una mujer musulmana, cubierta por una túnica y tocada con un velo que ocultaba su rostro, aunque sus ojos eran verdes y profundos, y parecían vibrar más allá de la página. Tenía el pelo largo y moreno y montaba un inmenso elefante, de fieros cuernos largos como cimitarras; estaba cómodamente sentada en la amplia silla cuadrada. De las bridas y cinchas del animal caían borlas de seda verde y oro, y su alrededor se congregaban decenas de soldados, armados con lanzas y espadas. Detrás de la mora se veía una multitud de guerreros, todos de pobladas barbas y altiva expresión, enarbolando hojas curvas y agitando pendones con dos esmeraldas. El poder de la temible imagen hizo callar a los presentes, hasta que Gerardo respondió la pregunta que nadie había hecho—: Es el Mahdi, curioso, um. El profeta que ha de venir a rescatar a los seguidores de Alá de la ignominia y llevarlos hasta la gloria. Es, um, muy extraño que sea una mujer la que encarne esa representación. En los manuscritos árabes solo aparecen como esposas, criadas o, um, esclavas. Pero en este libro, Ibn Tumart cuenta una leyenda bereber que afirma que el Mahdi descenderá de las hijas de Mahoma, y que será una doncella árabe la que cubrirá la tierra con prodigios increíbles, devastará a los enemigos de Alá y recuperará al-Ándalus, hasta donde llegó el moro Almanzor, desde Santiago hasta Barcelona.

Domingo Gonzálvez levantó la vista, súbitamente intrigado, y aguzó el oído. También Yosef Alfakhar intervino, repentinamente inquieto:

—¿El Mahdi, decís? Lo siento, pero todo esto me parece una sarta de tonterías. Gerardo, mi familia procede de Granada, y sé lo bastante de los árabes como para asegurarte que ningún imán escribiría que una mujer será el Mahdi de una rebelión como la que describes, ni aun en un cuento maravilloso del califa Harun al-Raschid. —Se dirigió al joven árabe—: Venga, Galib, ayúdame. Tú mejor que nadie sabrás que eso es imposible.

El joven se rascó la barba incipiente y dijo:

—Con todos los respetos, Yosef, no estaría tan seguro. Al fin y al cabo las enseñanzas de Mahoma son muchas, y aunque están recogidas en el Corán y los *haddith*, cada imán y cada tribu las interpreta y las entiende con sutiles diferencias. Por ejemplo, es famosa la disputa entre la hija del Profeta, Fátima, y su esposo Alí, que Mahoma dirimió diciéndole a su yerno: «Fátima es parte de mí, y quien la ofende a ella, me ofende a mí.» Eso dio lugar a un mayor culto y respeto a las mujeres entre los musulmanes que interpretaron esas palabras como un *haddith* de Mahoma, y entre ciertas tribus bereberes siguen esa tradición. Hay muchas voces en el coro de una misma religión. ¿Acaso no sucede lo mismo con las interpretaciones de los textos hebreos y los dichos de Yahvé?

—¿Qué quieres decir? —preguntó Alfakhar, entre la sorpresa y la ofensa—. Los cinco libros de Moisés contienen los escritos sagrados de nuestra religión, y nadie puede tergiversarlos.

Ibn David se adelantó y dijo:

—Por supuesto que no, pero no es tergiversación reflexionar, razonar y meditar acerca del sentido de la Torá y sus seiscientos *mitzvot*. Al fin y al cabo durante muchos años los rabinos se dedicaron a estudiar la ley hebrea sin poner nada por escrito, hasta que no se recogieron las sentencias de los sabios en el Talmud. Y también la Iglesia de Jesús tuvo que reunirse en Nicea para empezar a dirimir los debates que surgían alrededor de la sustancia de Cristo. No hay religión que no haya vacilado en sus inicios, y eso es bueno porque la duda, al contrario de lo que muchos piensan, nos hace más fuertes. —Miró a su hermano de religión y añadió, señalando las pilas de manuscritos—: Y si algo he aprendido aquí, es que no hay nada imposible para los hombres de fe cuando creen que la luz ilumina su camino. El Mahdi, si descendiera de Mahoma, podría ser hombre, mujer o niño. No importaría en absoluto, pues el amor al Profeta les haría seguirle como si tuvieran alas en los pies, ignorando el frío y el hambre, en dirección al paraíso.

Alfakhar murmuró para sí, de tal modo que solo Walter le oyó:

—O camino al infierno.

El archidiácono Domingo inquirió:

—Gerardo, ¿dice ese manuscrito cuándo ha de ser la llegada de ese mesías y su ejército?

El maestro de Toledo parpadeó como si despertara de un sueño y repuso:

—Um, sí, buena pregunta. Según mis cálculos, la conquista de al-Ándalus ya ha empezado.

Un escalofrío recorrió la sala: una de las contraventanas se había abierto y la fría brisa del atardecer se había colado por un agujero en el vidrio. Domingo insistió:

—¿Quieres decir que...?

—El tiempo del Mahdi ya ha llegado —asintió Gerardo.

El archidiácono se levantó de un salto y empezó a pasear por la estancia. Por fin levantó la vista y se dirigió a Alfakhar:

—Yosef, necesito que me consigas una audiencia con el rey, cuanto antes.

El judío asintió, confundido:

—Claro que sí, pero no me dirás que quieres importunarle con leyendas y fantasías.

—Dejaré que juzgue él mismo —dijo Domingo con firmeza. Si estaba en lo cierto, era imperioso hacer llegar la información del manuscrito encontrado por Gerardo hasta el rey. Ahora que se encontraba sumido en el esfuerzo bélico, también estaría en buena disposición para agradecer cualquier información relativa a los moros que pudiera ser de ayuda para la victoria de los soldados cristianos. Recordaba que un guerrero de más allá de la India había dicho: «Conoce a tu enemigo», y Domingo estaba seguro de que el rey Alfonso pagaría bien por saber de la existencia del Mahdi. El archidiácono se sintió repentinamente de mejor humor: al-Ándalus quizás estaba a punto de fenecer, pero la escuela de Toledo acababa de ganarse otros treinta años de paz.

Alfakhar se levantó y dijo, despidiéndose de todos:

—Bien, nos vamos. Te mandaré un recado cuando el rey me diga hora y día.

Domingo le dio un sentido abrazo al judío, que desapareció en el umbral. Walter Map se levantó a su vez, y le siguió. Se volvió para mirar al archidiácono, cuyos ojos brillaban con la anticipación de la merced real; a Galib e Ibn David, de nuevo sentados frente a frente compartiendo la traducción de alguna obra médica; y por último, al maestro Gerardo de Cremona, que ahora volvía a estar en su escritorio, inclinado con una vela a un lado y un manuscrito al otro, siguiendo con el ennegrecido dedo índice las apretadas filas de letras para capturar, una vez más, el saber universal atrapado en la tela de araña de lenguas antiguas y extrañas. Cuando salió a la calle y encontró a Yosef Alfakhar contemplando el horizonte, a Walter no le sorprendió comprobar que ya se había puesto el sol. Caminaron un trecho, dejando atrás el barrio de la catedral, en dirección a Santo Tomé. El judío estaba muy callado. Por fin, Walter preguntó:

—¿Creéis que puede ser cierto?

Alfakhar se encogió de hombros y miró al monje con expresión triste, como si en sus ojos hubieran encontrado refugio todas las penas del universo y hablara desde un lugar lejano:

—Es cierto que los hombres cometen las mayores atrocidades en nombre de su Dios y de la fe, llámese Mahoma, Jesús o Yahvé, y desgraciadamente, también sé que una mujer es capaz de trastornar al más sensato de los sabios. Si la historia es cierta, rezad para que nos asistan todos los ángeles del cielo, porque no hay nada más terrible que un ejército de soldados que obedecen ciegamente al mesías de su religión.

El maestro escultor se pasó la lengua por los labios y dejó el cincel en el suelo de la iglesia. Miró sus herramientas y tomó el escoplo de cantería. Con extrema delicadeza, lo dejó caer con un golpe seco en el contorno de la mandíbula de piedra. Una presión excesivamente fuerte podría quebrar la pizarra, mientras que si deslizaba su instrumento con demasiada suavidad no conseguiría el ángulo recto y firme que precisaba. Cayó un pedacito de pizarra al suelo, y el maestro sonrió aliviado. Soltó el escoplo y pulió con la lima la superficie recién tallada. A su alrededor, los cinco o seis aprendices que le ayudaban, y algunos curiosos que se habían reunido para verle trabajar, emitieron un murmullo de admiración. Se apartó unos pasos para observar mejor el acabado final y, con una reverencia, esperó el dictamen de sus patronos.

Esteban Illán se acercó a su efigie de pizarra con curiosidad. Allí estaba, en efecto: una mata de pelo negro, cejas pobladas a pesar de la seráfica expresión que la estatua desprendía, los anchos hombros de toro y las manos grandes, aunque estuvieran cruzadas en una pía actitud de plegaria. Era él, excepto que Esteban Illán raras veces rezaba, ni adoptaba expresión de santo. Se giró y tomó la mano de Dama Juana.

—¿Qué te parece?

El maestro escultor contuvo el aliento. Cuando había mujer de por medio, solo valía su palabra. Esta era, además, bella como pocas, y había sido un placer y también un reto tratar de fijar en piedra las facciones perfectas, la recta nariz, los ojos de gacela que tenía la futura esposa del alcaide de

Toledo. Dama Juana hizo un mohín con el labio y el escultor se santiguó, encomendándose a san José. Por fin oyó que la dama decía:

—Págale, Esteban. ¡Que parecemos reyes! —Y puntuó su respuesta con risa de plata.

El de Illán abrazó a su prometida con la pasión del que aún está por satisfacer, y trató de darle un beso, pero ella se escurrió con agilidad y le esperó en la puerta. Esteban quedó con los brazos vacíos, frente a la tercera figura de la lápida, la de su difunta esposa. Se la quedó mirando con sentimientos encontrados. El escultor no se había tenido que esmerar demasiado, porque no era bien parecida a pesar de que su nombre era Gracia, pero milagrosamente había conseguido adivinar su principal cualidad: la serenidad. De los tres, era la que realmente parecía en paz. Con una mirada fugaz se despidió de ella, arrojó una bolsa de monedas al agradecido artesano y alcanzó a Juana en el umbral de la iglesia de Santa Eulalia.

El rojizo campanario del templo mozárabe tocaba a vísperas en el arrabal alto y más allá se erguía, también de ladrillos de barro anaranjando, la torre de los Abades, cerca de la puerta de los Judíos. Unas calles más abajo, en la Alcana, recogían sus mostradores y cerraban comercio los alfareros y cacharreros, los vendedores de barricas y odres; las matronas se apresuraban a abandonar la medina, con las doncellas trotando cargadas con el cesto de la ropa por lavar, para llegar al río antes de que los curtidores de pieles y pellejeros se instalaran en el molino, cerca del Portillo, y pusieran perdidas las aguas de tintes y pestilencias. Corría un aire perezoso, de caldos que empezaban a hervir para la cena y posaderos que cortaban buen queso y jamón curado. Esteban disfrutaba con los olores de la tarde de Toledo. Le recordaban cuando era niño, e iba con su padre, que había sido alguacil mayor del reino de Castilla, por las calles de la ciudad, aprendiendo a distinguir a ladronzuelos de asesinos, a moros y judíos de cristianos, a la gente de bien y de los que aun siendo magnates había que guardarse la espalda. Era parte de su diversión diaria acompañarle mientras prendía algún rufián, y más de una vez había presenciado el castigo, a latigazos o garrote, que su padre propinaba a los detenidos. Eso no le gustaba, pero no le había tocado más remedio que fingir frialdad, o su padre le hubiera propinado una buena tunda. Al final, se acostumbró a las súplicas aterrorizadas de los reos, y dejaron de impresionarle sus caras contorsionadas de dolor; así, cuando le tocó a él agarrar el látigo y administrar su primera tanda de azotes como alguacil, tanto los señores como la gente del pueblo alabaron su pulso firme y su tranquilidad. Más tarde se ganó los honores de alcaide gracias a la reputación ganada ese día. Se acordó entonces, agradecido, de los paseos que había dado con su padre.

El Tajo traía aguas tranquilas, desde la iglesia de Santa Leocadia de fuera hasta la puerta del Hierro, por donde remontaba hacia San Servando, y seguía hasta la Huerta del Rey. Resonaban las botas del de Illán y los pasos delicados de Dama Juana por el empedrado del barrio de la judería, que Esteban recorría personalmente cada jornada, igual que el resto de la ciudad, antes de recogerse. No había de qué preocuparse, sin embargo. Por los recovecos y adarves del distrito judío jamás había problemas: los habitantes de la judería sabían muy bien que dentro de los muros del Castillo Viejo no corrían peligro, y se cuidaban muy mucho de alborotar. Por eso, en cuanto vio al grupo de jinetes, Esteban frunció el ceño y aguzó la vista. No era habitual ver a una partida tan nutrida cabalgando en plena judería. Los visitantes solían desmontar y conducir a sus caballos hasta el patio de la casa adonde iban, para molestar lo menos posible a los vecinos. Si no lo hacían así, quería decir que iban en busca de hospedaje y en ese caso, raro era que vagaran por el barrio judío. Cuando estuvo más cerca, se alarmó más aún al ver a los hombres armados. El muchacho, el viejo y el monje no le preocupaban; pero reconoció en los otros dos el porte de un soldado a diez leguas de distancia. Miró a Juana, su prometida. Desde el día en que sus alguaciles le hablaron de una francesa que era tan hermosa y culta como la reina Leonor, se prometió que la haría suya. Esteban era ambicioso, y sabía que una esposa refinada era buena piedra sobre la que bastir el camino hacia la corte. Le pasó el brazo por la cintura y se dejó embriagar por el suave olor de su rubia melena. No podía dejarla allí; si el encuentro tomaba un feo giro, era más seguro para Juana ir hacia la casa. Tendría que ingeniarse cualquier nadería para sacarla de en medio y mandarla sola de vuelta. Estaban ya los jinetes a menos de diez pasos, y se giró hacia Juana. Esteban enmudeció al verla. La bella tenía los ojos abiertos, temblaba de miedo como si hubiera visto un fantasma, y el color se le había ido de las mejillas.

—¿Qué te pasa? ¿Qué tienes? —preguntó Esteban Illán, mirando hacia el grupo de jinetes.

De los cuatro, vio que dos le devolvían a Juana la mirada: el monje y uno de los hombres. El primero estaba tan atónito como ella, mientras que el otro la miraba con complacida lascivia. Dama Juana respiraba agitadamente, y su busto subía y bajaba con delicioso vaivén, del que el tipo no se perdía detalle. La insolencia desvergonzada de su actitud inflamó a Esteban lo indecible, y su frialdad proverbial desapareció como por ensalmo. Lo vio todo rojo; sin pensarlo dos veces, dio una zancada al frente, desenvainando la espada, y gritó:

—¡En nombre del rey! Deteneos y desmontad, si no queréis probar mi acero.

El descarado habló primero, diciendo suavemente:

—¡Pardiez! Ni la he tocado, y ya me amenazáis con rebanarme el pescuezo.

—Si no te callas, Berguedà, yo mismo te lo cortaré —murmuró furiosamente Blasco de Maza—. Válgame Dios, es que ni con la boca cerrada te evitas los bretes.

—Qué culpa tengo yo si la muchacha está para mojar pan —dijo Berguedà, en el mismo tono.

Blasco soltó un juramento, impotente. No llevaban más de media hora en Toledo, dando vueltas por la judería en busca de la casa que Enrico les había descrito, sin suerte: entre los angostos adarves y con la luz menguante, todas las moradas parecían iguales, de piedra blanca, con delicadas yeserías y arcos de cerámica, y una reja de hierro labrado que dejaba entrever cuidados patios interiores. Empezaba a anochecer y en cuanto Blasco había visto, al final de la calle, a la pareja que avanzaba hacia ellos, había presentido problemas, ya que la mujer era bien lozana; y también, a fuer de ser sinceros, le había puesto sobre aviso la grosería que había soltado Berguedà al verla, y que hizo girar el cuello a Pelegrín con la boca abierta ya que el zagal, por no frecuentar tabernas, no sabía ni con qué letra se renegaba. Porque decir que la dama era guapa era quedarse corto, como el que dice que la Virgen es buena, o que el mar es ancho.

—¡Silencio! —gritó Esteban—. Desmontad, os digo, y dejad vuestras armas quietas y a la vista. ¿Quiénes sois y qué buscáis en Toledo? Haced cuenta de que habláis con el alcaide de la ciudad, y que si vuestras respuestas no me gustan, esta noche la pasaréis en un calabozo, y estará por ver si salís a tiempo para la Pascua.

—Buena la hemos hecho —exclamó el de Berguedà por lo bajo.

—¿Hemos? ¡Zopenco, bruto, necio! —susurró Blasco, mientras desmontaba.

—No seas tan duro contigo mismo —replicó Guillem, desabrochándose el cinto y dejando su espada colgada de las bridas de su caballo. El de Maza apretó los dientes, de pura rabia, con tanta fuerza que casi se oyó el crujido de los huesos de su mandíbula.

El abad de Montfroid también descendió de su montura, mientras decía con calma:

—No es nuestra intención causar ofensa ni daño, señor.

—Eso lo decidiré yo —exclamó Esteban, enfadado y suspicaz. Se giró hacia Juana, que seguía blanca como la cal. La observó, temblando y alterada como nunca la había visto. Esteban miró al extraño grupo: algo no encajaba, se lo decía su instinto, y en parte tenía que ver con Dama Juana. Los celos le devoraban. Furioso, se encaró con su prometida y le preguntó a bocajarro—: Juana, ¿qué te pasa? ¿Conoces a estos hombres? ¿Por qué estás tan nerviosa?

Dama Juana se disponía a contestar, cuando Hughes de Montfroid la interrumpió con una exclamación benevolente, mientras daba un paso hacia delante.

—Pero ¿es posible? Alabado sea el Señor, ¡qué alegría! Jeanne, ¡querida niña!

Ella le miró con incredulidad mientras el abad le ofrecía el anillo abacial, para que lo besara. Se inclinó y puso los fríos labios en la mano del abad. Cuando levantó la vista, el abad seguía hablando animadamente, mientras Esteban le escuchaba ceñudo:

—Hace años que no nos veíamos, desde que Jeanne dejara el convento donde yo iba a confesar. —Bajó la voz el abad—: Fue un matrimonio desgraciado el que arreglaron para la pobre muchacha, y pronto enviudó. No tuvo suerte con la familia política... —Agitó la mano, dando a entender que el resto de la historia no venía al cuento pero que era muy desgraciada, como correspondería a una novicia mal casada. Prosiguió, contemplándola con regocijo mientras Jeanne clavaba sus ojos color lapislázuli, ya más tranquila, en el abad—: Me alegro de verla en buenas manos. Pero en fin, dejadme que os pida ayuda: venimos a la ciudad en busca de un amigo, y al no ser de estos parajes nos cuesta trabajo encontrar su casa.

—¿A quién buscáis? —preguntó Esteban, aún hosco—. ¿Y para qué?

—A Yosef ibn Alfakhar —intervino Enrico Dándolo en voz alta y clara—. Perdonadme si aún no he puesto pie a tierra, pero veréis, recibí una golpiza hace unos días, y desde entonces estoy ciego. Busco al médico Alfakhar porque me han recomendado sus buenas artes para sanarme. —Se llevó la mano a la venda y la levantó, mostrando las heridas que aún le cubrían los ojos. Esteban le pasó la mano por delante, para asegurarse de que decía verdad. Enrico no se movió ni parpadeó. El otro replicó, mirando aún al veneciano:

—Alfakhar no vive ya en la judería. Es el médico del rey y se aloja en la alcazaba, en el palacio del Alcázar: no os resultará fácil verle. —Y no pudo contener la envidia que a Esteban Illán le causaba la alta dignidad del médico judío.

—¿Quién me busca, Illán?

Yosef ibn Alfakhar y Walter Map aparecieron de repente, al girar la esquina de la iglesia de Santo Tomé. El judío se sorprendió al ver a Dama Juana, pero guardó la compostura. El que no dudó en abalanzarse sobre el abad Hughes de Montfroid, sin ver nada más, estallando en risas y abrazándolo como si hubiera visto a Jesús caminando sobre las aguas, fue Walter Map. Se habían despedido hacía más de tres inviernos, cuando el monje había emprendido su regreso a la corte inglesa, mientras que el abad de Montfroid permanecía al lado de Aalis de Sainte-Noire y del capitán Auxerre, después de las aventuras pasadas en Champaña. El último lugar donde Walter esperaba reencontrarse con su compañero de cuitas de antaño era en las estrechas callejuelas de la judería toledana. Se limpió las lágrimas de gozo, y exclamó:

—Por mi vida que no he de pedirle a Dios más bendiciones este año, pues es gloria divina este reencuentro. Abad, amigo mío... —Se quedó repentinamente callado al darse cuenta de la presencia de *dame* Jeanne, quieta y silenciosa como una serpiente, al lado del de Illán. El monje abrió mucho los ojos, pero al comprender quién era el hombre que le miraba furibundo, disimuló lo mejor que pudo y prosiguió, volviéndose hacia el abad—: Er, que no esperaba encontrarte aquí, a fe mía que ha sido una sorpresa, er...

Esteban respiró hondo e interrumpió los balbuceos del monje, dirigiéndose al abad:

—O sois un abad muy popular o me estáis tomando el pelo. ¿A qué habéis venido a Toledo? ¿Y quién es este bufón? ¡Os advierto que no tengo paciencia para las chanzas! Dadme una explicación que me satisfaga, u os mando prender a todos. Esta ciudad es mía, y no hay secretos en sus calles que yo no conozca. —El alguacil silabeó, colérico—: ¡Y por Dios que ni tú, Yosef, te vas a librar de dar con tus huesos en la cárcel!

Alfakhar miró a Dama Juana por un breve instante. Luego fijó sus ojos grises en Illán, sin vacilar, y respondió con frialdad y desprecio:

—Te cuidarás de volver a amenazarme, Esteban. Walter Map es un huésped del rey Alfonso de Castilla, y embajador de la Corona inglesa. Me temo que excede tu autoridad de alguacil decretar su detención. Y si me pones un dedo encima, te juro que te arrepentirás, y los hijos de tus hijos también. Además, llevo recado urgente para el rey, de parte del archidiácono Domingo Gonzálvez. ¿Quieres indisponerte también con la diócesis de Toledo? No te ayudará eso a escalar las dignidades por las que, según creo, venderías los huesos de tus antepasados. —Esteban cerró la boca, loco de ira. Ambos sabían que el judío llevaba las de ganar. Alfakhar se volvió hacia Enrico Dándolo y añadió—: Creo entender que precisáis de mis cuidados, señor. Estoy a vuestra disposición. Seguidme.

Le dio la espalda calculadamente al alcaide y empezó a caminar en dirección opuesta. Poco a poco, el abad, Walter Map y los demás también se dieron la vuelta y siguieron a Alfakhar: unos, como Walter Map, evitando la mirada de Esteban, y otros, como Berguedà, buscándola con fruición. El de Illán resoplaba, humillado, deseando con todas sus fuerzas ensartar su espada entre los omoplatos desdeñosos del judío que se alejaba, fundiéndose con la oscuridad. Él, que como su padre, habría dado un brazo y un ojo por el rey de Castilla, era burlado y ridiculizado por un miserable judío como Alfakhar, al que Alfonso tenía por uno de sus principales consejeros. Esbozó una mueca que era como las fauces abiertas de un lobo herido.

A su lado, *dame* Jeanne susurró:

—Déjalos ir, Esteban. No vale la pena.

Esteban tomó a Juana por la barbilla, con suavidad. La mujer se estremeció.

—No me mientas jamás, ¿oyes? Dime siempre la verdad.

Los ojos azules de Jeanne centellearon cuando preguntó:

—¿Qué quieres saber?

En la oscuridad de los adarves, la figura de Jeanne era tan negra y helada como la de su estatua de pizarra. El de Illán la soltó de repente y dijo:

—Olvídalo —dijo— y vamos a casa.

Mientras volvían al barrio de los francos, y Toledo empezaba a dormir, el frío y prudente Esteban Illán se permitió tener sueños de gloria.

La cuadrilla avanzaba por el callejón del Clavo, en dirección al Arquillo de la judería. El ruido de los cascos de los caballos, mezclado con los pasos, golpeaba la noche. Enrico Dándolo se inclinó sobre su montura y dijo:

—Mi nombre es Enrico Dándolo, y vengo de Venecia.

—Yosef ibn Alfakhar, pero eso ya lo sabéis. —Brillaron los ojos del judío con curiosidad, pero solo añadió—: De muy lejos venís, teniendo tan cerca la prestigiosa escuela de Salerno, donde hay cirujanos, boticarios, médicos y eruditos a buen seguro más versados que yo en las artes de Galeno.

—Es que solo vos podéis ayudarme, Alfakhar —respondió Enrico—. Tengo algo que pediros, Ibn Alfakhar, y nada tiene que ver con mis ojos.

El judío se giró y miró al veneciano, expectante.

—También nosotros venimos a ver al rey de Castilla —declaró Enrico.

Alfakhar se detuvo, atónito, y dijo:

—Me temo, señor, que eso no será tan sencillo como proporcionaros cuidados médicos. ¿Puedo preguntar el motivo de vuestra audiencia?

—Traemos aviso del rey de Aragón para prevenir al rey Alfonso de una inminente desgracia que asolará su reino si no hacemos algo para impedirlo —dijo el abad de Montfroid.

Alfakhar estudió con curiosidad la firmeza del abad y el semblante grave del veneciano, y echó una ojeada a Blasco, Berguedà y Pelegrín. Emprendió la marcha de nuevo.

—Con toda franqueza, he visto delegaciones más apropiadas que la que encabezáis, abad.

—No es fina embajada la nuestra: al contrario, no tenemos tiempo que perder en lindezas ya que nos mueve la necesidad más imperiosa —replicó Hughes—. Si no me creéis, Walter será mi garante, y os contará de cuando recorrimos juntos el norte de Francia, prestando servicio a un rey para evitar una guerra. Hoy nuestra misión, desgraciadamente, no puede impedir la lucha, pero sí que Castilla caiga en una trampa terrible.

Alfakhar miró a Walter Map, y este asintió y apretó con afecto la mano del abad de Montfroid. No se había dado cuenta de lo solo que se sentía, rodeado de extraños, hasta que vio a Hughes y se dejó llevar por el impulso de abrazarle con fuerza. Dijo:

—Podéis confiar en él.

El judío preguntó, sin dejar de caminar:

—Habláis de una trampa contra Castilla. ¿De qué naturaleza?

—Un ejército de guerreros de Alá está a punto de caer sobre sus tierras, desde Trujillo hasta Almadén —dijo Enrico Dándolo, y sus ojos heridos parecían ver el futuro terrible—. Una marea de cimitarras, a las órdenes del califa de Córdoba, y guiada por un profeta de Mahoma, con poder suficiente como para enloquecer al enemigo y dar la victoria a los moros, sumiendo a Castilla en la esclavitud y arrastrando consigo a los demás reinos cristianos.

Walter Map miró al abad de Montfroid, sorprendido, mientras que Alfakhar enarcó las cejas y se atusó la barba lentamente. El judío afirmó:

—Os referís al Mahdi.

Esta vez fue el turno del abad de sorprenderse.

—También a Toledo llegan las malas nuevas —dijo Alfakhar por toda explicación, e inquirió rápidamente—: Decidme, señor, ¿quién os dio mi nombre? No tengo amigos en Venecia y sé que mi fama de médico no llega tan lejos.

Enrico esbozó una sonrisa:

—No fue en Venecia donde oí hablar de vos, sino en Alejandría. Allí fue donde me hablaron de vos. Fue un viejo amigo mío, un médico judío. En verdad que es triste su historia; permitid que os la cuente. Nació en Córdoba y allí gozaba de prestigio y respeto, hasta que llegó el actual califa. Este no tolera, como quizá sabéis, el culto de otras religiones en su reino. Así que a causa de su religión, mi amigo hubo de escoger entre la muerte y el exilio, y huyó con su familia a Egipto. Allí casi mueren de hambre, pero pronto volvió a ganarse fama como médico, hasta que llegó a oídos del gran visir que no había ninguno mejor en todo Egipto. Naturalmente lo nombró médico de la corte —el mismo cargo que vos ostentáis en la corte del el rey Alfonso— y ahora es Saladino quien le confía su salud. Mi amigo está agradecido porque sigue vivo, pero no olvida su feliz juventud en Córdoba, y odia con todas sus fuerzas al califa Abu Ya'qub Yusuf. Quizá le conozcáis. Le llaman Abu Imran Mussa bin Maimun ibn Abdallah al-Qurtubi. Aunque tiene nombre más corto: Rambam. Y creo que por estas tierras le llamáis Maimónides.

Yosef ibn Alfakhar se detuvo en seco y miró a Enrico con enigmática expresión. El ciego sonreía como si supiera que el otro estaba observándole. El judío volvió a recuperar el paso, y con una nueva gravedad en el tono de su voz, dijo:

—Creo que esa audiencia con el rey podrá arreglarse, después de todo.

11

Enemigos viejos y nuevos

El abad de Montfroid abrió el billete que el criado acababa de entregarle y lo leyó. Después, rompió el diminuto pergamino en pedazos y los arrojó por la ventana del Alcázar. Contempló Toledo extendiéndose a sus pies, hasta las aguas del Tajo. Abajo bullía el barrio del Rey con las idas y venidas de caballeros, infanzones e hidalgos que se arremolinaban frente al Arco de la Sangre, donde paraban alguaciles y hombres del conde Nuño, que tomaban nombres para entrar en el ejército del rey. Un poco más allá, en los alrededores de la antigua plaza del Zocodover, las acémilas y asnos recorrían incesantemente la calle de los correeros, cargadas las bestias de trigo y espadas, desde los mesones del grano, al sur, hasta los del hierro, cerca de la calle de los herreros. Los guarnicioneros anunciaban a voz de grito cinchas de lana, cáñamo, cuerda o esparto, y bridas de cuero labrado, buscando atraer la atención de los jinetes, que aprovechaban para proveerse de aparejos de montar, a sus costas o las más de las veces, a las del conde. Las llamadas de unos se mezclaban con los martillazos de los herreros y las piedras de afilar de los bruñidores, frente a cuyas fraguas y mostradores también había colas, pues todos querían lucir la hoja más afilada y la empuñadura más entera. Cerca de la antigua mezquita, los cabildos catedralicios habían colocado mesas y tablas, y armados con cofrecillos, pluma y pergamino, recogían óbolos para las arcas del rey; a cambio, se anotaba el nombre del donante para que el arzobispo le concediera indulgencia. En una cola aparte, los canónigos recogían con una mueca de censura el pago de la fonsadera, de manos de los criados y sirvientes que mandaban los señores con suficiente dinero como para eximirse del servicio al rey. Eran pocos, sin embargo, los que despreciaban la oportunidad de hacerse gratos al monarca y, al mismo tiempo, obtener su parte del botín de la empresa. También los campesinos, los artesanos, las fieles esposas y las impúdicas prostitutas que irían, unos en la infantería, otros en la retaguardia, reparando cascos, espuelas y armas, y las otras acompañando a las huestes, esperaban pacientemente a las puertas de la iglesia de Toledo. Una ciudad cristiana estaba en pie de guerra, y todas las almas acudían a la llamada. El abad murmuró, citando el grito que desde hacía más de cien años llamaba a la Cruzada, tanto en la Península como en Jerusalén:

—Porque Dios lo quiere... y los hombres también.

El muchacho esperaba respuesta, y Hughes hizo una seña afirmativa. Walter Map preguntó:

—¿Es de *dame* Jeanne?

El abad asintió y dijo:

—Quiere vernos. Probablemente para asegurar nuestro silencio.

—¿Qué pensáis hacer?

—Hablar con ella, por descontado. Jamás hay que desairar a los viejos enemigos. Además, puede resultar muy útil. Illán, según dijo Alfakhar, es persona principal en Toledo.

Caminaron hacia el centro de la estancia y se sentaron. El monje miró a su alrededor. A pesar de que la gran sala del trono estaba vacía, excepto por los escasos escaños de alto respaldo, cubiertos de mullidos cojines de lana, ocupados a un lado por Walter, el abad, Blasco de Maza, Guillem de Berguedà y Enrico Dándolo, y al otro por los señores del rey de Castilla, todas las lucernas de cobre y los candelabros de pie ardían con sebo y cera, y los sirvientes disponían los gruesos tapices de forma que taparan ventanas, respiraderos y pasadizos, para impedir el paso de las corrientes de aire frío de la mañana toledana. En una pequeña mesa de tijera había una bandeja dispuesta con manzanas, peras y melocotones en dulce; y pan con queso en la otra. Al lado, dos jarras de vino y una de agua.

Los viajeros habían tenido oportunidad de descansar la noche anterior de su largo camino hacia Toledo. En cuanto cruzaron las puertas de la alcazaba, Yosef ibn Alfakhar hizo valer su autoridad como príncipe judío y médico del rey y dio órdenes de alojarlos en la dependencia de huéspedes del Alcázar. Allí disfrutaron de una copiosa cena y fueron provistos de camisas de sirga y lino, que crujían de puro limpio; se sacudieron el barro del camino con agradables abluciones en barricas de agua calentada en los hornos de la despensa real. Todos habían descansado, aunque en ninguno se veía más a las claras lo buena que había sido la noche como en Guillem de Berguedà, que tenía trabada amistad con dos criaditas de las cocinas, a las que había visto mientras exploraba la despensa en busca de huevos y un pedazo de morcilla. Blasco de Maza por fin había podido limpiar su espada con buena grasa de cerdo, y sacarle brillo hasta hacerla relucir como la plata, mientras el mozo de las cuadras reales se preocupaba de limpiar y dar de beber a los agotados caballos, gozosos entre balas de paja fresca. Enrico Dándolo se había lavado los ojos con tisana de verdolaga tibia que le había preparado Alfakhar; seguía sin ver más que vagas manchas de luz en la oscuridad, pero las heridas cicatrizaban bien, en la experta opinión del médico. Al lado del veneciano, a modo de improvisado lazarillo, estaba sentado Pelegrín de Castillazuelo, con la cara de felicidad que solo puede tener un zagal que recién ha desayunado pan, miel y vino caliente. Hablaba con excitación, le faltaban palabras y aliento, mientras le describía la estampa a Enrico:

—Al otro lado hay un banco como en el que estamos sentados nosotros, también con cojines granados como estos, ¡más suaves que la piel de cordero! Encima del estrado, hay dos tronos grandes con asientos de cuero y recubiertos de plata el respaldo y los brazos. Esperad, esperad. ¡Los pomos tienen forma de garra de león! Ah, y también hay una alfombra muy espesa y rica, con borlas trenzadas de oro, de casi un pulgar de ancho... —Enrico Dándolo le interrumpió, afable:

—Pelegrín, todo esto está muy bien, pero dime qué caballeros hay sentados frente a nosotros. Recuerda siempre que es más importante saber quién hay en la sala que si esta es bonita o está bien puesta. Los brocados lujosos y los ricos tapices van y vienen, pero son los hombres quienes nos dan ruina o victoria.

El mozo se rascó la cabeza y balbuceó, apurado:

—Pues es que yo... Pues es que no lo sé.

Guillem de Berguedà le dio una palmada en la espalda y dijo:

—Déjamelo a mí, rapaz. Resulta que anoche conocí a un par de mozas con las que pasé un buen rato jugando al escondite por el castillo, y me dieron señas de señores y criados.

Blasco de Maza le lanzó una mirada asesina, de la que el de Berguedà hizo caso omiso. Empezó:

—El que está más cerca del trono es el conde Nuño Pérez de Lara, ¿ves?, con un escudo de pucheros en campo de plata. Por cierto que si yo fuera él lo cambiaba, porque no me hace pensar en gloria, sino en un potaje; aunque lleva un rico cinturón con remaches de oro y turquesa, pardiez, que ya me gustaría arrancarle, pero solo cuando anduviera dormido, que es gigante como el de Maza y tiene pinta de tener también malas pulgas.

El aragonés gruñó por toda respuesta.

—Es el conde Nuño quien está reuniendo ese ejército —dijo el abad.

Enrico asintió, reflexionando:

—Es providencial que la ciudad ya esté en pie de guerra; será más sencillo que el rey tome acción si sus consejeros y magnates ya están al quite, como nos dijo ayer Alfakhar.

—El rey le tiene mucho afecto al conde Nuño, aunque os prevengo que este no parece hombre inclinado a creer en nada que no sea madera, hierro y tierra —apuntó Walter Map.

—Alfakhar me prometió que haría lo que estuviera en su mano para que el rey no desoiga nuestro aviso, pero me temo que todo este esfuerzo será inútil si la profecía del Mahdi se cumple —dijo el abad, mirando hacia la ventana por la que entraban los ruidos de la medina.

—¡Señor, seguid! —instó Pelegrín, impaciente por saber quiénes eran los castellanos.

—Muchacho, no interrumpas a tus mayores —le regañó Blasco, con un suave empellón.

—El siguiente es un monje de la orden de Calatrava; cómo se llama no lo sé, pero reconocería esa maldita cruz en punta de lis allá donde fuera —prosiguió el de Berguedà.

—¿Qué sucede? ¿No os placen los monjes guerreros? —preguntó Blasco, sorprendido.

—¿Y qué si no me gustan? —replicó el de Berguedà—. Ratas mercenarias, por los clavos de Cristo, que venden sus brazos para pías reconquistas cuando deberían poner su cuello en juego por la honra del rey y de Dios. ¿Qué pasa, Blasco? ¿Tendremos otro pleito, por causa de los templarios, los endemoniados calatravos o será tal vez por los de Santiago?

El aragonés repuso, con sencillez:

—Por una vez, estamos de acuerdo, Berguedà.

Tan poco esperaba esa respuesta el catalán que respondió, entre burlón y emocionado:

—Pues que no sirva de precedente, Blasco, o terminaré por pensar que estamos hechos el uno para el otro. —Y también por una vez, Blasco de Maza se echó a reír en lugar de jurar que le rompería los huesos al de Berguedà uno por uno.

Los castellanos miraron la algarabía de los huéspedes, al otro lado de la sala, con cierta censura. Prosiguió el otro—: Al lado del monje se sientan dos clérigos, uno con aspecto de no dormir mucho pero sin que le aproveche, y el de al lado tan nervioso que no para de moverse. ¡Tal parece que tuviera un enjambre de abejas en los pies!

—Al primero que decís le conocí ayer: es el archidiácono de Toledo, Domingo Gonzálvez. Y el otro es el arzobispo —dijo Walter, y añadió girándose hacia el abad—: Fue uno de sus maestros traductores de Toledo el que descubrió el manuscrito de la profecía árabe.

Hizo su entrada el rey, acompañado de su esposa Leonor, y todos guardaron silencio. Tras Alfonso de Castilla aparecieron Yosef ibn Alfakhar y el almojarife mayor Ibn Sosen. El abad se dio cuenta de que al monje de Calatrava y al arzobispo no les complacía la preeminencia de que disfrutaban los consejeros judíos del rey, a juzgar por la forma en que uno chasqueaba la lengua y el otro elevaba la mirada al techo. No debía de ser ajena la incomodidad al hecho de que los judíos eran *servi regis*, directamente servidores del rey, y no debían pago de diezmos ni a la Iglesia ni a otro señor que el monarca Alfonso que, por otra parte, agradecía y no poco los pagos y préstamos de la aljama. Tomaron asiento el rey y la reina, e hizo un gesto Alfonso de Castilla. Al momento se acercaron los castellanos, Domingo Gonzálvez y el arzobispo de Toledo. Empezaron a conferenciar;

mediaba de vez en cuando Alfakhar, y otras Nuño Pérez de Lara levantaba la voz, y las más el archidiácono insistía y se desgañitaba con largos parlamentos; pero era indescifrable, desde donde estaban sentados los viajeros, el debate que sostenían. El rey Alfonso terciaba y callaba, ora ceñudo y ora incrédulo.

—No entiendo por qué hemos tenido que dejar el asunto en manos de Alfakhar —dijo el abad, preocupado—. Se me hace que el arzobispo y los señores castellanos le tienen cortés ojeriza, y que por venir de él las nuevas puede que las tengan de menos.

Enrico Dándolo dijo, apaciguando la inquietud del otro:

—Pero el rey Alfonso sí le tiene confianza, y su decisión es la que cuenta. Somos forasteros en tierra extraña, Hughes. Dejemos que nos llamen cuando sea preciso y confiad en Alfakhar. Y si no, os ruego que confiéis en mí.

—Sé que no os he hecho preguntas durante el viaje, porque era imperativo llegar a Toledo, y precisamente porque desde el principio supe que podía confiar en vos —dijo el abad, intranquilo—. Pero parece como si contarais con algo más que el rey de Castilla para derrotar al califa, y por mucho que le doy vueltas no se me ocurre qué es. Cuando veo a todos esos caballeros armándose para una muerte segura, bajo el poder del infante prodigioso que vi nacer en Jerusalén, me invade la impotencia y la rabia. Pero vos estáis tranquilo como si solo viniera una lluvia de primavera, en lugar de la tormenta de Alá. Enrico, ¿qué me ocultáis?

El veneciano puso la mano en el hombro del abad y dijo:

—Nada que debáis saber aún, o mejor dicho, que no os pusiera en peligro. Pero desengañaos, estoy preocupado igual que vos. Y tenéis razón en que tenemos más quehacer aquí aparte de mezclar nuestras espadas en una guerra.

—Bajó la voz y prosiguió—: Sabemos a las claras que ha habido una conspiración para traer por la fuerza a Fátima hasta Córdoba. Una parte de la conjura procede del califa, pero la otra mitad de la traición por fuerza tiene que estar en Toledo, porque no se puede conquistar un reino tan fuerte como es Castilla sin emponzoñar su corazón; y de aquí tenemos que arrancar la hidra, o se volverá a reproducir como mala hierba. Ahora bien, nada lograremos si no es con la ayuda de un alto cargo de la corte, alguien que nos abra las puertas que precisamos cruzar.

—Como Alfakhar —asintió el abad. Hizo una seña afirmativa el veneciano:

—Ahora solo cabe esperar, pero pronto podré contaros todo lo que sé. Os pido paciencia.

El abad de Montfroid miró los ojos sin luz del veneciano y dijo:

—En vos confiaré, Enrico.

Y guardaron silencio los dos, esperando el veredicto del rey de Castilla.

Mientras así discurrían veneciano y abad, Guillem de Berguedà le daba un codazo a Blasco de Maza en el costillar y con tanta fuerza que casi se quedó el gigante sin respiración.

—¿Y ahora qué sucede? —preguntó el de Maza. Como el otro no le contestara, siguió la dirección de su mirada. Leonor de Plantagenet no escuchaba las agitadas discusiones de su esposo, y distraída paseaba la vista por la sala. Blasco abrió la boca, incrédulo—: Muy callado estabas, bestia endemoniada. No serás capaz. Si tú quieres terminar empalado hasta el cogote y colgado de los pulgares de la almena mayor, ¡yo no pienso acompañarte!

Guillem de Berguedà murmuró, embelesado:

—Por mis cinco castillos, de esa emperatriz sería yo vasallo tanto en llano como en desierto.

—¡No es ninguna emperatriz! Es la reina de Castilla, ¡loco!, y a su lado está sentado su marido, el que te cortará la lengua si sigues hablando así —susurró Blasco, desesperado—. ¡Y deja de mirarla como si fuera una pierna de cordero!

—Reina en mi corazón, emperatriz sobre mis deseos —dijo el de Berguedà, sin importarle quién le oyera. Tan fijamente contemplaba al objeto de su admiración, que Leonor sintió una mirada más insistente que de costumbre sobre sí. Estaba habituada a que los cortesanos la observasen; algunos con curiosidad al principio de llegar a Castilla, otros con envidia cuando Alfonso la cubría de regalos y privilegios. Desde hacía tiempo habían cambiado las tornas, dividiéndose las miradas entre la pena y la indiferencia de unos, y el cariño y la lealtad de otros. No era ningún secreto que entre los esposos reales el trato se había enfriado; en justa correspondencia, buena parte de la corte prestaba menos atención a la reina, pues su influencia sobre Alfonso había menguado, y al fin que ese era el único poder que interesaba. Leonor se dio cuenta de que no era un cortesano el que la contemplaba, y levantó la vista. Cuando por fin se encontraron los ojos de la reina y el trovador, tuvo ella que apartarlos, azorada por la ardiente mirada del de Berguedà. Esbozó el caballero una lenta sonrisa de satisfacción y suspiró para sí:

—De esa discreta dama no me separaré ni por orden del cielo ni por alaridos del infierno, y juro que no le faltarán mis versos. —Se volvió al de Maza, que no las tenía todas consigo, y el de Berguedà exclamó—: ¡Alégrate por mí, Blasco! Que este viejo perro ya ha encontrado rincón donde postrar sus cansados huesos.

Blasco se limpió el sudor frío de la frente con uno de los delicados cojines, mientras decía:

—Espero que sepas lo que haces, Berguedà. Que a pesar de que eres un redomado bastardo, a estas alturas y con lo que nos ha llovido, me dolería verte ensartado por el hierro de un marido celoso, ¡sobre todo el de un rey!

En ese momento se alzó Alfonso de Castilla e hizo señas al abad y a Enrico Dándolo de que se acercaran al trono. Ayudado de Pelegrín, avanzó el veneciano, con Hughes de Montfroid a su lado. El rey dijo:

—Traéis nuevas del rey Alfonso de Aragón que, según parece, sostienen los indicios avistados por mi magnate Nuño Pérez de Lara acerca de una revuelta mora de a miles. Demasiado tiempo llevábamos sin cabalgadas ni ataques a traición de los moros que habitan al sur de Castilla, y debí de haber sospechado cuando la hiena hace vida de cordero. Confieso que se me hace increíble creer por añadidura esa fantástica historia que el archidiácono Gonzálvez me cuenta, pero —Alfonso levantó la mano ante la protesta del aludido— tanto él como Cerebruno son clérigos de sensata cabeza y saben que por mi vida, si esto es una fabulación, no dudaré en cerrar la escuela catedralicia y desterrar a sus canónigos a las parroquias más recónditas de Castilla. —El rey Alfonso cerró el puño sobre la garra de león, tallada en la madera del trono. Apenas curada la herida de Navarra, con las arcas medio vacías, era el peor momento para contemplar, ya no escaramuzas, sino una batalla abierta contra los moros de Córdoba, que nadaban en oro y plata, y traían guerreros de África a voluntad. Prosiguió—: Mi almojarife sabe cuántos maravedís contiene mi tesoro, y me cuidaré mucho de preguntárselo, porque el monto es tan exiguo que me vería obligado a arrojarme a los pies de mis súbditos para pedirles limosna. Para emprender esta empresa de gloria, que al cabo es la del Señor, me veo en la necesidad de apelar al rey de Aragón, que ya ha mostrado su buena disposición enviando leales mensajeros para protegerme a mí y a mi reino de un destino aciago. Es cierto que, cuando éramos ambos más jóvenes, tuvimos nuestras desavenencias, como no puede ser distinto entre monarcas que tienen hambre de oro y sed de tierras, con las que esperan apaciguar a un pueblo aún más hambriento que ellos. Pero por fortuna hicimos nuestras paces y nos mostramos las manos alzadas en señal de buena voluntad. Ahora os ruego que a la mayor premura le mandéis misiva mía. Sé que no son pocos los perros que ladran en sus fronteras del norte, donde la herejía y la traición palpitan como abyectas pústulas, y que también él precisa de huestes. Me acojo, sin embargo, a vuestras propias instancias, que hablan de la horrenda destrucción y caída de mi reino, para agradecer cada soldado, cada espada y cada lanza que pueda enviarme. Dios sabe de dónde sacaremos nuestras fuerzas, pero os doy mi real palabra de que si el rey de Aragón nos brinda ayuda, será el principio de una alianza entre nuestros reinos, tan sólida y duradera como el mejor acero de Toledo. Os dejo con mi almojarife y mis señores castellanos. Venid, Cerebruno. Quiero que en la catedral de Toledo se digan misas por la salvación de nuestras almas, para que Dios nos asista en esta dura tarea que habremos de acometer. Volveremos a vernos, ya pertrechados, para partir hacia el sur mañana al amanecer.

El rey Alfonso abandonó la sala, acompañado de Leonor, y seguidos por el arzobispo de Toledo y el archidiácono Gonzálvez. Quedaron los de Castilla frente al abad y Enrico, y fueron hacia los escaños donde esperaban Blasco de Maza y Guillem de Berguedà. El maestre de Calatrava, impaciente, fue el primero en hablar:

—Nos urge saber cuándo llegarán las tropas del rey de Aragón.

—Si es que las manda —apuntó el conde Nuño—. Que es mucho esperar generosidad de un antiguo enemigo, cuando el provecho que pueda sacar de nuestra derrota sería mayor.

—Si así fuera, mi rey Alfonso no hubiera mandado escuadra, que le bastaba con veros caer y pudrirse vuestra capital si fuera su ánimo el de un ave de rapiña —espetó Blasco de Maza—. Y aquí está mi hierro dispuesto a conversar con quien eso sostenga.

El abad Hughes intervino:

—Tiene razón Blasco, mi señor Nuño. Nada ganaba el rey avisando a Castilla, si no estuviera honradamente preocupado por el bienestar de los reinos cristianos. En cuanto a vuestra inquietud, al amanecer saldré hacia Barcelona. Veré de mandar nuevas en cuanto pueda respecto a cuántos hombres y bestias se envíen desde Aragón.

—Abad, me opongo —interrumpió Enrico Dándolo con firmeza—. Estoy convencido de que seréis más útil aquí que en Barcelona. Haced que vaya Blasco, o el señor de Berguedà.

—¡No! —exclamaron los dos a una, y se miraron a punto de estallar en una carcajada el de Berguedà, y suspicaz el de Maza. Habló Blasco primero—: Si la lucha por mi rey está aquí, mi brazo aquí se queda, que para enviar letras están los recaderos. ¿No sería más bien labor para un trovador como tú, Berguedà? Mira que contra los moros tus bravatas caen como hoja de otoño, que hay que asestar golpes y no versos.

Guillem de Berguedà replicó:

—No tengo yo la culpa de ser tan buen soldado como poeta, Blasco. Los hay que sabemos hacer más de una tarea a la vez. Excusadme, Enrico, pero mi rey Alfonso me mandó a Castilla porque hay gente en Cataluña a la que le gustaría afeitarme barba, cogote y cuello limpiamente y de un solo tajo, de modo que aquí me quedo. Y si hay tangana mejor que mejor, aunque sea mezclada con misas mayores.

El de Maza le sopló al oído a Guillem:

—Si te quedas en Toledo, ¡pobre de ti que te busques quehacer por las noches! Estás avisado.

—Blasco, caramba, ¡que esto ya pasa de castaño oscuro! —dijo, aguantándose la risa. Al ver que el otro seguía con cara de funeral, exclamó—: ¡Aragonés del demonio! Déjame en paz. Te juro que no haré nada que tú no hicieras.

Y a pesar de ese juramento, Blasco de Maza se quedó inquieto como caballo en noche de tormenta, mientras que el de Berguedà semejaba un gato a punto de zamparse a un ratón.

El abad miró al conde Nuño y aventuró:

—Quizá podáis prescindir de un soldado para cabalgar a Barcelona...

Nuño negó con la cabeza.

—Apenas cuento con un centenar de hombres para toda la vanguardia. Ni uno me sobra.

—Además, el rey de Aragón no confiará en un extraño —objetó Blasco de Maza.

—Hughes, yo me ofrezco para ir a ver al rey Alfonso —anunció Walter Map—. Estoy acostumbrado a viajar solo y sin escolta. Después de todo, llevo carta de salvoconducto del rey Enrique de Inglaterra, que me figuro desde Toledo a Barcelona ha de valerme de protección. Y como enviado de Inglaterra ha de fiarse de mí Alfonso de Aragón, puesto que Enrique es su padrino. Dadme carta del rey de Castilla, escribid unas líneas vos para disipar cualquier duda, y con un buen caballo y algunas provisiones, saldré en cuanto lo mandéis.

Hughes de Montfroid miró agradecido al galés, diciendo:

—No es viaje sin peligro. ¿Estás seguro, Walter?

El monje sonrió:

—Nací en la Marchia Wallia, donde normandos y sajones se arrancan las entrañas de la mañana al atardecer. He recorrido a pie y a caballo montañas, valles, ríos y desiertos, y conservo casi todos mis dientes, brazos y piernas, y una buena cabeza. Estaré bien.

El abad asintió y le abrazó, emocionado. Se giró hacia el monje de Calatrava y el conde Nuño y preguntó:

—¿Cuál es nuestra situación, señores? —Y ante la mirada de extrañeza de ambos, dijo—: Estuve en Trípoli y en la toma de Ascalón. Pasé más de diez años guerreando en Jerusalén, y os aseguro que conozco el corte que deja en la carne una hoja curva tan bien como vosotros. —Repitió—: ¿Cuál es nuestra situación?

El conde Nuño indicó a Martín Pérez de Siones que procediera. Este sacó de su hábito un pedazo de madera que parecía una caja. La desplegó, abriéndola por sus bisagras como una contraventana, y apareció una talla de madera de los reinos cristianos, de poco menos de medio codo por otro tanto, que quedó plana sobre la mesa. El abad, Alfakhar y el almojarife se inclinaron sobre el mapa. Dijo Matín, señalando:

—Ved los ríos pintados de azul, los montes y sierras en verde y los castillos de Calatrava marcados con un punto rojo. Aquí está Toledo, y en negro la línea que nos separa del califato de Córdoba. A lo largo de las principales fortalezas de nuestra orden he dispuesto vigías de día y de noche, con cuadrillas de soldados para su refuerzo en caso de ataque —indicó en el mapa—. En Guadaleza, Benavente, Piedrabuena, Miraflores y Caracuel, y por supuesto en Calatrava la Vieja. Por los Pedroches y por los montes de Toledo, recorren las sierras monjes sin guarnecer, con atuendos de campesino, para detectar cualquier movimiento en los campamentos moros.

—¿Cuántos hay? —preguntó el abad.

—Entre el Guadalquivir y el Guadiana, cinco que sepamos —dijo gravemente Martín—. Pero lo que más nos preocupa es que están concentrados, demasiado cerca de nuestras fortificaciones y villas. No hay ninguno apostado cerca de Alcántara, ni Badajoz, que si fueran a atacar León o Portugal, allá estarían. No, están todos arracimados como sanguijuelas a menos de cinco días a caballo de Toledo.

—Pretender atacar la ciudad sería un suicidio —medió

el conde Nuño— porque en cuanto trataran de poner pie en la sierra de Orgaz, las huestes de Calatrava y las mías caerían sobre su retaguardia. Pero en verdad que es extraña esta agrupación. Ni nosotros ni los moros buscamos enfrentamientos abiertos, por lo general. Entre razias y algazúas solemos andar todos, para hacernos con un botín y salir lo antes posible de terreno enemigo. No es natural este comportamiento, como si no temieran que supiéramos sus intenciones.

—A no ser que contaran con un arma prodigiosa —dijo Hughes— que les diera ventaja.

El fraile de Calatrava y Nuño Pérez de Lara intercambiaron una mirada, y el conde dijo:

—Abad, soy fiel vasallo del rey Alfonso: acato sus dichos y aplaudo sus actos. También soy un cristiano temeroso de Dios como el que más, pero lo que nos habéis contado esta mañana parece más bien cuento de mocosos y no de hombres. Y lo que es peor, distrae al rey de lo que verdaderamente apremia: conseguir más soldados y más oro para hacer frente al ataque, pues este será real y cruento.

—¿Dudáis de la palabra del archidiácono Domingo, de la misiva del rey de Aragón o de lo que Enrico o yo mismo podemos jurar sobre la Biblia, que esa moza hemos de temerla más que a las diez plagas de Egipto, y que por ese motivo la buscaron los de Córdoba hasta en el corazón mismo de Cataluña? —replicó el abad Hughes—. Más aún, conde: ¿no veis con vuestros propios ojos que los moros se comportan como si fuera cierta la leyenda del Mahdi, y no una fantasía?

Terció el fraile Martín Pérez de Siones:

—No porque llueva cuarenta días seguidos hemos de creer que ha llegado el Diluvio.

—En ese caso, el Señor hizo santamente dirigiéndose a Noé en lugar de a vos —espetó el abad, impaciente—. Y si queréis ver tierras devoradas por una maldición de Dios y del demonio, esperad y no hagáis nada: el Mahdi se ocupará de borrar Castilla del mapa.

—¡Por muy abad que seáis, eso huele a bajeza y a blasfemia! —exclamó Martín, airado.

—Veo que la corte sigue siendo un interesante lugar, señores —dijo una voz desde la entrada.

El almojarife Ibn Sosen se adelantó y dijo, con voz pausada:

—Y más para los que llevan tiempo alejados de ella, señor de Castro.

Repuso el magnate Fernando Rodríguez de Castro, avanzando:

—Muy cierto, muy cierto. —Miró el mapa y a los presentes, y dijo—: La calle hierve con la noticia de que se organiza una expedición contra los moros, y puesto que he tenido la mala fortuna de disgustar al rey Alfonso, se me ocurrió presentarme...

—Para congraciaros con la Corona —terminó Ibn Sosen.

Rodríguez de Castro sonrió sin mostrar los dientes, falsa su cortesía como la plata del pobre. Saltaba a la vista que entre el judío y el magnate existía una fuerte y mutua aversión. El conde Nuño Pérez de Lara dijo:

—Hubieras venido cuando estábamos en audiencia, y le habrías podido tirar estas flores tú mismo, Fernando. Qué lástima que no hayas tenido la valentía de encararte con el rey.

Rodríguez de Castro contempló a su tradicional adversario con una mezcla de impotencia y desdén. Bien se veía que de no ser por los testigos presentes, el de Castro gustoso hubiera degollado al conde Nuño. Preguntó, fingiendo interés:

—¿Eres tú quien encabeza la ofensiva?

Se disponía a hablar el fraile Martín, pero Nuño le hizo una seña y respondió, burlón:

—Y si es así, ¿qué? No me dirás que te pones a mis órdenes, Fernando.

—En la calle se dice que vas corto de hombres, Nuño —siguió el otro, venenoso—. ¿Estás seguro de que no vas al encuentro de tu muerte? Los montes de Toledo están plagados de las tumbas de los necios que murieron pensando que Dios estaba de su parte. ¿No fue ahí donde tuviste que enterrar a tu hermano Manrique?

—¡Miserable! Volved a la calle, que allí es donde debéis estar, y no en el Alcázar con el rey y sus fieles —escupió el fraile de Calatrava, avanzando hacia el de Castro.

Ni le miró Rodríguez de Castro; seguía sin quitarle ojo al conde Nuño, el cual tenía la mano temblorosa encima de la empuñadura de su espada. Duró unos instantes el silencio cargado de amenaza, hasta que el conde replicó, blanca de ira la voz:

—Vete por donde has venido, rata despreciable. ¿O es que descas vei a Alfonso, después de todo? Ten por seguro que no será tan generoso como yo, que te dejo vivo cuando debería matarte aquí y ahora. ¡Vete, te digo! —terminó la frase como un latigazo.

La cara de Rodríguez de Castro se había transformado en una máscara de odio y de miedo. Gritó, vomitando su rencor sin tapujos:

—¡Con mis propias manos habré de arrancarte el corazón! ¡Te lo juro!

Se fue por donde había llegado, aunque sus malignas palabras quedaron flotando en el aire.

—¡Maldita bestia! —estalló Martín.

A una señal del almojarife, vino la guardia del rey que custodiaba la sala. Dijo Ibn Sosen:

—Nadie entra ni sale del Alcázar sin estar el conde Nuño informado. ¿Está claro?

—Os lo agradezco —dijo Nuño—. Pero no es tan grave que haya podido llegar hasta nosotros; al fin y al cabo es magnate de Castilla. Me preocupa lo que esta visita tiene de desafío, precisamente ahora, como si ya no temiera el castigo del rey Alfonso.

Se encontró con la mirada penetrante del abad. El conde sacudió la cabeza y admitió:

—Está bien, está bien. Demasiadas casualidades, os lo concedo. Pero yo soy soldado, y nada más. No sé pelear contra fantasmas ni contra conspiraciones. Sé que Castro es un infame, pero no tengo forma ni tiempo de averiguar si está mezclado en este asunto. Debo dedicarme a reunir una fuerza suficiente para enfrentarnos al ejército moro, ¡y cada día que pasa es uno que nos acerca al desastre!

El veneciano dijo:

—Armad a vuestros soldados, conde. Os prometo que no lucharéis solo.

—Pero si la profecía es cierta, todo está perdido —dijo el conde Nuño, desalentado.

—En Venecia tenemos un dicho: «El sol se come las horas.»

—¿Y qué queréis decir con eso? —preguntó el fraile Martín.

—Que no hay tiempo que perder —replicó Enrico.

—Gracias por recibirme. Es un privilegio estar en el Alcázar —dijo *dame* Jeanne, deslizando su mano por el rico tapiz de trama de seda que vestía la pared de la amplia celda, que comprendía dos lechos, con cobertores forrados de piel de conejo, dos cómodas butacas de cuero cordobés y una silla de tijera. Un arcón, un aguamanil y un candelabro de pie completaban la decoración. La ventana era alta y estrecha, como correspondía a una celda del Alcázar que daba a la parte exterior de la muralla, pero aún alcanzaban los rayos del sol de la tarde a iluminar la estancia sin necesidad de encender la lumbre de sebo del candelabro. *Dame* Jeanne añadió—: Esteban ya me había dicho que era lujoso.

—Cuando erais dueña de Sainte-Noire, visitasteis la corte de Champaña con vuestro esposo Philippe más de una vez, Jeanne —dijo el abad de Montfroid—. También allí había riquezas.

—Pero solo era un palacio condal, mientras que este pertenece a un rey —dijo *dame* Jeanne, relampagueándole los ojos de deseo. Llevaba el pelo trenzado en una corona, y un tocado que lo cubría, pero algunos bucles caían sobre su frente y sus mejillas, enmarcando la faz que había hechizado al alcaide de Toledo y al médico del rey. Walter Map, sentado en una de las dos butacas, al lado del abad, pensó que de no haber conocido la deslumbrante belleza de Leonor de Aquitania, esposa del rey Enrique y madre de la reina de Castilla, quizás él también habría caído en las garras de aquella Dalila plantada frente a los dos. Hughes de Montfroid replicó secamente:

—Siempre fuisteis ambiciosa. Y veo que seguís siéndolo.

—Lo decís por Esteban —dijo *dame* Jeanne, complacida—. Es cierto que he tenido suerte. Llegué a Toledo con las manos vacías. Hoy tengo a mi lado a un oficial del rey, que procede de una buena familia mozárabe, influyente y con aspiraciones. Es alcaide de Toledo, como su padre, pero puede llegar mucho más lejos. ¿Sabéis que cuando el rey Alfonso era joven y por fin entró en Toledo, en la guerra que hubo hace diez años, fue Esteban quien le ocultó para que pudiera coronarse en la ciudad, frente a su pueblo? Un rey jamás olvida algo así. Y ahora que vuelve a ser tiempo de matar, habrá de nuevo honores para quien esté del lado de la Corona.

—Van a morir muchos hombres —dijo Hughes con dureza— y vos solo pensáis en abriros camino por entre sus cadáveres. ¡Loba debería ser vuestro nombre!

La mujer sonrió con dientes perlados:

—No es mala idea. Quizá bautice así a la primera niña que tenga con Esteban. Primero he de darle un varón, claro está. Como quise hacer con Philippe de Sainte-Noire, antes de que os entrometierais en mis asuntos para ayudar a su maldita hija Aalis —añadió con aspereza—: Pero eso ya pasó, gracias a Dios. Ahora tengo una nueva vida.

—¿Qué hicisteis después de abandonar Sainte-Noire? ¿Cómo habéis llegado hasta Toledo? —preguntó el abad, sintiendo curiosidad a su pesar.

—¿De verdad queréis que os lo cuente, Hughes? —espetó *dame* Jeanne. Ni siquiera cuando arrugaba su expresión, como ahora, se afeaba la lozanía de la francesa—. No sé si podréis entenderlo: que cada amanecer se convertía en una losa y cada beso en una cuchillada, porque mi espíritu no estaba hecho para parir y cuidar, ni a niño, ni a hombre. Lo dejé todo. Luego el camino decidió por mí, y aquí estoy.

—Pero ahora volvéis a tener hombre, y habláis de hijos con él —dijo Hughes.

—Esteban es rico, tiene ambición y bebe los vientos por mí —replicó *dame* Jeanne velozmente—. Es decir, que me place y me complace.

—Y además es viudo —señaló Walter Map.

Dame Jeanne se volvió hacia él como una cobra que fija su viperina mirada en la presa.

—¿Qué queréis decir? —siseó.

Walter se encogió de hombros.

—He oído que murió repentinamente su esposa, nada más.

—Mucho sabéis para venir de fuera. ¿Quién os lo contó?

—Yosef ibn Alfakhar, el médico del rey.

Se suavizó la mirada furiosa de Jeanne.

—Recuerdo bien al gentil señor. Se portó bien conmigo cuando tuve un... altercado. Pues es cierto, Gracia de González murió hace poco, y yo estuve a su lado hasta el último momento, cuidándola. Eso es lo que Alfakhar os ha dicho. Estoy segura de que jamás haría nada para perjudicarme —sonrió, insolente.

—Mientras que nosotros sí podemos hacerlo —interrumpió el abad de Montfroid—. ¿Cómo creéis que reaccionaría Esteban Illán, alcaide de Toledo, rico y gran señor, que quiere presentaros en la corte, si supiera de vuestras hazañas en Francia? De cómo traicionasteis a un marido, lo arrastrasteis hasta la tumba y casi matáis a su primogénita, participando en conspiraciones propias de una meretriz. No creo que la pasión que siente por vos sobreviva a esas verdades. ¿Qué opináis? ¿Queréis averiguarlo?

Dame Jeanne se quedó inmóvil, helada por el miedo. Los celos de Esteban de la noche anterior habían dejado paso a una mañana de mal humor y pesados silencios, hasta que el alcaide hubo abandonado la casa. La francesa no se había preocupado; confiaba en sus encantos para endulzar el enfado. Pero Jeanne sabía que si volvían a atizarse las dudas, quizá perdería para siempre la confianza de Esteban, y con ella, la oportunidad de ascender que la riqueza del de Illán le brindaba. El alcaide de Toledo no soportaba la mentira. Alarmada, dijo:

—Pero ayer no me delatasteis. Pensé que...

—Llevabais un hijo de mi viejo amigo Philippe de Sainte-Noire en el vientre la última vez que os vi. Y buscasteis la ruina de Aalis de Sainte-Noire. ¿Creéis que soy capaz de olvidar eso? —increpó el abad—. ¿Dónde está el niño?

—Y en cuanto a la pobre Gracia de González, quizá su cadáver pueda contarnos la historia de cómo murió —apuntó Walter—. Hay muertos que hablan desde la tumba para los que saben dónde buscar los indicios.

—El niño está bien, está sano y salvo. Le llamé Philippe en honor de su verdadero padre —respondió *dame* Jeanne, aterrada al ver la expresión implacable de Hughes de Montfroid—. Lo dejé con un hombre que cree que es su hijo, lo cuidará bien, nada le pasará. ¡Os lo ruego, no le contéis nada a Esteban! Su mujer tenía la salud débil, iba a morir pronto de todos modos...

Dame Jeanne se mordió el labio inferior, y se calló, furiosa consigo misma. Hughes y Walter cruzaron una mirada. El abad susurró:

—¿No era Philippe también el nombre del muchacho del mercader de Ferrat?

Walter respondió, asombrado:

—No creeréis que sea...

El abad de Montfroid asintió y dijo, en voz baja:

—¡Estoy convencido! Ferrat contó a Aalis y Auxerre que conoció a esa tal Angélica en el norte, cuando estuvo en el castillo de los condes de Champaña. Y por esas mismas fechas, Jeanne huyó, ya embarazada de Sainte-Noire, antes de que pudiéramos prenderla y acusarla. Ahora nos ocupan otros asuntos, pero cuando Ferrat vuelva de Córdoba, tendremos que decirle quién es en verdad su hijo.

—Así que Aalis tiene un hermano —musitó Walter Map.

—Y recemos porque llegue a conocerlo —dijo el abad. Fijó su mirada aguileña en la mujer, que seguía quieta, esperando sin perder los nervios que los dos hombres terminaran. No parecía en absoluto preocupada; en lugar de suplicar, o sollozar, dijo con frialdad teñida de desafío:

—¿Sabéis? He pensado que no me estaríais diciendo esto si realmente fuera vuestra intención descubrirme. A menos que... —Reflexionó furiosamente, como siempre que se había jugado la vida a la carta más alta. Alzó la mirada, victoriosa—: ¡Me necesitáis! No sé el qué, pero queréis algo de mí.

—Así es —admitió el abad—. Y quizá por primera vez en vuestra vida, haréis el bien aun en contra de vuestra voluntad. Si hacéis lo que os pido, nada habréis de temer.

Dame Jeanne dijo, desvergonzadamente:

—No me diréis que deseáis disfrutar de mi compañía. Me sorprendería, ya que jamás he conocido dos frailes más mojigatos.

—¡Callad! —ordenó Hughes—. Escuchadme.

Con un suspiro, Jeanne se dejó caer en la silla. Aun con la tierna fragilidad que desprende una mujer, mientras la observaba, a Walter se le antojaba que era peligrosa como una pantera, y dudó por un instante de si era buena idea recabar su ayuda. El abad siguió hablando, mientras desgranaba las instrucciones con precisión. *Dame* Jeanne asentía, obediente. Sus ojos azules brillaban con tanta fuerza como dos diamantes en el rostro de mármol de una diosa cruel.

Enrico Dándolo esperó sentado en su celda a que Pelegrín regresara. Aparte del mismo lecho, butacas y arcón que había en las demás, por órdenes de Alfakhar los sirvientes de palacio traían cada dos horas jofainas con caldos tibios de hierbas para que se curara los ojos. El veneciano miró hacia un punto delante de él y trató de distinguir algo entre las manchas de luz y sombra. No lo logró, y sintiendo una marea de frustración por primera vez desde que quedara ciego, golpeó con el puño derecho su palma izquierda. Contrariado, palpó la mesa de tijera en busca del paño de algodón humedecido en la tisana y cuando lo encontró, se limpió una vez más. Tocaron a la puerta y Pelegrín sacó la cabeza.

—Señor Enrico, aquí lo traigo.

—Gracias, muchacho. Puedes irte. —Cuando oyó la puerta cerrarse, y el ruido del visitante sentándose en la butaca que había dispuesto frente a él, dijo—: Habéis sido leal, Alfakhar.

El médico judío asintió, y al recordar que el veneciano no podía verle, respondió:

—No podía hacer otra cosa. ¿Cómo está Maimónides? ¿Es feliz en Alejandría?

—Sabe que jamás podrá volver. Así que acepta su destino, y eso es su felicidad.

—No esperaba menos de un sabio como él —dijo Alfakhar, emocionado.

—Son tiempos difíciles los que empujan a los eruditos lejos de sus hogares, condenados al exilio y a merced de la providencia o del capricho de los sátrapas —ponderó Enrico.

Volvieron a llamar a la puerta, y entró el abad de Montfroid.

—¿Cómo ha ido? —preguntó Enrico.

—*Dame* Jeanne sigue teniendo piedra en lugar de corazón, pero ha aceptado.

Alfakhar se removió, incómodo. Hughes se disculpó:

—Amigo mío, perdonad, sé que os duele que hable con dureza de esa mujer.

—No, al contrario. Os estoy agradecido. —Alfakhar miró al abad—. A pesar de saber que era una aventurera, y posiblemente también una asesina, confieso que seguía albergando dudas. Supongo que uno siempre prefiere creer lo imposible antes de admitir la realidad. Lo que me contasteis me hizo abandonar toda esperanza.

—Eso es bueno, Alfakhar, porque quizá debáis volver a tratar con ella si cumple con su palabra —dijo Enrico—. Y debes tener la mente fría y el espíritu sereno.

—No os preocupéis por eso —zanjó Alfakhar.

Hubo un silencio entre los tres, que rompió el abad de Montfroid:

—Walter está preparando su partida. La verdad es que me entristece despedirme de él tan pronto, apenas después de habernos reencontrado. Mañana, cuando nosotros vayamos a la torre de Guadalerza, él cruzará la puerta de Valmardón y se encaminará a Zaragoza.

—Siento deciros que no iré a Guadalerza, Hughes —dijo Enrico Dándolo. El abad levantó la cabeza, sorprendido.

—¿Qué queréis decir?

—Que Fátima está en Córdoba, y allí es donde hay que ir —declaró Enrico.

—¿Cómo? —exclamó el abad. Vio que el veneciano no bromeaba, y suspiró, resignado—: Nuño ya nos ha avisado de que no puede prescindir de ningún soldado, así que no podemos contar con escolta. En fin, allí iremos, y espero que mi espada pueda defendernos a los dos.

—Iré solo, Hughes —sonrió Enrico.

El abad de Montfroid exclamó:

—¿Estáis loco? No quiero pecar de indelicado, pero en vuestro estado, eso es imposible.

—Hace poco os pedí que confiarais en mí, Hughes. Ahora sabréis el porqué. —El veneciano se echó hacia atrás. La cálida luz del atardecer toledana le caía sobre el rostro y le recordaba a Venecia, cuando las mareas altas y la lluvia del invierno dejaban paso al glorioso sol de primavera. Con un ademán, invitó—: Alfakhar, por favor.

El judío empezó a hablar mientras Hughes de Montfroid le escuchaba, intrigado.

—Mi familia vivía en Granada, hace treinta años, cuando los almohades arrasaron al-Ándalus y amenazaron a todo el que no practicara el islam según sus estrictas interpretaciones. Al principio creímos que todo seguiría igual: como suele suceder con los tiranos terribles, jamás parecen definitivos. Pero pronto la vida se hizo más dura e insoportable para los judíos. Mi padre se negó a una falsa conversión, y tuvimos que abandonar propiedades y casas, y volver a empezar en una ciudad nueva, Toledo. Este país de cristianos nos acogió con generosidad y también en Córdoba hubo amigos árabes que, incapaces de enfrentarse al régimen de Abu Ya'qub pero deseosos de evitar una masacre, nos ayudaron.

Igual que nosotros, un buen número de médicos, jueces y sabios de Granada, Sevilla y Córdoba se vieron obligados a huir. —Sin emoción, con su habitual expresión, controlada y prudente, Alfakhar desgranaba su historia—. Algunos pasaron verdaderas estrecheces y terminaron por morir de pena o de hambre. Otros se sobrepusieron y hoy ocupan puestos de influencia. Como Maimónides, al lado de Saladino, o como yo aquí en la corte de Castilla. Jamás olvidamos que pertenecemos a una casta de exiliados, y seguimos tan unidos hoy como el día en que dejamos atrás nuestras tierras.

—Pero ¿de qué nos servirá eso? Córdoba está en el puño del califa Abu Ya'qub, y cualquier cristiano que se adentre en la ciudad corre peligro —protestó el abad.

—También en Córdoba tengo amigos que me recuerdan, a mí y a mi padre, y siguen fieles a la amistad que una vez nos unió —dijo Alfakhar—. Sobre todo uno, que nació cerca de donde vivíamos en Granada. Con él jugué muchas partidas de ajedrez y recitamos poesía juntos, y mientras otros se daban a los torneos y a los juegos de cañas, nosotros robábamos pescados de la cocina para abrirlos por dentro y ver si tenían perlas, como decían las leyendas de Scherezade. Después, también estudiamos medicina juntos, hasta que la vida nos llevó por caminos distintos. A pesar de que se convirtió en un médico como yo, Ibn Tufayl siempre fue un soñador, aunque de mente privilegiada. Fue él quien me escribió por primera vez cuando, hace diez años, el califa Abu Ya'qub le eligió como su médico de cámara.

—¿Qué? —exclamó Hughes, atónito.

Alfakhar asintió:

—Así es. Él es musulmán y nada tenía que temer cuando los almohades entraron en Córdoba. Pero cuando el califa le pidió que fuera su médico, me mandó una breve nota para comunicarme la buena nueva. Fue su modo de decirme que seguía siendo mi amigo, porque corrió un gran riesgo al escribirme: llevábamos más de cinco años sin tener contacto.

Al principio no podía creerlo; es difícil volver a creer en la bondad y la lealtad, después de haber pasado por el infierno de las mezquindades y las miserias que experimenta todo aquel que vive lejos del lugar que le vio nacer. Poco a poco, recuperamos nuestra antigua amistad. Gracias a su posición de privilegio, me envía valiosas copias de los manuscritos de las antiguas bibliotecas califales, que luego yo entrego a los traductores de Toledo como si las hubiera encontrado por mis propios medios. De ese modo, si los espías del califa quisieran curiosear en nuestros asuntos, solo descubrirían a dos antiguos amigos que trafican con libros; un delito menor, que al tratarse del médico de confianza de Abu Ya'qub, no es más que un pasatiempo inocente.

—Pero ¿no corréis el riesgo de ser acusados de traición? —dijo el abad—. Tanto el rey de Castilla como el califa deben de tener secretos que a duras penas les gustaría ver plasmados en una carta, por mucho que los correspondientes sean viejos amigos.

—Jamás hablamos de política, por supuesto —cortó Alfakhar—. Como bien decís, ambos podríamos morir, o acabar en prisión. Pero hace un tiempo, en sus cartas, Ibn Tufayl empezó a hablarme profusamente, hasta con exageración, de su labor con varios escritos de teología árabe, y también de cuán complacido estaba el califa con las obras de Al-Gazhali, un místico defenestrado por los anteriores dirigentes, y también con los manuscritos de Ibn Tumart. Todos tienen algo en común: hablan con detalle del Mahdi.

—Y fueron sus textos los que tradujo Gerardo de Cremona —apuntó Hughes.

—Efectivamente. Al escuchar a Gerardo el otro día, comprendí que mi amigo había tratado de advertirme de lo que estaba sucediendo en Córdoba, aunque no podía exponerse a decírmelo claramente, y solo me dio una pista tenue. Siguiendo el hilo de sus cartas, yo le pedí una copia de esos manuscritos, fingiéndome interesado, con la secreta intención de que los estudiosos de Toledo los descifraran. Sabía que si había algo de importancia, Gerardo lo desenterraría, como así fue. Mientras, yo le había escrito a Maimónides hablándole de las misivas de Ibn Tufayl y de su insistencia en las enseñanzas de los místicos sufís. Él me respondió que estuviera alerta, porque pronto vendría a Toledo un hombre, de parte suya. Nada más me dijo, y esperé. Hasta que llegó Enrico.

Enrico Dándolo volvió a tomar la palabra:

—En Alejandría, Maimónides había sumado dos y dos: tanto Saladino como Abu Ya'qub, juntos o por separado, estaban removiendo cielo y tierra para encontrar a Fátima. Desde que el papa le pidió ayuda a mi padre, y este me mandó a Alejandría, Maimónides y yo no hemos dejado, durante todos estos años, de comunicarnos cualquier detalle que pudiera parecernos sospechoso, y el papa también era debidamente informado. Al comprender lo que sucedía, Maimónides me escribió para sugerirme que trasladara a Fátima desde Rocamadour a Barcelona, y luego desde ahí a un lugar más seguro. Escribí a la madre Ermengarde para que así se hiciera, pero el ataque al monasterio nos cogió desprevenidos, y no dejaba lugar a dudas. Habían descubierto el rastro de la mora, y ni como novicia había pasado desapercibida, ni siquiera en el más recóndito monasterio que pudimos encontrar. Entonces, el papa Alejandro os hizo llamar: erais el hombre que había visto nacer a Fátima, y la situación era tan grave que necesitábamos toda la ayuda posible. Mientras, Maimónides y yo nos reunimos en Alejandría: bajo pretexto de presentar mis respetos a Saladino como embajador del Dogo de Venecia, viajé allí. Maimónides me habló de las inquietudes de Alfakhar, que delataban un interés creciente por parte del califa en la figura profética del Mahdi. Dedujimos que los sarracenos que habían atacado Rocamadour estaban mandados solo por Abu Ya'qub Yusuf. Creíamos que aún teníamos tiempo. Rápidamente, me puse camino hacia Barcelona, para recoger a Fátima y ponerla a salvo una vez más. Luego, planeamos que me reuniría con Alfakhar en Toledo. —Enrico bajó la cabeza y terminó—: Desafortunadamente, llegué demasiado tarde: no logré impedir que Fátima cayera en manos de los hombres del califa. Ahora, a mí solo me queda limpiar ese error adentrándome en la corte de Abu Ya'qub para intentar sacar de allí a la muchacha.

El abad de Montfroid guardó un largo silencio. Luego dijo:

—Podríais haberme contado toda la verdad desde el principio.

—«Hay partes de la historia de Fátima que no puedo explicaros, porque las desconozco, y otras que no debo contaros, porque sí las conozco.» Eso fue lo que le dijisteis al rey de Aragón, y son prudentes palabras —dijo Enrico—. Era esencial llegar a Toledo, y una vez aquí, convencer al rey y desbaratar la conjura, si esta existía. Las explicaciones debían esperar. Perdonadme, abad.

Hughes de Montfroid aceptó las disculpas de Dándolo y preguntó:

—¿Y si no lográis sacar a Fátima de Córdoba?

—De un modo u otro tendré que acabar con el peligro que pende sobre las cabezas de tantas almas, sin importar si son moros o cristianos —dijo Enrico sin dudarlo.

—¿Cómo pensáis acercaros a la corte? —inquirió el abad.

—Puede decirse que por un golpe de suerte —dijo con amarga ironía Enrico, señalándose los ojos—. Primero pensé en presentarme como embajador de Venecia, pero es arriesgado: no puedo poner en peligro a mi ciudad, y la condición diplomática no me garantiza protección. De modo que haremos de la necesidad virtud: Alfakhar escribirá a Ibn Tufayl una carta hablándole de mi repentina ceguera, para que este me reciba y me examine.

—Insisto en que no podéis ir solo —interrumpió el abad—. Necesitáis ayuda, y más aún si las cosas se complican. Entiendo que no podéis llevar escolta, pero...

—Tenéis razón, por supuesto —aceptó Enrico—. Pero solo preciso de un guía, a lo sumo un veloz mensajero para pedir ayuda. He pensado en Pelegrín. Es un muchacho despierto y lo haré pasar por mi criado. Aunque es cristiano, no correrá más peligro que yo, y estará también bajo la protección de Ibn Tufayl. Un abad cisterciense como compañero más bien me asegura un desagradable encuentro con los guardias del califa, ¿no creéis? Además, Hughes, tenéis que guardar al conde Nuño.

—Es cierto —intervino Alfakhar—. Mi suegro me ha contado la visita de Rodríguez de Castro esta mañana, y es muy preocupante. Jamás se había atrevido a llevar su enemistad con tanta virulencia hasta la mismísima sala del trono. Es perentorio que podáis protegerle, pues no hay hombre como él en toda Castilla para llevar a buen término la contienda.

—¿Creéis que obtendremos algo de Esteban Illán? —preguntó Hughes, dubitativo.

—Eso lo dejaremos en manos de Alfakhar —dijo Enrico, poniendo la mano en el hombro del médico—. Y de las irresistibles astucias de *dame* Jeanne.

—Entonces podéis estar seguro de que el pobre cantará como un ruiseñor —exclamó Alfakhar. Su sonrisa era franca y abierta, pero el abad de Montfroid creyó ver en el fondo de sus ojos grises un manto de melancolía, como si se cubriera con un *tallit* para la plegaria más triste.

—¿Qué haces aquí, Pelegrín?

Blasco de Maza agarró al mozuelo del cuello de la camisa y lo levantó dos codos por encima del suelo. El chico se debatió como una fierecilla, y dijo, rojo como la grana:

—¡Suéltame! ¡Suéltame!

—Si lo hago, ten por seguro que tu cabeza no rebotará en esta dura piedra.

—¡No me importa! ¡Déjame!

El de Maza suspiró y lo depositó de nuevo en el suelo. Dijo, paciente:

—Vamos, chico.

En las caballerizas reales, los animales piafaban, inquietos. En el almacén de forraje, donde Blasco había encontrado a Pelegrín, los mozos no paraban de acarrear balas y más balas de paja hasta las carretas, para llevarlas fuera del Alcázar, hasta la puerta de Alcántara, desde donde partiría la expedición. El ajetreo contrastaba con la quietud de Blasco y el muchacho. Pelegrín se puso derecho y se quedó mirando al aragonés. Estaba enfurruñado y al mismo tiempo intentaba contener las lágrimas, avergonzado. Blasco echó un suspiro, se desató la espada del cinto y la dejó en el suelo. Luego se acuclilló y tomó al chico de los hombros.

—Escúchame bien. No querrás que nadie piense que eres un cobarde, ¿verdad?

El chico abrió mucho los ojos, y las lágrimas le rodaron grandes por las mejillas. Negó vigorosamente con la cabeza, aguantándose un sollozo.

—Porque todos los soldados que ves allí —señaló hacia el Arco de Sangre, donde se agolpaban jinetes y escuderos, pertrechados de hierro y cuero de pies a cabeza— y los que estamos en el palacio del Alcázar daríamos lo que fuera por estar en tu lugar y ayudar al rey de Castilla. Que por cierto, es lo que nuestro señor Alfonso de Aragón nos ha mandado.

—Pelegrín siguió con la mirada la mano de Blasco y contempló el enorme arco de piedra, y se echó a temblar cuando oyó el nombre del rey de Aragón. Se limpió la nariz con los dedos y luego se los pasó por la pernera del calzón. Balbuceó:

—Yo sí quiero ayudar, Blasco, y hacer lo que mande el rey.

—¿Qué te pasa entonces, Pelegrín? —preguntó suavemente el aragonés—. ¿Tienes miedo? Que si es así, no te importe decírmelo. Igual serás mi escudero, y te prometo que no te haré dormir en el corral. —Blasco le apartó los mechones de la frente con afecto.

—Es que yo no me quiero ir a Córdoba —dijo Pelegrín, bajando la mirada.

—Bueno, pues le diremos al señor Dándolo que se busque otro lazarillo —dijo Blasco, levantándose y recogiendo su espada. Procuró no mirar al muchacho, porque en los ojos del aragonés había desilusión, y el mero hecho de sentirla le enfurecía. Pelegrín solo era un mocoso y nadie le había dado vela en el entierro que se preparaba entre moros y cristianos. Tener miedo de morir no era patria únicamente de los chicos: la muerte estaba presente en el corazón de todo guerrero con una buena sesera, si no quería caer a las primeras de cambio. Empezó a andar hacia el Alcázar cuando oyó que el chico exclamaba:

—¡Es que si me voy, ya no nos veremos más!

Blasco de Maza se quedó quieto como si le hubieran clavado una espada de costado a costado. Se giró lentamente, casi doliéndole el respirar, y dijo:

—Pero qué dices, rapaz... ¡Ven aquí! —ordenó con voz de hierro. Pelegrín trotó hacia él. Blasco volvió a inclinarse y dijo, falsamente jovial:

—¿Es que me has echado el mal de ojo? ¿O alguna bruja te ha leído la palma de la mano? ¿Qué tonterías dices?

—Pues es que mi madre se fue un día y no la vi más —empezó a enumerar Pelegrín, ya más tranquilo. Empezó a hablar más rápido—: Y luego me hice muy amigo del moro Hazim, y después de Barcelona, ya tampoco lo vi más... ¡Tú eres el único que sabe que me gustan las tortas de miel frita! Ya sé que soy un soldado del rey, pero Blasco, quiero aprender más antes de ir a pelear. ¡Que aún no puedo ni ceñirme espada, porque es más grande que yo!

—A fe que eres una comadre y no un guerrero, ¡mocoso! —exclamó Blasco, con un nudo en la garganta—. Vamos, que te contaré todo lo que necesitas saber para ser un buen soldado.

Pelegrín se acercó y puso cara de mucha atención, y si hubiera podido, habría erguido las orejas. El aragonés enumeró:

—Aprieta los dientes. Baja los ojos. Ten coraje. Tranquiliza el corazón. Persiste siempre, que así llega la victoria. Y sobre todo, guarda silencio. ¿Está claro?

El mozo asintió sin abrir la boca. Calló Blasco de Maza, mientras Pelegrín consideraba con gravedad de niño las palabras del mayor. Se oyó una voz desde el camino hacia el palacio:

—¡Así que aquí estabas, diablillo!

Guillem de Berguedà se acercó a grandes zancadas.

—Dándolo lleva media hora buscándole para partir, y no me parece muy cristiano hacerle esperar, que ese hombre está ciego como un murciélago aunque bien sabe Dios que no lo parece, porque tiene ojos hasta en la espalda —exclamó el de Berguedà—. ¡Vamos, muévete!

Pelegrín echó a correr como alma que lleva el diablo. Blasco se lo quedó mirando un momento con una mezcla de orgullo y devoción. Luego recogió su espada del suelo y volvió a ceñírsela, mientras preguntaba con voz ronca:

—¿Qué nuevas hay en palacio?

—Las mejores —replicó el de Berguedà, mientras llegaban hasta los portones del Alcázar. Allí se paró Blasco y preguntó, más animado:

—¿Partimos pronto?

—¡Quia! Aún están cargando armas y víveres en las carretas —exclamó el de Berguedà con un bufido—. Me han dicho mis mocitas de cocina que la reina Leonor se va a las casas de Galiana, que Alfonso así lo ha ordenado, para alejarla de Toledo mientras el rey y sus hombres andan fuera. Se irán con veinte guardas, y además ella se lleva a sus doncellas y a sus juglares, para no aburrirse. Y vive Dios que yo me iré detrás —dijo satisfecho—. Se ve que además de ser más fáciles de guardar, las casas son unas torrecillas deliciosas, más propias de un verano holgazán que de la vida de castillo, y con unos jardines de ensueño que mandó plantar uno de los moros que reinaba en Toledo años ha. ¡Pardiez que esos sí que sabían entretenerse! ¡Uffff!

Habíale soltado Blasco de Maza tal puñetazo en el costado que Guillem de Berguedà, aún ancho y fuerte como un toro, cayó al suelo derribado y tardó en alzarse de nuevo. Cuando lo hizo, preguntó, enfurecido:

—¿Qué demonios te pasa, aragonés loco?

Blasco le contestó, duro como una espada:

—Morirán hombres mañana y el día después de mañana. Vendrán días de sangre, y tú no te irás a ninguna parte. Morirán hombres que tienen hijos, y mozos que se creen hombres, y tú vas a seguirme allí donde yo esté. Morirán porque van a defender a sus familias, y tú pelearás a mi lado, espalda contra espalda. Morirán porque lo manda su rey, y tú obedecerás al tuyo. ¿Está claro?

Guillem de Berguedà se quedó mirando la oscura expresión de Blasco. Repuso:

—Más claro que el agua.

Los dos hombres cruzaron las puertas del Alcázar mientras en el horizonte las nubes de tormenta piafaban como caballos inquietos.

12

Qurtuba

Desde el alminar de la mezquita mayor, la llamada a la oración del *mu'addin* recorrió la adormecida ciudad, y alcanzó el palacio califal, escalando altas murallas y deslizándose por los suelos de mármoles jaspeados. Suavemente, entre los arcos encabalgados del salón de audiencias hasta las íntimas cámaras del *haram* de las mujeres, el lamento del almuédano resonó por la galería cubierta que abrazaba el jardín, donde los naranjos se peleaban con los jazmines por perfumar el atardecer. En el centro, una fuente gorgoteaba apacible, y su frescor combatía el bochorno de la tarde. En una jaula de cobre primorosamente decorada con piedras de amatista, descansaba una hermosa ave blanca, quieta y silenciosa.

Al otro lado de la celosía, cuyos arabescos imitaban el follaje de la hiedra, dos personas estaban jugando al ajedrez. Reclinados en suaves cojines de sedas verdes, rojas y azules, con borlas de oro y de plata, contemplaban con intensidad las delicadas piezas de cristal negro y blanco que ocupaban el tablero, como si pudieran moverlas con la mirada. Hazim trazó una diagonal con el alfil, amenazando el rey blanco de Aalis. La joven desbarató el torpe intento de jaque avanzando un peón.

—No sé cómo puedes estar tan tranquila —dijo Hazim mientras meditaba cómo atravesar la barrera infranqueable de peones con la que Aalis había defendido su rey.

—Este juego es el único espacio donde todavía soy libre —respondió Aalis—. Cada vez que muevo un caballo me imagino que Auxerre viene a rescatarnos.

—Aunque no se está tan mal aquí, en comparación con el viaje —dijo el árabe. Llevó una mano a su alfil, pero cambió de opinión antes de moverlo. Se frotó el hombro, dolorido por la herida que aún cicatrizaba—. El lecho es cómodo, nos alimentan bien y tenemos tiempo para jugar al ajedrez. —Hizo retroceder el alfil.

—Estamos presos, Hazim —le espetó Aalis—. En una jaula dorada, pero presos al fin y al cabo, y tu rey —añadió avanzando su reina— está muerto. Jaque mate.

Se levantó y se acercó hasta la reja desde la que llegaba el dulce manar de la fuente del jardín. Puso sus manos en los hierros enlazados, como si ese mero hecho pudiera derribarlos. Al otro lado, el sol lucía más dorado y más brillante. Aún frente al tablero, Hazim preguntó:

—Entonces, ¿por qué no intentamos escapar? Nací en esta ciudad, y creo que podría encontrar un buen escondrijo donde ocultarnos, si logramos huir de aquí.

Aalis se giró y miró a las dos figuras erguidas, inmóviles como si fueran estatuas de ébano, de los guardias del califa que protegían las puertas de la cámara. Aun si pudieran superarlos y avanzar por los amplios pasillos de palacio sin ser descubiertos, jamás podrían cruzar las pesadas puertas que custodiaban el recinto del Al-Qasr, el palacio de Abu Ya'qub Yusuf, y aspirar el aire libre de las calles de Córdoba. Quizás Hazim, si lograra ganar la calle y estuviera solo, podría mezclarse con la muchedumbre, pero una cristiana como ella terminaría de nuevo presa antes de que pudiera doblar la esquina. Dijo, sin volverse:

—Casi te cortan un brazo cuando tratamos de huir la última vez. Y ahora, entre estas murallas, ¿qué piensas hacer? ¿Irte volando? Porque no se me ocurre ninguna otra forma de salir de aquí. Al menos, no los dos solos —añadió.

—Ya te he dicho cien veces que no pienso irme sin ti —exclamó Hazim.

Aalis volvió donde el muchacho y le miró con afecto.

—No es la primera vez que estamos metidos en un buen lio, ¿verdad, amigo?

—Y tampoco será la última que sabremos encontrar una salida —dijo el muchacho.

Las puertas se entreabrieron y un joven paje depositó una bandeja con una jarra de vidrio verde llena de hielo granizado, una jarra de vino, una fuente con granada cajín, entera y pelada, azúcar de caña y sendos cuencos de delicada cerámica, más dos cucharas y un afilado mezclador. Se dirigió respetuosamente a Hazim y dijo:

—Delicias de *sharbat* de granada con vino, mi señor.

Se fue tan silenciosamente como había llegado. Hazim se acercó y estudió la bandeja.

—Tengo un buen presentimiento —declaró, mientras tomaba el largo y estrecho mezclador y removía la granada, el hielo y el azúcar. Sin querer le dio un golpe a la jarra de vino. Algunas gotas se derramaron sobre su inmaculada chilaba blanca, manchándola escandalosamente de color carmesí. Hazim enderezó la jarra despreocupadamente y siguió diciendo—: Al fin y al cabo, seguimos vivos, sanos como una manzana, y de una pieza.

Aalis lo miró con una expresión curiosa y tomó uno de los vasos llenos del goloso postre de hielo y fruta que Hazim le ofrecía. Al cabo de un momento, dijo:

—¿Sabes? Tienes toda la razón, y me has dado una idea. Escucha.

Mientras Aalis hablaba, el ave enjaulada despertó de su

sopor y agitó sus alas prístinas, como si batiéndolas afanosamente contra los barrotes de oro pudiera convertirlos en
estrellas y echar a volar.

La gran rueda de la noria que desplazaba el agua del
Guadalquivir, o *al-Wadi-l-kabir*, «río grande», como lo habían bautizado los primeros conquistadores musulmanes,
gruñía al mover los más de treinta cangilones que caían sobre
las acequias que regaban los jardines y fuentes del palacio
del califa. La gran mole de madera se vislumbraba desde una
de las mil ventanas que tenía, según glosaban los poetas de
la corte, la sala de las audiencias del califa Abu Ya'qub Yusuf,
hijo del primer gobernante almohade y señor de las antiguas
coras andalusíes de Qurtuba, Isbiliya y Garnata, dueño de
un imperio que en el norte de Ifriqiya se extendía desde la
capital, Murrakush, hasta las costas de Tunis. El califa paseó
hasta el balcón y desde allí contempló los centenares de al-
minares que vestían el horizonte de Qurtuba. Mucho tiempo había pasado desde que su padre naciera en las toscas
montañas de Tar'a, y dedicara su vida a la creación de una
nueva dinastía, la que había de sustituir a los endebles almo-
rávides porque estos habían olvidado las verdaderas enseñanzas de Mahoma. Abu Ya'qub Yusuf aún recordaba la
última acometida: su padre construyó la fortaleza de Ribat-
al-Fath, el «campo de la victoria», desde donde se anclaría
la ocupación de al-Ándalus, y reunió allí a más de cien mil
feroces bereberes. Tras la muerte de su padre, él había recogido su testigo y ahora sus tierras mordían los talones de los
cristianos: al norte León y Castilla, al oeste el portugués y
al este el reino de Aragón. Aún no había terminado la tarea
de su padre, pero Alá seguía bendiciéndole. Hacía cinco
años que el molesto Rey Lobo de Murcia, un moro renega-
do y fiel a los aragoneses, había muerto en combate, y por

fin la rica huerta de Balansiya también estaba bajo el poder almohade. Abu Ya'qub sonrió, acariciando el dulce sueño de revivir la gloria del espléndido pasado de al-Ándalus. La idea del pasado le sobresaltó, ligeramente disgustado: la idea de que, si miraba hacia atrás, el legado de los califas que habían erigido Madinat al-Zahra era demasiado grande como para superarlo. Miró hacia el oeste, donde se divisaban las ruinas de la fabulosa ciudad real construida en un saliente de la sierra por Abd al-Rahman III, en el año 325 de la Hégira, y que fue arrasada durante los disturbios que provocaron la caída del califato. Habían pasado más de ciento cincuenta años, y volvía a haber un califa fuerte en Qurtuba, pero Abu Ya'qub Yusuf sentía a veces que la ciudad, con sus anchas calles y sus baños y sus altas mezquitas, seguía perteneciendo a los gigantes muertos que la habían convertido en una joya musulmana comparable en belleza y cultura a Bagdad y Damasco, y que a su lado él era menos que la hormiga aplastada bajo la suela de un mendigo. Cada vez que paseaba por los jardines del Alcázar califal, a veces de flora calculadamente libérrima, otras de vegetación domeñada con fiereza, Abu Ya'qub sentía con más fuerza esa presencia; especialmente en el jardín de Al-Rawda, puesto que acogía el cementerio real de todas las dinastías que habían gobernado Qurtuba, incluso la tumba del califa ilustrado que había mandado construir Madinat al-Zahra. Como si supiera que, pese a la riqueza de la brillante ciudadela palatina de Al-Zahra, no había nada comparable a Qurtuba. Tal vez precisamente por eso, Abu Ya'qub prefería la Isbiliya donde había pasado sus primeros años de juventud, porque era una ciudad que se le ofrecía como una virgen, en la que podía dejar su impronta, mientras que la otra era una sutil cortesana, perfumada con un aroma embriagador pero tan sabia y cínica como los años que llevaba siendo la ciudad favorita del califa. Por eso, al poco tiempo de ser elevado a la dignidad califal, Abu Ya'qub había mandado trasladar la capital de al-Ándalus a su querida Isbiliya, y sus maestros ingenieros ya estaban construyendo allí una mezquita pareja a la Kutubiya, la que tenía el alminar más alto de Magreb, y que su padre había hecho construir en Murrakush para celebrar una de sus victorias. Lamentablemente, la mera orden del califa aún no había conseguido imponerse frente a la burocracia de los administradores califales, que se movía pesada y lenta como un elefante. La primacía de la capital estaba profundamente arraigada en Qurtuba, como si los antiguos dueños aún clavaran sus uñas descarnadas en la tierra que había sido suya.

Se dio la vuelta, descontento, y volvió a pisar las suaves alfombras traídas de los *attabi* de Al-Mariyat, o Almería, como la llamaban los cristianos, donde más de ochocientos talleres proveían al califa de ropas y tejidos, a cual más lujoso y opulento. Subió a la tarima de madera y marfil, avanzó hacia el diván y se tendió, ahuecando los blandos cojines para acodarse mejor, mientras esperaba la llegada del capitán de su guardia. Un sirviente vertió un chorro caliente de *kawha*, la fuerte bebida de café, hecha de los oscuros granos molidos procedentes de Yemen que a Abu Ya'qub tanto le gustaba, porque despejaba la mente a pesar de su amargo sabor. Bebió un sorbo, y a pesar de que la tarde era lánguida y pegajosa, le supo a gloria. En realidad no tenía demasiado calor; los criados se esmeraban en abanicarle con grandes plumas de avestruz, y en el centro de la sala manaba el chorro de un pequeño estanque de agua circular, bañando la estancia en una agradable frescura. Además, su túnica era fina, de seda y algodón. Estaba cubierta de *tiraz*, arabescos e inscripciones laudatorias, que recordaban el título de Abu Ya'qub Yusuf.

—*Amir al-mu'minin!* Vuestro *al-muqqadam* ruega la gracia de veros —anunció el chambelán.

—Príncipe de los creyentes —repitió Al-Nasr con una reverencia. Tras él caminaba un guerrero con atuendo cristiano. Los guardas y eunucos que custodiaban al califa, más de diez vigilando los arcos que daban al balcón y otros tantos apostados en las cinco puertas que daban a las galerías privadas de la sala, supieron transmitir al extraño sin moverse ni un ápice que, de amenazar la vida de Abu Ya'qub, moriría al instante. Gerard Sem Pavor se guardó su opinión sobre lo que él tenía planeado hacerles a los guardas moros si le ponían un dedo encima; tenía en su haber más de una y más de cien gargantas árabes.

El califa dejó la taza en un primoroso ataifor verde y morado de cerámica, inscrito con la leyenda *al-mulk*, que literalmente recordaba que el poder pertenecía al califa y marcaba con esas palabras todas sus pertenencias. A un gesto suyo dos sirvientes, ambos de piel clara y mirada baja, trajeron sendas sillas de cuero labrado, donde tomaron asiento Al-Nasr y Sem Pavor.

—El enviado del cristiano Castro, mi señor —dijo el *al-muqqadam* Al-Nasr.

—¿Qué nuevas me traéis? —dijo el califa, y Al-Nasr tradujo la pregunta.

Gerard Sem Pavor inclinó la cabeza y dijo:

—El acuerdo del señor Rodríguez de Castro y la garantía del rey Fernando de León de que no saldrán en defensa de Castilla. —Se sacó un pergamino enrollado del guantelete de cuero que le protegía el antebrazo. Al-Nasr explicó al califa lo que había anunciado Gerard. Uno de los sirvientes se adelantó para tomarlo, abrirlo y estudiarlo. Luego se lo mostró al califa, aún sosteniéndolo por los extremos para que Abu Ya'qub no lo tocara. El califa procedió a la lectura del mensaje, sin entrar en contacto con el pergamino. Sem Pavor enarcó las cejas y Al-Nasr murmuró, mientras el califa leía el documento:

—Por si estuviera envenenado. Moriréis si hallamos indicio de traición o si levantáis la mano contra él. Lo sabéis, ¿verdad? La vida del califa es lo más valioso de este palacio. A Gerard le pareció que había un deje de ironía en su voz. También él sonrió, reconociendo en el tono del sarraceno el hastío de un soldado que sirve a su señor durante demasiado tiempo. Al-Nasr inquirió en voz baja, cortésmente:

—¿Habéis tenido dificultades para llegar a Qurtuba?

—Ninguna. Mi viaje ha sido corto y rápido —respondió Gerard Sem Pavor. Impulsivamente, añadió—: Pero curioso.

Al Nasr le miró intrigado y preguntó:

—¿En qué sentido?

—Me topé con tres viajeros más de camino hacia aquí, un mercader y dos soldados que le acompañaban. Según él, para su protección —murmuró Gerard—, aunque juraría que se traían algo entre manos. Eran francos los dos.

—¿Os dijeron sus nombres? —preguntó Al-Nasr, en tono incisivo.

—Veamos. —Gerard pensó un momento y dijo—: Auxerre... y el otro tenía un nombre más largo que no recuerdo. El comerciante se llamaba algo así como Ferro o Fierro.

—Interesante —dijo el *al-muqqadam* por toda respuesta. Llamó a uno de los guardas apostados en las puertas y le susurró una orden al oído. El otro se marchó de la sala y llegó un nuevo guarda para ocupar su lugar.

—¿Quiénes son? —preguntó Gerard.

—Viejos amigos —respondió Al-Nasr, sin mirarle.

Gerard le miró, suspicaz. No había nada amistoso en el tono del *al-muqqadam*.

El califa terminó de estudiar el documento y dijo:

—Es satisfactorio. Lo haré estampar con mi sello y un mensajero lo hará llegar al rey de León. Mandaré prepararos una cámara en el palacio, con vistas al jardín, y os proveeré de cuanto necesitéis durante vuestra estancia en Córdoba. Ni siquiera tendréis que pisar la Casa de los Rehenes. —Al-Nasr repitió lo dicho en castellano.

—¿Qué queréis decir? —preguntó Gerard, levantándose de un salto.

Dos guardias se interpusieron entre él y el califa, y Al-Nasr empezó a desenfundar su cimitarra, extrañado. Abu Ya'qub Yusuf miró a Sem Pavor, sorprendido, y dijo:

—El señor de Castro y el rey Fernando de León os ofrecen como rehén garante de nuestro trato, por supuesto. ¿O es que no sabéis lo que pone en el mensaje que traéis? —Al ver la expresión de Gerard, comprendió y dijo, displicente—: No sabéis leer, claro. Olvidaba que aun entre los soldados de mayor rango de los cristianos son un puñado los que conocen las letras y saben recitar una poesía. No debéis preocuparos: os doy mi palabra de que podréis abandonar la ciudad sin un rasguño cuando la batalla haya concluido. Díselo, Al-Nasr. —El sarraceno así lo hizo.

Gerard dio un paso adelante y los dos guardias se acercaron, amenazadores, blandiendo sus lanzas. El portugués temblaba de furia. El rey de León le había utilizado sin decirle una palabra. Le había traicionado, abandonándole a su suerte, y de nada valía la promesa del califa. No sería la primera vez que un rehén se pudriría esperando el cumplimiento de las condiciones de su liberación. Si todo aquello terminaba bien, con mucha suerte volvería a su tierra y a su vida al cabo de un año o dos, porque aunque la batalla fuera inminente, las escaramuzas tardarían en apagarse y los acuerdos aún más en firmarse. Y si el rey de León rompía el acuerdo, entonces estaba perdido. Gerard Sem Pavor resopló como un toro y miró a su alrededor, calculando cuántos cuellos podría partir con sus manos, y si tendría tiempo de llegar a la puerta más cercana antes de que le alcanzaran. Encontró la mirada de Al-Nasr, que se limitó a advertirle:

—Parecéis un hombre inteligente. Recordad lo que os he dicho.

El guerrero respiró profundamente. La sangre hervía en su interior, y le había hecho olvidar las reglas del combate: la cabeza fría y la mano firme. Se alejó lentamente del estrado donde estaba el califa. Los guardas siguieron a su lado, pero apartaron las lanzas. Al-Nasr dijo:

—Acompañadle al *Qasr al-Surur.* —Se giró hacia Gerard y tradujo, con ironía—: Es el llamado «palacio de la alegría». Allí no os faltará de nada.

Sin oponer resistencia, el portugués desapareció por una de las puertas, escoltado por los dos guardas. Al-Nasr se volvió hacia el califa. Este se hizo servir otra bebida de café, y preguntó:

—¿Te parece prudente? Fátima también está allí.

El sarraceno respondió, tajante:

—Habéis enviado más de cinco destacamentos de soldados hacia Toledo, más de cinco mil hombres entre infantería y jinetes. En cambio, apenas cuento con cincuenta hombres para la vigilancia de toda la ciudad, incluidos los zocos y el palacio. No puedo garantizar la vigilancia del Alcázar si dispersamos tanto a los prisioneros —añadió respetuosamente. Sabía que al califa no le agradaba oír quejas.

—Fátima no es mi prisionera —exclamó Abu Ya'qub—. Es la fuerza de Alá en las cimitarras de nuestros guerreros, que quebrarán los huesos de los caballeros cristianos. ¿O es que no crees en nuestra victoria final? —le retó, desafiante.

Al-Nasr consideró sus palabras. El califa llevaba tanto tiempo hablando de aquello que parecía increíble que el momento hubiera llegado. El milagro de Alá que le daría la supremacía absoluta por encima de los demás reyezuelos, cristianos y moros, ya no solo de al-Ándalus, sino también de todo el imperio musulmán, incluso por encima del guerrero Saladino. Al principio, el *al-muqqadam* había guardado un escéptico silencio acerca de los prodigios del Mahdi. Era cierto que durante el camino de regreso a Córdoba, la herida que le había infligido al muchacho moro había curado con inusitada rapidez, y pronto había recuperado la movilidad del hombro, como si la dulce curación de Fátima hubiera contribuido a sanarlo. Al-Nasr se dijo que el mozo tenía los huesos duros y el tajo había sido limpio, y que nada mágico había en una curación rápida cuando el cuerpo es joven. Pero incluso él tenía que admitir que Fátima poseía una cualidad indefinible, a medio camino entre el paso firme de un comandante frente a su ejército, antes de abalanzarse sobre el enemigo, y la insinuación con que las poetisas de la corte balanceaban sus caderas cubiertas por finas túnicas donde estaban bordados los versos de sus poemas. Estaba por ver si aquello era suficiente para doblar hierros y cortar cuellos. Sea como fuere, Abu Ya'qub estaba exultante desde que Fátima había llegado a Córdoba, y Al-Nasr no era ningún loco. Respondió, inclinándose:

—Quizá porque no es un hombre, los soldados se han rendido a sus pies sin pudor; y quizá porque es una mujer, no solamente quieren obedecerla, sino también matar por ella. Porque lo harán en nombre de Alá, serán invencibles.

Sus palabras no convencieron al califa, que replicó, chasqueando la lengua:

—Siempre has sido un incrédulo sin religión. Pero así sois los cristianos. Todos habláis de fe, pero no sabéis de qué estáis hablando.

Al-Nasr no respondió.

—¡Mi señor! ¡Mi señor! —Un sirviente irrumpió en la sala y se arrodilló frente al califa hasta que este le indicó que podía hablar—: Uno de los prisioneros está herido.

—¿Cómo? ¿Quién? —se adelantó Al-Nasr, tomando al criado del cuello y levantándolo.

—¡El joven, Hazim!

Al-Nasr le soltó bruscamente y dijo, más calmado:

—Mandad un médico. Ese chico se rompe como si fuera de cristal.

—Que vaya mi médico, que vaya Ibn Tufayl —ordenó el califa, nervioso. El sirviente salió corriendo de nuevo, y Abu Ya'qub añadió—: Fátima me hizo prometer que nada les sucedería.

El soldado no dijo nada. Desde que la joven había llegado a Córdoba, el califa la cuidaba como a una flor lejana traída de las montañas de la India, y la trataba como si fuera una princesa de la familia califal. A pesar de su silencio, Abu Ya'qub percibió el mudo reproche del *al-muqqadam* y replicó, malhumorado y volviendo hacia el balcón:

—No debiste traer a nadie más. Por mucho que fueran amigos suyos. ¿Por qué lo hiciste?

Al-Nasr le siguió al exterior, mirando hacia la primera escalera de estanques, donde el agua caía de uno a otro, creando la ilusión de una cascada. Miró más allá de los jardines de palacio, hasta las murallas recientemente construidas que protegían el barrio oriental de Al-Sarquiyya y convertían a Córdoba en una fortaleza lista para la contienda. Aún más lejos estarían acampados los guerreros del ejército del califa, y en su retaguardia la caballería más impresionante que se había reunido en más de cien años. Iba a librarse una batalla a los pies de Sierra Morena que decidiría el destino de todos los que allí empuñaran hierros. Al-Nasr pensó en la pregunta del califa, aunque sabía que no podría responderla. Sabía muy bien por qué había traído a Aalis de Sainte-Noire a Córdoba. Se encogió de hombros y dijo:

—Todo fue demasiado rápido.

Abu Ya'qub Yusuf contempló a su *al-muqqadam*. A veces le hubiera gustado ser capaz de escrutar más hondo en el alma del hombre que era responsable de su vida y de su seguridad. En el alcázar solo vivían el califa, sus mujeres y los herederos varones, y los sirvientes. El resto de la corte se desplazaba hacia el palacio cada vez que se convocaba una audiencia o, la mayoría de las veces, se celebraban fiestas. Únicamente los que contaban con la confianza del califa podían pasear libremente por el recinto del Alcázar, y eso incluía a su guardia negra, capitaneada por Al-Nasr y encargada de proteger la vida de Abu Ya'qub contra las amenazas exteriores y las conjuras de palacio. Por eso el *al-muqqadam* debía ser un soldado de irreprochable lealtad, ya fuera comprada o no. Al-Nasr se embolsaba una buena cantidad de oro al cabo del año por sus servicios. No era infrecuente que un alto funcionario, o un jefe militar, pusiera sus ambiciones por delante de la dinastía reinante y conspirara para derrocar al califa; ese era el motivo por el cual Abu Ya'qub tenía tendencia a favorecer capitanes extranjeros, a los que prefería pagar buenos dinares cada año, y que no tuvieran lazos de parentesco ni en Ifriqiya, ni en las provincias de al-Ándalus. El capitán de su guardia, Al-Nasr, no había sido el primer esclavo que, capturado en combate o vendido por los mercaderes que traían cautivos desde Constantinopla, Jerusalén o lugares tan lejanos como las tierras del norte, destacaba entre los demás por sus aptitudes militares y su obediencia ciega y hacía carrera en la corte. Tiempo atrás, hubo un mercenario que le había salvado la vida a Abu Ya'qub durante las revueltas que asolaron Qurtuba en sus primeros años como califa, y que a resultas de eso se había ganado un puesto a su lado. Un día, un grupo de habitantes de los arrabales, hambrientos a causa del alto precio del trigo, se abalanzaron sobre el cadí mientras impartía justicia en la mezquita aljama, a pesar de los esfuerzos de los guardias por protegerle. Entonces Abu Ya'qub era joven y su padre acababa de morir. Sus tíos y sus hermanos huyeron despavoridos, como ratas. El cadí yacía muerto en el suelo y Abu Ya'qub miraba a su alrededor, aterrado. Apenas hacía dos años que había abandonado el harén de las mujeres y no sabía qué hacer. Se encontró con la mirada de uno de los soldados, un franco alto como una torre y duro como el pedernal. El cristiano le agarró por el cogote como si fuera una ternera y lo puso a salvo en la *mida'a*, la sala de abluciones menores de la mezquita. Se puso un dedo en los labios para indicarle que se callara y se fue. Abu Ya'qub permaneció encogido bajo la pila de mármol durante un rato que se le hizo una eternidad, mientras oía los gritos, el ruido de las espadas y los cuerpos enfrentándose. Cuando el soldado volvió, estaba cubierto de sangre, como un león a la vuelta de la cacería. Le tendió la mano al joven califa y lo llevó de regreso al alcázar por uno de los pasadizos elevados que unían la mezquita con el palacio califal. Una vez allí, Abu Ya'qub había podido reorganizar sus efectivos y sofocar la rebelión. Había recompensado al franco con dinares y una alquería en las afueras de Qurtuba; a cambio, durante casi cinco años, este había permanecido a su lado. Abu Ya'qub le había dado su nombre árabe: Al-Assad, el León. Una mañana desapareció, en silencio, como había llegado. Al principio el califa había creído que se trataba de una conjura y furioso puso precio a su cabeza. Poco a poco, al no haber noticias ni tampoco señales de rebelión, comprendió que Al-Assad no le había traicionado. Sencillamente, le había abandonado.

El capitán que ahora protegía su vida era tan callado como el otro, pero en Al-Nasr el silencio era esquivo y lleno de secretos, mientras que el hermetismo de Al-Assad formaba parte de su ser soldado, de no dejar un resquicio por donde los enemigos pudieran atacarle. El califa se había sentido seguro con él a su lado, aun si no pronunciaba una palabra en todo el día. Cuando Al-Nasr callaba, el silencio estaba cargado de presagios oscuros como una tormenta. Abu Ya'qub suspiró. No podía permitirse el lujo de perder el tiempo, y no tenía ningún motivo para sospechar: Al-Nasr era ahora su hombre de confianza, y jamás le había descubierto cometiendo el más mínimo error ni mostrando falta de respeto. Además, había cumplido con el encargo de capturar a Fátima a la perfección, y pronto la joven sería la llave de las conquistas más fabulosas del islam. El califa le miró con satisfacción. Al-Nasr le devolvió la mirada y, como siempre, el califa solo vio sus pupilas frías y oscuras, esperando órdenes. Abu Ya'qub se estremeció y volvió a entrar en el palacio.

—¿Qué tenemos aquí? —preguntó Ibn Tufayl, entrando en la sala. El médico se acercó hasta el diván donde el joven estaba tendido e inconsciente, bajo la celosía que daba al jardín. Dos criados estaban apostados en la puerta. La cristiana estaba al lado del chico, en pie y sosteniéndole la mano. La chilaba blanca de Hazim tenía grandes manchas de color rosa pálido en el pecho y en las mangas. Ibn Tufayl preguntó, al verlo:

—¿Hay herida? —Se adelantó con diligencia. Tenía el pelo gris y larga barba, ojos avispados bajo unas cejas tupidas y las mejillas sonrosadas como un bebé a pesar de que había nacido hacía más de sesenta años. Llevaba un turbante blanco con faja azul, y una túnica de pesado brocado de Damasco. Se había vestido para visitar a su amigo el cadí Ibn Rushid en la mezquita, cuando le habían avisado de que sus servicios eran precisos en el pabellón de los huéspedes del califa. Había salido de inmediato de su alcoba, sin tiempo para cambiarse y ahora sus lujosos ropajes oficiales le incomodaban y le hacían sudar. Al inclinarse para examinar a Hazim, se sujetó el turbante con cuidado y dejó su bolsa de instrumentos al pie de la mesita donde aún reposaba el *sharbat* de granada. Miró a la cristiana con curiosidad: estaba alterada y tensa. Ibn Tufayl trató de tranquilizarla mientras rebuscaba con una mano en su bolsa y con la otra se pasaba la mano por la frente.

—No debéis preocuparos. Veremos qué tiene y le pondremos remedio, os lo prometo.

El tono bondadoso del médico desconcertó a Aalis. Era la primera voz árabe amable que oía, y a pesar de que no había entendido nada, percibió que el recién llegado no era peligroso. La expresión de alivio de Aalis hizo creer a Ibn Tufayl que sí le entendía, y siguió explicando sus movimientos:

—Ahora necesito abrir su camisa para examinar la herida y escuchar el latido de su corazón. —Mostró un cilindro de madera, de medio codo de largo y estrecho como un dinar de oro, hueco por dentro. Alargó la mano al pecho de Hazim, pero de repente Aalis extrajo el largo y afilado mezclador de su manga y lo apretó contra la garganta de Ibn Tufayl, mientras Hazim se levantaba de un salto y le agarraba los brazos, inmovilizándole. Todo sucedió muy deprisa: los esclavos corrieron a socorrer al médico, pero se detuvieron en seco al ver que Aalis presionaba la punta del mezclador y arrancaba un hilillo de sangre del cuello de Ibn Tufayl, manchando su bella túnica. Hazim gritó varias órdenes. Los criados empezaron a hablar atropelladamente entre sí: uno de ellos era esclavo y chapurreaba francés. Aalis creyó entender las palabras «médico» y «castigo».

—¿Qué has dicho? ¿Qué pasa? —preguntó Aalis, nerviosa.

—Hemos tenido suerte: han enviado al médico del califa y no pueden arriesgarse a que le suceda nada porque si no les cortarán la cabeza. También saben que terminarán mal si nos dejan escapar —explicó Hazim. En árabe, se dirigió a los criados. Le escucharon y permanecieron quietos, indecisos. Hazim añadió—: Acabo de prometerles que fingiremos que los redujimos y que los dejaremos con vida si no alertan a la guardia, pero no estoy seguro de que pueda contenerles mucho más. Y cada minuto que pasa corremos el riesgo de que nos descubran. ¡Vamos, necesitamos asustarlos!

Aalis escuchó angustiada las palabras de Hazim, miró a los dos criados y luego al médico, que le devolvió una mirada limpia y tranquila. Ibn Tufayl habló, esta vez en una mezcla de franco y latín:

—Querida niña, debéis saber que estáis perdidos. El califa no tendrá piedad. Lo siento.

Su voz seguía siendo amable y a Aalis le pareció que lo sentía de veras. Pero no podía hacer otra cosa: apretó los dientes y empujó la punta de su arma lo suficiente para que la sangre volviera a manar. Al instante la retiró y mostró la punta ensangrentada a los dos criados, desafiante. Ibn Tufayl entornó los ojos como si estuviera a punto de desmayarse. Aalis le observó, extrañada, pues no había hecho tanta presión como para eso. Uno de los criados se volvió hacia el otro y le dio un puñetazo, derribándolo, tal y como Hazim le había ordenado. Se quedó esperando y Hazim se le acercó y le propinó un golpe en la cabeza con la bandeja. Cayó a tierra el segundo criado, inconsciente. El joven árabe se arrancó las mangas de la chilaba y empezó a atar las manos y los pies del primer criado. De repente se abrieron las puertas del pabellón y entraron cinco soldados, seguidos de Al-Nasr. Hazim corrió hacia Aalis e Ibn Tufayl y los dos jóvenes cruzaron una mirada de terror. Al ver la escena, el *al-muqqadam* abrió la boca, sorprendido, y esbozó una mueca de satisfacción. Dijo, avanzando lentamente hacia la celosía:

—Venía en vuestra busca, Ibn Tufayl. Os espera una visita. —Hablaba con naturalidad, como si el médico no corriera ningún peligro. Aalis se estremeció. Al-Nasr añadió, dirigiéndose a los dos jóvenes—: Soltadle u os juro que no veréis otro amanecer.

Los cinco soldados desenvainaron sus cimitarras. Al-Nasr se acercó más y más hasta que apenas le separó la distancia de una espada de los dos jóvenes y su rehén. Bajó la voz hasta que fue un áspero y desagradable murmullo y, mirando a Aalis, dijo:

—Además, sé perfectamente que no eres capaz de hacerlo.

Ella alzó el mentón, luchando por contener las lágrimas y el odio. Había algo en el sarraceno que la aterrorizaba más que la muerte: era como si pudiera leer su mente o ver el miedo que sentía a través de su carne. También ella sabía que no podría hundir el arma en la garganta del médico, en primer lugar porque era un hombre inocente y en segundo lugar porque de nada le serviría: pero se resistía a conceder la victoria tan fácilmente al repugnante capitán de la guardia. Tragó saliva. La primera vez había fallado, pero ahora segaría la vida del asesino de su madre, aunque tuviera que morir en el empeño. Y mataría también los fantasmas que despertaban en su interior.

—¡Cobarde! —gritó, impotente.

La rabia y las lágrimas velaban su mente. Soltó a Ibn Tufayl y antes de que los soldados pudieran impedirlo, se arrojó sobre el sarraceno e intentó clavar el mezclador en el pecho de Al-Nasr, apuntando al corazón. El *al-muqqadam* detuvo el golpe sin esfuerzo, y con un gesto seco volteó la mano de Aalis, forzándola a arrodillarse. La muchacha gimió de dolor. El soldado se inclinó hacia ella y susurró en su oreja:

—No puedes matarme, Aalis, porque ya estoy muerto. Y si no dejas de crearme problemas, te mandaré a las mazmorras para que puedas reunirte con tu querido capitán, en lugar de alojarte en palacio como si fueras una princesa.

La joven levantó los ojos, aterrada. El *al-muqqadam* le apretaba la muñeca sin piedad, y sus ojos oscuros brillaban como si ardieran en el infierno.

—¿Dónde está Auxerre? ¿Quién eres?

—¿No me reconoces, querida? —silabeó Al-Nasr—. Ha pasado mucho tiempo. La última vez no tenía esta cicatriz, ni barba poblada, ni la tez negra del sol desalmado que quema la arena de Jerusalén y a los que caminan por sus desiertos —dijo, señalando su rostro. Añadió con rabia—: Habías jurado esperarme hasta que volviera. ¡Mírame! ¿Tanto me has olvidado?

Aalis lo miró y de repente se dio cuenta. Se tapó la boca con la mano, como si quisiera acallar el asombro. La estancia empezó a dar vueltas a su alrededor. Balbuceó:

—¡No es posible...! — Y cayó desmayada a los pies de Al-Nasr. Este ordenó a sus hombres:

—Id a por otro médico. Quiero cinco guardias dentro y fuera de estas puertas, a todas horas. ¡Una mujer y un mocoso han atentado contra la vida del médico del califa! Si esto vuelve a repetirse, alguien perderá la lengua.

Se disponía a abandonar la sala cuando Ibn Tufayl carraspeó y dijo:

—Yo puedo atenderla. No es necesario que llaméis a nadie más. Al-Nasr se giró hacia el médico y respondió, incrédulo:

—Casi acaba con vos... ¿y os ofrecéis a cuidarla?

Ibn Tufayl se acercó a la joven y miró a Al-Nasr.

—Tampoco a ti te resulta indiferente si vive o muere. A muchos, por menos que eso, los habéis arrojado a un calabozo sin llave ni futuro. Es singular tu generosidad, Al-Nasr. —El médico observó al soldado con abierta curiosidad. Al-Nasr replicó con desdén:

—Si el califa me mandara matarla ahora mismo, no dudaría en abrirle la garganta. Pero llegó acompañando a Fátima, y como sabéis, mi señor Abu Ya'qub ha dado órdenes de cuidar al Mahdi y a sus amigos como si fueran de su sangre. Tiene depositadas altas esperanzas en esa fantasía que un día le contasteis —terminó, mordaz.

Ibn Tufayl guardó silencio. Al-Nasr se impacientó.

—Os esperan. Y yo tengo quehacer. ¿Puedo serviros en algo más? El médico movió la cabeza negativamente, y salió de la estancia. Al-Nasr se quedó mirando la figura de Aalis tendida en el suelo, mientras Hazim se arrodillaba sobre la joven, zarandeándola para tratar de despertarla.

Ferrat se quedó boquiabierto al ver la amplia avenida que se abría a su paso.

—¡En nombre de san Nicolás! ¿Estoy despierto o soñando?

Durante el día anterior habían rodeado la ciudad desde que avistaran los arrabales orientales, para entrar por la puerta de Bab al-Attarin en lugar del portón oriental, donde por la mañana se habían separado de Gerard Sem Pavor. Después de cruzar extensos campos de cebada, olivos y vid, regados por infinitas redes de acequias que convertían la campiña cordobesa en una tela de araña de agua y canales que resplandecían bajo el sol, por fin la ciudad había abierto sus puertas a los viajeros. Ahora, al atardecer, habían dejado atrás a los guardianes que custodiaban Bab al-Attarin, que habían registrado su llegada y sus mercancías en el libro de entradas y salidas de la ciudad, y de repente la imponente masa de la mezquita mayor y del Alcázar del califa había aparecido frente a sus ojos. Pero a los tres cristianos no les impresionaba ni la mole de ladrillo rojo ni la singular geometría de las dos construcciones califales, pues habían nacido y vivido entre las soberbias iglesias y catedrales que como elegías de piedra surgían desde el norte de Francia hasta

Rávena y Venecia para mayor gloria de Dios. Era un ser más vivo que la piedra lo que había arrancado la exclamación de Ferrat: la propia ciudad de Córdoba, que bailaba embriagadora para los tres visitantes, y la que verdaderamente les robaba el aliento. Mostraba sus calles anchas y espaciosas, iluminadas por farolas de aceite que se extendían hasta que se perdía la vista, y que se prendían al atardecer, no bien el sol se ponía; coqueta, agitaba sus pestañas cuando la brisa movía las palmeras de sus avenidas. Como una bella hurí, se despojaba de un velo y a la derecha aparecía un jardín grande como la plaza de cualquier villa cristiana, donde la madreselva y los jazmines se besaban alrededor de los bancos de pulida piedra y las delicadas fuentes, y cuyo relajante manar de agua ayudaba a la concentración de los jugadores de ajedrez, cómodamente instalados bajo un granado, con sus tableros desplegados, o protegidos bajo las pérgolas por donde trepaba la hiedra. Caía otro velo, y al lado de la mezquita, dos arcos de herradura de jade y mármol blanco daban paso al *hammam* mayor, cuya entrada estaba también forrada de mármol y de oro. En el zoco abierto al lado del palacio, los comerciantes ofrecían paños, sedas y brocados, y sus vestidos, túnicas y chilabas más refinados, con la esperanza de que los sirvientes del califa se aprovisionaran en sus tiendas, adosadas a la mezquita mayor. La calle estaba pavimentada con piedra y albero, y los vigilantes patrullaban sin descanso, e impedían que los compradores y vendedores arrojaran desperdicios al suelo, o que se hicieran fuegos de leña en plena vía pública, para que el humo no incomodara a los paseantes ni les ensuciara la vestimenta. Los tres hombres se quedaron un momento quietos sobre sus monturas, contemplando la vida que fluía por la *mahayya'uzma*, la extensa calle mayor que atravesaba la ciudad de norte a sur. Dos *sahib al-Suq* pasaron su lado, y Auxerre bajó la capucha de su capa para ocultar su rostro. Los dos vigilantes del zoco llevaban agarrado a un mozuelo y lo arrastraban de tienda en tienda, mostrando su cara a los comerciantes. Unos negaban con la cabeza y otros le señalaban y empezaban a hablar atropelladamente. Ferrat miró a Auxerre, extrañado. Este explicó:

—Es un ladrón. Lo han detenido y lo pasean por el mercado para averiguar en qué lugares ha robado y de cuántas propiedades deberá responder. Quizá solo pierda una mano.

El genovés se estremeció. Louis dijo, medio en broma y medio en serio:

—Más vale que busquemos una hospedería y pronto, antes de que nos paseen a nosotros por ser cristianos, porque yo no tengo ganas de separarme de mis manos. ¡Llevamos muchos años juntos y nos entendemos muy bien!

—Está bien —dijo Auxerre, y añadió volviéndose hacia Ferrat—: Amigo mío, quiero agradeceros una vez más que nos hayáis acompañado hasta aquí. De no ser por vuestros paños, no podríamos haber cruzado estas puertas sin despertar las sospechas de los guardianes.

Ferrat respondió, contento:

—Por ver esta maravillosa ciudad y por ayudaros, bien vale la pena el viaje y el riesgo.

—Amigo Ferrat, fijaos en que este lugar no solamente anda bien provisto de pedruscos —añadió Louis sonriendo, mientras giraba el cuello para ver pasar a dos esbeltas musulmanas, que paseaban por el mercado, envueltas en tupidos velos azules y negros.

—Vámonos, antes de que Louis se haga degollar por un marido celoso —dijo Auxerre, sarcástico—. Si no recuerdo mal, siguiendo la calle mayor encontraremos una fonda para comerciantes cristianos. Allí podréis instalaros mientras yo...

Antes de que pudieran moverse, una voz dijo en árabe:

—¡Está prohibido entrar en la alcaicería del califa a lomos de animal!

Auxerre y Louis giraron sus cabezas y observaron al almotacén que se había dirigido a ellos. Era un árabe delgado y con cara de malas pulgas, y le acompañaban dos vigilantes más. Ferrat descendió de su caballo al momento, y lo siguieron Louis y el capitán, que frunció el ceño, inquieto. El comerciante prorrumpió a hablar, nerviosamente:

—Acabamos de llegar... Soy mercader de paños y telas.

El vigilante del mercado le observó con curiosidad, como se mira a un insecto que desesperadamente trata de huir de las gotas de lluvia. Ignoró sus palabras y se fijó en los otros dos. La capa negra de Auxerre, con llamativos arabescos plateados cosidos en el borde, llamó la atención del almotacén. Señaló la capa y dijo:

—¿Dónde habéis conseguido eso?

—Es un regalo —repuso Auxerre, también en árabe. Ferrat se quedó de una pieza.

El almotacén siguió observándolo con ojos sagaces.

—Sois cristianos.

—Así es.

—Vuestra capa lleva el emblema de *al-mulk*, que por derecho divino solo pertenece a nuestro califa, ¡que Alá le dé muchos hijos! ¿Cómo explicáis eso?

—No tengo por qué hacerlo. Ya os he dicho que es un regalo —dijo Auxerre, encogiéndose de hombros. Cruzó una mirada con Louis. El río de gente se había separado a su alrededor, formando un círculo de curiosos. El aire se llenó de las voces quebradas de los almuédanos que llamaban a la oración. Los dos vigilantes se acercaron lentamente, con las cimitarras ya desnudas. El almotacén espetó, desdeñoso:

—¿Un regalo del califa a un cristiano zarrapastroso, un hijo de perro cojo y de perra ciega? ¿De dónde habéis robado eso? ¡Responded!

—Os he dado ya todas mis respuestas —Auxerre hizo una pausa— menos una.

Antes de que el árabe pudiera reaccionar, desenvainó su espada y se la clavó en la pierna. El almotacén cayó al suelo, agarrándose a la capa de Auxerre en su caída. Los otros dos trataron de atacar al capitán, pero sus armas resbalaron por su loriga, y Louis empujó de una patada a uno de ellos hacia los curiosos, que se esparcieron asustados como granos de arena lavados por el agua, mientras que Auxerre descargaba un puñetazo en el bajo vientre del otro, arrancándole un quejido que le hizo caer de rodillas, momento que todos aprovecharon para salir corriendo. Al pasar por delante de una de las tiendas de ropas, Louis estiró la mano y se hizo con un par de *imamas*. Le dio uno de los turbantes a Ferrat y él se caló el otro, sin dejar de correr.

—¡Hacia allí! —gritó Auxerre abriéndose paso, empujando a Ferrat y seguido de Louis. Una caravana de caballos árabes, de piel brillante y crin espesa, les permitió dejar atrás la calle mayor y a sus perseguidores. Poco a poco la multitud entre la que andaban se hizo más espesa. Eran las cinco y los cordobeses se dirigían hacia la mezquita mayor para el *maghrib*, el cuarto rezo del día, que tenía lugar después de la puesta de sol. Los tres subieron la escalera que conducía a la mezquita, mezclados entre el gentío: Auxerre con su capucha baja y los otros dos con los turbantes calados hasta las orejas. Una parte de los hombres avanzó por el patio hacia el *haram*, el oratorio cubierto tras el cual estaba el *mihrab*, el punto en la pared que representaba la orientación hacia La Meca, enmarcado por dos columnas blancas. La pared de la *qibla* brillaba como si el sol se arrancase los rayos para vestirla, pues los antiguos califas habían mandado construir mosaicos de diminutas teselas de oro puro para que resplandeciese como el amanecer en la ciudad santa del islam. Otros fieles seguían hacia la sala de abluciones, para purificarse debidamente antes de orar. Auxerre, Louis y Ferrat siguieron al primer grupo y entraron en la mezquita, donde varios centenares habían empezado el ritual de la oración. Sin poder evitarlo, Ferrat murmuró:

—En nombre de Dios.

—En nombre de Alá, más bien —susurró Louis.

El interior de la mezquita era aún más grandioso que su exterior: en las naves que se comunicaban entre sí, centenares de columnas de jaspe, mármol y granito sostenían otros tantos inmensos arcos de herradura, en rojo y blanco, que parecían volar en el techo de la sala y convertían el interior en un desierto de mármol poblado de altísimas palmeras de piedra bicolor, como sacadas de un cuento fantástico. Gruesas alfombras de colores rojos, verdes y negros cubrían todo el suelo. El espacio diáfano estaba ocupado por hileras e hileras de creyentes arrodillados, que llegaban hasta donde no alcanzaba la vista, postrándose y levantándose, rezando con una sola voz mientras obedecían las indicaciones del imán. Vibraban las lámparas de aceite que colgaban de los altísimos techos cuando repitieron todas las gargantas juntas, cuatro veces: *«Allahu Akbar.»*

—¿Qué dicen? —preguntó Ferrat, en voz baja.

—«Alá es grande» —respondió Auxerre.

—Es aterrador —dijo el mercader, nervioso.

—Es el poder de la fe —repuso el capitán—. Puede ser terrible como una venganza, o hermoso como un amanecer. Córdoba ha vivido ambos más de una vez.

—No es la primera vez que pisáis esta ciudad —afirmó Ferrat, mirándole con atención. Auxerre asintió en silencio. El mercader preguntó, entristecido—: ¿Por qué aceptasteis mi ofrecimiento? No necesitabais al ridículo Ferrat para volver a un lugar que conocéis bien.

El capitán alzó la mirada y puso la mano en el hombro del mercader. Dijo:

—Escuchadme bien, Ferrat. Cada instante que paso en Córdoba mi vida corre peligro. ¿Cómo creéis que hubiera cruzado las murallas de la ciudad sin ser descubierto? Ya habéis visto lo que ha sucedido en el mercado. Creedme, ni siquiera habría logrado llegar hasta aquí si no hubiera sido por vos.

Ferrat asintió, emocionado. Auxerre se retiró al fondo de la nave discretamente, mientras observaba la pared oriental. Ferrat y Louis le siguieron cuidando de que nadie les viera. Todos los fieles estaban concentrados en el ritual de la oración, alzándose y arrodillándose, inclinados hacia La Meca. Auxerre hizo una señal a Louis y dijo con voz queda:

—Allí está la *maqsura*, el recinto donde el califa suele seguir la oración de los viernes, tras esas celosías. ¿Las ves? —Louis asintió y el capitán prosiguió—: Detrás hay una puerta que da a un pasadizo volado, que cruza la calle y va a dar al Alcázar. Solo tengo que llegar hasta allí y deslizarme por esa puerta.

—¿Qué dices? —exclamó Louis—. ¡No pensarás ir tú solo...! ¡Es la boca del lobo!

—Donde suelen estar los corderos —replicó el capitán con tono grave. Se volvió a Ferrat y susurró—: Antes os he agradecido de veras vuestra ayuda, Renaud. Ahora ha llegado la hora de separarnos.

—No voy a dejarte, *compaign* —dijo Louis gravemente antes de que Ferrat pudiera contestar.

—Tendrás que hacerlo, si quieres ayudarme —respondió Auxerre—. No puedo entrar en el Al-Qasr acompañado. Tengo un plan, pero es peligroso, y el castigo será la muerte. Tras esa puerta —señaló la pared oriental— no hay retorno. No pienso permitir que me sigáis.

—¿Qué piensas hacer?

—Eso es asunto mío.

—Te matarán en cuanto pongas pie en el Al-Qasr, y lo sabes —dijo Louis en voz baja—. No creo que el califa te esté esperando con los brazos abiertos.

Auxerre se encogió de hombros por toda respuesta. Louis L'Archevêque añadió, irónico:

—¿Y qué hacemos nosotros? ¿Pasearnos por Córdoba mientras tú degüellas moros? La ciudad tampoco es segura para los cristianos.

Auxerre respondió:

—Sé que sabrás cuidar de ti y de Ferrat. Si lo que nos contó Gerard Sem Pavor es cierto, pronto habrá choques entre moros y cristianos. Ve al encuentro del ejército cristiano y ocúpate de que Ferrat esté a salvo. Y luego, si tienes ganas de morir, ya sabes dónde estoy.

—Siempre fuiste tozudo como una mula —dijo Louis, y bastó esa frase para que ambos supieran que la discusión había terminado. Ferrat dio un paso adelante y tendió la mano a Auxerre por toda despedida. Este la tomó, apretándola con afecto y respeto. El capitán y Louis se miraron. L'Archevêque no dijo nada: sonrió y se llevó dos dedos a la frente. Las voces masculinas volvían a entonar «*Allahu Akbar*» mientras se alzaban y volvían a arrodillarse. Pronto terminaría la oración. Era ahora o nunca. Auxerre avanzó con sigilo, apretado contra la pared y moviéndose muy lentamente mientras los otros dos permanecían quietos. Alcanzó la celosía y se agachó, oculto tras la separación de madera que habitualmente protegía a los califas de los ojos curiosos de los habitantes de Córdoba, durante la plegaria de los viernes. Auxerre buscó la palanca secreta que aseguraba la pesada puerta de madera. Más de un gobernante de Córdoba había salvado la vida escapando por ese pasadizo. Allí seguía, oculta en el quicio de la tercera piedra del arco que rodeaba la puerta. Empujó con fuerza hacia abajo. Los goznes amenazaron con gruñir, pero no lo hicieron, y la puerta se abrió. Louis y Ferrat contemplaron la sombra del capitán entrando por la puerta abierta. El oscuro pasadizo se lo tragó y ambos se quedaron un momento en silencio.

—Vámonos —dijo Louis—. No creo que a los fieles de Alá les guste encontrarnos aquí.

Gerard se paseó por la alcoba como un animal enjaulado. Estaba furioso, pero ya habría tiempo de preocuparse de la traición del magnate Fernando Rodríguez de Castro y de la cobardía del rey de León. Era de ley cristiana que todo rehén fuera voluntario, y los leales vasallos se sentían honrados de cumplir la voluntad de su señor cuando este requería el servicio de rehén, porque a su regreso eran recompensados ampliamente por su sacrificio. Pero aquello había sido una trampa vil. Fernando de León sabía que, aunque era su vasallo desde hacía un año por orden del rey de Portugal, Alfonso Enríquez, la lealtad de Gerard seguía con el de Portugal. Por eso no había dudado en utilizarle como un peón. Pero eso no importaba ahora. Tenía que escapar. Estaba desarmado, pues le habían confiscado espada y dagas. Solo tenía su ingenio y sus manos. Miró a su alrededor. Dos guardias negros, probablemente esclavos, fuertes y bien alimentados, custodiaban la salida, armados con lanzas y cimitarras. Llevaban el pecho desnudo y vestían unos largos calzones abombados, ligeros como una brisa. Gerard concluyó que no llevaban más protección, y que si lograba asestar primero, tendría una oportunidad. Se devanó los sesos: atacar, sí, pero ¿con qué? La alcoba era pequeña y estaba lujosamente guarnecida: había alfombras en el suelo y un par de divanes con abundantes cojines y una mesita dispuestos cerca de un pequeño estanque interior. Chasqueó la lengua. Podía arrojar la mesa contra los guardias, pero con eso apenas ganaría unos instantes de confusión y nada más. Unas ligeras cortinas de seda caían a ambos lados de la salida que daba a un patio ajardinado, a juzgar por el aroma de rosas y naranjos que llegaba del exterior. Se acercó a la puerta del jardín, mirando de soslayo por si los esclavos hacían ademán de seguirle. No se movieron, y siguió avanzando hasta salir fuera. Cuando vio el patio comprendió por qué le dejaban en paz: se trataba de otro recinto cerrado, sin salida. Era tan grande como una pradera, pero poblado de plantas y árboles que Gerard no sabía identificar y que se le antojaban propios de un paraíso maravilloso, ingeniosamente dispuestos para crear un efecto de naturalidad, como si una cuadrilla de laboriosos jardineros no se entretuviera cada día en podarlos cuidadosamente. Miró uno de los árboles que se erguía en perfecta formación, a lado y lado de la avenida de gravilla central que desembocaba al otro lado del jardín, frente a un murete bajo. El árbol era de ramas estrechas y recias. Comprobó que nadie le observaba y tomó uno de los troncos más duros y rectos. Estiró y estiró hasta que logró arrancarlo, le quitó las hojas sobrantes y golpeó con el improvisado bastón el suelo. «Tendrá que servir», se dijo. Iba a dar media vuelta con intención de regresar a la alcoba, pero vislumbró varias figuras que paseaban más allá del murete que había al final del paseo de gravilla. Rápidamente se acercó y se agachó para que no le descubrieran. La hiedra vestía el muro de piedra. Alzó la cabeza poco a poco y miró al otro lado. Un árabe y una mujer joven abrían el séquito, que se dirigía hacia uno de los bancos recostados contra el muro. El resto eran sirvientes que les seguían, unos llevando bandejas de golosinas, otros cargando los reposadores y cojines en los que habían de acomodarse los paseantes. Dieron una vuelta más hasta que el hombre señaló un lugar a la mujer, esta asintió y luego de que un criado descargara una alfombra de algodón y mimbre sobre la hierba, ella y el árabe se sentaron. Entonces, Gerard vio claramente el rostro del árabe: era el califa Abu Ya'qub. Se acercó un criado, seguido de un soldado. El portugués reconoció a Al-Nasr y empuñó la vara de madera con rabia, pero se contuvo. El califa y el sarraceno se alejaron unos pasos y empezaron a conferenciar mientras el soldado le mostraba algo al califa, no sin antes inclinarse el primero repetidamente frente a la muchacha. Gerard sintió curiosidad por saber quién era la joven: por lo que él sabía de los moros, no solían tratar con tanta deferencia a las esclavas. Quizá se había topado con una princesa, hermana o prima del califa. Levantó un poco más la cabeza, para distinguirla mejor. En ese momento, la mujer miró en su dirección como si adivinara su presencia. Llevaba un velo de color verde, ribeteado de plata. Con un veloz movimiento de la mano, lo aflojó y le miró. Gerard se echó hacia atrás como si le hubiera golpeado. No pudo resistirse: miró otra vez. La joven seguía observándole, entre curiosa y expectante, ajena al califa y Al-Nasr, que seguían enfrascados en una discusión acalorada. Entreabrió los labios como si fuera a hablar, quizás a advertir a los otros de su presencia, pero solo siguió mirándole. El portugués no podía apartar la vista de ella, y no le importaba si le descubrían. Sus ojos eran verdes y profundos, su melena era larga y morena. Era bella, sí, pero Gerard había visto hembras a puñados, de las que enloquecían a los santos y hacían demonios de los ángeles. Esta no era como las demás. Gerard cerró los ojos. Le latía el corazón tan rápido y tan fuerte que no oía nada más, como si el mundo se le hubiera metido en el pecho. Puso ambas manos en el murete. Lo saltaría, se la llevaría y saldrían los dos juntos corriendo en dirección a la otra alcoba y una vez allí, ya se vería. Se izó dos palmos con esa idea en mente, pero la mirada asustada de la joven le detuvo. Negó con la cabeza y alzó delicadamente la mano para conminarle a que esperara. El portugués obedeció y se dejó caer sobre la hierba, sudando. Tragó saliva y emprendió el camino de regreso al otro lado del jardín. Cada paso en la gravilla era uno que le separaba de la desconocida, y le dolía tanto como si una daga se hundiera en su corazón. Tenía que volver a verla.

Entró en el pabellón con el ceño fruncido, empuñando la delgada vara de madera. Los dos esclavos negros le miraron, sorprendidos y alarmados al ver que sostenía un arma, pero se tranquilizaron al comprobar que solo era una rama. Uno de ellos mostró su blanca dentadura, burlón. Gerard Sem Pavor se le acercó lentamente y sin hacer movimientos bruscos, con la cabeza gacha como si meditara. Cuando estuvo lo suficientemente cerca, en un movimiento rápido clavó la estaca en el corazón del primero con su mano derecha, mientras que con la izquierda tomaba su lanza y la ensartaba en la garganta del segundo. Se limpió la sangre que le había salpicado con la manga, cogió una cimitarra y empujó la puerta, en pos de la joven.

13

Fantasmas y promesas

—Vamos, Pelegrín. Si das otra vuelta te vas a marear como una peonza. Y entonces, ¿cómo vas a ayudar a este pobre ciego? —dijo Enrico Dándolo, sonriendo y tendiendo la mano hacia el muchacho. Este, que iba a levantarse por tercera vez después de sentarse otras tantas, tomó la mano que se le ofrecía y se quedó quieto en pie y con un mohín de impaciencia, mientras el veneciano se levantaba de la butaca de cuero en la que se había acomodado al llegar. Enrico percibió la duda en el silencio del muchacho y preguntó:

—¿Qué te pasa? —Como el mozo siguiera callado, añadió—: Cuéntamelo, muchacho.

—No me gusta este sitio. Quiero irme de aquí. —No dijo que al salir de Toledo, la sola idea de empuñar la espada le hacía temblar de pies a cabeza, mientras que ahora daría lo que fuera por una. Desde que habían llegado a Córdoba, se acordaba a todas horas de Blasco y del rey de Aragón. Quería volver a la corte, alejarse de aquella ciudad donde el mundo estaba del revés. El idioma era una jerga incomprensible, por la calle los moros le miraban y le señalaban, riéndose y cuchicheando, y hacía un calor insoportable, mucho más húmedo que el de los campos de Aragón e incluso que el de Barcelona en el verano más duro. La cosa no había mejorado al llegar al Al-Qasr. Los mosaicos multicolores, los mármoles relucientes, los prístinos estanques le parecían bonitos pero a la vez le oprimían el ánimo. Echaba de menos las risas y el ruido de pasos despreocupados de las criadas y las amas, que en el palacio condal de Barcelona llenaban la mañana con sus alegres canciones y el trajinar de capazos, jofainas y sábanas. No había visto una sola mujer en aquel interminable laberinto de pasadizos y salas. Todo eran esclavos y criados, callados como estatuas y de movimientos medidos como la caída del hacha de un verdugo. Añadió—: Creía que íbamos a luchar contra los moros.

—Ya llegará el tiempo de luchar. De momento, debes tener paciencia y ser valiente. Solo así lograremos salvar a nuestros amigos. ¿Recuerdas lo que debes hacer?

El mozo repuso:

—Sí, Enrico. Aunque Blasco me prohibió dejarte solo.

—No te preocupes por mí. Además, yo también tengo quehacer. Ese Ibn Tufayl puede sernos de gran ayuda, pero también existe la posibilidad de que Alfakhar se engañara con respecto a su viejo amigo y esto sea una trampa. Debo averiguarlo, y para esto necesito quedarme a solas con él. Recuérdalo siempre, Pelegrín: la única forma de conocer el alma de un hombre es mirándole a los ojos.

—Pero Enrico —objetó Pelegrín—, tú estás ciego.

—Lo que no quiere decir que sea sordo, imbécil o un majadero —dijo severamente Enrico Dándolo—. ¿O es que crees que las mentiras no huelen a podrido, o la traición no se mueve como una serpiente? Todo eso se puede sentir sin necesidad de ojos.

La recámara donde les habían conducido contaba con apacibles vistas a uno de los incontables jardines que rodeaban el Alcázar. Guiado por Pelegrín, Enrico avanzó hacia el arco que abría paso hacia el jardín. El sol se había postrado ya en el horizonte: lo sentía el veneciano porque la fría luz del anochecer empezaba a acariciar Córdoba. Aspiró el olor de los jazmines. Ibn Tufayl entró en la alcoba.

—Dicen que me buscáis, cristiano —dijo en árabe.

—¡Ah! Abu Bakr ibn Tufayl, por fin —respondió Enrico girándose, ayudado por Pelegrín.

—Sabéis mi nombre, y, sin embargo, yo no os recuerdo —dijo Ibn Tufayl, tomando una toalla de algodón y mojándola en una jofaina. Se limpió la herida del cuello lo mejor que pudo y arrojó la toalla sucia a las manos del esclavo negro.

—Me llamo Enrico Dándolo. He venido a Córdoba atraído por vuestra reputación como médico —respondió Enrico, también en árabe. Hizo una seña a Pelegrín y este le guio hasta que estuvo frente al moro. El veneciano se llevó la mano a los ojos—: Hace menos de un mes, recibí un fuerte golpe que me dejó como secuela esta ceguera. Os imploro vuestra ayuda. Un viejo amigo me dijo que podríais ayudarme: Yosef al-Fakhar, de Toledo.

Ibn Tufayl le miró atentamente. El veneciano tenía los ojos abiertos y sin vida, pero la expresión de su rostro era sincera. El médico miró de soslayo al criado y respondió:

—Iremos a mi consulta. Está al otro lado del Al-Qasr. Seguidme.

Salió al jardín, que se componía de anchos paseos y avenidas de grava bordeadas de sencillos parterres de flores y filas de arbustos. Los esclavos habían encendido ya las lámparas de aceite que alumbrarían el paseo principal durante toda la noche. Pelegrín y Enrico le siguieron. De repente, en medio de la vegetación apareció una jaula de barrotes discretamente cubiertos de yedra y otras plantas enredaderas, y rodeada de altas palmeras. Pelegrín abrió la boca, impresionado, y trató de divisar qué había tras los barrotes. Soltó una exclamación de asombro al verlo. Ibn Tufayl le explicó, en castellano:

—Son jirafas, animales parecidos a los caballos, solo que altas como almenas, de pelaje amarillento y manchas negras.

Sus orejas son pequeñas, parecidas a las de una vaca, y su cuello es largo y fuerte. Cuidado con sus coces: más de uno ha dado con sus huesos en la fosa. —Pelegrín se agarró a los barrotes y contempló a una pareja de jirafas que estiraban su cuello para alcanzar las hojas más tiernas de las copas de los árboles. El médico siguió diciendo en castellano, mientras acompañaba a Enrico por el paseo de gravilla—: Es una pena que no podáis ver los espléndidos animales que el califa ha hecho traer de Ifriqiya. Tenemos cocodrilos —dijo, señalando una laguna grande como dos carros, de la cual surgían palmeras y rocas artificiales—, camellos y leones, y caballos árabes, por supuesto; también avestruces y loros. Hace poco han traído una pareja de elefantes blancos. También acogemos a todas las especies conocidas de reptiles del Nilo y aves de las marismas. El califa está muy orgulloso de su jardín zoológico.

Pelegrín corrió hacia la jaula de al lado y metió la nariz por entre los barrotes. Ibn Tufayl exclamó, mientras lo apartaba rápidamente agarrándolo del hombro:

—¡Cuidado, muchacho!

Un terrible rugido precedió al zarpazo de una enorme bestia negra, y el muchacho la contempló fascinado. Se giró hacia Enrico Dándolo, y dijo:

—¡Es un enorme gato negro, casi tan grande como una mula! Tiene los colmillos más grandes que los de un oso, y sus ojos brillan como antorchas.

Enrico sonrió y acarició la cabeza del chico.

—Es una pantera, y te aseguro que es mucho más peligrosa que una mula. —Se giró hacia el médico y dijo—: Parece arriesgado conservar todos estos animales encerrados aquí en el Alcázar, donde también habita el califa y su familia, ¿no os parece?

Mientras así decía, alcanzaron el final del camino de grava. Ibn Tufayl se detuvo frente a unos escalones que conducían a otro pabellón y respondió:

—El califa planea construir un zoológico público, para que los habitantes de la ciudad también puedan ver estas maravillas. De momento, los animales permanecen aquí. Cuando Abu Ya'qub desea algo, no hay visir ni consejero que pueda convencerle de lo contrario. Ni que quiera, tampoco. —Hizo un ademán para acompañar a Enrico y ambos cruzaron el umbral. El veneciano hizo una discreta seña, y Pelegrín se detuvo sin entrar en la residencia. Se sentó en la escalera exterior, rodeándose las rodillas con los brazos y apoyando el mentón sobre el pecho.

Apenas entraron, Ibn Tufayl se dirigió a la derecha y empujó una fina cortina de lino. El médico y el veneciano entraron en una sala que acogía un escritorio, varias sillas y estanterías repletas de libros y pergaminos. Un sirviente se afanaba limpiando instrumentos.

—Déjanos solos —ordenó Ibn Tufayl. Cuando el criado hubo desaparecido, se inclinó hacia el veneciano y dijo, conduciéndole hacia una butaca—: Acercaos. Os examinaré.

Enrico se dejó guiar y tomó asiento. Ibn Tufayl tomó un óvalo de cristal y lo acercó a la pupila del veneciano.

—Por favor, no parpadeéis.

Observó atentamente el ojo derecho de Enrico y luego el izquierdo. El médico se giró entonces hacia un almirez donde flotaban semillas y pedacitos machacados de hojas en agua tibia. Extrajo unas gotas con un tubo de cobre estrecho y alargado. Explicó:

—Echad la cabeza hacia atrás. Voy a verter unas gotas de concentrado de tomillo. Cuando termine, cerrad los ojos y abridlos al cabo de dos respiraciones.

El veneciano obedeció, tragando saliva. Cuando hubo acabado de examinarle las pupilas, Ibn Tufayl se levantó para lavarse las manos. Regresó y se instaló frente a Enrico.

—No hay lesión ni herida en vuestros ojos que justifique la ceguera —dijo el médico—. La única explicación es que el golpe recibido haya afectado la ligazón entre estos órganos y la facultad de ver que habita en el cerebro. En ese caso, nada se puede hacer excepto esperar. Algunos médicos cristianos os recomendarían una sangría, pero teniendo en cuenta vuestra edad y condición, y el clima de esta estación, no os lo aconsejo.

—¿Entonces...? —A pesar de que la visita médica era una argucia, Enrico no pudo evitar sentirse decepcionado. Se dio cuenta de que había deseado oír otra cosa de boca del médico árabe: quizás incluso saber que un día volvería a ver. Se hundieron sus hombros. Ibn Tufayl le observó:

—Lo siento. Habéis venido de muy lejos, pero —y prosiguió, inclinándose hacia el veneciano y observándole con agudeza— estas son nuevas que estoy seguro de que mi amigo Alfakhar conocía al dedillo. Estudiamos medicina juntos y no era menos ducho que yo. Así que os ruego que me digáis la verdad. ¿Por qué estáis aquí en realidad? ¿Qué queréis de mí?

La brisa del Guadalquivir sopló por entre los jardines del Al-Qasr como una advertencia. Por primera vez desde que perdiera la vista en Barcelona, Enrico Dándolo sintió miedo. Le había jurado y perjurado al abad de Montfroid que no correría peligro, a sabiendas de que no era del todo cierto. Alfakhar le había asegurado que podía confiar en Ibn Tufayl, pero no había manera de cerciorarse excepto poniéndose en sus manos. Y si resultaba que el médico en realidad era fiel al califa, entonces todo estaba perdido. Acababa de decirle a Pelegrín que era posible ver la mendacidad de la gente aun a ciegas, pero en realidad solo pretendía tranquilizarle. Se sentía perdido y desorientado. Solo oía la respiración de Ibn Tufayl, pausada y expectante. Enrico pensó en el frío ulular del viento invernal entre los canales de Venecia, en las arenas de Alejandría y los campos secos de Aragón que había recorrido para llegar hasta Córdoba. Cruzaron por su mente la voz áspera de su padre, el bisbiseo del judío Maimónides y la clara entonación de Alfakhar. Todos habían luchado por que llegara aquel momento. Se encomendó a Dios y al león alado de San Marcos, la divisa de su patria. Declaró:

—He venido por el Mahdi.

Ibn Tufayl se levantó de un salto y exclamó:

—¿Qué sabéis del Mahdi, cristiano?

—Lo suficiente para viajar hasta aquí —dijo Enrico sin vacilar. Había pasado el momento de las dudas. Si debía morir, su hora había llegado. Añadió—: Si sois el hombre íntegro que creo, sabéis tan bien como yo que estas tierras quedarán bañadas en sangre si dejamos que el Mahdi cabalgue a la cabeza del ejército del califa Abu Ya'qub.

—Os estáis arriesgando mucho —dijo Ibn Tufayl lentamente—. Y yo también, al prestaros oídos. No sería la primera vez que el califa o sus visires comprueban la lealtad de un sirviente fiel simulando una conjura, por ver si se rehúsan o la abrazan. Más de uno ha perdido lengua, ojos y manos así. Corred a decirle a vuestro amo, quienquiera que sea, que nadie desea más que yo la victoria eterna del príncipe de los creyentes. —Guardó silencio, tenso y expectante.

Enrico declaró:

—Alfakhar me habló de la *Risala* de Hayy. Ignoro lo que es, pero me mandó preguntaros si estaba acabada. También añadió que prometía caminar descalzo desde Toledo hasta Córdoba si así fuera.

La cara de Ibn Tufayl se transformó por la sorpresa. Enrico pensó que había cometido su último error, pero pronto una cálida sonrisa disipó sus temores. Ibn Tufayl le miraba con franqueza y agrado.

—¡Como cuando éramos niños, el más astuto de la escuela! Solo Alfakhar sabe que noche tras noche, robándole horas a la luna, sufro y gozo a partes iguales para terminar mi obra. Es un tratado de filosofía y mística, que versa sobre las visiones celestiales y los caminos de la mente y del cuerpo que llevan al espíritu hasta el éxtasis divino. —Se detuvo un momento y dijo, entristecido—: Precisamente por mi amor a la sabiduría sufí llegan estas nubes de tormenta.

—¿Qué queréis decir? —preguntó Enrico.

—Al principio, cuando hallé por vez primera la leyenda del Mahdi en un manuscrito de la biblioteca califal, me invadió la alegría. No comprendí hasta más tarde, al explicarle al califa que la profecía era cierta y ver su reacción, que había cometido un error. Veréis, hace unos años, antes de la llegada de Abu Ya'qub y de su padre, los emires aborrecían los caminos de las *tariqas* sufís, las hermandades de místicos que se reúnen para encontrar la verdad de Alá no solamente por la vía de la razón, sino también por la de la percepción del alma. Como un ciego que... —Calló, apurado—. Disculpadme.

—Continuad, por favor —le conminó el veneciano.

Ibn Tufayl siguió con su explicación:

—El que investiga la verdad por las fuerzas de la razón es como un ciego que conoce colores, estados y cosas merced a una descripción fría y objetiva; y es tan escaso el hombre que logra por esa vía la perfección, como el azufre rojo. En cambio, los iluminados sufís experimentan el mundo con claridad y delectación, gracias a la experiencia de Alá y la intuición de la fe. Al-Gazel escribió hace tiempo sobre estos asuntos, pero los emires enterraron sus obras y borraron su nombre de las bibliotecas porque temían el poder de las hermandades místicas. Nuestro califa, en cambio, ha favorecido la recuperación de esa sabiduría, y en contra de la opinión de muchos jueces y cadís, permite las reuniones de místicos en las *tariqas*, que antes eran perseguidas y aplastadas. Abu Ya'qub cree que solo mediante la fe en Alá y unidos bajo el Mahdi, las tierras de al-Ándalus podrán recuperar su antigua gloria musulmana. Por eso cuando descubrí el manuscrito que hablaba del Mahdi, corrí a contarle la buena nueva. Sabía que la apreciaría con el mismo entusiasmo que yo. Lo que jamás imaginé era que se lanzaría a preparar una acometida brutal contra los reyes cristianos, enardecido por el poder del Mahdi. ¡Día y noche debería prosternarme para pedir perdón por mi falta! Por mi inconsciencia, conduciré a Qurtuba a la ruina, y a un buen califa a la perdición.

Enrico Dándolo enarcó las cejas, sin poder ocultar su escepticismo. Ibn Tufayl aclaró:

—Abu Ya'qub no es un monstruo. Es un califa ilustrado, que pasó siete años de su juventud en Isbiliya, estudiando, y en su corte los sabios y los filósofos cuentan con protección y mecenazgo. Ya habéis visto su palacio y sus cuidados jardines. Desea el mayor bien para nuestra fe y para Alá, pero la sombra de su glorioso padre es grande y teme no igualar su talla como guerrero. Por eso se aferra al Mahdi y a la esperanza de victoria que trae consigo, y no le importa si perecen diez mil hombres en la empresa.

—¡Sabéis que caerán muchos más, moros y cristianos, si no le detenemos! —exclamó Enrico.

—Ahora lo sé —admitió Ibn Tufayl, abatido—. En mi fuero interno creía que el Mahdi era solamente una hermosa leyenda, y cuando Abu Ya'qub me contó que la profecía era cierta y que habían encontrado a Fátima, la descendiente del Profeta, pensé que había enloquecido. Tuve que aceptarlo cuando llegó aquí la joven. La mitad de los soldados que la habían acompañado se negaban a abandonar el Al-Qasr. Hubo que encadenarlos durante días, a pan y agua, para que recobraran el sentido. Salieron del trance sin memoria de los días y noches en el calabozo. Mandé traer a uno a mi consulta para examinarle. ¡Tenía las pupilas dilatadas y la mirada perdida! El mismo efecto que causan ciertas hierbas como el *hashish*, solo que en este caso el resultado no era de calma, sino de alteración, nerviosismo, inquietud y, sobre todo, ansias de estar cerca del Mahdi y de obedecerle. Hubo excepciones, claro.

—¿Cuáles? —preguntó Enrico.

Ibn Tufayl se atusó la barba y respondió:

—Bueno, para empezar yo mismo, y el capitán de la guardia negra del califa, Al-Nasr. También hubo soldados que no mostraron reacción, pero por sus historias comprobé que cuando unos pocos caían, arrastraban al resto en su frenesí de combate y de sumisión al Mahdi. He concluido que las multitudes son más frágiles a su influjo que los sujetos por separado, aunque en casos particulares se produce una comunión individual cuya potencia es incalculable. Uno de los esclavos, por ejemplo, se golpeó la cabeza contra un muro hasta quedar gravemente herido cuando supo que no volvería a estar al cuidado de Fátima. Desde ese día, solo la vigilan eunucos, que no dan muestras de reaccionar con tanta violencia al poder del Mahdi.

—Tenemos que sacarla de Córdoba —dijo Enrico.

—¿Estáis loco? —increpó Ibn Tufayl—. Ni los tesoros del califa están tan vigilados. Nadie puede acercársele si no es con permiso expreso de Al-Nasr o del propio Abu Ya'qub.

—¿Ni siquiera vos?

—Sería mi perdición, cristiano.

—¡Por lo que más queráis, Ibn Tufayl! Pensad en las vidas que salvaréis.

—Os ayudaré en todo lo que esté en mi mano, pero cuando vos dejéis atrás los muros de Qurtuba, yo seguiré viviendo aquí, y también mi familia. Pensad vos en esas vidas.

El veneciano dejó caer la cabeza entre sus manos y cerró los ojos. El mundo de sombras y de oscuridad que le acompañaba desde que perdiera la vista en Barcelona se volvía cada vez más espeso y tenebroso, como si la crudeza de la realidad también quisiera cegarle.

—Entonces, que Dios me perdone, solo me queda una salida —dijo Enrico, desesperado.

Ibn Tufayl le miró gravemente y dijo:

—Que Alá nos proteja a todos.

Al-Nasr avanzó por el pasadizo, su rostro moreno frío y decidido. No le cabía ninguna duda de que el altercado en el que había resultado herido el almotacén y los otros dos vigilantes del zoco se debía a la presencia del capitán Auxerre en la ciudad. Las explicaciones balbuceantes de los guardias del mercado describiendo a dos extranjeros francos encajaban perfectamente con lo que Gerard Sem Pavor le había contado. El retal de la capa con el sello de *al-mulk* que habían arrancado de las manos del desgraciado vigilante probaba que no era la primera vez que el capitán pisaba Qurtuba. Al-Nasr sospechaba que no sería tan fácil de aprehender como le había hecho creer a Aalis. Había otra cosa que le inquietaba: cuando le había mostrado el pedazo de tela al califa, Abu Ya'qub se lo había quedado mirando confundido, como si las piezas de otra vida encajaran con el presente. Con el semblante taciturno, le había dado órdenes de capturar al capitán y comunicárselo en cuanto estuviera preso. Llevaba varios años al servicio del califa y jamás le había visto tan afectado. Al-Nasr se detuvo frente a la puerta que le separaba de Aalis. Los dos guardias se apartaron, y empujó con fuerza. Hazim estaba hablando con la joven, que ya parecía recuperada. Al-Nasr miró al joven árabe y ordenó:

—Fuera.

—¡No! —dijo Hazim, enfrentándose al moro.

—¿Por las buenas o por las malas? —Al-Nasr se giró hacia Aalis.

La joven le puso una mano en el brazo al muchacho.

—No me pasará nada —dijo Aalis, serena.

Hazim se dio la vuelta, sorprendido. La expresión de su compañera de desventuras era valiente y a la vez tranquila. Estaba erguida y no apartaba la vista de Al-Nasr. Todo el horror y la incredulidad de horas atrás habían desaparecido. Hazim se dirigió lentamente hacia la puerta, mirando con hostilidad a Al-Nasr mientras abandonaba la sala.

Aalis y Al-Nasr se observaron unos momentos en silencio. El capitán de la guardia cruzó los brazos. Le brillaban los ojos como dos ascuas negras. Rompió a andar por la sala, furioso consigo mismo por dejar que la mera presencia de Aalis, después de tantos años, aún le causara efecto. Se dio cuenta de que el aplomo de la joven le turbaba y que no sabía por dónde empezar. Desacostumbrado al titubeo, se sintió aún más irritado. Fue ella quien dio en hablar primero, en voz baja y tono reposado.

—Habéis cambiado, mi señor.

Al-Nasr maldijo para sus adentros la cortesía de Aalis de Sainte-Noire, y maldijo más aún su propio impulso de correspondería.

—¿A quién pretendes engañar con tus dulces maneras? —replicó con brusquedad—. Hace un rato ibas a por mi cuello.

—Jamás creí que volvería a verte, Gilles —dijo Aalis, acercándose.

Al-Nasr le dio la espalda y se acercó a las celosías del jardín. Miró más allá de las murallas.

—¿Qué nombre es ese?

—Gilles de Souillers —repitió Aalis con suavidad— era tu nombre.

—Aquí me llaman Al-Nasr —dijo. Le dolía el pecho como si la voz de Aalis fuera una espada.

—Souillers era el nombre que ibas a darme —insistió Aalis, dulcemente, como si hablara con un niño—. Estábamos prometidos e íbamos a casarnos a tu regreso de Tierra Santa. Pero llegó la noticia de tu muerte...

—Eso es, ¡Gilles de Souillers murió en las Cruzadas! —exclamó Al-Nasr, con la voz ronca. La ira teñía de blanca furia sus palabras—. Allí se quedó su alma, tendida en la tierra, empapada de sangre y de vísceras, entre cadáveres pudriéndose al sol y alimañas refocilándose entre los esqueletos de los muertos y las carnes infectas de los agonizantes. ¡Mírame bien, porque soy todo lo que queda de él! ¿No te alegras de haberme perdido de vista? ¿O hubieras preferido que regresara de esta guisa a Sainte-Noire para casarme con mi preciosa novia? ¿Me habrías aceptado así? ¡Ni siquiera supiste reconocerme cuando nos vimos en Rocamadour! Allí estabas, después de tantos años. Nuestras miradas se cruzaron, y ¡sólo fui un extraño para ti! —Se abalanzó sobre Aalis y, tomándola de las muñecas, la forzó a acercarse hasta que la joven no pudo evitar ningún aspecto de su terrible faz: bajo la barba hirsuta, la piel casi negra, tostada por el sol, surcada de cicatrices: la más grande y profunda iba desde la ceja hasta la mandíbula. Las arrugas perlaban sus ojos como una fila telaraña de pesares. La amargura había consumido su espíritu: parecía diez años más viejo que Aalis, aunque habían crecido juntos en los campos que bordeaban las tierras de sus respectivas familias. La joven exclamó:

—¡Suéltame! No tienes nada que reprocharme, mientras que tu ausencia fue el principio de todas mis desgracias. —Añadió—: Primero tu padre, y después tu hermano Gauthier, trataron de ocupar tu puesto al saber que ya no volverías de Jerusalén, y no se preocuparon de contar con mi consentimiento para los esponsales. Tuve que huir, repudiada por mi padre, convertida en una fugitiva. ¡Tu muerte convirtió mi vida en una pesadilla!

Al-Nasr la dejó ir, atónito.

—¿Qué dices?

—Al día siguiente de la noticia de tu desaparición, cuando apenas me había hecho a la idea de que la vida que habíamos soñado jamás se haría realidad, tu padre pidió mi mano y el mío se la concedió, para preservar la alianza entre nuestras familias. —Aalis cerró los ojos y sintió asco, al recordar la piel amarillenta y los dientes caninos del viejo Souillers. Tragó saliva y siguió hablando—: Me negué y me escapé. Supe después que tu padre había muerto, pero que tu hermano Gauthier había colgado los hábitos para ocupar su lugar como único varón Souillers y honrar la alianza con Sainte-Noire. Para ese entonces, también mi padre estaba con el Señor y yo era su única heredera. Gauthier me persiguió como a un animal con el único propósito de convertirme en su mujer para hacerse con las tierras de Sainte-Noire. Más de una vez deseé haber muerto contigo. —Desfalleció su voz al recordar la cálida figura de su padre Philippe de Sainte-Noire—. ¿Qué sucedió, Gilles? ¿Por qué no regresaste de Tierra Santa? Yo te hubiera aceptado ciego, tullido o enfermo.

Avanzó hacia él, pero Al-Nasr dio un paso atrás, como si temiera tocarla de nuevo. Empezó a hablar y su voz llegaba lejana, como si fuera Gilles de Souillers el que hablara desde la tumba del pasado.

—Tierra Santa. ¡Valientes palabras para el lugar donde se perdieron tantas almas! Viajamos durante meses, entre montañas yermas y un sol desgarrador, para alcanzar por fin la primera línea de combate. Todos los jóvenes caballeros que habíamos peregrinado hasta allí desde Francia estábamos sedientos de sangre mora. Cuando anunciaron que al amanecer tendríamos nuestra contienda, lanzamos vítores y brindamos por la victoria. ¡Por primera vez nos enfrentaríamos al hierro de los moros! Al día siguiente, supe lo que era el infierno.

Cerró los ojos y cuando los abrió, mirando a Aalis, el

dolor y la crueldad compartían sus pupilas a partes iguales. La joven retrocedió. Al-Nasr prosiguió, con una mueca horrible:

—¡Mi gloriosa primera batalla! Caí herido al primer golpe de cimitarra. Estuve un buen rato inconsciente, desangrándome entre los demás heridos y los cadáveres que se apilaban en el campo de batalla. Cuando los moros recorrieron el terreno para saquear a los muertos y apresar a los vivos, me encontraron.

—¿Qué te hicieron?

—Nada. Los árabes dejan que la vida y la muerte siga su curso, y mi maldición fue sobrevivir —dijo Al-Nasr, recuperando su frialdad—. Largo tiempo estuve en un calabozo del *rabat*, sin noción del día ni de la noche, mientras la fiebre me consumía. Solo me daban agua y pan, como al resto de prisioneros. Mis heridas curaron y cuando vieron que no gangrenaban y que estaba lo suficientemente fuerte como para andar, me pusieron en un cargamento con los demás desgraciados como yo y me mandaron al mercado de esclavos. Allí me compraron para el servicio del califa Abu Ya'qub, señor de Qurtuba, Isbiliya y las tierras de Ifriqiya. El viaje desde las costas de Acre mató a un cuarto de la carga. Arrojaron sus cuerpos al mar y seguimos la travesía hasta los puertos sarracenos de al-Ándalus. Al pisar Qurtuba, me prometí labrarme una vida nueva. Empecé como esclavo, me abrí paso hasta ser soldado del califa, y poco a poco me gané la confianza de mis dueños, anticipándome a sus deseos y ejecutando las órdenes a la perfección. Así me convertí en Al-Nasr, «el águila», el capitán de la guardia negra del califa.

—No lo entiendo. ¿Por qué te quedaste aquí? ¿Por qué no trataste de huir?

Al-Nasr se encogió de hombros.

—¿Para qué? No tenía donde regresar.

—¿Qué quieres decir con eso? Eras el heredero de las tierras de Souillers.

Al-Nasr exhibió dos hileras de dientes. Su sonrisa era dura y sarcástica.

—Lo primero que hice al recuperarme fue pedir la visita del tratante de rehenes del *rabat*. Todos los puestos de combate entre moros y cristianos tienen un encargado de negociar los rescates de los prisioneros, o de conseguir los préstamos para liberarlos. —Añadió con desprecio—: Al parecer, mi familia no quiso o no pudo contestar a mi petición de rescate. Me abandonaron en una celda en el fin del mundo, entre demonios extranjeros, para que me pudriera hasta morir. Mi querido padre debía de tener planes para ti desde antes de mi partida. Ahora entiendo el porqué de su silencio, aunque hace años que eso dejó de atormentarme. —Terminó, con ironía—: Las noticias de su muerte llenan mi corazón de pena. Lamento no haber sido testigo de sus últimos estertores. ¡Es una escena que imaginé muchas veces en las largas noches que pasé cubierto de cadenas, muerto de hambre y de dolor entre sucias ratas y cuerpos malolientes!

—No puedo creerlo —le interrumpió Aalis—. Yo estaba allí cuando llegó el mensajero con las noticias de tu muerte. Tu padre no pudo fingir... —Su voz perdió fuerza a medida que hablaba. La vileza del viejo Souillers no tenía límites. ¿Era posible que hubiera sacrificado a su primogénito para ahorrarse una suma de dinero y apropiarse de la prometida de su hijo? Lo más terrible era que quizá fuese cierto, pero era demasiado tarde como para que importara. Las vidas de las que dependía esa verdad habían quedado destrozadas hacía demasiado tiempo y el dulce pasado, roto. La rabia sacudió el cuerpo de la joven.

—¡Yo te lloré como a mi esposo! —exclamó Aalis—. ¿Por qué no mandaste a por mí? ¿O es que no te importó dejarme atrás? ¿Tan fácilmente me olvidaste?

—¡Podría hacerte la misma pregunta! —dijo Al-Nasr, volviéndose hacia ella, furioso—. Salta a la vista que tú y Auxerre sois amantes. No ha sido tan triste luto si él ha calentado tu cama.

—¡Basta! —respondió Aalis, desafiante—. No tienes ningún derecho a preguntarme nada. Estaba sola y él no dudó en ponerse de mi lado. Acepté el corazón que Auxerre me ofreció porque para protegerme no vacilaría en enfrentarse a todos los demonios del infierno.

—¡También yo lo hubiera hecho! —replicó sordamente Al-Nasr.

Aalis le miró, sorprendida. Su respuesta estuvo cargada de compasión.

—Tú no estabas y él sí.

Cayó un silencio pesado como una losa.

—Ahora estoy aquí —dijo Al-Nasr.

—No te entiendo —dijo Aalis, dando un paso atrás.

—Desde que te encontré en Rocamadour, pensé que Dios y el demonio volvían a burlarse de mí, o que me brindaban una segunda oportunidad. —Al-Nasr hablaba febril, como si las palabras tuvieran prisa por huir de sus labios—. Me habían enviado a por Fátima y en su lugar me encontré con la mujer que tiempo atrás tenía que ser mía. Al verte allí, creí que estaba frente a un fantasma. Quise llevarte conmigo, pero no tuve tiempo de reaccionar cuando *dame* Françoise... —Buscó las palabras—: Yo tenía una misión que cumplir.

La expresión de Aalis se endureció como el mármol que cubría las columnas del Al-Qasr.

—Tus hombres mataron a mi madre y tú solo obedecías órdenes. ¿Es eso?

—Perdóname —dijo Al-Nasr en voz baja—. Maté a ese perro allí mismo, delante de ti, ¿recuerdas? Era la única forma que tenía de decirte que lo sentía.

—De nada sirvió. Las ansias de venganza me empujaron

hasta aquí, me convirtieron en una sombra en busca de sangre. Y por eso tal vez pierda la vida y la libertad. Auxerre tenía razón —añadió Aalis, con una expresión singular, como si despertara de un sueño—. Me advirtió que la venganza y el odio devoran el espíritu como la yedra envenena el árbol. Tendría que haberle escuchado.

—¡Olvida a Auxerre! Quizás estaba escrito que volviéramos a encontrarnos, aquí y ahora.

—¿Qué quieres decir?

—Después de todo lo que la vida nos ha robado, ¿por qué no aceptar lo que nos devuelve? —Al-Nasr avanzó hacia la joven—. Si te quedas a mi lado, te juro que no te arrepentirás. ¡Déjame cumplir la promesa que te hice un día! Qurtuba es un paraíso para los que gozan de dinero e influencia, y después del califa, en la corte no hay nadie más poderoso que yo. —Añadió con un deje de amargura—: Todos respetan mi nombre ahora que me llamo Al-Nasr.

Aalis sacudió la cabeza negativamente.

—Me alegro de saber que estás vivo. Gilles. De veras. Pero tú y yo somos pedazos de un pasado que está enterrado.

Extendió su mano, pero Al-Nasr no la tomó.

—¿Pretendes que vuelva a perderte por segunda vez?

—Eso sucedió el día que decidiste ser Al-Nasr.

—Esta vez es distinto.

—¿Por qué?

—Eres mi prisionera —dijo Al-Nasr, oscura la voz.

Aalis le observó con detenimiento y por fin dijo:

—Me perderías para siempre si me obligaras a quedarme aquí contra mi voluntad. ¿No prefieres conservar limpio el recuerdo de los momentos que compartimos en Sainte-Noire?

—¡No puedo ni quiero vivir de recuerdos! —estalló Al-Nasr.

—Entonces, ¿vas a obligarme a que yo sí lo haga? Te quise una vez, me ilusionó la vida que íbamos a tener juntos, pero ya no queda nada de lo que fuimos. Amo a otro hombre y mis ojos solo devuelven su mirada. ¿Esa es la mujer que quieres a tu lado? —Aalis insistió, implacable, acercándose lentamente a Al-Nasr hasta quedar frente a frente—: Mi alma ha vagado por un desierto de odio y de dolor. Durante esa travesía de sombras Auxerre me ha seguido. Aun si no le quisiera, ¿crees que puedo olvidar eso? ¿Podrías olvidarlo tú?

Estaban muy cerca; en el semblante agitado de Aalis estaban pintadas la incredulidad, la decepción y el desprecio, al ver en lo que se había convertido el que una vez fuera Gilles de Souillers. Este sintió una mezcla de impotencia y desesperación. Hacía tiempo que nadie se oponía a la voluntad del capitán de la guardia negra del califa. Aalis de Sainte-Noire estaba erguida como la hija y heredera de un caballero de Francia, bella y valiente, sosteniéndole la mirada a su captor. A la memoria de Al-Nasr acudieron las noches desesperadas que transcurrían crueles y lentas durante su cautiverio, cuando solo la esperanza de recuperar su antigua vida le mantenía con vida. Entonces, la faz de Aalis se abría paso entre sus pesadillas, como una promesa de salvación. Ahora, los ojos puros e indignados de la joven clavados en él dolían más que mil puñales y le devolvían, como un espejo, la imagen de un hombre roto y envilecido, vencedor en un reino ajeno pero exiliado de su propia vida. No pudo soportarlo más. Bruscamente arrastró a Aalis hacia los divanes y allí la arrojó, abalanzándose sobre ella. Durante un momento solo se oyó el ruido del forcejeo que hombre y mujer mantenían; los furiosos rechazos de ella y la pesada respiración de él, buscando sus labios y en ellos la respuesta de su vida perdida.

—¡Maldita! —Al-Nasr se echó hacia atrás, llevándose la mano a la boca. Aalis aprovechó para levantarse y alejarse lo más posible del capitán. Notó un sabor amargo y acre en la boca. Con todas sus fuerzas había clavado sus dientes en los labios duros y hambrientos de Al-Nasr. Al morderle, había probado su sangre. Contuvo el asco y se limpió la boca con la manga de la túnica, esperando la reacción de él.

En ese instante, fuertes golpes y voces agitadas sonaron en la puerta de la sala. Irrumpieron dos soldados negros, lanza en mano y hablando atropelladamente. El capitán de la guardia les escuchó sin dejar de mirar a Aalis, con la mano aún sobre la herida que tenía en el labio. Ladró varias órdenes y se dispuso a abandonar la sala. Antes de irse, se giró y espetó:

—El califa me ha ordenado que extreme las medidas de seguridad en el Al-Qasr. La batalla es inminente y la victoria segura. Piensa en lo que te ofrezco y no me obligues a demostrarte que no tendré piedad si tratas de escapar.

Abandonó la sala sin mirar atrás. Por las celosías, la luna derramaba su luz plateada. Aalis cayó de rodillas y por primera vez en mucho tiempo, se permitió llorar.

Pelegrín avanzó con cuidado. La gravilla crujía como madera vieja, pero los ruidos nocturnos del jardín cubrían sus pasos. Grillos y alimañas, graznidos y rugidos eran el manto de la noche en el jardín del califa. Pasó por delante de las jaulas de los animales, y el joven cristiano se estremeció al recordar las terribles garras del enorme felino de piel negra y ojos centelleantes que ocupaba la jaula principal. Trató de concentrarse y recordar bien cada detalle del jardín, familiarizándose con los patios y los edificios que componían el extenso Al-Qasr, tal y como Enrico le había encomendado. Si lograban encontrar a Fátima, Aalis y Hazim, cada instante sería precioso y orientarse rápidamente por entre los vericuetos del complejo califal podía representar la diferencia entre la vida y la muerte. De un pabellón distante llegaban suaves notas que componían una melodía tan embriagadora como el olor de los jazmines que vestían la noche. Al otro extremo del camino, un guardia permanecía inmóvil custodiando la entrada al pabellón. Pelegrín se detuvo antes de que el guardia le viera, y buscó un hueco entre las plantas para ver de qué forma entrar en el pabellón, cuando vislumbró una sombra cercana deslizándose en los arbustos que había frente a él, al lado de las jaulas. Se quedó muy quieto. El otro era cuidadoso y se movía rápidamente, pero Pelegrín había crecido cazando en los montes, y podía distinguir un conejo de una ardilla hasta a diez pies de distancia. Era un hombre alto y fornido, probablemente armado a juzgar por el sigilo con el que avanzaba. De entre las rejas llegaban las respiraciones cargadas de los animales, el rasgar de las pezuñas y el olor acre y dulzón de la tierra y de la carne podrida. A unos tres codos por delante, el intruso se detuvo como si pudiera sentir la presencia de Pelegrín al otro lado del camino y oteó la oscuridad. El cristiano se inclinó hacia atrás instintivamente. De repente, una mano cayó sobre su boca mientras con la otra le retorcía el brazo izquierdo. El ataque por detrás le había cogido desprevenido, pero la presión no era demasiado fuerte: había conocido peleas más duras con Blasco de Maza, cuando este le enseñaba las artes del combate. Sin oponer resistencia, Pelegrín se limitó a dejarse caer como un peso muerto sobre su adversario y así logró empujarlo hacia atrás, derribándolo al suelo. Cayeron los dos rodando entre los parterres, alejándose del camino de gravilla. A ciegas, Pelegrín puso su rodilla sobre el pecho del otro y con la mano izquierda se hizo con una piedra mientras su contrincante trataba inútilmente de zafarse. Estaba a punto de descargar el pedrusco con todas sus fuerzas en el cráneo del otro, cuando reparó con voz incrédula:

—¿Hazim?

El moro dejó de forcejear y abrió la boca, atónito. Exclamó:

—¡Pelegrín! ¿Eres tú?

—Chitón, pedazo de alcornoque —susurró Pelegrín, medio enfadado—. A fe que no esperaba toparme contigo, pero me alegro de que no me haya dado tiempo de abrirte una brecha en la cabeza. Aunque si no hablas más bajo, te juro que te remato. Anda, levántate.

Le ayudó a ponerse en pie y ambos se limpiaron las ropas de tierra. Hazim dijo, sonriente:

—Me alegro de verte, cristiano.

—Y yo también, Hazim.

Se dieron un fuerte abrazo y a continuación se asaetearon mutuamente a preguntas:

—¿Habéis venido a rescatarnos? ¿Cuántos soldados traéis? ¿Está aquí Auxerre?

—¿Estás bien? ¿Dónde está Aalis? ¿Os movéis libremente por palacio? ¿Y Fátima?

Ambos tuvieron que contener una carcajada a pesar de los nervios del momento.

—Empieza tú —dijo Hazim.

Pelegrín le contó rápidamente lo que había sucedido desde que se separaran en Barcelona: cómo Auxerre había insistido en viajar a Córdoba solo, con Ferrat y con Louis, mientras que Blasco y él acompañaban a Enrico Dándolo y al abad de Montfroid hasta Toledo, para solicitar la ayuda del rey Alfonso de Castilla. Por su parte, Hazim le puso al día de su cautiverio, de la cruel y extraña actitud de Al-Nasr para con Aalis y de la desconcertante decisión de la joven, que había aceptado verse a solas con este.

—Entonces he ido al pasadizo, esperando a que saliera. Pero al cambiar la guardia me he quedado solo, y he aprovechado para escaparme —terminó.

—No tardarán en dar la alarma —concluyó Pelegrín—. Iremos a por Enrico, él sabrá qué hacer. ¿Dónde tienen a Aalis?

—En un recinto pequeño, pasado el pabellón grande, después de cruzar otro patio.

—¿Y Fátima? ¿Dónde crees que puede estar?

El moro reflexionó y dijo, encogiéndose de hombros:

—Aalis y yo siempre hemos estado juntos, durante todo el viaje, pero a Fátima no la he vuelto a ver desde que pusimos pie en el palacio. Incluso mientras viajábamos, la mantuvieron aparte. Y este lugar es muy grande... Dicen que no se terminan de ver sus estancias ni en un año, aunque yo solo he visto un par de salas. —Guardó silencio y añadió, entristecido—: Esta noche es la primera vez que he recorrido libremente el Al-Qasr, y me parece hermoso como el paraíso; eso me enorgullece y me avergüenza a la vez. ¿Cómo pueden ser tan malvados y, a la vez, capaces de tanta belleza mis hermanos de religión?

—Los cristianos no son menos crueles, Hazim —repuso Pelegrín.

Un rugido estremecedor rasgó la oscuridad. Los dos muchachos se encogieron, inmóviles, y atisbaron por entre los matorrales. Al otro lado del camino, la pantera se había despertado y empezaba a pasearse, inquieta, en su prisión. Desde el fondo de su jaula, sus ojos fríos y verdes recorrían el jardín en busca de una presa, como si intuyera que muy cerca de sus zarpas había carne que desgarrar y huesos que quebrar. Mientras el instinto del animal palpaba la noche, apareció una figura femenina, procedente del pabellón.

—¡Es Fátima! —murmuró Hazim, dándole un codazo a Pelegrín.

Ambos contuvieron la respiración. La joven vestía una túnica de seda negra tejida con arabescos plateados y verdes y calzaba sandalias. Llevaba el pelo suelto, cayéndole sobre los hombros desnudos. Caminó lentamente hacia las jaulas, y cuando estuvo delante se quedó quieta, de pie. La pantera dejó de rugir y se oyó un suave murmullo, como si Fátima le hablara, pero era el animal ronroneando. La joven extendió la mano e hizo girar el pestillo de hierro que mantenía la puerta de la jaula cerrada. El chirrido de las barras al deslizarse hizo estremecer a los dos chicos. La enorme pantera saltó al paseo. Esbelta y poderosa, se detuvo un instante para saborear el aire de libertad. Se giró hacia Fátima. Pelegrín y Hazim intercambiaron una mirada de pavor. Pero en lugar de atacarla, la fiera se arrojó a los pies de Fátima. La joven se inclinó sobre el animal y empezó a acariciarlo con suavidad. Pelegrín no podía distinguir la expresión de la joven. Solo veía la firmeza de sus gestos, la seguridad con la que se movía al lado de la terrible bestia que, apenas unas horas antes, a él tanto le había aterrado ver. Parecía la dueña de su voluntad. Tragó saliva y dijo:

—Hazim, ¡esto es brujería!

—O un don de Alá —bisbiseó el moro.

Ninguno de los dos podía dejar de mirarla. Por eso, cuando apareció otra figura en medio de la noche, ambos sintieron como si despertaran de un sueño, porque la pantera y Fátima pertenecían al mismo espejismo fascinante, pero el extraño que avanzaba hacia ellas era un hombre de carne y hueso, en el que las fauces del animal no dudarían en clavarse. Pelegrín comprendió que se trataba del intruso que había visto antes de que Hazim cayera sobre él. Era alto y fornido, y llevaba un arma en la mano, pero Pelegrín no distinguía si era una espada. El hombre caminaba hacia mujer y fiera sin flaquear. El muchacho se llevó una mano a la boca, conteniendo el grito que le subía por la garganta. En cuanto la pantera lo viera, lo devoraría. Fátima aún no se había percatado de su presencia, pero la pantera se irguió rauda como si oyera la sangre palpitante acercársele, y emitió un rugido aún más terrible que el anterior, disponiéndose a abalanzarse sobre el desgraciado.

—¡Tenemos que ayudarle! —atinó a decir Pelegrín, haciendo ademán de levantarse. El moro le agarró por la túnica, obligándole a quedarse quieto.

—¿Qué pretendes? Esa fiera nos despedazará si nos acercamos —susurró Hazim.

—Pero ese hombre morirá...

—¡No sabes si es amigo o enemigo! Y a mí ya me estarán buscando. ¿Quieres que vuelvan a capturarme? Si no tenemos cuidado, estoy perdido. ¡Y tú también!

Pelegrín inclinó la cabeza, avergonzado.

—Tienes razón, perdóname. Será mejor que vayamos a buscar a Enrico. Él sabrá qué hacer.

—De acuerdo. Pero habla más bajo, o nos oirán.

Y en efecto, durante un instante Fátima había girado la cabeza como si oyera los pensamientos y las palabras de los dos muchachos, pero pronto volvió a concentrar su atención en el hombre que se erguía frente a ella, y en la pantera, que temblaba de furia y de ansias de caza pero seguía quieta, como si esperara permiso para lanzarse sobre su presa. Mientras Pelegrín y Hazim caminaban apresuradamente hasta dejar atrás el jardín, para alcanzar la residencia de Ibn Tufayl, el cristiano se volvió para mirar por última vez la terrible escena que unía a hombre, mujer y animal. La luna caía sobre el pelaje de la pantera, asemejándola a un ser fantástico teñido de plata. Después, Pelegrín corrió como un gamo tras los pasos de Hazim.

Fátima se inclinó lentamente y puso ambas manos sobre el cuello de la fiera, respirando muy cerca de las orejas de la pantera. La abrazó con ternura, dejando que sus dedos recorrieran su negra piel, acariciándola hasta calmarla. Al cabo de un rato, la pantera volvió a yacer a sus pies, obediente y dócil. Fátima se encaró con el hombre.

—¿Quieres morir?

—No me importa.

—¿Tu nombre?

—Gerard Sem Pavor.

—¿Qué buscas?

—A ti.

—No eres el primero.

—Pero seré el último.

La determinación en la voz de Gerard era fuerte como el sonido de dos espadas entrechocando. No había duda ni exigencia: era la simple declaración de un hecho incontestable. El relámpago de una sonrisa incrédula cruzó el rostro de Fátima. Mientras, la pantera se lamía las garras con cuidado. Gerard esperó. No tenía prisa porque había llegado a su destino. La joven le observó, sin disimular su curiosidad. El guerrero no se movía y sus ojos estaban clavados en Fátima, como si en ella convergieran el sol y la luna. Pero no era adoración ciega lo que había en su mirada; sencillamente, esperaba sus palabras como cuando un marino busca el norte escudriñando el cielo estrellado. Por fin la joven dijo:

—Ven.

Y se dio la vuelta sin esperar respuesta. Gerard Sem Pavor obedeció sin dudar un instante. La pantera se desperezó, estirándose como un gato gigante, y siguió a su dueña como lo había hecho el guerrero portugués. Avanzaron por el camino de gravilla y se detuvieron frente a un porche que estaba oculto entre yedras y jazmines. Allí Fátima alargó el brazo y acarició el rostro endurecido del portugués, atrayéndolo hacia sí. Mientras la mora y él se besaban, la pantera se frotó contra las piernas de Gerard Sem Pavor. Desaparecieron entre las sombras del porche, enredados en un abrazo sin final, apenas iluminado por la ardiente luz de las antorchas. La pantera emitió un nuevo rugido y se dejó caer frente a la entrada, guardando la noche y a su dueña.

14

El Mahdi

—¡Es blasfemia!

—¡Es mi voluntad!

—Los cadís jamás la aceptarán.

—Entonces, será mejor que busquen otro lugar donde vivir. Qurtuba no acoge traidores —respondió el califa Abu Ya'qub, ceñudo. Su interlocutor exhaló un suspiro de impaciencia.

—Príncipe, cuando me hicisteis el honor de convertirme en vuestro consejero, gracias a la gentil mediación de mi querido amigo Ibn Tufayl —dijo Ibn Rushid inclinando la cabeza en dirección al médico del califa, que asistía en silencio al debate entre el filósofo y Abu Ya'qub—, me pedisteis que arrojara luz sobre el antiguo saber de los griegos, empezando por Aristóteles, y que convirtiera Qurtuba en un faro de sapiencia para envidia del mundo cristiano y de las demás cortes musulmanas.

—Así es. ¿Qué tiene eso que ver con el Mahdi?

—¡Precisamente eso digo yo! —exclamó Ibn Rushid alzando sus manos al cielo—. Nada en ese cuento místico sufí está a la altura de la tarea filosófica y racional que estoy construyendo para mayor gloria de vuestro califato. La luz de una fábula insolente para con nuestra sagrada tradición es efímera como la vida de las polillas que atrae, mientras que el brillo de la verdadera sabiduría permanece para las futuras generaciones. Os ruego que reconsideréis vuestra decisión.

—Sois escéptico y así es como debe ser —dijo Abu Ya'qub—. Pero os convenceréis de que Fátima es la encarnación del Mahdi en cuanto la veáis esta noche. Y con ella a nuestro lado, reconquistaremos al-Ándalus, desde Toledo hasta las montañas del norte.

—¿Y si os equivocáis? —insistió Ibn Rushid—. ¡Pensad en las vidas de vuestros soldados!

—Basta —ordenó el califa—. Ese es mi deseo y tu trabajo como juez principal de Qurtuba es convencer a los demás cadís de que Fátima es un regalo de Alá para que venzamos a nuestros enemigos cristianos. ¡Ojalá no tuviera que mendigar la aprobación de una panda de jueces cerriles y resentidos, que siempre critican mis decisiones! Pero no me queda más remedio, en nombre de Alá. —Abu Ya'qub dulcificó su voz al ver el rostro compungido de su consejero—: Vamos, Ibn Rushid. Solo pienso en el bien de Qurtuba.

El filósofo asintió sin responder. Se volvió hacia Ibn Tufayl y le interpeló:

—¿También tú estás convencido, amigo?

Ibn Tufayl abrió las manos y dijo tristemente:

—Sabes que yo sí creo en esos fraudes sufís, como tú los llamas. Los mitos cabalgan con el poder del espíritu, y a menudo he sostenido que alcanza más lejos el ojo de la imaginación que la razón más pura. Y ya soy demasiado viejo para cambiar. —Miró el semblante contrariado de Ibn Rushid. El filósofo era un personaje principal en la corte, y como acababa de recordar, le debía su cargo a Ibn Tufayl. Ambos eran leales amigos pese a sus disensiones filosóficas; simplemente tenían formas distintas de amar a su país y de desear lo mejor para Qurtuba. Ibn Rushid tenía razón en una cosa: había vidas en juego, y eso hacía que el resultado de esa conversación fuera mucho más grave que los habituales combates dialécticos en los que se enzarzaban los dos amigos. El médico pensó en la angustia de Enrico Dándolo, al que había dejado en su residencia cuando el califa le había llamado a consultas, y tuvo una idea. Quizás había una salida. Sería peligroso, pero valía la pena intentarlo. Dijo, rápidamente—: Pero si me aceptas una invitación, a comer, procuraré convencerte para complacer a nuestro señor. ¿Qué me dices?

El califa sonrió, satisfecho. Ibn Rushid no pudo evitar esbozar una leve sonrisa: Ibn Tufayl seguía siendo un hábil cortesano, mientras que él solo iba armado con verdad y vehemencia, dos endebles espadas contra el escudo de la diplomacia. Si se hubiera tratado de otro, el movimiento le habría disgustado. Viniendo de Ibn Tufayl, comprendió que la sugerencia era por su propio bien: a Abu Ya'qub le gustaban las disputas filosóficas, pero una cosa eran las abstracciones y otra muy distinta que le llevaran la contraria. Más de uno había caído en desgracia creyendo que hablaba de filosofía mientras el califa solo veía irreverencia. El filósofo respondió, más calmado:

—Digo que si tu cocinera sigue siendo tan buena, no puedo negarme.

Ibn Tufayl y su amigo se abrazaron. El califa palmoteo, satisfecho:

—¡Bravo! Los sabios han hecho las paces. Convocaré una semana de festividades para celebrarlo y para mostrar a mis cortesanos que el Mahdi no es ninguna fantasía. —Se acercó a las celosías y contempló los implacables rayos de sol que caían sobre el Al-Qasr. Solo unas pocas nubes en el horizonte oscurecían la mañana. Añadió, volviéndose hacia sus dos consejeros, risueño como una criatura—: El cielo está despejado. Pediré a mis astrónomos que preparen una predicción para esta noche. ¡Os espero en el salón de audiencias!

Los dos amigos cruzaron una discreta mirada de complicidad y abandonaron la estancia. Mientras salían se cruzaron con un criado que entró en la sala, con aspecto asustado, acompañado de uno de los secretarios de la corte. Este se acercó al califa y después de inclinarse respetuosamente, dijo con voz aguda y nerviosa:

—Un hombre pide veros, ¡oh, príncipe!

—Mandadlo a que le atiendan en la cancillería. ¿No veis que estoy ocupado? —ordenó el califa. No le apetecía escuchar la enésima petición de ayuda de algún cortesano arruinado, o de conseguirle al primogénito de una de las familias principales el mando de una unidad en su ejército. Su mente estaba entusiasmada con la gran contienda que se gestaba y los prolegómenos de la noche, y nada quedaba más lejos de su ánimo que las pequeñas tareas del gobierno diario. El secretario se lo quedó mirando, azorado. Insistió, tragando saliva:

—Eso le dijimos, pero nos contestó que solo verá al califa Abu Ya'qub en persona.

Este enarcó las cejas y le miró, divertido. Dijo:

—¿Qué dices? ¿Quién es ese descarado?

El secretario hizo un gesto enérgico para indicar al criado que hablara.

—Se negó a darnos su nombre, ¡oh, príncipe! —Jamás había hablado directamente con el califa y empalideció al ver que fruncía el ceño. Abu Ya'qub empezaba a sentirse vagamente irritado. Exclamó, impaciente:

—¿Y pensáis que esa es razón para que me entreviste con él? Más bien deberíais haberlo detenido para que calmara su soberbia en mis mazmorras. ¡Bah! No me molestéis más. ¿Dónde está Al-Nasr? Id a por él y que le dé una lección.

El secretario siguió sin moverse, cada vez más alterado y consciente de que empezaba a jugarse el cuello si persistía. El criado, por su parte, temblaba como una hoja. El califa exclamó, extrañado:

—¿Qué sucede? ¿Por qué no obedecéis?

El pobre sirviente se pasó la mano por la frente, perlada de sudor. Balbuceó:

—Dijo que si no le abríamos paso, se lo abriría por sus propios medios, pero que sería más desagradable. Y que si no me mataba él, me ejecutaríais vos cuando supierais quién es.

El califa contempló al desgraciado sirviente con incredulidad.

—Esto es inaudito. ¡Yo, recibiendo órdenes en mi propio palacio! ¿Es que sois incapaces de echar a un simple demente y evitarme la vergüenza de saberme rodeado de inútiles? ¿Dónde demonios está Al-Nasr? —Se levantó, irritado.

El secretario dijo con un hilo de voz:

—Esta noche ha habido un incidente con la... huésped.

El califa Abu Ya'qub Yusuf abrió mucho los ojos. Habló despacio:

—¿Con Fátima? ¿Qué clase de incidente?

—Ha desaparecido —musitó el secretario— y Al-Nasr está registrando el palacio.

Antes de que Abu Ya'qub pudiera proferir el grito de rabia que anidaba en su garganta, se oyó el ruido de una refriega avanzando. Sonaron golpes, juramentos y cuerpos desplomándose hasta que hubo un silencio, y un momento después, una voz llegó desde el umbral de la sala.

—Parece que el capitán de la guardia negra no cumple con su labor, príncipe de los creyentes. Quizá debáis prescindir de sus servicios y buscar uno nuevo... o viejo.

El califa se giró lentamente al reconocer la voz del que así había hablado. Diez soldados armados con lanzas irrumpieron en la sala, alertados por el tumulto que había provocado el que acababa de entrar, y rodearon al hombre con las afiladas puntas de hierro, colocándolas en dirección a su corazón. Abu Ya'qub dejó atrás al secretario y al sirviente y se aproximó a él, escudriñando su rostro como si estuviera viendo un fantasma. Auxerre le devolvió la mirada con calma. Por fin el califa dijo:

—¿Has venido tú a ocupar ese lugar?

—¿Es que alguna vez dejó de ser mío? —espetó Auxerre.

—Tan orgulloso como siempre —dijo Abu Ya'qub. El califa se pasó la mano por la barbilla y preguntó—: ¿Sigue siendo tu nombre Al-Assad?

—Vos me lo disteis, y solo vos me lo podéis quitar.

Abu Ya'qub sonrió por primera vez, olvidando por un momento la grave noticia de que Fátima había desaparecido. El que había sido su capitán de la guardia negra antes de Al-Nasr le devolvía una mirada impasible y hasta soberbia, pero no le importaba. Se sentía fuerte con Al-Assad frente a él, como si la altura del capitán y la potencia de su brazo fueran un símbolo más de su poder, como si no tuviera nada que temer. Era una sensación que había echado de menos. El califa se limitó a decir, juntando las yemas de los dedos:

—Puse precio a tu cabeza.

—Eso me dijeron —repuso Auxerre—. Ignoro qué hice para despertar vuestra ira.

—¡Desapareciste como solo un enemigo lo hace! —El califa alzó la voz.

—Pero regreso como solo un amigo puede.

—¿Un amigo? Entras en mi palacio, das órdenes a mis criados. ¡Debes de haber matado o herido a varios de mis soldados para llegar hasta aquí!

—Si no han sabido proteger a su califa, merecían morir.

—¿Por qué has vuelto, Al-Assad? Te arriesgas a terminar en mis mazmorras, pudriéndote entre cadenas y ratas —dijo por fin el califa.

Auxerre respondió, con una mueca que elevó su comisura izquierda y el brillo del desafío en la mirada:

—Mi bolsa está vacía.

Abu Ya'qub ladeó la cabeza y consideró la expresión burlona de Auxerre. Sentenció:

—No te creo. —Auxerre no movió un músculo y esperó a que el califa prosiguiera. Abu Ya'qub le señaló con el dedo índice y añadió—: No puede ser casualidad que aparezcas en Qurtuba precisamente ahora, después de todos estos años.

El califa frunció el ceño como si tratara de adivinar el porqué de la presencia de Auxerre en su Al-Qasr. Este calculó las probabilidades que tenía de sobrevivir si intentaba escapar. Cinco lanzas se clavarían en su cuello en un latido, y otras tantas le atravesarían el estómago. «Entonces, esto es el final», se dijo. Solo había una esperanza: tratar de alcanzar la salida aun si para llegar a la puerta debía matar a cinco hombres más. Se preparó para la orden del califa y el ataque de sus soldados. Entonces, Abu Ya'qub cambió de expresión y exclamó, exultante:

—¡Tu vuelta es una señal de Alá!

Con un gesto imperioso, indicó a los soldados que apartaran las lanzas y se retiraran. Estos se apostaron en las paredes de la sala, uno cada cuatro codos. El califa se dirigió al secretario y al sirviente:

—Preparad un refrigerio. Traed carne casi cruda y una jarra de té helado. —Se volvió hacia Auxerre y dijo—: ¿O han cambiado tus costumbres? Solías decirme que los alimentos fríos templaban tu pulso y te hacían más peligroso en la batalla.

—Sigo siendo el mismo, mi señor —respondió el capitán, inclinándose.

El secretario se retiró, asintiendo con una sonrisa de alivio mientras el criado daba pequeños pasos de incredulidad y alegría mal disimulada en dirección a la puerta. Al ver sus semblantes, Abu Ya'qub se echó a reír y Auxerre acompañó su regocijo con una sonrisa cortés. La hilaridad del califa se apaciguó, y contempló a su antiguo capitán una vez más. Las cosas no podían ir mejor. Los cielos volvían a bendecir sus planes. Abu Ya'qub dijo:

—Sentémonos. Tengo mucho que contarte. Cuando te conocí me salvaste la vida, Al-Assad. Pues bien, vienen tiempos en los que tal vez puedas volver a prestarme ese servicio. Acaban de darme una mala noticia y tengo una misión para ti. Cada vez estoy más seguro de que tu presencia aquí no es fruto del azar.

—Sin duda tenéis razón, príncipe de los creyentes —dijo Auxerre, siguiendo al califa.

—¿Qué es esto? —exclamó Al-Nasr, cruzando los brazos.

Fátima estaba abrazada al pecho del portugués, hecha un ovillo en su costado, y su cabellera caía sobre las finas sábanas de lino como tinta negra en un vaso de cristal. El aire limpio de la mañana besaba su piel. Gerard Sem Pavor yacía boca arriba, también desnudo. Su espada y su cinto estaban en el suelo, al lado de sus ropas. Ambos yacían inmóviles y respiraban pausadamente. Con un ademán, Al-Nasr ordenó a sus hombres que avanzaran sobre la pareja, pero los soldados no se movieron. Era como si la placidez de la pareja les protegiera de todo cuanto quedaba fuera de aquella cama, y los intrusos que ahora violaban el pabellón y pretendían interrumpir el sueño de los amantes se expusieran al castigo de los dioses. Un par de hombres titubearon. Al-Nasr insistió, impaciente:

—¡Vamos! ¿Qué os pasa? ¡Apresad al cristiano y escoltad a Fátima a sus aposentos!

La voz ronca y furiosa del capitán de la guardia negra resonó por las firmes paredes de mármol y piedra. Un pájaro que se había posado en el antepecho de los ventanales que daban al jardín emprendió su vuelo, asustado. El soldado que estaba más cerca enarboló su lanza y dio unos pasos en dirección a la cama. Fueron los últimos: cayó de rodillas con un grito de dolor cuando la espada de Gerard segó sus tobillos, para después clavársela en medio del pecho. El portugués, veloz como un gamo, se puso en pie sosteniendo el hierro en la derecha y la lanza del desgraciado sarraceno en la otra. Fátima se levantó también, con una mano protectora en la espalda de Gerard.

—¿Cómo te atreves, Al-Nasr? —dijo la mora.

—Es por vuestra seguridad, mi señora —dijo Al-Nasr con ironía.

—Sé cuidar de mí. ¿Quieres comprobarlo? —respondió Fátima amenazadora. Varios soldados recularon, amedrentados y fascinados a la vez, pero el capitán de la guardia se mantuvo firme y replicó, mordaz:

—Si deseáis yacer como una furcia con un enemigo, hacedlo en vuestras estancias, donde estáis vigilada y a salvo de todo mal. Así os evitaréis la vergüenza de que os encuentren oliendo a rata cristiana. Después de todo, el califa piensa que sois una virgen de Alá.

Gerard alzó la espada lentamente y sin decir nada depositó la punta en el pecho de Al-Nasr, como una siniestra caricia. El otro no se movió ni un ápice y añadió con desprecio:

—Decidle a vuestro perro que si estima en algo su vida, no oponga resistencia. No os preocupéis, le alojaremos cerca de vos, ahora que sé el servicio que os presta. —Brillaron sus ojos al decir—: Por cierto, he tenido que deshacerme del otro animal. Se obstinaba en no dejarnos pasar, y casi acaba con mis soldados.

Fátima miró a Al-Nasr como si este acabara de cruzarle la cara con un látigo. La mora desvió la vista más allá de los soldados, hacia la entrada del pabellón, y vio un charco de sangre y el cadáver desgarrado de un sarraceno. A su lado, la cabeza felina de la pantera, sin vida. La mora ahogó un lamento de rabia y de pena. Gerard extendió su brazo para rodearle el hombro, pero Fátima lo apartó y se adelantó. Con voz dura como el diamante, dijo:

—Te lo advertí una vez, Al-Nasr. No debiste enfrentarte conmigo.

—La pantera estaba suelta y era un peligro para los habitantes del Al-Qasr, nada más. Yo solo obedezco al califa mi señor —replicó el capitán, tratando de disimular la ligera inquietud que le provocaban los fríos ojos verdes de Fátima clavados en los suyos.

—El califa es dueño de tu espada, mientras que yo tengo poder sobre tu vida. Esa bestia me pertenecía y tú me la has arrebatado. ¡Por eso te maldigo!

Los soldados contuvieron exclamaciones de asombro y pavor. Todos abandonaron el pabellón en desbandada, y se quedaron mirando a los dos hombres y a Fátima, temblando sin cruzar el umbral de la entrada, con el cadáver de su compañero y de la pantera a sus pies. Hubo un terrible silencio durante el cual nadie abrió la boca, como si todos, incluyendo a Al-Nasr, esperaran que un rayo se abriera paso entre los cielos, rompiendo el claro azul para destruir al capitán sarraceno. Pasaron los instantes y nada sucedió. Al-Nasr esbozó una mueca burlona y dijo, inclinándose:

—Espero que vuestras artes nos acompañen mejor cuando nos enfrentemos a los cristianos. ¿O es que el califa y sus magos sufís se han equivocado con sus vaticinios? Si es así, seré yo quien no tenga piedad. —Y se acercó, añadiendo en voz tan baja que solo Fátima y Gerard pudieron oírle—: Bruja o farsante, te haré pedazos. Ninguna mujer me habla así delante de mis hombres.

La mora avanzó hasta situarse frente a frente con Al-Nasr. Este se quedó desconcertado, pero no se echó atrás. Fátima contemplaba las facciones contorsionadas por la rabia del capitán como si estuviera leyendo un libro hecho de piel, gestos y miradas. Al-Nasr sintió como si unas manos se posaran en su cara y la volvieran del revés, mirando por sus ojos y respirando por su boca. Parpadeó, repentinamente impresionado. Fátima curvó sus labios en una sonrisa deslumbrante y horrenda a la vez, cuando habló:

—Sabes mucho de mentiras y de falsedades, ¿verdad?

—¿Qué quieres decir, maldita?

—Respondes a un nombre que no es el tuyo y llevas la vida de un traidor a tu gente.

Al-Nasr palideció bajo la hirsuta barba y escupió su respuesta:

—No sabes lo que dices.

—Tu mundo está hecho de oscuridad y de venganza. Deseas a quien solo te aborrece. —Fátima hablaba sin emoción, como si estuviera narrando lo que había leído en Al-Nasr al escudriñar sus entrañas—: Ese mal te devora y se tragará tu aliento y beberá tu sangre. Morirás, pero antes sufrirás tanto que cuando te llegue la muerte la abrazarás como a una amante.

—¡Cállate! ¿Con quién has hablado? —gritó el capitán de la guarida. Las palabras de la mora se hincaban en su ánimo como dardos de venenosa verdad. Sus ojos, de llamas verdes heladas y ardientes a la vez, eran insoportables. Fátima sonrió, y en lugar de dientes parecía tener colmillos.

—No necesito palabras de nadie para conocer tu maldad.

Al-Nasr retrocedió lentamente y dio instrucciones a sus hombres, controlando su voz para ocultar su agitación.

—Llevadla a sus habitaciones y avisad a las mujeres para que empiecen a prepararla. A él lo quiero en la mazmorra principal, con vigilancia permanente. Diez lanzas, a lo menos. Y mandad aviso al califa de que el Mahdi estará listo para esta noche, como era su deseo. ¡Vamos! ¡Moveos!

Uno de los soldados echó a correr en dirección al Al-Qasr. Al-Nasr abandonó el pabellón a grandes zancadas, sin mirar el charco de sangre en el que yacía la pantera. Se detuvo a unos cinco pasos del edificio. El aire del jardín no le refrescó: hacía calor, y nubes de humedad empezaban a cubrir el cielo despejado de Córdoba. Al-Nasr contempló el paraíso del califa, el Al-Qasr en el que vivía, rodeado de belleza y hermosura. Los aromas de las flores y de los árboles se le antojaron insoportables, los colores vivos y llamativos, repugnantes. Sintió ganas de atacar plantas, flores y parterres y destrozarlos. Un agudo dolor atravesó su pecho, como si la estampa de la perfecta armonía le recordara que su presencia allí era la única rareza, que él pertenecía a un lugar hediondo, duro y retorcido, hecho de alaridos y de hierro ensangrentado. Se dio cuenta de que estaba sudando. Llevó la mano hasta el puño de su cimitarra, y el familiar contacto con su arma le calmó. Un ruido de pasos apresurados llegó desde el palacio. El soldado que había partido a la carrera deshacía su camino, regresando con la respuesta. Se detuvo frente a Al-Nasr, resoplando.

—¿Qué manda el califa? —graznó el capitán.

El soldado se inclinó temeroso ante Al-Nasr y dijo:

—El príncipe de los creyentes agradece vuestra celeridad en recuperar el tesoro del Al-Qasr. Requiere vuestra presencia esta noche en la sala de audiencias, para que gocéis con él de la celebración en honor del glorioso Mahdi.

Al-Nasr hizo una mueca de desprecio y replicó, estrechando las pupilas:

—Será un placer.

Enrico Dándolo abrió los ojos y como cada mañana desde que perdiera la vista en Barcelona, recordó que estaba ciego. En sus sueños no era así: caminaba como antes por las calles y contemplaba el horizonte del mar con ojos de águila. Distinguía el perfil de las ciudades y cabalgaba sin necesidad de escudero que le guiara. Solo que al llegar el amanecer, cuando despertaba, la noche seguía instalada en sus ojos. Se pasó la mano por la frente y parpadeó, desorientado. Había caído rendido y se había dormido como un tronco. El insolente sol cordobés entraba por las rendijas de la ventana. Debía de ser casi mediodía. «Y yo durmiendo como un bendito», rezongó el veneciano. El agotamiento acumulado del largo viaje que le había traído hasta Córdoba, sumado a la tensión de la entrevista con el médico del califa, habían hecho mella en su constitución. «Ya no soy ningún jovencito, esa es la verdad», se dijo. Se puso en pie y trató de recordar lo que había sucedido la noche anterior, cuando había terminado de hablar con Ibn Tufayl. Este se había retirado a sus aposentos, y Enrico había hecho guardia esperando a... Soltó una maldición silenciosa. ¡Ni siquiera había caído en la cuenta de que no había vuelto a ver a Pelegrín desde la noche anterior!

—Dios me perdone si le ha sucedido algo malo a ese zagal —dijo en voz alta. De repente llegaron de la habitación contigua a la suya unas risas, ruidos de pasos y correteos. Soñoliento, hizo sus abluciones y se vistió rápidamente. Empujó las puertas de la estancia y dijo:

—¿Quién está ahí?

Pelegrín de Castillazuelo levantó la cabeza. Estaba inclinado sobre un tablero de ajedrez, y frente a él Hazim estaba dando buena cuenta de unas tortas con miel mientras desplazaba un alfil. El cristiano saludó con entusiasmo al veneciano:

—¡Enrico! Tengo una sorpresa para ti. —Y condujo al moro frente al veneciano, poniendo la mano de este en la cabeza de aquel. Exclamó—: ¡He encontrado a Hazim!

El ciego exclamó, sorprendido y emocionado:

—¡Bendito seas! Por un momento creí que te había perdido, y, en cambio, reapareces para darme una doble alegría. Además de valiente eres más listo que el hambre. —Añadió, dirigiéndose a Hazim—: No sabes cuánto he esperado este momento. ¡Eres nuestra esperanza de evitar una terrible masacre! Pero antes, dime, ¿estás bien? ¿Te han lastimado?

—No me han hecho daño, señor.

—¿Cómo habéis llegado hasta aquí? Contádmelo todo —dijo Enrico, acomodándose en una butaca. Pelegrín y Hazim narraron por turnos su encuentro en el jardín del Al-Qasr, y la escalofriante escena de Fátima, la pantera y el extraño caballero.

—Es muy interesante —dijo Enrico, pensativo—. Por lo que parece, Fátima ha desarrollado la capacidad de comunicarse con los animales, o de ejercer poder sobre ellos, al igual que le sucede con las personas. En una batalla con unidades de caballería, esa facultad será decisiva. —Añadió—: Pero ¿cómo lograsteis llegar hasta aquí pasando inadvertidos?

—Primero me adelanté yo por si había algún sirviente despierto —dijo Pelegrín— y así era. Al principio no entendía un ardite de lo que hablaba. Todo se me hacían jotas y laes, aunque el pobre se esforzaba mucho. Por fin entendí que todo el mundo se había retirado a dormir y que estaba a mis órdenes, porque Ibn Tufayl os había acogido y de resultas, a mí también. Me figuré que Hazim estaría hambriento porque yo también lo estaba (no sé de prisioneros que coman mejor que gentes libres), así que le pedí que me trajera comida y agua. Mientras el criado estaba preparando la cena, le hice una seña a Hazim para que entrara en la residencia. Lo escondí en un armario con rendijas que había en mi habitación. Luego, cuando el criado volvió con la bandeja de comida, le pedí por señas que me trajera una jarra con agua caliente y algunas toallas, para refrescarme. Eran casi las dos de la mañana, y me miró como si estuviera loco, pero estos sarracenos tienen buen servicio porque lo trajo todo al cabo de un momento sin decir chitón —terminó Pelegrín, muy serio.

—¿Y esta mañana? —preguntó Enrico.

—Pues lo mismo, ha traído el desayuno y, mientras, Hazim se ha escondido.

El moro añadió, risueño:

—¡Hacía mucho tiempo que no probaba el jarabe de hierbabuena!

—Corríais peligro de que os descubrieran —dijo severamente el veneciano. Se sentía culpable por haber dormido a pierna suelta mientras los dos mastuerzos se las arreglaban solos.

—¡Quia! Cada vez que oímos pasos, Hazim se esconde bajo el montón de cojines, alfombras y telas que esta gente deja tirados por los suelos cada dos por tres. ¡Qué pocos miramientos, con lo finos y elegantes que son! De verdad, Enrico, nadie nos ha molestado. Si no, te hubiéramos despertado.

El veneciano asintió, más tranquilo. Se giró hacia Hazim y preguntó:

—¿Sabrías decirme dónde paran Aalis y Fátima?

El moro respondió:

—Cuando escapé salí corriendo sin siquiera mirar dónde ponía los pies, pero creo que sería capaz de encontrar el camino de regreso. Anoche en el jardín fue la primera vez que volví a ver a Fátima desde que alcanzamos Qurtuba. No sé dónde la tendrán.

El veneciano se había levantado. Volvía a ser presa de la inquietud que el descanso nocturno había logrado apaciguar. No le sería difícil ocultar la presencia de Hazim, si podía contar con la ayuda de Ibn Tufayl. Después de todo, el joven moro era inofensivo y el médico no correría ningún peligro brindándole protección. Pero ¿cómo lograría abrirse camino hasta Fátima y cumplir la promesa que le había hecho al caballero Auxerre de salvar a Aalis? Quizás había sido un loco al creerse capaz de burlar las fuerzas del destino y luchar contra los designios que el califa de Córdoba abrigaba para el Mahdi. Solo contaba con sus fuerzas y con la ayuda de aquellos dos muchachos, valientes y avispados, pero aún niños, al fin y al cabo.

De repente se oyeron voces acercándose a la puerta. Hazim se escurrió a toda prisa debajo de la cama y Pelegrín y Enrico se colocaron delante del tablero sin perder tiempo. Entraron en la sala Ibn Tufayl y otro hombre, tocado con un turbante y larga barba gris. El médico saludó a Enrico:

—Amigo Dándolo, permitidme que os presente a Abu al-Walid Ibn Rushid, filósofo principal de la corte del califa. Los cristianos le decís Averroes, y se ha distinguido por su trabajo con los textos del sabio griego Aristóteles. Hoy comeremos con él, si os place.

Enrico Dándolo se alzó y ejecutó una profunda reverencia, diciendo:

—Por supuesto. Permitidme que me presente formalmente: Enrico Dándolo, ciudadano de Venecia. Todo aquel que dedique su vida a difundir la sabiduría antigua es merecedor de mis mayores respetos y será grata compañía para mí.

—Os agradezco vuestras gentiles palabras, señor Enrico —respondió Averroes cortésmente. Y añadió, observando sagazmente al veneciano—: Decidme, ¿tan buen maestro de ajedrez sois? Mi amigo Ibn Tufayl me ha contado de vuestro problema y por Alá que sois el primer jugador que es capaz de mover las piezas de memoria en un tablero que no puede ver.

Pelegrín se puso rojo como la grana, pero Enrico solo sonrió con dulzura y repuso:

—¡Ojalá tuvierais razón! Bien sencilla es la explicación: Pelegrín, mi contrincante, es muchacho honesto y de fe. Ejecuta mis instrucciones cada vez que le digo qué pieza quiero mover y así me permite jugar igual que si aún conservara la visión.

—Mi amigo Ibn Rushid es curioso como un gato sin madeja —prosiguió Ibn Tufayl—. Pero yo le he traído para que compartamos una placentera comida. Creo que tenéis mucho de que hablar —añadió con intención. Enrico Dándolo detectó su tono de voz y enarcó la ceja, intrigado. Por su lado, Averroes miró a su antiguo amigo sin poder ocultar su asombro. Murmurando, dijo:

—¿Qué tengo yo en común con un cristiano ciego?

—Ya lo verás, Ibn Rushid. Te sugiero que converséis sobre leyendas sufís. Verás que Dándolo está muy versado en cierto mito que no hace mucho te sacaba de tus casillas. Quizá te sorprenda lo que tenga que decir al respecto —respondió Ibn Tufayl en voz igualmente baja. Averroes se quedó mirando a su amigo, intrigado. Mientras, Ibn Tufayl se dirigió al veneciano, acompañándolo del brazo. Con entusiasmo, dijo en voz alta—: Venid, Enrico. El califa Abu Ya'qub ha ordenado celebraciones en la corte que prometen superar los legendarios festines de Harun al-Rashid. ¡Nos esperan noches inolvidables! Habrá poesía y divertimentos dignos de los antiguos faraones: toda la ciudad se inclinará ante el poder y la riqueza del califa, y sonarán dulces notas en el Al-Qasr hasta que no distingamos el sol del oro en las vajillas, ni la luna en los labios de sus huríes.

El veneciano repuso:

—En verdad parecen días especiales. ¿Qué se celebra?

Los ojos de Ibn Tufayl brillaron al responder:

—Las victorias que están por venir, como siempre. Y para un hombre con intereses como los vuestros, os advierto de que se trata de una oportunidad inigualable.

Enrico levantó la cabeza. Le había parecido oír una promesa en las palabras de Ibn Tufayl. Apretó el brazo del médico y replicó:

—Entonces, amigo mío, soy todo oídos. Contadme más.

Se retiraron los tres, dejando a Pelegrín solo de nuevo.

El cristiano esperó unos instantes, se acercó a la cama y levantando un pedazo de fina sábana, cuchicheó:

—Hazim, ¿sigues ahí?

—Pues claro, tonto. ¿O crees que puedo ir muy lejos?

La cara sonriente del moro emergió de debajo de la cama.

—¿Has oído eso? —preguntó Pelegrín.

—¿Estás pensando lo mismo que yo?

—Hay celebración en el palacio —dijo el cristiano, brillándole los ojos.

—Todos estarán distraídos —replicó el moro, regocijado—. Podremos movernos sin llamar la atención por todo el Al-Qasr, buscar a Aalis y Fátima y rescatarlas.

—¡Seremos héroes, Hazim! —asintió Pelegrín, dando una palmada en la espalda de su amigo.

—Pero antes debemos protegernos —le interrumpió el moro.

—¿Qué quieres decir?

—Pues que a mí nadie debe reconocerme o volveré a estar entre rejas. Y tu piel de leche...

—Tienes razón. —El cristiano reflexionó un momento y dijo—: El médico tiene su escritorio al otro lado del pasillo. Allí algún ungüento habrá que nos resulte útil, ¿no crees?

—¡Buena idea! Vamos, antes de que vuelvan.

Pelegrín se quedó pensativo y dijo:

—Blasco de Maza me dijo que para ser un buen caballero del rey tenía que apretar los dientes, empuñar bien la espada y persistir hasta vencer todos los obstáculos. Pero la verdad es que todo esto es mucho más difícil de lo que creía.

Empujó la puerta con decisión. Los dos jóvenes salieron al pasadizo.

Aalis oyó la llave moviéndose en la cerradura de su habitación; se quedó inmóvil y esperó. Le aterrorizaba la idea de que Al-Nasr volviera a intentar forzarla. Ignoraba si podría deshacerse de él otra vez. Pero si algo había aprendido desde que abandonara Sainte-Noire era que no debía dejarse vencer por el miedo ni por la desesperación. Tenía que ser dueña de sus emociones. Era la única forma de abrirse paso en un mundo duro y terrible, distinto del que había conocido cuando, al abrigo de la protección de su padre, caminaba libre por sus tierras. Ahora estaba rodeada de extraños, y entre extraños debía sobrevivir. Y aunque estaba segura de que Auxerre removería tierra y cielo hasta dar con ella, por el momento no podía contar con eso. Estaba sola, y más desde que Hazim desapareciera. ¿Qué habría sido de él? «Ojalá no le haya pasado nada», se dijo. Habían sido compañeros de demasiadas aventuras como para perderle ahora, pero no le había vuelto a ver desde que la dejó a solas con Al-Nasr. El nombre y el recuerdo del capitán sarraceno hizo que se estremeciera de repugnancia. Su antiguo prometido se había convertido en un fantasma duro y cruel, un recuerdo torcido que había escapado de la vida de otra persona, de esa Aalis que había vivido inocente de cuánto había perdido sin saberlo. Al principio, cuando comprendió lo mucho que debía de haber sufrido Gilles, Aalis había sentido compasión e incluso pena por él, pero Al-Nasr, el hombre que hoy la miraba desde el pasado, amenazaba su presente con odio y rencor. «Yo podría haber sido como él», pensó. Jamás olvidaría los ojos muertos en vida del sarraceno que una vez había sido su prometido. Se estremeció nuevamente. Tenía miedo, no cabía negarlo; estaba agotada y no sabía si llegaría a ver otro amanecer, pero no demostraría debilidad frente a sus enemigos. La puerta se abrió para dejar paso a tres mujeres, guarnecidas con largas túnicas hasta los pies y velos que ocultaban sus rostros, solamente acompañadas de un eunuco que sostenía un capazo de cáñamo cubierto con un pañuelo de lino. Parecían inofensivas. Aalis, desconcertada, disimuló un suspiro de alivio. Las tres mujeres se acercaron con pasos breves y delicados, como si flotaran en lugar de andar; un tintineo las acompañaba, pues en tobillos y manos lucían cuentas y cadenas de oro y plata. Los ojos negros de las recién llegadas brillaban alegres, y estaban pintados con kohl y colores vivos: púrpuras, azules y verdes, a juego con sus velos. La muchacha se echó hacia atrás instintivamente, pero ellas tomaron el mando emitiendo murmullos en lengua árabe, extraños y a pesar de eso reconfortantes. Bajo los velos Aalis creyó percibir amables sonrisas, las primeras en mucho tiempo. Sin poder evitarlo, correspondió con una incierta sonrisa a su vez. Encantadas, las tres mujeres palmotearon y tomaron a la joven de la mano, arrastrándola con firmeza y suavidad fuera de la habitación. El eunuco las siguió mientras avanzaban por un largo pasillo que serpenteaba entre las salas del Al-Qasr, hasta llegar a una verja baja donde otros dos eunucos montaban guardia. Estos abrieron la verja, y las tres mujeres y el eunuco empujaron a Aalis hasta la suave oscuridad de una salita que la hizo parpadear, en contraste con el luminoso pasadizo que les había llevado hasta allí. La joven miró hacia arriba y se fijó en que, mientras que en el palacio había portales, columnas y múltiples ventanales que dejaban pasar los rayos del sol, en aquella sala no había aberturas, excepto unos tragaluces alineados, con varias puntas de bordes esculpidos y repletos de inscripciones, que atenuaban la luz y difuminaban el espacio, semejando el techo a un cielo de estrellas gigantes. Los altos arcos de herradura sostenían el techo abovedado, y contribuían a crear la ilusión de que acababan de entrar en una cueva, cálida y acogedora. Aquí y allá había plantas de interior sabiamente distribuidas para imitar un jardín paradisíaco. El suelo era también de mármol, de mosaicos verdes y blancos. Las altas columnas surgían como troncos de un bosque de mármol, de cortezas negras, marrones y púrpuras, que llegaban a besar el techo deshaciéndose en arabescos. El aire estaba cargado de vapor de agua y una mezcla de perfumes ardientes que Aalis no acertaba a distinguir. Las tres mujeres la llevaron a una salita adyacente, con arcones y armarios. Abrieron uno, de oro y marfil esculpidos, con el cerrojo en forma de serpiente erguida, y extrajeron una finísima túnica de lino, mostrándosela a Aalis con gestos y anchas sonrisas. Una de las mujeres señaló el vestido de Aalis, sucio y desgarrado por los bordes, con expresión de desagrado, y tiró de él. La joven reaccionó a la defensiva, protegiéndose de los tirones de la mujer, cada vez más persistentes, hasta que otra de las moras detuvo a su compañera y miró a Aalis con indecisión. Luego, se le iluminó la cara como si se le acabara de ocurrir una idea, y entre cuchicheos y risas las tres procedieron a despojarse de sus túnicas y las dejaron colgadas en el armario de madera, indicando por señas a Aalis que esperaban que hiciera lo mismo. El eunuco que seguía allí no dio muestras de percatarse de los cuerpos sin ropa de las tres moras, o más bien no debían de ser los primeros que veía, pero Aalis se puso roja como la grana y apartó la vista de inmediato. Jamás había sentido vergüenza de su propio cuerpo, y a menudo se había bañado en los lagos y ríos de las tierras de su padre, pero siempre oculta de la vista de todos, y por supuesto nunca acompañada. Las amas cristianas, su aya y las criadas del castillo de Sainte-Noire siempre le habían enseñado que su piel era un tesoro de Dios y que no debía malgastarlo mostrándoselo a nadie. Y a pesar de que aquellas enseñanzas pertenecían a su pasado, puesto que ya no era doncella, una cosa era yacer y dejarse amar por Auxerre y otra muy distinta era ver de improviso los senos y las partes pudendas de mujeres extrañas, por muy risueñas y afables que fueran. Sin embargo, las exclamaciones y risas de aquellas mujeres eran el primer sonido de felicidad que había oído desde que llegara al Al-

Qasr. Aquel lugar era distinto de todo lo que había conocido, pero no era amenazador, y Aalis sabía que no quería volver a la prisión dorada que la esperaba en el palacio califal. Se acercó, vencida por la curiosidad. Las tres mujeres estaban atareadas abriendo y oliendo las esencias de unos botes de marfil, finamente labrados con motivos que representaban hojas entrelazadas, ciervos y pájaros, y colocándolos en el capazo que portaba el eunuco. No prestaban atención a Aalis y eso la tranquilizó. Aún sofocada, levantó los ojos hacia las moras. Sin los velos y desnudas, las ligeras diferencias entre ellas saltaban a la vista: una tenía los labios más gruesos, la otra una barbilla redonda y cuerpo también más ancho, y la tercera era la más esbelta de las tres, aunque sus pechos también eran los más pequeños. Todas tenían la piel muy morena, incluso una era prácticamente negra; y sus blancos dientes y amplias sonrisas destacaban como nieve sobre la cumbre de una montaña de lava.

Hacía calor en la salita. Aalis empezó a sudar. Las mujeres se dirigieron al pasillo, tirando de las mangas de la joven, que las siguió dócilmente. El eunuco no las abandonó cuando entraron en un recinto amplio y cuadrado, también iluminado por lucernas en forma estrellada, desde donde llegaba un rumor de más voces. El aire cada vez era más pesado y húmedo, y Aalis pronto se dio cuenta de por qué: había cuatro amplios baños de agua hundidos en el suelo de mosaico de la sala, de los que salían grandes nubes de vapor. Las paredes estaban pintadas con escenas pastorales: gacelas que bebían de un riachuelo, hermosos jardines y bosques que convertían la sala en un claro de agua y silencio. Varias sirvientas se dedicaban a tirar cubos de agua caliente en los receptáculos, donde unas pocas mujeres permanecían acodadas o sumergidas mientras charlaban despreocupadas. Alrededor de los baños había bancos y camillas de mármol blanco y verde. A ras de suelo, los respiraderos y las alcantarillas por donde desaparecía el agua desechada estaban talla-dos con finos cinceles, imitando la yedra. Una de las mujeres salió del baño y al momento un eunuco la secó con una fina toalla de algodón. Luego colocó la tela con cuidado en la superficie de mármol, donde la mujer se tendió. El eunuco se retiró y apareció una sirvienta, que se vertió un líquido untuoso en las manos, parecido al aceite pero más espeso, y procedió a frotarle la espalda y las piernas. Esencias de jaz-mín y de rosas, y de hierbas pesadas como un tarde de vera-no, cargaban el aire y Aalis abrió la boca para respirar mejor, como si los aromas se apoderaran de sus pulmones y la aho-garan con su melosa dulzura. Cuando se adentraron en la sala, un par de cabezas se giraron para mirarla y se oyeron cuchicheos. Se sintió ridícula y fuera de lugar con las ropas puestas. Sus tres acompañantes avanzaron con decisión y empezaron a dar órdenes en voz alta y chillona, distinta del suave arrullo con el que se habían dirigido a ella. Lentamen-te las demás salieron de los baños y se cubrieron con toallas, haciendo aspavientos y mohines de disgusto, de los que las guardianas de Aalis hicieron caso omiso. Una vez hubieron salido todas las mujeres, las tres moras se lanzaron al baño más próximo y se sentaron en el borde, remojándose las piernas primero y brazos y cuello antes de meterse del todo. Aalis se quedó mirándolas dudosa, y luego inspiró hondo y sin pensarlo se despojó del vestido y avanzó hacia el rectán-gulo de agua. Metió el pie con cuidado. Estaba más caliente de lo que esperaba, y fue deslizándose poco a poco. Había escalones tallados en el mármol blanco, y un mosaico verde y azul vestía el fondo del baño, imitando a la perfección el lecho de un río, con sus peces, algas y piedras. Al cabo de un rato ya se había acostumbrado a la temperatura del agua e incluso se permitió gozar del límpido líquido en el que se sumergía su cuerpo. Las demás le dieron la bienvenida con amplias sonrisas. Aalis cerró los ojos y se dejó invadir por la nube de calma que la envolvía. Hubo un rato de silencio durante el cual solo se oyó la respiración relajada de las cuatro mujeres, el ruido del agua caliente chorreando en el baño y el goteo del vapor lamiendo las paredes. De repente, ruidos de pasos llegaron del vestíbulo. Abrió los ojos, alarmada y enfadada a la vez: no debía haber bajado la guardia. Era una estúpida. ¿Cómo podía haberse confiado? Si Al-Nasr aparecía ahora, estaría completamente a su merced. Se irguió y trató de salir del agua, pero las tres mujeres la retuvieron, firme y amablemente. Dos eunucos ricamente vestidos entraron en la sala y otras cuatro sirvientas les siguieron. Detrás de ellos, apareció una figura encapuchada. Cuando mostró su rostro, Aalis contuvo una exclamación de sorpresa y de alivio a partes iguales. Era Fátima. La mora dio una orden en árabe y todas las mujeres se dispusieron en círculo alrededor del baño, mientras Fátima se desvestía y descendía los escalones de mármol. A pesar de su faz morena, Aalis se dio cuenta de que en el resto de su cuerpo su tono de piel era más claro que el de la mayoría de las moras que acababan de abandonar el *hammam*. Aalis percibió que algo había cambiado en la mora desde que la viera por última vez al llegar al Al-Qasr: se movía con la seguridad de quien conoce el alcance de su poder y de las debilidades de los otros. Apenas quedaba nada en sus gestos pausados de la novicia asustada que un día lejano Aalis había conocido en Rocamadour. Fátima se sentó frente a la cristiana y sus ojos verde esmeralda se clavaron en Aalis. Esta guardó silencio, expectante.

—¿Te ha hecho algo? —preguntó la mora.

Aalis no pudo ocultar su sorpresa. El recuerdo del rostro distorsionado por la rabia del capitán de la guardia negra cruzó su mente cuando replicó:

—¿De quién hablas?

—Del que fue una vez tu hombre y ahora es tu némesis —repuso Fátima tranquilamente.

Aalis entreabrió la boca, atónita, pero no terminó de formular la pregunta que afloraba a sus labios. No había tiempo para el asombro: Enrico ya les había advertido en Barcelona de que la mora poseía poderes inimaginables, y la propia Aalis había sido testigo de lo sucedido en la ciudad. Ahora, quizá fruto de su magia, Fátima sabía que Al-Nasr pertenecía a su pasado y que cada minuto que Aalis pasaba en el palacio califal la acercaba al abismo. Respondió velozmente:

—Si el dolor se mide por las heridas y las magulladuras de la piel, entonces debo decir que no me ha hecho daño. Pero lo ha intentado, y volverá a hacerlo. Tengo que escapar, Fátima, o terminaré mis días cautiva en Córdoba, o quién sabe si algo peor.

Fátima cerró los ojos y musitó:

—También yo estoy al borde de un precipicio.

—¿Qué quieres decir? —dijo Aalis.

—Mi prisión es más grande que la tuya, pero sigue siendo una prisión —respondió Fátima.

—Tú eres la huésped del califa. Has podido organizar este encuentro. Te dejan moverte libremente por el recinto del Al-Qasr. Tienes criados y esclavos a tu disposición. ¡Y solo Dios sabe lo que eres capaz de hacer! No me hagas creer que eres igual que yo.

La novicia deslizó sus pupilas por la cara indignada de la cristiana y con una voz tan dulce como un atardecer mediterráneo, empezó a hablar:

—La vida era sencilla en Rocamadour. La madre Simone me cuidaba, y yo a mi vez me ocupaba de los enfermos y de los débiles. Todo era limpio, y la noche solo era negra para el que tenía algo que ocultar. Yo jamás lo tuve; pero a veces sentía que había un desgarro en mi interior, como si alguien me hubiera partido por la mitad, y Fátima la cristiana viviera separada de la otra, la que tenía que servir a Alá, aunque ninguna de las dos lo supiera aún. Mis dos espíritus vivían en paz lejos el uno del otro, y los días eran blancos como el amanecer. Hasta que un día llegaron ellos. Traían cimitarras y muerte.

—Sé bien lo que sucedió en Rocamadour, Fátima —dijo Aalis con frialdad.

—No sabes lo que pasó después —interrumpió la mora—. Mi mundo se derrumbó y surgió otro, más cruel y sangriento, que me hablaba con la lengua de mis antepasados. Las noches que pasé bajo las estrellas, con Al-Nasr y los suyos vigilándome, fueron distintas de todo lo que había vivido en el monasterio. Estaba rodeada de asesinos, sí, pero también eran hombres dispuestos a dar la vida por mí. Cada día rezaban en dirección a La Meca, y luego se postraban a mis pies. No sabes lo que se siente cuando oleadas de amor te envuelven día y noche, y la pasión de los rezos construye un lecho de fe. Querían que fuera su profeta y yo les dejé. Me emborraché de su adoración, caí rendida ante el amor de los fieles. Pensé que por fin había encontrado mi lugar, pues no había vivido nada comparable. Cuando llegué a Córdoba, estaba decidida a obedecer la voluntad del califa y darle lo que pidiera. —Fijó su dulce mirada en Aalis—: ¿Crees que soy un monstruo?

—No lo sé —se obligó a decir Aalis.

—Mientes como todos —replicó Fátima, cansada—. Eso es lo que descubrí en el Al-Qasr: que el amor del califa Abu Ya'qub y de sus creyentes en realidad era miedo, que me deseaban para alcanzar poder y riqueza, que invocaban el nombre del Mahdi para aplastar a sus enemigos, pero que yo no era más que un ídolo para ellos. Una estatua que adorar, hecha de carne y de sangre en lugar de mármol o madera. —La humillación y la rabia reptaron por su garganta—. Si estuviera vacía de sentimientos y hecha de piedra, seguirían arrodillándose frente a mí y presentándome ofrendas. ¡Podría estar ciega y mirarían mis ojos buscando afecto, muda como un espectro y tratarían de arrancar bendiciones de mis labios! Me adoran porque no pueden evitarlo. Me siguen porque mis manos guían sus piernas. Mueren por mí porque yo lo mando. ¡Y a veces les odio por eso!

Estaba temblando. Aalis preguntó al cabo de un rato, con una sombra de frustración:

—Entonces, ¿por qué te quedas?

Fátima levantó la cabeza. Había lágrimas en sus ojos, mezcladas en el verde irisado.

—Porque a veces también les amo. ¿Puedes entenderlo?

Aalis se quedó callada un momento. Impulsivamente, tomó la mano de Fátima y asintió, apretándola con afecto. Era cálida y suave al tacto. Al cabo de un rato la mora dijo:

—Vamos, salgamos. No tenemos mucho tiempo.

Las sirvientas las envolvieron en toallas de algodón, frescas y con olor a lavanda. Se sentaron en un banco de mármol.

Fátima inspiró profundamente y siguió hablando:

—Ayer yací con un hombre que obedece porque ama, que adora porque quiere. Al principio pensé que era un espejismo, pero en su alma no hay dudas: no soy su diosa, sino su mujer. Con él podría huir y salvarme de un destino que me atrae y me repele a la vez. Pero Al-Nasr le retiene prisionero, y la batalla se avecina. Si no puedo escapar, tendré que acudir cuando Abu Ya'qub lo mande o de lo contrario el capitán de la guardia negra le matará.

Aalis miró a Fátima con esperanza y temor a un tiempo. Si las tropas cristianas estaban cerca, cobraba vida la posibilidad de ser liberada; pero también la perspectiva de una masacre entre moros y cristianos. Y entre los muertos, quizá las vidas de los que amaba: Auxerre, o su amigo Hazim. Incluso Gilles podía morir, se dijo, con una punzada de vergüenza al darse cuenta de que, a pesar de todo, sentiría su muerte.

Fátima prosiguió:

—El califa es lo bastante prudente como para no hablar del día y la hora exactas, pero los movimientos de tropas no se pueden disimular: las almas de mis fieles se agitan como un mar de tormenta, y sus corazones palpitan con las ansias de guerrear. No falta mucho. —Hizo una pausa y añadió—: Esta noche la corte se reunirá para celebrar la gloria del califa. Allí tendremos nuestra oportunidad, pero tendrás que hacer todo lo que te pida. De lo contrario, seré una cautiva como tú, hasta el fin de mis días.

—¿Qué quieres decir? ¿Qué pretendes?

—Tú no tienes nada que perder, y todo que ganar si aceptas: tu libertad y tu vida. Pero tendrás que arriesgar ambas, te lo advierto. Tengo un plan, y te necesito.

—¿Por qué? Tú puedes dominar la voluntad de quien se te antoje. Vi lo que hiciste en Barcelona, ¿recuerdas? En cambio, yo estoy sola, no tengo con qué defenderme y aun así me pides que me arriesgue por ti. ¡No sé lo que eres, pero sé que no me necesitas para huir!

—Te equivocas —repuso Fátima apenada—. Es difícil de explicar, pero solo hallo obediencia en los espíritus predispuestos. Si tratara de obligarlos a ir en contra de sus creencias, me aplastarían como a una hormiga. Sería como pedirle a la marea que cambiara de dirección: me ahogaría entre las olas y los arrecifes. Hay otros, por añadidura, que me rechazan como un muro de piedra, y sé que doblegarlos significaría mi muerte. Por eso te necesito. —Añadió, con una sombra de remordimiento en la voz—: Nuestro primer encuentro estuvo teñido de una sangre que jamás debió derramarse. Estoy en deuda contigo por eso, y te prometo que salvarás tu vida. No estás sola, cristiana.

—¿Qué quieres de mí? —Aalis trató de ocultar el miedo que empezaba a reptar en su interior.

—Tus ojos, cristiana. Ninguna otra puede ocupar mi lugar. Tengo criadas y esclavas a mi disposición, que se cortarían la garganta por mí. Pero ninguna tiene verdes las pupilas como tú y como yo. Si hubieran de pasar por mí, las descubrirían al momento.

La mora calló de repente y tomó las manos de Aalis. La piel de Fátima ardía como si tuviera fiebre. Aalis trató de soltarse, pero la otra retuvo sus manos sin esfuerzo y susurró con intensidad:

—Dime, ¿me ayudarás? Piensa que en este palacio se hace mi voluntad, y no hay puerta que se cierre para el Mahdi. Si aceptas, no habrá barreras en tu huida.

—Pero si me descubren...

—Entonces morirás de mil maneras horribles —asintió Fátima—. Es el precio de la libertad.

Aalis consideró rápidamente sus opciones. Podía quedarse como estaba, temiendo la llegada de Al-Nasr en cualquier momento. O podía aprovechar la arriesgada oportunidad que la mora le ofrecía. Esta dijo, con expresión dulcemente enloquecedora:

—¿Me ayudarás, Aalis de Sainte-Noire? Di que sí.

La voz de Fátima se había convertido en un rayo que saltaba desde las lucernas hasta las paredes de mármol, rebotaba en el agua y volvía a retumbar en los oídos de Aalis. Era grave y aguda a la vez, y sus ojos verdes, afilados como los de una serpiente, se clavaban en el iris también verde, más pálido, de Aalis. Sus palabras atravesaban el cuerpo de Aalis como una rueda de fuego, corriendo por sus venas y mordiendo su mente y su pecho. Hablaban de vida y de victoria; prometían fuego y libertad.

—Haré lo que me pidas —exclamó Aalis, eufórica.

Fátima rompió el contacto y se levantó rápidamente. Se acercó al oído de la cristiana y murmuró una sola palabra, con ternura, como si depositara su propia ofrenda en el alma de la hija de *dame* Françoise. Desapareció, seguida por la comitiva de sirvientas y eunucos. Aalis se quedó unos instantes muy quieta, obligándose a respirar lentamente, bajo las lucernas ornadas de mosaicos y esculpidas como estrellas de un cielo de piedra. «Perdóname», había dicho Fátima.

15

La morada de la guerra

El salón de audiencias del califa Abu Ya'qub Yusuf brillaba esa noche como si el sol hubiera decidido asistir a la fiesta. Las lámparas de cobre colgaban, orgullosas, a más de veinte codos de altura mientras que las pequeñas antorchas de pared habían sido recubiertas con rejillas también de cobre, labradas en ataurique, para difuminar su brillo y bañar la sala con su cálida luz. Cada pulgada de mármol y mosaico del suelo estaba cubierta de ricas alfombras, hiladas con oro y plata, y tintadas con jade, lapislázuli y púrpura. Las placas de mármol tallado con escenas bucólicas se habían limpiado con agua y jabón esa misma mañana, y brillaban como si fuesen de plata. Los perfumeros habían trabajado incansables durante varios días para llenar de azahar y jazmín el aire de los salones; de los incensarios de estaño y cobre brotaban altas columnas de humo blanco, que envolvían el ambiente con su rico aroma. Varios esclavos armados con grandes abanicos de plumas de avestruz se ocupaban de apartar moscas, mosquitos y luciérnagas. En el patio, donde se derramaban divanes y cojines de seda de Damasco como si hubieran brotado rosas de oro y de tela en el jardín, grandes toldos de seda gris cubrían a los invitados, protegiéndoles de los últimos rayos del atardecer y más tarde de la fría noche cordobesa. Los eunucos vestían todos sus galas regias: bombachos de seda negra y cinturones de cuero labrado, y el pecho descubierto cruzado por tahalíes de oro puro. Los grupos de huéspedes que ya estaban instalados recibían las atenciones de las discretas sirvientas de palacio, que paseaban bandejas de dátiles, fruta fresca y delicias de carne rebozadas para abrir el apetito de los comensales. Altos funcionarios, cadís y visires se regocijaban ante el festín que prometía la generosidad del califa. Los familiares directos de Abu Ya'qub, que residían en palacio, observaban el despliegue de poder con la prudencia y la envidia del que ha de heredar el cetro. La cadencia perezosa de los tambores, el laúd y el arpa retumbaba en las paredes y los pasillos que rodeaban el gran salón. Varias poetisas, ocultas bajo velos de seda de Alejandría, acompañaban las notas con cánticos suaves como una caricia, y las bailarinas agitaban sus collares moviendo insinuantes la cintura y los tobillos.

—¡Haz el favor de no llamar la atención, cristiano! —susurró Hazim.

Pelegrín obedeció, tragando saliva y apartando la vista de las huríes. Los dos llevaban sendas túnicas de algodón y pantalones anchos hasta los tobillos, como el resto de los criados de palacio. Gracias a un sencillo turbante Pelegrín había ocultado sus cabellos castaños, y no era distinto de los otros esclavos cristianos, eslavos o francos, que poblaban el Al-Qasr. Estaban de pie, mirando a la concurrencia, detrás de una celosía en los pasadizos que daban a las cocinas y las despensas del califa, adonde habían ido a parar cuando abandonaron la consulta de Ibn Tufayl. Allí, para disimular, Hazim se había hecho con una jarra de vino y Pelegrín con un recipiente de loza blanca.

—Tenemos que encontrar a Enrico. Necesito avisarle antes de irnos. No debimos habernos escapado sin prevenirle —dijo Pelegrín, desesperado. Había tanta gente en la sala como en una procesión de Pascua, y aunque el veneciano era de alta figura, no resultaba fácil distinguir las caras de los invitados.

—¡Apresúrate! —le conminó Hazim—. No podemos quedarnos aquí mucho tiempo.

En cuanto terminó de hablar, dos gruesas manos negras se posaron sobre las espaldas del moro y del cristiano y los empujaron hacia la sala. Hazim se giró, asustado, y vio que uno de los eunucos responsables de la intendencia le daba órdenes, con cara de disgusto.

—¿Qué pasa? ¿Qué dice? —preguntó Pelegrín.

—Sígueme y no abras la boca —replicó Hazim.

El moro soltó un juramento en voz baja y se volvió hacia un grupo de personas. Con la cabeza baja y un murmullo servil, les ofreció vino. Nadie le miró a la cara mientras bebían y picoteaban dátiles y uvas. Pelegrín permaneció a su lado, temblando pero sin despegarse del moro. Cuando terminaron con Hazim, uno de ellos escupió las pepitas de los frutos en el cuenco de loza de Pelegrín. Otro hizo lo mismo, pero no acertó, manchando la camisa del cristiano. Sin reparar en ello, se giraron y retomaron su conversación. El muchacho se mordió la lengua. Los dos se retiraron a un rincón de la sala. Cuando estuvieron seguros de que nadie podía oírles, exclamó:

—¿Una escupidera? ¿Llevo una escupidera? ¡Qué asco!

—Bueno, a los cristianos les encargan las tareas más desagradables. Si llevaras el vino, sería algo así como un honor, muy inusual —dijo Hazim, disimulando una sonrisa.

Pelegrín lo miró, indignado:

—¡Tú sabías para qué era el cazo este!

—Tampoco es que tuviéramos mucho tiempo para escoger, ¿verdad? —respondió su amigo, divertido y preocupado a la vez—: Vamos, Pelegrín. Si no ves a Enrico pronto, tendremos que irnos o perderemos la ocasión de escapar. El patio está rodeado de soldados. Mientras ellos custodian a los huéspedes, podemos alcanzar Bab-al-Qantara, y desde allí llegar hasta el río. ¡Pero tiene que ser ya!

En ese instante, el redoble de tambores se elevó por encima del ruido imperante y una de las bailarinas se adelantó al centro del salón. Cuando los invitados se apartaron, Hazim y Pelegrín pudieron ver al califa Abu Ya'qub Yusuf sentado en su trono, en un estrado elevado cubierto de alfombras y por donde se paseaban las esclavas más apetecibles, atendiendo a los invitados de alto rango que gozaban del privilegio de compartir la cena con el califa. En el extremo derecho de la plataforma, vieron al médico Ibn Tufayl acompañado de otro árabe. Pero fue el rostro del tercer hombre echado a su lado el que casi arrancó una exclamación de sorpresa de labios de Pelegrín: el veneciano Enrico Dándolo, apoyado en un criado y su báculo, de pie al lado del médico del califa.

—¿Cómo habrá logrado llegar hasta allí? —dijo Pelegrín, atónito.

—Ibn Tufayl debe de haberlo presentado en la corte. Enrico sabe cuidar de sí mismo aunque esté ciego —dijo Hazim, mirando inquieto a uno y otro lado.

—No será fácil acercarse —respondió Pelegrín, dubitativo.

—Pero ¿qué leche te dieron de mamar, cristiano? —exclamó Hazim—. No tenemos ni una posibilidad entre un millón. Además, Al-Nasr no debe de andar lejos: en cuanto nos vea, a mí me arrojará al calabozo y a ti te cortará la lengua, lo menos. Tenemos que ir a por Aalis, salir de aquí por piernas y rezar a Dios y a Alá para que Enrico lo entienda.

—No.

Hazim se detuvo y miró a su amigo.

—¿Qué dices?

—Le dije a Blasco que no dejaría solo a Enrico —dijo

Pelegrín con firmeza— y no puedo faltar a esa promesa. De modo que vete tú, que yo me quedo.

Una mueca de afecto se dibujó en la boca de Hazim.

—Te apresarán antes de que puedas decir padrenuestro, Pelegrín.

—Así sea —replicó el cristiano.

—Pero es que yo tampoco me iré sin ti, pedazo de anca de burro.

—Pues entonces tú me dirás qué hacemos —dijo el cristiano cruzándose de brazos, aún con la loza en la mano.

Hazim contuvo una sonrisa, resoplando con incredulidad. Le gustaba la tozudez de su amigo, pero a veces parecía desconocer el peligro que corrían.

—De momento, quitémonos de en medio. Ya pensaré en algo —dijo, aferrándose a su jarra de vino. Con la mirada buscó un rincón donde ocultarse. Señaló la pared interior de la sala de audiencias, menos frecuentada por los invitados porque la comida y las bailarinas estaban concentradas en la pared opuesta. El cristiano asintió sin decir palabra y ambos emprendieron la retirada, deslizándose por el pasadizo aprovechando que todas las miradas se posaban sobre la atractiva silueta de la mujer, su rostro oculto bajo un velo azul y plata. En cambio, sus caderas estaban desnudas y también sus pies, y cuando andaba se oía el tintineo de sus alhajas. Sostenía un laúd de cinco cuerdas, una de ellas teñida de rojo. Se situó delante del califa y empezó a tocar. Arrancaba notas breves y repetitivas al instrumento, oleadas de un quejido monocorde e hipnótico. Tras una corta pieza instrumental, empezó a cantar, y su lengua áspera transmitía una melodía profunda y doliente, como una añoranza del sol y del desierto. Todos contuvieron la respiración, mientras el califa escuchaba embelesado. Enrico Dándolo se inclinó hacia Ibn Tufayl y dijo, en voz baja:

—He viajado por tierras árabes y musulmanas, y me precio de entender vuestra lengua, pero jamás había oído nada parecido a ese canto. Siento que habla de tristeza y de pena. ¿Es un lamento por lo perdido, o son versos de amor?

El médico respondió:

—Diría que ambas cosas. Se trata de un poema de Ibn Zaydún, el desdichado amante de la princesa Wallada, que fue obligado a exiliarse en Sevilla cuando el gran visir se encaprichó de esta. Cayó en desgracia, y no pudo regresar hasta que murieron sus enemigos.

—Entonces, ¿es un ruego de Ibn Zaydún hacia su amada?

Ibn Tufayl negó con la cabeza y dijo:

—Más que a Wallada, Ibn Zaydún echaba de menos su ciudad. Es una canción de amor para Qurtuba. Os la traduciré —dijo el médico—. Dice más o menos así:

¡Córdoba lozana!
¿Hay en ti esperanza para mí?
¿Acaso un corazón que arde en tu ausencia puede entibiarse?
¿Pueden volver tus noches deliciosas,
cuando la hermosura era un regalo para tus ojos,
y la música un placer para el oído?
Tan tierno, en ti, el regazo de la vida.
¡Cuánto, madre, te amo!

Enrico reflexionó un momento y repuso:

—Gran amor debía de sentir el poeta por su tierra.

—¿Quién puede no amarla, después de conocer su belleza? —dijo el médico.

Averroes intervino, con un deje de ironía y en voz aún más baja:

—De eso abusa nuestro querido califa: goza de un pueblo de hombres enamorados que gobernar, y todos sabemos que el amor y la pasión ciegan la vista más que el humo de una hoguera. Sabe que miles de fieles están dispuestos a morir si él lo ordena, y por desgracia esta vez parece que así será.

—En verdad es grave la sangre derramada por capricho y no por honor —convino Enrico.

Averroes suspiró, taciturno, y mientras se levantaba, dijo en voz baja:

—Voy a por manjares más aptos a mi paladar; pensar en lo que va a suceder esta noche aún arranca dudas en mi espíritu. No estoy hecho para las conjuras.

Ibn Tufayl y Enrico se quedaron solos. El árabe dijo, resignado:

—Mi amigo Averroes se debate entre su lealtad al califa y su amor por la justicia. Sé que durante meses le atormentará haberos prestado ayuda. Y, sin embargo, no podía hacer otra cosa. Tampoco yo, lo confieso.

—Tendrá mi eterna gratitud, igual que vos —dijo Enrico respetuosamente.

—La diferencia entre él y yo, lo que atiza sus dudas, es que su conciencia solo se rinde ante la verdad filosófica, que sostiene la rectitud de sus actos. Así, cuando llega el momento de admitir que la mejor forma de servir a nuestro califa esta noche es, paradójicamente, ayudar a un cristiano, Averroes llora lágrimas de razón.

—¿Y vos no?

Ibn Tufayl sonrió con amabilidad:

—Yo me muevo por el instinto de lo justo, dejándome llevar por mis sentimientos. Las leyendas son la cuna de mis actos. Admito que lo irracional forma parte del camino y de mis acciones, y así acepto lo incongruente de la vida. En cambio, Averroes rechaza los mitos que hacen temblar a los fieles: afirma que Alá merece más que la superstición ciega de los que se ofrecen por ignorancia o de los que son sometidos por la fuerza de las armas.

—No le falta razón en eso —dijo Enrico—. A veces,

nuestros reyes cristianos también prefieren creyentes de una fe que se sustenta en el miedo y en el odio.

Ibn Tufayl asintió, comprensivo:

—Mi califa sueña con reinos construidos sobre adoquines de poder; yo quisiera avenidas de luz y sabiduría, plazas de conocimiento y jardines de ilustración. Por eso decidí ayudaros, y también porque la amistad que le tengo al judío Alfakhar se remonta a nuestra infancia, y es de ley hacer honor a los amigos que tuvimos siendo niños.

—Tanto moros como cristianos han cometido errores. Nuestros reinos han de buscar una forma de convivir en paz, o la muerte nos arrastrará con un diluvio de sangre —declaró Enrico Dándolo—. Son tierras que viven bajo dioses distintos pero mueren igual.

—Entre la casa del islam y la morada de la guerra —musitó el médico.

—No es la primera vez que oigo esa expresión, «la morada de la guerra» —dijo Enrico, recordando el lejano día en que el judío Rambam le convocó en Alejandría para custodiar a Fátima hasta Barcelona—. Jamás supe qué quería decir. Solo que era un sinónimo de horror y destrucción.

—Son las dos caras de nuestro dilema, cristiano. *Dar al-Islam* es el lugar donde habita el islam: un remanso de paz, parecido al paraíso del Profeta, con leche y miel en abundancia —explicó Ibn Tufayl—. Mientras que *Dar al-Harb* es el otro lado: la morada de la guerra, un reino de sombras donde el servidor de Alá solo puede esperar sufrimiento, desgracia y muerte. La frontera entre ambos es delgada y fina como una línea de sangre.

—Entonces, mi cometido es evitar que el Mahdi ayude al califa a cruzar esa tenue línea.

—No esperéis ningún milagro, veneciano. Aunque vuestras peripecias son propias de un cuento de Scherezade, el peligro siempre acecha —dijo Ibn Tufayl con gravedad—.

Cumpliremos con lo prometido: gracias a Averroes, estaréis presente en la audiencia del Mahdi con los cadís de la ciudad, pero nada más podré hacer por vos.

—Eso me basta. Solo necesito un momento con el Mahdi.

—¿No habéis pensado que podéis morir en el intento? Sea verdad su poder como vos y yo creemos, o una tabulación según todas las razones de la ciencia como mi amigo Averroes sostiene, el califa será implacable contra todo aquel que pretenda algo contra el Mahdi. Creo que no conocéis al capitán de la guardia negra, Al-Nasr; es un cancerbero del infierno, capaz de todo cuanto Abu Ya'qub le ordene. Si os descubre no tendrá piedad de vos, ni de vuestra ceguera.

Enrico Dándolo guardó silencio por toda respuesta, pero sus ojos sin vida brillaron con un destello fugaz. Conocía bien al cancerbero del califa, como le había llamado el filósofo Averroes: no le olvidaría ni aunque pasaran mil años. Fue la mañana después de la pelea en la alhóndiga de Santa María, cuando despertó a un mundo de oscuridad.

—Hablando del rey de Roma, aquí está —murmuró Ibn Tufayl, señalando al recién llegado que acababa de entrar en la sala de audiencias. Al-Nasr, envuelto en su capa negra y con su mejor cimitarra colgando de la cintura y acompañado de seis soldados de su confianza. Enrico bajó la cabeza, inquieto. Al-Nasr le reconocería en cuanto le viera, y todos sus esfuerzos serían en vano: terminaría encarcelado, o muerto. Había anticipado la posibilidad de que Al-Nasr estuviera esa noche en la sala de audiencias, pero no había podido rechazar la oportunidad que Averroes le había ofrecido: verse a solas con el Mahdi, y llevarse a Fátima con él. Ahora no podía arriesgarse a permanecer ni un instante más en la sala de las audiencias, o de lo contrario Al-Nasr le descubriría, cuando tan cerca estaba de conseguir su objetivo. Frunció el ceño, decepcionado y furioso a la vez.

—Debo irme, Ibn Tufayl —susurró.

—¿Cómo? —El médico le miró, asombrado.

—No tengo tiempo para explicaciones. Al-Nasr no debe verme —zanjó Enrico.

Ibn Tufayl consideró las palabras del veneciano y respondió:

—Veo que guardáis más secretos de los que contáis. Pero ¿qué pretendéis? Nadie puede abandonar la sala de audiencias sin el permiso del califa, o se considerará un desaire.

En ese momento regresó Averroes, con un plato de dulces de membrillo que ofreció a Enrico e Ibn Tufayl. Al ver sus rostros cenicientos, preguntó:

—¿Qué sucede?

En pocas palabras, el médico le puso al corriente de la situación. Al-Nasr se acercaba, arropado por sus seis soldados. Averroes e Ibn Tufayl se miraron, impotentes.

—Si Al-Nasr le detiene, no tardará en confesar —dijo el filósofo, preocupado.

—Jamás os delataré —afirmó Enrico.

—No conocéis los métodos del capitán de la guardia negra. Haría renegar al mismísimo Alá de su religión —dijo Ibn Tufayl, con voz grave—. Como médico del califa, he tenido que cumplir con la triste tarea de sanar las heridas de sus víctimas después de los interrogatorios. A veces lo he logrado y no sabía si felicitarme o lamentarlo, pues devolvía la vida a cuerpos destrozados por la tortura que hubieran encontrado más paz en el regazo de Alá. Creedme, Enrico. Confesaréis, y será nuestra perdición.

—Entonces, ¿qué puedo hacer? —La voz del veneciano rozaba la desesperación.

De repente, alguien dijo a sus espaldas:

—¿Más vino?

—Gracias —contestó Averroes distraídamente, aceptando una copa.

Enrico no pudo ver los brillantes ojos de Hazim mientras este murmuraba:

—No he conocido a ningún cristiano tan obstinado como Pelegrín. Dice que no se va de aquí sin vos, veneciano. Y por Alá que mis pies han de cruzar el río esta noche.

El corazón de Enrico dio un salto de alegría al escuchar la risueña voz del joven moro. Quizás aún había una oportunidad. Tomó una de las copas de vino y se la echó encima, mientras susurraba a Ibn Tufayl:

—¡Seguidme la corriente!

Y procedió a tirar de la manga del muchacho, balbuceando.

—Muchacho, ¿dónde puedo refrescarme? El vino cordobés es más fuerte de lo que creía.

Trató de levantarse, pero se derrumbó al suelo como si perdiera el equilibrio, lo que atrajo la atención de algunos invitados que estaban sentados al lado del califa, al otro extremo del estrado forrado de alfombras de terciopelo bordado. Ibn Tufayl miró aterrado en dirección a Al-Nasr: no parecía haberse dado cuenta del pequeño incidente, pues seguía con la mirada altanera y clavada en el califa. Uno de los huéspedes señaló a Enrico riéndose, y Abu Ya'qub dirigió la mirada hacia allí. El médico señaló la cara enrojecida del veneciano y dijo, jocoso y suplicante:

—Mi invitado no tiene buen estómago para el vino de Qurtuba, mi señor.

El califa se detuvo un instante en la figura encogida del veneciano, que ahora fingía dormitar. Abu Ya'qub asintió negligentemente, acordando su permiso para que retiraran al invitado. Averroes exhaló un suspiro de alivio. Ibn Tufayl y Hazim se apresuraron a ayudarle a bajar del estrado, envolviéndole en su chilaba con buen cuidado de ocultar su rostro. El médico se quedó junto a Averroes mientras el muchacho, sosteniendo al veneciano por un costado, le acompañó mientras salían por el lateral de la plataforma, justo en el momento en que el capitán de la guardia negra se detenía frente al trono del califa Abu Ya'qub.

El califa, que estaba charlando con su visir, levantó la vista, contento de ver a Al-Nasr, y dio unas palmadas. La música cesó y el ruido de las conversaciones se apagó, esperando todos las palabras del príncipe de los creyentes. La expresión de Abu Ya'qub era de regocijo. Al-Nasr conocía esa cara: la había visto en ocasiones, cuando el califa asistía a una pelea de gallos, perros o prisioneros, y apostaba por uno u otro. Y después, a pesar de que todos los testigos sabían que los desgraciados iban a ser ajusticiados al atardecer, les mentía: prometía libertad, solo por ver sus rostros iluminarse con esperanza y apagarse después con desesperación. No era crueldad, solía repetir el califa, sino curiosidad por los rincones del alma humana. El capitán de la guardia negra titubeó, incómodo. El califa lo estudiaba con la misma mezcla de afecto y de conmiseración. Abu Ya'qub exclamó:

—Mis queridos invitados, sabéis bien que hoy es día de alegría y mañana también. Llegan amaneceres de gloria y noches de delicia infinita. ¡El Profeta camina entre nosotros!

Una oleada de aplausos y vítores recorrió la sala de audiencias. El califa los acalló con un gesto de la mano y prosiguió:

—Pero antes, otra buena nueva. —Echó un vistazo en dirección a Al-Nasr y dijo—: Quizás algunos de vosotros recordaréis hace años a un hombre valiente que empuñó la cimitarra en mi nombre cuando mi brazo era demasiado débil y joven como para defenderse de los enemigos que mi padre dejó tras de sí al morir. —Al-Nasr arqueó las cejas, cada vez más intranquilo. Hubo un amago de protestas entre los invitados, como si la idea de que Abu Ya'qub no hubiera sido siempre todopoderoso fuera una locura. El califa no esperaba menos y dejó morir el rumor, complacido, antes de proseguir—: Primero fue esclavo, luego soldado y al final me precié en llamarle amigo: respetadle y honradle, pues tiene mi confianza y mi cariño. ¡El León, Al-Assad!

La multitud que se había agolpado en el centro de la sala, frente al califa, giró el cuello en dirección a la entrada. El califa miró a Al-Nasr, ordenándole que apartara a los curiosos. El capitán de la guardia negra, frunciendo el ceño, indicó a sus soldados que abrieran un pasillo, pero nadie quería perder la ocasión de ver de cerca al nuevo favorito de Abu Ya'qub. Las puertas de la sala de audiencias se abrieron para dejar paso a dos esclavos negros con el torso desnudo y pantalones de basto algodón oscuro, que abrían paso a una figura encapuchada, ataviada de negro de pies a cabeza. No iban armados, pero los que estaban más cerca se apartaron despavoridos. Se oyeron estremecedores rugidos a medida que avanzaba la reducida comitiva. Ibn Tufayl y Averroes se miraron, intrigados. Los dos esclavos sostenían con gran esfuerzo dos cadenas de hierro que mantenían a prudente distancia, al final de las cuales había un león. Detrás caminaba un hombre alto y envuelto en una capa *al-mulk*, bordada con el emblema del poder del califa, un honor que Abu Ya'qub jamás le había concedido a Al-Nasr. El capitán de la guardia negra palideció. La capa del guerrero cristiano. El incidente del mercado. La enigmática expresión del califa cuando le informó del altercado. Era imposible, se dijo. A medida que el otro se acercaba, una lengua de frío le mordió el estómago. Ojos de fuego. Auxerre.

—No puede ser. ¡Es imposible! —repitió Al-Nasr, aturdido. Dio un paso en dirección al recién llegado y aun otro, incapaz de comprender lo que sucedía. A empujones apartó a todo cuanto se interponía entre él y Auxerre. Llegó frente al rugiente animal y tuvo que recular. Los dos esclavos tiraron de las cadenas, conteniendo al león, y siguieron avanzando mientras Auxerre se detenía frente a Al-Nasr con una sombra de diversión en los ojos. Los invitados de la fiesta miraron con curiosidad al antiguo hombre de confianza del califa mientras se enfrentaba a la mirada furibunda del temido capitán de la guardia negra. «Capitán, por el momento», se oía ya el rumor entre chanzas de los cortesanos. Al-Nasr temblaba de ira, su lengua helada entre la incredulidad y la rabia. A sus espaldas, como en una pesadilla, llegó la voz del califa:

—Abrázale, Al-Nasr. Será tu hermano en la batalla que se avecina. —El califa exclamó, exultante—: ¡Dos gigantes para mi guardia negra! ¡Dos torres para la conquista de los reinos cristianos! ¡El águila y el león lucharán para Abu Ya'qub!

Auxerre no disimuló una sonrisa burlona. El otro seguía inmóvil, como si estuviera paralizado por un rayo invisible. Auxerre alargó el brazo y tomó a Al-Nasr por el cuello, atrayéndole hacia él. Su mano de hierro venció la resistencia desmayada del capitán de la guardia negra, y cuando estuvieron frente contra frente Auxerre susurró en su oído con ferocidad:

—Te dije que para recuperarla te perseguiría hasta el fin del mundo. Si le has hecho algo, te juro que no vivirás para ver otro amanecer y yo mismo arrojaré tu cadáver al Guadalquivir.

Las palabras de Auxerre arrancaron por fin una respuesta entre dientes de Al-Nasr.

—No sé cómo has llegado hasta aquí, ni me importa. ¡Eres un loco y voy a matarte!

Trató de zafarse de la garra del otro, para desenfundar su cimitarra, pero Auxerre se lo impidió y, sin dejar de mirarle, soltó una carcajada como si este acabara de contarle algo muy divertido. Sonreía aún mientras replicaba, mordaz:

—Vete con cuidado. Recuerda que hablas con tu hermano de espada, Al-Nasr, ¿o es que no has oído a tu califa? Cualquier acto o palabra en mi contra te llevará a la horca.

¡Mírale, y habla si quieres! Será un placer ver cómo te balanceas de una soga, con el cuello quebrado.

A pesar de su expresión risueña, los ojos de Auxerre se clavaron, fríos como aguijones de acero, en el rostro demudado de Al-Nasr. Este comprendió que lo que decía Auxerre era cierto. Conocía lo bastante al califa, y había oído las historias que se contaban del legendario Al-Assad: la vuelta del León era demasiado buena para ser cierta, un golpe de propaganda colosal para el califa, destinado a ser percibido por la corte y por el pueblo como una señal más de la inminente victoria. Y la prueba palpable era la forma en que, diseñada sin duda por el propio Abu Ya'qub, se había desarrollado la entrada de Al-Assad: como un guerrero humilde pero poderoso a la vez, que regresaba a su comendador en la hora de la batalla decisiva. No, Abu Ya'qub no aceptaría la verdad que corroía las entrañas de Al-Nasr. Haría oídos sordos a la denuncia y, para sofocar sus propias dudas, acabaría con la vida del delator. Al-Nasr no era ningún imbécil: llevaba años viviendo entre gentes de otra fe y de distintas costumbres, y sabía que perder el tiempo era el mejor modo de morir. Se sobrepuso al amargo sabor de boca que le causaba la mirada insolente de Auxerre, cargó su lengua de odio y replicó:

—Vigila tu espalda, cristiano. Estás en mi terreno.

—Estoy acostumbrado a caminar entre hienas —escupió Auxerre.

Soltó a Al-Nasr de su abrazo de hierro y ambos procedieron a avanzar hacia el trono, donde el califa les esperaba, rojo de satisfacción. La noche no había hecho más que empezar. Dos criados trajeron sendos divanes, tallados en madera de roble, que representaban el emblema de cada uno de los guerreros. El de Al-Nasr, cubierto de cojines bordados con aves y garras, y las patas en forma de alas. En la parte superior, un águila entera presidía el cabezal. Auxerre tomó asiento en el suyo: la borlas imitaban la pelambrera de un león, y el diván, las patas y la cabeza del animal. Varios eunucos depositaron dos arcones frente a ambos soldados, también con los cerrojos en forma de cabeza de águila y de león. Los esclavos abrieron los arcones y la concurrencia aplaudió, admirada: el califa era generoso con sus favoritos. El interior de los arcones estaba forrado de damasco bermejo, que resaltaba aún más su contenido: en cada arcón, un escudo de dos codos de diámetro, ricamente labrado, cada uno ostentando los emblemas de Al-Assad y Al-Nasr en el centro. Tenían los dos escudos sendos bordes de una pulgada de anchos, donde brillaban las estrellas, el cielo, los mares y las tierras con incrustaciones de diamantes, lapislázuli, esmeraldas y oro. En siete círculos concéntricos, una estampa de las grandes ciudades de la fe musulmana, cada una ornada con su bandera: Al-Makka, Al-Kudds, Al-Madinah, Baghdad, Dimashq, Qurtuba, Isbiliya y Al-Qahira. Aparecían en primoroso detalle los poderosos y los pobres, la vida y la muerte, la sombra y la luz, y todo cuanto en el mundo ocurre: allí un visir se complacía escuchando las canciones de su poeta, mientras que un campesino trabajaba sus tierras afanoso. Las figuras esbeltas y veladas de las mujeres lavando ropas en un río se alternaban con los torsos descubiertos de los esclavos que se vendían en un mercado al aire libre, mientras que unos escribientes, ocupados en la delicada tarea de transcribir un manuscrito, eran ajenos al ajusticiamiento de un ladrón de grano. Un ejército de temibles bereberes amenazaba las murallas de una ciudad cristiana. De las altas colmenas se tiraban los desgraciados que no soportaban el asedio, mientras al pie de las puertas los negociadores discutían los términos de la rendición. Un barco corsario, bendecido por Alá, surcaba el Mare Nostrum echando a pique los débiles cascarones cristianos. Cerraba cada círculo la efigie de una diosa de plata que caminaba acompañada por el león o el águila. Las murmuraciones de los cortesanos no cesaban, tanta era la riqueza y el valor de los objetos que el califa acababa de otorgar a sus dos soldados. Abu Ya'qub exclamó, con un gesto de falsa modestia:

—Un pequeño presente para que la fortuna y Alá os sonrían el día de la victoria.

Auxerre y Al-Nasr inclinaron la cabeza en señal de agradecimiento. El primero dijo:

—¿Acaso tenéis magos que os hablaron de mi regreso, y así decidisteis honrarme?

Al-Nasr contuvo el estallido de disgusto que le asaltó. Auxerre sabía bien cómo pulsar las cuerdas adecuadas del carácter del califa, igual que si tocase un viejo y conocido instrumento. Nada le gustaba más a Abu Ya'qub que la mención de la sabiduría y la presciencia en una misma frase, unidas a su nombre. Había que reconocer que Al-Assad tenía buena memoria y utilizaba todos los trucos que debió de aprender durante su tiempo como capitán de la guardia negra. El califa repuso, visiblemente halagado:

—En parte fue así. —Se mordió el labio y añadió—: Y por terminar este obsequio, habéis de saber que mis artesanos han trabajado sin descanso día y noche desde vuestra llegada. Por supuesto, afortunadamente el de Al-Nasr ya estaba casi listo.

El aludido ofreció una sonrisa helada ante el comentario, sin que se le pasara por alto el involuntario desaire. No bien Auxerre había pisado el palacio, el califa había decidido dotarle del mismo regalo que a él, que llevaba años a su servicio. Inspiró profundamente. Aún no era el momento de vengarse. Pero pronto llegaría.

El califa tomó un largo trago de su copa de vino y alzó el brazo, dejándolo caer con un golpe seco. De repente, los tambores subieron de intensidad. El silencio más absoluto se hizo entre los invitados. Auxerre frunció el ceño. Al califa le agradaban demasiado las sorpresas, y ya había tenido bastantes por una noche. Deseó que la fiesta terminara pronto para poder moverse por el palacio a sus anchas. Miró de reojo a Al-Nasr, y vio que estaba inmóvil, como si tampoco supiera a qué atenerse. «O se habrá quedado mudo al verme aquí», pensó. No sabía por cuánto tiempo mantendría la boca cerrada, pero no podía contar con su silencio para siempre, ni olvidar que buscaría una ocasión para clavarle una daga en el cuello. Solo había ganado unas horas, nada más, pero le bastaba eso para recorrer el Al-Qasr y registrarlo a conciencia: no había cambiado tanto desde que lo abandonara, por lo que había podido comprobar. Aalis y Hazim no podían estar lejos: un soldado como Al-Nasr sabía que se vigila mejor al prisionero que está al alcance de un golpe de cimitarra.

Cuando se abrieron nuevamente las puertas de la sala de audiencias, Auxerre tuvo que echar mano de todos los músculos de su cuerpo para no dar un salto y cruzar la distancia que le separaba de la figura que, rodeada de unas diez esclavas, acababa de hacer su entrada; era Aalis y, sin embargo, no se conducía como si fuera una cautiva. Las esclavas la precedían y la seguían a respetuosa distancia, arrojando pétalos de rosa a su paso. Tenía el rostro cubierto por un velo de seda verde esmeralda, y sus ojos también estaban pintados de ese color, pero Auxerre estaba seguro: era ella. Vestía una blusa de una seda casi transparente, y una larga falda hasta los tobillos, de brocado plateado con losanges verdes, e iba descalza. Llevaba los antebrazos desnudos y también el vientre, únicamente cubierto por siete cadenas de plata. Su piel era más oscura, como si la hubieran tintado para ennegrecerla, y su pelo negro estaba oculto bajo los velos y las joyas que enmarcaban sus bellos ojos. Pero eran estos los que la delataban: irradiaban una mezcla de desafío y miedo, pues estaba rodeada de enemigos y caminaba hacia el califa.

A medida que avanzaba, los altos dignatarios se arrojaban a sus pies, y se lanzaban a pronunciar frenéticas plegarias y letanías con una sola palabra: «Mahdi.» Caminaba lentamente, como si cada paso la acercara más a un abismo de muerte, y en verdad que así era. Horrorizado, Auxerre comprendió que todos la creían el Mahdi. Con mucho cuidado, estudió la expresión de Al-Nasr, sentado a su lado en el otro diván. No se movía, como si no se hubiera dado cuenta de nada. Quizá solo viera las joyas y el despliegue de lujo; parecía pendiente de la agradable distracción que proporcionaban las bonitas caras y las piernas bien torneadas de las muchachas que la acompañaban. Auxerre se obligó a pensar con frialdad: debía de haber un motivo tras esa aparición, un plan que explicara esa locura. Sea como fuere, solo podía esperar que Aalis saliera airosa de aquella farsa y que nadie se diera cuenta de la impostura. O de lo contrario, ni siquiera él podría salvarla de una muerte atroz. Cuando Aalis llegó hasta el estrado, estaba apenas a tres codos de distancia de los dos capitanes. Auxerre podía ver con todo detalle su expresión serena, luchando contra el miedo. Para quien no la conociese como él —y le dolió el corazón cuando la frase cruzó su mente— parecería que el Mahdi no se permitía sonreír, como correspondía a un profeta de la guerra. El capitán miró al califa, angustiado. Pronto Abu Ya'qub querría acercarse a ella, atraerla a su lado, y a buen seguro descubriría la superchería. Como si le hubiera leído la mente, Aalis se arrodilló frente al califa para ganar tiempo. Este se alzó como un resorte y exclamó:

—¡Por Alá! No eres tú, ¡oh, Profeta entre los profetas!, quien debe humillarse ante mí.

Y procedió a una genuflexión que esclavos, cortesanos e invitados, incluyendo a Auxerre y Al-Nasr, se vieron obligados a imitar so pena de morir, pues nadie podía estar erguido mientras el príncipe de los creyentes se rebajaba. El cristiano aprovechó ese instante, durante el cual todas las miradas caían al suelo, para alzar la cabeza y fijar sus ojos en Aalis. Al alzarse la doncella a su vez, vio a Auxerre. Sus ojos verdes se llenaron de lágrimas y tuvo que ahogar un grito de alegría y de dolor: por verla de nuevo, él había cruzado las puertas del mismísimo infierno, pero era una burla cruel del destino la que ahora le impedía correr hacia Auxerre, abrazarle y cubrirle de besos. Duró menos que una mirada el momento, pues todos volvieron a levantarse en cuanto el califa lo hizo también. Abu Ya'qub anunció:

—Más tarde tendréis ocasión de ver al Mahdi y pedir sus bendiciones. Primero los cadís y los sabios de Qurtuba tendrán el privilegio de examinarla. Averroes, por favor. Conduce a Fátima a mi salón privado.

El filósofo se levantó y varios ancianos tocados con ropas de juez se arremolinaron frente a él, ansiosos por ver de cerca a la Profeta. Aalis y Auxerre cruzaron una mirada, entre la inquietud y el alivio. Cuanto más lejos estuviese de aquella sala repleta de gente, menor era el riesgo; a pesar de eso, no sería fácil engañar a los mayores de la ciudad. Sus agudas pupilas habían visto prodigios y mentiras, y no era la primera vez que un supuesto profeta se abría paso hacia el favor del califa. Más de uno miró a Aalis con el ceño fruncido. Antes de que nadie pudiera moverse, sin embargo, se oyó un grito aterrador y el ruido de zarpazos en carne humana. Uno de los esclavos que mantenía preso al león que había desfilado con Auxerre se había distraído, fatalmente para él puesto que el animal no había desaprovechado la ocasión para lanzarse sobre el desgraciado y abrirle el pecho. La sangre, espesa y bermeja, empezó a formar un charco en el limpio mármol de la sala de audiencias. Los invitados se desparramaron en dirección al jardín, gritando y empujándose unos a otros. El otro criado soltó la cadena con un alarido, y huyó en dirección contraria. El león quedó libre:

arrastraba las cadenas y el collar de hierro, tratando de apartarse el molesto aparejo. En el estrado, los soldados de la guardia negra se interpusieron entre la bestia y el califa, pero el león no se dirigió hacia allí, sino hacia el grupo de esclavas entre las que se encontraba Aalis, que eran las más cercanas al animal. Auxerre se levantó muy lentamente, para no atraer su atención, y puso la mano en la empuñadura de su arma.

Detrás, Al-Nasr tampoco se movía, pero su tranquilidad se debía a que conocía bien el ilimitado poder que Fátima podía ejercer sobre las voluntades de los hombres y de los animales. A desgana, el capitán de la guardia negra declaró, dirigiéndose al califa:

—Ayer fui testigo de cómo una pantera se interponía entre Fátima y el resto del mundo, defendiéndola como si fuera su cachorro. Y entre mis soldados más de uno ha matado por una mirada suya: Fátima no corre peligro. Ese animal no le hará ningún daño, mi señor.

Abu Ya'qub tragó saliva, pálido como el algodón, y asintió sin despegar los labios, como si quisiera darse ánimos.

—Quizá no, pero nada garantiza la seguridad del califa —replicó Auxerre lentamente.

—Sois un cristiano sin fe y comprendo que no me creáis, pero os aseguro que Fátima le ordenará que no le ataque y el león la obedecerá —dijo Al-Nasr con firmeza. Como viera que el otro no respondía, le observó más atentamente. Auxerre seguía estudiando a la bestia y sus lánguidos movimientos, como si estuviera absorto y preocupado a un tiempo. Fruncía el entrecejo, sin prestar atención a nada más que a las mujeres y al león. Al-Nasr se dio cuenta de que algo no encajaba: el capitán de la guardia negra se irguió, intrigado, como un perro cuando oye la voz de su amo. Miró a Fátima con el mismo detenimiento con que Auxerre acechaba al león. Por fin cayó en la cuenta: los ojos no eran tan profundamente verdes como los de la mora, y su piel oscura tenía un aspecto antinatural, como si estuviera pintada. Sobre todo, aunque su porte poseía dignidad, se echaba de menos el aire de ser especial que había adornado a Fátima desde el primer día, incluso cuando Al-Nasr la había sorprendido con el portugués. La mujer que estaba frente al califa, tocada de Mahdi, era humana y tenía miedo. Más aún: era Aalis de Sainte-Noire. Al-Nasr sonrió como un lobo. Por fin estaba en su poder, ahora más que nunca, y con ella también su amante Auxerre. El día de la venganza no quedaba tan lejos, después de todo.

Antes de que pudiera intervenir, el león se arrojó con un rugido terrible sobre el grupo de las asustadas esclavas, un amasijo de apetitosas piernas y brazos donde hundir sus colmillos. Las muchachas corrieron aterrorizadas en todas direcciones, y Aalis trató de escapar, como las demás. Todo sucedió muy rápido: el califa gritaba, temiendo por el Mahdi, Al-Nasr se disponía a desenfundar su cimitarra y Auxerre saltó sin pensarlo como un gamo, enzarzándose en una pelea cuerpo a cuerpo con el león. El animal le rodeó con sus poderosas patas, clavándole las garras en la espalda y tratando de morderle el cuello, mientras el cristiano le asaeteaba con su espada, ora en el vientre, ora en el lomo y los costados, al tiempo que evitaba como podía las temibles fauces del felino. La sangre le manaba del antebrazo derecho y también le corría por la frente, pero no cejaba Auxerre de morder con su hierro la carne del depredador. Por fin, con un tremendo rugido, el animal cayó a un lado, sin vida. Auxerre se levantó, cubierto de las vísceras del león, y se limpió los ojos de sangre. El califa se acercó lentamente, con una expresión singular. Auxerre tuvo un mal presentimiento. Abu Ya'qub dijo, muy serio:

—Igual que la primera vez que nos conocimos, Al-Assad. Has vuelto a salvarme.

—Estoy a vuestro servicio, mi señor —repuso Auxerre, con el aliento entrecortado.

—Entonces, júrame que encontrarás a la verdadera Fátima —dijo el califa con voz siniestra, girándose hacia Al-Nasr y señalándolo— y que mañana al amanecer asistiré a la ejecución de esta impostora que Al-Nasr acaba de desenmascarar. Por de pronto, llévala a las mazmorras. No sé cuál es tu papel en todo esto, mujer, pero no sabes con quién acabas de jugarte la vida.

Auxerre siguió la dirección de la mirada del califa, impotente. El capitán de la guardia negra sostenía victorioso el velo de Aalis en la mano, y su amada estaba arrodillada, con el rostro descubierto y surcado de lágrimas silenciosas. Auxerre respondió, obligándose a no mirarla:

—Así lo haré, príncipe de los creyentes.

Se acercó a Aalis y la obligó a levantarse con un tirón en el brazo.

—¡En pie! Esta noche podrás reflexionar sobre la corta vida que te queda.

La muchacha obedeció con la mirada baja. Auxerre se encaminó a la puerta, agarrándola con rudeza. Antes de que alcanzara la salida, Al-Nasr exclamó:

—¡Esperad!

Auxerre se dio la vuelta, expectante. El otro dijo con una mueca feroz:

—Hay que interrogar a esta prisionera. Quizá sepa algo del paradero del Mahdi.

—Buena idea, buena idea —repitió el califa, nervioso—. Mis tropas están preparándose para la batalla final y no puedo presentarme ante los soldados sin el Mahdi. Le he prometido un profeta a mi pueblo, y Abu Ya'qub Yusuf siempre cumple.

—Descuidad, mi señor. —Al-Nasr se inclinó con una amplia reverencia y se acercó a Aalis. Esta escupió con desprecio en el rostro del capitán de la guardia negra. Él se limpió la saliva con el dorso de la mano y añadió, sarcástico:

—Tienes una fiera entre manos, Al-Assad. ¿Sabrás domarla tú solo?

Auxerre sostuvo con frialdad la mirada cruel de Al-Nasr.

—No pedí tu ayuda para acabar con el león.

La implícita acusación de cobardía hizo mella en el otro, que echó la cabeza hacia atrás como si Auxerre le hubiera golpeado con el puño y no con palabras.

—Pero estás herido —intervino el califa—. Al-Nasr, ocúpate de todo. Quiero que pongas doble guardia en la mazmorra real. Tienes experiencia con prisioneros reticentes. No admitiré más errores, ¿entiendes?

—No cejaré hasta que lo confiese todo —exclamó Al-Nasr, mientras miraba a Aalis y a Auxerre con expresión malévola.

—Bien —dijo Abu Ya'qub. Hizo una seña e Ibn Tufayl se acercó—. Atiende a Al-Assad y ocúpate de que se reponga. Luego ponte a sus órdenes: esa esclava no debe morir antes de confesar, ¿está claro?

Ibn Tufayl inclinó la cabeza, y siguió a Auxerre mientras escoltaba a la cautiva.

—¿Qué habrá pasado? —se preguntó Pelegrín sin dejar de avanzar por el jardín del Al-Qasr. Hazim y Enrico caminaban a su lado, apresuradamente pero sin echar a correr para no llamar la atención. El griterío ya se había diluido, pero aún se veían invitados pululando por el jardín, con aspecto asustado y buscando la Bab al-Attarin, la puerta de salida del palacio califal que daba a la ciudad. El joven moro respondió, echando una mirada a su espalda en busca de soldados:

—¿Y eso qué importa? Nos ha ido de perlas para salir sin ser vistos.

—He estado tan cerca... —murmuró Enrico, incapaz de ocultar su frustración.

—Vamos, Enrico. Hay que salir de aquí. Aún no estamos a salvo —replicó Pelegrín, tirando de su mano, intentando hacer caso omiso de los rugidos de los animales del zoológico del califa. Ya estaban inquietos desde primera hora de la tarde a causa del ajetreo y de los preparativos de la fiesta, pero esa noche recorrían inquietos sus jaulas a causa del vaivén de visitantes, como si percibieran el miedo y la desgracia flotando en la brisa nocturna. Las tres figuras se deslizaban en la oscuridad, hacia la Bab-al-Qantara, la puerta que llevaba hasta el puente que cruzaba el río.

—Por cierto —prosiguió Pelegrín, tratando de esbozar una sonrisa animosa—. ¿Tienes alguna idea de cómo vamos a salir de aquí, Hazim?

Este le miró con un brillo chispeante en los ojos y explicó:

—Al otro lado está el *maqbarat al-rabad*, el viejo cementerio del arrabal de Saqunda. Así evitaremos las calles de la ciudad: una vez hayamos llegado al otro lado, podremos bajar por el río hasta un lugar seguro.

—¿Un cementerio? —preguntó Pelegrín, estremeciéndose—. ¿Tenemos que cruzar un camposanto por fuerza? No es que tenga miedo, pero es que... Es que Enrico no está para tantos trotes, ¿verdad, Enrico?

El veneciano disimuló una sonrisa y dijo:

—Bueno, una de las ventajas de no ver es que podría estar caminando entre fantasmas o aparecidos, y no me enteraría. Así que si Hazim dice que hay que ir por el cementerio, como es el único que conoce la ciudad, tendremos que hacerle caso, ¿no te parece?

—Hace siglos uno de los emires de Qurtuba mandó arrasar esa parte de la ciudad, porque los habitantes de Saqunda se rebelaron —explicó Hazim pacientemente—. Prohibió que nadie volviera a vivir allí, excepto los muertos. Es mucho más seguro pasar por allí que vadear las murallas del

Al-Qasr, con el riesgo de que nos detecten los vigilantes del califa desde las azoteas del palacio. Te prometo que no te pasará nada, amigo. ¿O es que no confías en mí? ¡Cuidado!

Pelegrín había resbalado con la gravilla y se había dado un buen golpe contra el murete lateral que separaba el lago artificial del paseo. Puso la mano en el murete para ayudarse, mientras se levantaba. Hazim gritó.

—No pasa nada, Hazim —dijo Pelegrín—. Solo es un rasguño.

Hazim le miraba asustado, y Enrico dijo:

—Camina muy lentamente en dirección a nosotros y, sobre todo, no te des la vuelta.

—Pues claro que voy a caminar hacia vosotros, Enrico —repuso Pelegrín jovial—. ¿Adónde creéis que voy?

—Haz lo que dice, Pelegrín —dijo Hazim, muy serio.

El muchacho se aproximó hacia sus amigos, que lo abrazaron como si acabara de nacer. Solo entonces Pelegrín oyó el sordo rugido de unas fauces heladas y se volvió para descubrir a un lagarto casi tan largo como un hombre, que agitaba su cola furioso porque había perdido a su presa. El cristiano perdió el color.

—Los cocodrilos del califa —se limitó a decir Enrico—. ¿Recuerdas?

Pelegrín asintió sin despegar los labios, aterrado. Se frotó la mano como si acabara de recuperarla, y un hormigueo le recorrió las piernas.

—No es el momento de desfallecer, Pelegrín —dijo el moro, mirándole—. ¿Estás bien?

—Listo para el combate —replicó el otro, sacando fuerzas de flaqueza—. ¡Salgamos de aquí!

Aún no había acabado de pronunciar esas palabras, cuando al girar a la izquierda por el camino de grava se dieron de bruces contra dos soldados del califa. Iban armados y corrían en dirección al palacio. Hazim les saludó en árabe y se inclinó respetuosamente. Uno de los soldados era delgado y estirado como un ciprés, mientras que el otro era fornido y de aspecto amenazador. El más alto interpeló a Hazim, señalando a Enrico y a Pelegrín. El moro se embarcó en un largo discurso, con gestos exagerados que pretendían describir el malestar del anciano. Los dos parecieron quedar satisfechos y se disponían a dejarlos marchar, para alivio del pequeño cristiano, cuando apareció un tercer guerrero que venía desde la sala de audiencias, y sin siquiera mirarlos, se interpuso entre ellos y los otros dos, y empezó a dar órdenes. Hazim bajó la cabeza, mordiéndose el labio al reconocerlo: era Al-Nasr. Iba solo. El moro dio un paso hacia atrás, y luego otro, siempre inclinado y juntando las palmas como si agradeciera el permiso para retirarse. Al-Nasr seguía de espaldas, hablando secamente y señalando el pabellón izquierdo. Enrico Dándolo tiró del brazo de Pelegrín y los dos procedieron a imitar el ejemplo de Hazim. Un relámpago iluminó el cielo de Córdoba, y las nubes empezaron a descargar un aguacero. Los soldados echaron a correr en dirección al pabellón donde estaban las mazmorras del Al-Qasr. Al-Nasr miró malhumorado al cielo. Las batallas eran más peligrosas en medio del barro, ya fueran guerreros moros o soldados cristianos. Se giró para emprender el camino de regreso al palacio y entonces los vio. Al hombre lo recordaba de Barcelona; y capturar a Hazim era un premio inesperado; en cuanto al cristiano, si no era un esclavo, lo sería después de aquella noche. Se echó a reír, desnudando su cimitarra:

—Cuando el califa me prometió una noche inolvidable, no pensé que lo fuera tanto. Ella ya es mía y esta noche me desharé de ti —dijo, señalando a Enrico— de una vez por todas. En cuanto a vosotros dos, pronto os acostumbraréis a la vida de esclavos en palacio, si es que decido que merecéis vivir.

Hazim miró a su amigo Pelegrín. Estaba tiritando bajo la lluvia, y se aferraba a la mano del ciego Enrico como si le fuera la vida en ello. «No le soltará porque se lo prometió a Blasco de Maza —pensó el moro—, y morirá antes que faltar a su palabra.» Al-Nasr no tendría piedad; Hazim había visto lo suficiente en el trayecto hasta Córdoba. Jugaría con ellos, les haría creer que tenían una posibilidad. Y un día, sin sentir el menor remordimiento, los arrojaría a los cocodrilos de la laguna que acababan de dejar atrás. Las lágrimas brotaron de unos ojos oscuros que hacía tiempo habían aprendido a no llorar. Aalis quizás estaba viva, pero a juzgar por lo que Al-Nasr había dicho, no había esperanzas. Hazim había sido esclavo entre los cristianos del norte de Francia; aunque su amo le había tratado bien, se había jurado que jamás volvería a perder su libertad. No había vuelto a su país, a su amada Qurtuba, para someterse a los caprichos de alguien como Al-Nasr. Un remolino de imágenes le aturdió: la corte de Champaña y Aalis cantando para los condes, el viaje hasta Rocamadour y Barcelona; la risa franca de Pelegrín y el atardecer en que había regresado a su ciudad. Decidió que allí se quedaría. La lluvia caía con la misma furia con la que el joven moro se arrojó contra el capitán de la guardia negra. Este, desprevenido, no pudo rechazarlo a la primera, pero como una flecha su daga encontró el camino del cuello de Hazim. El grito terrible del joven al morir heló la sangre de todos los corazones que pululaban por el jardín, ya fueran de bestia o de hombre. Pelegrín empezó a chillar, debatiéndose, pero Enrico se lo impidió:

—¡Pelegrín, no! ¡Huyamos, o de lo contrario seremos los siguientes! Ese hombre es un demonio con sed de sangre, y no dudará en matarte igual que ha hecho con Hazim.

—¡No me importa! ¡No me importa! —gritaba Pelegrín, con el odio contorsionando sus otrora plácidas facciones. El cadáver de Hazim yacía en la gravilla, con el puñal de Al-

Nasr aún clavado. Se arrojó sobre él y lo empuñó: sus lágrimas mezclándose con la lluvia. Se tiró encima del capitán de la guardia negra sin pensarlo dos veces, y ambos rodaron por el suelo, forcejeando desesperadamente en la oscuridad. En el fondo de la charca, los cocodrilos chapoteaban alborozados, percibiendo la pelea y la carne a poca distancia. Al-Nasr doblegó fácilmente al joven cristiano y, aprisionándole ambas muñecas, siseó:

—El ciego tiene razón. No voy a dejarte vivir. ¡Ni a él tampoco!

Pelegrín vio su muerte en los ojos del otro, y clavó sus dientes con todas sus fuerzas en el antebrazo del capitán de la guardia negra, que gritó de dolor, soltándolo y echándose hacia atrás. Como si el tiempo se hubiera detenido, Al-Nasr vio cómo su mano derecha, aún en alto, goteaba sangre sobre la charca, y también vio las mandíbulas del poderoso cocodrilo cerrándose sobre su antebrazo y cercenando su mano a la altura de la muñeca. Exhaló un monstruoso alarido y recuperó el equilibrio. El dolor era enloquecedor y la sangre manaba a chorros, excitando aún más a los demás cocodrilos y a los otros animales del Al-Qasr. Envolvió como pudo el muñón con su capa y echó a correr en dirección al palacio. Pelegrín se levantó de un salto, se limpió las lágrimas y miró el cadáver de su amigo por un instante. El agua lamía su piel oscura y de los parterres descendían regueros de barro que parecían abrazar el cuerpo sin vida del muchacho. Pelegrín lo cargó con esfuerzo sobre su espalda.

—No voy a dejarlo aquí —dijo.

—Muchacho... —empezó a decir Enrico.

—Lo llevaremos con nosotros hasta el cementerio. Allí lo enterraré —dijo Pelegrín. El veneciano se dio cuenta de que el joven no le estaba pidiendo consejo, sino explicándole lo que iba a suceder. Pelegrín de Castillazuelo no había muerto en el Al-Qasr, pero con su amigo Hazim una parte del niño que había sido a su lado quedaba mezclada en la tierra y la sangre. Enrico asintió:

—Está bien.

Pelegrín dijo, con un nudo en la garganta:

—Coged la mano de Hazim y no la soltéis.

Así, el veneciano, el cristiano y su carga recorrieron bajo la lluvia y en la oscuridad del jardín del Al-Qasr el camino que Hazim había señalado, hacia Bab-al-Qantara. La tormenta arreciaba y la noche devoraba los relámpagos con sus negras fauces.

Fátima miró a Gerard mientras este preparaba lo necesario para la huida: un fardo de alimentos y agua suficiente para unos días. El portugués era hombre de pocas palabras y su silencio era un bálsamo para Fátima: cada vez más, las emociones de los que la rodeaban alteraban su propio estado de ánimo más allá de su control. Esa noche, el Al-Qasr había rezumado gloria primero, miedo después. Ahora, estaba quieto como una tumba y la mora sentía como si el dolor de los seres humanos que habitaban el palacio se reuniera frente a su puerta para buscar refugio en su cuerpo. De repente, sonó un trueno, y después la calma implacable que solo trae la muerte. Fátima cerró los ojos y se quedó quieta igual que una estatua de mármol, como si escuchase lo que le decía el tiempo. Gerard la miró y esperó. Sabía instintivamente que no debía interrumpirla durante esos trances. Lentamente, al cabo de unos instantes, Fátima abrió los ojos y dijo:

—Acaba de apagarse un corazón puro. Un amigo ha muerto.

—Lo siento —respondió Gerard, acariciándole la mejilla.

—He sido egoísta. Creí que podría huir de aquí, de todo esto.

El portugués no dijo nada y Fátima agradeció que Gerard no le dijera que sí, que aún podían abandonar el Al-Qasr como tenían planeado, que la vida soñada se haría realidad.

—El cielo y el infierno dicen que debo quedarme, pero tú eres libre de irte —dijo Fátima.

Gerard, por primera vez desde que la doncella le conociera, sonrió y se limitó a esperar.

—Mi destino está escrito y he de obedecer —insistió Fátima—. Cosas horribles han pasado esta noche, y vendrán desgracias peores que no sé si podré evitar. Esta tierra no tiene ni Dios ni Diablo que la proteja, y todos correremos un grave peligro. Vete y sobrevive.

El beso que le dio tenía sabor de lágrimas y lluvia. Después, Fátima le dio la espalda. Gerard Sem Pavor se cruzó de brazos, plantado frente a la mora, sin moverse.

—He escalado murallas musulmanas para ocupar una plaza bajo la luz de la luna. Corté cuellos con el filo de mi espada y a otros los estrangulé con mis propias manos. Hubo mañanas en las que creí morir, y largas tardes de vino al lado de otras mujeres. No dejo herederos ni deudas, ni nadie que pueda pronunciar mi nombre como lo haces tú cuando me reflejo en tus ojos verdes. A tu lado no necesito a Dios ni temo al Demonio.

Fátima se giró y le abrazó. Su mirada brillaba como un amanecer esmeralda. Fuera, la lluvia y los relámpagos seguían descargándose sobre el Al-Qasr como si el mismísimo Alá azuzara la tormenta.

16

Los caballeros del rey

Los veladores cambiaron turno con bostezos y gruñidos propios de la madrugada. Algunas mulas estaban inquietas y un par de yeguas piafaban más de la cuenta, pero el campamento cristiano estaba en brazos de Morfeo cuando dos jinetes cruzaron el paso, fustigando a sus caballos como alma que llevaba el diablo. Las huellas de cascos que dejaron en el barro seguían una perfecta línea recta. En efecto, las tiendas de campaña se alineaban una tras otra con meticulosa precisión; no se esperaba menos de los carpinteros y de los obreros del rey que se habían ocupado de despejar el claro, talar árboles y construir la empalizada. Luego habían llegado las bendiciones del arzobispo Cerebruno, las misas al romper el alba, las aspersiones de agua bendita y los rituales con las reliquias de san Ildefonso, el patrón de Toledo. Pero lo más importante para asegurarse la victoria, como el conde bien sabía, empezaba antes y no traía olor de incienso. Desde la primera campaña que Nuño Pérez de Lara había conducido para mayor gloria de su rey Alfonso de Castilla hasta la que en ese momento le ocupaba, el conde había aprendido de errores pasados; el almacén y las provisiones no podían situarse en los alrededores del campamento, pues eran más vulnerables al pillaje de propios, extraños y lobos u otros animales salvajes y hambrientos que merodeaban en la sierra. Por eso, almacenes y despensas se erigían en el centro mismo del rectángulo, cuyas fronteras se habían afianzado a la manera romana, con empalizadas de madera y puestos de vigías en los cuatro extremos. El río, que aprovisionaba de agua potable al ejército, siempre había que dejarlo en la retaguardia. Aún recordaba aquella vez que habían terminado hundidos en el agua ensangrentada hasta las pantorrillas y peleando a golpes de hacha y maza porque al levantar las tiendas habían optado por utilizar el río como frontera entre ellos y el otro ejército. Los establos, siempre en los flancos, por si había que montar a toda prisa y escapar de una tenaza de unidades enemigas; y las prostitutas que seguían a los soldados, lo más al frente posible, que si había suerte, los adversarios se embobarían avistando sus muslos cuando estas se lavaban a la vista de todos. A Nuño le disgustaba mezclar espadas y mujeres, pero reconocía que sin ellas los soldados se quejaban más y tenían menos aguante durante los asedios. En una ocasión no había logrado contener el impulso de su vanguardia contra las puertas de una ciudad sitiada: sus hombres se habían desparramado ciegamente como hormigas frente al fuego, y Nuño lo atribuyó a que llevaban más de sesenta noches sin folgar, dándose a las acciones más vergonzosas: yaciendo con los animales que tuvieran más a mano o, peor aún, buscando rapaces como si fueran sodomitas. Nunca más, se había jurado, marcharía sin rameras a la guerra. Pero de ahí a tener que recibir a una mujer en el campamento porque al abad de Montfroid se le antojaba, y por si fuera poco una de la reputación de Dama Juana... Para un guerrero cristiano lo único que importaba era pelear con el sol en los ojos del adversario y la bendición de Dios en el campo de batalla. Miró con desagrado a Dama Juana mientras se limpiaba la capa de barro; el médico judío del rey, Yosef Alfakhar, también se despojó del almófar empapado. El soldado que custodiaba su tienda esperaba órdenes y Nuño dijo:

—Manda a por el abad. Despiértalo si es necesario.

Sin olvidar sus modales, el conde se volvió hacia los dos recién llegados y ofreció:

—Tengo vino caliente y guisado de conejo.

—Las provisiones se han vuelto montaraces. ¿Con qué preparáis el aderezo? ¿Moras silvestres? —dijo con ironía Alfakhar.

—Es buen rancho de soldado, y la burla sobra —replicó el también allí presente Martín Pérez de Siones, gran maestre de Calatrava, con un reproche en la voz. Les dio la espalda sin esperar respuesta. Tampoco él veía con buenos ojos la presencia de Dama Juana ni la del judío del rey. Además, tenía que repasar la estrategia con el conde Nuño. Disimuló una mueca de sarcasmo. Regia palabra para el trabajoso desfile de infanzones, caballeros, soldados de a pie, mercenarios y campesinos armados con hoces, bastones y mazas que componían el ejército del rey Alfonso de Castilla. Tal y como había advertido Martín al partir, la mitad de las huestes desconocían las elementales reglas del combate y de la supervivencia en campaña: hubo que adiestrarles por el camino, organizando costosos torneos y competiciones de ballestas, espadas y caballería para afinar la puntería y asegurarse de que el día de la contienda no le clavaran el virote a un compañero en lugar de a un enemigo. El juicio de Dios dirimía el resultado de las batallas campales entre moros y cristianos, pero el monje Martín siempre había creído que una mano adiestrada era más pía que una estocada torpe. Se frotó los ojos, preocupado. Estaba en pie desde hacía más de veinte horas y no podía con su alma, pero aún no era tiempo de tocar el catre. Antes, las noticias del judío Alfakhar y quizá, por fin, llegase esa noche la esperada nueva de la llegada del rey de Aragón. Cada día Martín rezaba por esos refuerzos que habrían de traer la victoria de los reinos cristianos.

Hacía días que la expedición de los caballeros del rey de Castilla había partido de Toledo, cruzando los montes que los árabes habían bautizado como Yébenes. Luego alcanzaron el castillo de Malagón, y después llegaron a Caracuel. Los castillos de la orden de Calatrava eran secos y de esparto, como sus monjes guerreros: acostumbrados a las privaciones y al asedio de las razias moras, no eran lugares para reposar, sino para abrevar caballos y alimentarse rápido y mal. Estaban pensados para que el espíritu se alegrara al dejarlos atrás y el caballero saliera al galope pletórico y dispuesto a batir al enemigo moro. Pero después del último castillo, despedida la última torre de defensa, solo quedaba la sierra, el frío y la muerte; Martín lo sabía bien, pues había estado en muchas campañas de conquista en tierras musulmanas. Pensó en el rey Alfonso, que dormía como un soldado más en la tienda contigua; no era de los que esperaba noticias de sus capitanes envuelto en dulces sábanas, bien comido y bebido. Desde que dejaran atrás las puertas de Toledo, Martín le había visto cabalgar sin desfallecer ni por cansancio ni por calor, comer de buena gana lo mismo que el escudero más humilde y velar sus armas en guardias de sierra helada al lado de sus hombres. Ninguna queja escapaba de sus labios, pero tampoco arengaba a las tropas: eran sus acciones las que hablaban por él. El gran maestre de Calatrava sabía que debía obedecer al rey de Castilla, sin importar quién era el hombre que portase la corona; pero se alegraba de que fuese Alfonso. El de Calatrava había visto arzobispos y grandes de Castilla tan cobardes como un niño de teta, y mujeres capaces de empuñar una espada con la misma saña que un guerrero. Chasqueó la lengua y echó un vistazo en dirección a Dama Juana. Blasco de Maza, el guerrero de Aragón, tampoco podía disimular su incomodidad al verla en el campamento. Esta le devolvió la mirada y dijo:

—¿Queréis decirme algo?

El de Aragón negó con la cabeza. Martín Pérez de Siones cruzó una mirada con él y con el conde Nuño Pérez de Lara y respondió:

—Sois altanera como no corresponde a una mujer.

Dama Juana frunció los labios con un mohín:

—Entonces, dejadme en paz y no tendréis que aguantarme.

—Conde, ¿es necesario que tengamos negocios con esta...? —preguntó Martín con frialdad, dejando el calificativo en el aire.

Alfakhar se adelantó y dijo:

—Medid vuestra lengua.

Antes de que el conde pudiera intervenir, Dama Juana se adelantó, mordaz:

—No fue mía la idea de ser vuestro correveidile y nada deseo más que perder de vista vuestras caras avinagradas de una vez para siempre, y ahorrarme vuestros insultos.

—Y, sin embargo, tendréis que ser paciente, mi señora, durante el tiempo que sea necesario —dijo el abad de Montfroid, entrando en la tienda—, pues de momento ningún provecho nos han traído vuestros informes.

—No ha sido por falta de ahínco —objetó Dama Juana—. Tuve que conquistar de nuevo la confianza de Esteban Illán, y no fue fácil: es hombre celoso hasta de su sombra.

—¿En qué han de importarnos vuestras cuitas domésticas? —exclamó Martín, exasperado.

Hughes de Montfroid dijo en tono apaciguador:

—Ten paciencia, Martín. Dama Juana ha cabalgado durante días para alcanzar el campamento, y maese Alfakhar ha dejado sus asuntos en Toledo para acompañarla. Estaba despierto, echado en mi tienda, cuando oí llegar dos jinetes con cascos empujados por el viento. Se me hace que no han venido hasta aquí en plena noche para hacernos perder el tiempo, ni tampoco el suyo. ¿No es cierto? —terminó, mirando con sus penetrantes ojos azules a la hermosa mujer. Esta le miró sin disimular su desprecio: el hecho de que el abad la defendiera lo hacía más odioso a sus ojos.

—Así es —intervino Alfakhar, con semblante preocupado. Su tono alertó al conde Nuño y al fraile Martín. El abad señaló las sillas de tijera y todos tomaron asiento: Dama Juana, Yosef ibn Alfakhar, Hughes de Montfroid, el conde Nuño, el fraile Martín y Blasco, que sacaba una cabeza a la concurrencia. El judío empezó:

—Como sabéis, la vigilancia del alcaide Illán nos la repartimos Dama Juana y yo. Ella se ocupaba de estar atenta en la casa que comparte con Esteban y yo mandé seguirle en sus paseos por Toledo; a veces incluso yo mismo, por no correr la voz de que se hace vigilancia sobre el alcaide de Toledo. Hace varios días nos dimos cuenta de que Esteban salía por la noche a horas intempestivas. Primero creí que... —se interrumpió y prosiguió con delicadeza— su interés por Dama Juana había menguado.

Esta sonrió como si hubiera oído algo muy divertido. El abad inquirió:

—¿Se veía con una mujer?

Alfakhar negó con la cabeza.

—Lo parecía. Empezó a frecuentar una taberna de pésima reputación, donde el precio del guiso de alubias incluye el derecho a refregarse a placer con las mozas que la posadera pone a disposición del visitante. Iba allí cada dos o tres noches.

—¿Y quién dice que no fuera allí en busca de hembra? —interrumpió Blasco de Maza.

Dama Juana les contempló con insolencia y dijo:

—Cada vez que volvía, traía la bolsa cargada de oro, y los lomos con ganas de hincar. Cuando un hombre va con mujeres, el resultado suele ser el contrario: pierde su dinero y le falta fuelle.

Blasco consideró lo dicho y asintió por toda respuesta:

—Bonito refrán. Está bien, quizá sea cierto que no adornan cuernos vuestra frente —dijo Martín con ironía—, pero ¿qué tiene eso que ver con nuestra empresa?

Dama Juana explicó:

—Ayer, en lugar de salir, a medianoche oí unos fuertes golpes de alguien llamando a nuestra puerta. Con cuidado me acerqué hasta la cocina, sin que Esteban se diera cuenta. Allí hay un ventanuco de madera que comunica con la sala. Levanté un poco la rendija y pude escuchar toda la conversación. O mejor dicho, la discusión entre Esteban y el visitante.

—¿Quién era? —preguntó el abad.

—Al principio Esteban no le daba nombre —respondió Dama Juana—, pero en un momento el otro juró por el honor de los Castro que no pensaba cejar en su empeño.

—¿Fernando Rodríguez de Castro en liza con Esteban Illán? —exclamó Nuño, airado—. ¡Eso es imposible! Illán es leal servidor del rey de Castilla, como bien ha demostrado.

—Y por lo que apenas se le ha recompensado —replicó Alfakhar, veloz—. Esperad, hay más.

Dama Juana reemprendió su narración:

—Al rato me di cuenta de que Castro le estaba pidiendo con insistencia a Esteban que le hiciera un servicio de negra naturaleza, a lo que él se negaba. Hablaba de matar a alguien. El otro le prometía más oro, y Esteban respondía que no. Luego del soborno pasó a la amenaza: Castro le dijo que sembraría sus tierras con sal y que pegaría fuego a las casas que adueña en Toledo. Amenazó con arruinarlo y hundirle en la pobreza y la deshonra.

—¿A quién quiere ver muerto Castro con tanta furia? —preguntó el conde Nuño.

Dama Juana le miró con ojos centelleantes y dijo:

—A vos, y está dispuesto a pagar eso.

Hubo una pausa atónita, que rompió el aragonés Blasco de Maza.

—No es de caballero encargar a otro las cuentas pendientes con sus enemigos.

El abad de Montfroid añadió, irónico:

—Por no decir que matar es un pecado mortal.

—Y más si es a sangre fría —remató el de Calatrava con repugnancia—. Pero además, tentar a Esteban Illán, el mismísimo alcaide de Toledo...

—¡No puedo creerlo! —exclamó el conde Nuño, que hasta entonces no había hablado.

Alfakhar explicó:

—Esteban lleva tiempo esperando la generosidad del rey, pues no en balde es valedor de muchos de sus préstamos, y hasta la Corona le debe Alfonso, de cuando no era más que un mastuerzo a merced de tutores y custodios. Pero aún no ha sido distinguido más que con gestos de amigo, no con prebendas de rey. Castro ha debido de hallar la manera de fustigar su codicia y su ambición insatisfechas. Y eso no es todo —añadió, haciendo una señal para conminar a Dama Juana a que prosiguiera. Esta dijo:

—Durante la conversación, oí varias veces el nombre de Fátima. A veces se referían a ella como «la mora», y otras como...

—El Mahdi —terminó la frase el abad de Montfroid.

—Así es —confirmó Dama Juana.

El abad de Montfroid miró a Alfakhar y preguntó:

—¿Creéis que Castro e Illán tuvieron parte en la captura de Fátima? No puedo creer que llegue tan lejos el brazo del alcaide de Toledo. ¿Hasta una alianza con los moros, hasta el corazón de Barcelona y las montañas de Rocamadour? Enrico me advirtió que la ponzoña debía de estar arraigada, pero cuesta creer que se hunda en las piedras toledanas.

—Illán habrá provisto a Castro de información, libertad de movimientos y lugares donde tejer su telaraña aquí en Castilla, pues se jacta el alcaide de que no se respira en Toledo sin que él lo sepa —respondió Alfakhar, reflexivo—. O si no, ¿por qué se presentó Castro en el Alcázar a los pocos días de que llegaseis a Toledo, después de meses exiliado de la corte?

—Debió de contárselo Esteban, que nos vio la noche que arribamos —convino el abad.

—Pero tenéis razón en algo: no me cabe duda de que Illán ha sido solamente pieza pequeña en este juego. Castro debe de tener otros aliados más poderosos —concluyó Alfakhar—. Jamás ha sido hombre de riesgos. Si ha intentado hasta comprar la muerte del conde Nuño, es que cuenta con la protección y la complicidad de grandes señores.

—¿Quién en Castilla osaría levantar la mano contra el conde? ¿Y más aún, buscarle mal al rey Alfonso medrando con los moros y sus brujas? —inquirió Martín Pérez de Siones.

Hubo un silencio sepulcral. El propio conde Nuño dijo, pensativo:

—En Castilla, nadie. Pero fuera del reino abundan los enemigos de Alfonso.

Blasco se irguió, atento. Hughes de Montfroid preguntó:

—¿Tanto como para querer asesinaros en la víspera de una batalla entre Dios y Alá? Si el reino de Castilla no logra contener la marea de cimitarras que viene de Córdoba, los demás caerán uno tras otro.

Nuño dijo, en tono melancólico:

—Si se unieran los reinos con la misma facilidad con la que se declaran guerra, esta tierra dejaría de ser madre de discordias y se convertiría en una verdadera tierra de Dios. Pero el día que uno no codicia los valles y los prados del otro, es porque tiene la vista puesta en un castillo o un molinar, y poco le importa que arrase los campos un dragón con siete lenguas de fuego, mientras las yermas piedras queden después en sus manos.

—¿De quién sospecháis? —preguntó Hughes.

—Alfonso de Castilla ha tenido pelea con casi todos sus vecinos: incluso con el propio rey de Aragón, del que nos trajisteis mensaje —explicó Nuño, enumerando con los dedos—. Pero también su tío Fernando trató de arrebatarle el trono, y el rey de Navarra lleva años de hostilidades por las tierras de La Rioja. Por no hablar de los señores de menor rango que pierden rentas cuando mi rey concede carta de libertad a una villa.

—De Alfonso de Aragón os garantizo que no vendrá ningún daño —declaró Blasco de Maza.

—Y yo lo confirmo —dijo el abad de Montfroid—. Cuando llegue su expedición desde Barcelona, será en vuestra ayuda, no a traernos desgracia.

—Así lo cumpla Dios —dijo el conde Nuño— porque no tardaremos en encontrarnos con las huestes moras, y no dispongo de suficientes almas como para doblegar a las haces musulmanas que mis espías han avistado acampadas en el valle del Andújar. Son las unidades mejor pertrechadas que se han visto a este lado del Guadalquivir.

—Lucharemos a vuestro lado, Nuño —dijo Blasco de Maza, levantándose impaciente—, y compartiremos tumba si ese es nuestro destino. Solo deseo que el día del combate venga pronto.

—Os lo agradezco, caballero de Maza —dijo el conde Nuño.

—Pero seguid hablando, mujer —intervino Martín Pérez de Siones, inquieto. Echó un vistazo al conde Nuño Pérez de Lara—. ¿Decíais que Illán no aceptó la macabra empresa?

—Mi nombre es Dama Juana y no acepto vuestras órdenes —replicó ella con desdén.

—Juana, por favor —intercedió Alfakhar.

Nuño y Martín enarcaron las cejas ante la familiaridad entre el judío y la mujer, pero ninguno de los dos dijo nada.

Dama Juana aceptó continuar su relato, de mala gana:

—Castro sacó a Esteban de sus casillas. Terminó gritando que una cosa era dinero, honores y privilegios y otra muy distinta derramar sangre castellana. El otro se fue maldiciendo y perjurando que Nuño moriría, aunque tuviera que degollarle él mismo. Cuando oí la puerta cerrarse, corrí escaleras arriba para que Esteban me encontrara de nuevo en la cama. Al día siguiente le dije que una prima mía estaba enferma y que debía ir a cuidarla. Y aquí estoy —añadió, desafiante, mirando al abad—: Ahora, decidme: ¿es esto lo que queríais?

Hughes de Montfroid asintió:

—Habéis cumplido la misión que os encomendé.

—Entonces, ¿vuestra parte del trato? —preguntó Dama Juana.

—Sois libre de escoger vuestro camino —afirmó Hughes.

La mujer estudió los ojos tranquilos del abad. Frunció el ceño y replicó:

—Mi camino lleva el nombre de Esteban Illán, de quien me convertiré en su católica esposa.

—En la segunda, queréis decir —dijo Martín, irónico.

Dama Juana le miró con desprecio y dijo, recogiendo su capa:

—Mejor viva y segunda que primera y enterrada. —Hizo una burlona reverencia, se giró hacia Alfakhar y dijo—: Os espero fuera.

Y sin una palabra más, abandonó la tienda. El judío Alfakhar miró a los presentes con expresión incómoda, y se disponía a salir tras ella, cuando el abad de Montfroid le detuvo.

—Amigo Alfakhar, si os place, necesito pediros un favor.

—Lo que deseéis —replicó Alfakhar, sin poder evitar echar una ojeada al exterior de la tienda, por donde había desaparecido Dama Juana.

—Un buen amigo ha llegado, herido y maltrecho, de Córdoba. ¿Podríais prestarle vuestros cuidados médicos? El cirujano del campamento le ha atendido, pero me temo que fuera de huesos quebrados y heridas de espada, poco sabe y menos cura.

Alfakhar observó la expresión preocupada del abad y respondió, presto:

—¿Dónde está?

—En la enfermería.

El médico asintió y el abad le indicó el camino. Pronto alcanzaron la enfermería, señalada por unos pendones rojos y por el desagradable olor que parecía anunciar la presencia de la muerte y de la enfermedad tras las cortinas de la tienda. Entraban y salían escuderos y mujeres con montones de vendas sucias; algunas para lavar y aprovechar de nuevo, otras destinadas al fuego purificador. Alfakhar y el abad entraron y este se detuvo frente a un camastro. Se inclinó y susurró:

—Ferrat, aquí os traigo a un buen amigo. Él os examinará.

El mercader entreabrió los ojos, débilmente. Tenía los labios resecos y la piel enrojecida. Alfakhar se sentó en un taburete frente a él y procedió a escuchar su respiración apagada y estudiar sus pupilas con atención. Preguntó:

—¿Qué le ha pasado?

—Llegó desde Córdoba, a caballo y medio muerto hace unos días. Apenas había comido ni bebido nada, y en cuanto estuvo entre cristianos se desvaneció. Lleva días entre la conciencia y el delirio. No empeora pero tampoco se recupera. Le dimos agua pero la vomitó, y tampoco digiere. —El abad añadió—: El cirujano de Nuño insiste en sangrarle, pero por mi experiencia en las Cruzadas sé que eso es el preámbulo de la muerte. En cambio, los médicos árabes practicaban otros métodos con mejores resultados. Ignoro cuáles, pero se me hace que en Toledo habréis aprendido algo de ellos.

Alfakhar asintió, pensativo, mientras seguía su examen y palpaba la garganta y las axilas de Ferrat, arrancándole quejidos de dolor. Tenía la piel de los brazos igualmente sensible y en algunas zonas, hasta quemada. El judío siguió preguntando, sin dejar de trabajar:

—¿Cuándo tuvisteis ocasión de conocer las bondades de la medicina árabe?

Hughes sonrió con amargura:

—Capturamos varias veces a los médicos del enemigo. La primera, no duraron ni un momento porque tal era la rabia de los monjes guerreros con los que luchaba que los degollaron sin miramientos. Después de dos meses sin médico ni boticario ni nada que se le pareciera, al siguiente árabe que afirmó saber de huesos y heridas lo cuidamos como a la efigie de la Virgen. Muchos de mis compañeros le deben la vida.

Alfakhar se levantó y dijo, limpiándose las manos con un trapo húmedo:

—Vuestro amigo está exhausto y falto de sustento, eso es todo. El sol que ha debido de soportar para llegar desde Córdoba le ha hecho subir la fiebre: es lo que se conoce como un golpe de calor. También es lo que ha afectado su piel. Es muy frecuente en el sur y más aún en los territorios de Ifriqiya. No suele durar más de un par de días. El problema es que no puede comer hasta que el equilibrio de los líquidos se recupere, y solo puede beber sorbos de agua tibia mezclada con un poco de azúcar. ¿Podéis conseguirla? —El abad asintió. Alfakhar prosiguió—: Procurad que siga a la sombra, y que alguien le humedezca la frente con paños de agua fría. Para la quemazón, os daré los ingredientes de una pomada calmante. Debería mejorar en unos días. En cuanto no rechace el agua, hervid un caldo ligero y dádselo como reconstituyente. Nada sólido hasta que pasen un par de días.

—Entonces, ¿se repondrá? —inquirió el abad.

—Tardará un poco, pero así es.

—¿Cuándo podrá hablar?

—Quizás hoy mismo, tal vez mañana. Depende de lo rápido que sane su garganta. ¿Por qué?

—Me despedí de él en Barcelona. Estaba en compañía de dos leales y buenos soldados, hombres de quien me dolería oír nuevas de muerte. Me urge saber qué ha sido de ellos —dijo el abad, taciturno—. En cierto modo, iban tras el mismo tesoro que yo, solo que por distintas vías.

Alfakhar preguntó, intrigado:

—¿Quién es este hombre?

La voz cristalina de Dama Juana llegó desde la entrada de la enfermería:

—Se llama Renaud Ferrat y es un mercader genovés. ¿No es cierto, abad? —La mujer avanzó, envuelta en la capa, con una extraña sonrisa pintada en su cara. Alfakhar miró sorprendido al abad y a Dama Juana alternativamente. Hughes de Montfroid respondió por fin:

—En efecto, ese es su nombre. ¿Qué importancia tiene eso ahora?

—Ninguna, claro está —dijo Dama Juana, encogiéndose de hombros—. Lo que yo me pregunto es qué hace aquí el buen Ferrat, tan lejos de su casa y de sus negocios.

—Vino a prestarnos un servicio —replicó Hughes, tajante— porque es un hombre valiente.

—Jamás se me hubiera ocurrido esa palabra para describir a Renaud —dijo ella, acercándose al camastro y estudiando el semblante cansado del mercader. Añadió—: Os esperaba fuera, Yosef, para volver a Toledo, pero tardabais tanto que pregunté dónde estabais. Me dijeron que estabais atendiendo a un enfermo. Qué generoso por vuestra parte. Y qué agradable reencuentro, también. Veréis, es que Renaud Ferrat fue mi marido. Me inquieta verlo vivo y tan cerca de la ciudad donde habita mi futuro esposo.

—¿Qué decís? —exclamó el judío, atónito. La sonrisa de Dama Juana era una mezcla infernal de burla y de maldad. Alfakhar dio un paso instintivo hacia delante, como si quisiera interponerse entre su paciente y la que fuera su amante, aún sin atreverse a descifrar la velada amenaza que ella acababa de proferir.

—Ni siquiera de vuestra alma negra creería lo que estáis insinuando —dijo el abad Hughes—. Ferrat está indefenso y nunca os quiso ningún mal. ¿Seríais capaz de acabar con su vida?

—No tiene caso hablar, abad —replicó Dama Juana, achicando los ojos.

—Tenéis razón, pues ni yo ni Alfakhar permitiríamos tamaña barbaridad —dijo Hughes.

—Es una lástima, pero así es. —Y parecía decepcionada al admitirlo.

Alfakhar se la quedó mirando, horrorizado. Dijo, enérgico:

—Juana, ¡por Dios! ¿Qué estáis diciendo?

Era tanta la repulsión que despedían sus claros ojos grises que Dama Juana vaciló imperceptiblemente. Su semblante se dulcificó como si un manto de canela y flores hubiera envuelto la lengua feroz de la francesa. Dijo:

—Con Illán a mi lado tengo esperanzas de una vida mejor. Pero ningún alcaide puede tener dos esposas, como tampoco yo un primer marido vivo y coleando. Al menos la pobre Gracia, la primera mujer de Illán, tuvo la decencia de fallecer... —Miró de reojo al abad, que guardaba un pétreo silencio. El rostro de Alfakhar estaba pálido como la ceniza.

Dama Juana prosiguió—: Pero ¿y si Esteban descubre a Ferrat aquí?

Al oír su nombre, quizá porque lo había pronunciado la voz seductora de su añorada esposa, Ferrat abrió repentinamente los ojos y vio la figura de la mujer a su lado. Un grito de dolor y delirio llenó la tienda cuando el mercader intentó estirar los brazos para tomar a Dama Juana por la cintura. Ella se apartó con un gesto de repugnancia, poniéndose fuera de su alcance, y lo miró como a una mosca tratando de despegarse de la golosa miel donde ha quedado atrapada. Ferrat, con los labios secos y la voz hecha un estertor, pugnó por hablar, pero el esfuerzo le atenazaba la garganta. Con sumo cuidado, Alfakhar le instó a recostarse de nuevo. Dama Juana quedaba ya fuera del campo de visión del mercader, una silueta alta y esbelta confundiéndose con la sombra, al fondo de la tienda. El pobre hombre cerró los ojos, desesperado, sin dejar de aferrarse a la túnica de Alfakhar. El abad de Montfroid se arrodilló al otro lado de la cama y prestó su oído a las murmuraciones del enfermo.

—La he visto... Es ella. Angélica... —repetía, entre quejidos de dolor.

—Debéis descansar, Ferrat. Todo irá bien —dijo el abad suavemente, antes de incorporarse. El enfermo volvió a caer en un sopor agitado, respirando con dificultad.

—Quizá muera, después de todo —dijo Dama Juana, aliviada.

Alfakhar se abalanzó hacia ella, indignado, y la abofeteó.

—¡Eres un monstruo! Me desprecio a mí mismo por haberte querido alguna vez.

—¡Suéltame! ¡Déjame ir! —chilló Dama Juana.

La inopinada reacción de Alfakhar la había cogido desprevenida. Tenía el judío el rostro desencajado y sus fuertes manos clavadas en el cuello de Juana, zarandeándola. Esta respiraba con dificultad y trataba de zafarse del mortal abrazo de su antiguo amante. Hughes de Montfroid se apresuró a intervenir, separándolos trabajosamente. Empujó a Alfakhar hacia atrás, y este se pasó la mano por la frente, con los ojos muy abiertos, como si acabara de darse cuenta de cuán cerca había estado de matarla. El abad se giró hacia Dama Juana, que tosía y se recuperaba del ataque. Las pupilas azules de Hughes despedían rayos de furia. Sin contemplaciones, tomó a Dama Juana de un brazo y, arrastrándola hacia la entrada de la tienda, dijo:

—Ferrat jamás pisará Toledo, os lo juro; y en cuanto se recupere me cuidaré de que abandone Castilla para no volver. —Dama Juana, aún con los ojos llorosos, le devolvió una mirada artera y complacida. El abad escupió, entre dientes—: A cambio, vos no tenéis marido, ni hijo ni hijastra, nadie en este mundo excepto el pobre desgraciado de Illán, que se convertirá en vuestra próxima víctima, a no dudar. Os doy las gracias por vuestros servicios, mantendré mi palabra, y respetaré nuestros tratos, si vos también lo hacéis. Procuraos una escolta para regresar a Toledo, porque Alfakhar se quedará aquí, al lado de Ferrat, para cerciorarse de que recobra su salud. Ahora, ¡dejadnos y no volváis a atormentarnos con vuestro veneno!

Ella se mordió el labio como si fuera a replicar algo; miró al interior de la tienda, donde Alfakhar seguía en pie, inmóvil y con la cara esculpida en piedra. Solo un leve temblor en la mandíbula del judío denotaba el esfuerzo que le costaba no mirarla y conservar la calma. Tampoco Dama Juana hizo ademán de hablarle; en su rostro se pintó una expresión indefinible, como quien acaba de jugarse unas monedas a los dados y se da la vuelta antes de ver el resultado de la partida, sospechando que ha de perder. Antes de partir, se acarició el cuello y alzó los dedos en dirección a los dos hombres, en un saludo burlón; se envolvió en la capa y se hundió en la noche para no volver. Transcurrieron unos instantes hasta que sus pasos, siseando como los de una serpiente, se apagaron. El abad de Montfroid se volvió hacia Alfakhar, sin decir nada. Este tragó saliva y dijo con voz ronca:

—Dios no debería permitir que tanta maldad habite en el cuerpo de un ángel. —Dejó caer la cabeza entre sus manos, y añadió, desesperado—: He estado a punto de condenar mi alma. Y lo peor es que no puedo volver a Toledo y arriesgarme a verla de nuevo, al menos no tan pronto. Debo recobrar la calma y la paz. ¿Qué voy a hacer?

—Vais a quedaros aquí, salvaréis la vida de un hombre y quién sabe de cuántos más —dijo Hughes con firmeza, poniéndole las manos en los hombros—. Se acerca una batalla, y donde hay espadas y sangre no falta labor para un médico como vos. ¿Qué me decís?

Alfakhar titubeó. Entró de repente en la tienda el aragonés Blasco de Maza, con pasos de gigante y porte de torre. Dijo con voz perezosa:

—Esa moza que venía con el maese Alfakhar se ha montado en su yegua y ha puesto pies en polvorosa como si la persiguiera un demonio. ¿Todo bien por aquí?

—Trato de convencer a Alfakhar de que se sume a nuestra partida. No hay nadie como él que junte hueso con hueso y que sepa coser un tajo sin que quede apenas cicatriz —dijo el abad, brillándole los ojos—. ¿Qué opináis, Blasco?

—Que el jifero tuerto que se ha traído el conde Nuño no distingue mano de pie, y no pienso dejar que me ponga la suya encima —espetó tranquilamente el aragonés.

Yosef ibn Alfakhar esbozó una débil sonrisa. El abad dijo:

—¿Lo veis, Alfakhar? Si no os quedáis, ponéis en peligro la vida de Blasco. Seguro que aun con el cogote abierto, se negará a dejar que le sane el cirujano castellano de Nuño.

Alfakhar contempló el rostro moreno y franco del abad

de Montfroid y la expresión plácida del soldado de Aragón. Sin pensarlo dos veces, tomó la decisión.

—Contad conmigo.

Louis L'Archevêque apartó una mosca de un manotazo y bebió otro sorbo de té caliente con una mueca de disgusto, manteniendo el amargo líquido en la boca el tiempo imprescindible para enfriarlo y tragarlo de golpe. Donde estuviera un buen tinto de Borgoña, o la caricia afrutada de un vino pisano, no había caldo que valiera un ardite. Hasta los brebajes de menor estofa, como la cerveza, le ganaban en cien cabezas. Además, el sol caía como un hacha sobre la tarde de Córdoba y hacía un calor de mil demonios: ¿a quién se le ocurría beber un mejunje a base de agua hirviendo? Una gota de sudor le bajó por la sien y se rascó el turbante de algodón, incómodo. Notaba las miradas hostiles de los demás clientes. En el jardín trasero de la casa de té donde se había apostado, una tupida pérgola les protegía del terrible ardor del sol cordobés, pero las hormigas y las abejas corrían a placer entre los que, como él, se instalaban en una mesa al lado de la fuente del patio o se sentaban encima de la fresca hierba, enfrascados en una partida de ajedrez con rudimentarias piezas de madera. Ladeó la cabeza y estudió el edificio que se elevaba, majestuoso, al otro lado de la calle. Era la mezquita mayor. Louis llevaba un par de días alojándose por la noche en las hosterías de mercaderes cristianos y vigilando los accesos al palacio califal de día, desde que dejara a Renaud Ferrat pertrechado y cabalgando camino de Toledo. Ni por un instante había pensado en dejar atrás a Guillaume de Auxerre, a pesar de que este así se lo había ordenado. El capitán le había salvado la vida demasiadas veces, y Louis sabía cuándo era el momento de trocar la lealtad en desobediencia: Auxerre no era ningún imbécil, pero la furia que le había impulsado hasta Córdoba, en busca de Aalis, podía cegarle hasta mermar su juicio. La boca de Louis esbozó una sonrisa irónica. Además, era un pecado tener tan cerca el harén del califa y no echarle un vistazo. Si debía morir, al menos que fuera entre huríes. Eso, si lograba entrar en el palacio califal. Al principio, no tenía ningún plan: su idea era seguir los pasos de Auxerre e introducirse en el Al-Qasr por el pasadizo secreto que unía la mezquita y el palacio, pero pronto se dio cuenta de que las patrullas de guardianes del califa no dejaban de recorrer las avenidas principales de Córdoba, y que la vigilancia alrededor del recinto se había endurecido desde hacía varios días. Mañana y tarde, cuatro guerreros moros, altos como un roble, se turnaban para custodiar la entrada al templo musulmán, y otros tantos soldados defendían los portones del Al-Qasr. Estaban armados con afiladas cimitarras, llevaban látigos al cinto y empuñaban lanzas que fácilmente podían llevarse a un caballo por delante. No podría tumbar a esa cuadrilla de moros ni con el brazo de Dios de su parte. Louis estaba solo y desarmado. Y tenía prisa por entrar en el Al-Qasr.

Desde el otro extremo de la calle se oyó un tumulto y un rumor de cascos: apareció una comitiva de jinetes con la enseña del califa, arrastrando tras de sí un reguero sumiso y apocado de cautivos y esclavos que les seguían trabajosamente, encadenados y atados cuellos y tobillos con gruesas cuerdas, maltrechas las piernas, encogidas las espaldas. Los guardianes del Al-Qasr se apartaron como un solo hombre para permitir el paso a los jinetes y a sus prisioneros, y todos juntos atravesaron las puertas, perdiéndose en las avenidas del primer patio del palacio. El ruido sordo del hierro y de los pies arrastrándose se apagó tras los portones, que se cerraron con una siniestra advertencia, como las mismísimas puertas del infierno. Louis se acarició la barbilla, reflexionando. Enarcó las cejas y murmuró para sí, al tiempo que se levantaba:

—Amén, o como dijo el gran Iulo, es hora de tirar los dados y encomendarse al diablo.

Cruzó la calle con deliberada lentitud, el mentón alzado y desafiante, sin quitar los ojos de las torres humanas que defendían el Al-Qasr. Tan firme era su mirada que uno de los guardias se fijó en él y dio un codazo a su compañero para señalar la figura del cristiano que se abría paso entre el río de gente que poblaba la avenida. Cuando Louis se plantó delante de los soldados moros, estos le observaron con curiosidad pero sin mover un músculo, a la expectativa. Se acercó un poco más, y calculó su primer golpe: un puñetazo en el vientre del guardia más alto. Tuvo tiempo de descargar dos puñadas más antes de que los soldados le derribaran a latigazos y patadas, coreados por las risas y carcajadas de los transeúntes, que acostumbraban a apreciar los espectáculos que proporcionaban los dementes. Pues, ¿qué si no un loco era un cristiano que se enfrentaba sin mediar palabra con los soldados del califa? Louis aguantó la lluvia de golpes sin desfallecer. Aún cubierto de sangre, que le caía desde la frente y le corría por un lado de la cara, y con la duda de si le habían roto una costilla, a juzgar por el lacerante dolor que le subía por el costado, no perdió la conciencia hasta que oyó el consabido ruido de los goznes de las puertas del palacio abriéndose, mientras uno de los soldados le agarraba inmisericorde del brazo y le arrastraba como un saco de harina hacia el interior del Al-Qasr. Entonces, escupiendo sangre, cerró los ojos y rezó para que el camino hasta las mazmorras del califa fuera corto.

Fernando Rodríguez de Castro espoleó su caballo hasta alcanzar el puente que cruzaba el Alberche, y que anunciaba el comienzo de la villa de Escalona. Alzó la vista hacia el cielo. Nubes negras como la lengua de un muerto cubrían el cielo. Sobre la colina que daba al río, se erigía un castillo de tamaño modesto y bien fortificado, no en vano desde la conquista del mismo por Alfonso VI de Castilla, los moros no dejaban de rondar la zona tratando de recuperarlo. En el camino de Toledo hacia el reino de León, Escalona era una de las paradas necesarias: no se podían cruzar los valles del Tajo sin correr el riesgo de caer en manos de bandidos o de musulmanes, y el castillo ofrecía protección y descanso a los viajeros cristianos. Aunque iba solo y sin escolta, no era el miedo a la captura lo que hacía que Castro azuzara sus espuelas. Cuando llegó a las imponentes puertas del castillo, encajadas en un arco de piedra de tres codos de ancho y dos carros de alto, gritó:

—¡Paso al señor de Castro!

Los vigías abrieron las puertas de inmediato, lo cual no era extraño, pues viéndolo cristiano y castellano nada tenían que temer de un solo jinete. Cuando desmontó, por los rostros que le miraban con curiosidad supo que ya le esperaban, y se lo confirmó la figura que le esperaba a pie de patio. Fernando Rodríguez de Castro se quitó los guantes y los colgó de su cinto antes de decir con una reverencia respetuosa:

—Mi señor, me honra que salgáis a recibirme.

El rey Femando de León gruñó:

—Pues no es señal de fiestas ni celebraciones. Las noticias no son buenas. Tenemos que hablar. Sígueme —dijo, volviéndose sin esperar respuesta y subiendo por la escalera que conducía hacia el gran salón de la planta baja del castillo. Castro chasqueó la lengua, frustrado. Tampoco él traía nuevas halagüeñas bajo el brazo: había esperado mucho más de Esteban Illán y de su codicia. Poco a poco se había dado cuenta de que a pesar de su ambición de convertirse en un grande de Castilla, el alcaide de Toledo no iba a obedecerle ciegamente. Castro comprendió que se había arriesgado demasiado al hablarle a Illán del asesinato de Nuño Pérez de Lara sin tenerle completamente de su parte, y lo más prudente era poner tierra de por medio entre Illán y él, o Toledo se convertiría en su tumba. Fernando Rodríguez de Castro no era ningún estúpido: sabía bien que cuando un hombre escapa de la tentación, su primer paso para limpiar el pecado en el que ha estado a punto de caer es castigar al que le ha conducido por el mal camino. «Y que el diablo me lleve si voy a dejar que un mero alcaide se atreva a ir en mi contra. Que soy señor de larga estirpe y anchas tierras», murmuró Castro para sí.

—¿Qué dices? —preguntó el rey de León, irritado. Se despojó de su rica capa forrada con pieles de zorro y se dejó caer en una butaca frente a un plato de sopa caliente. Le hizo una seña a Castro de que hiciera lo mismo. Tomó algunas rápidas cucharadas del cuenco y dijo—: No importa. Cuéntame qué pasa en Toledo. Hace días que no tengo nuevas de la ciudad.

—El rey y sus capitanes, con un ejército de miles, avanzan en dirección a Córdoba.

—Entonces, ¿Alfonso va hacia la ruina, tal y como lo planeamos? ¿El califa moro presentará batalla, con la bruja mora luchando a su lado? —dijo incrédulo el rey de León, como si no esperara que se cumplieran las predicciones que el de Castro hiciera en el castillo de San Servando. El otro se rascó la barbilla y respondió escuetamente:

—Así parece.

—Espléndido, espléndido —se regocijó Fernando.

—Y recuperaréis a vuestro rehén —respondió Castro— después de la batalla, cuando se repartan las tierras conquistadas. Tal y como os dije, el califa Abu Ya'qub solo quiere asegurarse de que no saldréis en defensa de vuestro sobrino, y por eso exigió la presencia de un hombre de vuestra confianza.

—¡Qué poco me conoce! Si así fuera, sabría que no confío en nadie y que ninguna promesa me detendría de querer yo romper nuestro pacto —exclamó Fernando de León, divertido—. No me importa si Gerard Sem Pavor vive o muere, siempre y cuando todo salga como es debido. ¿Y el conde Nuño? ¿Ha muerto ya? —El rey se dio cuenta de que Castro dudaba y espetó—: ¿Qué sucede? ¿Ha pasado algo?

—Lo de Nuño está por terminar —dijo Castro, llenando una copa de vino y vaciándola con expresión de contrariedad.

—Eso no es bueno —replicó el rey de León secamente—. Te recuerdo que fuiste tú quien pusiste la condición de que acabáramos con él. —Se guardó mucho de añadir que tenía pensado desposar a la rica viuda de Nuño Pérez de Lara en lugar de Castro. Ya llegaría el día y la hora de traicionar a su cómplice; nunca era demasiado tarde para mantener engañados a los miembros de una conjura.

Castro se encogió de hombros y dijo:

—Esteban Illán, el alcaide de Toledo, con quien contaba para llevar el asunto a cabo, se ha echado atrás y he tenido que huir de la villa. Ya no era lugar seguro para mí.

—¿Ah, no? —El tono de voz del rey de León había cambiado. La frialdad impregnaba su pregunta, aparentemente despreocupada—. ¿Es que temes que te delate? ¿Que descubra nuestra pequeña aventura con los moros?

Castro estudió el perfil de hielo del rey Fernando. Optó por no responderle y de igual modo atacó con una pregunta:

—¿Cuáles son vuestras nuevas? Dijisteis que no eran buenas.

El rey de León apretó los labios como si le divirtiera el insolente cambio de tercio de la conversación del de Castro. Respondió, negligente:

—El conde Ermengol de Urgell, que como sabes es mayordomo de mi corte además de servir al rey de Aragón, me escribe desde Barcelona. —Se levantó y tomó un diminuto rollo del escritorio que ocupaba el rincón más cercano al fuego. Mostrándolo como si fuera un juguete, prosiguió—: Al parecer Alfonso de Castilla mandó un emisario para pedir ayuda al rey de Aragón, y este ha reunido un ejército para sumarse a las huestes del de Castilla en su lucha contra el moro. Dos reyes contra un califa no es una partida de final tan cierto como la que empezamos a jugar, ¿no crees? Fernando Rodríguez de Castro palideció. No eran buenas noticias, en efecto. Desde el principio habían contado con la soledad política del rey de Castilla y con su proverbial orgullo como un elemento más de la partida que jugaban contra su Corona; era el aspecto más vulnerable de su carácter y el que habían calculado que le impediría buscar un acercamiento con otros reyes o señores que pudieran prestarle apoyo. El hecho de que no solamente hubiera vencido sus habituales reparos, sino que además su aliado fuera el poderoso rey de Aragón, era un mal presagio. Leyó en los ojos del rey cuán acertado era su juicio sobre la situación. Fernando de León prosiguió:

—El rey y sus caballeros no tardarán en venir a llamar a mi puerta para que me sume a su santa empresa, sin duda bendecida por el papa y todos los ángeles del cielo. ¿Y qué rey cristiano que se precie puede rechazar una lucha en nombre de Dios? Mi posición es incómoda y mi margen de maniobra, escaso —zanjó frunciendo el entrecejo y mirando a Castro con disgusto. Fue elevando el tono de su voz lenta pero inexorablemente—: Y por si fuera poco, vienes a decirme que Nuño Pérez de Lara sigue vivo y que te has ido con lo puesto de Toledo para evitar una acusación de traición. ¡Debería arrancarte la lengua y enviarte atado de pies y manos a Alfonso! Valiente conspirador estás hecho.

—Si fuerais a hacerlo, ni siquiera me habríais permitido cruzar las puertas de este castillo —espetó el de Castro tranquilamente.

—Así es —repuso el rey de León—. Por el momento, tú y yo caminamos por el mismo lado de la orilla, pero el mar fragua una tormenta de la que tengo que zafarme. —Tamborileó en la mesa, impaciente—. No puedo quedarme en las cercanías de Toledo por mucho más tiempo, o de lo contrario me veré obligado a negarme abiertamente a prestarle ayuda a Alfonso, cosa que no deseo. Estoy lejos de mi capital y solo dispongo de una cuadrilla de jinetes para mi protección personal. Jamás me he enfrentado a nadie cuya tropa doble mis fuerzas, y no voy a empezar ahora.

—Prudencia que os honra —dijo Castro con ironía.

—¡Silencio! —exclamó el rey de León—. Tampoco tú puedes quedarte aquí. Los señores de la villa de Escalona me han ofrecido la hospitalidad de su castillo porque estoy de paso, pero son leales al rey de Castilla y en cualquier momento puede llegarle la noticia de que estoy alojado aquí. Tenemos que irnos, y pronto.

—¿Y yo? —preguntó Castro con voz tensa.

El rey de León se levantó y se enfundó en la capa. Las pieles relucían con las llamas del hogar y enmarcaban su semblante como si fuera un demonio. Le brillaban los ojos y su sonrisa mordía cuando dijo:

—Tú tienes tarea pendiente y, hasta que no la termines, no vuelvas a buscarme.

Esa noche, el cielo de Castilla se abrió como si hubiera de volver a inundar la tierra con las aguas del diluvio. Si los truenos habían asaeteado Córdoba, fueron piedras de hielo las que cayeron sobre los valles y las montañas de la sierra toledana. Pero la mañana fue fresca y limpia como siempre que la tormenta pasa su fría lengua por montes y cuevas. El rey de León desapareció de Escalona acompañado de sus soldados tan sigilosamente como había llegado, sin algarabías ni fastos; los habitantes de la villa que esperaban agasajar a una testa coronada y quizá ganarse una buena recompensa de maravedís quedaron decepcionados cuando, a la mañana siguiente, comprobaron que solo quedaba un huésped en el castillo: por añadidura, se trataba de un malhumorado caballero que ni siquiera llevaba paje ni escudero, y que montó en su caballo y lo espoleó con furia en dirección al sur.

El mismo cielo despejado que saludó la partida de Fernández de Castro de Escalona era el que miraban los ojos avezados de Blasco de Maza y Guillem de Berguedà durante su turno de vigilancia en la empalizada del campamento cristiano. Fueron los ojos del trovador los primeros que distinguieron la llegada de dos figuras, una a caballo y la otra a pie, avanzando penosamente por entre los campos y abriéndose paso por el bosque hasta el claro donde los carpinteros habían talado árboles y arbustos para despejar un hueco en el que erigir el campamento. Diole Berguedà un codazo tan fuerte al de Maza que este casi se lo devolvió por quintuplicado, esto es, hasta que vio la cabeza inclinada sobre el pecho de Enrico Dándolo, montando en el animal, y a su lado al muchacho Pelegrín tirando de las bridas como si en ello le fuera la vida. Que así había sido, lo vieron a las claras todos los que salieron a recibirlos. Cuando el aragonés se plantó frente al rapaz, este no corrió a abrazarlo ni rompió a llorar, sino que desenvainó su espada y la puso a los pies del de Maza, con semblante grave y mirada de soldado. Y así supo Blasco que Pelegrín de Castillazuelo había dejado de ser un muchacho y se había convertido en un caballero del rey.

17

Dos monarcas y una traición

Alfonso de Castilla gritó. Abrió los ojos de repente y vio el techo de la tienda real. Se irguió, apoyándose en un codo. Estaba en calzas y jubón. Acababa de despertar, después de una noche de pesadillas que parecían enviadas por el diablo. En su sueño, estaba obligado a empuñar una espada pesada como diez losas y se enfrentaba, él solo, a un horizonte de monstruosas criaturas, arropadas por una luz terrible y embrujadora. Tenía la frente cubierta de sudor. Se levantó, tomó un paño, lo mojó con agua, limpiándose faz, cuello y pecho lo mejor que pudo. Se arrodilló frente al altar de madera tallada que acogía la cruz de oro y piedras preciosas más valiosas del tesoro de la catedral, ambos objetos enviados por el arzobispo Cerebruno de Toledo para reconfortar al rey con la imagen del Señor en su hora decisiva. Los días y las noches de viaje desde que abandonaran Toledo habían dejado huella en el rostro enérgico del monarca: algunas arrugas bajo los ojos, el entrecejo más fruncido que de costumbre, y un aire de permanente tensión cubriéndole como un manto de cansancio. El suelo de su tienda también era de tierra, igual que el de los demás hombres de sus huestes: sus rodillas se hincaron en la dura superficie mientras inclinaba la cabeza y empezaba a rezar, aún tembloroso. De repente, entraron en la tienda sus lugartenientes, el conde Nuño y el monje Martín, espada en ristre, acompañados del abad de Montfroid y un par de soldados más. Dio voces el monje de Calatrava:

—¡Ah del rey! ¡Ah del rey!

Se detuvo aliviado al ver a Alfonso de pie mirándole con ojos cansados, pero sano y salvo. Tomando una manta, Alfonso se abrigó los hombros y se limitó a decir:

—He tenido sueños agitados esta noche. —Rápidamente cambió de tema—: ¿Hay novedades?

—De Córdoba han regresado el caballero Dándolo y Pelegrín —dijo Martín.

El rey alzó la mirada, animado, y exclamó:

—¡Excelente noticia! ¿Por qué no me habéis despertado?

—Llegaron exhaustos, mi señor. Han dormido durante horas, y apenas han tomado un plato de miel y queso para reponer fuerzas —repuso el conde Nuño—. Esperan venia para veros. El caballero veneciano está un poco cansado, pues han desafiado a la tormenta para llegar hasta aquí. Sin el muchacho, Pelegrín no lo hubiera logrado. Es de valía el rapaz.

—Hacedlos pasar —dijo el rey, sentándose en la banqueta de madera y cobre que le hacía las veces de silla, escritorio o mesa según la ocasión. Trató de no pensar en la imagen del horizonte cargado de amenazas que le había oprimido en sus sueños.

El conde Nuño se giró a un soldado que venía tras él y le dio la orden de que fuera en busca de los caballeros del rey. Al cabo de unos instantes, entraron Blasco de Maza y Guillem de Berguedà seguidos del judío Alfakhar, y luego Enrico Dándolo y Pelegrín. El rey Alfonso saludó al veneciano y al joven Castillazuelo con un afectuoso abrazo. Quedaron todos los hombres en pie menos el rey.

—Sentaos —ordenó este—. Es lugar de guerra y no son menester las cortesías.

—La corte y nuestro respeto vive allá donde estéis, mi señor —dijo el conde Nuño.

El rey le obsequió con una suave palmada en el hombro: el magnate Nuño Pérez de Lara también tenía escritas en las sienes y los ojos las noches pasadas estudiando los mapas conocidos de Córdoba y sus alrededores, de la sierra toledana y los aledaños del Guadalquivir, en busca de la mejor táctica para enfrentarse al ejército del califa. El conde inclinó la cabeza por toda respuesta. Alfonso centró su atención en Enrico Dándolo y en Pelegrín de Castillazuelo.

—Es para mí una alegría daros la bienvenida a este pedazo de Castilla.

—Y para nosotros también lo es estar de nuevo en vuestra presencia, señor —dijo Enrico.

—Cuando me buscasteis en Toledo traíais noticias que hablaban de prodigios infernales y conspiraciones contra mi corona. ¿Qué nuevas hay de Córdoba esta vez?

—No soy mensajero de buen agüero para Castilla, mi rey —dijo el veneciano. Inspiró profundamente mientras recordaba la noche en que huyeron de Córdoba en plena tormenta y el cuerpo sin vida de Hazim, que Pelegrín cargó a pulso hasta llegar al cementerio árabe, al otro lado del Guadalquivir, donde le enterraron entre los dos hundiendo las manos en el cieno negro del camposanto de Córdoba. Apartó la imagen de su mente; el rey esperaba sus palabras, no la historia de su huida—. La ciudad del califa hierve con ansias de guerra. Pude introducirme en el Al-Qasr, y junto a Pelegrín vimos de cerca con qué empeño prepara la contienda el califa Abu Ya'qub Yusuf. En Córdoba, azuzados por la quemazón de Alá y la ciega fe en el Mahdi, todos los hombres sanos se unen a las milicias de apoyo a las tropas regulares, doblando y aun triplicando las cimitarras que lucharán a las órdenes del califa.

—Milicias que luego asolan con cabalgadas las campiñas

cercanas a la frontera de nuestro reino para desgastar y debilitar al ejército de mi rey de Castilla —apuntó el conde Nuño—. Los soldados que mando más allá del bosque que nos protege vuelven espantados. Hablan de un mar de guerreros del califa que amenazan con derramarse por nuestros valles y sierras.

—Va contra toda prudencia y práctica militar conocida este comportamiento insolente —dijo el monje Martín, preocupado—. Que si quisieran asediar una fortaleza o villa, ya estarían en ruta hacia la desgraciada plaza; pero es como si no les importara acabar en una batalla señalada y campal, aunque sin mediar palabra ni buscarnos antes para fijar el dónde y el cuándo, como es costumbre. ¡O son valientes como leones, traidores como ratas o estos moros no tienen seso!

—Tampoco Castilla es campo de cobardes, Martín. No pienso rehuir pelea en campo abierto, pues traigo estandartes, enseñas y tambores suficientes para que se sepa que aquí hay un rey coronado, y no son pocas las tropas que he mandado en hechos de armas —dijo Alfonso, con un arrebato de orgullo.

—Pero no hay en vuestras filas un profeta como el Mahdi —señaló Enrico gravemente.

—Si el arzobispo Cerebruno estuviera aquí, replicaría que el Señor arma a nuestros soldados —dijo el conde Nuño, mirando al monje de Calatrava con ironía—. Pero nosotros os diremos que, además de a Dios, tenemos experiencia sobrada en lides y faciendas contra los moros, y los milagros infernales de Alá nada podrán contra la fe y la cristiana espada.

—Una y mil veces os diré, Nuño, que subestimáis el poder del Mahdi —dijo el abad.

—No será tanta la fuerza de ese profeta de Alá si permitió que el caballero Dándolo, que no es un guerrero —dijo Nuño, refiriéndose con delicadeza a la ceguera del veneciano—, pudiera escapar ileso de Córdoba junto con su paje.

Pelegrín, que hasta ahora nada había dicho, se acercó al veneciano y le susurró:

—Decidle que escapamos gracias a Hazim. ¡El rey debe saberlo!

En el semblante del veneciano se pintó una expresión de tristeza y amargura. Como buen diplomático. Enrico presentía que había detalles que a un monarca no debían contársele; la muerte de un muchacho no significaría nada para Alfonso de Castilla al lado de los cientos de vidas que se apagarían en los días venideros.

—Más tarde, Pelegrín —murmuró por toda respuesta—. Ahora el rey piensa en otras cosas.

El joven le devolvió una mirada herida, que Enrico no pudo ver. A Pelegrín no le valían razones de estado. Le quemaba la lengua al escudero; ansiaba pronunciar el nombre de su amigo muerto, decir su valentía y contarles al rey y a sus caballeros lo mucho que echaba de menos su risa queda y sus palabras sensatas. Y sobre todo, hablarles de la imagen que le había perseguido hora tras hora, piedra a piedra, durante el camino hacia el campamento cristiano: la estampa de Hazim, con los ojos cerrados para siempre, llorando sin lágrimas, con la lluvia que le lamía el rostro. No pudo hacerlo: el dolor le atenazó la garganta al pensar en él. Cuando se serenó, el rey ya zanjaba la discusión:

—Basta, señores. Agradezco las palabras del caballero Dándolo y del abad de Montfroid, aun si no son favorables a nuestra misión. El avance de las tropas musulmanas es imparable; varios grupos de campesinos han venido buscando protección hasta nuestro campamento, después de que los moros les quemaran alquerías y graneros. A la vista está que los planes del califa siguen en pie. Solo de nuestra inteligencia para preparar la estrategia contra las huestes del moro depende la victoria o la derrota.

—Y del número de soldados de nuestra tropa, frente a

cuantos marchan desde Córdoba —puntualizó el conde Nuño—. Es urgente y necesaria la ayuda de los soldados de Aragón. De lo contrario, nuestra posición es arriesgada. Agotaremos víveres en menos de dos semanas, y no hay campos ni villas en veinte horas de viaje a la redonda donde proveernos. Esa es y debe ser nuestra principal preocupación.

—Del castillo de Zorita dicen haberlos visto desfilar hace no menos de cinco días, y aun más abajo; la encomienda de Malagón mandó mensaje de que el rey había hecho posta en sus campos —dijo el monje Martín—. Solo nos cabe contar los días hasta que lleguen.

Como siempre que le recomendaban esperar, Alfonso se impacientó. La falta de acción era brebaje difícil de tragar para un rey por cuyas venas corría sangre joven y turbulenta, y que había crecido a caballo y empuñando la espada. Dio un puñetazo sobre la superficie del escritorio y dijo:

—¡Basta! No esperaré cruzado de brazos para defender mis tierras. Mañana mismo partiremos hacia la fortaleza que la encomienda posee en Almadén. Mandad dejar aquí un retén para defender nuestra retaguardia. —Miró a su alrededor, buscando quién le contradijera, pero ninguno de los prohombres lo juzgó sensato. Brillaban sus ojos como dos hogueras.

—Hay otra cosa —intervino el abad de Montfroid—. Llegan indicios de que la conjura que denunciamos en vuestra corte pretende también atentar contra la vida del conde Nuño.

Era la gota que colmaba el vaso. Alfonso de Castilla se levantó, airado:

—¿Cómo? —exclamó—. Nuño, ¿por qué no me lo habías dicho? ¿Quién es el osado que quiere alzar mano contra ti?

Nuño miró disgustado al abad. Hughes de Montfroid comprendió que el conde no tenía intención de informar al monarca de la traición de Castro que Dama Juana les había desvelado.

—Debéis todo vuestro esfuerzo a la defensa de Castilla, —repuso el conde, dirigiéndose a Alfonso—. No es la vida de un soldado lo que ha de ocupar vuestra inquietud, sino cuál ha de ser nuestro siguiente paso en la lucha contra Córdoba.

—¡Yo decidiré qué me inquieta y qué no! —bramó el rey, furioso—. Ni sois un soldado cualquiera, ni quién para decidir lo que ha de saber vuestro rey. —Y añadió, con la voz más suave—: Si pierdo a mi conde Nuño, Castilla llorará cien días y cien noches y yo con ella, y ni mil guerras contra los moros me arrancarían de mi duelo.

Todos guardaron silencio. Pelegrín de Castillazuelo levantó la cabeza y contuvo las lágrimas que acudían a sus ojos. Eran de dolor, pero también de orgullo. El hombre por el que iba a luchar era de carne y de sangre como él, y se lamentaría de la muerte de su lugarteniente con la misma ferocidad con la que Pelegrín lloraba a su amigo. De algún modo, eso le hizo más bien que todas las plegarias de vacías palabras que había pugnado por pronunciar durante la noche.

El rey se dirigió a los presentes:

—Os encargo la vida del conde Nuño, ya que él es tan descuidado y no le importa perderla.

—Con la mía propia la defenderé —exclamó el maestre de la orden de Calatrava.

—Así será, así lo haremos —corearon al de Calatrava como un solo hombre los caballeros presentes, y con fervor especial pelegrín de Castillazuelo.

Alfonso sonrió complacido y dijo:

—Me alegra ver que la armonía reina entre los grandes de mi corte en estos tiempos aciagos. No hace mucho tiempo, el monje Martín y el conde Nuño no hubieran compartido mesa ni hospedaje sin desairarse mutuamente, y en cambio ahora caminan al unísono, como verdaderos hermanos de fe y de espada. ¿Es que habéis convencido al conde de que done la mitad de sus tierras a vuestra orden? —preguntó, medio en risa y medio en serio, Alfonso.

—¡Os aseguro que no! —exclamó el conde, riendo.

—Entendimos que mano derecha e izquierda de un cuerpo real no pueden andar a la greña, y unidos por la voluntad de nuestro señor luchamos juntos por Castilla —dijo el monje Martín.

Ambos, Martín y Nuño, hicieron una reverencia. Alfonso aplaudió, genuinamente satisfecho. Su expresión volvió a recobrar la gravedad cuando prosiguió:

—Volviendo a lo que nos ocupa, nuestro siguiente movimiento es inevitable: ni el califa ni yo podemos pretender que no buscamos contienda, y aún no cuento con suficientes efectivos como para enfrentarme a él. Por lo tanto, he de menester algún pretexto. Solo se me ocurre entretenerle con parlamentos.

—Lo usual en estos casos sería que los moros, viéndonos tan al sur de Toledo, nos hubieran mandado aviso de detenernos, y en ese ínterin nosotros anunciarles la intención de atacarles, y fijado el día, el lugar y la hora en que hemos de cruzar hierros —dijo el monje Martín—. Su silencio es una violación de las formas conocidas de hacerse la guerra en estos lares, y señal de lo seguros que están de su superioridad militar.

—Entonces deberemos ser nosotros los que demos el primer paso —dijo el rey.

—¿Cómo? —preguntó el abad de Montfroid.

—Enviaremos un mediador a la posta árabe más cercana —replicó el monje Martín—, mientras nuestras tropas empiezan a avanzar hacia Córdoba.

—Pero para dar credibilidad a la maniobra, vuestro representante debe ser de rango y confianza real, mi señor —dijo el conde Nuño con intención. Alfonso le observó y replicó:

—Ni pensarlo, Nuño. Por ser de alta nobleza y contar con mi estima, en otras circunstancias no dudaría en enviaros a vos, pero ahora os necesito aquí y a mi lado. Comandáis la mitad de mis soldados, y Martín la otra mitad; ambos debéis quedaros aquí. —El rey pensó un momento y concluyó—: Por una vez, mandaremos a un soldado de a pie. Nuño, busca un voluntario y que le ensillen un caballo cuanto antes. Dile que, si no vuelve, su familia quedará al cuidado directo de la corona y recibirá una recompensa de cien maravedís de oro.

Un murmullo llegó a oídos del rey: dos de los presentes conversaban por lo bajo al mismo tiempo que él hablaba. Alfonso frunció el ceño, pues, cuando el rey tomaba la palabra, a nadie en su sano juicio se le ocurriría no prestarle atención. Observó a los dos imprudentes: eran el abad de Montfroid y el caballero Dándolo. Alfonso les interpeló con su voz más regia:

—Entiendo que nuestros asuntos castellanos sean de menor interés para vosotros, abad de Montfroid. Pero si vos y Enrico deseáis retiraros, estáis excusados.

Hughes de Montfroid alzó la cabeza y fijó sus claros ojos azules en el rey. Con su reverencia más humilde, se inclinó y dijo:

—Mis disculpas, rey Alfonso. Pero no es por desoír las cuitas de Castilla, antes al contrario, por lo que incurrimos en la imperdonable descortesía que os ha ofendido. —El rey enarcó las cejas y esperó a que el abad prosiguiera—. Nos gustaría ofrecernos como emisarios en nombre de Castilla frente al ejército del califa Abu Ya'qub Yusuf.

—¡Estáis locos! ¡Os cortarán la cabeza y nos la mandarán envuelta en vuestras tripas! —exclamó el monje Martín

Pérez de Siones, y añadió con brutal sinceridad—: Un soldado es fuerte, está preparado y conoce al enemigo. En suma, tiene una oportunidad; vos y Enrico, no.

—Si llevamos sellos reales y salvoconductos, habrán de respetarlos —dijo el abad pacientemente.

—Romperán la cera del sello con vuestros dientes y os arrancarán los ojos antes de que podáis mover un dedo —dijo el conde Nuño con voz metálica y sincera.

—Los negociadores son sagrados, suceda lo que suceda entre los adversarios. Es así aquí y en cualquier parte del mundo. No hace ni tres meses que visité a Saladino en su campamento de Alejandría en nombre del consejo de Venecia. ¿Quién de los aquí presentes puede decir lo mismo? —intervino Enrico Dándolo, con determinación y autoridad.

Un silencio impresionado acogió sus palabras. El rey miró dubitativo al abad y al veneciano. Este había recuperado su empuje y su energía habituales, como si la perspectiva de una nueva misión pudiera borrar el amargo sabor de boca que le había dejado su paso por Córdoba y la muerte de Hazim. Enrico prosiguió:

—El abad de Montfroid y yo fuimos a vuestra corte para daros aviso del peligro que se cernía sobre Castilla. Allí nos recibisteis con la mano tendida, buena fe y mejor disposición. Ambos hemos sido huéspedes de vuestra generosidad y estamos en deuda con vos. Dejadnos pagarla de una vez por todas.

—Os he agradecido desde el primer día vuestros servicios y nada os he pedido —dijo el rey, amablemente—. Me parece una exageración aceptar vuestra vida a cambio.

—No la perderemos, pero no se trata únicamente de rendiros servicio, si me permitís la franqueza. Tenemos promesas pendientes de cumplir, Enrico y yo —intervino Hughes de Montfroid—. A buenos amigos y aún mejores aliados, además de a vos, les hicimos votos de justicia y libertad.

Pensó en Alejandro III, esperando en su palacio de Letrán noticias de Fátima y de la conjura; en la mirada decidida del capitán Auxerre cuando partió en busca de Aalis de Sainte-Noire, y en los ojos negros del risueño Hazim, que ya nunca volverían a abrirse para ver el sol. Demasiados amigos caídos por el camino, demasiadas cuentas por saldar. Miró a Enrico Dándolo, cuya misión en pos de Fátima le había llevado a cruzarse con las vidas del abad y sus amigos. También él alzaba el mentón con orgullo; también sabía el veneciano de morder el polvo y levantarse de nuevo. El rey Alfonso cruzó una mirada con el conde Nuño y con Martín Pérez de Siones. Por fin, asintió y se levantó:

—Dispondréis de suficientes salvoconductos como para pedirle una audiencia al mismísimo califa de Bagdad. Y si alguien osa poneros la mano encima, lo pagará caro. Os lo juro. Si Dios ilumina vuestro camino y la Fortuna os sonríe, en Almadén os espero.

El abad y Enrico inclinaron la cabeza, agradecidos. Como era costumbre ante la orden del rey, todos hicieron una genuflexión y asintieron, haciendo el signo de la cruz, para sostener lo dicho por el monarca. Luego, con el permiso del rey, se levantaron y salieron de la tienda real. Cuando estuvieron fuera, Guillem de Berguedà se acercó a Pelegrín y le dio una fuerte palmada en el hombro, exclamando:

—Vaya que me alegro de verte, mastuerzo, aún si sea para caer en el mismo barro degollando gargantas morás. ¡Dos reyes y un califa! Con cartas peores se ganan timbas más altas.

—Qué sabrás tú de batallas y de victorias, ¡bufón de la reina! —dijo Blasco de Maza, tronando a espaldas del catalán.

El de Berguedà replicó, jocoso:

—Te advierto que no es la primera escaramuza entre moros que me echo al hombro, ni la última tampoco. Además, diera yo mi mejor espada si es por ganarme el favor de la reina que tengo en mientes —añadió, haciendo un gesto soez.

—¡Calla, verga inquieta, y respeta la casa del rey! —le espetó Blasco.

—Es bueno verte sano y salvo, Pelegrín. —Se acercó el abad de Montfroid, interrumpiendo el amago de disputa entre el aragonés y el señor de Berguedà, que terminaron a golpes y risas como buenos soldados.

—También yo me alegro de veros, abad. —Pelegrín añadió, cabizbajo—: Pero en Córdoba cayó Hazim para salvarnos, y se me hace extraño estar aquí sin él.

—Le acompañaste en sus últimos momentos y le diste sepultura. Es lo que un hombre de bien debe hacer por un amigo —dijo el abad—. Yo también le echaré de menos.

—Si lo deseáis, puedo acompañaros a vos y a Enrico a ver a los moros —se ofreció Pelegrín.

—No es necesario —intervino Enrico, amablemente—. Tendré al abad a mi lado, y esta es encomienda para hombres con pelo encanecido, de los que si pierden la vida Dios se encoge de hombros y dice: «Así tenía que ser.»

No añadió lo que además estaba pensando: que él tampoco olvidaría la bravura de Hazim, y que antes de poner a Pelegrín nuevamente en peligro, prefería la muerte. El joven había sido leal y fiel compañero. En la última oportunidad que tendrían de detener al Mahdi, era el abad Hughes de Montfroid quien cabalgaría a su lado.

—Hemos de prepararnos, Enrico —dijo el abad.

—Os daré un morral con ungüentos y remedios para el camino, por si acaso —dijo Alfakhar. Miró vacilante al abad de Montfroid, antes de añadir—: Gracias por todo, Hughes. Os tendré por amigo hasta el fin de mis días, pase lo que pase.

—¡Vamos, Alfakhar! —exclamó el abad, fingiendo una

animación que estaba lejos de sentir—. No caminamos hacia la muerte, contra lo que pueda parecer. En Tierra Santa los parlamentos entre moros y cristianos son habituales; van y vienen los mensajeros sin un rasguño. —Mientras así decía, no podía evitar recordar que también llegaban miembros con uñas arrancadas, lenguas cortadas y cabezas hervidas. Pues de uno y otro lado, cuando los soldados cruzaban la línea que separaba al hombre de Dios de la bestia, no respetaban cuerpos ni almas.

—Que Dios y la fortuna os acompañen —exclamó impulsivamente Pelegrín.

Se dieron todos abrazos sinceros, se prometieron canciones y banquetes de carne y jarras de vino para el día en que volvieran a verse, sabedores de que eso dependía de la voluntad de Dios y del capricho de Alá: que cuando luchan los dioses y sus fieles, no hay vida que esté segura, mientras que la Muerte anda tranquila porque sabe que tendrá su macabra cosecha.

Gruñeron las bisagras de la mazmorra del Al-Qasr para dejar paso al califa Abu Ya'qub Yusuf y su séquito. Avanzó con cuidado por el estrecho pasadizo que se acercaba a las celdas. A pesar de la categoría de los inquilinos de la mazmorra, sus muros y sus grilletes eran igual de lúgubres. La cárcel real era el lugar donde los califas de Córdoba mandaban encerrar a los conspiradores y a los prisioneros de sangre real: a veces eran miembros de su propia familia los que intentaban derrocar al califa reinante, otras eran grandes visires los sospechosos de alta traición. Abu Ya'qub Yusuf casi nunca había utilizado esas dependencias desde que se había instalado en el palacio, a la espera de que sus arquitectos terminaran su residencia en Sevilla. Bien porque había ajusticiado rápidamente a los culpables, o bien porque se había preocupado de mantener suficientemente satisfechos a sus cortesanos, preservando privilegios y riquezas, había logrado evitar la hidra de la codicia y la traición. Pero fueran cuales fuesen el califa y el clima político del imperio musulmán, desde hacía siglos solo eran prisioneros de alto rango los que avistaban el Guadalquivir tras los barrotes de hierro de la mazmorra. Por ello, la presencia de la cautiva del califa, que según se rumoreaba era bella, cristiana y no mantenía vínculos con ninguna de las grandes castas musulmanas, era una novedad que se había comentado con fruición en todos los corros de la corte, igual que el hecho de que fuera el propio capitán de la guardia negra el encargado de custodiarla, antes de su más que probable ejecución. El motivo era desconocido, por supuesto: el califa no podía permitir que la argucia de Aalis de Sainte-Noire —la suplantación blasfema de Fátima— se hiciese pública. Hubiera mermado tanto la reputación de Abu Ya'qub como el fervor de los fieles que creían a pies juntillas en el poder del Mahdi. Pues, ¿quién sigue a un profeta que rehúye su misión?

El califa recorrió el pasadizo hasta detenerse frente a la celda. El capitán de la guardia negra extrajo una llave y abrió el cerrojo de la puerta. Las espuelas de sus botas negras mordieron el suelo de piedra de la angosta estancia y las delicadas babuchas de oro del califa le siguieron. Antiguas y siniestras manchas seguían pegadas a las juntas de las losas, porque una vez muerto el preso a nadie le preocupaba que quedasen huellas de su suplicio en la mazmorra; antes bien, era más fácil doblegar la voluntad del siguiente inquilino cuando veía escrita con sangre la amenaza de su muerte. Aalis de Sainte-Noire estaba de pie, con las muñecas encadenadas a la pared y la cintura sujeta con un hierro fijado en dos argollas situadas a ambos lados de su cuerpo. Le dolían los brazos y el cuello. Ni siquiera levantó la cabeza cuando oyó que entraba el califa acompañado del capitán, dos soldados y el médico personal de Abu Ya'qub. Este parpadeó, incómodo ante la visión de la desvalida joven atenazada a la pared. Desde que entrara al servicio del califa, Ibn Tufayl había evitado asistir a las largas sesiones en las que los soldados se ensañaban contra los prisioneros indefensos, pero esta vez no se había podido negar, por varios motivos. El primero y más importante, que Abu Ya'qub le había pedido personalmente que cuidara de la prisionera: no porque no quisiera verla muerta, sino porque quería ser él quien decidiera el día, la hora y la circunstancia de su final, y sobre todo que sufriera lo indecible por la rabia que había sentido el califa al comprender que, de no ser por el incidente con los leones, habría honrado a la falsa Fátima, humillándose ante una vulgar farsante cristiana delante de toda su corte y del consejo de los cadís de Córdoba, los hombres más sabios de su ciudad. Alá no lo había permitido, pero de todos modos Abu Ya'qub Yusuf jamás perdonaría el ridículo error que había estado a punto de cometer. Además, se sentía frustrado en el momento en que su gloria debería resplandecer hasta cegar a sus súbditos y a los infieles por igual. Cuando todo debía encajar con la precisión de un engranaje, su plan corría el riesgo de deshacerse como el hielo en un día de sol. Fátima había aparecido de nuevo, sin explicar el porqué de su ausencia ni permitir que nadie la interrogara al respecto. El califa se había tenido que contentar con su promesa de que no volvería a desaparecer, y todas sus preguntas quedaron sin respuesta. Los felinos ojos de Fátima le habían hecho enmudecer cuando trató de reprocharle su conducta o averiguar por qué medios la cristiana había logrado ocupar su lugar esa noche. Por si fuera poco, Al-Nasr había sufrido una horrible amputación y deliraba entre fiebres y gritos demoníacos. También por esa razón, Abu Ya'qub Yusuf se había decidido a visitar a la prisionera; en circunstancias normales, hubiera dejado la tarea en manos de Al-Nasr. De no ser por la providencial llegada de Al-Assad, que había tomado las riendas de la vigilancia del palacio y los preparativos de la acometida, y por la presencia del Mahdi a su lado, el califa hubiera creído que Alá le había retirado su favor el día antes de emprender el mayor ataque militar contra los cristianos del que los cronistas califales tenían memoria. Estaba nervioso y no quería demostrarlo frente a sus soldados. Al menos, la mezquina satisfacción de tener en su poder a la desgraciada que había osado suplantar a Fátima suavizaba el bochorno de una velada que debería haber sido muy distinta. Al-Assad le había jurado y perjurado que se cumplirían al pie de la letra sus instrucciones: los alaridos de Aalis de Sainte-Noire resonarían por los pasillos del Al-Qasr que daban a la mazmorra. Abu Ya'qub Yusuf había venido a comprobarlo.

El capitán de la guardia negra se detuvo para observar a la prisionera. Cuando vio que estaba despierta, hizo una seña al médico. Ibn Tufayl se acercó y le mostró su bolsa de instrumentos: alicates y tenazas, bisturís de cirugía, gasas de algodón y varios frascos con sustancias de colores. Auxerre eligió una bola de hierro, menuda como una ciruela, y la agarró con la palma de su mano derecha. Con los dedos de la izquierda y sin que los demás repararan en ello, se hizo con otro objeto de la bolsa de Ibn Tufayl. Dio órdenes a los dos soldados de guardar la puerta. Luego, se acercó a Aalis y la tomó del mentón con la mano izquierda, levantando su rostro hasta situarlo a una pulgada del suyo. Los ojos verdes de Aalis centellearon mientras los dedos de él recorrían su barbilla y luego se posaban en su cuello en un gesto insinuante. Entonces, Auxerre le guiñó el ojo imperceptiblemente y le susurró al oído:

—Voy a sacarte de aquí.

A sus espaldas, el califa seguía todos sus movimientos, mientras al fondo de la cámara permanecían los dos soldados que le acompañaban a todas horas, y que le habían escoltado hasta la celda de Aalis. El capitán tiró de las cadenas que aferraban las manos de Aalis, como si quisiera asegurarse de que estaban firmes y comprobó el semicírculo de hierro que aprisionaba la cintura de la muchacha. Luego, le puso la mano izquierda en el pecho, por encima de la túnica de seda verde con la que se había hecho pasar por Fátima, y que aún llevaba, sucia y sudada. El capitán fue subiendo su mano hasta que volvió a posarla en la cara de la muchacha. Hizo una ligera seña y formó un «cuidado» con los labios. Auxerre se inclinó sobre ella, acercándose tanto que sus anchos hombros ocultaban la figura de la joven, y con la mano derecha hizo como si le asestara un puñetazo, con la bola de hierro cargando su golpe. Mientras, en la palma de su mano izquierda se quebró el pequeño frasco de sangre, que se derramó sobre la cara de la muchacha y manchó sus ropas. Aalis dejó caer el rostro como una muñeca de trapo y gritó de dolor. Furiosa, levantó la cara ensangrentada y escupió a Auxerre. Este dio un paso atrás, y limpiándose la saliva de la cara puso la mano en el puño de su cimitarra como si fuera a desenvainarla. El califa, alarmado, le detuvo diciendo:

—¡Al-Assad! Sabes que no deseo verla muerta. Aún no.

Auxerre se volvió lentamente hacia el califa y respondió, también en árabe:

—Os prometo dejarla viva y coleando pero, por Alá, que esa perra se acordará bien de mí. —Y añadió con un ademán grosero—: Si me dais vuestro permiso.

Abu Ya'qub miró a la cautiva. Aún con la cara sucia y llena de sangre, saltaba a la vista que no era fea. Se mordió el labio con un mohín caprichoso. Lamentaba no haber pensado antes en la posibilidad de gozarla antes de mandarla matar. Ahora que Al-Assad se lo pedía, el califa no podía mostrar interés por ella; estaría por debajo de su dignidad envidiar a la mujer de un servidor. Auxerre observó con ojos imperturbables al califa mientras este se resistía; fueron las risas y los codazos de los dos soldados que habían seguido la conversación lo que terminó por decantar su decisión. No podía correrse la voz de que Abu Ya'qub Yusuf buscaba a sus mujeres en las mazmorras del Al-Qasr, y menos que se ayuntaba con una cristiana. Hizo un gesto afirmativo. Auxerre empezó a desabrocharse las calzas y desgarró la túnica de Aalis por la parte de abajo, mientras esta pataleaba y chillaba a pleno pulmón. Abu Ya'qub exclamó, azorado:

—¡Por Alá, Al-Assad! Tu califa está presente.

Auxerre se dio la vuelta y con sonrisa feroz dijo:

—Espero que no lo toméis como una falta de respeto, pero es la segunda vez que me detenéis. No es la primera mujer a la que me encomendáis arrancar un secreto, y no creo haberos decepcionado nunca. ¿O queréis encargaros vos personalmente del interrogatorio?

El califa miró a la muchacha, que sollozaba desconsoladamente mientras de su labio pendía un reguero de saliva y de sangre. Era muy fácil dar órdenes de no tener piedad con un prisionero; no era tan sencillo contemplar la estampa de la tortura. Sus capitanes jamás le habían dado detalles ni él los había pedido. Un olor desagradable, mezcla de sudor y de miedo, le asaltó las fosas nasales. No le gustaba aquella mazmorra. Demasiados de sus antepasados se habían podrido hasta la muerte entre sus muros.

—Está bien. Mantenme informado.

Salió rápidamente de la celda, acompañado de sus dos guardianes. Estos abandonaron la cámara con la mirada rebosando envidia y deseo a partes iguales, como si al imaginar al capitán violando a la cautiva ellos participaran también de su placer. Con suerte, Al-Assad terminaría rápidamente y después quizás ellos pudieran regresar para pasar un buen rato a solas con la prisionera, si esta sobrevivía. Por lo que habían podido ver, tenía las piernas blancas como la leche y las caderas de una hurí. Echaron un último vistazo ansioso al capitán, que seguía arrancando los jirones de la túnica de Aalis, desnudándola, mientras la joven se debatía frenéticamente. Cuando el califa y los dos soldados hubieron salido, Ibn Tufayl exclamó:

—¡En nombre de Alá! Sois un loco o un valiente.

—O ambas cosas —exclamó Aalis, brillándole los ojos.

—Sea como fuere, seréis mi ruina —dijo el médico.

—O la salvación de vuestra alma —dijo Auxerre, sacando la llave que pendía de su cintura para liberar a Aalis—. Los médicos deben sanar a los enfermos, no aumentar el sufrimiento de los desgraciados. Sois un hombre honrado: si no me hubierais ayudado, la culpa se clavaría en vuestro corazón como una lanza de granito. Saluda, querida mía: tienes frente a ti al médico personal del califa y yo tengo el gusto de ejercer de capitán de su guardia negra. Al-Assad es el nombre por el que me conocen en estas tierras. Fue antes de que nos conociéramos.

—Siempre supe que tenías un pasado, y no pienso morir ni perderte hasta que me lo hayas contado una y mil veces —dijo Aalis, arrojándose en los brazos de Auxerre. Este la cubrió de besos, como había deseado hacer la noche en que la había visto, hermosa como una leona, ataviada de Mahdi, y la había reconocido bajo el disfraz. Se dominó y luchó contra el deseo de estrecharla entre sus brazos y olvidarse del pasado y del futuro. No podían perder un instante. Ibn Tufayl extrajo un velo y una túnica blanca de su bolsa y la tendió a Aalis, que se vistió rápidamente mientras el médico se volvía de espaldas. Auxerre deslizó su mirada con ternura por el cuerpo magullado de la joven, mientras le explicaba:

—Tenía que deshacerme del hombre que te capturó, Al-Nasr; te acecha como si tú fueras su presa y él un buitre. Por suerte ahora está gravemente malherido. Hasta que estuve seguro que de no había peligro, no podía arriesgarme a venir a por ti.

—¿Qué le ha pasado? ¿Le has matado?

—No. Perdió una mano cuando perseguía a Hazim, Enrico y Pelegrín mientras estos trataban de escapar del Al-Qasr, y está en cama desde entonces, merced al consejo y cuidado de nuestro amigo el médico, que gracias a Dios le proporciona suficiente jugo de adormidera mezclada con carne de víbora como para adormecer a un caballo.

—Y tengo serias dudas de que Galeno o Alá me lo perdonen —intervino Ibn Tufayl.

—¿Enrico Dándolo está aquí? —preguntó Aalis, atónita.

—Ya no. Ayer noche él y Pelegrín huyeron de Córdoba.

—¿Has visto a Hazim? ¿Has hablado con él?

Auxerre cruzó una mirada preocupada con Ibn Tufayl y respondió, tomando las manos de Aalis y hablando con mucha suavidad:

—Hazim ha muerto, *doussa*. Durante la huida de Enrico y Pelegrín. Ellos sí lograron escapar.

—¡No! —exclamó Aalis, mientras una oleada de rabia se abría paso por su garganta. Después de todo lo que habían pasado juntos hasta llegar a Córdoba, era injusto que Hazim hubiera perdido allí su vida. Aalis quería gritar y llorar a la vez, pero ni lágrimas ni voz acudían en su ayuda. Solo la pena se retorcía como una serpiente maligna, comiéndose sus entrañas. Auxerre seguía sosteniéndole las manos, sin hacer nada más, como si supiera que ningún beso o caricia podía atenuar la noticia de que Hazim, el que había sido su compañero de viaje y aventuras desde que se encontraran en Champaña, ya no volvería a estar a su lado. La joven luchó por calmarse y preguntó:

—¿Cómo sabes todo esto?

—Me enteré de todo cuando Ibn Tufayl, aquí presente, atendió a Al-Nasr.

—En sus delirios, mientras le cauterizaba el muñón, pronunció vuestro nombre. También habló de Hazim y Enrico, de Rocamadour y de Fátima. En fin, toda la historia —explicó Ibn Tufayl.

—Nuestro amigo el médico no tiene pasta de conspirador: se echó a temblar en cuanto oyó las barbaridades que Al-Nasr tenía reservadas para Enrico y para ti —siguió explicando Auxerre—, sobre todo teniendo en cuenta que Enrico había sido invitado y presentado en la corte del califa bajo los auspicios de Ibn Tufayl. Al verle, comprendí que sabía algo más de lo que dejaba entrever. Y no tardó en confesarme que había ayudado a Enrico, y el porqué.

—Abu Ya'qub me aprecia, pero no perdona la traición, ni siquiera si es por su propio bien —dijo Ibn Tufayl compungido—. Toda esta locura del Mahdi va a llevar a nuestro imperio a la desgracia, lo presiento. Quizá no hoy ni mañana, pero algún día... —El médico quedó sumido en un silencio impotente.

Aalis seguía callada, sin reaccionar. Auxerre le devolvió una mirada limpia y tranquila.

—Te amo, *doussa*. Me duele verte sufrir y te prometo que esta pesadilla va a terminar. Pero te necesito a mi lado, ahora y aquí. Honraremos a Hazim cuando estemos a salvo, te lo juro. Ahora, él querría que te levantaras y caminaras en su nombre.

—Así lo haré —dijo Aalis, fijando sus ojos en los del caballero Auxerre. Este la abrazó de nuevo y dijo:

—Pegarme a los talones de Al-Nasr fue la única forma que se me ocurrió de postergar nuestra visita a tu celda. Una cosa es el califa y otra muy distinta su perro de presa. —Acarició el rostro de Aalis y dijo—: Yo sabía que si ponía los pies aquí con Al-Nasr, sería difícil no descubrirme. Soy incapaz de guardar silencio y no mover un dedo cuando alguien intenta hacerte daño.

—Tengo que decirte algo sobre Al-Nasr —dijo Aalis.

Y procedió a contarle cómo había descubierto que Al-Nasr era en realidad Gilles de Souillers. Cuando oyó ese nombre, el capitán no pudo ocultar su sorpresa.

—¡El primogénito del viejo Souillers! Ni siquiera le he reconocido —dijo—. ¿Estás segura?

—Como si lo tuviera delante. Era un muchacho cuando se fue a las Cruzadas, pero es él. Por eso lo sabía todo de nosotros: a veces me increpaba hablándome de ti con un odio terrible, como si te conociera de antes. Y así era.

—Fue tu prometido, pero me parece increíble que alguna vez te quisiera —dijo Auxerre, pensativo—. Deberías haberlo visto, con los ojos inyectados en sangre y rabioso como un animal, deseoso de arrastrarse hasta aquí para torturarte, incluso con el muñón sangrando.

—Está amargado por la desgracia y porque la vida le dejó atrás, y eso no es culpa suya —dijo Aalis—. Al principio, cuando me enteré de quién era, pensé que podría apelar a su compasión. Pero ahora sé que nada puedo esperar de él excepto crueldad y venganza.

—Debéis huir y pronto —intervino el médico—. Yo no podré mantenerle inconsciente durante mucho tiempo. Ayer, al darle el remedio, me preguntó qué contenía y cuándo podría levantarse. Creo que sospecha algo, y no es extraño: su herida está cicatrizando bien y no hay motivo para que un hombre sano y fuerte no se reponga más rápidamente.

—¿Qué podemos hacer? —preguntó Aalis.

—No vas a quedarte en esta celda —dijo Auxerre—. Tenemos que evitar a cualquier precio que Al-Nasr pueda hacerte algo. Además, aún no he podido hablar a solas con Fátima. No sé si contamos con ella o no. Por lo que dice el califa, le obedece ciegamente y solo espera una orden suya para convertir a los cristianos en polvo y sangre.

—Miente o se engaña. Tengo motivos para creer que Fátima estará de nuestra parte, incluso dispuesta a huir con nosotros —replicó Aalis, y le contó la conversación que mantuvieron la mora y ella en el *hammam*.

—Quizá fuera así cuando habló contigo —dijo Auxerre—, pero no podemos estar seguros hasta que ella misma nos lo diga, y acercarse a Fátima es ahora lo mismo que caminar sobre el fuego. Ya pensaremos en eso más tarde; lo que importa es que salgas de esta mazmorra cuanto antes.

—Está bien, pero ¿cómo?

Auxerre miró a Ibn Tufayl. El médico señaló la túnica que Aalis vestía y explicó:

—Os haréis pasar por una de mis criadas y os ocultaré en mi residencia en el Al-Qasr. Ganaremos unas pocas horas y, para cuando los guardias se den cuenta de que habéis huido, deberéis estar fuera de Córdoba. Y si Al-Nasr nos descubre, todo estará perdido —dijo Ibn Tufayl—. Para vosotros y para mí.

—Os agradezco de veras lo que estáis haciendo —dijo Aalis.

—Enrico Dándolo vino a verme armado de honestidad y sinceridad. No pude negarme a ayudarle, como no puedo dar la espalda a sus amigos —dijo Ibn Tufayl.

Unos golpes en la puerta de la celda interrumpieron la conversación. Auxerre gritó, furioso:

—¡Estoy ocupado! ¡Di órdenes de que no se me molestara!

Una voz árabe respondió, cautelosamente:

—Mi capitán, hay un prisionero cristiano en los calabozos que afirma saber del Mahdi. Y el califa os requiere en el salón de audiencias, en cuanto hayáis, ummm, acabado. —Un discreto carraspeo acompañó esto último.

—Está bien —dijo el capitán. Hizo una señal para que Aalis e Ibn Tufayl se acercaran y les dijo, en voz muy baja—: Contad hasta treinta y salid lo más rápido que podáis.

Se acercó a Aalis y la besó profundamente. Dijo:

—Los días que he pasado lejos de ti he caminado muerto en vida, viendo sin ver y sin importarme nada excepto estar a tu lado otra vez. No dejaré que vuelvas a faltarme nunca más.

Aalis sonrió en paz porque la vida volvía a ser sencilla: Auxerre la amaba y ella a él. Respondió:

—Contra todos y contra Dios si hace falta, llevo tu nombre en mi boca.

Auxerre la miró por última vez antes de abrir la puerta de la mazmorra y cerrarla tras de sí.

—Acompáñame —ordenó al soldado que esperaba frente a la celda. Este disimuló lo mejor que pudo su desilusión y siguió a su capitán en dirección al patio principal, mientras procuraba olvidar la esbelta silueta de la prisionera cristiana y se consoló pensando en la criadita que desde hacía varios días le miraba con ojos de gacela desde el otro lado del jardín del Al-Qasr. Por eso ni siquiera se dio cuenta de que la puerta de la celda se abría y dos figuras se deslizaban por el lado opuesto del pasadizo, en dirección a los pabellones del palacio califal. Más lejos, desde uno de los balcones del segundo piso del palacio, unos ojos verdes como el mar cuando se besa con el sol de mediodía no perdían detalle del avance del capitán de la guardia negra mientras cruzaba el patio del Al-Qasr. Fátima murmuró, sin dejar de observarlo hasta que se perdió en el interior del palacio:

—Auxerre, aquí... No todo está escrito, pues.

A lo largo de la frontera que separaba Castilla del califato cordobés, villas y fortalezas se extendían como un reguero de piedra, tierra y sol por el que hormigueaban musulmanes y cristianos. De un extremo al otro de esa línea invisible que separaba la tierra de Dios de *Dar-al-Islam*, la sierra castellana mostraba todos sus rostros frente al conquistador almohade: las colinas de Almadén desplegaban un paisaje teñido de rojo bermellón a causa de las minas de azogue que desde tiempos romanos habían convertido la región en la reserva minera de Hispania. Los musulmanes que llegaron después habían seguido con la explotación de los ricos recursos de la zona y, para defender las instalaciones de extracción, así como los albergues donde se alojaban los alarifes, construyeron el «fuerte de la mina», el *hisn al-ma'din*, del cual el emperador, el padre de Alfonso VIII que recuperó esas tierras para Castilla, conservó el nombre cristiano: Almadén. De monte en monte se saludaban los torreones solitarios de las fortalezas, erigidas por unos u otros y conquistadas de ida y vuelta, como si el ajedrez de las cimitarras y las espadas jugara con torres de piedra y reyes de fe, tiñendo el tablero de las Españas de rojo sangre y negra muerte. Y en cada colina, trepando por las montañas, los castillos de la orden de Calatrava como el de Caracuel sellaban el cielo con su cruz en puntas de lis, besando con su nombre los campos y bautizando esa franja de tierra como los Campos de Calatrava, por ser el suelo que pisaban los monjes militares en sus continuas cabalgadas de vigilancia de la frontera con Córdoba. En el extremo oriental, el castillo más avanzado y el que más férreamente resistía acometidas, asedios y razias musulmanas era la fortaleza de Dueñas, que hacía unos veinte años la familia de los Lara había recibido de la corona. En el cerro Alacranejo, erguida sobre piedras y rocas, vestidas las laderas de arbustos y desnuda de árboles, la edificación controlaba el paso hacia Sierra Morena y bebía del Jabalón.

Nada de eso sabían los extranjeros que se adentraban en las sierras verdiblancas de la Calzada de Calatrava: llevaban cabalgando días y noches desde la lejana Barcelona, cruzando los campos de Aragón hasta Albarracín, y desde allí siguiendo el Tajo por el castillo de Zorita, Orgaña y Orgaz.

El ejército del rey Alfonso II de Aragón había avanzado, casi sin pausa, hasta alcanzar el territorio enemigo que separaba el sur de Toledo de los puestos de frontera más avanzados. Los caballeros lucían sus lorigas a pesar del creciente calor que les había perseguido sin piedad y los campesinos y peones sostenían sus lanzas con esfuerzo: los caballos se lanzaban sobre cualquier fuente, río o arroyo para saciar su sed. El polvo que levantaba la vanguardia de la hueste cegaba a los más rezagados, y, sin embargo, todos los ojos se posaban en el horizonte, esperando ver surgir Córdoba con sus legendarias torres de oro y plata. Había muchos que se habían enrolado siguiendo la llamada del rey porque su fe era honesta y verdadera: los había que esperaban hacerse con una pingüe recompensa de monedas, piedras preciosas y esclavos. Aunque también miraba ansiosamente hacia la línea que separaba cielo y tierra, no era el oro lo que ocupaba los pensamientos de Walter Map, el monje galés que había iniciado su periplo en Santiago de Compostela como negociador entre el yerno de su rey Enrique de Plantagenet, Alfonso de Castilla, y su hostil vecino Sancho de Navarra. Aguzó la vista para distinguir el final del desierto de llanos y colinas. El rey Alfonso de Aragón le interpeló:

—¿Qué buscáis, Walter?—preguntó, inclinándose sobre su caballo y acariciando al inquieto animal. El monje esbozó una sonrisa de nostalgia y dijo:

—El final de nuestro viaje, mi señor. Siento que os he arrastrado a un periplo interminable, como aquella piedra que Sísifo se vio condenado a empujar en el infierno.

—Bien se ve que no sois hombre de guerra, canónigo Map —intervino el maestre templario Arnau de Torroja, con una sombra de desdén en sus palabras—. La guerra contra los moros se hace con paciencia y tesón, sin dejar de morder el cuello de la presa y sin desfallecer ni un momento.

—Pluguiera a Dios que aparezca esa presa, maestre Torroja —dijo Walter con ironía. Había compartido ya muchas horas de viaje con el monje militar, y no le intimidaban sus respuestas tajantes. Le resultaba familiar su instinto de combate. Muchos de los soldados del rey Enrique de Inglaterra eran así: feroces como bestias, desprovistos de otra cortesía que no fuera la de una espada hendiendo el aire. Añadió—: Deseo volver a ver a mis amigos sanos y salvos, y hasta que no pongamos fin a esta expedición, sea cual sea el final, eso no sucederá.

—Os prometo que haré cuanto esté en mi mano, Walter. Tanto el abad de Montfroid como el caballero Enrico Dándolo merecen mi respeto, y si el rey de Castilla corre peligro de veras, no dejaré que nuestras viejas desavenencias acallen lo que nos une: ambos somos de una misma fe y preferimos la paz a la guerra si esta puede evitarse.

El segundo caballero que cabalgaba a la vera del rey de Aragón habló con voz suave.

—No siempre deben dejarse a un lado las pasadas enemistades, mi señor. Se corre el riesgo de perdonar antes de ser perdonado, y eso debilita frente a un adversario.

Walter Map observó en silencio al conde Ermengol de Urgell, el otro señor de confianza del rey de Aragón que había acompañado a este en su viaje al sur, junto con el maestre del Temple Arnau de Torroja. Desde el día en que el de Urgell había asistido a las primeras audiencias de Walter con el rey, mientras le explicaba el mensaje que desde Castilla le habían encomendado el abad, Enrico y el rey Alfonso, Walter había tenido un mal presentimiento. Pero a las claras se veía que Ermengol de Urgell era pieza esencial del ejército de Aragón: traía consigo más de cincuenta caballeros pertrechados y unos cinco carros de provisiones y armas. Alfonso repuso, molesto:

—Tienes razón, Ermengol. Pero esta vez es preciso que haya paz entre el rey de Castilla y yo, que caminamos juntos hacia la guerra.

El de Urgell inclinó la cabeza sin responder. Arnau de Torroja exclamó, desenvainando su espada y espoleando su caballo:

—¡Una patrulla sarracena! ¡Templarios, a mí!

Le siguieron como un solo hombre un grupo de diez monjes guerreros, con lanzas y espadas alzadas, ataviados con sus majestuosos hábitos blancos estampados con la cruz de puntas rojas. El rey Alfonso ordenó a Ermengol:

—Despliega veinte hombres más. Arnau y sus guerreros se bastan y se sobran para acabar con esos moros, pero no quiero lamentar bajas antes de entrar en combate.

El conde asintió sin mediar palabra y tiró de las riendas para dirigir el movimiento de los hombres de la costanera y la zaga del ejército. Walter Map permaneció al lado del rey y cuando este espoleó su montura hizo lo mismo, aunque el corazón amenazaba saltarle por la boca: veía a lo lejos los hierros hincándose en el pecho de los moros, cuyas corazas de cuero y cobre no lograban contener la rabia templaria. Uno de los monjes descargó su espada contra el cuello de un moro y le separó la cabeza del tronco, con el almófar aún puesto, rodando por los aires con la expresión contorsionada de horror y miedo, la lengua fuera de la boca y la barba empapada en su propia sangre. Fue a caer a los pies la cabeza del monje galés, que no pudo evitar estremecerse. El de Torroja clavó una daga en el pecho del último sarraceno.

—¡Por la Veracruz! —gritó el maestre del Temple, alzándose con el hábito manchado de la sangre de otros y brillándole los ojos—. Llega la hora.

Cuando Auxerre entró en la sala de audiencias, el califa estaba en pie, paseando inquieto. Al verlo, Abu Ya'qub se adelantó, retorciéndose las manos con nerviosismo. Fátima estaba echada en un diván a su lado, quieta como una pantera, su rostro oculto tras un velo. Solo sus ojos denotaron que reconocía a Auxerre, pero este no movió un músculo. Si la mora era amiga o enemiga, lo dirían sus acciones.

—Al-Assad, eres la fuente de mi tranquilidad en medio de esta tormenta de sinsabores.

—Estoy aquí para serviros, mi señor —dijo Auxerre imperturbable.

—Las huestes que recorren la sierra mandan aviso de que se acerca un gran ejército cristiano —dijo el califa, sin poder disimular su preocupación—. Varios de mis guerreros no han vuelto de sus patrullas regulares.

—Sabíamos que Castilla reuniría un buen número de caballeros, peones y soldados de a pie.

—Estos soldados no proceden de Toledo, sino que bajan desde Zaragoza. El rey de Castilla ha buscado aliados; alguien le ha advertido de que esta no será una batalla como las demás —sonó una voz a espaldas de Auxerre.

No tuvo que girarse para reconocer a Al-Nasr, con su voz ronca y quebrada por los días pasados curando la terrible herida que le había dejado manco. «Así que por fin se ha deshecho del brebaje de Ibn Tufayl», pensó Auxerre.

—Era de esperar —se limitó a contestar el capitán.

—¿Estáis diciendo que esperabais la traición? —preguntó Al-Nasr.

—Digo que, cuando se ataca, el adversario busca defenderse y que esperar lo contrario es ignorar la realidad estratégica y militar básica —espetó Auxerre con desprecio. Esta vez sí se volvió a mirarlo. Al-Nasr llevaba el brazo amputado en un cabestrillo de cuero negro que le confería un aspecto aún más siniestro. Llevaba días sin afeitarse la barba y parecía recién salido de una cueva, como si fuera un lobo que hubiera escapado de su manada. Su mirada también era la de un cazador: cuando Auxerre enfrentó sus ojos, supo que le reconocía, y él también encontró una parte del joven

Gilles de Souillers, al que había visto jugar a ser caballero, en las facciones arrugadas de sol y veneno de Al-Nasr.

—¿Cómo va vuestra herida? —preguntó Auxerre. Una fugaz sombra de compasión debió pasar por sus ojos, porque Al-Nasr frunció el ceño, furioso como si acabara de abofetearle.

—Estoy perfectamente —replicó, airado—. Hablemos de estrategia.

—Todavía es pronto —dijo Auxerre, impertérrito.

—¡No estoy de acuerdo! Llegan noticias preocupantes, ¿y queréis quedaros quieto?

—¿Quién está al mando de las tropas de Alá? ¿Tú o yo? —preguntó Auxerre, insolente.

—¡Los dos! Así lo decretó nuestro califa —saltó Al-Nasr.

—Tal vez fuera así, antes de que... —Y Auxerre señaló explícitamente el miembro cercenado.

—¡Maldito seas! —gritó Al-Nasr, abalanzándose sobre el capitán, que le rechazó sin dificultades.

—¡Basta! —exclamó el califa, enfadado. La actitud belicosa de Al-Nasr era lo que menos necesitaba ahora—. Preparadlo todo para partir y avisadme cuando estéis listos. Quiero pasar revista a mis tropas acompañado del Mahdi. Creo que ha llegado el momento de que vean a Fátima cabalgar a su lado y comprendan que luchando por Alá se abre el camino hacia la gloria, que con ella la victoria es segura y los cristianos morderán el polvo de la derrota.

Todos miraron a la joven, que respondió enigmática:

—Yo soy fortuna y fatalidad de Alá. Haré lo que me pidáis y estaré con vuestros soldados hasta que caiga el último guerrero. —Se levantó y caminó hacia la ventana. Se quedó allí, mirando el horizonte que se teñía de rojo atardecer.

El califa Abu Ya'qub guardó silencio, más aliviado, pero sin poder evitar una sensación de angustia. Fátima era cada día más distinta de la novicia mora que había llegado al Al-

Qasr y, como si el espíritu del profeta la poseyera, hablaba como un hombre y se movía como un animal. Sus palabras construían enigmas y cada día estaba menos seguro de que el Mahdi fuera la llave de Alá que los maestros sufís habían imaginado. Sus dudas le roían el alma: el califa que quería ser no podía albergar miedos e inseguridades en el albor de la batalla más importante que había emprendido contra los cristianos para mayor gloria de la estirpe de su padre y de su imperio. Miró impotente a su alrededor. Al-Assad y Al-Nasr le contemplaban, uno con expresión de piedra y el otro con relámpagos de impaciencia en los ojos. Se mordió el labio y le hizo una seña a Al-Assad para que se aproximara. En voz baja, el califa dijo:

—Quiero que vigiles a Fátima. Asegúrate de que todo va bien.

—¿Qué teméis? —preguntó Auxerre, escrutando el rostro familiar del califa que una vez había servido con el alma helada pero con eficiencia y respeto. Ahora se disponía a traicionarle con la misma frialdad, a cambio de salvar a la mujer que había sabido insuflar nueva vida en su corazón. Abu Ya'qub se miró en los ojos de Al-Assad y dudó:

—No lo sé, Al-Assad. Pero temo que la tierra se abra como una lengua monstruosa y devore todo lo que he construido estos últimos meses. Si así fuera... —Esperó un momento y dijo—: Organiza una segunda expedición: cinco caballos, dos jinetes y lo imprescindible para llegar hasta Ifriqiya. No le digas una palabra a nadie —añadió, taciturno.

—Así se hará —respondió Auxerre, haciendo una reverencia.

—Al-Nasr, ocúpate de que en el campamento estén dispuestos y esperándonos —ordenó el califa, dirigiéndose en voz alta al otro capitán—. Podéis retiraros.

Les dio la espalda y se acercó a Fátima como si buscara en ella las respuestas que no lograba encontrar en su interior.

La novicia no se movió, pero todo su cuerpo irradiaba serenidad y el califa la miró, arrobado, una vez más. Toda su ansiedad se desvaneció como la lluvia que se mezcla con las aguas de un río.

Auxerre les miró una vez más antes de salir de la sala y luego se concentró en lo que debía hacer. A su lado, Al-Nasr le acompañó durante un trecho en silencio hasta que le preguntó, más calmado pero con expresión malévola:

—¿No te has preguntado por qué no te he descubierto frente al califa, Auxerre?

—Tus motivos tendrás. De todos modos Abu Ya'qub sabe quién soy.

—Pero no para qué has venido: eres un traidor y lo sabes. Y yo quiero cortarte el cuello y arrancarte el corazón —replicó fríamente Al-Nasr—. No habrá mejor ocasión que en el campo de batalla, y por eso no te he denunciado. Entonces tendré mi venganza.

—Nada he hecho para despertar tu odio.

—Eres una rata y el califa debería saberlo.

—Pero no es por eso por lo que quieres matarme —dijo Auxerre, volviéndose hacia él.

—Tienes razón. Morirás porque tienes todo lo que yo debí gozar y quiero recuperarlo.

—Eres un soldado veterano y, sin embargo, a veces hablas como el niño que se fue a las Cruzadas —dijo Auxerre con la voz átona—. Lo que dejamos atrás, atrás queda y no hay forma de reconstruirlo. Aalis de Sainte-Noire no es más tuya que mía, y ni conmigo muerto podrás cambiar lo que sucedió. Lo siento. Tu vida ya es otra.

Al-Nasr palideció y sin decir palabra se alejó, sus pasos como latigazos recorriendo los pasillos del palacio califal. Auxerre entornó los ojos. Aún no había terminado con él, y lo sabía. «Será él o yo, pero no ahora.»

En el calabozo había dos ladrones reincidentes —pues ambos tenían la cara cruzada de latigazos— y otro prisionero, echado en el suelo como si estuviera durmiendo en un prado. Tenía la cara amoratada y un labio partido pero, a pesar de eso, Auxerre reconoció la expresión indolente de L'Archevêque. El soldado que le acompañaba dijo, señalándole:

—Es ese de ahí. Balbuceaba que el Mahdi era hija de una oveja y de un chacal. —Le propinó una patada y le arrancó un quejido y un juramento.

Auxerre hizo como que reflexionaba un instante y ordenó:

—Saca a esos desgraciados y mételos en otra mazmorra.

—Ante el silencio dubitativo de su subalterno, dijo en voz baja—: Creo que está enfermo de peste. Al menos tiene el cuello y los ojos hinchados como si tuviera la plaga...

No le dio tiempo a terminar la frase. El soldado ya estaba empujando a los dos otros presos, arrastrándolos a toda prisa fuera de la mugrienta celda. Cuando se hubo ido, una pequeña risita acompañada de toses y crujidos de huesos le saludó:

—Vaya si has tardado, bribón. ¿Así atiendes todas tus urgencias?

18

Una batalla al amanecer

Las minas que rodeaban Almadén yacían quietas y desocupadas, solo que en lugar de paz se respiraba el olor del primer fuego, ese que empieza frágil para luego devorar troncos, ramas y cuanto se le ponga delante. Se palpaba en los cerros la tensión que imprime carrera en el casco de los caballos, la que carga los nudillos de las manos del guerrero cuando enarbola su arma, la misma, en fin, que confiere fuerza a las mandíbulas de un ejército cuando devora, soldado a soldado, al adversario, empujándolo hacia la derrota. Los soldados de Castilla y los hidalgos se habían instalado a los pies de la fortaleza de Retamar, mientras que la comitiva del rey y sus caballeros había velado armas bajo techo. No se bruñía aún caballo ni hierro, pero desde la tarde anterior y durante las primeras horas de la noche, una vanguardia de caballeros y peones, unos enlorigados y otros cargando sus arcos y mazas, habían dejado atrás la tierra negra y roja de Almadén por el valle de los Pedroches hasta el Guadiato, desfilando hacia la vega del Guadalquivir. Así lo había planeado el conde Nuño, que no quería esperar a que arribaran los refuerzos aragoneses, pues quedarse quieto en las lides con los musulmanes no era bueno: si los moros subían hasta Retamar y les cercaban, con sus altas escaleras y sus afilados garfios, y las flechas de fuego y demás artilugios de asedio, no durarían ni una semana sin abastecimiento ni agua. No era villa ni fuerte inexpugnable la torre de Retamar: solo una posta donde descansar y reponer fuerzas.

Martín Pérez de Siones dormía enroscado sobre sí mismo, como un gato arrullando sus siete vidas. Sobre el arcón que había bajo las estrechas aberturas en el muro de piedra de la torre, roncaban Blasco de Maza y Guillem de Berguedà, este último aún abrazado a la bota de vino con la que se había amancebado la noche anterior; y a sus pies yacía Pelegrín, con la boca abierta y los ojos perdidos en sueño. En la única butaca de la estancia dormía el rey de Castilla, cubierto con manta y sobre cojín. Una vela se consumía hasta apagarse y la pequeña sala del torreón olía a sudor y cuero. El conde Nuño había pasado la tarde, hasta bien entrada la noche, estudiando los mapas que indicaban los mejores pasos por la cordillera que protegía Córdoba de cualquier ataque fulminante: lo más sensato era dar un rodeo por Castuera hasta Espiel, pero para cruzarla eran necesarios víveres y tiempo, y no les sobraba ninguno de los dos. Se frotó los ojos, cansado. Si llegaran por fin nuevas de que el rey Alfonso de Aragón había arribado a la Calzada de Calatrava, los efectivos castellanos podrían dirigirse sin perder tiempo hacia la fortaleza de Dueñas, el punto de encuentro donde le habían encomendado al monje Walter Map que condujera al de Aragón. Desde allí podrían descender como una marea hasta las puertas de Córdoba y arrollar al enemigo con su fuerza conjunta; por separado, solo un ataque sorpresa de ambos ejércitos por flancos distintos podría garantizar la victoria. Un crujido le hizo levantar la vista. La punta de una daga se apoyó en su pecho mientras Fernando Rodríguez de Castro decía, inclinándose sobre el conde Nuño:

—Ni se te ocurra desenvainar hierro ni abrir la boca o te coso el corazón aquí mismo.

—Eres un cobarde, Castro, hijo de perra —siseó Nuño—. ¿Qué gano callando si sé que has de matarme, aquí o en las afueras? Has venido para eso, ¿no?

—Que cierres la boca, te digo —ordenó Castro.

—Lo que no entiendo —siguió hablando Nuño, sin hacerle caso— es por qué te arriesgas tanto. ¿Qué te empuja, maldito? —De repente vio la expresión culpable del otro y repitió—: ¿Qué o quién te manda hasta mi casa, donde solo te esperan enemigos?

Castro apretó los labios y tensó el puño que mantenía la daga, incrementando la presión sobre el pecho del conde. La punta de hierro mordió su loriga, pero Nuño no cejó:

—Te has quedado solo y sin secuaces. Sé que Esteban Illán te ha abandonado, y vuelve a ser leal al rey Alfonso. ¡Así es! Pero tú sigues buscándome como si te hubiera mordido un perro rabioso. ¿Es que no sabes que si me matas el rey de Castilla te perseguirá hasta que no te queden agujeros ni en el mismísimo infierno donde esconderte?

Iba a decir algo el de Castro, pero a sus espaldas sonó la voz clara de Pelegrín de Castillazuelo:

—Eso es mi espada y si empujo os la clavo en los riñones. Soltad la daga.

La mirada de miedo del de Castro duró un instante. Dejó ir su arma, y el conde Nuño desenvainó la suya al momento, poniendo el filo de su hoja contra la garganta del otro. Pelegrín dio voces:

—¡Blasco! ¡Guillem! ¡Martín! Prestadnos brazos.

Los tres hombretones se alzaron en un santiamén y, al ver la estampa, se apostaron arma en ristre al lado de Fernando Rodríguez de Castro mientras Nuño guardaba su hierro. Pelegrín despertó al rey con más ceremonia de la que había empleado con los otros tres. Cuando Alfonso de Castilla se acercó, su semblante estaba blanco de ira. Miró a Castro y lo abofeteó sin decir palabra. El rey espetó:

—Dame un motivo por el que no te mande matar aquí mismo.

—¡Os lo ruego! Mi señor... —Fernando Rodríguez de Castro se arrojó al suelo, humillándose.

El conde Nuño Pérez de Lara miró a Alfonso. El rey de Castilla sabía perfectamente que no podía matar a uno de sus magnates más poderosos, aunque le hubiera descubierto en el acto de intentar asesinar a su mano derecha: solo el regicidio admitía una ejecución de árbol y de soga. Los pequeños señores y los hidalgos que le tenían ley a Castro se rebelarían o exigirían un largo juicio en Toledo, frente a los tribunales de Dios: tiempo suficiente para comprar y sobornar el pleito, incluso en contra de los intereses del rey. Terminaría debilitando la Corona al mostrar públicamente la traición de uno de sus grandes. No era la muerte de Castro lo que Alfonso buscaba, sino su confesión. Dijo, cogiéndole de la nuca como si fuera un conejo:

—¿O prefieres el exilio? No sería la primera vez que te prohíbo pisar tierra castellana, pero esta vez te juro que ni tus nietos podrán ver las alquerías de las que mana tu fortuna.

—Al oír esa palabra, Castro alzó la vista, alarmado. El rey sonrió, sibilino—: ¿Crees que podrás conservar todos esos molinos y viñas, las minas y el trigo? ¿Por qué debo dejártelos, si luego compras traidores y me empujas a una guerra que desangra mis arcas como ninguna otra lo ha hecho? Dame una razón. Castro. ¡Dámela! —rugió el rey castellano.

Fernando Rodríguez de Castro miró a lado y lado, aún de rodillas, y solo vio ojos hostiles. Más allá, en la puerta de la sala, se había quedado apostado Pelegrín, con la espada que le había detenido aún desenvainada. Castro achicó los ojos y calculó las probabilidades. Empezó a balbucear:

—Vuestro perdón... Antes, ¡vuestro perdón! —Tomó los bajos de la capa que cubría al rey y los besó repetidamente. Los demás le acogieron con desprecio y en silencio. Martín

Pérez de Siones le dio la espalda. Castro prosiguió—: No fue idea mía, no lo fue.

Al rey le brillaron los ojos. Preguntó:

—¿Quién? Habla, demonio. ¿Quién fue?

—Fernando de León y su mayordomo, el conde de Urgell —espetó el de Castro. Todos se quedaron helados al escuchar no el primer nombre, sino el segundo. Que el rey de León no era amigo del de Castilla, aunque fuera tío de Alfonso, eso era leyenda vieja. También era sabido que el conde Ermengol de Urgell contaba con la confianza del rey de León a la vez que era lugarteniente de Alfonso de Aragón; admirábase la diplomática pirueta que el de Urgell había conseguido, al pasar la mitad de cada año en una y otra corte y no perder el favor de ninguna. Pero que el de Urgell fuera pieza de la conspiración y al tiempo aliado del rey de Aragón era el más negro de los presagios para la tropa castellana.

—Estamos perdidos —murmuró el conde Nuño Pérez de Lara—. Si el de Urgell anda mezclado en este asunto, no llegarán los refuerzos anunciados. ¡Esto es una trampa! Y quién sabe... —La sospecha se instaló en su expresión al mirar a Blasco y a Berguedà.

—No tan deprisa —intervino Blasco de Maza—. La palabra del rey de Aragón es firme como la roca. Si ha dicho que vendrá, así lo hará.

—Sí, pero ¿como amigo o como enemigo? —inquirió el monje Martín de Calatrava.

—Ni todas las lenguas viperinas harían cambiar de opinión a Alfonso de Aragón —sentenció Guillem de Berguedà—. Es tanto o más tozudo que yo, y lo soy un rato.

—¡Cuidado! —exclamó Blasco, tratando de agarrar al de Castro, que se había levantado ágil como un gamo y alcanzó la puerta guardada por Pelegrín. El muchacho, desprevenido, maniobró torpemente con la espada y no consiguió detenerle, pero le hizo un tajo en el costado que le arrancó un gemido de dolor al magnate mientras huía. Salieron los hombres tras de él, oyéronse ruidos de carreras, cascos y relinchos. Pelegrín se abalanzó hasta el ventanal y vio cómo Fernando Rodríguez de Castro se perdía en la distancia, cabalgando a toda velocidad, perseguido por un par de soldados de la guardia del conde Nuño. Regresaron Blasco y los demás. El joven Pelegrín, cabizbajo, dijo:

—Ha sido culpa mía. Debí impedirle el paso.

El rey Alfonso de Castilla se aproximó y dijo:

—Tenéis razón. Y también por culpa vuestra mi conde Nuño sigue vivo.

—Mientras todos dormíamos, de no ser por ti, Castro pudo haberle cortado en pedazos. Pero fuiste rápido y lo desarmaste como un hombre —dijo Blasco, orgulloso.

Se adelantó el conde Nuño y puso su mano en el hombro de Pelegrín.

—Os debo la vida.

—No hay soldado que habiendo probado su valor quede sin recompensa del rey de Castilla —dijo este—. Pelegrín de Castillazuelo, acércate.

El interpelado obedeció, rojo como la grana pero consciente del gran honor que le hacía el rey. Alfonso se volvió hacia Blasco de Maza y dijo:

—Sois caballero de la mesnada del rey Alfonso de Aragón, y el que fuera vuestro escudero —se estremeció Pelegrín al oírle hablar así— pertenece, por lo tanto, a la casa y la corte de dicho señor. Si como es de mi gusto ahora le nombro caballero del reino de Castilla, de toda la conquista que emprenda en esta contienda me correspondería una parte por cuenta real; no estando Alfonso presente para bendecir o disputar mi ofrecimiento, lo postergaré hasta su llegada. Pero para que así lo oigan en mi corte y quede dicho y registrado por mis escribanos, digo que al escudero Pelegrín de Castillazuelo le tengo por caballero de pleno derecho por su honradez, valor y arrojo. Si ha de luchar bajo la enseña de Castilla o la de Aragón, será libre elección del mastuerzo. Dad fe los aquí presentes de la palabra de vuestro rey Alfonso.

—Lo está, dada queda —dijeron el conde Nuño y Martín a una.

—Y ahora, a por menesteres menos felices —dijo el rey—. Nuño, ¿qué aconsejáis?

Este vaciló y por fin dijo:

—Del sentido común no puedo prescindir: lo que nos ha contado el traidor Castro es preocupante, pues ¿cómo hemos de creer que Aragón nos socorrerá, cuando el hombre de confianza del rey anda metido en la conjura que ha traído el Mahdi y la desgracia a estas tierras?

—Y yo sostengo por mi honor que el rey Alfonso no traiciona como una rata —exclamó Blasco de Maza, encendido—. Que cuando ha tenido pleito con Castilla, ha sido con las lanzas en alto.

—Las noticias que llegan son las de un gran ejército que baja desde Zaragoza —reflexionó pensativo el monje de Calatrava—. Alfonso podría estar pensando en atacar Toledo, aprovechando que estamos debilitados y enfrentándonos al moro de Córdoba.

—Blasco, no sé tú, pero a mí las orejas me hierven de escuchar burradas —dijo el de Berguedà tranquilamente—. Vámonos, que aquí ya no hay amigos de Aragón.

—¡Esperad! —ordenó el rey. Miró a sus dos hombres de confianza. Nuño movió la cabeza negativamente. El monje de Calatrava torció el gesto. Alfonso observó el semblante airado de Blasco de Maza y la furia contenida del señor de Berguedà. La cabeza le decía una cosa y las tripas otra. Tomó una decisión—: Iremos a reunirnos con el ejército de Aragón en la Calzada de Calatrava. Desde allí juntos atacaremos Córdoba.

—Pero, majestad... —protestó débilmente Martín Pérez de Siones.

—Mi querido maestre de Calatrava y el conde Nuño —dijo, tomándolos a ambos del brazo con afecto, y dirigiéndose a Blasco y a Guillem— son tan fieles servidores de Castilla como vos lo sois de vuestro rey. Hombres de lealtad inquebrantable no obedecen a un traidor. Fío mi corona en vuestra palabra. —Con una sonrisa peligrosa añadió—: De modo que ambos perderéis la lengua si nos encaminamos hacia una traición.

—No caerá esa breva —exclamó Blasco, señalando a Guillem de Berguedà— y estaré condenado a escuchar los gorgoteos de este pajarraco por mucho tiempo.

El trovador se limitó a propinarle un golpe en las costillas, al tiempo que entonaba una de sus *cançós* de versos más largos, y así anduvo canturreando el resto de la tarde hasta el anochecer. El conde Nuño y el monje Martín procedieron a dar las órdenes necesarias para levantar el campamento a los pies de la fortaleza de Retamar. Costara lo que costara, tenían que llegar lo más pronto posible al castillo de Dueñas. Mientras, el sol caía sobre Almadén.

Arnau de Torroja cabalgaba satisfecho, mentón alzado y capa de lana marrón al viento.

—No tardaremos en llegar, mi señor —dijo, señalando un torreón que se elevaba a menos de media hora de trayecto—. Allí haremos noche y nos prepararemos para el día de mañana.

—Jamás te he visto tan a gusto, Arnau —dijo el rey Alfonso de Aragón.

—Me gusta guerrear y matar moros, majestad —dijo sencillamente el de Torroja. Miró de reojo a su rey y titubeó al añadir—: Nunca creí que emprenderíamos esta expedición.

—¿Por qué no? —enarcó las cejas Alfonso.

—Tenéis los ojos puestos en el cielo de Occitania y en Provenza, y hace tiempo que no miráis a vuestros pies, al sur del reino de Aragón, donde se pierden vidas y tierras cristianas día sí y día también —dijo Arnau—. Y además...

—No os guardéis nada, Arnau —dijo con cierta ironía el rey—, que si no tendréis pesada digestión.

—Bueno, no es ningún secreto que el conde Ermengol es hombre reacio a cruzar las fronteras del reino por causa militar, bien distinto de su padre, el conquistador de Lleida y Tortosa. Al fin y al cabo, es prohombre de vuestra corte que cuenta con vuestro favor y es a quien prestáis más fino oído —terminó Arnau de Torroja.

El rey Alfonso replicó:

—No es a él a quien he confiado el gobierno de mis tierras durante mi ausencia, sino a mi vasallo y amigo Ramón, de la familia de Montcada.

—Es curioso, sin embargo, que en asuntos que competen a nuestros vecinos reinos, como Castilla, León o Navarra, sea el conde de Urgell quien suele llevar las riendas de las negociaciones. Especialmente en el caso de León —dijo el templario, como si acabara de reparar en ello. Calló tan súbitamente como había empezado, dándose cuenta de que quizás había hablado demasiado.

Alfonso guardó silencio y reflexionó. Lo cierto era que Arnau de Torroja simplemente ponía voz a las dudas que siempre había despertado en él la estrecha relación que el conde Ermengol mantenía con el rey Fernando de León. No podía negar que esa relación en ocasiones le era útil, y por eso miraba hacia otro lado cuando no convenía. Pero no podía seguir manteniendo a su lado a un servidor que tenía dos amos. La lealtad a tres bandas era de difícil conjugación. Miró hacia atrás, donde cabalgaban en silencio el conde y el monje Walter Map. De repente, en sus rostros se pintó la más absoluta sorpresa y el rey de Aragón se giró para contemplar, desde la sierra donde se erguía la torre de Dueñas, cómo avanzaba extendida una línea de huestes sarracenas reptando por el valle como una serpiente de colores negros, azules y verdes, centelleando sus cimitarras a la luz de la luna que colgaba en el cielo cordobés, como un faro de plata y gris. Alfonso de Aragón reprimió una exclamación de asombro. En el silencio de la sierra, el ruido de los cascos de caballos, camellos y bestias de carga era sordo y persistente, como hace el océano cuando avisa de que viene la tormenta porque soplan los vientos hinchando las velas. En el mar de tierra que se abría a sus pies, las olas de soldados y armas se agitaban sin descanso.

—A la torre de Dueñas —ordenó el rey—. ¡Deprisa! Arnau, te dejo al mando de la tropa. Condúcelos hasta allí sin perder tiempo. Ermengol, Walter y yo nos adelantaremos para prevenir a los custodios del torreón de que venimos en son de paz.

—Jamás había visto nada parecido —dijo Walter Map, sin poder apartar la vista del inacabable reguero de soldados musulmanes que ocupaban a lado y lado las riberas del poderoso río.

—Esperad a mañana —dijo Arnau de Torroja con ferocidad— cuando nuestras espadas estén segando a esa bestia de mil patas. ¡Entonces sabréis lo que es luchar!

Tres jinetes abrieron la carrera mientras los guerreros de Alá subían por el valle y con su desfilar hacían temblar la tierra de Dios.

En el ancho margen del río, seis tiendas ostentaban el pendón y el sello plateado de *al-mulk*, el poder del califa de Córdoba. El algodón de la tienda de campaña se había recubierto con sedas negras y verdes, en atención a los que se hospedaban en ellas: el califa Abu Ya'qub y su séquito privado, así como sus dos capitanes de la guardia negra y, en la tienda más grande y menos frecuentada, la mora Fátima y su guardia personal. En otras dos tiendas se habían instalado los consejeros del califa, los generales de las familias más poderosas de la corte y otros altos dignatarios. El califa y sus invitados comían alrededor del mismo fuego, instalados en divanes y cojines que las carretas del califa habían llevado hasta la sierra. Cubierto por una fina manta de lana, Abu Ya'qub degustaba una torta de carne frita con buen apetito mientras Al-Nasr permanecía en hosco silencio y Auxerre y el califa departían sobre si el cielo prometía lluvia o más bien sería noche seca. Fátima apenas hablaba. A unos pasos de distancia, retirado pero vigilante, Gerard Sem Pavor observaba a todos cuantos se acercaban a la doncella mora: ricos y pobres, soldados y criados, veteranos y novicios buscaban la bendición del Mahdi. Se arrodillaban sin decir palabra, esperaban que les tocase la frente y se iban tan silenciosamente como habían llegado. Al-Nasr observó a Sem Pavor con desagrado: desde que le encontrara yaciendo con Fátima, el cristiano no se había despegado de ella, y la mora parecía no necesitar a nadie más. Para Al-Nasr, que siempre había albergado dudas acerca del Mahdi, la ciega obediencia del guerrero portugués era una inquietante prueba de su poder. Se preguntó si Fátima también podría convertirle a él en un hombre completamente distinto: curarle de las pesadillas en las que soñaba que tenía mano y de repente se la cortaban, hacerle olvidar que Aalis de Sainte-Noire había sido su prometida y que ahora le odiaba: en suma, borrar su pasado como si este no hubiera existido. Le humilló el hecho de haberlo siquiera pensado, y como siempre que una idea que avergüenza es hija del deseo, abominó de ella. Fátima levantó los ojos y de nuevo su fuego verde recorrió el alma de Al-Nasr. El capitán no pudo soportarlo y se levantó como si le hubiera picado una avispa. Antes de que pudiera excusarse, un soldado se le acercó y le habló al oído. Auxerre aguzó la vista. Al-Nasr parecía complacido, y eso no era buena señal. Dijo Al-Nasr:

—Mi señor, ha llegado alguien a quien debéis ver. —Y añadió—: Está esperando en mi tienda.

—Quizás es hora de irnos a descansar —dijo Auxerre fingiendo bostezar—. Mañana nos espera un día muy largo.

Fátima los miró, divertida. Era evidente que la muchacha ya no era la novicia inexperta que habían conocido en Rocamadour. Había crecido y había madurado, pero si era o no una profeta de Alá, Auxerre no lo sabía. Daba la impresión de que era capaz de leer todo cuanto cruzaba la mente de sus interlocutores. ¿Por qué si no tenía la sensación de que Fátima sabía perfectamente lo que ocultaba?

—La cara es un espejo del alma, Al-Assad —dijo ella como si le hubiera oído.

Auxerre miró en dirección a Al-Nasr. Estaba ocupado conferenciando con el califa. Antes de que pudiera desearles un fructífero descanso y averiguar quién era el misterioso visitante de Al-Nasr, ambos se habían retirado a la tienda de este. Auxerre concentró, pues, su atención en Fátima. Valía la pena averiguar cuáles eran las intenciones de la muchacha. Si era cierto que tenía los poderes que se le atribuían a un Mahdi, no sería difícil cerciorarse. Y entonces, solo cabía saber si jugaba a su favor o en su contra. Auxerre preguntó directamente, en voz baja:

—¿Por qué sigues aquí, Fátima? Podemos huir cuando quieras. Te ayudaré si es necesario.

—Me quedo por la misma razón que tú.

Auxerre la observó atentamente. Fátima no tenía forma humana de saber cuánta razón tenía; que Aalis de Sainte-Noire estaba en su tienda, que había viajado en secreto en la carreta de provisiones y armas del califa que él en persona se había encargado de custodiar, y que sin ella no podía irse, como tampoco la había podido dejar atrás, en el palacio califal.

—¿Te refieres a él? —dijo señalando a Gerard Sem Pavor. Le había sorprendido que el mudo acompañante de Fátima fuera el portugués con quien habían compartido camino en dirección a Córdoba cuando se dirigían por primera vez a la ciudad con Ferrat, pero ni Sem Pavor ni él habían dado señales de reconocerse, como soldados viejos que no se dan la mano excepto si es para beber o pelear juntos.

La novicia negó con la cabeza.

—No, me refiero a ella. Aalis.

—¿Qué quieres decir?

—Es inútil que mientas, pero acepto que no quieras decirme dónde está. No necesito saberlo, solo siento su presencia aquí, igual que oigo cómo suena el agua del río. —Fátima se acercó a Auxerre y explicó—: Planeé mi huida con Gerard la noche en que mataron a Hazim. Si murió fue por mi culpa y tendré que acarrear con esa tristeza durante el resto de mi vida. Pero lo sentí demasiado tarde; solo supe lo que había pasado cuando ya era demasiado tarde. De haber estado yo cerca, lo habría salvado.

Auxerre hizo un gesto escéptico y dijo:

—Quizá sea verdad lo que dices, aunque jamás lo sabremos. Pero tú no eres responsable de todo cuanto pasa a tu alrededor, seas o no el Mahdi.

—Sí lo soy. De no ser porque el califa cree ciegamente en el Mahdi, nada de esto habría sucedido —dijo Fátima señalando el campamento con una sonrisa melancólica.

—Está bien —concedió Auxerre—. Pero nada ganas permaneciendo aquí.

—Ya te lo he dicho: no pienso abandonar a Aalis como hice con Hazim.

—Suponiendo que tengas razón y que Aalis esté cerca —dijo Auxerre cautelosamente y en voz baja—, yo me basto y me sobro para sacarla de aquí. Hay algo más que te impulsa a quedarte.

—Eres perspicaz, Al-Assad. Reconozco que hay una parte de mí a la que le gusta ser el Mahdi. —Fátima cerró los ojos mientras hablaba—. El amor incondicional que me tienen los que creen en mí es tan hipnótico para ellos como lo es para mí: los soldados me adoran con toda la fuerza de su ser. Sus corazones vibran de amor y si callasen, dejarían un terrible vacío en mi alma. Es difícil separarse de eso. Soy tan humana como tú, y también débil. Les necesito.

—Y a cambio convertirás al ejército del califa en una maldición que asolará Castilla. —El tono en que Auxerre lo dijo hizo que Fátima abriera los ojos, sobresaltada pero divertida:

—¿Tú no crees que yo pueda ser un acicate para las tropas, que sus espadas cortarán con más fuerza si el Mahdi les susurra al oído que mil vírgenes les esperan con los brazos abiertos?

—He estado en unas cuantas batallas, y mi experiencia me dice que al veterano no le convencen arengas, y que al primerizo le sobran: uno maneja espada y prudencia y el otro se lanza al cuello del enemigo sin mirar ni dónde pisa ni dónde cae —dijo Auxerre con franqueza.

Fátima se echó a reír. Replicó:

—Tal vez tengas razón. Jamás estaré delante de tantos fieles juntos como mañana por la mañana. Quizá la ilusión se rompa en mil pedazos o tal vez se multiplique, como las ondas de una piedra que se arroja en mitad de un lago. Veremos.

—¿Y después?

—¿Qué quieres decir?

—Cuando la batalla termine, cuando llegue el siguiente

amanecer. La tierra estará cubierta de cadáveres y habrá un vencedor y un derrotado, pero ¿qué harás tú?

Los ojos verdes de Fátima resplandecieron, cargados de secretos.

—Está bien, no me lo digas —dijo Auxerre—. Tengo que pedirte algo en nombre del aprecio que dices tenerle a Aalis y del cariño que sentías por Hazim.

—¿Qué?

—Al-Nasr. Quiere matarme y no puedo dejar que lo haga, o Aalis no saldrá viva de este lugar. Y también temo que ella corra peligro si Al-Nasr la descubre aquí.

—¿Quieres que acabe yo con él? —Fátima lo preguntó desapasionadamente.

Auxerre no pudo evitar estremecerse al ver los bellos ojos verdes mirándole fríos como dagas. Cuando el Mahdi hablaba de muerte, hundía puñales en lugar de palabras. Negó con la cabeza:

—Mañana todo se jugará a cara y cruz, y quizá la fortuna se encargará de hundirle en el lodo de la miseria o de encumbrarle en la gloria, pero hasta entonces no puedo bajar la guardia.

—Descuida. No tendrás nada que temer de él mientras yo esté cerca.

—Gracias —dijo Auxerre. Le tendió la mano y se despidió de ella, dirigiéndose a su tienda. Entró y desenvainó su espada. La dejó en el suelo, contra la cama. Estaba cansado y le esperaba un día duro como el martillo que golpea yunque. Sonrió al ver a Aalis recostada y durmiendo, su rostro sereno y en paz por primera vez desde hacía mucho tiempo. Estaba vestida con el jubón de algodón y los pantalones anchos, a lo moro, que Ibn Tufayl le había procurado para que se deslizara entre la caravana de criados, carretas y monturas que Auxerre había conducido hasta el valle. Si alguien la hubiera descubierto, se habría podido hacer pasar por un esclavo cristiano, pero por suerte había pasado inadvertida en el trasiego de gentes y bestias. Auxerre se inclinó y le besó la frente con ternura.

—¿También a mí me vas a cuidar así? —preguntó Louis L'Archevêque, con una mueca de burla, haciendo morritos—. Dijo tu médico moro que quizá me rompieron una costilla, pero como ya no me duele, una de dos: o se juntó sola o quedará colgando para siempre. ¿Cómo piensas agradecérmelo?

—¿Darte las gracias por arrastrarte de nuevo hasta Córdoba, hacerte detener y apalear, obligándome a salvar no solamente a Aalis, sino también tu pescuezo duro de roer? —preguntó Auxerre irónico mientras se lavaba la cara con el agua perfumada de la jofaina—. Déjame pensar.

—¡Te faltaban manos y lo sabes! —insistió Louis, imperturbable—, «Dejadme solo», dijiste. «Es cosa mía, yo me las arreglaré.» Cuando llegué al palacio...

—Quieres decir cuando diste con tus huesos en las hediondas mazmorras del califa.

—Cuando me hice invitar a palacio por los guardias —corrigió dignamente Louis— tú te veías en el brete de tener que organizar la huida de Aalis, y para más inri después de que te nombraran comandante del ejército del califa. Creo que la moza se alegró tanto de verme porque temía que terminaras en un calabozo o cortado en pedazos. Ya me dirás lo que pensabas hacer: ¿llevártela debajo de la capa mientras capitaneabas la vanguardia de la ofensiva mora?

—Si no quedaba más remedio. —Auxerre se encogió de hombros, disimulando una sonrisa.

—Cuando volvamos a Sainte-Noire, tendrás que comprar diez bodegas para compensarme.

—Si salimos vivos de aquí, nadarás en vino hasta que respires burbujas de Borgoña.

Louis L'Archevêque suspiró como si pudiera verse tal y

como Auxerre le había descrito. Levantó un vaso de vino y brindó:

—¡Que Dios, Alá y Yahvé te oigan!

A pocos pasos de allí, otro cristiano también bebía vino y esperaba. Se levantó cuando Abu Ya'qub y Al-Nasr entraron en la tienda del califa.

—¡Castro! ¿Qué hacéis aquí, en nombre de Alá? —exclamó el primero, sorprendido.

—Creedme que si pudiera ir a cualquier otro sitio, ahí estaría —dijo el magnate con amargura. Esperó a que Al-Nasr tradujera sus palabras para añadir—: Me han descubierto y el rey de Castilla me ha echado de la corte. Traigo noticias para vos.

Abu Ya'qub había escuchado sin interés las cuitas de Castro. No le interesaba la suerte de un traidor y menos si era cristiano, pero prestó más atención tras oír lo último que había dicho.

—¿Qué sucede?

—El rey de Castilla ha pedido ayuda al de Aragón, y este ha venido con un ejército.

—Dijisteis que eso no sucedería —objetó el califa, preocupado.

—No. Dije que Fernando de León se mantendría al margen. Pero no prometí nada respecto a Aragón. Confieso que no me lo esperaba. Aragón y Castilla se las han tenido más de una vez y sus reyes no eran amigos. Hasta ahora, a lo que parece —terminó Castro, amargado.

—Esto es muy grave. —Abu se giró hacia Al-Nasr, inquieto.

Un soldado entró en la tienda y anunció:

—Dos emisarios del rey de Castilla, ¡oh, príncipe de los creyentes!

Al oír el nombre de su reino, Fernando Rodríguez de Castro palideció y se retiró hacia las sombras de la tienda, acomodándose al fondo, oculto tras los divanes y cojines que hacían las veces de sala de audiencias del califa. Si había gente de Castilla en aquel campamento, era vital que no le reconocieran o perdería la posibilidad de congraciarse con el rey en el futuro.

—¿Cómo es posible? —exclamó airado el califa—. Apenas llevamos dos días fuera de Córdoba y ya sabe el rey dónde encontrarnos. ¡Esto es traición!

Al-Nasr se inclinó y murmuró:

—Nuestras tropas llevan semanas recorriendo la frontera y haciéndose ver. No es extraño que Toledo procure por su seguridad y mande gente hacia el sur para ver si buscamos guerra abierta o no. Pero estoy de acuerdo en que hay traición en el aire que nos rodea, y cuando pueda probarlo, hablaré más claro.

—Por tu bien espero que así sea —zanjó el califa. Le desagradaban las insinuaciones de Al-Nasr, en el fondo siempre dirigidas contra Al-Assad, y que hasta entonces solo eran viperinos comentarios sin sustancia. No obstante, la angustia que sentía Abu Ya'qub la víspera de la batalla era terreno abonado para prestar oídos a las acusaciones de su capitán de la guardia. Cuando el soldado trajo a los dos mensajeros del rey de Castilla, Al-Nasr exclamó:

—¡En nombre de las Siete Vírgenes!

El abad de Montfroid y Enrico Dándolo guardaron prudente silencio, pero el capitán agitó su brazo sano, señalándolos. Dijo:

—Al primero no lo conozco, pero el otro es el veneciano que encontré en Barcelona con Fátima, explicándole quién era a... —Se detuvo e inspiró profundamente—: Al-Assad.

—¿Qué dices? ¿Estás loco? —preguntó irritado el califa.

—Al-Assad se llama en realidad Guillaume de Auxerre —afirmó Al-Nasr.

—Nada me importa el nombre que tuviera antes de ser mi capitán de la guardia negra.

—¿Tampoco que estuviera en Barcelona con Fátima cuando yo la capturé?

Abu Ya'qub no respondió. Fruncía el ceño mientras Al-Nasr hablaba, insidioso:

—La cristiana que vino con Fátima es la mujer de Auxerre. —Le tembló la voz pero siguió—: Cuando nos la llevamos, Auxerre la siguió hasta Córdoba. Por eso y no por otra razón apareció de nuevo en vuestra corte.

—¡Silencio! —tronó el califa. Miró el semblante inmóvil de los dos mensajeros y exclamó, furioso—: ¡Sacad a estos perros de aquí! ¡Que esperen fuera!

El soldado se apresuró a cumplir la orden. Del fondo de la tienda se acercó Fernando Rodríguez de Castro. Miró al califa y al capitán. De la buena voluntad de los moros dependía que pudiera llegar sano y salvo hasta sus dominios del norte. Necesitaba caballos de repuesto y una escolta, de mercenarios o de lo que fuera. Y tenía algo con lo que negociar.

—Puedo deciros algo acerca de esos dos hombres que han entrado —dijo a Al-Nasr. Al capitán le brillaron los ojos. Preguntó:

—¿Qué sabéis?

—Antes, vuestra garantía de que me ayudaréis a cruzar tierra mora hasta llegar a León.

—Trato hecho —dijo Al-Nasr sin dudarlo.

—Son Enrico Dándolo y el abad de Montfroid —dijo Castro—. Los vi en Toledo, en la corte del rey Alfonso de Castilla. Habían ido a prevenirle sobre lo del Mahdi, por lo que pude descubrir. Llevaban mensaje del rey de Aragón, y seguramente fueron ellos los que mediaron entre ambos.

Tenéis en vuestro poder a los que han luchado por aplastarnos. Bienvenidos a vuestra venganza —concluyó, y tomó un largo trago del vino árabe. Era dulce pero Castro tenía un sabor amargo en la lengua.

Al-Nasr mostró los dientes como un lobo que se ha topado con la presa. Tradujo al califa lo que el cristiano había dicho, añadiendo:

—¿Veis el camino de la traición? El veneciano previno de algún modo al rey de Aragón, y luego fue a Toledo acompañado del francés. No es posible que Auxerre ignorara lo que pretendían. Vino envuelto en mentiras y se ganó vuestra confianza. Si continuáis cediéndole poder, os conducirá al desastre y al fracaso más espantoso que podáis imaginar.

—Se clavaban como dardos las palabras de Al-Nasr en los oídos del califa Abu Ya'qub. Le daba vueltas la cabeza y solo comprendía que Al-Assad le había traicionado, que todos mentían a su alrededor y que el sueño de conquista que había emprendido en honor de su padre corría riesgo de desmoronarse.

—Vamos a ver a Al-Assad. Él me dirá la verdad —dijo el califa como si los restos del afecto y la confianza que había sentido por el capitán de la guardia negra se negaran a abandonar de una vez por todas su ánimo. Al-Nasr le miró como si estuviera loco.

—¡Quiero ver a Al-Assad! —Esta vez, la estridencia en la voz de Abu Ya'qub hizo sonreír a Al-Nasr, que se inclinó obsequioso y más tranquilo. El califa no iba a perdonar al traidor. Quizá la noche sería testigo de las primeras muertes en honor de Alá.

—¿Quién va? —exclamó Auxerre, abriendo las cortinas de su tienda para encontrarse de bruces con el abad de Montfroid y Enrico Dándolo, custodiados por sendos guardias.

Detrás de ellos caminaba Al-Nasr con una mueca de regocijo incontenible.

—Tenemos invitados, Al-Assad. Amigos vuestros, según creo.

El abad y Enrico miraron al frente, impertérritos.

—No sé de qué me hablas —dijo Auxerre plantado en la entrada de la tienda.

—Deja de mentir, Auxerre —respondió el otro pronunciando su nombre con intención.

—¿Auxerre? ¿Es así como te llaman tus amigos cristianos? —El califa Abu Ya'qub se adelantó y escrutó el rostro de Al-Assad. Seguía llamándole así en su fuero interno, pero cuando miró al que había sido su primer capitán de la guardia negra vio la verdad que se había negado a admitir desde el primer día: Al-Assad no había regresado a su lado porque Alá le hubiera conducido de nuevo a Córdoba. El hombre que tenía delante era un mercenario que estaba allí por razones que nada tenían que ver con la lealtad a su califa. Abu Ya'qub miró a Auxerre con decepción. Este no dijo palabra. Al-Nasr se interpuso entre ambos.

—Vamos, traidor. ¡Déjanos pasar! Si confiesas, quizá salvemos la vida de tus amigos.

Dentro de la tienda, Louis L'Archevêque aguzó el oído. Las cosas se ponían negras. Se acercó al camastro y con un suave movimiento despertó a Aalis, indicándole que guardara silencio. Auxerre no parpadeó ante la amenaza de Al-Nasr. Aunque todo estuviera perdido para él, aún no podía permitir que entraran en la tienda. Y ya sabía lo que cabía esperar del hombre que tenía frente a él. Decidió que solo podía ganar tiempo. Con un empujón violento, tiró al suelo al capitán de la guardia:

—¡Tendrás que hacerme morder el polvo primero! —le gritó.

El abad y Enrico se miraron sin entender la visceral reacción del capitán. No tardaron los guardias en reducirle, y Al-Nasr se levantó, rebrincando con rabia, y no perdió la ocasión de propinarle un par de puñetazos en la espalda. Se contuvo porque presentía que el califa, a pesar de comprobar con sus propios ojos que le había mentido, seguía deseando que todo fuera una confusión, que su añorado capitán Al-Assad no fuera un traidor. «Ya te acostumbrarás y volverás a confiarme el poder que me arrebataste sin contemplaciones», pensó para sus adentros. Se dirigió respetuosamente a Abu Ya'qub:

—¿Vuestras órdenes, mi señor?

—Vigiladlo. Esta noche no morirá. Mañana, veremos.

Se dio la vuelta y se fundió con la oscuridad. Al-Nasr tiró del hombro de Auxerre, levantándolo a empellones, y le dijo:

—Vas a desear estar muerto, te lo juro. —Miró al abad y a Enrico y añadió—: En cuanto a vosotros dos, tenéis suerte de que el califa respete vuestra condición de emisarios reales.

—Entonces, ¿tendremos ocasión de conferenciar con el califa? —preguntó Enrico.

—Dad gracias de que no conferenciéis con mi espada —se burló Al-Nasr—. Sois rehenes del califa, y viviréis hasta al amanecer. —Se dirigió a los dos soldados y ordenó en árabe, señalando a Auxerre—: A él lo custodiaré yo personalmente. Los otros dos son rehenes y el califa les ofrece su hospitalidad. Alojadlos en esta tienda y no permitáis que salgan sin mi permiso.

Al-Nasr miró torvamente a Auxerre. Le molestó ligeramente que el otro le devolviera la mirada con ojos desafiantes. «Voy a borrarle esa expresión satisfecha de la cara», se prometió.

La noche era oscura pero las hogueras que rodeaban al campamento cristiano de Dueñas resplandecían como pequeños soles de mediodía. Los vigías del rey de Aragón vislumbraron las primeras señales de compañía y sonaron los tambores, despertando a todos cuantos habían logrado conciliar el sueño, que no era cosa fácil dormir en tierra extraña, esto es, lejos de casa y encima del duro suelo. Desperezándose, los soldados echaron mano de espada, los campesinos de sus guadañas y mazas, y los hidalgos mandaron a sus escuderos a ver qué pasaba. Fue cosa de la Fortuna que no se tomasen por moros con apetito de degüello, sino que se vieran las caras asustadas un aragonés de la patrulla de Alfonso y uno de la vanguardia de las tropas de Castilla. Reconocieron en sus ropas que ni el uno ni el otro eran musulmanes, y se dieron un abrazo salpicado de variopintas exclamaciones y vivas a los santos patronos de sus respectivos pueblos. Cuando al conde Nuño le dieron la noticia de que en Dueñas acampaban aragoneses, no tardó un instante en ensillar un caballo de refresco y acompañar a su rey a entrevistarse con Alfonso de Aragón, acompañado de Martín Pérez de Siones. Los dos Alfonsos se vieron al pie de la torre de Dueñas, bajo un árbol retorcido como la sonrisa de una vieja. Sin coronas ni tronos, los dos con la cara sucia de polvo y de camino, con Nuño y Martín, y Arnau de Torroja y Walter Map flanqueándolos, los dos reyes se saludaron. El maestre templario y el de la orden calavatrense les imitaron, con una seca inclinación de cabeza. Habló primero y cautelosamente el de Castilla.

—Mis ojos se regocijan al veros, Alfonso.

—Llevamos apenas unas horas instalados en Dueñas, donde nos mandó vuestro emisario el monje Map que acampáramos —dijo el rey de Aragón. Añadió impulsivamente, abrazando al otro—: ¡Es bueno encontraros en esta tierra de enemigos!

Una expresión de alivio sobrevoló a los acompañantes del rey de Castilla, que no pasó desapercibida para el maestre Arnau de Torroja.

—Los moros campan a miles. ¿Los habéis visto al venir? —siguió explicando el de Aragón, señalando en dirección a las riberas del río.

—No, aún no. ¿Cuántos soldados habéis traído? —preguntó el rey de Castilla.

—Soldados de a pie y peones, unos cuatrocientos. Hidalgos y caballeros armados, ciento cincuenta, de los que casi cincuenta son pertrechados por el conde Ermengol de Urgell. Y además, cuarenta templarios que comanda el maestre Torroja —dijo Alfonso de Aragón, señalando a Arnau.

El conde Nuño dio un paso adelante y dijo, tajante.

—Del conde de Urgell tenemos que hablar.

—El rey de Aragón no recibe órdenes de nadie —replicó Alfonso con altivez.

Walter Map suspiró, resignado. Los hombres de espada tenían por costumbre soltar la lengua con más facilidad que los clérigos, los amantes del vino y los poetas, pero los pendencieros y buscadores de riñas más terribles eran los reyes. Intervino el monje galés:

—Así es y no de otro modo. Conde Nuño, debéis de estar agotado y a nosotros el sueño no nos sobra. ¿Qué tan importante es lo que queréis tratar? ¿Y qué tiene que ver el conde Ermengol?

—La conjura que denunciaron el abad de Montfroid y Enrico Dándolo tiene raíces en Urgell.

El que así había hablado era el rey de Castilla. Alfonso de Aragón lo miró, atónito. Replicó:

—¿Qué decís? ¿Para eso he venido hasta aquí? ¿Para recibir insultos y escuchar malezas del hombre que ha cabalgado a mi lado, cruzando la mitad de mi reino y buena parte del vuestro?

—No hace ni diez horas el conspirador Fernando Rodríguez de Castro intentaba cortarme el cuello —dijo Nuño, afirmación que todos los presentes acogieron con un impresionado silencio, los que habían estado presentes en el hecho porque lo recordaban y los que no porque conocían la proverbial enemistad entre los Castro y los Lara. Prosiguió—: Dios y la mano de un valiente lo impidieron. Le arrancamos la confesión a Castro de que los que habían movido los hilos del Mahdi contra Castilla eran, además de los moros, el rey Fernando de León y su mayordomo el conde Ermengol de Urgell. Y ahora venís hasta aquí acompañado de... —Se calló de repente. El rey de Aragón consideró lo que acababa de oír. Preguntó gravemente:

—¿Y vosotros sospecháis que Ermengol actuó siguiendo mis órdenes?

—¡Nadie ha dicho eso! —Alfonso de Castilla alzó la mano—. Pero si el conde de Urgell se ha mezclado en los asuntos de Castilla, no será en balde para él.

El rey de Aragón se giró hacia Arnau de Torroja y dijo:

—Traed a Ermengol, y si duerme despertadle. Es preciso que aclaremos esto. —Mientras el monje templario subía en su caballo y partía al galope, Alfonso se volvió hacia los castellanos y dijo—: El conde de Urgell ha traído consigo a sus caballeros y como buen vasallo de Barcelona, ha puesto una buena cantidad de monedas de sus propias arcas para financiar este esfuerzo. ¿Creéis que un conspirador está dispuesto a llegar tan lejos para ocultar su engaño?

Por fortuna para los otros, que no sabían qué responderle al rey de Aragón, en ese momento aparecieron a caballo Torroja y el conde de Urgell. Bajaron de sus monturas y el templario se colocó al lado del rey. El conde Ermengol estudió brevemente a los presentes y se inclinó al ver al rey de Castilla, diciendo:

—Es un honor pelear al lado de vuestra majestad.

—Tenemos que dirimir una maledicencia, Ermengol —dijo el rey de Aragón, atacando el asunto sin tapujos—. Aducen los castellanos que andas en conspiración con el rey de León y los moros para perjudicar al rey Alfonso de Castilla, y que has fustigado el ataque del califa contra sus fronteras. Dígoles yo que no serías capaz, amén de acto tan vil, de luego venirte a prestar tu espada allá donde hundiste la daga. ¿Qué dices a todo esto?

—No esperaba este recibimiento —repuso el conde de Urgell con frialdad.

—¿Qué dices a todo esto? —repitió el rey Alfonso de Aragón, más severo.

Ermengol de Urgell dio un paso hacia atrás y replicó:

—Digo que si tuviera aquí a mis hombres, otro gallo cantaría.

—Me sobro y me basto yo para ponerte en tu lugar, Ermengol —dijo el de Aragón.

—Pero el agraviado es mi reino —intervino el rey de Castilla—, de modo que si alguien desenvaina hierro aquí, seré yo. Dime, ¿qué te hice para que trajeras esta maldición a mis tierras? —añadió, interpelando al conde de Urgell.

—Soy vasallo de dos reyes —dijo Ermengol, a la defensiva—. Cuando puedo sirvo a uno y si no, obedezco al otro. No busquéis más razones en mis actos.

—Bien es cierto que la codicia y la maldad no precisan de más para existir —escupió Nuño.

—¿Qué queréis hacer con él? —preguntó Alfonso de Aragón. Y añadió, de modo que solo el rey de Castilla le oyera—: Vamos cortos de efectivos y enviarle de regreso es un lujo que no nos podemos permitir, aparte de que prefiero tenerlo cerca que pergeñando nuevas hazañas.

—Es cierto —convino el de Castilla, a su pesar.

Levantó la voz Alfonso de Aragón y decretó:

—Tendrás que pagar una reparación a Castilla, Ermengol. Fijaremos la satisfacción del rey con el botín que recojas de la batalla de mañana: caballos, yelmos, esclavos, espadas, ropas, joyas y, por supuesto, tierras. Todo lo que tú y tus soldados ganéis lo habréis de repartir en partes iguales con Castilla. Acepta o vete, porque ha sido amargo el recibimiento y no por falta mía, sino por traer vasallo de poco fiar.

Al oír la noticia, al conde Ermengol le mudó la expresión; al fin que si había obedecido la orden del rey de Aragón de ir con él a Castilla había sido más con desagrado que otra cosa, aunque ni se le había pasado por la cabeza que pudieran descubrir su papel en la conjura del Mahdi. Y por añadidura, además de venir a regañadientes, había salido trasquilado, porque el único interés que albergaba en todo aquello era lo que pudiera llevarse de vuelta a sus dominios. Se encogió de hombros y aceptó, inclinándose frente al monarca:

—Unas veces se gana y otras se pierde. Así sea.

Alfonso de Aragón correspondió con otra inclinación, que aprovechó para murmurar en el oído de su vasallo:

—Y otras se pierde la cabeza, Ermengol. Que un día te encontrarán degollado en una zanja y cuando pregunte yo quién te ha matado se oirán voces en todos los rincones de España. —El conde trató de decir algo pero el rey se lo impidió—: Te has ganado mal enemigo en el rey de Castilla. No olvida ni tampoco perdona; esperará hasta que el momento justo llegue, y entonces descargará toda su ira sobre ti. Vete al campamento, lucha como debes y date por satisfecho de no morir como un traidor.

El conde de Urgell obedeció sin perder tiempo ni cruzar una palabra con los presentes. Al irse el singular servidor del rey de Aragón desapareció la tensión que había marcado al principio el encuentro entre ambos reyes. El de Castilla le dio la mano a Alfonso de Aragón, en agradecimiento por su honradez.

—Porque es vuestro vasallo y nos ocupan otros menesteres —dijo Alfonso de Castilla, brillándole los ojos—, que si no esa rata no llegaría viva a su tienda.

—¿Podemos confiar en él? —preguntó el templario Arnau de Torreja, señalando el camino por el que había desaparecido el conde Ermengol de Urgell.

Alfonso de Aragón respondió:

—No le queda más remedio que demostrar su lealtad a mi Corona mañana en la batalla. Y sabe que, si intenta perjudicarnos, una saeta se clavará en su pecho. —Se volvió hacia Nuño y preguntó—: ¿Cuándo creéis que atacarán los moros?

—No hay forma de saberlo. Hace un par de días mandamos negociadores, para ganar tiempo.

—¿Y eso les detendrá?

—A veces los emisarios mueren, otras convencen al enemigo de que parlamentar es mejor que iniciar hostilidades. —El rey de Castilla vaciló y añadió, preocupado—: En este caso, espero que sea lo segundo. Aprecio las vidas de los que enviamos a hablar con el califa.

—¿Quiénes son?

—El abad de Montfroid y Enrico Dándolo se ofrecieron, y aceptamos.

Alfonso de Aragón se detuvo y miró sorprendido al conde Nuño.

—A fe que esos dos están hechos de hierro o de piedra. ¿Creéis que saldrán vivos de allí?

—Es difícil de decir —confesó el conde Nuño, y añadió con franqueza—: así es la frontera.

—Lo sé bien —repuso Alfonso de Aragón—. Solo que cuando los muertos tienen rostros y nombres queridos, es más duro pensar en que no volveremos a verlos.

—No podemos hacer nada excepto rezar y esperar —apostilló Arnau.

—No me parecen estas palabras dignas del oído de un rey —dijo Louis L'Archevêque desde el otro lado de la vieja encina alrededor de la cual estaban todos aún reunidos, pese a la fría brisa nocturna que acariciaba la sierra. Arnau de Torroja y Nuño Pérez de Lara se interpusieron de un salto entre el rey de Aragón y el recién llegado, que no se movió y siguió hablando despreocupadamente, haciendo caso omiso de las espadas que le apuntaban—. ¿O es que pensáis dejar al azar las vidas de Montfroid, de Dándolo y del capitán Auxerre? No sé vos, pero yo no me resigno a rezar y esperar —dijo, señalando al templario, que así había hablado.

Alfonso de Aragón escrutó el rostro de Louis. Se iluminó su expresión cuando reconoció en él al caballero que había salvado a Auxerre de la muerte en Barcelona, y que desde allí le había acompañado en su viaje a Córdoba. Dio orden de bajar las armas y dijo, benevolente:

—Louis L'Archevêque, eres bienvenido en este campamento y en las filas de los reyes de Aragón y Castilla, aunque vengas con tu lengua afilada y sin modales.

—¡Louis! —Walter Map se acercó al francés, sonriente—. Nos separamos con graves responsabilidades y misiones plagadas de peligros. Mi corazón se alegra al verte.

—Pues si os contentáis con mi humilde persona, qué no le diréis a la dama que traigo conmigo —replicó Louis—. Sal, Aalis. Que aquí todos son cristianos y hombres de bien, al menos en comparación con los moros a los que hemos dejado compuestos y sin despedirnos.

Aalis de Sainte-Noire salió de las sombras, tras las rocas donde se había ocultado, y se fundió en un abrazo lleno de afecto y nostalgia con el monje galés.

—¡Walter! —exclamó, radiante de felicidad—. ¡Me alegro tanto de verte! ¿Qué haces tú aquí?

—Pregúntale a mi rey Enrique —dijo el monje, de buen humor y sin disimular la alegría que le producía ver a Aalis de Sainte-Noire—. ¿Estás bien? ¿Os han hecho daño? —preguntó, reparando en la cara ligeramente amoratada de Louis. El francés suspiró y dijo:

—Digamos que los moros no me recibieron con flores. Es una larga historia, la misma que empezamos en Barcelona y que termina aquí, esta noche.

—Y de cómo lo haga solo depende de nosotros. Debéis saber que Fátima es ahora mil veces más poderosa que cuando abandonó Barcelona —exclamó Aalis, dirigiéndose con energía al corro de hombres que la escuchaba en silencio— y la única oportunidad de evitar la victoria mora es privar al califa de su profeta de Alá.

Los dos reyes y sus lugartenientes se miraron, entre desconcertados e incómodos. No era costumbre que las damas hablaran con tanto aplomo frente a los hombres, y menos si eran caballeros poderosos y de noble origen como los presentes. Alfonso de Aragón se acercó gentilmente a la doncella y dijo:

—La última vez que nos vimos, la tristeza dominaba vuestro espíritu. Os juro que mañana obtendremos una victoria, y salvaremos no solo la Castilla de Alfonso —dijo señalando al rey—, sino también la vida del capitán Auxerre, que en tan alta estima os tiene.

—Me honráis —dijo Aalis con una reverencia—. Pero para vencer al califa y al Mahdi será preciso algo más que fe, juramentos y espadas. Y yo no estoy dispuesta a esperar a mañana.

—¿Qué descaro es este? —interrumpió Arnau de Torroja, molesto—. Tenemos hombres capaces y hierros afilados, a Dios de nuestro lado y dos reyes cristianos encabezando nuestro ejército. ¿Ha venido una mujer para enseñarnos a guerrear?

—Si no hay más remedio —replicó Aalis, impaciente—. No me digáis que os habéis encomendado a Dios y a vuestros soldados, y nada más. ¡Tenéis delante una maldición, y caerá sobre vosotros el fuego del relámpago y la furia de la tormenta! Despertaréis desnudos y vencidos, eso si lográis sobrevivir al desastre.

Arnau de Torroja estaba furioso y se disponía a responderle, pero el rey de Aragón le indicó que guardara silencio. Alfonso de Castilla, observando a la doncella, por fin habló. No le desagradaba la fiereza de la que hacía gala. Preguntó:

—¿Qué sugerís, señora? Porque andar denostando nuestros esfuerzos sin ofrecernos una alternativa tiene un nombre y no es propio de una dama, y menos de una que es valiente, como sin duda debéis de serlo si habéis escapado al cautiverio de los moros.

—Prestadme armas y caballos y si no he vuelto al amanecer con el Mahdi, dadme por muerta —dijo Aalis clavando sus ojos en el rey de Castilla. Este miró al de Aragón, luego al conde Nuño y al templario Torroja. Como ninguno se opuso, dijo:

—Se hará como decís. Que Dios os acompañe, porque si no, estaréis sola al amanecer.

El rey de Aragón añadió:

—Podéis tomar a dos de mis soldados. —Se volvió hacia Arnau de Torroja y murmuró una orden. El otro partió raudo en dirección al campamento.

Aalis hizo una profunda reverencia y dijo:

—Os lo agradezco. —Se volvió hacia Louis y dijo—: ¿Tienes algo que hacer esta noche, Louis?

—Tenía una cita con una tinaja de agua caliente, pero creo que ha sido muy descortés por nuestra parte partir sin decirle adiós ni al califa ni a Al-Nasr —dijo L'Archevêque.

—Entonces, reparemos la falta. No pienso dejar para mañana lo que podemos hacer esta noche.

—¡Ah de la compañía! ¡Por el rey y por Dios! —interrumpió una voz tronante.

Formó una ancha sonrisa Aalis al ver a un gigante aragonés con quien había compartido el camino desde Rocamadour. Blasco de Maza descabalgó, acompañado de Guillem de Berguedà. Este exclamó, haciendo una florida reverencia frente a Aalis de Sainte-Noire:

—Vive Dios que si los mandatos del rey me pluguieran tanto como este, no dejaría de revolotear a su alrededor para hallar ocasión de obedecerle siempre.

Blasco rechinó los dientes y dijo:

—Calla, conquistador. La dama tiene prenda entregada. —Y dirigiéndose a Aalis, añadió—: Es un honor para mí cabalgar a vuestro lado en busca del caballero Auxerre.

Mientras Aalis le daba la mano al aragonés y este la tomaba con respeto, L'Archevêque y el de Berguedà se estudiaron mutuamente. Exclamó el primero:

—¿Qué sabéis hacer, muchacho?

—Cortar cuellos y rebanar deslenguados —dijo el de Berguedà.

—¡Excelente! Precisamente me preguntaba dónde estaría el cocinero —dijo Louis, sin pestañear.

—Cuando necesite un pinche, no dudaré en avisarte —replicó el catalán.

—¡Callad! —exclamó Blasco de Maza—. Buscad caballo y dadle nombre y brida. ¡Vamos de caza!

El abad de Montfroid y Dándolo esperaron hasta que el campamento moro cayó en el silencio del sueño, solo quebrado por los pasos de los guardianes y los gruñidos de los caballos, inquietos, como si adivinaran el destino que les esperaba cuando la luna, dentro de unas pocas horas, dejara su lugar al sol. Entonces, el abad y el veneciano se deslizaron por la parte posterior de la tienda y recorrieron cada uno de los demás habitáculos, palpando cada piedra antes de dar un paso, y espiando el abad en el interior hasta que encontraron el que buscaban. Dio aviso a Dándolo de que habían llegado, y entraron sigilosamente. Dos figuras dormían entrelazadas; una de ellas era un guerrero. Antes de que el abad y Enrico pudieran dar un solo paso, saltaba en pie el hombre —que no era otro que Gerard Sem Pavor— y Fátima abría los ojos. La mora dijo:

—No habléis. Soy Fátima y os mataré si os movéis.

La voz de la mujer llegó como si estuvieran soñando, pero el abad de Montfroid sabía que no era así. Aguzó más los ojos y vio una cabellera morena y los ojos más bellos del mundo; solo recordaba haber visto ojos iguales en los de un recién nacido, la niña que había sostenido en sus manos. Sobre aquel bebé había escrito una misiva al cardenal Rolando Bandinelli, cuando este aún no se llamaba Alejandro III, ni era el papa que le había enviado en pos de la niña, casi veinte años después. Ahora la tenía delante, después de tanto tiempo y esfuerzo, y apenas podía creerlo.

—Sé quién eres —dijo el abad, impresionado—, pues te tuve en mis brazos cuando acababas de dejar el vientre de tu madre. He venido a buscarte.

—Y yo sé quién eres tú —declaró Fátima, dirigiéndose a Dándolo—. En Barcelona viniste a explicarme de dónde procedía yo, pero no llegaste a tiempo de impedir todo esto. Ahora ya sé de dónde soy y cuál es mi destino. ¿Qué has venido a hacer aquí?

—En Alejandría os cuidaron hasta que llegó la hora de huir, cuando los enemigos de la estirpe de Fátima, la hija de Mahoma, se multiplicaron; entonces fui a por vos y os dejé en el monasterio de Rocamadour, al cuidado de la hermana Simone y la madre Ermengarde. Ha llegado la hora de custodiaros de nuevo a un lugar seguro —replicó Enrico. Aun ciego como estaba, presentía que la inocente novicia que Al-Nasr se había llevado de Barcelona conocía ahora lo ilimitado de su poder, y por ende era una mujer mucho más terrible y peligrosa.

—Así que vosotros dos sois lo más parecido a un padre que conoceré jamás —dijo Fátima.

—No hay tiempo de hablar. Aquí corréis peligro —dijo el abad de Montfroid.

—¿Peligro? ¿Estáis seguro de que soy yo quien está en peligro, y no vosotros?

El abad y Enrico guardaron silencio, preocupados. Hughes dijo:

—Tenemos que irnos o mañana seréis responsable de una masacre.

—Pero otra es mi voluntad —repuso suavemente Fátima.

—Si os quedáis aquí, solo traeréis muerte y destrucción. ¿Es eso lo que queréis?

—No, pero he visto que los hombres que sueñan con gloria solo aprenden sufriendo y retorciéndose con dolor y con pena. Me propongo darles una lección.

—¿Qué queréis decir? —dijo Enrico.

—Mañana lo veréis, si es que seguís aquí.

—Muchacha, no seas inconsciente —espetó el abad—. Hay más cosas en juego que tu capricho. Y no es tu cometido cambiar las voluntades de los reyes. Solo quiero tu bienestar, y nada más.

—Soy consciente, Hughes de Montfroid, de que me estáis mintiendo. Si hubierais deseado mi bien, jamás habrías hablado de mi existencia a nadie. ¡No os atreváis a prohibirme nada! Estoy por encima de dioses y reyes y mi furor arrasará las tierras de Alá y de Jesús hasta que solo quede la vida que los hombres sofocan a placer —dijo Fátima, y su voz era cavernosa como si hablaran por su garganta generaciones de mujeres santas, enviando sus voces desde la arena del desierto de Ifriqiya, donde yacían enterradas. Su tono se suavizó cuando siguió hablando—: ¿Por qué habéis venido? ¿Para reparar vuestro primer error? Solo podéis arrepentiros, pero no cambiar lo hecho. ¡Yo merecía vivir una existencia normal! Hubiera crecido hasta casarme, y luego parido hijos hasta que la dulce muerte me acogiera en sus brazos.

—Lo sé, niña. Por eso he venido... —atinó a decir Hughes, impresionado por el poder que emanaba la persona de Fátima y que llenaba la tienda como si de un templo se tratara. Ella le interrumpió, enfadada:

—Me mentís, Hughes, porque solo deseáis que me desvanezca en la oscuridad. Lo sé, igual que sé que Enrico Dándolo no puede verme, pero su espíritu es impaciente y su mano desea matarme. ¿Por qué venís bajo piel de oveja, si sois lobos en realidad? Sabéis perfectamente que si no me convencéis, estáis dispuestos a todo. ¡Callad! ¡Os lo mando en nombre de Alá!

Se disponía a protestar el abad de Montfroid, cuando la orden de Fátima selló sus labios como por arte de magia, de brujería o del poder de Alá. Sin estar ni herido ni soñando, no podía despegar los labios, ni mover la lengua. Quería hablar, y a pesar de tener la boca intacta y sin dolor, no podía usarla. Miró a Enrico, desesperado, y comprobó que el veneciano se encontraba en la misma situación. Fátima sonrió y sus dientes perlados brillaron contra la oscuridad como los colmillos de una fiera.

—Sé que todo sería más fácil si yo desapareciera. Pero no hay vida ni muerte sencillas, y dicen los *haddith* que el Paraíso se construye a la sombra de las espadas y entre ríos de sangre. Igual que el profeta de los cristianos predica la ley del talión, yo os digo que el amanecer se teñirá de rojo, luego el día será negro y la noche cubrirá la tierra de Dios de silencio y alivio.

Les dio la espalda; había terminado con ellos. Gerard Sem Pavor les acompañó de regreso a su tienda. Los moros con los que se cruzaron no les prestaron atención al ver al guardián de Fátima. Una vez allí, el portugués se volvía sin decir palabra cuando el abad, recuperada su capacidad de hablar, suplicó tembloroso:

—Tenéis que detenerla. En nombre de Dios y de la vida

de los inocentes que morirán mañana, si sabéis lo que es esa joven, no podéis permitir que haga lo que pretende.

Gerard Sem Pavor los miró fríamente y dijo:

—Ella manda en las mentes de los hombres y su refugio es mi corazón. No sigo más órdenes que las de Fátima.

—Antes de desaparecer en la noche, dijo—: Os aconsejo que hagáis lo mismo.

Montfroid miró a Enrico y dijo:

—¿Qué decís, Enrico? ¿Regresamos a Dueñas?

El veneciano no lo pensó dos veces antes de contestar:

—He viajado por Alejandría y Toledo, desde la casa de mi padre hasta el palacio del califa de Córdoba; si aquí debo morir, así sea. Pero caeré luchando, o no desfalleceré hasta que me falte el último aliento.

Hughes de Montfroid puso la mano en el hombro del ciego y dijo:

—Entonces, necesitaremos una espada.

Auxerre escupió una mezcla de saliva y sangre. Era el quinto puñetazo que Al-Nasr le daba, y empezaba a dolerle la mandíbula. Con el segundo, había perdido el sentido del olfato y sospechaba que si la nariz no estaba rota, cuando menos tardaría en volver a respirar normalmente. Tenía las manos atadas a la espalda. Dijo, con una sonrisa desdeñosa:

—Pareces cansado. ¿Necesitas ayuda?

Por toda respuesta recibió una patada en el estómago, y contuvo una exclamación de dolor.

—El califa no quiere saber nada de ti. Me ha entregado tu vida. Te has burlado de él y vas a morir.

—Me rompes el corazón.

—Descuida, lo haré —dijo Al-Nasr con voz siniestra—. Pero tardaré un poco.

—No esperaba menos de ti —espetó Auxerre.

Al-Nasr se cruzó de brazos y dijo:

—O estás hecho de piedra o estás loco. ¿Cómo puedes aguantar esto, sabiendo que lo primero que haré al regresar a Córdoba será llevarme a Aalis a mi casa y forzarla a ser mi mujer?

Auxerre hizo una mueca y no contestó. Al-Nasr prosiguió:

—Aprenderá a quererme de nuevo cuando sepa que has muerto. No se guarda fidelidad a un cadáver; créeme, lo sé bien —dijo con amargura.

—Aalis no tenía ninguna razón para guardarte fe —objetó Auxerre, impaciente.

—¡Yo estaba vivo! Ella debería haberme esperado. Había riqueza, un título, una esposa e hijos en el futuro que estaba escrito para mí. —Al-Nasr se golpeó el pecho y agitó el muñón, impotente—. ¡No esto!

—Tampoco Hazim merecía morir —dijo Auxerre sin piedad—. Nada está escrito. Dios y el demonio se juegan al azar las vidas de los hombres, y el suelo se mueve bajo nuestros pies. Solo los afortunados hallan tierra firme en lugar de caer en un agujero de aire, barro y sangre.

—¡Cállate! De nada me sirve escucharte. Vas a morir aquí y ahora. Volveré a Córdoba y le daré a Aalis la noticia de tu muerte. La tomaré como concubina y tú nada podrás hacer por impedirlo. —Se inclinó sobre Auxerre, empuñando con la mano buena una afilada daga.

—¿Y le contarás todos los detalles de mi glorioso fin? ¿Atado como un perro, a tu merced y sin posibilidad de defenderme como un hombre de honor? —increpó Auxerre—. Suéltame, al menos, y peleemos como caballeros si es que alguna vez lo fuiste.

—Tú lo has dicho: lo fui, pero ya no. No pienso soltar tus ataduras, pues no quiero un combate justo, solo aplastarte como a una hormiga.

—Fino discurso y sincero como pocos —exclamó Louis, acercándose con la espada desenvainada. No tuvo tiempo Al-Nasr de reaccionar ni pedir ayuda: desde atrás, Blasco le cubrió la boca con su mano derecha, mientras que con la izquierda le retorcía un brazo hasta doblegarlo de dolor. Amordazole con un pedazo de tela oscura. El capitán de la guardia negra cayó arrodillado y vencido. Levantó la vista y vio el rostro indignado y marcado por el odio de Aalis de Sainte-Noire. Al-Nasr le devolvió una mirada atónita, pues la hacía en Córdoba. Ella se inclinó y le agarró la barbilla:

—Aquí estoy para decirte que jamás, ¿oyes?, jamás me tendrás. —Le arrojó un salivazo en la cara. Al-Nasr se debatía de furia mientras el poderoso aragonés le ataba con firmes nudos y garra de acero. Dejó de moverse cuando Blasco le propinó un golpe seco con el canto de la mano en el cuello. Aalis y L'Archevêque soltaron a Auxerre. Este tenía la cara cosida a golpes y se movía con torpeza.

—¿Podrás cabalgar? —preguntó Aalis.

—¿Qué hacéis aquí? —dijo Auxerre, mientras asentía y se palpaba el costado.

—Pues a la vista está que salvarte el pellejo una vez más —replicó Louis.

—Y poner vuestro cuello en peligro —precisó Auxerre.

—El mío no importa, pero reconozco que el de Aalis es demasiado hermoso como para eso —dijo Louis con modestia—. La verdad es que fue idea suya. Lo de venir, digo. No lo del cuello.

—¿Qué opinas, querido? —dijo Aalis, jovial, mientras ayudaba a Auxerre a ponerse en pie—. ¿Tengo un bonito cuello? ¿O debería haberme quedado en casa, cosiendo hacendosamente?

—Opino que te estás volviendo tan inconsciente como Louis. Es una mala influencia para ti. —La atrajo hacia sí para abrazarla y la besó dulcemente. Blasco y Louis no les prestaron atención y se atarearon arramblando con cuanta tela u objeto de valor había en la tienda.

—¡Deprisa, deprisa! —dijo el de Berguedà sacando la cabeza desde la parte de atrás de la tienda—. Acabo de ver unos cuantos moros poniéndose en marcha en dirección al campamento cristiano. Y los caballos están empezando a relinchar más de la cuenta.

Los dos soldados abrieron la huida, mientras Auxerre avanzaba apoyándose en la muchacha. La luna empezaba a declinar. Montaron los cuatro y los cascos de los caballos hendieron los valles y las colinas, en dirección al puerto del Muradal, hasta el castillo de Dueñas. Cuando alcanzaron el Viso del Puerto, Auxerre levantó la vista. Blasco exclamó, orgulloso:

—¡Contemplad a un ejército de Dios! Mañana esta tierra será cristiana o no será.

Mucho había sucedido durante la noche anterior, pero aún más había de acontecer en el nuevo día. El sol empezó arrojando suaves rayos sobre las tierras de la Calzada de Calatrava que iban a asistir al choque entre los dos ejércitos más poderosos del sur de la Península. A un lado, los caballeros cristianos de los reyes de Castilla y Aragón, y al otro los fieros sarracenos del califa Abu Ya'qub Yusuf, príncipe de los creyentes. Desde el castillo de Dueñas se veía la explanada hormigueando de anticipación: en el extremo más cercano a las aguas del Fresnedas, las cimitarras de puño de oro y cobre labrado refulgían cegadoramente. Los cuatro *alam* o regimientos de las tropas del califa esperaban en perfecta formación las órdenes de su cadí, y estas unidades se dividían a su vez en *liwa* o compañías, capitaneadas por un jefe a quien respondían los *arif* y los *nazir*, de menor rango y con pelotones de entre ocho y diez soldados a su cargo.

En la vanguardia, cinco de los imponentes elefantes de guerra del califa cargaban arqueros en las cestas de su lomo, a la manera en que lo había hecho Aníbal cuando marchó contra Roma. También delante, protegiendo el cuerpo central o *qalb*, estaban las milicias voluntarias y los peones que acarreaban lanzas, maderos y tinajas de aceite caliente para que los arqueros mojaran sus flechas en fuego. Bereberes, árabes, andalusíes, mercenarios, esclavos negros y fieles almohades habían acudido a la cita contra el Dios de los cristianos. En ambos flancos, los guerreros de élite del califa, fácilmente identificables porque eran los que iban a caballo y mejor pertrechados; en la parte posterior, a la *saqa* de su ejército, Abu Ya'qub había mandado erigir el palenque califal, custodiado por su guardia negra y otra unidad montada, desde donde presenciar el enfrentamiento.

Desde el torreón de Dueñas, el rey Alfonso de Aragón y su tocayo de Castilla observaron la disposición de las unidades cristianas antes de bajar y arengar a sus soldados para enardecerlos. A sus espaldas estaba Aalis de Sainte-Noire, que había reclamado un puesto en la batalla. Ambos reyes se lo habían negado. Se había desgañitado Auxerre prohibiéndole tomar armas a la muchacha, cuando esta le anunció su intención. Luego intervinieron Blasco de Maza y el de Berguedà, aduciendo que una cosa era andar acompasadas siguiendo los flancos, cargando flechas de repuesto, como algunas mujeres solían hacer, y otra muy distinta empuñar espada y montar caballo. Ni al rey de Aragón ni a Walter Map, y mucho menos al templario Torroja, que amenazó con colgarla del torreón más alto del castillo de Dueñas, prestó atención Aalis. Solo cuando Louis L'Archevêque le murmuró al oído unas frases conciliadoras, calmó su impaciencia y esperó. Ahora, desde la privilegiada atalaya de Dueñas, podía contemplar a los dos ejércitos moviéndose lenta pero inexorablemente hacia el otro.

Como era costumbre, las tropas de cada reino cristiano avanzaban codo con codo: esto es, los de Aragón permanecían al lado de los de Castilla, pero sin mezclarse aún, que para eso habría tiempo en la batalla campal. En las primeras filas se situaban los peones y los lanceros, que soportarían el primer choque. También las milicias de Toledo y los voluntarios procedentes de otras villas castellanas se habían colocado en el frente de batalla, para ayudar en su labor de carga a las haces de la caballería. Los jinetes eran, de siempre, el brazo más fuerte del ejército de Dios. Formaban los caballeros y los hidalgos unidades ordenadas en tres largas filas de profundidad. Los cristianos no disponían de suficientes caballeros reales como para organizar un flanco completo. Así, los templarios de Arnau de Torreja habían ocupado la costanera derecha mientras que los de Calatrava cuidaban del flanco izquierdo. En la medianera, las familias de caballeros de Castilla y de Aragón se organizaban en *conrois* o pequeños escuadrones, grupos de jinetes de doce o veintitantos, y luchaban bajo el estandarte del señor feudal que les había convocado a la batalla. Por ello desde el torreón los colores de cada pequeño señorío emborrachaban los escuadrones reales de Castilla y Aragón, donde los caballeros peleaban al amparo del estandarte de su rey. Los arqueros guardaban la fortaleza de Dueñas y desde las almenas y los puentes de vigía contaban con privilegiado arco de ataque. Otros se habían diseminado en grupos de cinco por el terreno la noche anterior, aprovechando las lomas y las suaves colinas que rodeaban la explanada para defender al grueso del ejército. Cada línea de caballeros comandábala un señor de Castilla o Aragón, según correspondiera: Nuño Pérez de Lara en vanguardia castellana, portando la enseña real, y el rey Alfonso; el calatravense Martín Pérez de Siones en medianera y a la zaga un lugarteniente del conde. En donde los de Aragón, Arnau de Torreja y sus templarios en la medianera, a la vanguardia Blasco de Maza, ya recuperado de la aventura nocturna, y también el rey, acompañándolos Pelegrín de Castillazuelo, orgullosamente subido a su primer caballo. En zaga mandaba el conde Ermengol y le acompañaba Guillem de Berguedà, para disgusto del primero, que a causa de la enemistad del trovador con sus vasallos le tenía ojeriza larga. El capitán Auxerre había pedido el mando de un *conroi*, a pesar de que el costado le seguía doliendo al cabalgar. A su lado marchaba Louis L'Archevêque. A medida que pasaban los instantes, se palpaba la inquietud entre las filas cristianas, las ganas de cruzar hierros, la impaciencia del que sabe que ha de morir o sobrevivir, pero pronto y sin dilación. Alfonso de Aragón y el rey de Castilla habían visto antes ese arrojo y no despreciaban su importancia en el empuje de un ataque. Abandonaron el torreón y bajaron hacia la explanada, montando sus caballos cubiertos con las gualdrapas más finas, protegidas las sienes y la cerviz, hasta el flanco y la grupa del animal por armaduras labradas de hierro y cuero bruñido. Alcanzaron la primera fila de combate y al lado de sus lugartenientes, encararon la montura hacia donde los moros.

Más allá de las tropas cristianas, al otro lado de la línea de batalla, Al-Nasr montaba su más fiero caballo árabe, enfundado el guerrero en un peto de cuero teñido de rojo y negro, y un yelmo también negro con penacho rojo. Pintados en el hierro, unos ojos de águila recordaban su apodo en honor a su agilidad y velocidad. Su brazo cercenado pendía a un lado del cuerpo; en la muñeca se había hecho atar un protector con cinchas, también de cuero, donde el herrero del califa había encajado tres afiladas hojas de hierro de modo que cuando atacaba con el muñón podía infligir serias heridas a su contrincante. Al-Nasr empuñaba su espada con la otra mano como si agarrara el cuello de sus enemigos. Miró hacia atrás: oleadas de sarracenos se agitaban ansiosos de clavar sus cimitarras en carne cristiana, y de arrebatarles el hálito de vida que separaba a esas tierras de convertirse en parte del imperio almohade, para mayor gloria de Alá. El capitán de la guardia negra miró hacia la primera línea de soldados cristianos: era imposible distinguirlos, pero estaba seguro de que allí encontraría a Auxerre y a los que anoche le habían humillado por última vez. Y también ella, Aalis de Sainte-Noire, estaría tras el frente cristiano, que Al-Nasr pensaba cruzar arrollándolo hasta encontrarla y extinguir su aliento con su mano mutilada; pues no podía soportar más pensar en ella viva y lejos de él, como antes y como siempre. Alzó la mano que sostenía la espada para dar la señal y un arquero mandó al cielo la primera saeta de fuego. Desde el palenque, el califa Abu Ya'qub aguzó los ojos: todo empezaba ahora. En la *saqa* permanecía el elefante más grande y fornido de su parque de animales. Para acrecentar el terror que debía infligir entre los cristianos, le habían pintado gotas de sangre saliendo de sus mandíbulas como si fuera carnívoro y en las patas llevaba borlas hechas con manos de prisioneros. Llevaba sedas verdes que le cubrían el cráneo y sus ojillos oscuros brillaban feroces. Le seguía un jinete, Sem Pavor, vestido de negro de pies a cabeza, cuyas armas blanquiazules portuguesas pendían del faldón de su caballo. Cuando la flecha encendida surcó los aires, las filas de los moros se apartaron para dejar paso al avance de la bestia, que cargaba sobre su lomo la esbelta figura de una muchacha, de melena negra y larga, suelta sobre los hombros que dejaban entrever una piel oscura como la tierra de Ifriqiya y ojos de fuego verde como la túnica que vestía. El elefante, conducido por su guía, se situó a un lado del campo de batalla, a igual distancia de moros y cristianos. Al verla, los moros enloquecieron, jaleándola y golpeando sus cimitarras contra sus escudos, agitando lanzas y lanzando consignas que terminaban todas en una sola palabra: «mahdi», «mahdi», «mahdi». Con ese grito en la garganta, los moros emprendieron carrera hacia los cristianos.

La primera línea de la infantería cristiana que vio al animal y a la misteriosa Fátima, sobre la que ya corrían mil dichos y rumores, y que sintió el efecto enfervorizador que causaba entre los moros que se aprestaban a caer sobre ellos, estaba formada por peones y campesinos que jamás habían puesto pie fuera de los límites de sus villas. Al ver el elefante se les desencajaron las mandíbulas y abrieron los ojos aterrados: habrían emprendido una mortal huida de no ser porque a lado y lado el rey de Castilla y el de Aragón recorrían la primera fila de la batalla sin descanso, dando órdenes y gritando a pleno pulmón:

—¡Por Castilla! ¡Por Aragón! En nombre de Dios y de la salvación de vuestras almas, ¡mantened la posición! ¡Bendición del papa y diez maravedís del rey para quien quede vivo y en pie! —Y la cabalgada real, y su promesa de recompensa, era tanto o más impresionante para los aldeanos como la bestia que se acercaba, porque tampoco estaban habituados a ver a sus monarcas tocados de guerra y engalanados para batalla, ni a escuchar sus roncas voces elevándose por encima del chocar de hierros, el golpear de los tambores y el retumbar de los pies sobre la tierra.

A una señal de los reyes, desde los torreones de Dueñas cayó una lluvia de flechas sobre las primeras filas moras: los arqueros abrían el ataque para facilitar la entrada de la primera carga cristiana. Cuando estuvieron los moros bien cerca, y con cuidado de no adelantarse ni retrasarse en la acometida, dio inicio el ataque cristiano. El conde Nuño y Blasco de Maza iniciaron carrera, mandando el segundo a los peones y el primero la carga de los jinetes. Abrieron paso los caballeros, armados hasta los dientes, implacables y como envueltos en hierro, repartiendo muerte y destrucción allá donde pisaban. Luego de ellos llegaban los peones y clavaban las lanzas con fiereza derechos hacia al frente. Acompañábanles a distancia los flancos, envolviendo el desplazamiento de las tropas, que evitaban que se desbordase por uno y otro lado las unidades moras. Una y dos y tres veces hincaron los jinetes y las lanzas de la infantería cristiana en las hileras moras, por ver de romper las haces musulmanas y que cayeran en desbandada. En ataques ligeros y veloces, iban y venían los *conrois*, atacando y regresando sin pausa por los pasillos laterales tras la línea del cuerpo central del ejército cristiano, en el moviento de *tornafuye* que reyes y señores cristianos tan bien conocían: reforzada la retaguardia con piedras y carros, animales de carga y tierra, y una hilera de mortíferos ballesteros, los jinetes se protegían tras esa línea para escapar al contraataque de los moros. Estos, que se hallaban mezclados y revueltos, eran incapaces de encontrar orden ni acción que seguir, con sus cadís y generales desconcertados por la agilidad y la velocidad de sus adversarios. Así fue el primer choque entre moros y cristianos.

Inocentes como niños de teta habrían sido los comandantes del rey de Aragón y del de Castilla si hubieran creído que con eso bastaba para imponerse a los sarracenos: era tal la superioridad numérica de los moros que por muchas lanzadas y ataques que infligieran los cristianos en sus filas, aunque crecieran las pilas de cuerpos sin vida de unos y otros, no parecían tener fin las oleadas de musulmanes que contenían las mordidas cristianas. Pero sobre todo, la infernal bestia que servía de montura a Fátima permanecía quieta en la retaguardia provocando una mezcla de reverencia y pavor entre los musulmanes, instándolos para que regresaran una y otra vez al lugar de la batalla campal. Nada decía la mora; bastaba la subyugante presencia de Fátima, erguida en el lomo del elefante, para convertir la *saqa* sarracena en un muro que rechazaba implacablemente todos los ataques cristianos. Para añadir confusión, los arqueros sarracenos castigaban con lluvia de saetas de fuego la explanada donde luchaban, mezclados en barro y sangre, los dos ejércitos. Prendían las llamas en los animales y sus jinetes, en los vivos y los que caían, y convertían el campo de batalla en un baile de fuegos fatuos, estertores y muerte. Y cada cristiano muerto era un paso más de los sarracenos en dirección al castillo de Dueñas. Al pie de las colinas de Fresneda, el *conroi* de Auxerre hostigaba las costaneras de los moros, mientras que el conde Ermengol y el señor de Berguedà, a un lado sus disputas y unidos en que por fuerza habían de pelear juntos para salir del brete con vida, clavaban espada y lanza en cualquiera que no llevara cruz distintiva en el pecho o cristiano escrito en la cara. En el lado de los moros, además de blandir la espada, Al-Nasr usaba a placer su muñón para mutilar a su vez a cuanto desgraciado le saliera al paso. Los bereberes del califa, guerreros fieros por naturaleza, no precisaban que les azuzasen contra el enemigo: sus largas cimitarras cortaban cabezas como quien siega espigas. Los soldados regulares aguantaban el embate cristiano con disciplina y firmeza; pero los jinetes eran especialmente peligrosos y dañinos, pues eran rápidos en el ataque y ágiles en la huida, permitiéndoles causar bajas tanto en la ida como en la vuelta. A diferencia de la infantería, los jinetes moros no seguían orden ni concierto en sus movimientos, causando confusión en el contendiente por no saber los otros cómo desbaratarlos. Empezaban a mirarse los cristianos que seguían en pie, agotados y preocupados; los moros giraban el cuello hacia Fátima, que observaba el choque desde la mitad del campo de batalla, y bebían de sus ojos para reponerse y volver al ataque con redoblado esfuerzo. Lo que ya sabían los reyes de Castilla y de Aragón, y sus lugartenientes, pronto empezaron a sospecharlo los soldados de a pie: que aquella mora era bruja o santa musulmana, lo que para ellos era lo mismo, y que si atinaban a separarle la cabeza del cuerpo, la suerte de la batalla caería del lado cristiano. No sabían que para ello tendrían que vérselas con Gerard Sem Pavor, que como fiel perro guardián permanecía a su lado, aunque hasta entonces ningún soldado había llegado ni a cincuenta pasos de donde se hallaban. En las masas se movían los cuerpos sin quererlo las mentes, y contra las órdenes de los jefes de unidad, por encima de los gritos de sus comandantes, los soldados que aún quedaban en pie empezaron a virar en dirección al mastodonte y su carga.

No eran aragoneses ni castellanos, pero tampoco sarracenos, los dos hombres que se aproximaban a la retaguardia mora, vestidos con chilaba y turbante y esgrimiendo una cimitarra. Venían, primero arrastrándose y luego erguidos pero bajando la cerviz, de las colinas de más allá, tras las cuales habían pasado la noche y parte del amanecer ocultos. El abad de Montfroid y Enrico Dándolo avanzaban, atados por una cuerda de tres codos que unía sus cinturas, para que el veneciano pudiera guiarse siguiendo al francés. Cuando vio el abad a Sem Pavor, de espaldas y a caballo, y la enorme bestia sobre la que estaba subida Fátima, dio un tirón a la cuerda para que Enrico se detuviera. El portugués esperaba, con yelmo y armadura, la llegada de los cristianos que buscaban abrirse paso hacia donde estaban él y Fátima. Hughes susurró al veneciano; este asintió. El abad se aproximó a la montura de Sem Pavor y cuando estuvo suficientemente cerca, golpeó con la hoja plana la grupa del animal, que con un relincho de dolor salió disparado, sin que Sem Pavor pudiera controlar su estampida. Luego procedió a segar las cinchas del costado del elefante, que mantenían sujeta la silla donde estaba sentada Fátima, sin que esta se apercibiera, pues estaba distraída y preocupada por la cabalgada intempestiva de Sem Pavor. En unos instantes, se soltaron las tiras de cuero y tanto Hughes como Enrico tiraron de la silla con vigor, derribando a Fátima al suelo. Esta gritó:

—¡Dejadme! ¡Dejadme, malditos!

Se revolvió con fiereza, sin lograr zafarse del abad ni de Enrico, que empleaban toda su fuerza en retenerla en tierra. Sin embargo, aún sometida y sin poder moverse, Fátima era más poderosa que todas las tormentas del desierto. Se quedó repentinamente quieta, como si la hubieran herido, e inspiró profundamente. Una mano de hielo atenazó el corazón del abad. No sabía qué prodigio podría conjurar la mora, pero temía sus palabras como si fueran revelaciones del diablo, y recordaba que la noche anterior había prometido un amanecer rojo y un día negro. La sangre corría por el campo de Calatrava como si esa tierra cultivase siniestros viñedos. ¿Qué vendría a continuación? Fátima repetía una letanía inaudible como si estuviera en trance. El abad se acercó para oírla mejor. La mora susurraba, una y otra vez:

—«Miré cuando abrió el sexto sello, y hubo un gran terremoto. El sol se puso negro como tela de luto, la luna entera se volvió de sangre.» «Negro como tela de luto, como tela de luto», repetía.

El abad de Montfroid se estremeció. Reconocía la palabra de Dios, pero no las tenía todas consigo: ¿era Fátima profeta de Dios o del Diablo? En el cielo palidecieron los rayos del sol. Todos los que andaban enzarzados en pelea se dieron cuenta de que algo pasaba, y solo quedaba por ver si era cosa milagrosa o hecho demoníaco. Enrico Dándolo percibió que algo extraño sucedía, pero como su vida era noche permanente, no sabía qué. Preguntó:

—¿Qué sucede, Hughes?

—La oscuridad cae sobre Castilla —dijo el abad, incrédulo.

—¿Qué queréis decir?

—Es de día, y, sin embargo, es de noche.

Fátima seguía con los ojos cerrados, quieta como una muerta, y ni el abad ni Enrico osaban moverla. Mientras duraba la oscuridad, la mitad de los peones cristianos y los fieles de las milicias musulmanas echaron a correr dando alaridos, desparramándose en busca de refugio por el terreno de combate como hormigas escapando del fuego. Desde su palenque, gozaba el califa Abu Ya'qub de la visión de las tropas cristianas desbandadas. La paulatina oscuridad tuvo la virtud de detener en parte el combate, y el defecto de que solo aquellos que gozaban matando siguieron atacando a sus adversarios, aprovechando la protección de la noche. Entre ellos Al-Nasr, que había perdido ya su montura pero seguía abriéndose paso con espada y muñón sin mirar a quién hería ni preocuparse de quién moría. Iba en busca de un caballero cristiano, y cuando lo encontró no necesitó de luz para distinguir al que deseaba matar. Gritó:

—¡Auxerre! ¡Ven a morir!

El caballero, aún montado, vio al capitán de la guardia negra y replicó entre dientes:

—Aquí y ahora, entonces. —Diole con las espuelas al flanco de su montura, enarbolando la espada y cargando contra Al-Nasr, pero este se dio la vuelta con agilidad y abrió el vientre del caballo de Auxerre con las hojas de su muñón. El pobre animal relinchó, retorciéndose de dolor, y cayó al suelo, aprisionando levemente a Auxerre, que tardó un poco en desligarse de las bridas y las cinchas. Cuando se soltó, Al-Nasr ya le había herido en el hombro con un roce de su muñón, pero Auxerre se puso en pie y diole con el canto de la espada al capitán de la guardia, arrancándole un grito de dolor y causándole herida en la pierna. Se resistió a caer, y balanceó su arma para descargarla sobre Auxerre. Lo hizo, pero el francés interpuso su propio hierro y ambos rodaron por la tierra húmeda de sangre y barro, respondiendo con puñetazos y golpes allí donde la hoja de la espada no llegaba; Auxerre recibió dos hondos cortes del muñón de Al-Nasr. Gruñendo de rabia, arrancó una daga del pecho de un desgraciado que yacía muerto a su lado y con ella clavó el brazo del otro en el suelo. Al-Nasr, incapaz de moverse, rugió de dolor:

—¡Te mataré! ¡Te lo juro!

Auxerre se levantó y contempló al hombre que se retorcía como un escarabajo al que alguien hubiera arrancado las patas. En una visión fugaz, vio el rostro de Aalis de Sainte-Noire, flotando dulce frente a él; luego volvió a mirar la cara arrebolada y deformada por la ira de Al-Nasr, que tantas veces había jurado acabar con ellos. En el fondo de los ojos llenos de odio de su enemigo, creyó distinguir el alma torturada de Gilles de Souillers, su vida atrapada en el infierno sarraceno, el joven que una vez había albergado un simple sueño de felicidad. Levantó su espada y colocó la punta en el corazón. Descargó con un golpe seco, atravesando el pecho de Al-Nasr, que murió al instante. Auxerre se limpió la sangre del hombro y miró hacia el cielo. Era un soldado y no tenía tiempo que perder. Había una batalla por ganar. Amparado en la oscuridad, se lanzó en pos de la mayor baza del enemigo.

En el castillo de Dueñas, Aalis de Sainte-Noire contemplaba la negra oscuridad que cubría el terreno de batalla cuando apenas unos momentos antes brillaba el sol de mediodía. Una voz habló a sus espaldas: la de Alfakhar, el médico judío que había quedado en la fortaleza al mando del hospital de campaña que atendería a los heridos. Dijo:

—No temáis. Pronto pasará.

—¿Cómo lo sabéis? —preguntó la joven, intrigada.

—Si es lo que yo creo, se trata de un eclipse —dijo Alfakhar—. En los textos que traduce mi amigo Gerardo de Cremona procedentes de los antiguos griegos, aparecen mencionados estos extraños fenómenos solares, pero los sabios disputan sobre la causa física. Algunos dicen que son los rayos de la luna reflectando en el sol y que por eso lo apagan.

—Un eclipse —repitió Aalis—. ¿De veras creéis que se trata de eso?

—¿Tenéis otra explicación?

—No.

—¿Qué creéis que pasará?

—Volverá a brillar el sol en poco tiempo —dijo Alfakhar, observando el disco negro donde antes estaba el sol—. Después, la batalla seguirá.

—Pero los soldados tendrán miedo y habrán perdido empuje —dijo Aalis, pensativa.

—Eso es cierto. Pero nada podemos hacer —respondió el médico, dándose la vuelta para atender a un mensajero que le requería. Cuando se giró para ausentarse y despedirse de la joven, ya no estaba allí.

Fátima abrió los ojos y el abad de Montfroid se echó hacia atrás instintivamente. El color de sus ojos era verde como las hojas de la hiedra nueva. La mora se levantó con dificultad, su frágil figura agotada por el esfuerzo y la tensión de lo que acababa de acontecer. Mientras, Hughes y Enrico permanecían quietos y expectantes. Lentamente, el disco negro se desplazaba y volvía a descubrirse, en fracciones crecientes, el astro rey. Antes de que pudieran hablar, Gerard Sem Pavor apareció a caballo. Descendió sin perder tiempo y se acercó a la mora en dos zancadas. Una vez estuvo seguro de que estaba sana y salva, se encaró con el abad y con Enrico y exclamó:

—Decidme, ¿cómo queréis morir?

—No creo que tengan preferencia, portugués.

El que así había hablado era Auxerre, que después de acabar con Al-Nasr había buscado a Fátima, seguro de que aquel prodigio se debía a su persona. Gerard Sem Pavor replicó:

—Nada tienes que hacer aquí.

—Te equivocas, pues amenazas a dos de mis amigos —dijo Auxerre señalando al abad de Montfroid y a Enrico Dándolo. Añadió, mirando a Fátima—: ¿O es que habéis olvidado tan pronto que de no ser por ellos quizás estaríais muerta?

—Eso no es cierto —repuso, aún débil, la mora.

—Una recién nacida en medio de Tierra Santa, carne de secuestro o de idolatría. O la niña que Saladino andaba buscando, por lo que acabamos de presenciar —enumeró Auxerre—. ¿Cuánto tiempo habríais sobrevivido de no ser por Hughes de Montfroid y Enrico Dándolo?

—Los años que pasasteis en Rocamadour fueron bálsamo para vuestro espíritu, criatura —dijo el abad—. Siento que hayáis tenido que descubrir quién sois con dolor y sufrimiento, pero eso nunca fue nuestra intención.

Fátima los contempló a todos con una dulzura en la mirada que Auxerre no había visto desde los días de Barcelona. Tendió la mano hacia Sem Pavor y este la tomó entre las suyas, raudo. La joven dijo:

—Prometedme que no iréis tras de mí. Nunca más. Quiero desaparecer y convertirme en un sueño, algo que solo existió en vuestras mentes.

—Y en nuestros corazones —dijo Enrico Dándolo.

—Así será, Fátima —juraron todos a una.

Gerad Sem Pavor montó en el caballo y ayudó a Fátima a subir a su grupa. Desaparecieron los dos en la neblina que había dejado tras de sí la breve noche del profeta de Alá. Más tarde, cuando Fátima se convirtió en una leyenda más de aquel día, unos juraron que los habían visto sobrevolar las nubes y huir hacia el sol, mientras que otros contaban que en Ifriqiya vivía una ermitaña que no iba a ninguna parte sola: con ella siempre, a su lado día y noche, caminaba un guerrero cristiano cuyo apodo era el Sin Miedo.

Volvían los rayos del sol a arrojar luz sobre la batalla, o lo que quedaba de ella. Desorientados y sin guía, los cristianos alzaban la cabeza mientras que los sarracenos se habían replegado hacia el palenque donde se encontraba el califa Abu Ya'qub y esperaban órdenes. Un ejército estaba deshecho y el otro se disponía a arremeter. De repente, por entre las filas deshechas de jinetes y peones cristianos cabalgó una mujer, sobre caballo tan blanco como la leche, sosteniendo en una mano la enseña de Aragón y en la otra el estandarte de Castilla, llevándolas como si de lanzas se tratasen. Ondeaba su melena al viento, sus mejillas de doncella guerrera eran sonrosadas como un amanecer y llevaba sobre el vestido una loriga pulida como si estuviera hecha de plata. Al verla, los peones empezaron a vitorear la visión, y raudos como centellas los dos reyes y sus lugartenientes se juntaron en su cabalgada para reconducir las unidades desbandadas. Los *conrois* volvieron a formarse, organizadamente, tras sus comandantes. Las costaneras mandadas por el monje de Calatrava y el templario Torroja empezaron a azotar el cuerpo central de los moros; pareciera que los guerreros de Dios no se habían dejado asustar por la noche, o la visión de la doncella cristiana los había enardecido con redobladas fuerzas. Desde el castillo de Dueñas, los arqueros apuntaron sus arcos hacia lo que quedaba del *qalb* musulmán, hincándose incluso algunas flechas cerca del palenque del califa, que palideció. Miró las hordas de guerreros cristianos que caían sobre sus sarracenos. Buscó al Mahdi, el elefante vagaba sin su preciada carga y Fátima había desaparecido del campo de batalla. Abu Ya'qub cerró los ojos: su sueño de conquista se había desmoronado como un castillo de arena devorado por la marea. Se volvió hacia el gran visir y murmuró:

—Mi caballo. Partimos para Qurtuba.

—¿Y después? —osó preguntar el otro.

—Ifriqiya —replicó el califa—. Y después, el infierno de los derrotados.

Al atardecer, cuando todo hubo concluido y el último sarraceno había caído o sido expulsado de suelo castellano, lo primero que mandaron los reyes fueron misas para consagrar las tierras recuperadas al moro, y para limpiar de brujerías aquellas piedras; luego de eso, el rey de Castilla y el de Aragón se sentaron con sus hombres de confianza para repartir el botín. El conde Nuño se conformó con recuperar lo invertido en la campaña. Acordó el rey de Aragón ceder la tierra conquistada al primero a cambio de oro y armas. Alfonso de Castilla concedió al monje Martín Pérez de Siones, por el valor demostrado de sus guerreros militares, el castillo de Dueñas para que allí instalara un mando de Calatrava, y decidieron bautizar la posta como de Calatrava la Nueva, desde donde se prepararían nuevas acometidas contra el moro. El templario Arnau de Torroja aceptó de buena gana la promesa de su rey de recibir abundantes donaciones y el honor de acompañarlo en futuras cabalgadas al sur del reino de Aragón, además de quedarse con todas las armaduras, sillas de montar y armas que sus monjes recuperaron del terreno de batalla. Las carretas de los bienes, animales y riquezas que desde Campo de Calatrava viajaron a Toledo eran tan numerosas que hubo de habilitar un almacén especial a las afueras de las murallas de la ciudad para acoger el botín.

Como el abad de Montfroid recordara las palabras de Fátima, que profetizaban silencio y alivio para aquella noche después de la aciaga mañana, los dos reyes estuvieron de acuerdo en dedicar esas horas a atender a los malheridos y postergar la celebración de la victoria hasta que regresaran a Toledo, donde Alfonso de Aragón sería huésped del rey de Castilla durante unos días, mientras sus hombres se reponían hospedados todos con largueza y generosidad en el

Alcázar del rey. Al principio la noticia de que no habría banquete la noche de la batalla había caído como un jarro de agua fría sobre los hombres, y especialmente entre los caballeros Guillem de Berguedà y Louis L'Archevêque, los que más ganas tenían de curar sus heridas remojándolas en buen vino castellano. Pero Blasco de Maza tronó que lo que su rey de Aragón ordenaba, así se hacía, y Guillem de Berguedà cayó en la cuenta de que en Toledo esperaba la reina Leonor, para quien tenía un par de sirventeses reservados, y qué mejor ocasión que un regreso victorioso. Si al final decidía pasar un tiempo en la corte castellana, bien valía empezar con buen pie y atendiendo a los deseos de Alfonso —que luego ya atendería él los de su esposa—. A Blasco le enojaba tanto o más que al de Berguedà tener que postergar la fiesta, pero se aguantó por motivos distintos: Pelegrín de Castillazuelo se había significado luchando como un león contra los moros, y le llenaba de gozo ver que los dos reyes se lo disputaban como caballero. Hasta que no estuviera formada la corte, la ceremonia se pospondría, de modo que el camino a Toledo era el de su orgullo y alegría. Por su parte, Auxerre comprobó una vez más que Aalis de Sainte-Noire era una mujer terca como pocas, que no conocía Toledo, y que quería visitar la escuela donde paraban los amigos traductores de Alfakhar, con el que había trabado amistad a raíz de las horas pasadas en el hospital, atendiendo a los heridos. Hallaron también tiempo Auxerre y Aalis para buscar un cementerio árabe en la ciudad y erigir una tumba digna de Mahoma donde quedó grabado el nombre de Hazim y su gesta en Córdoba. Louis L'Archevêque, aduciendo que las bodegas de Sainte-Noire se beneficiarían de nuevas cepas, dedicó su estancia a visitar todas las tabernas de Toledo y a recorrer los viñedos de los alrededores.

El regreso a Toledo fue rápido y feliz, entre vítores por los pueblos y villas que ya conocían la noticia de la victoria cristiana del rey de Aragón y del de Castilla. Por ello no fue ninguna sorpresa que en la corte de Toledo esperara para ofrecer su alianza el rey Fernando de León, que se las arregló para no cruzar mirada con su compañero de conjura el conde Ermengol de Urgell, el cual se dio buena prisa en volver a sus tierras en cuanto pudo. A cambio de la buena voluntad del de Castilla, el rey de León ofreció la cabeza de Fernando Rodríguez de Castro, reconocido traidor a la corona castellana y perseguido por todas las tierras leales al rey. Como ambos sabían, ni el rey de Castilla podía aceptar ni el de León cumplir, pues a un grande no se le usa de moneda de cambio. Pero fue un gesto amistoso que no pasó por alto el de Castilla. El rey Alfonso aceptó, pues, firmar una alianza con su tío, aunque llegara —como se dio el gusto de declarar frente a la corte para oprobio y mortificación del de León— tarde y a destiempo. Al fin y al cabo, tal y como le susurró al conde Nuño Pérez de Lara, nunca estaba de más contar con un reino más en la liga cristiana que había de reconquistar la tierra de Dios.

Epílogo

Via libertatis

La *Francesca* se mecía entre las olas del puerto de Barcelona. En el puente, los dos marineros que Pere d'Arcs había contratado para preparar la nave trepaban por los cabos con la agilidad de un mono, tensando velas y asegurando nudos. En la playa, Pere d'Arcs dio la mano a Auxerre y Aalis, mientras Ximena y la hermana Simone permanecían cerca de Philippe con gesto protector.

—Sé que la conduciréis donde merece —dijo Pere, suspirando y mirando a la nao—. Aquí llevaría la vida de una monja, y merece los amores del viento y las caricias de las olas.

Simone carraspeó y Pere se disculpó, torpemente:

—Lo siento, hermana.

—Primero pasaremos por Ostia, para visitar el palacio de Letrán —dijo Aalis.

—¿En peregrinación? —preguntó Simone.

—Digamos que el abad de Montfroid tiene asuntos que atender en Roma —dijo Auxerre.

Hughes intervino, y su tez morena por primera vez denotó un cierto enrojecimiento:

—El papa Alejandro está muy complacido del resultado de mis gestiones en Castilla y Aragón. Dice que tiene una idea para organizar las finanzas y la seguridad de la Curia, y parece creer que soy un buen candidato. Sencillamente voy a verle para despedirme, regresar a Montfroid y quitarle esa idea de la cabeza —añadió, encogiéndose de hombros.

—Tonterías —intervino Enrico Dándolo, palmoteando la espalda del abad—. La *Camara Domini Papae* es un proyecto muy querido de Rolando, y no encontraría persona más adecuada que vos aunque removiera cielo y tierra.

—En fin, pase lo que pase Roma siempre es una visita digna de hacerse —zanjó el abad. Cambió de tema y preguntó—: ¿Y vos? ¿Qué haréis después de que os dejemos en Venecia?

—Responsabilidades familiares, querido abad —repuso el veneciano plácidamente—. Mi república clama por un nuevo dogo, y me temo que lo estáis viendo. Recibí la noticia anteayer.

—¡Esto hay que celebrarlo! —exclamó Louis L'Archevêque—. Sobre todo porque el rey Alfonso de Aragón nos invitó a sus tierras de Provenza, donde hay vino tan suave que la lengua de la sirenas en comparación es como esparto, y este se hizo el remolón —dijo, señalando a Auxerre con fingido tono de resentimiento— y dijo que tenía quehacer en Sainte-Noire. Un completo aguafiestas, sobre todo porque Blasco de Maza me debe un par de rondas de cuando le gané a las cartas en Toledo y si no me las paga ahora no las veré ni en pintura.

—¡Más bien le esquilmaste, sinvergüenza! Berguedà te enseñó un par de trucos que no conocías durante el tiempo que pasamos en la corte de Toledo —exclamó Auxerre—. Pero es cierto que debemos ir a Sainte-Noire. Para empezar, tenemos que enseñarle a Philippe a crecer como lo que es: el primogénito varón de la estirpe Sainte-Noire. Y hasta que el abad de Montfroid no regrese, no podremos dejar la región, no hasta que no tengamos la seguridad de que Philippe está protegido.

Renaud Ferrat miró al pequeño con lágrimas en los ojos, mientras se apoyaba en un bastón. Aalis le abrazó impulsivamente y dijo:

—No temáis, Ferrat. Siempre tendréis las puertas abiertas en la casa Sainte-Noire para verle.

—Lo sé. Y también que será lo mejor para él, pues yo solo llevo una vida de mercader mientras que vos habéis sido tan generosa de ceder vuestro puesto a la cabeza de la familia Sainte-Noire para que él reciba tierras y una educación noble.

—Es su derecho —dijo Aalis con firmeza—. Mi padre así lo hubiera querido. Y para mí no ha sido un camino de rosas ser la heredera de Sainte-Noire.

—Pero así descubrimos que nos amábamos —dijo Auxerre suavemente. La joven le abrazó con cariño por toda respuesta. Insistió Ferrat:

—Pero ¿qué queda para vos?

—El cielo, la tierra, el mar. ¿Os parece poco? —dijo Aalis con un gesto que abarcaba todo cuanto había mencionado—. Tengo por delante el camino de la libertad.

Personajes principales (ficticios)

Aalis de Sainte-Noire, hija de *Dame* Françoise y de Philippe de Sainte-Noire.

Guillaume de Auxerre, antiguo capitán de mesnada de Philippe de Sainte-Noire.

Louis L'Archevêque, compañero de batallas de Auxerre.

Hazim, un joven árabe amigo de Aalis y de Auxerre.

Abad Hughes de Montfroid. En su juventud, fue monje guerrero en las Cruzadas.

Renaud Ferrat, mercader. Esposo de Angélica y padre adoptivo de Philippe.

Philippe, medio hermano de Aalis de Sainte-Noire.

Pere d'Arcs, hijo del prohombre Arnau d'Arcs.

Al-Nasr, actual capitán de la guardia negra del califa Abu Ya'qub Yusuf.

Blasco de Maza, guerrero del rey de Aragón.

Pelegrín de Castillazuelo, escudero del rey de Aragón.

Yosef Alfakhar, médico judío de Alfonso de Castilla.

Dame Jeanne, madrastra de Aalis de Sainte-Noire y segunda esposa de Philippe.

Dame Françoise, madre de Aalis y primera mujer de Philippe de Sainte-Noire.

Simone, monja de Rocamadour.

Fátima, una joven mora.

Personajes principales (históricos)

Alfonso II, rey de Aragón y conde de Barcelona.
Alfonso VIII, rey de Castilla.
Fernando II, rey de León.
Pedro Suárez de Deza, arzobispo de Santiago.
Walter Map, canónigo al servicio de Enrique II de Plantagenet.
Martín Pérez de Siones, gran maestre de la orden de Calatrava.
Nuño Pérez de Lara, grande de Castilla.
Fernando Rodríguez de Castro, grande de Castilla.
Gerard Sem Pavor, guerrero portugués.
Guillem de Berguedà, poeta y señor de Berga.
Abu Ya'qub Yusuf, califa de Córdoba, Sevilla y el imperio almohade.
Ibn Tufayl, médico del califa.
Ibn Rushid, cadí y filósofo traductor de Aristóteles.
Gerardo de Cremona, traductor de la escuela de Toledo.
Rambam / Maimónides, médico judío expulsado de al-Ándalus.
Enrico Dándolo, comerciante de Venecia y futuro Dogo.

Bibliografía

Para escribir esta novela he buceado en una multiplicidad de fuentes y diversa bibliografía, de la única forma que sé: leyendo, estudiando, devorando, empapándome, garabateando nombres y fechas, admirando y envidiando el estilo de las crónicas y de los medievalistas a los que he tomado prestados personajes, circunstancias y fechas históricas. Sin embargo, esta novela no es un ensayo: reconstruye, pero no instruye como pueda hacerlo un manual de historia al uso. Sí espero que mi labor, mezclando ficción y realidad, despierte el interés del lector por un momento histórico determinado: el último cuarto del siglo XII, cuando almohades y los cinco reinos cristianos (Aragón, Castilla, León, Navarra y Portugal) luchaban palmo a palmo por ocupar el territorio del otro.

¿Hay licencias? Por supuesto. Por ejemplo, como bien explica Francisco García Fitz en su monografía *Castilla y León frente al Islam. Estrategias de expansión y tácticas militares (siglos XI-XIII)*, la batalla campal fue una rareza en medio de una guerra de posiciones que incluyó cabalgadas, faciendas, lides, razias, asedios y otras tácticas de erosión entre ambos adversarios. Aun así, la batalla contiene un ingrediente romántico que ningún novelista puede despreciar.

Es por eso que —al igual que otros detalles que los lectores avezados sabrán descubrir— he forzado los límites de la verosimilitud imaginando a dos ejércitos enfrentados, mirándose a los ojos y enarbolando espadas y cimitarras al amanecer. Pero el ropaje verdadero y basado en el trabajo callado de los historiadores que viste mi narración lo he encontrado en los siguientes libros, que recomiendo a todo aquel interesado en descubrir la realidad del pasado común de los reinos de España.

BENSCH, Stephen, *Barcelona i els seus dirigents (1096-1291)*, Proa, Barcelona, 2000.

BISSON, Thomas N., *L'impuls a Catalunya: l'època dels primers comte-reis (1140-1225)*, Eumo, Vic, 1997.

BLOOM, Jonathan y Selma BLAIR, *Islam*, Paidós, Barcelona, 2003.

BONNAISSIE, Pierre, *Las Españas medievales*, Crítica, Barcelona, 2001.

BURCKHARDT, Titus, *La civilización hispano-árabe*. Alianza Editorial, Madrid, 2008.

DOUBLEDAY, Simón, *Los Lara. Nobleza y monarquía en la España medieval*, Turner, Madrid, 2004.

GARCÍA DE CORTÁZAR, Fernando, *Atlas de Historia de España*, Planeta, Barcelona, 2006.

GARCÍA FITZ, Francisco, *Las Navas de Tolosa*, Ariel, Barcelona, 2000.

—, *Castilla y León frente al Islam*, Universidad de Sevilla, Sevilla, 2005.

GERBET, Marie-Claude, *Las noblezas españolas en la Edad Media*, Alianza Editorial, Madrid, 1997.

GLICK, Thomas, *Cristianos y musulmanes en la España medieval (711-1250)*, Alianza Editorial, Madrid, 2000.

HERNÁNDEZ, F. Xavier, *Historia militar de Catalunya*, Rafael Dalmau Editor, Barcelona.

MADDEN, Theodore, *Enrico Dándolo and the Rise of Venice*, Johns Hopkins UP, 2003.

MANZANO, Eduardo, *Conquistadores, emires y califas*, Crítica, Barcelona, 2006.

MCKAY, Angus, *La España de la Edad Media*, Cátedra, Madrid, 1999.

—, *Atlas de la historia medieval*, Cátedra, Madrid, 2001.

RIQUER, Martín de, *Caballeros y sus armas medievales*, Instituto Universitario General Gutiérrez Mellado, Madrid, 1999.

—, *Los trovadores* (3 vol.). Ariel, Barcelona, 1988.

SÁNCHEZ ALBORNOZ, Claudio, *Una ciudad española cristiana hace mil años*, Rialp, Barcelona, 1987.

Agradecimientos

Este libro que el lector tiene en sus manos ha tardado en escribirse, y quién sabe si alguna vez lo habría terminado, de no ser por el interés, la ayuda, el aliento y el apoyo de las personas que voy a nombrar a continuación. Sin saberlo unos, con afán otros, y cada cual desde su ámbito y relación, han formado parte de la tarea diaria que ha representado esta novela. De modo que, con permiso del lector, quiero ocupar estas páginas para darles las gracias. A mi familia, y especialmente a mi hermana Berta, quiero darle las gracias. Porque ella está, mi vida es mejor. También a José Luis, que es una persona con el corazón y el alma de oro. Escribo porque tuve la suerte de criarme en un clan que recibía la mañana del sábado tarareando a Gardel y al *rat pack*, a Jobim y a Brassens. Me enseñaron también que Hollywood tiene mil caras, y a fe que me enamoré de todas ellas: de Innisfree y de Zenda, del secreto de vivir, de los centauros del desierto, de Shane y de Scaramouche. Me reí con lo que sucedió una noche, me negué a perder la memoria con las rosas azules del malvado Jaffar, y supe que jamás hay que fiarse de la parte contratante de la primera parte. Tuve también la suerte de descifrar, en la biblioteca de mis padres, nombres y mundos creados para una tarde de verano: Verne, Salgari,

Dumas, Stevenson, Poe, Austen, Zweig, Zola, Stendhal, Simenon, Tolstói. Si la lectura es una enfermedad, caí en sus garras gracias a la familia en la que nací, y nada puede cambiar eso.

Quisiera hacer mención aparte del editor Gonzalo Pontón, con todo mi agradecimiento, respeto y admiración. Siempre se interesó con gentileza por mi labor como escritora, animándome a no abandonar. Durante el tiempo en que tuve la suerte de trabajar con él fue generoso con sus conocimientos y exquisito en el trato. Mil gracias por todo. He tenido mucha suerte con los editores que han cuidado de mis libros, y sigo teniéndola con Lucía Luengo y su magnífico equipo en Ediciones B. Esta novela no estaría hoy en las manos de los lectores de no ser por ellos.

Las siguientes personas también me han prestado ayuda, de un modo u otro, en momentos en que parecía que el mundo caía sobre mi cabeza, como le sucedía al jefe del entrañable pueblo galo de Astérix. Por ello, quiero hacérselo saber. En primer lugar, a Luisa Hernández, por supuesto. Tiene, y lo sabe, mi afecto y agradecimiento por estar siempre ahí, con lealtad legendaria, desde que nos conocimos, echamos a andar juntas por el mundo y descubrimos cuán grande y ancho era. A Patricia Sánchez, porque los ángeles también caminan sobre la tierra y ella lo es. A Joan, Inma y Mar Roca por haberme abierto las puertas de su casa. A Jaume Claret, que me dio la idea de una tumba de pizarra, y me ha acompañado en momentos buenos y en otros no tan felices.

Necesitaría otro libro, entero y con mil páginas en blanco, y otras mil, y así hasta convertirse en aquel libro infinito de arena, para expresar lo que significa para mí Joan Eloi Roca. En mi tarea como escritora, es la voz que jamás me dice que no puedo. En mi vida, el hombre que me hace desvergonzadamente feliz. Sin él, nada, y con él, todo.

Índice

OTROS TÍTULOS DE LA AUTORA

La perla negra

CLAUDIA CASANOVA

La perla negra es la historia de Isabeau de Fuòc, trovadora y ladrona, y de su venganza contra la familia de los Montlaurèl, responsables de la muerte de su madre. Con la lucha entre cátaros y cristianos como telón de fondo y un abanico de maravillosos personajes, desde el judío Salomón al toledano Iñiguez, pasando por la mismísima vizcondesa Ermengarda de Narbona, Raimundo de Tolosa, el seductor obispo de Montlaurèl y el capitán mercenario Guerrejat, *La perla negra* es una novela histórica diferente, moderna, fresca y llena de sorpresas.

Al estilo de las mejores narraciones de aventuras, con pulso cinematográfico, Claudia Casanova construye alrededor de su magnífica protagonista una historia llena de giros y extraordinarios personajes que la arrastrarán sin respiro hasta una emocionante encrucijada final.

La dama y el león

CLAUDIA CASANOVA

En el siglo XII la paz entre Francia e Inglaterra depende de Aalis de Sainte-Noire, prometida del heredero de la casa de Souillers. Pero el joven desaparece en las cruzadas y su padre, el viejo señor de Souillers, ocupa su lugar.

Aalis se rebela contra ese matrimonio y emprende una huida que la llevará desde los agrestes parajes del norte de Francia hasta la hermosa catedral de Chartres y las cortes del amor de María de Champaña, desde las órdenes del Císter y del Temple, hasta los palacios de los reyes.

Un viaje trepidante en el que descubrirá el verdadero sentido de la palabra libertad.

megustaleer

Descubre tu próxima lectura

Apúntate y recibirás recomendaciones de lecturas personalizadas.

www.megustaleer.club

megustaleerES

@megustaleer

@megustaleer